¿QUÉ ES MÁS FUERTE: EL AMOR O EL ODIO?

LA MAGNIFICENCIA DEL 3, 6 y 9

LILY DEL PILAR

montena

Penguin
Random House
Grupo Editorial

Primera edición: octubre de 2023

© 2023, Lily del Pilar
© 2023, Penguin Random House Grupo Editorial, S. A. U.
Travessera de Gràcia, 47-49. 08021 Barcelona

Printed in Spain – Impreso en España

ISBN: 978-84-19848-05-5
Depósito legal: B-14.812-2023

Compuesto en Grafime Digital S. L.
Impreso en Black Print CPI Ibérica, S. L.
Sant Andreu de la Barca (Barcelona)

GT 4 8 0 5 5

Este libro incluye contenido sensible sobre los siguientes temas: abuso psicológico y sexual, autolesiones, depresión, trastornos alimentarios, suicidio. Por favor, leer con precaución.

*Tú mejor que nadie sabes lo mucho
que te esfuerzas para quedarte*

ÍNDICE

Índice de personajes

Kim Minwoo: profesor de física y matemáticas obsesionado con calcular la magnificencia de los números 3, 6 y 9. Tiene una rata por mascota. Va a terapia desde la infancia.

Lee Namoo: afamado *idol* conocido como «el príncipe consentido de Corea». Se lava las manos de forma compulsiva y presenta severos problemas de insomnio.

Song Haru: profesor de química y mejor amigo de Minwoo.

Park Seung o simplemente «ajusshi»: psicólogo de Minwoo.

Mánager Su y mánager Seo: encargados de la vida personal y comercial de Namoo, respectivamente.

Kim Misuk: madre de Minwoo.

Choe Jiho: exnovio de Minwoo.

Song Doona: madre de Haru.

Kim Jihu: director de la escuela donde Minwoo trabaja.

Na Jaeyong: CEO de la empresa NaTV.

Choi Leena: famosa idol.

Goeun: psicóloga de Minwoo.

Parte I

LA MAGNIFICENCIA DEL 9

1
EL GATO DE SCHRÖDINGER

Interpretación 1

«El gato de Schrödinger es un experimento mental, también conocido como paradoja, utilizado para explicar la superposición cuántica. En dicho experimento se presenta como escenario un gato hipotético encerrado en una caja que, a su vez, contiene un átomo radiactivo que está en el interior de una trampilla conectada a un gas venenoso. Este mecanismo se encuentra cerrado en el caso de que el átomo se ubique arriba y abierto si se localiza abajo. Después de unos minutos, ¿el gato se encuentra vivo o muerto? Estaría vivo y a la vez muerto, por la superposición cuántica. Existen varias interpretaciones para este mismo caso, una de ellas corresponde a la interpretación de Copenhague, según la cual, en el momento en que se abra la caja, la sola acción de observar modifica el estado del sistema de modo tal que ahora el gato se encuentra vivo o muerto.»

Había comenzado a llover tan fuerte que las gotas de lluvia resonaban en el techo del local donde Minwoo estudiaba. La gente corría despavorida al centro comercial ubicado al frente para resguardarse del aguacero. Como nadie parecía percatarse de aquella pequeña cafetería, que tenía la desgracia de haber quedado escondida entre dos grandes cadenas de restaurante, solo estaban ocupadas dos mesas de las diez disponibles: una de ellas por Minwoo y su computadora.

Ya era tarde. Según su reloj de pulsera, faltaba media hora para que la tienda cerrara y él todavía no terminaba la diapositiva en la que llevaba trabajando semanas.

Mientras repasaba lo que había avanzado ese día, la puerta tintineó dando aviso de la llegada de un nuevo cliente. Minwoo alzó la barbilla para ver de quién se trataba. En la entrada había un chico con un abrigo grande de color gris, que debía tener una edad cercana a la suya. Su cabello estaba tinturado de rosa y su rostro maquillado. Su paraguas negro había quedado afuera del local.

—Ya estamos cerrando —avisó el dueño.

—Solo necesito un café —contestó con voz grave y áspera.

Lo vio recorrer el lugar con la mirada y tomar asiento en la mesa más apartada.

Eran las 20.43 del 8 de abril de 2022.

Dos preciosos 9.

Minwoo intentó concentrarse en su presentación, pero sus ojos no hacían más que desviarse hacia el chico que contemplaba la lluvia golpear la ventana.

El gato de Schrödinger es un experimento mental, leyó, *también conocido...*

Una pequeña y corta inspiración lo distrajo nuevamente. Al examinar la cafetería, notó que el dueño debía estar en la cocina porque ahora solo permanecían él y el chico sentado en una esquina, quien levantó la vista. Sus miradas se encontraron.

Estaba llorando.

No alcanzó a analizar mucho más la situación, porque el recién llegado agarró un montón de servilletas y se marchó del local. Su figura gris se perdió en la calle, su paraguas negro quedó olvidado en la entrada.

Un mes después, Minwoo lo volvió a ver: su imagen estaba en una gigantografía instalada en una de las calles más transitadas del barrio Gangnam de Seúl. Lucía el cabello rubio, una gargantilla negra y una camiseta blanca que dejaba al descubierto sus clavículas. Sonreía con el palito de un dulce entre los labios.

—5 de mayo de 2022, *comeback* de Lee Namoo —leyó en la fotografía.

5 y 5 era 1.

Y si incluía el año, daba un 7.

Una muy mala fecha.

Esa tarde, cuando le contó a su amigo Haru sobre su encuentro, se rio de él de manera histérica.

—¿Cómo que conociste a Lee Namoo?

—Te lo digo en serio, Haru —insistió—, lo vi hace un mes en una cafetería.

—Si así fue, ¿dónde está la foto que le tomaste?

Se cruzó de brazos y puso mala cara.

—¿Me escuchaste cuando expliqué que estaba llorando y que en ese momento yo no sabía que era un idol?

Haru seguía con expresión escéptica.

—Estoy seguro de que viste a alguien parecido y te confundiste, porque es imposible que haya sido Lee Namoo.

—¿Por qué no me crees? —se quejó.

—Porque es ilógico que el idol más conocido del país estuviera en una vulgar cafetería sin guardaespaldas ni alguien de su *staff*.

Minwoo no lo había pensado así.

—Si lo pones de ese modo...

Haru le revolvió el cabello.

—En fin, ¿cómo te fue en la entrevista de trabajo?

—No quedé.

En Corea del Sur era difícil encontrar empleo si no te habías titulado entre los tres mejores de tu carrera. Y Minwoo, que había obtenido el décimo puesto, no estaba teniendo mucha suerte en las entrevistas. Llevaba ya cuatro meses en esa búsqueda, por lo que juraba que podía olerse su desesperación.

Cuando llegó al pequeño cuarto que arrendaba en Gangnam (lugar escogido por el número de su habitación, que empezaba en 3, y el de la propia residencia, que era #96), continuó con la presentación que esperaba algún día mostrarles a sus estudiantes. Tras darle de comer a Ratata*, su pequeña rata que daba vueltas, incansable, en un laberinto que Minwoo le había confeccionado con cartones, le dio el cierre a aquella diapositiva sintiéndose un fracaso total.

«Si no se tenía un observador consciente para indicar si el gato se encontraba vivo o muerto, entonces el animal podía estar vivo y muerto a la vez. Al igual que al conocer a un idol famoso. Nadie iba a creer la historia de que lo había visto llorando en una cafetería hasta que se pudiera demostrar con pruebas tangibles que aquello sí ocurrió. De esa forma se lograba modificar el estado del sistema, de tal modo que ahora el gato/idol se volvía real y se sabía si se encontraba vivo o muerto. Sin embargo, si no se tenían pruebas el gato seguiría existiendo y no, y estaría a la vez vivo y muerto.»

Kim Minwoo observó aquel paraguas negro que guardaba tras la puerta. En su mundo el gato de Schrödinger existía, pero ¿estaría vivo o muerto?

---

* *Kkoret* en coreano. Corresponde al nombre de un Pokémon adaptado al español. Esta interpretación aplica para todos los nombres mencionados en esta novela.

2
LA TEORÍA DE LA RELATIVIDAD

«La teoría de la relatividad propone que el tiempo no es algo absoluto, sino más bien algo individual que fluye de manera única para cada partícula dependiendo de su velocidad y de la intensidad del campo gravitatorio al que está sometida, siendo así el tiempo una dimensión más. Por consiguiente, el universo estaría compuesto por cuatro dimensiones: tres espaciales y una temporal, conformándose así el espacio-tiempo. Por tanto, la localización de los sucesos físicos, tanto en el tiempo como en el espacio, estaría relacionada con el estado de movimiento del observador.»

Su mejor amigo era fanático de un grupo femenino del que Minwoo nunca recordaba el nombre. Pero a Haru no le importaba que su mala memoria fuera incapaz de retener esa información, siempre y cuando lo ayudara a comprar entradas para su concierto. Así que ahí estaban, a las 11.45 de la mañana, en un cibercafé en el barrio Gangnam esperando a que se habilitara la página para la compra.

—¿Cómo tenía que hacerlo? —preguntó Minwoo por cuarta vez ese día. Él era algo inteligente, sin embargo, su casi inteligencia radicaba en enseñar más que en memorizar. Sobre todo porque su cerebro no era muy bueno para retener información que consideraba inútil. Y cómo adquirir entradas para un grupo del que no recordaba el nombre, quedaba dentro de aquella categoría.

—¡Minwoo! —se quejó Haru mordisqueando la salchicha que compartían. Dos profesores recién titulados y desempleados solo tenían dinero para comer ramen instantáneo, pagar una hora de cibercafé y una salchicha.

—Lo siento, ya lo olvidé —fue su pobre excusa.

—Cuando el minutero llegue a cero —su amigo comenzó nuevamente con la explicación—, aprietas F5 como si la vida se te fuera en ello.

Sacó su pequeña libreta del bolsillo y accionó el lápiz.

—*Como si la vida se me fuera en ello* —repitió mientras anotaba.

—¿En serio estás escribiendo eso?

—Dory está inspirada en mí.

Haru terminó de comer su parte de la salchicha y apuntó la hoja.

—No seas tan literal —pidió—, es presionar F5, pero no a lo desquiciado, debes ir comprobando si ingresaste a comprar o no.

Minwoo observó a su amigo y después tachó lo que había escrito.

—*Dar F5 con mesura* —puso—. ¿Así está bien?

Rindiéndose con él, Haru dirigió su atención a su propia pantalla. Estaban sentados uno al lado del otro. El local se encontraba poco concurrido, a pesar de la hora y del inicio de compra de entradas para un concierto así de masivo, debido a que no tenía una buena ubicación por estar en un callejón sin salida. Pero era el más barato y estaba cerca de la residencia, por lo que, según las propias palabras de Haru, era un «ganar-ganar».

—De todos modos creo que vamos a fracasar —le advirtió a su mejor amigo.

—¿Por qué llamas a la mala suerte?

—Porque estamos a 11 de mayo. 11 da 2 y con 5 es 7.

—¿Vas a empezar de nuevo con eso del 3, 6 y 9?

—Y eso que no incluí el año, porque ahí daría otro deprimente 4.

—Minwoo...

—Es un llamado del universo.

—¡Quedan cinco minutos! —exclamó Haru ignorándolo.

—Como dije, un deprimente 5.

—¿Quieres morir?

Así como Haru algunas veces solo lo quería porque no lo podía entender, a Minwoo le ocurría lo mismo. ¿Por qué a alguien le apasionaría la música chillona con videos musicales brillantes que provocaban dolor de cabeza? Él prefería el silencio. No música clásica ni instrumental, el silencio.

Haru estaba diciendo algo a toda velocidad, con el minutero marcando un minuto para la compra de entradas, cuando Minwoo se distrajo, pues alguien había ingresado al local. Era un chico alto y delgado, que llevaba escondido el cabello debajo de una gorra de beisbol. Su rostro estaba cubierto por una mascarilla negra y unos lentes de sol. Vestía un delgado abrigo negro.

—¡Actualiza, Minwoo, actualiza!

Apretó F5 un montón de veces, Haru le dio un codazo en las costillas.

—¡Te dije que no tan rápido!

Al soltar el botón, la página se actualizó una última vez. En su pantalla apareció la configuración de un domo repleto de cuadrados que simbolizaban asientos. No obstante, Haru estaba concentrado en su propio computador, observando con pánico la página que le mostraba una figura caminando con un «+2.000 en la fila» sobre ella.

—Ya me quedé sin entradas —suspiró Haru.

—Entonces ¿no necesitas la mía?

En el instante en que su amigo se percataba de que él ya había ingresado a la sección de compra y le pateaba la silla para apartarlo, Minwoo pasó a llevar sin querer el cursor y cerró la página.

—¡Minwoo! —gritó Haru.

En medio del cibercafé, intentó regresar a su lugar tropezándose con su silla. Tanto el dueño del local, ubicado en una casilla, como el chico de la gorra lo observaron avanzar con lentitud y torpeza.

—¿Sirve pedir perdón?

Al llegar a su lado, Haru lo empujó otra vez.

—No te me acerques.

La pantalla del computador de su amigo seguía marcando «+2.000».

—Piensa positivo, ahora no tendrás que endeudarte... endeudarte *más* de lo que ya estás —se corrigió.

—No pienses en mi dinero, piensa en mi felicidad.

—Pienso en el hecho de que estamos compartiendo un ramen y una salchicha.

Minwoo logró regresar a su puesto arrastrándose con su silla, pero Haru volvió a lanzarlo lejos, esta vez en dirección contraria. Su respaldo chocó con algo. Al girarse para pedir disculpas, Minwoo se encontró con su propio reflejo en unas gafas oscuras. Se puso de pie de un salto y se inclinó una, dos, tres, cuatro veces.

—¡Lo siento! —dijo—. Mi amigo es un imprudente.

El chico no dijo nada. Minwoo notó de inmediato dos cosas: tenía reflejos rosas en su cabello rubio y en su mano derecha cuatro lunares que se asemejaban a la constelación de Perseo. Entonces, ese mismo brazo agarró la silla de Minwoo y la lanzó lejos.

Ambos se miraron.

O más bien, Minwoo volvió a ver su propia imagen en aquellos lentes de sol.

Al percatarse de lo que había provocado, Haru corrió a dejar el asiento en el puesto de Minwoo. El dueño del local les levantó una bandera amarilla, una más y los sacaban de ahí.

El chico se volteó hacia su pantalla, Minwoo aprovechó para retroceder con lentitud hasta llegar a su computadora. Cubriéndose la boca por el costado izquierdo, susurró con urgencia.

—¡Es él!

—¿Quién?

—El gato de Schrödinger.

—¿Lee Namoo? —jadeó Haru inclinándose para que sus cabezas quedaran juntas—. ¡¿Cómo va a ser Namoo?!

—¡Estoy segurísimo!

—¿Por qué?

A Minwoo le daba vergüenza admitirlo, pero digamos que se había obsesionado con la existencia del gato de Schrödinger. Cabía, entonces, la posibilidad de que hubiera pasado dos noches completas revisando toda la información contenida en internet sobre Lee Namoo. Lo bueno era que, tras leer su biografía completa, había logrado identificar lo que tenían en común:

1. Ambos eran de la generación del 98.

Y ahí finalizaba el parecido.

Sin embargo, había un dato mejor que ese: encontró la magnificencia del 3 y 9 con sus fechas de nacimiento, pues Minwoo era del 1 de febrero y Namoo del 7 de noviembre. Y si incluía a Haru en la ecuación, quien había nacido el 2 de abril (razón por la cual decidió ser su amigo), los tres presentaban una perfecta magnificencia del 3, 6 y 9. Si eso no significaba que eran almas gemelas, entonces tendría que inventar nuevas matemáticas.

Entre otras maravillas que averiguó sobre Lee Namoo, este tenía en su mano derecha cuatro lunares que formaban la constelación de Perseo. Como se sintió algo ridículo contándole a su amigo acerca de aquel detalle, porque iba a reprenderlo por haber comenzado una nueva obsesión, se encogió de hombros y se limitó a decir:

—Lo acabo de ver de cerca.

Haru frunció los labios.

—Es imposible que esté aquí alguien como él.

—Estamos en Gangnam, es el lugar donde es más probable encontrarlo en toda Corea.

Pero ¿por qué dos amigos que estaban casi en la quiebra vivían en uno de los barrios más costosos de todo Seúl? Para conseguir trabajo. En marzo ambos se habían titulado en licenciatura para escuela secundaria (con especialidad en física y matemáticas, en el caso de Minwoo, y en química, para Haru), e indicar en su currículum que vivían en Gangnam les sumaba puntos en las postulaciones laborales.

—Todavía no estoy seguro de que sea él —señaló Haru tras meditarlo. Luego se sentó más recto—. ¿Y si le voy a pedir una foto? Digo, tal vez podría vendérsela a una fanática. ¿Cuánto crees que me paguen por ella? Esto es como encontrar un Pokémon en la vida real.

—¿Así que ahora me crees?

—Yo siempre decido creer.

Inclinado como estaba, Haru intentó observar al chico a través de los brazos de Minwoo.

—Pensar que somos de la misma edad y él ya es millonario, mientras que nosotros... —Haru observó el paquete vacío de la salchicha y el ramen—. Tenemos que compartir la comida.

—Y como van las cosas, pronto también un cuarto —bromeó Minwoo.

—No seas negativo, ya hablamos de eso. Como siempre dices, decido creer que encontraremos trabajo el mes que viene.

—¿Incluso cuando ya comenzaron las clases y ninguna escuela nos contrató?

Su amigo no le respondió, porque continuaba concentrado espiando al idol.

—Hasta tiene un bolso Balenciaga —se quejó Haru—. Con él podríamos pagar nuestro alquiler por un año.

—¿Tan costosos son?

Haru alzó las cejas.

—¿Tú no sabes nada de la vida?

Minwoo echó una mirada a su ropa.

—Hoy me dijiste que, si la Navidad fuera persona, sería yo.

—Vas vestido de verde y rojo, ¿acaso no tenías otra ropa limpia? —Haru gimió lastimeramente, mientras continuaba analizando a Namoo con discreción—. Su rostro es tan pequeño como mi puño.

—¿Cómo puedes notar eso si está todo cubierto?

Al querer voltear la cabeza para examinar a Namoo, Haru le dio un golpe en el brazo.

—¡Sé más disimulado! Que no se huela nuestra desesperación.

—Creí que solo se olía mi perfume. Me lo regaló mi mamá para mi cumpleaños, ¿te gusta?

Su amigo no alcanzó a responder, porque el presunto Namoo se puso de pie para marcharse.

—Es tan alto... —susurró Haru con admiración.

Minwoo se quedó atento observando al chico. Al llegar a la entrada, se quitó la gorra y se acomodó un mechón de la frente. Su cabello todavía conservaba tintes rosas, como la vez anterior en la cafetería.

«Si bien el tiempo podía ser representado por una unidad, lo que lo volvía medible y, sobre todo, estandarizable, seguía teniendo como variable la percepción del observador; lo anterior quedaba explicado en la teoría de una nave espacial que viajaba a Alfa Centauri al 99 por ciento de la velocidad de la luz. A pesar de que tardaría unos 4,55 años en llegar a su destino desde el punto de vista de un observador en reposo, en la nave solo transcurrirían 2,4 meses sin que los tripulantes percibieran esta ralentización del tiempo. Por eso, cuando tu mejor amigo decía que habías mirado a alguien durante diez segundos cronometrados, pero que tú sentiste como apenas dos, de igual forma una tercera persona podría percibir tu mirada de acoso como eterna. Y esa percepción era lo que convertía al tiempo en algo relativo.»

Impresionante. El gato de Schrödinger no solo existía, sino que además podía controlar su percepción del tiempo.

3
EL GATO DE SCHRÖDINGER

Interpretación 2

«Otra interpretación para la paradoja cuántica del gato de Schrödinger es la de "muchos mundos". En esta hipótesis, incluso sin abrir la caja, el gato se encuentra a la vez vivo y muerto. Estos "gatos" vivos y muertos están ramificados en diferentes universos, por lo que, de manera simultánea, el gato se encuentra vivo y muerto dependiendo del mundo en el que esté localizado.»

Haru y Minwoo se conocían desde los seis años. Como los dos tenían madres solteras que eran, además, vecinas desde la infancia, habían asistido juntos a la escuela primaria, secundaria y superior, y compartido clases particulares. Luego, cuando ambos se trasladaron de Busan a Seúl tras ser aceptados en la universidad, arrendaron cuartos en la misma residencia y estudiaron juntos licenciatura, aunque con distintas menciones. Ahora que eran adultos responsables, seguían viviendo en el mismo edificio, porque estaban tan acostumbrados el uno al otro que extrañaban no verse seguido.

A pesar de que se conocían desde hacía años, eran muy diferentes. A Haru le gustaba el ruido, hablar con Minwoo, el café, las películas de acción y las mujeres. Y a Minwoo, el silencio, conversar con desconocidos, la leche, los libros y los hombres.

Y Lee Namoo, el famoso idol al que no podía dejar de investigar en internet, era su nuevo *crush* amoroso. Porque no, no le interesaban sus increíbles dotes de canto, ni que pudiera hacer una nota alta mientras bailaba. A Minwoo le gustaban sus manos grandes, la forma en la que sus clavículas se divisaban cuando el vestuario se le abría al moverse y lo atractivo y masculino que se veía con el cabello rosa, un aro de flor, collares de perla y vestuario con vuelos.

Era fascinante.

Minwoo se estaba obsesionando con él. Eso último, sin embargo, no se lo podía confesar a Haru, de lo contrario iba a quitarle el computador y el celular para que no pudiera seguir investigándolo.

Estaba justamente viendo una de las presentaciones de su canción más reciente cuando Ratata comenzó a rasguñar las paredes de su laberinto y asomó la cabeza por sobre el cartón. Minwoo cerró su computadora y le acarició la nariz.

—¿Tienes hambre?

Sus bigotes se movieron.

El cuarto de Minwoo era tan pequeño que únicamente cabían una cama de una plaza, un escritorio diminuto, una nevera tan mínima que podía haber servido para guardar cosméticos, un lavabo y un ropero. El baño era compartido. Dadas las estrechas dimensiones de su habitación, debía moverse con cuidado para no golpearse contra alguna pared. Lentamente sacó una sudadera roja, sus zapatos y tomó a su mascota para guardarla en uno de los bolsillos de la chaqueta.

—Recuerda no moverte —le pidió a su ratón, ya que una vez había tenido una mala experiencia con una vecina que lo vio asomándose por la manga de su chaqueta.

Salió del cuarto. Como Haru arrendaba la habitación vecina, aprovechó de llamarlo. Su amigo abrió la puerta con el cabello revuelto y un ojo medio cerrado.

—¿Todavía dormías?

—Minwoo, son las ocho de la mañana.

—Oh, ¿en serio? —Comprobó su reloj. ¿Eso quería decir que no había dormido en toda la noche? Vaya, su insomnio estaba siendo preocupante.

Verificó también la fecha para comprobar si estuvo horas o días investigando al idol: 19 de mayo. Muy bien, solo habían sido unas cuantas horas.

Al captar su expresión consternada, Haru dio un largo suspiro.

—¿De nuevo no dormiste? ¿Qué te quedaste haciendo?

Viendo videos de Lee Namoo, pero eso no podía decírselo porque se iba a enojar.

—Una investigación —mintió.

Haru frunció las cejas.

—¿Sobre qué?

—Sobre lo inteligente que es Ratata. —Al escuchar su nombre, el ratón asomó la cabeza por el bolsillo de la sudadera—. ¿Lo ves?

—¿Por qué llevas a Ratata contigo?

—Voy a bajar a comprar a la tienda de conveniencia, ¿quieres algo?

Ordenando su cabello, Haru negó entre bostezos.

—No, ya tengo ramen para almorzar. Oye, Minwoo —lo llamó antes de que se marchara—, deja a la rata en tu cuarto. Vas a asustar a alguien.

Minwoo, por supuesto, fingió que no lo había oído y le acarició la cabeza a Ratata para que se escondiera de nuevo.

La tienda de conveniencia, que visitaba de manera regular, estaba ubicada a dos cuadras de su edificio, aunque no tenía la marca de ramen que ese día se le antojaba. Se encontró con un local mucho más grande al avanzar unas cuadras al norte. Era nuevo, aparentemente construido para abastecer a un edificio de departamentos de lujo que se divisaba más adelante. Tenía varias mesas para comer afuera, máquinas para preparar el ramen y microondas para la salchicha.

Paseó por los pasillos buscando algo dulce.

Estaba tan distraído mientras se inclinaba buscando una chocolatina, que no se percató de que alguien se detenía a sus espaldas. Al enderezarse, chocó con algo.

—Lo siento mucho, yo...

Minwoo observó su propio reflejo en unos lentes oscuros y dio un grito ahogado.

—Ten más cuidado.

Era Lee Namoo.

El gato de Schrödinger hablaba.

Y no solo eso, también se veía molesto.

—¿Me estás acosando?

Tan desconcertado quedó Minwoo que le costó modular una respuesta.

—Eh, no.

—Eres un *sasaeng** —insistió Namoo.

—¿Qué? —jadeó sin aliento—. Eh, yo no, soy profesor... bueno, casi profesor, estoy titulado, pero sin empleo. Hago clases particulares también.

Lee Namoo se levantó los lentes. Su mirada lucía cansada debido a unas grandes ojeras amoratadas, como las del propio Minwoo.

—Hace un mes estabas en una cafetería —especificó el idol apuntándolo con el dedo (por fortuna, ambos eran de la misma estatura)— y ayer te vi en el cibercafé. ¿Y ahora esto? Ya averiguaste los lugares que frecuento.

---

* Nombre que se les da a las *fans* obsesionadas que dedican su vida a perseguir, tanto en el ámbito privado como público, a un famoso.

—¿Qué? —repitió moviendo las manos de manera efusiva, por lo que su chocolatina salió volando y golpeó sin querer el rostro de Namoo.

La tensión podía cortarse con un cuchillo.

—Lo siento —susurró Minwoo—, te juro que no fue adrede.

Sin embargo, Namoo ya había sacado su teléfono celular y le tomó una foto.

—Se la pasaré a mi empresa para que te ponga en la lista negra.

—Pero si yo vine solamente a comprar un ramen y algo para Ratata.

—¿Rata...? —Namoo no alcanzó a terminar la frase.

En el instante en que Minwoo sintió que algo se movía en su bolsillo, el idol pegó un grito y dio un salto que lo hizo golpearse con la estantería de atrás. Los sobres de ramen cayeron al suelo justo cuando Namoo agarraba un *pack* grande, esos de diez unidades, y lo alzaba en el aire como un mazo de batalla.

—¡No te muevas! —exclamó.

Acto seguido, comenzó a golpearlo con el ramen. Minwoo se cubrió el pecho con los brazos, en tanto se inclinaba para proteger a Ratata en su bolsillo.

—¡No, no, no! —intentó decir entre cada golpe que recibía.

—¡Quédate quieto, tienes una rata encima!

—¡No, no! —Golpe, golpe, golpe—. Es mi mascotita.

Como si no lo hubiera oído, el chico continuó usando el paquete como bate de beisbol. Cuando la bolsa se rajó y los envoltorios de ramen cayeron al suelo, el idol agarró de inmediato otro pack.

—¡Que tienes una rata en el bolsillo! —chilló Namoo.

—¡No, no es una rata! O sea, sí, es una rata, pero es mi mascota y se llama Ratata —se corrigió dado lo obvio de la situación.

Con el ramen en alto y listo para proseguir con el ataque, Namoo hizo una inspiración profunda. Sus lentes de sol se habían caído y una docena de paquetes estaban desparramados por el suelo. Era una suerte que la tienda de conveniencia contara con autoabastecimiento. No obstante, de seguro se les prohibiría la entrada a ambos cuando los dueños descubrieran, gracias a las cámaras, quiénes eran los causantes de tal desastre. Aunque lo cierto era que al único que vetarían sería a él; Lee Namoo era demasiado famoso como para prohibirle algo.

—¿Tienes una rata de mascota? —musitó Namoo con incredulidad.

—No es una rata cualquiera, es Ratata —corrigió.

Todavía acelerado, Namoo lo examinó de pies a cabeza. Era una suerte que ese día Minwoo no hubiese salido a comprar en pijama, de lo contrario la situación se habría vuelto aún más irreal y absurda. Como el idol continuaba analizándolo, Minwoo tocó a Ratata por sobre la ropa y ella sacó la cabeza. Sus bigotes se movieron para olfatear.

La expresión de Namoo fue de incredulidad y luego se alejó un paso como si tuviera miedo de que Ratata se le tirara encima, reacción que Minwoo encontró muy acertada, porque Ratata podía saltar sin dificultad una distancia de dos metros. Era un ratón muy inteligente.

—Pero ¿no son blancas las ratas que venden? —cuestionó, todavía con el paquete de ramen en la mano, listo para comenzar otra ronda de golpes si lo creía necesario.

—A Ratata no la compré.

—¿Acaso la recogiste en una alcantarilla?

—De hecho, sí.

Namoo retrocedió otro paso, su nariz fruncida en señal de disgusto. Minwoo comprobó que sus nudillos estaban rojos y partidos. La pasada noche había leído un artículo que señalaba uno de los grandes problemas que padecía Namoo: era un adicto a la limpieza, al punto de que, por temporadas, tenía que usar guantes desechables para no seguir lastimándose la piel de las manos. Considerando su manía, era comprensible que pareciera a punto de desmayarse del asco.

—Me gustaría aclarar que la recogí de un alcantarillado de agua potable —especificó Minwoo—, no de aguas servidas.

—¡Sigue siendo un alcantarillado!

—A mi favor diré que la pobre se estaba ahogando y había asomado su cabecita por un orificio, así que, obvio, la adopté.

—Obvio, la adoptaste —susurró Namoo con incredulidad—. ¿No podías dejar que se ahogara?

Minwoo le acarició la cabeza a su mascota con el dedo.

—No digas esas cosas. Ratata es muy sensible e inteligente, la vas a hacer sentir mal.

—Es un ratón, no un cerdo —precisó Namoo.

—Los ratones son muy inteligentes, por eso los ocupan para experimentos. Ratata incluso sabe hacer trucos. ¿Quieres que te muestre uno?

Como Namoo no contestó, Minwoo dio por hecho que asentía. Así que sacó a Ratata del bolsillo y la sujetó con la palma mirando hacia arriba.

—Ratata, uno —dijo.

La rata se metió por debajo de su chaqueta, pasó por sus hombros y llegó hasta su otra mano. Orgulloso, Minwoo alzó la barbilla descubriendo a Namoo pegado a la estantería con los brazos extendidos. Su expresión era de horror.

—Asqueroso —susurró con un hilo de voz—. Eres el peor bicho raro que he conocido en mi vida.

Y sin decir nada más, abandonó la tienda.

«El multiverso era un término utilizado para definir el conjunto de muchos universos existentes. Por eso, mientras en algunos de ellos se podía estar muerto, o ni siquiera haber nacido dadas las decisiones tomadas por tus antepasados, que hicieron cambiar la forma en que se desarrolló ese universo, siempre habría al menos un mundo posible en el que se podría conocer al idol más famoso de Corea para mostrarle tu rata mascota.»

A Minwoo comenzaba a gustarle cómo se desarrollaba ese universo en el que ambos vivían.

4

LEE NAMOO GOLPEA A DESCONOCIDO EN TIENDA DE CONVENIENCIA

> «El conocido idol Lee Namoo es sorprendido por las cámaras de seguridad de una tienda de conveniencia, ubicada en el barrio Gangnam, golpeando a un desconocido sin previa provocación.»

Lo despertaron las llamadas telefónicas. Una y otra y otra y otra, hasta que Namoo no pudo seguir durmiendo. Todavía atontado por el efecto de las pastillas para descansar, tanteó la mesita de noche buscando su celular. Al dar con él, revisó la pantalla. Era el mánager Su. Se sentó en la cama y contestó, de pronto con una sensación pesada en el pecho que lo asfixiaba.

—¿Qué ocurrió? —Si el mánager Su lo estaba llamando, y no enviándole un mensaje, se debía a que lo buscaba con urgencia—. En todos los portales de noticias están transmitiendo un video donde sales golpeando a alguien.

Lo primero que pensó fue *¿a quién?* Si él estaba gran parte del día en programas, grabando y rodeado por personas que lo cuidaban. Entonces, lo recordó.

—¿Quién lo filtró?

—¿Quién crees tú?

Debía ser NaTV, aquella agencia de noticias que filtraba la vida privada de todos, incluyendo la suya.

—¿Y no negociaron con ellos? —cuestionó Namoo.

—No nos llamaron para hacerlo.

Dio un largo suspiro.

—Dame un minuto y te regreso la llamada.

Cortó antes de que el mánager Su pudiera replicarle. Ingresó a la página de NaTV. En el inicio aparecía una fotografía suya con el titular: «Lee Namoo golpea a desconocido en tienda de conveniencia». Más abajo estaba adjunto el video donde Namoo golpeaba al chico con un paquete de ramen.

—¡Tenía una rata! —chilló Namoo tras regresarle el llamado al mánager—. La tenía en su mano y me asusté, ¡pensé que lo podía morder! Estaba, de hecho, defendiéndolo.

—Pues no parece eso.

Claro que no, porque el video duraba justo los treinta segundos en los que Namoo golpeó de manera desquiciada al chico. Lo peor era que la noticia se encontraba punteada con cinco mil reacciones de enojo; los comentarios de los *netizen* eran incluso peores de digerir. De la noche a la mañana, Namoo se había convertido en una paria social. Pedían que se abriera una investigación en su contra y había quienes exigían una petición en la Casa Azul para que fuera vetado de los programas de música ahora que estaba promocionando su nueva canción.

—¿Qué necesitas de mí? —preguntó Namoo—. ¿Subo unas disculpas públicas? ¿Las tengo que escribir a mano? ¿Lo hago por mis redes sociales o las subirán ustedes?

—Lo haremos nosotros en representación tuya. —Namoo se relajó contra la almohada—. Pero si no funciona...

—¿Cómo no? —se quejó, otra vez, tenso—. Si es la verdad.

—¿Cuál es el nombre de la persona, Namoo?

Contempló el cielo del cuarto. Las cortinas bloqueaban a la perfección el sol, por lo que estaba oscuro. La única luz que había era la que emitía su pantalla.

—¿Cómo lo voy a saber yo? ¡Es un acosador!

—¿Acosador?

Chasqueó la lengua.

—Olvida eso último. Pero tengo una foto de él, ¿lo van a buscar?

—En caso de que nuestro comunicado no aplaque la molestia del público, lo contactaremos para que dé explicaciones.

—Comiencen a buscarlo de igual forma —pidió Namoo—. Me vestiré, pasen por mí en diez minutos.

Nada más cortar, sintió que el aire se le esfumaba de los pulmones. Sujetándose la cabeza con las manos, se inclinó para ocultarse del mundo, a pesar de que se encontraba solo en aquella habitación oscura. Las piernas le temblaban. Contó hasta diez, veinte, llegó a los trescientos setenta y ocho.

Se puso de pie y se dirigió a la ducha.

Al subirse a la furgoneta polarizada que lo esperaba en los estacionamientos subterráneos, el mánager Su le tendió una botella de café.

—Fuera de la agencia está repleto de reporteros —contó.

—¿Ya se emitió el comunicado? —preguntó Namoo dándole un sorbo a su café.

—Estamos en eso.

El resto del camino lo hicieron en silencio. Las manos nerviosas de Namoo marcaban un ritmo impreciso sobre su muslo, *tap-tap-tap*, pausa, y *tap-tap-tap-tap*. Como le había advertido el mánager Su, afuera estaba repleto de periodistas. Recién eran las dos de la tarde y a él ya le dolía la cabeza. Como la mayoría de las grabaciones se realizaban en horario nocturno para evitar una filtración y la masa de fans, a esa hora Namoo casi siempre estaba durmiendo.

No le sorprendió que Su le pidiera bajarse en la entrada y no en el subterráneo. Era bueno que le tomaran fotos, así, de alguna forma, demostraba que no tenía de qué ocultarse porque no era culpable, solo un pobre infeliz en circunstancias penosas.

Unos guardias de seguridad lo ayudaron a abrirse camino hacia el edificio, mientras los *flashes* se disparaban de manera incesante. Intentó pestañear, aunque continuó viendo puntos blancos. Le dolía mucho la cabeza.

Una persona lo sujetó del brazo, sus dedos tocaron la chaqueta de alguien antes de que los guardias alejaran al reportero. Llegaron a la recepción y lo subieron al ascensor. Cuando las puertas se cerraron, Namoo se apoyó contra la pared. Respiraba de manera agitada. El mánager Su lo observaba con atención. Se limpió el sudor frío de la frente, intentó calmarse.

Necesitaba lavarse las manos.

Lo necesitaba.

Necesitaba ducharse.

Pero las manos...

Llegaron hasta el piso donde se ubicaba su agencia y corrió hacia el baño.

Cerró la puerta con pestillo.

Agarró jabón.

Y frotó.

Y frotó.

Y frotó con tantas fuerzas que sus dedos temblaron y su piel se puso roja por la irritación. Con las manos en alto para que se secaran sin tocar nada, cerró los ojos unos instantes y tomó una larga bocanada de aire.

Podía respirar.

Expiró.

Él podía respirar.

A continuación, sacó los guantes desechables que había aprendido a guardar en su bolsillo y se los puso.

El mánager Su lo esperaba fuera.

—Ya dimos el comunicado —anunció inmutable al analizar sus manos ahora ocultas.

—¿Y la reacción de la gente?

—Escépticos, dicen que no se ve ningún ratón en el video.

Claro que no, porque habían cortado la grabación justo en el instante en que Namoo continuaba golpeando al chico rata. Lo detestaba. Ni siquiera conocía su nombre y tenía el poder de arruinar su carrera completa.

—¿Y el chico? —quiso saber Namoo.

—Lo estamos buscando.

Namoo permaneció el resto del día encerrado en su oficina. Intentó dormir, comer, hacer algo, pero la comida se le quedaba en la garganta. No hizo más que dar vueltas en el sofá. Se había rendido cuando escuchó la puerta abrirse.

En el edificio existía una única persona, además de él, que conocía la clave para ingresar a su oficina. Namoo tenía dos mánager: Su, a cargo de él como persona, y Seo, del lado comercial, el único que tenía la clave del cuarto. No importaba la cantidad de veces que Namoo le cambiara la contraseña, porque de igual forma el mánager Seo le terminaba desconfigurando la cerradura digital. Así que, entre permitir que cualquiera entrara a su oficina o únicamente el mánager, él prefería hasta cierto punto esto último.

Namoo intentó dejar quietas sus manos.

—¿Sí? —preguntó con voz suave, dócil.

Un tono patético.

—Habrá una cena dentro de una semana.

Tomó una inspiración entrecortada. No se percató de que había anudado su cintura con sus brazos.

—¿Tengo que ir?

El mánager Seo soltó un bufido.

—¿Tiene sentido una cena sin ti?

Bajó la vista. No, por supuesto que no. Detestaba asistir a cualquier evento que el mánager Seo le solicitara, sin embargo, asintió de mala gana. Tragó saliva y no levantó la barbilla hasta que volvió a oír la puerta cerrarse.

Nuevamente solo, fue hacia el baño. Se quitó con desesperación los guantes y comenzó a lavarse las manos.

Una.
Y otra.
Y otra.
Y otra.
Y otra vez.

5

LA AGENCIA DE LEE NAMOO
CULPA A UNA RATA

«La pasada tarde, la agencia de Lee Namoo entregó un comunicado indicando que las grabaciones, obtenidas el día 19 de mayo desde unas cámaras de seguridad, fueron sacadas de contexto. Según lo explicado por el idol a sus representantes, intentaba salvar al desconocido de una rata que se había escondido en el bolsillo de su chaqueta.»

El olor a pollo frito le cosquilleaba la nariz, sin embargo, al frente no había más que un plato vacío. Namoo ya se había devorado la galleta de arroz y los cinco palitos de apio que le dieron como cena. Por eso, analizó con cuidado a la maquilladora que terminaba de retocarle la base y luego los restos de pollo que había olvidado el mánager Su en una bandeja.

Se llevó el vaporizador a la boca para controlar la ansiedad.

Botó el aire.

Miró nuevamente los restos de pollo.

La maquilladora había comenzado a guardar las brochas.

Volvió a inhalar el vaporizador, sin que el falso sabor a caramelo lo tranquilizara.

Estás a dieta, se recordó.

Siempre estoy a dieta, se respondió.

Intentó calmarse. Porque si había algo superior a sus ganas de robarse ese plato, eran sus deseos de no regresar a ese tiempo cuando le quitaban la comida de las manos y se la escondían. No, él no quería tener que volver a almorzar cubos de hielo.

Así que aspiró el vapor caramelizado y cerró los ojos engañando a su cuerpo para que creyese que saboreaba un dulce. Y a pesar de que la maquilladora abandonó el cuarto tras una discreta despedida, Namoo continuó sin levantarse del asiento.

No finalizó las grabaciones del comercial hasta pasada la medianoche. Tras subir a la furgoneta, el mánager Su se volteó en su asiento y le tendió su teléfono, donde se visualizaba una publicación del portal de espectáculos NaTV.

—¿Qué sucedió ahora? —quiso saber.

Leyó el artículo.

La ira fue el primer sentimiento que le revoloteó en el pecho, más aún cuando el mánager Su le explicó que su nombre era tendencia en internet y que Twitter estaba plagado de fotografías adulteradas donde lo mostraban combatiendo con ratas gigantes.

—¡Te juro que fue así! —exclamó—. En serio llevaba un ratón en el bolsillo.

El mánager Su había emprendido rumbo a su domicilio.

—Namoo, me gustaría aclarar que eres libre de contarnos la verdad y nosotros, como tus representantes, intentaremos buscar alguna solución. Pero si no sabemos lo que de verdad ocurrió, no podemos resolver el problema.

Cruzándose de brazos, giró la cabeza hacia la ventana. Dio una profunda inspiración.

—¿Y de qué me sirve eso? Estoy diciendo la verdad y no me crees.

La expresión del mánager Su era escéptica.

—Namoo...

—Déjenme aquí —ordenó.

A pocas cuadras del edificio en el que vivía, el furgón debió frenar de golpe cuando Namoo abrió la puerta de repente. El mánager Su intentó sujetarlo.

—Nos veremos mañana, si no he sido cancelado por octava vez en un año —se despidió con ironía, porque, considerando cómo estaban las cosas, dudaba de que a la siguiente tarde tuviera alguna actividad programada. Su agenda, que había partido intensa y repleta a principios de mes, había ido disminuyendo a medida que el mánager Su contestaba el teléfono.

Tras cerrar la puerta con brusquedad, Namoo metió las manos en los bolsillos del pantalón. La noche estaba helada y él había olvidado su chaqueta.

Caminaba de prisa. Al pasar frente a una tienda de conveniencia, se detuvo y contempló la idea de comprarse un chocolate caliente. De pronto, se abrió la puerta y salió un cliente.

Namoo jadeó indignado al reconocerlo.

—¡Eh, tú!

Frente a él se encontraba el chico rata, quien dio un salto, asustado. Al verlo, su expresión cambió de inmediato a una de terror. Namoo alcanzó a dar un paso hacia él antes de que el chico comenzara a correr.

—¡Oye! —lo llamó—. ¡No huyas de mí!

Hizo lo que le pareció más lógico en ese instante: lo persiguió. Sin embargo, los años de malas dietas no le permitieron alcanzarlo ni mucho menos mantenerle el paso. El chico corría rápido y a ritmo constante. Debía trotar con regularidad. Cansado y con las costillas adoloridas, Namoo se detuvo en medio de la calle. Con expresión de dolor, intentó llamarlo una última vez.

—¡Necesito hablar contigo! ¡Eso es todo!

Sin responderle, el chico dobló hacia la izquierda en la siguiente calle. Lo perdió de vista.

Un golpe seco.

Extrañado, Namoo se apresuró hacia el lugar todavía afirmándose el costado del cuerpo. Al doblar la esquina, se encontró al chico rata en cuclillas sobándose la frente. Estaba al lado de un paradero que aún se mecía.

—¿Chocaste con el tablero? —preguntó Namoo con incredulidad.

El chico rata alzó la barbilla hacia él. Al querer levantarse para continuar con su huida, Namoo alcanzó a sujetarlo por detrás.

—No te vas a escapar de mí otra vez —advirtió.

—No me hagas nada —pidió el chico—, tengo a una mascotita que alimentar.

Namoo frunció la nariz con disgusto.

—No tienes una *mascotita* —puntualizó con ironía—, tienes una rata.

—Rata mascota —tuvo la osadía de corregirle.

Namoo aspiró largo para armarse de paciencia.

—Tengo bastantes cosas que conversar contigo —comenzó—, pero primero, ¿cuál es tu nombre?

—No diré nada hasta que llegue mi abogado.

Pestañeó sin entender.

—¿Qué abogado?

El chico se vio sorprendido. Al incorporarse notó que medían casi lo mismo. Namoo era ligeramente más alto porque utilizaba zapatos con plataforma.

—¿No vas a demandarme?

—¿Qué? —Namoo sacudió la cabeza, desconcertado—. Espera, ¿sabes lo que está ocurriendo con mi vida?

El chico miró hacia un costado con clara expresión de culpa.

—No —dijo en tono de duda.

—¿Cuál es tu nombre? —insistió.

—Haru. —Miró hacia un lado.

—Me estás mintiendo, ¿cierto?

—¿No?

Namoo lo tiró de la camiseta, sin embargo, era notorio que ese chico tenía más fuerza que él, así que no pudo amedrentarlo. Además, no podía concentrarse mirando su frente roja por el golpe. Iba a salirle un tremendo moretón de no aplicarse hielo pronto.

—Dime cuál es tu nombre —instó—, no te voy a demandar.

Con los labios estirados, el chico lo meditó. Suspiró en señal de derrota.

—Me llamo Minwoo. Pero no tengo dinero, no te desgastes demandándome. —Se hizo un silencio—. Por favor.

Por fin Namoo lo soltó.

—Te dije que no quiero demandarte, vine a...

Su voz murió de golpe porque el supuesto Minwoo salió corriendo nuevamente. Esta vez, avanzó hasta las escaleras de un edificio residencial que se ubicaba a unos metros. Lo vio digitar la clave y hacerle un gesto irónico de despedida tras asegurarse de que la puerta se cerraba.

O era un idiota o era incapaz de tomar decisiones bajo estrés.

¿Así que ahí vivía? Ahora tenía sentido que se lo hubiera encontrado en tantas partes: eran vecinos.

Namoo se acercó a la puerta y notó que las teclas estaban gastadas en cuatro dígitos. Recordando la posición de los dedos del supuesto Minwoo, marcó la clave. La puerta se abrió.

Ingresó a una recepción que tenía una muralla repleta de casetas pequeñas con la numeración de los departamentos, era el sector de recepción de cartas. Leyó los nombres con rapidez y se detuvo en uno.

312

KIM MINWOO

Al lado de ese casillero figuraba un tal Song Haru.

Tendría que averiguar si le había mentido con el nombre.

Subió las escaleras de la residencia encontrándose en cada pasillo con una docena de puertas a la izquierda y otra docena a la derecha. Namoo hacía años que no estaba en un edificio con habitaciones rentadas, había olvidado lo claustrofóbicas que eran.

Al llegar al tercer piso, buscó el número y golpeó.

Un instante después, la puerta se abrió. Alcanzó a divisar el rostro de Minwoo antes de que este cerrara la puerta en seco.

—Minwoo, ya te vi.

No hubo respuesta.

—No te voy a demandar, ya te lo dije.

Nada.

—Necesito hablar contigo. Si me dejas te prometo que le compraré una mansión para ratas a tu rata mascota.

La puerta se abrió unos centímetros permitiéndole divisar un ojo.

—¿Y de qué tamaño sería? —preguntó Minwoo.

Muy bien, tenía su atención.

—La puedes elegir tú —propuso.

Minwoo cerró la puerta.

Armándose de paciencia, Namoo golpeó nuevamente.

—Y también te daré un año de alimento para ratas... y te prometo que no será queso con veneno.

Escuchó un jadeo indignado seguido por una exclamación ahogada.

—¡Dame un minuto! —pidió Minwoo.

Todavía cansado por la corrida, y algo mareado ya que no había probado bocado desde los palitos de apio, Namoo se apoyó contra la pared. Cerró los ojos al sentir que la cabeza se le iba hacia un costado. A los pocos minutos, la entrada se abrió apenas. Por la rendija apareció un iPad junto a un lápiz.

—Léelo y firma si estás de acuerdo —anunció el chico.

Con incredulidad, recibió el dispositivo.

—*Contrato para Ratata* —leyó Namoo en voz alta. Levantó la barbilla para observar el ojo visible del chico—. ¿Esto es una broma?

Minwoo negó con la cabeza, o al menos eso pareció.

—Esto es lo único que me asegura que no vas a demandarme y que le comprarás la mansión a Ratata; tampoco olvidemos el año de comida gratis.

Namoo estuvo tentado de lanzar el iPad al suelo, pero enseguida recordó que su carrera completa dependía de ese chico y leyó el contrato a toda velocidad.

Yo, Lee Namoo, número de identidad ___, me comprometo a:

1. *No demandar a Kim Minwoo, número de identidad n° XXXX, bajo ninguna causal.*
2. *Comprarle una mansión a Ratata que esté adaptada a su tamaño.*
3. *Patrocinar el alimento de Ratata por un año a partir de la firma de este documento.*

Nunca había conocido un peor bicho raro que ese, debía incluso darle una condecoración.

—¿Solo debo firmar esto y hablarás conmigo?

—También debes poner tu número de identidad —aceptó Minwoo—. Luego lo comprobaré en la página del gobierno y sabré si está asociado a tu nombre.

—Y si «Lee Namoo» es mi nombre artístico, ¿cómo vas a corroborarlo?

El ojo visible de Minwoo pestañeó.

—Soy ateo, pero tendré que confiar en las fuerzas espirituales —admitió con resignación.

Namoo alzó el lápiz, después sonrió.

—¿Te das cuenta de que me diste tu número de identidad, Minwoo? Con esto podría demandarte.

Alcanzó a dar un paso hacia atrás cuando el brazo del chico intentó quitarle la tableta. Todavía se reía de él al tomar asiento en las escaleras.

—Te estaré esperando aquí para que conversemos —propuso Namoo—, de lo contrario me llevaré este iPad con todos tus datos. De seguro encuentro algo interesante en el historial, algo sucio y podrido que pueda...

Minwoo abrió la puerta de par en par.

—Hablaremos si me lo devuelves.

—Oh, no lo sé —se burló tocándose la barbilla con la punta del lápiz táctil—. Siento que vale más esto que tu promesa de conversación. Debes tener cosas muy sucias para que quieras recuperarla.

—¿Sinceramente?

Namoo lo observó fascinado.

—Sinceramente —aceptó.

—Solo encontrarás mi gran obsesión por...

—¿Mí?

—Por los números 3, 6 y 9.

Quiso preguntarle qué tenían que ver esos dígitos con alguna obsesión, aunque se contuvo.

—No lo sé —cuestionó Namoo, ahora rascándose el tabique con el lápiz—, ¿por qué mejor no lo averiguamos?

Minwoo dio un paso. Con un gesto de su mano, Namoo le advirtió que no avanzara.

—Ya no quiero la casa mansión para Ratata.

—Estoy apretando el navegador...

—¡Tampoco la comida!

—Se está cargando...

—¡Demándame, pero te juro que no tengo dinero!

Todavía sonriendo, dio golpecitos en el peldaño de la escalera para que Minwoo tomara asiento a su lado. Con los labios fruncidos, el chico obedeció. Namoo pudo percatarse de que a Minwoo se le ajustaba el pantalón en los muslos, debía trotar con regularidad.

—¿Cómo lograste entrar al edificio? ¿Tienes los superpoderes de *Spiderman* y escalaste una pared?

—Los botones de la clave de acceso están gastados. —Le restó importancia.

—Con cuatro dígitos como clave existen 5.040 posibles combinaciones. Y dado que se bloquea con tres incorrectas...

—Vi cómo movías la mano.

—Eso solo reduce la probabilidad, pero igual...

—Tengo buena memoria, ¿está bien? —lo cortó Namoo.

Minwoo lo meditó unos instantes antes de responder.

—En un programa mostraste lo rápido que aprendías coreografías, aunque yo pensé que estaba ensayado.

La sonrisa volvió a bailar en el rostro de Namoo.

—Entonces sí estás obsesionado conmigo.

—No —se apresuró en responder, sin embargo, lo delató su lengua tartamuda—. Bien, puede que no supiera quién eras en la cafetería, pero luego puede que haya visto un cartel con tu nombre y te buscara en internet.

—*Puede* —se burló de él.

—Olvidemos el tema —pidió Minwoo.

Namoo lo dejó estar.

—Bien, te preguntarás por qué necesito hablar contigo.

—Para demandarme.

—¡Que no voy a hacerlo! —exclamó indignado. Intentando recuperar el control, posicionó el iPad sobre sus piernas y se peinó el cabello—. Necesito algo de ti.

Minwoo no respondió de inmediato, y al hacerlo habló con pausa y mesura.

—Necesito que me expliques, porque en este momento estoy imaginándome muchas cosas.

Frunciendo el ceño con extrañeza, Namoo contestó.

—Necesito que hagas una declaración respecto a lo que ocurrió ese día.

—¿El día que me golpeaste con un paquete de ramen mientras yo suplicaba por la vida de Ratata?

Su expresión se crispó.

—¡Lo hice porque llevabas una rata encima!

—Si vas a seguir tratando a Ratata así —especificó Minwoo—, no habrá pacto.

Namoo puso los ojos en blanco.

—Yo no sabía que Ratata era tu rata *mascota*, pensé que podía hacerte daño —se justificó apuntándolo con el lápiz—. De hecho, estaba defendiéndote.

—¿Golpeándome?

Se armó de paciencia.

—Fue un accidente.

Minwoo cruzó las piernas por delante, los tobillos los había apoyado unos peldaños más abajo. Namoo regresó a su rostro cuando el chico habló.

—Entonces, necesitas que aclare la situación frente al público, pero no vas a demandarme.

—Te dije que...

—Lo pensaré siempre y cuando le pidas disculpas a Ratata.

—¿Qué?

—No negocio menos.

Alzó el iPad.

—Te recuerdo que tengo esto.

La mirada de Minwoo le recorrió el cuerpo.

—Tienes mi altura, aunque yo tengo más fuerza —aseguró el chico—. Podría quitártela sin problema, sin embargo, no avalo la violencia ni la intimidación, así que cerremos el trato con esto: tú te disculpas con Ratata y yo doy una conferencia de prensa.

—No es ninguna conferencia de prensa, son solo aclaraciones.

Minwoo se le quedó observando sin responder. Namoo suspiró.

—Es un comunicado de prensa —aceptó—. Pero deberás hacerlo por tus redes sociales.

—¿Qué redes sociales?

—¿No tienes? —preguntó con incredulidad.

El chico se rascó la mejilla.

—Tengo, pero de persona anónima.

—¿Cómo?

En serio no entendía a ese sujeto. Vivían en el mismo mundo y a la vez en universos diferentes.

—En mis redes sociales no tengo seguidores, las ocupo para... —Su voz fue bajando en intensidad hasta que se apagó del todo.

—¿Para?

—Eh. —La expresión de Minwoo fue nerviosa—. Para leer noticias y ese tipo de cosas.

Namoo lo meditó unos instantes.

—Dame tu número de teléfono y le pediré a mi mánager que te llame para coordinar cómo lo hacemos.

Sacó el celular del pantalón y sostuvo el iPad con los muslos para que Minwoo no se lo arrebatara. Namoo sintió que las manos le picaban mientras tecleaba el número; sabía que el chico estaba observando la piel enrojecida de sus nudillos.

Poniéndose de pie al finalizar, Namoo guardó el celular y sujetó la tableta en alto. Bajó un peldaño deseando correr todo el camino hacia su casa.

—Me quedaré con esto hasta que hagas el comunicado. —Soltó un bufido ante su expresión contrariada—. ¿Qué horrores guardas aquí que pones esa cara? Ya se bloqueó, así que relájate.

—¿No puedo entregarte otra cosa como garantía? —propuso el chico.

Su mirada viajó de Minwoo a la puerta entreabierta del cuarto, donde se divisaba una cama pequeña en una pieza que apenas dejaba espacio para más.

—No —contestó—. Nos vemos mañana.

Namoo bajó hasta la mitad de la escalera, sus miradas se encontraron.

—Si todo sale bien —prosiguió—, prometo que le compraré una mansión a tu rata mascota de nombre Ratata.

Minwoo sonrió feliz.

Tras eso, Namoo se volteó. Se fue a su departamento pensando que la sonrisa del chico rata, después de todo, no era para nada desagradable.

6

$$2 + 2 = 5$$

«Una de las primeras operaciones matemáticas que se enseñan en la infancia es que 2 + 2 es igual a 4. Pero ¿puede 2 + 2 ser igual a 5? Si tomas un ferrocarril a la una de la mañana y el itinerario indica que tarda dos horas en llegar a la primera ciudad y otras dos al destino final, ¿entonces qué hora es? Las cinco de la mañana.»

Como Minwoo venía padeciendo de insomnio hacía unos días debido a su nueva obsesión, puede que se hubiera pasado otra noche sin dormir por ver los capítulos donde Lee Namoo hacía aparición en distintos programas de variedades. Ver al idol cubierto de barro mientras resbalaba una y otra vez tirando de una cuerda, valía el dolor de cabeza con el que despertó esa mañana.

Así que únicamente se quejó una vez tras el golpe en su puerta, y dejó de hacerlo al encontrarse en el pasillo al hombre responsable de sus desvelos.

Utilizando unos lentes de sol y una sudadera con gorro, Lee Namoo parecía no haber dormido mucho más que él.

—Apúrate, nos esperan abajo —le dijo Namoo con tono cortante.

—¿Para qué?

—Para tu conferencia de prensa. ¿Mi mánager no te contactó?

Ni siquiera recordaba dónde había dejado su celular, no se sorprendería si lo había perdido otra vez.

—No.

Namoo se armó de paciencia.

—En fin, vístete y vamos.

Escuchó que Ratata chillaba en su laberinto. Peinándose los cabellos, que de seguro estaban parados y revueltos, Minwoo apuntó hacia dentro del cuarto.

—Antes debo darle de comer a mi mascota.

Namoo se subió los lentes de sol.

—Es una rata, se comerá una hoja si le da hambre.

—Mi Ratata es una rata mascota bien alimentada —Minwoo hizo una pausa—. De hecho, come mejor que yo.

Chasqueando la lengua, el idol comprobó la hora en su celular.

—Tenemos cinco minutos.

—Eres famoso —informó Minwoo como si aquello no fuera obvio—. Si fuera posible, el tiempo se detendría para ti.

Namoo cerró los ojos unos instantes y se masajeó la sien. Sus ojeras se marcaban moradas y profundas. Parecía llevar tantas noches sin dormir como él.

—Diez minutos.

—Me siento honrado —se burló.

—¡Y lávate los dientes! —gritó Namoo desde afuera.

Vaya, nunca nadie le había cuestionado sus hábitos de higiene.

El cuarto de Minwoo no tenía baño, aunque había un pequeño lavabo que ocupaba para lo indispensable, como lavarse las axilas y los dientes. Tras asearse, agarró a su rata mascota y la metió en el bolsillo de su chaqueta junto a un par de galletas. Antes de salir, recordó las palabras de Namoo y se echó enjuague bucal (tres veces).

Se encontró al idol apoyado a un costado de la puerta. Guardó el celular antes de hablarle.

—¿Estás listo?

—Sí. —Hizo una pausa durante la cual ambos se observaron—. Y para tu información me lavé los dientes tres veces.

—Bastaba con una.

Al cerrar la puerta de su cuarto, se abrió otra. Un adormilado Haru, con el cabello revuelto y la almohada marcada en la mejilla, apareció en el pasillo en bata.

—Minwoo, ¿qué haces despierto tan...? —Enmudeció de golpe. A la vez que se percataba de que el mismísimo Lee Namoo estaba frente a él y abría los ojos en señal de sorpresa, se sujetó la bata para cerrarla alrededor del cuello.

—Voy a estar fuera durante la mañana —le explicó a su amigo, que seguía paralizado y sin pestañear.

—Entiendo —musitó Haru.

El idol frunció los labios e inclinó la cabeza en señal de respeto.

—Hola, debes ser Haru.

El rostro de su amigo se puso rojo. Se inclinó tanto que Minwoo se preguntó si sería capaz de besarse las rodillas.

—Un gusto —contestó con voz estrangulada.

La atención de Namoo se trasladó de Haru a él, quien parecía consternado al ver que su amigo no abandonaba la reverencia.

—Te espero abajo —dijo el idol antes de llegar a las escaleras—. No tardes.

Sus pasos se alejaron y la puerta principal se cerró.

—¡¿Ese era Lee Namoo?! —jadeó Haru, tironeándolo por la camiseta.

—Evidentemente.

—¡¿En serio lo era?!

—Te dije que sí, Haru.

—¡¿Y estaba aquí?!

—En esta realidad —aclaró—, sabes que en otros mundos es posible que ni nos conozcamos. —Sonrió feliz—. Me encanta este universo, ¿a ti no?

Haru lo soltó y sacudió la cabeza con incredulidad, llevándose las manos a la cara al caer en cuenta de la ropa que llevaba.

—Ni siquiera me había lavado los dientes —susurró en *shock*.

—Descuida, yo tampoco.

—¿Cómo puedes estar tan tranquilo? ¡Lee Namoo es una de las personas más famosas del país! Y es tan...

—¿Alto? —Minwoo intentó ayudarlo.

—No, no...

—¿Guapo?

—Sí, pero no me refería a eso...

Su amigo permaneció unos segundos en silencio, su entrecejo se frunció. Oh-oh, eso siempre traía problemas.

—¿Por qué Lee Namoo sabe mi nombre?

Minwoo ya había huido a la escalera. No por nada era padre de una rata mascota.

—Tal vez se lo dije al pasar —contestó a la rápida mientras comenzaba a bajar—. ¡Nos vemos después!

—¡Minwoo! —gritó Haru.

Tal como le había indicado, Namoo lo esperaba en la calle a un costado de un furgón negro con vidrios polarizados. Apoyado contra la puerta se ubicaba un hombre bajito y de hombros anchos, que debía rondar los cuarenta años. Minwoo lo había visto en un par de fotografías con Namoo, por lo que supuso debía ser uno de sus mánager. El hombre lo examinó de pies a cabeza y dio un largo suspiro que lo hizo sentir incómodo. Minwoo escondió las manos en los bolsillos sintiendo que Ratata se acurrucaba contra su puño.

—El público lo va a amar —aseguró el mánager.

—¿Tú crees? —cuestionó Namoo, su mirada crítica lo examinó. Minwoo no se tropezó con sus propios pies solo porque estaba quieto. Tenía las orejas tan rojas que le ardían.

—No nos avisaste que era guapo —continuó el mánager.

—¿Importa? —dijo Namoo.

Para mí sí, pensó Minwoo.

Pero para el idol parecía que no.

—Sí —aseguró el mánager—, sobre todo cuando se ven así.

¿Así? ¿Estaba hablando de su forma de vestir? Porque él sabía que no tenía el don para arreglarse bien, siempre iba con la ropa arrugada o con colores que no combinaban. De hecho, ese día vestía el conjunto que Haru había bautizado «Melona», como el helado, porque andaba de verde agua de pies a cabeza.

—Me interesa que la gente le crea —respondió Namoo cruzándose de brazos y apartando la mirada—, no cómo se vea.

—No creo que tengamos problemas con tu chico rata.

Minwoo movió las rodillas nervioso antes de intervenir con un susurro tímido.

—Mi nombre es Kim Minwoo. —Hizo una pausa—. Y, mmh, ¿podría no decirme chico rata, por favor?

Namoo le dio un codazo a su mánager tras escuchar aquello.

—Lo siento, Kim Minwoo, fue descortés de mi parte —dijo el hombre inclinándose en una reverencia—. Mi nombre es Su Know, aunque me conocen y llaman «mánager Su».

—Mánager Su —repitió Minwoo asintiendo—. Yo solo soy Minwoo.

El mánager Su abrió la puerta de la camioneta. El ruido lo distrajo, por lo que terminó sacando las manos de los bolsillos. Al verlo, Namoo gruñó:

—¡¿Tenías que traer a esa cosa?!

Al perder el calor de su mano, Ratata se había asomado por la sudadera. Sus bigotes se mecieron en el aire. Minwoo le dio una galleta que guardaba en el otro bolsillo. Su rata bien criada e inteligente se quedó tranquila en su palma mientras se comía la galleta sujetándola con ambas patas delanteras.

—Ratata es hembra —informó Minwoo como si tuviera un público receptivo—. Y es un animal, no una cosa.

Namoo puso los ojos en blanco.

—Y ¿cómo sabes eso? —Alcanzó a agarrarle una pata a Ratata antes de que Namoo soltara un chillido y se apegara a la furgoneta—. ¡Ya no lo quiero saber!

—Pero yo...

—¡No me interesa!

Como Namoo continuaba con expresión molesta, volvió a esconder a Ratata en su bolsillo. Entonces, el susurro sorprendido del mánager Su rompió la tensión.

—Vaya, la rata sí existía.

Ese día su ratón estaba rebelde, porque se escabulló del bolsillo y corrió por su brazo hasta ubicarse en su hombro.

—Lo siento, hoy quiere ser libre —dijo Minwoo cuando intentó esconderla por tercera vez y Ratata se movió a su otra mano—. Tal vez esté en su época reproductiva.

La expresión indignada de Namoo era para registrarla.

—No puedo creer que mi carrera dependa de una rata en celos —expresó con horror. En tanto, su mánager parecía curioso.

—Minwoo, si le pides que muestre los dientes, ¿lo hace? —se interesó en saber.

—¿Ratata? —Analizó a su mascota—. Nunca lo he intentado.

La conversación terminó porque Namoo se había subido al furgón. Le hizo un gesto desde dentro para que también lo hiciera. El vehículo tenía dos corridas de asientos, se sentaron en los individuales. No hablaron mientras el mánager Su encendía el motor y emprendían camino.

Con Ratata todavía en su hombro y las manos toqueteando sus rodillas, intentó analizar de soslayo a Namoo. Iba a retomar la conversación, porque lo hacía sentir mal ese silencio incómodo, pero el idol había cerrado los ojos y volteado la cabeza hacia la ventana. Era una clara indirecta de que no quería seguir hablando con él. Por alguna razón, eso lo hizo sentirse triste.

—Debe haberse dormido —informó el mánager Su con un tono relajante que hizo que la espalda de Minwoo dejara de estar tensa.

Entonces el problema no era que no lo soportara, sino que lo aburría tanto que le daba sueño.

Genial.

Muy genial.

—¿Y es recurrente?

—Sufre de insomnio, aunque el auto lo hace dormir como un bebé. —Sus dedos tamborilearon el manubrio—. Lo conozco desde que tenía quince años, así que finge que no te conté esto porque sé que se va a enojar. Es alguien difícil de querer.

No pudo pasar por alto que las manos de Namoo se encontraban aún más rojas e irritadas que la tarde anterior. ¿Así que era difícil de querer? ¿Existían personas difíciles de querer o solo personas desinteresadas que no les importaba aprender a querer?

En la entrada de la agencia se encontraron con un grupo de personas con carteles que pedían el retiro de la industria de Namoo por ser agresivo y un peligro para la sociedad. El idol se había despertado y tenía los labios fruncidos, la mirada triste y unas manos nerviosas que se retorcían casi sin moverse.

—Bienvenido a la fama —susurró. Y a pesar de que su tono fue burlesco y lo acompañó de un bufido de desprecio, se coló en su voz un temblor adolorido.

—Te prometo que me esforzaré en la entrevista —aseguró Minwoo para tranquilizarlo—. Una vez que les expliquemos el contexto de la situación, volverán a quererte.

Porque Minwoo consideraba que no existían personas difíciles de querer, solo personas difíciles de entender.

Y Namoo era una de ellas.

Lo pudo notar en su forma nerviosa de tragar cuando la gente se agolpó alrededor del automóvil y los puños resonaron contra el metal. Sus labios eran tensos al hablar.

—Nos aman, pero están desesperados por hundirnos. Nos alaban tanto que nos quitan la humanidad y luego se enfurecen si nos equivocamos. —Sus hombros se hundieron y cerró los ojos—. Así es este mundo.

«Si hasta el resultado de una operación matemática podía variar dado el contexto, ¿por qué cuando se trataba de destrozar la carrera de un famoso nunca importaba el contexto de la situación, sino que únicamente los hechos?»

Minwoo tal vez nunca lo entendería, porque aquella respuesta tenía como variable la percepción de un observador que pecaba de cruel e injusto.

7
LA PELIGROSA RATA QUE *ATACÓ* A LEE NAMOO OCUPA CORBATA

«Esta mañana, a través del Instagram personal de Lee Namoo, se llevó a cabo una particular transmisión en la que participaron un joven y adorable profesor de física y matemáticas de nombre Kim Minwoo, víctima atacada por el idol en una tienda de conveniencia, y su rata mascota de nombre Ratata, que tiene la particularidad de usar corbata y mostrarse dócil y adiestrada. Durante los quince minutos que duró el *live*, este medio de comunicación no hizo más que preguntarse ¿hasta dónde llegará Lee Namoo con este circo mediático para evitar reconocer sus problemas de ira?»

Hubo un tiempo durante el cual a Namoo le gustó buscar su nombre en internet y leer lo que la gente decía de él. Eso fue antes de que llegaran los comentarios hirientes, las burlas, las amenazas, las palabras de asco y desprecio. Y luego, en algún minuto de su existencia, escribir su nombre en el servidor se hizo una rutina destructiva.

Lee Namoo, ponía.

Y leía.

Y leía.

Leía.

Continuaba haciendo aquello mientras su pecho se cerraba tanto y sus manos temblaban de tal modo, que únicamente podía calmar la asfixia destrozándose la piel con la escobilla.

Y frotaba.

Y frotaba.

Y volvía a frotar.

Y una vez más, hasta que sus manos ardían y el agua se manchaba de rosa. Solo ahí regresaba su perdida respiración y dejaba de oír ese zumbido molesto en los oídos. Solo entonces podía dejar de sentir ese odio que le consumía las vísceras.

Ese odio que iba dirigido a una única persona: él mismo.

Sin embargo, en ese momento, mientras leía la noticia del portal NaTV y era observado por su mánager y por Minwoo, no podía ir a lavarse las manos hasta que le dolieran, así que pellizcó la piel entre su dedo índice y pulgar y aguantó el dolor. Al deslizar su mirada por la larga mesa de caoba de la sala de reuniones de la agencia, se encontró con la expresión preocupada de Minwoo. Ratata permanecía sobre su hombro, ya sin esa ridícula corbata que en sus inicios había encontrado tan adorable.

—Lo siento —dijo Minwoo con voz afligida.

Namoo desvió la vista hacia el mánager Su. A pesar de que las puertas estaban cerradas, se podían oír las conversaciones pausadas de los empleados que transitaban por el pasillo. Hablaban de él.

Siempre hablaban de él.

Porque era parte de su trabajo.

Porque todos lo conocían sin hacerlo realmente. Y eso último era también su responsabilidad.

Sin saber qué hacer, ni mucho menos cómo comportarse, apagó la pantalla del celular y lo dejó sobre la mesa. Al frente de él, Minwoo continuaba sentado en el borde de la silla.

—Namoo, lo siento —repitió—. Yo...

—No es tu culpa —logró decir. Sentía la lengua torpe y seca—. No hiciste nada malo.

Aquello no tranquilizó al chico, que ahora había metido las manos entre los muslos en una clara actitud de incomodidad.

—No debí ponerle una corbata a Ratata —insistió Minwoo—. No creí que fuera mala idea.

Namoo se apartó el cabello de la frente percatándose de que su piel estaba cubierta por una capa de sudor. Su pecho también comenzaba a acelerarse y sus piernas a hormiguear. Se puso de pie con los puños sobre la mesa.

—Su, lleva a Minwoo a su casa, por favor —le pidió—. Y gracias, Minwoo, por la ayuda. Lamento las molestias.

—Empeoré las cosas —dijo el chico con una expresión de malestar tan angustiante que a Namoo le dieron ganas de acariciarle la cabeza para tranquilizarlo.

Pero no era algo que fuera a hacer.

—De igual forma lo intentaste, y eso lo valoro. —Su voz se oía al final de un largo túnel. Inclinó la cabeza, el mundo se movió bajo sus pies—. Puedes marcharte a tu casa.

—Pero...

Namoo enfiló hacia la puerta sintiendo pesado cada paso.

—Gracias —repitió observando por última vez la expresión triste del profesor.

Al salir de la sala, apoyó la mano en la pared como guía para avanzar por el pasillo. Los empleados de la agencia, que habían estado hasta ese momento conversando fuera de la sala de reuniones, se dispersaron de inmediato. No recibió más que unas inclinaciones de cabeza respetuosas acompañadas de unas palabras incluso más formales y lejanas. Quiso creer que correspondió los saludos. Su vista estaba anulada por los costados, por lo que apenas pudo ver el tablero para digitar la clave de su oficina privada.

Entró con el pecho agitado.

Se quitó la chaqueta, los zapatos y se derrumbó en el sofá. Acomodó su cuerpo en posición fetal, porque le dolía el estómago. No recordaba cuándo había comido por última vez, tampoco podía hacerlo, ese nudo doloroso era cada vez más y más ajustado.

Cuando la puerta de su oficina se abrió en algún momento de la tarde, Namoo no se sorprendió. El mánager Seo esperó a que lo mirara para hablar, su expresión desaprobatoria y disgustada al descubrir al famoso Lee Namoo llorando aferrado a un cojín.

—Para que aprendas cuál es tu lugar.

En respuesta, se llevó las manos al estómago e intentó esconder su rostro en la almohada, que el mánager Seo le quitó. Lo apuntó con su dedo grande y robusto.

—Recuerda una cosa, Namoo —dijo, su postura inclinada hacia él—. No eres nada sin ellos.

Sus manos se ajustaron en su cintura, bajó la barbilla.

—Ya aprendí —susurró.

—Demasiado tarde. —El mánager Seo se dirigió a la puerta—. Vete a tu casa, ya no te necesitamos aquí. Estarás en *hiatus** hasta nuevo aviso.

Solo un rumor.

Solo bastó un rumor para que su vida se derrumbara como un gran castillo de naipes.

---

* Interrupción de actividades realizada por las agencias a sus idol. Utilizada comúnmente como sanción.

8
SI UN ÁRBOL CAE EN EL BOSQUE

«Otro conocido experimento mental, relacionado con la observación por parte de un ente consciente, es el siguiente: si un árbol cae en medio de un bosque vacío y nadie lo escucha, ¿produce algún ruido?»

A Park Seung, su psicólogo, también conocido como *ajusshi**, lo veía una vez al mes con exactitud. Minwoo lo conoció cuando tenía ocho años y Park Seung pasaba los cuarenta. Ocurrió porque una profesora se percató de que él, a pesar de su edad, no había aprendido a leer ni escribir. Por tanto, pasó de la orientadora escolar a la psicopedagoga, de esta a la fonoaudióloga y, al final, a ajusshi. Estuvo visitándolo una vez a la semana durante un año completo. Era casi verano cuando ajusshi por fin citó a su madre. Minwoo todavía recordaba las manos nerviosas de su mamá tocándole el cabello, caricia que se detuvo cuando ajusshi sonrió y comenzó a hablar:

—No hay de qué preocuparse, es solo Minwoo siendo Minwoo. Todos tenemos diferentes ritmos para aprender y no hay nada de malo en ello.

---

* Señor.

A partir de ahí, las sesiones se distanciaron cada dos semanas y luego una al mes. Si bien la especialidad de ajusshi era la psicología infantil y había intentado derivarlo con otro profesional cuando llegó a la adolescencia, siguió siendo su terapeuta porque una de las particularidades de Minwoo era que se acostumbraba demasiado a la gente.

—*Soy una plastilina* —decía Minwoo en broma cada vez que resurgía la conversación de ser derivado a otro especialista—. *Y ajusshi es parte de mi familia.*

El problema era que Minwoo se había acostumbrado a pensar en Namoo, por lo que, al dejar de verlo de manera tan repentina, sintió que sus días no encajaban del todo bien.

—Le arruiné su carrera, ajusshi. Debe odiarme.

—Odiar es una palabra muy grave, Minwoo —analizó su psicólogo—. Recuerda que no la ocupamos para expresar molestia.

Minwoo frunció los labios frente a la computadora. Como él ya no vivía en Busan, donde estaba ubicada la consulta de ajusshi, sus sesiones de terapia eran virtuales. Hacía cerca de tres años que no lo veía en persona, por lo que sintió un extraño nudo en el pecho al percatarse de que el cabello de Park Seung ya no tenía motas blancas, sino que negras, y que su rostro se veía arrugado y curtido por el tiempo. Estaba cerca de jubilarse y Minwoo no quería ni imaginar qué haría cuando llegara ese día. Sabía que ajusshi llevaba un tiempo planificando cómo derivarlo a otro especialista, pero hasta que eso no sucediera, él fingiría que nada estaba ocurriendo.

Se rascó la nuca antes de responder.

—Yo pienso que Namoo sí que me odia. —Ladeó la cabeza en señal de confusión—. Ajusshi, ¿cree que debería comenzar a olvidarlo?

—¿Qué crees tú, Minwoo?

Una de las razones del porqué le gustaba tanto la terapia era que lo hacía cuestionarse cosas que por sí solo no lograba hacer.

—Pienso que lo he visto una... dos, tres... cinco veces. Entonces, no es alguien importante en mi vida.

—Tú lo has dicho.

Afirmando el colchón con las manos, Minwoo juntó la punta de sus zapatos.

—Pero me gustaría seguir viéndolo —reflexionó.

—¿Por qué?

No tuvo que pensarlo, de igual forma mintió.

—No lo sé.

Ajusshi se subió los lentes de lectura.

—¿Te gusta Lee Namoo, Minwoo?

Se puso tan rojo que tuvo que contemplar la ventana del cuarto para tranquilizarse.

—No lo sé —susurró todavía sin querer mirarlo—. Es agradable.

—Me refería como hombre, ¿te gusta?

Las puntas de sus zapatos se tocaron una, dos, tres veces.

—Me parece atractivo.

Como Park Seung permaneció en silencio, Minwoo comprobó la pantalla de reojo para averiguar qué hacía: su terapeuta se tocaba el mentón con expresión tranquila. Nunca se había avergonzado de hablar de su orientación sexual con ajusshi; de hecho, él lo había ayudado a descubrirse en ese mar gris que únicamente hablaba del amor heterosexual. Por eso Minwoo no lo contaba entre las personas que sabían que era gay, ya que nunca tuvo que decírselo, ambos lo averiguaron juntos.

—Entonces —continuó—, ¿debo dejar de pensar en él?

—Primero tendrías que averiguar si él quiere seguir en contacto contigo. ¿Recuerdas lo que hemos conversado?

—Que las relaciones son de mutuo acuerdo.

—Así es.

Lo que significaba que debía dejar de pensar en él porque no solo le había arruinado la carrera, sino que, además, a pesar de que el idol tenía su número de teléfono, no lo había llamado en todo ese tiempo. Era obvio que entre ellos no existía ninguna clase de relación dado que Namoo no parecía interesado en mantener el contacto con él.

—Ahora bien —dijo ajusshi sacándolo de sus pensamientos—, me gustaría que hablásemos de otro tema importante.

Minwoo se sentó recto en el colchón. En el escritorio frente a él tenía ubicado su *laptop* y, a un lado, el laberinto de Ratata. Le acarició la nariz.

—¿Cómo estás llevando tu nueva fama?

Tras la transmisión que hicieron desde la cuenta personal de Namoo, Minwoo no solo se había vuelto popular entre las mujeres, sino que también tremendamente odiado. Si sus redes sociales no estuvieran con nombres ficticios, los netizen ya habrían encontrado sus perfiles para acosarlo. La única plataforma que no se había salvado de aquella caza virtual era su perfil en el portal de empleos. Ahora medio país conocía dónde vivía y su profesión. Fue una suerte que su número de teléfono no estuviera actualizado en la página, porque cuando Minwoo se percató de la filtración, ya era demasiado tarde para hacer desaparecer su carta de presentación laboral.

—Lo positivo dentro de todo es que me contactaron para una entrevista de trabajo —señaló Minwoo.

Omitió, por supuesto, que además de ese correo le habían llegado una veintena de amenazas por haberle arruinado la carrera a Namoo. E incluso propuestas de matrimonio. Una suerte que la gente no supiera que era gay, de lo contrario la historia habría sido aún más complicada.

—Eso es excelente.

Sonrió con orgullo.

—Es mañana —contó Minwoo balanceando los pies—. Estoy un poco nervioso, pero me comportaré bien. Estuve toda la noche preparando mi discurso de presentación.

—¿Tienes insomnio otra vez?

—Está bajo control. —Movió las manos a lo loco—. Le avisaré si empeora.

Park Seung asintió con cuidado.

—Una cosa, Minwoo —dijo entonces.

—¿Sí?

—Hace un momento mencionaste que esto era «lo positivo dentro de todo».

Oh-oh.

Había sido descubierto.

—Sí —comenzó revoloteando la mirada—. Digamos que las *sup* no están muy felices conmigo.

—¿*Sup*? —repitió ajusshi sin entender por qué hablaban ahora de un bosque.

—Las fans de Namoo le dicen *namu* de cariño, así que, como es un *árbol*, debe tener un *bosque*... Sí, yo también lo encuentro ridículo, pero qué se le va a hacer.

Tras recomponerse y hacer una anotación rápida en su libreta, ajusshi le hizo un gesto con la mano.

—¿Pero qué sucedió con... sup?

Muchas cosas. Quiso contarle, por ejemplo, que la tarde anterior se topó con un grupo de chicas, todas menores de edad, que lo habían reconocido y perseguido durante cinco cuadras completas. Le habían gritado cosas tan hirientes que, si Minwoo hubiera tenido una baja autoestima, lo habrían afectado muy feo. Una suerte que tuviera terapeuta desde la infancia y supiera lidiar con la mayoría de sus conflictos mentales.

Incómodo, se rascó la mejilla.

—Comentarios maliciosos en internet —contó, porque aquello también era verdad—. Me desean la muerte.

—¿Y cómo te lo estás tomando? ¿Te está afectando? Necesito que me expliques para saber si concertamos alguna cita con tu psiquiatra.

Su mirada volvió a revolotear por el cuarto pequeño hasta detenerse en Ratata.

—Mamá me mandó unos talismanes por correo —comentó echando una mirada al papel amarillo con los *hangul* en rojo que tenía pegado en la puerta. Era un poco irónico que, sin saber lo que le estaba ocurriendo, su madre hubiera tenido el presentimiento de que le serían útiles—. Lo cierto es que se siente como si me estuvieran amenazando con embargarme los terrenos en el Monopoly, muy infantil y por sobre todo cuestionable.

—¿No es lo que te está quitando el sueño?

—No —aseguró.

Porque esas amenazas se sentían vacías. Su insomnio se debía a su terrible enamoramiento por Lee Namoo.

—¿Estás seguro? —insistió Park Seung.

—Sí, ajusshi.

—Recuerda que si estos comentarios se agravan, debes poner una constancia en la policía y llamarme para que te ayude a lidiar con el problema, ¿está bien?

—Lo prometo.

Esa noche, mientras Minwoo revisaba la última presentación que Namoo alcanzó a realizar en televisión antes de que fuera enviado a hiatus, se preguntó si alguna vez volvería a oírlo cantar.

«Porque si un árbol caía en medio de un bosque vacío, haría ruido incluso aunque nadie pudiera escucharlo, ya que su caída provocaría un desplazamiento de moléculas que formarían una onda sonora. Lo que no se produciría sería un sonido, porque aquello era el producto de una señal eléctrica en el cerebro y, por tanto, debía ser percibido por un observador consciente. En consecuencia, existiría una onda sonora, mas no así un sonido. Tal como la desaparición de Lee Namoo en los medios de comunicación: su voz seguía provocando una ola de partículas que vibraban en el aire, pero no estaba quedando nadie a su lado para oírlo cantar. Porque si bien Lee Namoo seguía existiendo en ese mundo cruel y despectivo, poco a poco comenzaba a dejar de ser percibido y su voz se estaba perdiendo en medio de aquel bosque solitario donde nadie nunca más podría volver a escucharlo.»

Pero mientras Minwoo siguiera existiendo en aquel universo que compartían, no iba a permitir que la voz de Namoo fuera olvidada.

Él se lo prometía a sí mismo.

9

LEE NAMOO INGRESA A *HIATUS* POR TIEMPO INDEFINIDO

«A través de un escueto comunicado publicado en sus redes sociales, Lee Namoo les pidió disculpas a sus seguidores por su vergonzoso proceder e indicó que se retiraría de la música, sin confirmar un posible regreso. Le deseamos toda la suerte del mundo y esperamos que utilice su tiempo de descanso para reflexionar sobre sus actos.»

Namoo despertó sintiendo que se ahogaba. Sentándose en la cama, tomó una larga bocanada de aire con la mano en la garganta. Tenía una capa de sudor cubriéndole la piel. La habitación permanecía a oscuras, las cortinas cerradas impidiendo pasar la luz exterior. El departamento estaba en silencio, aunque siempre lo estaba, pues vivía solo en un sitio con demasiado espacio para alguien que apenas dormía ahí.

Todavía con el pecho acelerado, agarró el teléfono y verificó la hora. Eran las 02.21 de la madrugada del 31 de mayo. No tenía ninguna notificación, ningún mensaje, ninguna llamada perdida. Había borrado las aplicaciones de redes sociales y sus mánagers ya no lo buscaban ahora que estaba en hiatus.

Y entendió dos cosas.

Estaba, por primera vez en años, completamente solo y con mucho tiempo libre. Y también, por primera vez en años, comprendió que no tenía amigos, nada más que un montón de personas que lo rodeaban sin que existiera una mutua preocupación por el otro. Lo anterior era un claro reflejo de su soledad, debido a que nadie lo buscaba, menos ahora que se había convertido en un paria social. Si bien existían más de una docena de idols que tenían su número de teléfono, ninguno de ellos lo había llamado para preguntar cómo se encontraba. Ni siquiera sus compañeros de grupo con los que se inició en ese mundo.

Nada de eso sería un gran problema si no fuera porque no sabía muy bien cómo tomarse aquello. La sensación de rechazo era constante en el fondo de su cerebro.

Intentando controlar las pulsaciones locas de su corazón, volvió a recostarse sobre la almohada. El efecto de los somníferos luchaba con la adrenalina, por lo que su cerebro dudaba entre estar exaltado o atontado.

Tomó una ducha que se alargó demasiado. Recogió su celular: seguía sin recibir llamadas, tampoco mensajes. Luego se dirigió a la sala de estar y encendió la televisión. No sabía muy bien qué hacer, por lo que puso una serie. Alcanzó a ver diez minutos y la sacó. Empezó otra, y otra, y otra, pero con ninguna pasó de los primeros minutos del primer capítulo.

No sabía cómo ocupar tanto tiempo libre ni qué hacer con sus pensamientos invasivos que no dejaban de susurrarle cosas aterradoras.

Abrumado, se encontró deslizando el dedo sobre los contactos que tenía guardados en el celular. Pensó en llamar a algún amigo, y dudó. Dejó caer el teléfono al sofá.

Él no tenía amigos.

Tenía contactos, compañeros, conocidos y relaciones, pero no amistades.

No tenía a nadie a quien llamar a las dos de la mañana.

Nadie.

Bufó presionando las piernas contra su pecho.

El sobrenombre que le había puesto un animador hacía muchos años parecía acorde a su situación actual: Príncipe de Hielo. ¿En qué momento había cambiado tanto? Quizá cuando empezó a entender que la gente lo buscaba por ser *Namu*, porque querían algo de él, porque buscaban algo de él.

Su dedo nuevamente se deslizó por la pantalla del celular y se detuvo.

Kim Minwoo

Había olvidado que tenía su contacto.
Dudó.
Apretó su nombre para enviarle un mensaje.
Dudó una segunda vez.

> **Namoo:** Hola, ¿estás bien?

Lanzó el teléfono al sofá. Ya, estaba hecho.
La nuca empezó a picarle.
Agarró el celular decidido a borrar el mensaje, cuando este vibró en su mano.

> **Kim Minwoo:** ¿Quién es?
> **Namoo:** Soy Namoo.
> **Namoo:** Por favor, no filtres mi número.

Se quedó esperando, nervioso. Su cabeza paranoica de inmediato pensó que durante la mañana tendría que ir a una compañía de teléfonos para cambiar su número.

> **Kim Minwoo:** No te creo, dame una prueba.
> **Namoo:** Olvídalo.
> **Kim Minwoo:** ¡Sabía que era una broma! Seas quien seas, no molestes, es tarde. Me estaba durmiendo.

> **Kim Minwoo:** Mentira, no me estaba durmiendo, pero igual.

Soltando un jadeo tan sorpresivo como indignado, los dedos de Namoo tipearon enojado el siguiente mensaje.

> **Namoo:** Enciende tu TV y pon TVN.
> **Kim Minwoo:** Si fueras Lee Namoo, sabrías que no tengo televisión en mi cuarto.

Lo había olvidado.

> **Namoo:** Pues si no fuera yo, ¿cómo sé que escondes sucios secretos en ese iPad tuyo?

Su respuesta tardó en llegar.

> **Kim Minwoo:** No sé cómo refutar eso, eres inteligente.
> **Kim Minwoo:** Tal vez una *selca** tuya ayude a aclarar la situación.
> **Kim Minwoo:** Podrías sacártela con la televisión detrás para saber que es de ahora y que no la robaste de internet.

Namoo puso su mano frente a la pantalla y levantó el dedo del medio. Le envió esa foto a Minwoo.

> **Kim Minwoo:** Bien, sí eres Namoo.
> **Namoo:** ¿Mi dedo te convenció?
> **Kim Minwoo:** Más bien tu mano. Se puede dibujar la constelación de Perseo con tus lunares.

¿La constelación de Perseo? Extrañado, buscó la imagen en *Naver* y examinó su piel.

---

* Selfi.

Namoo: Eres tan extraño.

Kim Minwoo: Lo sé.

Kim Minwoo: Y respondiendo tarde, sí, estoy bien, Ratata también lo está. ¿Y tú?

Namoo: No pregunté por esa cosa fea.

Namoo: Y estoy con mucho tiempo libre.

Kim Minwoo: Por el bien de nuestra amistad, omitiré ese comentario.

Kim Minwoo: Y así es la vida de los desempleados, qué se le va a hacer.

Por alguna razón, eso lo hizo sonreír.

Namoo: Yo no estoy desempleado, solo en hiatus.

Kim Minwoo: Igual Pascual.

Se quedó observando la pantalla sin entender.

Kim Minwoo: Ignora lo anterior, es una broma sin sentido. Además, ya no estoy desempleado. Encontré trabajo, ayer fui a una entrevista y estoy seguro de que me van a escoger.

Namoo: Qué confianza.

Kim Minwoo: La directora del colegio se rio de todas mis bromas. Dijo que era muy gracioso y que a la escuela y a ella le hacían falta un profesor joven como yo.

Namoo: Eso suena muy mal.

Kim Minwoo: ¡¿Por qué?!

Namoo: Averígualo solo.

Namoo: Por cierto, me imagino que alguna fan mía debió haberte atacado.

Kim Minwoo: Sí, se filtró mi correo electrónico y tengo unas veinte propuestas de matrimonio. Al menos gracias a eso conseguí este trabajo.

> **Kim Minwoo:** Otra cosa genial, entre todo el desastre, es que alguien me reconoció ayer y me pidió mi dirección para mandarle de regalo unas corbatas a Ratata.

Cerró los ojos unos instantes para aspirar largamente.

> **Namoo:** Me imagino que no se la diste.
> **Kim Minwoo:** Bueno...
> **Kim Minwoo:** ¿No tenía que dársela?
> **Namoo:** No puedes ser tan idiota.
> **Kim Minwoo:** Pero sí me llegaron las corbatitas para Ratata.
> **Kim Minwoo:** No era una mala chica.
> **Kim Minwoo:** Creo.
> **Kim Minwoo:** Ratata se ve muy adorable, ¿te puedo mandar una foto?
> **Namoo:** No.

Aun así, Namoo abrió el chat cuando le llegó una imagen para descargar. En ella aparecía Ratata parada en sus patas traseras con una corbata roja. Detrás de ella, unos dedos le hacían unas orejas de conejo.

Vaciló un instante, después le cambió el nombre al contacto.

> **Chico Ratata:** También tiene una corbata azul que va a juego con una mía.

Alzó las cejas con sorpresa.

Vaya.

Qué conversación más extraña.

> **Namoo:** En fin.
> **Namoo:** Quería saber si estabas bien.
> **Chico Ratata:** Oh, ¿ya te vas?

> **Namoo:** Debería ir a dormir.
>
> **Chico Ratata:** Sí, yo también debería irme a dormir. Es más, debería cambiar mis hábitos nocturnos porque pronto comenzaré mi nuevo trabajo como profesor.
>
> **Namoo:** Estás muy orgulloso de eso.
>
> **Chico Ratata:** Es mi sueño desde pequeño.
>
> **Namoo:** Oh, adorable. No me importa, adiós.

Antes de abandonar su teléfono en el sofá, Namoo cambió por segunda vez su nombre.

> **Profesor Ratata:** ¡Duerme bien, Namoo! Hablamos otro día.

Namoo dudaba de ambas cosas.

10
LA TEORÍA DEL CAOS

«La teoría del caos es un paradigma que estudia la sensibilidad de algunos sistemas a condiciones iniciales y cómo estos, a través de pequeños cambios, pueden conllevar grandes consecuencias. Con esta teoría se consagra la idea de la no linealidad en la ciencia. Es, por tanto, la ciencia del proceso, de lo que va a suceder, es hablar de procesos irreversibles que dejan huella en el tiempo. Entonces, ¿puede el aleteo de una mariposa producir un huracán al otro lado del mundo?»

Ese lunes 6 de junio era su primer día como profesor. Y si bien su contrato no duraba más que unas semanas, ya que ingresaba como reemplazo de una profesora con fuero maternal, Minwoo estaba eufórico. Serían en total tres niveles, con alumnos que iban entre los trece y quince años. Dado que recién el viernes había recibido la llamada de la directora indicándole que comenzaría el lunes, le dio el tiempo suficiente para perder parte de su paz mental, así que se había pasado el domingo completo recorriendo diversos mercados en busca de marcadores. Minwoo estaba convencido de que, al menos, necesitaba tener cuatro colores para impartir las clases. Por supuesto, falló.

Haru había estado de cumpleaños el viernes, razón por la cual lo acompañó en su interminable misión para encontrar uno verde. Llevaban tres días juntos. Como Minwoo no tenía mucho dinero, le había comprado un pequeño pastel y cantado el cumpleaños feliz apenas concluyó el jueves. Además, como ya era tradición, ambos usaron camisetas a juego que decían:

«Es mi cumpleaños», para Haru.

«Es el cumpleaños de mi mejor amigo», para él.

La suya tenía una mancha de kimchi del almuerzo del viernes, pero se negaba a quitársela hasta por lo menos el lunes.

—¿Y si le sacamos la tinta a uno azul y a uno rojo y los mezclamos? —le había propuesto Haru tras abandonar el sexto local sin encontrar el marcador.

—Haru, el azul con el rojo da morado, no verde.

—El morado es más bonito.

—Pero yo necesito el verde.

Una de sus maestras de la universidad ocupaba aquellos cuatro marcadores para enseñar. Y como Minwoo había logrado titularse, tenía la convicción de que aquel logro se debía a los colores y no por pasar cientos de fines de semana estudiando.

Entonces, no le quedó más que dirigirse a su primera clase, a las ocho de la mañana, solo con tres rotuladores. Estaba tan estresado por ese hecho que se levantó a las cuatro y media. El escándalo que hizo para lustrar sus zapatos en esa diminuta habitación había terminado por despertar a Haru, que lo fue a ver con el cabello desordenado y expresión adormilada. Al darse cuenta de que Minwoo estaba alistando también a Ratata para llevársela, su amigo terminó por despertarse del todo.

—No puedes llevar a Ratata a tu primer día de clases, Minwoo.

—¿Por qué no?

—Porque es una rata.

—Sigo sin ver el problema.

—Tus alumnos creerán que eres raro y no te van a respetar.

—Pero soy raro —fue su sabia respuesta—, siempre lo he sido.

—Minwoo —suspiró Haru con expresión seria—, no llevarás a Ratata.

Aun así, intentó hacerlo. Se había considerado muy astuto escondiéndola en la hombrera de su chaqueta en un momento en que Haru se distrajo, sin embargo, no previó que su amigo le haría una inspección física al salir del cuarto, revisándole el bolso y cada bolsillo de su ropa hasta que localizó a Ratata.

—Yo la cuidaré por ti —aseguró sosteniendo a la mascota, que movía sus patitas en el aire—. Hoy preocúpate de ser un profesor *cool*.

—No soy *cool* —fue otra de las sabias respuestas de Minwoo—, nunca lo he sido.

Ignorándolo, Haru lo arrastró hacia la escalera. Había alcanzado a bajar dos peldaños antes de girarse hacia su amigo.

—¿En serio no puedo llevarme a Ratata? Ella me da buena suerte y además podría ayudarme a enseñar las leyes de Newton.

—Hoy no vas a enseñar a Newton.

—¿Por qué no podría?

—Minwoo...

—Te pones así porque nunca has visto a Ratata empujar una pelota con sus patitas.

Alcanzó a bajar otros dos peldaños antes de detenerse.

—¿Qué sucede ahora? —suspiró Haru.

—Es que mi rotulador verde...

—Minwoo, es una escuela privada, lo más probable es que ocupen pizarras eléctricas. Deja de preocuparte por un tonto marcador.

—Pero ¿y si no?

—Si no ¿qué?

—¿Y si no tienen pizarras eléctricas y estoy obligado a usar mis marcadores y me da un colapso porque necesito un cuarto color?

—Llegarás tarde si no te vas ahora.

Se terminó marchando a regañadientes.

Media hora después, sin su rata mascota de la suerte ni su rotulador verde del conocimiento, Minwoo ingresó al colegio. El establecimiento contaba con una escuela primaria y una secundaria, por lo que divisó en la entrada a niños y adolescentes. Minwoo, de hecho, no se veía mucho mayor que ellos. Por lo mismo, se había puesto corbata y usaba el maletín que su madre le había regalado al titularse de la universidad.

El recinto era grande y lo conformaban tres edificios. Como la directora le había solicitado que llegara temprano para que conversaran antes de recibir a su primer curso, se dirigió a su oficina. La mujer, que debía rondar los cincuenta años, lo esperaba. Se había puesto tanto perfume que Minwoo estornudó al detenerse frente a ella e inclinar la cabeza en señal de saludo.

Le hizo un recorrido por el establecimiento.

Eran las ocho de la mañana cuando se detuvieron por segunda vez en la sala de profesores. La directora le entregó una bandeja con una serie de separadores y le explicó que en la escuela no se aceptaban celulares, por lo que tenía que confiscarlos antes de impartir las clases.

Pero ¿cómo voy a quitárselos?, se preguntó de camino a su salón. La universidad no lo había preparado para eso. Seguía dándole vueltas al tema al divisar a un par de estudiantes corriendo de regreso a la sala. Había encontrado su primera clase.

Al detenerse en la entrada del aula, Minwoo tragó saliva y se aseguró de estar en el salón correcto. Lo estaba. Contó hacia atrás desde el nueve e ingresó, cerrando la puerta tras de sí. Lo siguió un silencio tan profundo que incluso pudo oír el ruido de su maletín al posarlo sobre la mesa junto a la bandeja de los celulares.

—Mi nombre es Kim Minwoo y estaré reemplazando a su profesora de física hasta que regrese de su licencia.

Bien, bien, su voz había sonado tranquila y fuerte, no demostraba para nada el caos mental y emocional que era en ese momento. Sus alumnos no respondieron, pero captó un par de risitas disimuladas. Aprovechó para alzar la bandeja de plástico.

—Me pidieron que les confiscara los celulares, aunque no lo haré por hoy. —Un susurro generalizado se cortó en seco—. No obstante, si descubro que alguno de ustedes lo usa o suena alguna notificación, ya saben lo que ocurrirá.

Abrió su maletín para sacar los marcadores y se volteó al pizarrón para escribir su nombre. La pizarra era electrónica, los lápices táctiles estaban en una repisa al lado. Genial, tremendo caos mental para nada.

—¿Alguno de ustedes podría prestarme sus apuntes? Necesito comprobar lo último que estudiaron.

Una chica, sentada en la primera fila, le entregó su dispositivo que usaba como cuaderno. Pensar que Minwoo había estudiado con papel y lápiz. Mientras revisaba la última clase hizo una pregunta, porque ese silencio y los susurros empezaban a ponerlo nervioso.

—¿Alguna consulta que quieran hacerme?

Risas bajas, cuerpos acomodándose en los asientos. Entonces, una voz tímida.

—¿Usted es el profesor que apareció en el Instagram de Lee Namoo?

—No sé de qué hablas —respondió a la rápida.

Le regresó la tableta digital a su alumna y agarró uno de los lápices táctiles. Marcó el color negro y escribió el título. Más risas bajas.

—¿Qué sucede ahora? —quiso saber.

Nadie respondió, solo siguió escuchando las risotadas.

Y cometió el primer error de la mañana.

—Responderé una pregunta y luego no volveremos a hablar del tema, ¿está bien? —avisó.

El bullicio se elevó, todos querían hablar a la vez. Una voz se coló entre las demás.

—¿Cómo es Namu en persona, profesor?

—Guapo.

Enrojeció de golpe.

¡¿Por qué había dicho eso?!

Tosió para aclararse la garganta, las risas subieron en intensidad.

—Lee Namoo es tan genial —suspiró la alumna que tenía justo en primera fila.

Se puso incluso más nervioso.

—Sí, es bastante genial —aceptó—. Pero yo tengo una rata mascota que puede enseñar las leyes de Newton.

—¿La que atacó a Namu?

Decidió que sería mejor continuar con la clase. Agobiado, comenzó a escribir, ya que las diapositivas que había preparado eran de materia más avanzada.

La restante hora, el ambiente se fue aligerando a medida que Minwoo explicaba los conceptos con ejemplos didácticos para simplificar la materia.

La clase estaba saliendo bien.

Demasiado bien considerando que Minwoo seguía sin tener un marcador verde ni a su rata mascota de la suerte.

Y entonces comenzaron otra vez aquellas risas, al principio nerviosas y de incredulidad, después subieron de intensidad.

—¿Qué sucede ahora? —preguntó.

Descubrió a una alumna guardando el celular, la apuntó sonriendo de forma amable para que no se asustara.

—¿Qué hablamos sobre eso?

—Lo siento, profesor —respondió ella de inmediato.

Minwoo siguió escribiendo en la pizarra, las risas y susurros reaparecieron. Comenzó a picarle la nuca de los nervios. Se

dio cuenta de que su propio celular vibraba una, dos, tres...
cinco veces. Era el tono de mensajes, alguien le estaba escribiendo. Pero ¿quién? Tanto su madre como Haru sabían que
era su primer día de trabajo y no iban a molestarlo a menos
que fuera urgente.

Redactó un ejercicio en el pizarrón para que los alumnos lo
desarrollaran, después fue hacia su maletín y buscó su teléfono.

Eran mensajes de Haru.

> **Haru:** No sé a qué hora termina tu primera clase.
> **Haru:** Lo siento mucho.
> **Haru:** Intenté no molestarte.
> **Haru:** Pero esto es grave, Minwoo. Y no sé qué hacer.
> *Haru ha enviado un enlace.*

Le hizo clic al vínculo y se desplegó la página web de noticias NaTV. Su nombre fue lo primero que captó en el titular.

> Kim Minwoo, el profesor de primaria que fue agredido por el idol Lee Namoo, es gay.

Y acompañando aquel enunciado aparecía Minwoo besándose
con quien había sido su primer y único novio.

> «Por muy pequeño que pareciera el efecto en su inicio,
> una mariposa aleteando tenía la capacidad de producir un
> huracán al otro lado del mundo. Lo mismo que llevar una
> rata mascota en tu bolsillo y provocar la destrucción de
> una carrera y una vida. Porque ese descontrol, nacido de
> una pequeña fractura, era la definición misma de la teoría
> del caos.»

En ese momento Minwoo ni siquiera podía sospechar que ese quiebre correspondía solo al aleteo inicial de aquella mariposa. Todavía faltaba el huracán.

11

Minwoo no entendió cómo pudo finalizar la clase, pero lo hizo a pesar de que continuaron los susurros y las risitas a su espalda. Sentía el pecho apretado al agarrar su maletín y despedirse de sus alumnos. Se centró en que sus piernas lo dirigieran al baño de funcionarios. En sus oídos resonó el sonido de la puerta al cerrarse.

La magnificencia, se recordó, *comienza en uno.*

Caminó hacia el espejo del baño, que reflejó un rostro ojeroso y empapado de sudor.

Uno con uno es dos; dos y dos, cuatro; cuatro y cuatro, ocho; ocho y ocho, siete; dieciséis y dieciséis, cinco; treinta y dos y treinta y dos, uno...

Se veía mal, se sentía incluso peor.

Tanteó los bolsillos de su chaqueta buscando su celular y recordó que lo había guardado en el maletín. Sus dedos se resbalaban en los broches al intentar abrirlo. Al oír la puerta, agarró el bolso y se escondió en un cubículo. El maletín se golpeó contra la pared en su apuro y terminó abriéndose, su contenido ahora en el suelo.

Tres y tres, seis; seis y seis, tres; doce y doce, seis...

Tanteó sus pertenencias en el suelo. Una mano se coló por debajo de la puerta del cubículo para entregarle los tres marcadores que habían rodado lejos.

—Gracias —se escuchó decir.

La persona abandonó el baño unos instantes después.

Con el corazón acelerado, tiró su maletín al piso y marcó el primer número que encontró entre sus llamadas recientes.

—Mamá —susurró.

Ella suspiró con tristeza.

—Haru me llamó.

Lo curioso de cuando destrozaban tu vida en internet era que siempre parecían enterarse todas las personas que te conocían. Eso lo puso incluso más triste.

—No tienes de qué avergonzarte, hijo, no hiciste nada malo.

En algún momento Minwoo había terminado sentado en el suelo del cubículo. Sus piernas extendidas llegaban hasta la otra cabina.

—Lo sé —susurró.

Pero eso no lo hacía sentir mejor, porque de quién se enamoraba era algo que debía competerle únicamente a él, no a los demás. *No a los demás*, mucho menos convertirse en una nota de prensa con el fin de destruir la carrera de un artista. Que NaTV hubiera revelado su orientación sexual nada tenía que ver con Minwoo y todo con Namoo. Porque cuestionaba de manera disimulada, apuntaba, insinuaba que «Namoo tiene contacto con *esa clase* de personas».

—Jiho debe ser el responsable —propuso su madre.

Minwoo también lo creía. La filtración de aquella fotografía debía ser responsabilidad de su exnovio, nadie más tenía esa imagen.

Se tocó las rodillas con nerviosismo mientras se le hacía un nudo en el pecho.

—Hablaremos luego —siguió su mamá—, ahora debes continuar con tus clases.

Bajó la barbilla, flexionó las piernas. Después de esa noticia dudaba de que seguiría siendo profesor. Muchos padres iban a protestar y no aceptarían que sus hijos fueran educados por *alguien como él.* Y ¿qué esperanzas le quedaban si ni siquiera había alcanzado a firmar un contrato laboral?

Por supuesto, no le dijo nada de eso.

—Está bien —susurró Minwoo—. Te quiero, mamá.

—Yo también te quiero.

Al cortar, no se sorprendió de encontrar una llamada perdida de su psicólogo. Haru también debía haberle escrito. Activó la cámara de su celular para hacer una videollamada. El rostro preocupado de Park Seung apareció de inmediato en pantalla.

—Minwoo.

Sintió que sus labios se fruncían, pestañeó con fuerza para eliminar el picor en sus ojos.

—Estoy bien, creo —dijo.

—¿Puedes hablar con tranquilidad?

—Me imagino. —Se encogió de hombros, comprobó que estaba solo—. Estoy encerrado en el baño de funcionarios.

Vaya primer día de trabajo.

Ajusshi asintió, su rostro parecía intranquilo.

—No hiciste nada malo, Minwoo.

—Lo sé —susurró con voz ahogada.

—Tu mirada es de angustia.

Bajó la barbilla y apoyó la espalda en la pared.

—Ahora todos lo saben.

—Todos saben que eres gay —puntualizó Park Seung.

Sin comprender el punto, sacudió la cabeza.

—Eso dije.

—Estoy puntualizando lo que la gente sabe de ti.

—Lo siento, ajusshi, mi cerebro dejó de funcionar por hoy.

—Quiero que entiendas, Minwoo, que la información que se filtró de ti es que eres gay. Y ¿es eso una mentira?

—No —balbuceó, confundido.

—¿Y es algo que te acompleja?

—No.

—¿Y es algo malo?

—No.

—¿Y es algo que tus seres queridos no supieran?

—No.

—¿Y es algo que ocultabas al resto?

—No.

—¿Y es algo que te avergüenza?

—No.

—¿Y es algo que te dañe?

—No.

—Entonces ¿por qué te angustia que los demás sepan eso de ti?

Hizo una pausa antes de contestar.

—Porque me van a aislar.

—¿Quién hará eso?

—Todos —susurró con dolor.

—*Algunas* personas —puntualizó ajusshi—. Algunas, Minwoo, no todas. ¿Y te gustaría conocer y mantener en tu vida a personas que son capaces de reírse y burlarse de algo así?

Se tocó las rodillas.

—No.

—Entonces, no debería afectarte. Es gente que no necesitas en tu vida. No te aflijas por perder algo que no vale nada para ti.

—Pero me van a despedir. —Eso le sacó una risa nerviosa—. La verdad es que ni siquiera alcancé a firmar el contrato, así que a la directora le bastará con pedirme que no regrese mañana.

—Encontrarás otro empleo, Minwoo, eres inteligente y un excelente profesional. Además ¿te gustaría mantener un trabajo en el que tu empleador es capaz de despedir a alguien porque se enteró de que esa persona es gay?

—No —logró musitar—. No quiero eso.

—No te sientas triste, Minwoo. No hiciste nada malo.

Eran las mismas palabras que le había dicho su madre.

Asintió con cuidado.

—Gracias, ajusshi.

—¿Te sientes mejor?

Se encogió de hombros.

—Ahora no, pero ya lo superaré.

La pantalla le permitió ver una sonrisa suave en los labios arrugados de Park Seung.

—¿Qué harás ahora? —preguntó ajusshi cuando Minwoo se puso de pie.

—Iré a hablar con la directora para recibir mi condecoración como el empleado que menos tiempo alcanzó a durar. Y luego buscaré en internet cuál es el récord Guinness para ver si puedo inscribirme.

La broma les sacó a ambos una sonrisa triste, porque si bien Minwoo no había hecho nada malo, y él era consciente de eso, nadie tenía el derecho de hacerle algo así. Porque su orientación sexual no era un tema para una noticia, ni para cuestionar las amistades de otra persona ni para burlarse, ni mucho menos para ser usada al gusto y conveniencia de otros.

Su orientación sexual era parte de él, y nada más que de él.

Al cortar la videollamada, Minwoo se percató de que tenía un mensaje de su amigo y una llamada perdida.

Haru: Te queremos. Por favor, no te sientas triste por esto. No hiciste nada malo.

No, Minwoo no había hecho nada malo.

Se secó una lágrima con el pulgar.

Él iba a estar bien, porque estaba rodeado de personas que lo amaban así, con todas sus particularidades.

Lo que pensara el resto no tenía que importarle.

Por eso, apagó el teléfono e ignoró la llamada perdida de Lee Namoo.

12

Conoció a Choe Jiho, su exnovio desde hacía dos años, en su primer año de universidad. Ambos tenían dieciocho y habían ingresado a la misma carrera para obtener la licenciatura; la diferencia era que Jiho, a mitad de camino, comprendió que la docencia no era su pasión y abandonó la universidad para ingresar a la milicia y cumplir con los dos años de servicio obligatorio. Luego de eso, su relación se fue desgastando poco a poco, hasta el día en que Minwoo se quedó esperándolo en una cafetería durante horas, a pesar de que sabía que Jiho no iba a aparecer.

¿Cómo pudiste hacerme esto?, fue el último mensaje que le envió a su novio. Por supuesto, jamás recibió respuesta. Por eso, ver aquella fotografía, íntima y tan preciada para él en su momento, fue lo más triste y doloroso de la situación. Se sintió expuesto y también traicionado por alguien a quien amó quizá demasiado. Porque siempre fue Minwoo quien dio más en esa relación.

Todavía pensaba en ello cuando captó el sonido de un nuevo mensaje a través de los audífonos. Al sacar el celular, comprobó que todavía estaba la notificación de la llamada perdida de Lee Namoo. Sin embargo, el mensaje era de un número desconocido. Se le hizo un nudo en el estómago al leerlo.

Número desconocido: Minwoo, soy Jiho. Acabo de enterarme de todo.

Y más abajo:

Número desconocido: Fue mi hermano. Realmente lo siento mucho. No sabía que sería capaz de hacer algo así.

El responsable era el hermano homofóbico de Jiho, quien había golpeado a este cuando lo descubrió viéndose a escondidas con él.

No Jiho.

No él.

Pero ¿por qué eso no lo hacía sentirse mejor? Era impresionante cómo una persona de su pasado podía seguir afectándole de esa manera. Cerró los ojos, apoyó la nuca en la puerta cerrada del metro, dio una inspiración profunda y guardó el celular en el bolsillo. No iba a responderle, ya no era necesario.

Con el maletín sujeto contra el pecho, caminaba hacia su habitación mientras observaba el cielo oscuro plagado de nubes grises. Al llegar a su edificio notó una figura sentada en los escalones. No supo qué pensar al descubrir que se trataba de Lee Namoo, quien esperaba con una caja grande a su lado.

¿Habría ido a verlo a él? No quiso ilusionarse, aunque fue justamente lo que hizo.

Intentó avanzar hacia Namoo sin meter ruido, de igual forma el chico se dio cuenta y alzó la barbilla; su espalda de pronto estuvo tensa.

—Hola —dijo Namoo.

Minwoo se detuvo con uno de sus pies en el primer peldaño. Namoo puso las manos sobre su propio regazo y las cruzó. Iba sin mascarilla ni gorro ni lentes de sol, parecía haber salido corriendo de la ducha para ir a verlo. Su cabello se encontraba revuelto y esponjoso, con la raíz negra ahora crecida.

—Hola —respondió.

—Te llamé —soltó el chico.

—Lo sé.

Hubo una pequeña pausa.

—¿Y por qué no me contestaste?

—No quise.

Los labios de Namoo se fruncieron en un gesto de desconcierto. Pareció querer debatir, pero al final dejó caer los hombros y suspiró.

—Ah —susurró—. Entiendo.

—No me siento bien —confesó Minwoo mientras subía otro escalón y se ubicaba a un costado de las piernas estiradas de Namoo. Este no se movió, por lo que no sabía si tendría que pasar por sobre la caja o por sobre él para llegar hasta la puerta. No quería tomar esa clase de decisiones ese día.

—Lo siento —lo escuchó decir.

—No es tu culpa.

—¿De quién es, entonces?

Minwoo dejó su maletín en el piso y escondió las manos en los bolsillos del pantalón.

—Tal vez de Ratata.

Eso le sacó una risa sorprendida a Namoo, que sonó jadeante.

—Piénsalo —prosiguió Minwoo—, si no la hubiera llevado a la tienda de conveniencia, nada de esto habría ocurrido... Prometo nunca más ignorar los consejos de Haru.

Namoo no respondió, seguía pareciendo cohibido. Minwoo terminó apartando la caja de cartón y tomó asiento a su lado. El chico lo miró sorprendido, después su boca volvió a fruncirse.

—Hoy era tu primer día de trabajo.

—Y también el último —aclaró—. Por cierto, busqué si podía ganar un récord Guinness por esto, pero no alcancé a ser contratado, así que no tengo evidencia de mis dos horas de trabajo. Una pena, al menos habría sido divertido.

—No me digas que...

Arreglándose la chaqueta para evitar la expresión especulativa del idol, Minwoo respondió con sinceridad.

—La directora me pidió que no regresara a trabajar mañana.

—Demanda al colegio —dijo Namoo alzando la voz, acelerado—. Eso es discriminación, no pueden despedirte por una imagen tuya editada.

—No lo es.

El rostro de Namoo estaba demasiado cerca del suyo, podía divisar a la perfección sus ojos oscuros.

—¿No? —musitó Namoo con los labios planos.

—No.

—Entonces ¿eres...?

—Gay —respondió y se arregló otra vez la chaqueta porque no sabía qué hacer con sus manos—. Solo me enamoro de hombres.

Namoo giró la barbilla, sus manos ahora escondidas entre sus piernas. Su perfil iluminado por el farol naranja de la calle le daba un tono dorado a su piel.

—Lo sé desde hace años —explicó, a pesar de que el idol no había dicho nada—. Él era mi novio.

Después de un rato, Namoo pronunció una sola interjección.

—Oh.

—¿Es algo que te molesta?

La mirada nerviosa del chico fue desde el rostro de Minwoo hacia su garganta y a sus ojos.

—No —dijo por fin. Hizo otra pausa en la que se acomodó para estirar las piernas—. Con mayor razón deberías denunciar a esa directora.

—No alcancé a firmar un contrato, Namoo.

—Tengo un buen abogado, puedo llamarlo.

—No importa.

—Yo lo pago, cubriré todo el caso.

—Namoo...

—Es discriminación.

—Namoo...

—Y no tienen por qué despedirte por algo así.

El idol continuaba respirando agitado, con expresión decidida. Minwoo aprovechó para estirar las piernas y sintió que su muslo rozaba el de Namoo.

—Lo pensaré —aceptó finalmente.

Más aplacado, Namoo asintió con suavidad.

—Lo siento, Minwoo.

—No era tan importante.

—Pero...

—Encontraré otro trabajo, no te preocupes por mí. Estaré bien.

El labio inferior de Namoo sobresalió al escuchar aquello. Minwoo pudo comprobar que las manos del chico ya no estaban tan irritadas. Entre los dedos incluso se habían formado costras, lo que indicaba que no se habían reabierto esas heridas. Se preguntó si aquel lavado excesivo se debía a una obsesión y fobia por los gérmenes o si era un trastorno que se desencadenaba en determinadas ocasiones. No pudo dejar de pensar que Namoo estaba sentado en una sucia y concurrida escalera y no parecía molesto ni horrorizado por eso.

Quizás es el estrés, especuló.

Al estirarse para analizar mejor las manos de Namoo, golpeó la caja de cartón con el codo. Algo se movió dentro e hizo reaccionar al idol, que se giró para arrastrar la caja y ponerla entre ambos.

—Toma —dijo, como si esa fuera una gran explicación.

—¿Esto? —cuestionó Minwoo.

—Te la debía, ¿lo olvidas?

Sorprendido, Minwoo arrancó la cinta adhesiva y abrió la caja. Quitó el plástico y los protectores, hasta que descubrió lo que parecía una casa de muñecas. Al colocarse de pie y sacarla de su envoltorio, notó que la pared frontal era de vidrio para poder observar el interior. Tenía cuatro pisos de alto. Era una casa tallada en madera.

—¿Es la mansión para Ratata? —jadeó.

—¿No lo parece? —preguntó Namoo rascándose el cuello.

Minwoo levantó el techo de la casa. Encontró una cama, una rueda, escaleras y cuerdas para trepar.

—Más vale que le guste a esa cosa fea, porque tuve que mandar a confeccionarla.

En algún punto, Minwoo había terminado arrodillado sobre un peldaño para examinar mejor la mansión, por lo que su rostro quedó a la misma altura que el de Namoo.

—Gracias —dijo con sinceridad.

Namoo lo observó en silencio con las cejas alzadas, los brazos por detrás de su cuerpo.

—¿Estás menos triste ahora? —dijo en un tono suave y bajo, cuidadoso.

Como si no fuera obvia su sonrisa de pura felicidad, asintió con rapidez.

—Estoy *muy contento* —lo corrigió con delicadeza.

Namoo se puso de pie y se sacudió los pantalones.

A pesar de que mantenía inclinada la barbilla para ocultar su rostro, Minwoo podía divisar unos labios que intentaban contener una sonrisa.

—Me alegro —susurró Namoo.

Sin decir nada más, se alejó caminando por la calle estrecha. Antes de doblar la esquina, el idol volteó la cabeza para comprobarlo.

Se despidió de Namoo con un gesto de mano.

Agarrando la mansión y la caja con dificultad, Minwoo ingresó a su edificio. Iba silbando feliz.

Estaba bien.

Siempre lograba estar bien.

13

KIM MINWOO, ¿EL *AMIGO* DE LEE NAMOO?

«La pasada tarde se descubrió a Lee Namoo junto a Kim Minwoo, quien protagonizó un video viral en el que era golpeado por el idol en una tienda de conveniencia. Conociendo el gusto de Kim Minwoo por los hombres, y la conversación íntima que ambos parecían mantener fuera del edificio donde reside el licenciado, este medio de comunicación no hizo más que preguntarse: ¿desconocidos, amigos o algo más? ¿Ataque de ira o de celos?»

Durante aquellas tres semanas, Namoo se había desacostumbrado a la paranoia que lo ahogaba al despertar. Había dejado, entonces, de revisar su celular nada más abandonar la inconsciencia. Cansado, se quedó en la cama por lo menos media hora a pesar de que el sol ya comenzaba a ocultarse en la ciudad. Tenía que regular sus horas de sueño, padecía de insomnio hacía años y sus pastillas para dormir se le habían agotado.

El problema era que, al intentar comprar otro frasco en la farmacia, no pudo hacerlo, pues se trataba de un remedio que se vendía bajo receta médica retenida. Como reemplazo le ofrecieron unas gomitas naturales que se suponía lo ayudarían a dormir. La noche anterior, con las sábanas enredadas en sus piernas sudadas, se comió una. Y le siguió otra y otra más, hasta que llegó a la media docena, pero continuó tan despierto como si fuera mediodía.

Había generado una adicción a los somníferos, eso Namoo lo sabía. No podía dormir sin píldoras, y como no las tenía porque el mánager Su había dejado de contestarle las llamadas, le tocaría acostumbrarse a esa nueva rutina. Se quedó en la cama observando la lluvia golpear el vidrio. En Seúl llovía mucho, eso era también parte de su rutina.

Cuando su reloj marcaba las siete de la tarde, buscó su celular bajo la almohada.

No tenía llamadas perdidas.

Pero sí un mensaje.

Era de Choi Leena. No había sabido de ella hacía meses.

> **Leena:** Me acabo de enterar de lo que pasó. Sé cómo te sientes, he estado ahí. Sabes que puedes llamarme si necesitas conversar con alguien.

Era un mensaje tan cortés que se sintió todavía más solo.

Y vacío.

Desde que había debutado como solista a los dieciocho años, tras la disolución parcial de su agrupación, conforme la cantidad de trabajo crecía, sus amistades fueron disminuyendo. Y un día, sus compañeros de P5 pasaron a convertirse justamente en eso: *compañeros* con los que compartía silencios incómodos cuando los reunían. Y entonces no le quedó más que mantenerse ocupado para dejar de sentirse así.

Extrañaba eso.

El sentirse útil.

Deseado.

Querido.

Necesitado.

Porque por años las personas lo habían buscado y utilizado como razón de vivir. Ahora no, ya no, había sido desplazado por ese nuevo idol que acababa de cumplir diecinueve años y que era adorable cuando sonreía a la cámara.

La gente pasaba página.

Era natural, aunque no por eso menos doloroso.

Dando una larga inspiración, abrió el navegador para leer las noticias del portal NaTV. Tomó asiento en la cama con su corazón tan acelerado que tuvo que darse un golpe en el pecho para recordarse que debía seguir respirando.

| Kim Minwoo, ¿el *amigo* de Lee Namoo?

Sus dedos temblaban al cliquear las imágenes que acompañaban el artículo. En la primera fotografía aparecía él sentado en las escaleras del edificio de Minwoo con una caja al lado. En la siguiente, Minwoo sentado con él, ambos mirándose de cerca. En la última, Minwoo le estaba sonriendo mientras sostenía la mansión de madera y vidrio. Y la expresión de Namoo al observarlo... no parecía disgustada, ni enojada, ni incómoda.

La angustia lo hizo recostarse en la cama con los puños contra el rostro. ¿Qué más querían de él? Estaba en hiatus y con un contrato laboral que pendía de un hilo, entonces, ¿por qué seguían con la idea enfermiza de hundirlo? ¿Qué buscaban?

¿Qué?

No eres nadie sin ellos, recordó.

—Ya aprendí —susurró en el cuarto vacío.

Aquella sensación de asfixia volvía a cerrarle la garganta.

—Ya aprendí —repitió.

La habitación continuó en silencio.

Pensó en Minwoo, que nada tenía que ver en aquella pelea entre NaTV y él, pero que había quedado atrapado de igual forma.

Tanteó su teléfono entre las mantas y marcó su número.

Fue enviado directo al buzón de voz.

¿Lo habría bloqueado?

Buscó el nombre del chico en internet y leyó los comentarios desagradables con un nudo apretado en el estómago. Cuando encontró aquella imagen que tenía diez mil reacciones, quiso vomitar. Era una fotografía en la que se mostraba el cuarto de Minwoo destruido y la mansión de la rata destrozada en el suelo.

> Tuit: Esta es la clase de fans enfermas que Lee Namoo tiene y el idol y su empresa nunca han hecho nada para detenerlas.

Se puso de pie y buscó sus pantalones y una camiseta por el cuarto. Intentó llamarlo una vez más mientras se colocaba los calcetines, sin embargo, no tuvo resultados. Se puso los lentes de sol, la gorra y el tapabocas antes de abandonar el departamento.

La lluvia había menguado y ahora era apenas una llovizna suave.

Intentó correr para llegar más rápido, sin embargo, el aire se le acabó a las dos cuadras. La cabeza le daba vueltas. Tuvo que apoyarse contra una pared para recuperar el aliento. Su resistencia física era un desastre desde la última dieta que le obligaron a mantener. Se vio en la necesidad de continuar su camino con pausa y lentitud. Todavía sentía las piernas débiles al llegar al edificio de Minwoo. Afuera se encontró con un grupo de chicas que se reían de algo.

Por supuesto, lo reconocieron de inmediato a pesar del gorro, la mascarilla y los lentes.

—¡*Oppa!** —gritó una de ellas al verlo.

---

* Honorífico coreano utilizado hacia un hombre mayor cercano por parte de una mujer más joven.

Analizó aquel rostro pequeño, lo había visto más de lo que desearía.

—Oppa, le dimos una lección a ese chico —canturreó ella, feliz—. Así los demás aprenderán que...

—Cállate —la cortó Namoo.

Las restantes chicas se rieron nerviosas.

—Oppa —dijo ofendida.

Se quitó los lentes de sol para mirarlas con detención.

—Váyanse o tramitaré una orden de alejamiento.

Mucho más inteligentes, las demás agarraron sus cosas y tropezaron entre ellas por irse rápido. No obstante, aquella chica no se movió.

—Oppa no puede ponerme una orden de alejamiento —comentó.

Él lo sabía, ya lo había intentado sin lograr nada. Ella no solo era menor de edad, sino que además no existían leyes que protegieran a los artistas frente a aquel tipo de acoso cuando se les consideraba una figura pública cuyo trabajo necesitaba atención.

—Vete —insistió Namoo—. O llamaré a la policía.

Ella llevó las manos a su espalda y se balanceó en la punta de sus pies.

—Oppa puede hacerlo, pero ellos no harán nada.

Eso también lo sabía. Siendo menores de edad y con padres que costearían cualquier fianza, Namoo no tenía mucho que hacer frente a ese tipo de fanáticas. Y ahora que no contaba con el apoyo de su empresa estaba todavía más desprotegido.

—Vete, por favor —pidió una última vez—. Si realmente me quieres, te pido, por favor, que te vayas y me dejes tranquilo.

La chica siguió balanceándose en la punta de sus pies.

Namoo tomó una inspiración brusca.

—Te lo suplico.

—Si oppa promete dejar de ver a Kim Minwoo, lo pensaré.

—Kim Minwoo es mi amigo.

Ella frunció los labios, permanecía con las manos detrás de la espalda.

—Oppa es malo y cruel conmigo. Oppa no debería olvidar los costosos relojes que le regalé para sus cumpleaños número diecisiete y dieciocho.

Namoo nunca había sentido tantas ganas de golpear a alguien para borrar aquel gesto arrogante y complacido.

—No te pedí nada.

—Pero oppa sí que los recibió.

Más bien su agencia, aunque eso era algo que ella jamás entendería.

La chica dejó de moverse.

—Si oppa no es mío, oppa no será de nadie.

Con la impotencia ardiendo en sus venas, por fin la vio marcharse calle abajo hacia una limusina. Tras subirse, bajó el vidrio trasero y asomó su rostro complacido.

—Envíale mis saludos a Kim Minwoo-ssi.

Con el corazón a tope, Namoo se pasó la mano sudada por el pantalón.

Apretó la contraseña que todavía recordaba e ingresó al edificio. Subió hasta el tercer piso y se dirigió de inmediato a la puerta de Minwoo, que había sido rayada con insultos. Golpeó esperando una respuesta.

Nada.

Insistió.

—¿Minwoo? —preguntó alzando la voz—. Soy Namoo, ¿puedes abrirme para conversar?

Para su asombro, se abrió la puerta de al lado y apareció la cabeza de Minwoo en el pasillo.

—Estoy aquí.

Fue hacia él. Analizó su rostro, como también su cuerpo. Se veía bien. En el interior del cuarto se encontraba el amigo.

—¿Estás bien? —quiso corroborar—. No te hicieron nada a ti, ¿cierto?

Minwoo tenía el entrecejo fruncido.

—¿Corriste a verme? —preguntó. Por alguna razón, el chico parecía ilusionado.

—Es la llovizna —explicó.

La boca de Minwoo esbozó un gesto de desilusión.

—Ah. —Hizo una pausa y se tocó el cuello con cierta incomodidad—. Respondiendo a tu pregunta, no estaba aquí cuando pasó. Digamos que fui engañado.

—Lo fuiste —aseguró Haru desde la cama.

Minwoo miró a su amigo por sobre el hombro.

—¿Cómo esperabas que adivinara que se trataba de una invitación de trabajo falsa?

—Porque algunos hangul estaban mal escritos.

Regresó su atención a Namoo.

—El punto es que me llegó una solicitud para una entrevista de trabajo, a la que debía asistir hoy en una cafetería. Me tomé tres americanos mientras esperaba, pero nadie llegó.

—Lo sé, es exasperante —afirmó Haru cuando Namoo lo miró con expresión de incredulidad—. Es sorprendente que alguien tan inteligente también sea tan tonto. Ser inteligente y ser astuto no deberían ser sinónimos.

Cruzándose de brazos, Minwoo se apoyó en el marco de la puerta.

—Caí una vez.

—Dos veces —corrigió Haru.

Por alguna razón, Minwoo enrojeció de golpe. Avergonzado, el chico refunfuñó por lo bajo.

—Puede que no haya sido buena idea darle mi dirección a la chica de las corbatas. Prometo no dársela a ningún desconocido nunca más.

Recordando aquello, Namoo buscó una imagen en su celular y se la mostró a Minwoo.

—¿Era ella?

La expresión de Minwoo fue de sorpresa.

—¡Sí! —jadeó—. ¿Cómo lo sabías?

—Es una sasaeng.

—Ah —musitó Minwoo rascándose la mejilla—, ahora tiene sentido por qué insistió tanto en regalarme las corbatas. Pensé que era una buena persona. Se veía como alguien de confianza.

Se veía como alguien adinerado, pensó Namoo, pero no lo dijo.

Hubo una pausa en la conversación.

—¿Y Ratata? —quiso saber—. ¿Está bien?

—Alguien se preocupa por ella —cantó feliz, luego apuntó hacia dentro.

Haru, que continuaba recostado en la cama, alzó un brazo y mostró algo gordo que tenía encogido en la palma de la mano.

—Haru se había quedado con Ratata. Ella está bien, pero le destruyeron su rata mansión. Lo siento, sé que te había costado mucho.

—El dinero no es importante.

—Igual.

Lo escaneó con la mirada sin ser capaz de entenderlo.

—¿En serio estás más preocupado por esa casa que por tu cuarto destruido?

—Es que era un hogar muy bonito, Ratata fue muy feliz durante las doce horas que le duró. Le arrebataron algo que le había costado trabajo, así es la adultez.

Se quedó sin palabras.

—Es inútil discutir con él —avisó Haru desde el cuarto—. Lo conozco hace veinte años, también es difícil entenderlo.

Minwoo se tocó la nuca.

—No seas mentiroso, conmigo siempre se ha podido dialogar —se justificó—. Nada más explico que Ratata se quedó sin hogar.

—Tú también te quedaste sin uno —puntualizó Haru.

Namoo frunció el ceño.

—¿Cómo es eso?

—Me expulsaron del edificio —explicó Minwoo—. Al parecer soy una amenaza para los demás residentes. Me dieron hasta el viernes para sacar mis cosas... o lo que queda de ellas.

—¿Y qué vas a hacer?

—Hoy dormiré con Haru, mañana comenzaré a buscar un nuevo hogar.

La propuesta escapó de los labios de Namoo incluso antes de analizarla.

—Vete a un hotel —ofreció—, yo lo pago. Puedes quedarte ahí el tiempo que requieras.

—No es necesario. —Minwoo intentó desestimar el ofrecimiento.

—Sí, sí lo es —interrumpió Haru. Los amigos volvieron a darse una mirada significativa—. Minwoo, no eres precisamente pequeño, no cabemos los dos en esta cama.

—Pero...

Namoo apuntó hacia el sur.

—Hay un hotel a unas cuadras de aquí, puedes quedarte ahí.

—Pero...

—El dinero no es problema —insistió Namoo.

—¿Y qué hago con Ratata?

—Yo puedo quedarme con ella —ofreció Haru.

—No voy a dejarla contigo, Ratata me extraña al dormir. Además, le toca baño. No puedo dejarla abandonada, no me lo perdonaría jamás. —Le alzó las cejas a Namoo—. Ratata es muy rencorosa.

—Puedes llevártela, aunque debes mantenerla escondida.

Tras eso, Minwoo se apresuró en aceptar.

Lo ayudaron a recoger las pocas cosas que no habían sido destruidas. Entre más contemplaba aquel cuarto pequeño, al que le habían rajado el colchón y cortado las mantas, más se enojaba. La casa de Ratata la habían aplastado como si alguien la hubiera lanzado al suelo y luego pisado hasta que no quedó estructura intacta. La computadora y el iPad estaban indemnes porque Minwoo se los había llevado consigo ese día. En cuanto a la ropa, le habían echado una salsa que olía a pescado.

—Rescaté más de lo que pensé —dijo Minwoo con optimismo. Ratata iba acurrucada en su hombro cuando los tres emprendieron camino hacia el hotel.

Percibía que Haru lo observaba de reojo.

—Namoo —por fin habló Haru—, ¿te puedo preguntar algo?

Nada bueno podía esperarse si alguien hacía esa pregunta.

—Adelante —contestó—, pero me abstendré de responder si es algo privado.

—No es nada personal —se apresuró en explicar Haru—. Lo que sucede es que...

—¿Sí?

—Resulta que soy muy fanático de One y me quedé sin entradas para su *tour*.

—Ignóralo —pidió Minwoo acariciando la nariz de Ratata—. Haru se pone pesado cuando habla de ellas.

—¿Quieres entradas? —resumió Namoo.

—¡Por favor! —exclamó Haru cruzando sus manos en señal de súplica—. One es mi razón de vivir.

—Te conseguiría si pudiera —aseguró Namoo, ya que su empresa hacía poco había sido adquirida por la de ellas—, pero estoy en hiatus.

Le dio demasiada vergüenza explicarle que nadie en su agencia le contestaba el teléfono, por lo que no dijo mucho más mientras Haru pateaba una piedra que rodó hasta golpear una pared.

Cuando llegaron hasta el hotel donde se hospedaría Minwoo, Namoo ingresó primero tras solicitarle que escondiera a su ratón. Los amigos se quedaron esperándolo en el salón, en tanto él entregaba una tarjeta de crédito para asumir los cargos que el profesor pudiera realizar.

—¿Tengo dónde dormir hoy? —quiso saber Minwoo al regresar.

—Tu cuarto es el 1818, tu llave la obtienes por medio de una aplicación.

Minwoo asintió contento.

—Ese es un gran número.

Nadie le preguntó por qué.

Hubo una pausa extraña que Namoo utilizó para explicarle cómo registrarse en la aplicación.

—Prometo encontrar un nuevo apartamento pronto —aseguró Minwoo sujetando las asas de la mochila con ambas manos. Ratata era un bulto en el bolsillo de la chaqueta—. Espero no tener que quedarme más de una semana.

—No te preocupes por eso. Si pides algo, puedes hacer los cargos a tu habitación. Dejé registrada mi tarjeta, no deberían hacerte problemas.

Minwoo abrió los ojos, horrorizado.

—Por supuesto que no lo haré, ¿y si luego me demandas por pensión alimenticia?

No supo por qué aquello le causó tanta risa.

Al rato, Minwoo se dirigió hacia los ascensores y le hizo un gesto de despedida.

Cuando Haru y él se quedaron solos, se encaminaron hacia la salida del hotel. Iba a despedirse de Haru, cuando fue interrumpido por este.

—Gracias por no dejar a Minwoo solo —dijo.

Se encogió de hombros, restándole importancia.

—¿Por qué lo dejaría solo? Minwoo quedó atrapado en esto por mi culpa.

—Sí, pero hoy... esa noticia que salió... cualquier otra persona se habría alejado para no verse involucrada.

Incómodo, Namoo metió las manos en los bolsillos de su chaqueta. Como no sabía qué responder, cambió de conversación.

—¿Podrías decirle a Minwoo que me llame en caso de que tenga algún problema?

—No lo hará, lo conozco. A Minwoo no le gusta pedir ayuda.

—Entonces ¿me puedes avisar tú?

Las cejas de Haru estaban muy arriba al hablar.

—No eres como te muestran en la televisión.

—¿No? —susurró, de pronto preocupado.

—Eres mejor, ahora entiendo por qué le gustas tanto a Minwoo.

No supo por qué se sonrojó tanto, tampoco quiso analizarlo.

Se despidió de Haru y regresó a su departamento pensando que, después de todo, las cosas no iban tan mal.

14
SEGUNDA LEY DE LA TERMODINÁMICA

«La segunda ley de la termodinámica, también llamada ley de la entropía, establece la irreversibilidad de los fenómenos físicos, especialmente durante el intercambio de calor. Lo anterior se debe a que, en cada proceso físico en el que existe una transformación de energía, cierta cantidad de ella no es utilizable y esta se convierte en calor, lo que aumenta el desorden del sistema. Por tanto, la cantidad de entropía en el universo tiende a incrementarse en el tiempo hasta llegar a un punto de equilibrio.»

La habitación de hotel tenía incluso un salón como antesala. Calculaba que era unas diez veces más grande que el cuarto que estuvo arrendando con tanto esfuerzo. Hasta Ratata no sabía qué hacer en aquel espacio. La había visto deambular por debajo de la cama intentando subirse a ella con ayuda de las mantas.

Tras tomar una ducha y ponerse una camiseta de X-Men como pijama, se fue a acostar. Puso a cargar su computadora y se metió a revisar su correo, alarmándose por los trescientos mensajes no leídos. Los revisó con rapidez, la mayoría de ellos eran insultos o propuestas de matrimonio. Únicamente dos eran solicitudes para entrevistas de trabajo. Como ahora era más astuto, comprobó en primera instancia que existieran la empresa y el dominio del correo. Una de las solicitudes terminó siendo falsa, la otra era una propuesta de una escuela que impartía una educación menos conservadora y estandarizada. El *email* indicaba que el perfil de Minwoo era ideal para ocupar la plaza como profesor de física.

Antes de apresurarse en aceptar, llamó a Haru por video para mostrarle el correo y que ambos analizaran si parecía real como para concertar la entrevista. Su amigo le contestó de inmediato. Estuvieron los primeros minutos riéndose como dos niños mientras Minwoo le mostraba el cuarto.

—Esa es la vida que te mereces, amigo —aseguró Haru—. Esperemos que Namoo se enamore de ti y se convierta en tu novio secreto.

—Es difícil que Namoo sea gay —contestó Minwoo tomando asiento en la cama.

—Puede ser —aceptó Haru—, pero al menos no le desagradó saber que le gustabas.

—Es que Namoo... —Se detuvo de golpe—. Él no sabe que me gusta.

Haru abrió mucho los ojos.

—¿No? —jadeó—. Pensé que... bien, debo haber escuchado mal.

—Haru, ¿qué hiciste?

—¿Yo? —dijo apuntándose el pecho—. Nada.

—Tienes la misma cara de culpa que cuando compramos almuerzo para compartirlo y olvidas dejarme una parte.

—No tengo esa cara.

—La tienes.

Una pausa.

—Bien, puede que hoy, cuando te dejamos en el hotel, le haya dicho a Namoo que te gusta.

—¡¿Le dijiste a Namoo que me gusta?! —chilló Minwoo.

Su mascota, que se había subido a la cama y rondaba su pierna, se escapó a máxima velocidad y se lanzó del colchón al sofá.

—Lo siento —dijo Haru, aunque no se veía del todo arrepentido.

—¡Me hiciste asustar a Ratata!

—Lo siento —insistió su amigo—. Es que hablas tanto de él que pensé que se lo habías confesado en un acto tuyo de impulsividad.

—¿Cómo iba a declararme a alguien como él?

—¿Qué hay de malo? Eres guapo. A lo mejor no como él, pero tienes lo tuyo.

—¡Namoo es famoso! —exclamó—. Y, por lo que sabemos, también es hetero.

—Quizás en secreto no lo sea, los idol esconden muy bien su vida privada.

—Debiste ver su expresión cuando le dije que la imagen del artículo no era editada. No se horrorizó, aunque estuvo muy cerca de estarlo.

Haru dio un largo suspiro.

—Eres tan sincero con todos que te juro que pensé que ya se lo habías contado.

Gimiendo lastimeramente, se recostó sobre las almohadas de la cama.

—¿Ahora cómo voy a hablar con él sin morirme de vergüenza? Ya me detestaba, de seguro ahora me odia.

—Si deja de hablarte por algo así, entonces no merece que sigas viéndolo.

Cerró los ojos y gruñó, molesto. Se mantuvo así hasta que Haru continuó.

—Pero piensa positivo, Minwoo.

—¿Esto tiene algo bueno?

—Ahora tienes un *sugar daddy*.

—Te odio.

—Claro que no, sin mí todavía estarías sin superar el nivel 5 de Super Mario Bros.

—¿Qué tiene que ver una cosa con la otra?

—Si no me hubieras escuchado explicar cómo superar esa fase en el parque, nunca me habrías hablado en la escuela y no nos habríamos hecho amigos.

Minwoo puso los ojos en blanco.

—Decidí ser tu amigo porque tu fecha de nacimiento suma seis.

—Admite que sin mí nada funcionaría en tu vida.

—Ahora resulta que eres el aleteo de la mariposa en la teoría del caos.

—Más que teoría del caos, diría la segunda ley de la termodinámica, porque toda la entropía del sistema llegó a un equilibrio cuando me conociste.

—¿Ahora eres mi punto de equilibrio?

—Por supuesto, soy tu mejor amigo.

Había pasado más de una hora cuando Minwoo por fin cortó la videollamada. Más contento, ordenó y planchó la única ropa decente que pudo rescatar.

Como tenía sed y la habitación no tenía agua embotellada, tuvo que dejar la puerta entreabierta porque su celular se estaba cargando. Corrió fuera del cuarto a comprar una botella. Encontró una máquina expendedora en la salida de emergencia del corredor. Al regresar, terminó de alistar sus cosas y se lavó los dientes. Mientras se tomaba su medicina se dio cuenta de que Ratata no estaba en ninguna parte.

Asustado, la buscó bajo la cama y en el baño.

Regresó al cuarto, comprobó el sofá, dentro de la nevera, detrás de la televisión y en los roperos.

—¿Ratata?

Nada.

Salió al pasillo.

—¿Ratata? —gritó.

Fue a la máquina expendedora.

—¿Ratata?

Nada.

Iba a llamar a su punto de equilibrio cuando escuchó un grito en el corredor.

—¡Ratata! —jadeó.

Una empleada del hotel, que llevaba un carrito metálico con la cena de alguien, se había encontrado a su mascota en el pasillo. Su pobre rata asustada se había apegado a la pared y levantaba las patas delanteras en defensa propia.

Por supuesto, hizo lo que consideró más inteligente. Corrió hacia Ratata gritando que no le hicieran nada, la agarró antes de que la mujer la aplastara con el carrito metálico y se encerró con ella en el cuarto.

Todavía tenía a su mascota acurrucada contra el pecho, por debajo del pijama, cuando golpearon su puerta. Considerando que la administración poseía tarjetas maestras para acceder a los cuartos, fue a abrir, resignado.

Afuera se encontró a dos empleados del aseo y a quien parecía ser el administrador.

—Queremos pedirle nuestras sinceras disculpas, señor Kim —comenzó diciendo el hombre con un traje impecable—. Una empleada del hotel indicó que un roedor ingresó a este cuarto.

—No sé de lo que me está hablando —respondió de manera muy astuta, a pesar de que sujetaba a Ratata por sobre la ropa.

—Hemos comprobado las cámaras de seguridad y pudimos percibir que cogió al roedor y lo ingresó al cuarto. También notamos que el roedor salió de esta habitación tras dirigirse usted a la máquina expendedora.

Justo en ese momento, Ratata se movió contra él.

—Es un marcapasos —mintió Minwoo—. Me falla el corazón, algunas veces se mueve así para avisarme que se me está descompensando el órgano. Debería ir a tomarme mi medicina para...

Perdió la voz. Incómoda, ya que Minwoo la había apretado para que se quedara quieta, su mascota se soltó del agarre y se movió por su pecho hasta posicionarse en su hombro. A pesar de que seguía oculta bajo la camiseta, se podía divisar a la perfección la figura en forma de «8» de Ratata.

A los minutos, y con el reloj anunciando que pasaba de medianoche, Minwoo se encontró con sus pocas pertenencias en la calle.

—¿No se supone que eres de la suerte? —le reclamó a su rata.

A pesar de todo, seguía siéndolo, porque en ese instante su celular vibró indicándole una llamada entrante.

«Si bien el grado de desorden del sistema iría aumentando hasta alcanzar el estado de mayor caos, el sistema a la vez lograría llegar a su punto de equilibrio. Como su propia existencia, que estaba alcanzando el estado de mayor desorden, por tanto, en cualquier instante debería alcanzar el punto de equilibrio.»

Entonces, contestó la llamada de Lee Namoo.

15

LA SOLEDAD DE LOS NÚMEROS PRIMOS

«Los números primos son aquellos que solo pueden ser divisibles por 1 y por ellos mismos. De hacerlo con otro número nunca se tendrá una cifra exacta.»

La noche estaba helada a pesar de ser mitad de junio. Con la capucha de la chaqueta puesta, la mochila a los pies y su mascota recostada en su regazo y vuelta un ovillo, Minwoo esperaba sentado en el bordillo de la acera. A lo lejos se divisaban un par de luces altas acercándose: un automóvil zigzagueaba por la calle como si fuera conducido por un alumno en práctica de una escuela de conducir. Se puso de pie por miedo a ser atropellado. La camioneta lujosa frenó de manera brusca a unos centímetros de donde Minwoo estuvo sentado. Se bajó el vidrio de atrás, luego el del piloto y finalmente el de pasajero.

—Demonio de auto —se quejó Lee Namoo.

—¿Cómo conseguiste tu licencia de conducir?

—No me juzgues —recriminó el idol intentando averiguar cuál de los botones cerraba los vidrios que bajó por error—. Al menos yo tengo una licencia.

—Yo también la tendría si tuviera un auto para conducir.

—Estoy falto de práctica —explicó Namoo, en tanto Minwoo dejaba la mochila a los pies del asiento de copiloto y se subía—. El mánager Su se encargaba de mí, así que nunca tuve que manejar.

—¿Y por qué tramitaste la licencia?

—Para un video musical.

Minwoo lo recordaba: iba en un coche descapotable a orillas de la bahía, su melena rubia al viento. Con ese MV tuvo uno de sus primeros crush con él.

Todavía pensando en ello, se puso el cinturón de seguridad y examinó el automóvil, después al dueño. Namoo llevaba el cabello desordenado, las puntas algo quemadas por las decoloraciones. Iba con la misma ropa de hacía unas horas, al menos no lo había sacado de la cama. Cuando el idol se fijó en Ratata, que ahora estaba despierta en la mano de Minwoo, dio un resoplido.

—Deberías regresarla a su hábitat natural.

—Las ratas no tienen...

—Me refería a que la dejaras donde la encontraste.

Le acarició la cabeza a Ratata para que no se sintiera afectada.

—Estamos pasando una racha de mala suerte, en algún instante esto se revertirá.

—No si te mueres antes.

—Las cosas no nos han ido tan mal, no seas exagerado.

Namoo tamborileó el manubrio, sin querer pasó a llevar el intermitente para doblar. Con expresión molesta, lo desactivó y apagó el motor.

—¿Cómo no? Fui llamado por el administrador del hotel a medianoche para informarme que una persona que se hospedaba bajo mi cargo había llevado una rata.

—Tú sabías que andaba con Ratata y no te quejaste.

—Aunque te hubiera dicho, ¿me habrías hecho caso?

—¿Y dejar a Ratata? No, me habría quedado durmiendo con Haru.

—En esa cama solo cabe tu amigo.

—En el suelo todavía había espacio.

Namoo pestañeó con lentitud.

—Ni un niño cabe ahí y tú no eres precisamente pequeño.

Como Minwoo se encogió de hombros, el idol permaneció en silencio.

—¿Qué otra cosa quieres que haga? —al final replicó—. No me servirá irme a otro hotel, también me terminarán sacando porque Ratata siempre se las ingenia para escapar. Una vez la encontramos en el baño de la residencia porque quería agua. Es una ratona muy inteligente.

Dando un largo suspiro, Namoo apoyó la frente en el manubrio. Estuvo así hasta que lo escuchó quejarse en voz baja, parecía estar peleando consigo mismo. Tras farfullar algo ininteligible, alzó la cabeza y lo observó con los labios fruncidos.

—Te voy a proponer algo, pero te juro que te demandaré si te atreves a contárselo a alguien.

Minwoo empequeñeció la mirada.

—En el fondo siempre has querido demandarme.

—Estoy hablando en serio.

—No creo que pueda mantener un secreto con Haru, él es capaz de ver a través de mí.

—Tu amigo puede saber.

—Ahora estás siendo razonable.

Con los ojos en blanco, Namoo encendió el motor. No se dio cuenta de que tenía la palanca en la «R», por lo que retrocedieron de golpe. El idol alcanzó a frenar antes de estrellarse contra un poste de iluminación.

—Comenzaré a barajar la posibilidad de morir —informó Minwoo afirmándose de la puerta. Del miedo, Ratata se había escondido en el bolsillo de su chaqueta.

—Si te crees más capaz, maneja tú.

—Si manejara yo, ambos terminaríamos en las escaleras del metro. Al menos contigo tenemos posibilidad de llegar... con el automóvil chocado, pero a destino.

—Solo me falta práctica —se defendió Namoo cambiando la marcha a directa.

Al apretar el acelerador, el automóvil zigzagueó antes de que Namoo estabilizara el manubrio. Llegaron a una intersección más concurrida, donde el idol casi chocó con una camioneta por no señalizar para ingresar a la vía.

Cerró los ojos y cruzó las manos delante del pecho.

—¡No reces! —chilló Namoo.

—Soy ateo —contestó—, estoy hablando con mis antepasados.

—¡Minwoo!

—*«Abuela, ¿estás ahí? Sé que me he portado mal contigo, pero prometo ir a visitarte al cementerio si llegamos a salvo a...»* —Abrió los ojos—. Por cierto, ¿adónde vamos?

—A mi departamento.

Minwoo se trapicó con su saliva.

—Tanta suerte tenía que venir con algo de desgracia. Voy a morir, ¿cierto?

Namoo giró el manubrio para cambiarse de carril justo cuando un camión se posicionó delante de ellos. Minwoo se sujetó con más fuerza a la puerta.

—¡¿Y dónde vives?! —exclamó asustado tras otro frenazo. Con terror, notó que la camioneta de atrás casi los chocó.

—Cerca —se limitó a responder Namoo mientras comprobaba el espejo retrovisor y lo arreglaba—. Verdad que debía ajustarlo...

Minwoo barajó por lo menos veinte formas de morir.

—¿No puedes estacionar aquí y nos vamos caminando?

—Ya estamos cerca —dijo Namoo girando en la intersección.

Por fortuna, ingresaron a una calle de un solo sentido. Avanzaron unos metros antes de que Namoo se detuviera y buscara algo fuera del parabrisas.

—¿Qué sucede? —quiso saber Minwoo.

El chico apuntó un edificio que se divisaba más adelante, era el complejo de departamentos de lujo que habían construido en el barrio hacía poco.

—Debo llegar ahí —contestó Namoo.

—¿Cuál es el problema?

—No sé cómo.

—Existe algo que se llama tecnología —informó Minwoo buscando su teléfono en el pantalón.

Palmeó primero un bolsillo, le siguió el otro.

—Creo que perdí mi celular —avisó—. Debí dejarlo en el piso tras tu llamada.

—Podemos ir por él.

—¡No importa! —Minwoo se apresuró a contestar—. Mañana iré por él.

—Seúl no es seguro como antes.

—Lo peor que podría pasar es que alguien lo considere basura y lo tire.

—Estamos a unas cuadras, podemos ir por él —insistió el idol.

—Soy muy joven y estudié cinco años, no moriré antes de tener un empleo.

—No conduzco tan mal. —Minwoo lo analizó en silencio—. Está bien, pero mañana no te quejes si no lo encuentras.

—No diré ni una palabra.

Namoo apretó el acelerador y la mochila de Minwoo se tambaleó entre sus pies. En ese momento recordó que había guardado el teléfono en el bolso. Lo sacó con una sonrisa culpable.

—Te juro que Dory está inspirada en mí —se excusó Minwoo.

Finalmente, Namoo encontró la entrada al estacionamiento. El complejo de departamentos se encontraba plagado de cámaras, ni en un baño público de Seúl se sintió tan espiado. Si Namoo le hubiera comentado que las cámaras poseían sensor de reconocimiento facial, le habría creído.

Al bajarse del coche tras estacionar (si es que quedar al medio de dos espacios podía llamarse así), se dirigieron a los ascensores.

—¿En serio estamos yendo a tu departamento?

—No es mío, es de la agencia —corrigió Namoo.

—Sabes a lo que me refiero.

Namoo alzó una ceja.

—¿Quieres dormir en la calle?

Hubo una pausa incómoda entre ellos.

—No eres un asesino serial, ¿cierto?

El chico frunció tanto el ceño que incluso sus orejas se movieron. Minwoo aprovechó su distracción para sacar su celular.

—Estoy pensando en hacerte dormir en la calle y... ¿qué estás haciendo?

—Le envié mi ubicación a Haru. Alguien tiene que encontrar mi cuerpo para que mi mamá viva en paz.

—De verdad eres...

Namoo no pudo terminar porque las puertas del ascensor se abrieron. Ingresó sin esperar a Minwoo. Tecleó una clave que cerró las puertas.

—Pensé que no querías morir —informó Namoo.

—Veo lo positivo de la situación.

—Y ¿qué sería?

—Si muero, Ratata podrá cobrar mi seguro.

Por alguna razón, eso hizo soltar una carcajada sorprendida a Namoo. Se escuchó oxidada, era notorio que no se reía mucho.

—¿Y tú tienes un seguro?

—Mi mamá lo paga —admitió Minwoo con vergüenza.

Al sentir que el celular vibraba en el bolsillo de su pantalón, lo sacó. Tenía una llamada perdida y un mensaje de Haru.

Haru: ¡¿Qué haces ahí?! Te dejé en un hotel.

Minwoo: Me expulsaron por culpa de Ratata, pero adivina dónde estoy.

Al percatarse de que Namoo estaba intentando leer la conversación a través del reflejo en el espejo, Minwoo tosió y habló en voz alta mientras escribía.

Namoo lo fulminó con la mirada.

No se percató de que el ascensor llevaba detenido un tiempo hasta que Namoo, cansado de esperarlo, salió de él. Guardó el celular de inmediato y se bajó.

—¿Vives en el último piso? —jadeó avanzando por un corto corredor que llevaba a una única puerta.

—Evidentemente.

Debe ser por el acoso, pensó Minwoo. Se preguntó cuántas veces sus fanáticas habrían logrado colarse a su antigua residencia. Debían ser muchas para que la agencia le consiguiera un departamento donde hasta el ascensor tenía clave para funcionar.

La puerta se abrió cuando Namoo deslizó su huella por la chapa. Ante él se extendía un departamento cuyo piso era entero de mármol. Si bien había un par de prendas desordenadas sobre el sofá, el lugar parecía una exhibición piloto: tenía un único sofá enorme, una alfombra en el centro que calzaba a la perfección y dos cuadros grandes colgaban de cada pared blanca. La televisión se ubicaba de espaldas a la ventana, que mostraba una hermosa vista de un Seúl nocturno.

Al depositar los zapatos en el armario de la entrada, también notó que el apartamento tenía poco olor: ni a comida ni a mascota ni a persona. Solo percibía el frío tras cada inspiración y un ligero aroma dulce.

La cocina no tenía loza sucia, tampoco parecía que esta hubiera sido utilizada alguna vez. Uno de los muebles permanecía con la puerta abierta dejando al descubierto un tacho de reciclaje repleto de cartones de comida rápida.

Mientras Namoo se quitaba el abrigo, con una gestualidad corporal que denotaba ansiedad, y lo lanzaba sobre la ropa que ya había en el sofá, Minwoo sintió la necesidad de hacer aquella pregunta que venía rondándole por la cabeza hacía minutos.

—¿Por qué me invitaste?

El idol dio un suspiro y se sentó en el sofá a un lado de una mesita de noche, donde había un frasco de píldoras vacío y un cilindro negro. Debía ser un vaporizador.

—¿Seguirás con eso?

—Estás siendo muy estúpido y descuidado, yo podría ser un sasaeng.

—¿Por fin estás admitiendo tu obsesión por mí?

Se sonrojó tanto que no atinó a nada más que a desplomarse en el sofá a su lado. La tela se sentía rígida bajo su espalda, parecía un mueble nuevo. Como Minwoo no respondió, el idol se estiró y agarró el cilindro negro ubicado a un costado del frasco vacío. Se lo llevó a la boca e inspiró. Formó una nube blanca que olía a caramelo.

Así que ese es el olor, pensó.

—No es mi departamento y la agencia en cualquier momento me lo va a quitar —contestó Namoo tras darle otra inspiración al vaporizador; su rostro quedó oculto tras el humo blanco.

Curioso, Minwoo continuó examinando el departamento. A un lado había una puerta abierta a través de la cual se divisaba una cama desarmada; al frente, un cuarto sin luz ni muebles.

Era una estancia vacía.

Todo el departamento de Namoo se sentía así.

Vacío.

Desolado.

También abandonado.

—¿Y tu familia? —se interesó.

—Mi familia no quiere saber nada de mí.

—¿Puedo preguntar por qué?

Namoo le lanzó el humo a la cara con la finalidad de irritarlo. Tosió por el fuerte olor.

—Siempre puedes preguntar, pero eso no significa que te vaya a responder.

A la estancia regresó aquel silencio que se percibía pesado.

Denso.

Solitario.

Porque...

Lee Namoo padecía la triste tragedia denominada «la soledad de los números primos», porque en aquel apartamento vacío solo se tenía a sí mismo.

¿Por eso lo habría invitado a su casa? ¿Para sentirse menos *solo*?

16
COMUNICADO DE PRENSA

Hola.
Este es AVI.
En representación de Lee Namoo, rogamos nos disculpen por las controversias en las que se ha visto involucrado en las últimas semanas. Reflexionaremos sobre los hechos ocurridos y haremos los cambios pertinentes en todos aquellos aspectos en que sea necesario.
¡Esperen confiados el regreso de Namoo!
Este fue,
AVI.

Namoo no podía dormir. La puerta de su cuarto se encontraba entreabierta, por lo cual podía percibir desde la otra habitación el débil ruido del colchón inflable contra el suelo cada vez que Minwoo se movía. Y eso lo estaba volviendo loco, porque se había desacostumbrado a compartir su ambiente seguro con otros. La incomodidad y la ansiedad subían por su espalda para susurrarle al oído lo terrible que le hacía sentir esa invasión de privacidad.

Se irá pronto, se consoló dando vueltas y metiendo el brazo bajo la almohada para acomodarla, *solo serán unos...*

—¡Ah!

Su grito sonó tan fuerte que, acto seguido, pudo oír el colchón aplastado, luego los pasos rápidos y su puerta siendo azotada contra la pared al abrirse de golpe. Minwoo encendió la luz del cuarto dejándolo ciego por unos instantes.

—¡¿Qué sucede?!

Namoo se había caído de la cama del impulso por alejarse. De paso había arrastrado las mantas, por lo que yacía en el suelo con las piernas enredadas en las sábanas.

—¡Tu ratón! —exclamó enojado.

Bostezando, Minwoo se estiró. Su camiseta arrugada de los X-Men dejó ver parte de su abdomen blanco. Tenía, además, los ojos rojos por el sueño y el cabello revuelto.

—¿De nuevo vas a culparla?

Pateando las mantas para soltarse, logró ponerse de pie. Apuntó hacia su almohada, que había volado hasta el otro extremo del cuarto.

—¡Tu rata estaba durmiendo conmigo!

Cruzándose de brazos, Minwoo frunció el ceño.

—Imposible, la metí en una caja de zapatos.

—¿La metiste en...? —Se detuvo. Reflexionó—. Espera, ¿dónde conseguiste una caja de zapatos?

—Tenías una en tu dormitorio bodega. —Fue la sencilla respuesta de Minwoo—. Por cierto, para ser alguien que le tiene fobia a la suciedad, eres bastante desordenado. Encontré hasta un envoltorio de palomitas de maíz de hace dos meses.

—¿Ahora eres un experto en palomitas?

—Venían con el logo impreso de una película, por eso lo sé.

—Eso te pasa por andar de curioso.

—No es mi culpa, es parte de mi personalidad. Expreso mi cariño y agradecimiento a través del orden.

—Ah, tierno —se burló Namoo pateando las mantas para mandarlas a la cama—. Me tienes cariño.

—En este caso era una expresión de agradecimiento, pero gracias por pensar que era de cariño.

Lo observó con molestia.

Minwoo se rascó una pantorrilla con los dedos del otro pie.

—Además —continuó el chico—, no podía dormir con ese desorden. Me estaba dando una crisis de ansiedad y ya me había tomado mi ansiolítico. No tengo autorizado tomarme dos, así que debía tranquilizarme y ordené.

Al estirar las mantas para regresar a su cama, Ratata salió corriendo de su escondite: había estado oculta bajo la otra almohada. Se movió a máxima velocidad por el colchón y se lanzó hacia Minwoo con las patas estiradas. Se aferró a su camiseta hasta posicionarse en su hombro.

—Francamente horrendo —susurró Namoo.

Minwoo parecía no haberle oído, estaba concentrado sacándole algo del hocico a su mascota. Resultó ser un pedazo de cartón.

—Se comió la caja de zapatos —explicó, en tanto abandonaba la habitación—, por eso pudo escapar.

Namoo lo siguió de pura curiosidad. Al llegar al otro cuarto, tal como Minwoo mencionó, encontraron la caja de zapatos comida en una de las esquinas.

—Siempre olvido que Ratata es demasiado inteligente —suspiró el chico—. Esto no hubiera ocurrido si tuviésemos todavía su ratamansión...

Pasándose la mano por el cabello, Namoo pudo apreciar lo ordenada que se veía la habitación. Aún acumulaba un montón de cosas, mayoritariamente regalos de sus fans, sin embargo, ahora se encontraban apilados en un rincón por tamaño y color. Se preguntó en qué momento Minwoo había hecho eso.

—¿Personalidad obsesiva? —observó.

Minwoo abrió mucho los ojos. Su rata mascota le olisqueaba el cabello.

—Algo —respondió. El chico cambió de conversación con voz acelerada—. Estos departamentos son nuevos.

—No lo sé. —Se encogió de hombros, desconcertado—. ¿Importa? Me lo entregó la agencia en marzo.

Minwoo se había acercado al ventanal que no tenía cortina, a través del que se divisaba la ciudad frente a ellos. Apuntó algo en el vidrio.

—Ya vivía en el barrio cuando estaban terminando de construir este edificio —contó Minwoo.

Iba a acercarse para admirar también el paisaje nocturno, sin embargo, prefirió permanecer apoyado contra el marco de la puerta. Se quedaron así un largo rato. Al estirarse sintió un dolor punzante en el cuello por permanecer tanto tiempo en la misma posición.

—Debemos hacer algo con tu ratón —comentó Namoo—, o no me dejará dormir.

Por fin Minwoo dejó de observar la ciudad. Fue a acariciar a su mascota en el hombro, pero esta había desaparecido.

—¿Entiendes ahora por qué no serviría irme a otro hotel? —suspiró Minwoo—. Tiene la manía de escapar.

—¿Dónde se fue?

—Si supiera no tendría que buscarla —dijo Minwoo examinando unas cajas que estaban a su lado—. ¿Tienes alga seca?

—¿Alga seca?

—A Ratata le encanta. Vendrá corriendo si saco un poco.

—No tengo nada de comida —admitió Namoo siguiéndolo a la cocina—. Pero podríamos ir a comprar a la tienda.

Ambos cruzaron sus miradas, entonces Minwoo comenzó a reír. Namoo notó que tenía una sonrisa muy bonita, sus dientes delanteros eran un poco más grande que los demás. Se parecía un poco a Ratata cuando tenía las mejillas llenas de comida. Si hubiera sido un idol, esa sonrisa habría valido mucho y destacado todavía más.

—No creo que sea buena idea regresar a esa tienda —respondió Minwoo.

Namoo salió del cuarto y se acercó a la despensa, que analizó con cuidado.

—Tengo ramen instantáneo —dijo.

—Podría servir —aceptó Minwoo—. O podemos esperar. Al final siempre se aburre y regresa a buscarme.

—¿Duerme contigo?

—No —aseguró el chico, poniéndose rojo—. Antes sí, ahora lo hemos superado. Su ratamansión le encantaba.

—Le duró menos de un día.

—Pero le encantaba, debiste verla dormir en su hamaca.

Con los ojos en blanco, Namoo se dirigió al sofá y se recostó en él. Encendió la televisión. A los segundos, Minwoo se acomodó a su lado.

—Son las cuatro de la mañana, ¿no deberíamos ir a dormir? —curioseó el chico.

—Tengo insomnio —explicó Namoo eligiendo una película.

—Yo también lo sufrí por mucho tiempo.

Le alzó una ceja.

—¿Y cómo lo superaste?

—Con medicamentos. Ahora no los tomo, pero tengo que regresar a ellos si vuelvo a padecerlo. Si no lo controlo en su inicio, a la larga es más difícil. —Minwoo hizo una pausa al percatarse del frasco de somníferos en la mesa del costado—. Tomé de esos, no son muy buenos. Deberías decirle a tu terapeuta que te los cambie.

Desvió la mirada hacia la televisión y siguió buscando qué ver.

—Esos medicamentos me los conseguía mi mánager —le contó, aunque no sabía por qué—. No tengo psicólogo, ni mucho menos psiquiatra.

Minwoo parecía sorprendido.

—¿Por qué no? La terapia es la solución a muchos de nuestros conflictos.

La boca de Namoo se torció. Quiso seguir leyendo la sinopsis de una película, mas no podía concentrarse.

—Sobre todo ustedes —continuó Minwoo.

—¿Sobre todo nosotros qué?

—Los idol viven con una gran carga emocional y psicológica, por lo que deberían tener un equipo de terapeutas para ayudarlos a lidiar con la presión, el odio infundado, la expectativa y la... —La última palabra tambaleó en los labios brillosos de Minwoo—. La soledad.

Sabía que su expresión se estaba volviendo escéptica con cada oración que el profesor terminaba de hilar.

—Somos famosos, nuestros secretos valen millones.

—La ética profesional no permite...

—No todos tienen una ética profesional intachable como la tuya.

El entrecejo de Minwoo comenzó a fruncirse.

—No puedes lidiar con tanta presión solo, necesitas ayuda profesional y no hay nada de malo en ello.

—Basta. —Intentó cortarlo.

—No puedes dormir por las noches y tienes un trastorno que te obliga a lavarte las manos de manera compulsiva. Y no digas que tienes fobia a los gérmenes, esa mentira podrán creérsela tus fans, pero no yo.

Se sentó recto en el sofá con expresión seria.

—No sigas —pidió.

Minwoo no se detuvo.

—Tocaste a Ratata y no te lavaste las manos. Tu piel tampoco se ve irritada, lo que indica que llevas por lo menos dos semanas sin sufrir esa manía compulsiva. Y estás solo, Namoo.

—Por favor, detente.

—Únicamente estoy explicando que la terapia te podría ayudar a superar...

—¡Cállate!

Namoo se había puesto de pie de golpe, su pecho estaba tan acelerado que podía percibir su propia respiración escapando de su boca entreabierta en jadeos apresurados y entrecortados.

La mirada de Minwoo expresaba tristeza.

Quizá también lástima.

Se le hizo un nudo en la garganta mientras apretaba los puños.

—Te puedes quedar hasta mañana.

—Namoo...

En respuesta, sacudió la cabeza y se fue a su cuarto. Cerró la puerta con fuerzas en una clara indirecta: *te quiero fuera*.

Pero ¿por qué volvía a sentirse solo?

17

LA VELOCIDAD DE LA LUZ

Observamos el pasado

«"La velocidad de la luz" es una medida estipulada por la comunidad científica, que indica la distancia recorrida por la luz en una unidad de tiempo determinada. Su valor es de aproximadamente 300.000 km/s en el vacío. Esta velocidad es usada en astronomía como unidad de longitud, referida a la distancia recorrida por la luz en un año.»

Sabía que había traspasado una delgada y difusa línea con Namoo. No obstante, no era la primera vez que le ocurría algo así. Y a pesar de que no era principiante cometiendo ese error, de igual forma se sintió culpable y desdichado. Se quedó casi media hora observando la puerta cerrada de Namoo pensando en cómo disculparse con él. Un «lo siento» no parecía suficiente.

Repleto de dudas y moviendo las rodillas con nerviosismo, golpeó la madera con los nudillos.

—Vete a dormir, Minwoo —contestó el idol desde dentro.

—Sí, sí, lo haré. Antes quería pedirte disculpas.

Como no hubo respuesta, apegó su boca a la rendija entre la puerta y el marco.

—Quería pedirte disculpas —repitió.

—Te oí la primera vez.

El nudo en su estómago crecía y crecía, cada segundo más tenso.

—Oh, pensé que no...

—Minwoo, por favor, vete a dormir.

Algo le dolía en el pecho.

—Está bien —susurró.

Se dio la vuelta y se encontró con Ratata que lo esperaba en el respaldo del sofá. La agarró y apoyó en su hombro mientras regresaba a su cuarto. Se acostó en el colchón inflable con cuidado para que el plástico no hiciera ruido contra el suelo.

Intentó dormir, pero no podía. Su cerebro no dejó de procesar de manera obsesiva la situación, indicándole cada una de las oportunidades en las que debió callar y no lo hizo. Todavía contemplaba la nada cuando percibió un pestillo siendo destrabado. Como no había cerrado su puerta, de reojo notó que Namoo salía de su cuarto y miraba en dirección al suyo. Minwoo fingió estar durmiendo, por suerte Ratata estaba posada sobre su frente y la cola la tenía cruzada entre los ojos.

A los pocos segundos, el sofá se quejó y luego escuchó la televisión encendida a un volumen tan bajo que se dio cuenta de que Namoo buscaba no despertarlo a pesar de encontrarse en su propia casa.

No supo cuánto tiempo pasaron así, el sol comenzaba a asomarse en el horizonte. Con el corazón acelerado, Minwoo se levantó con mucho cuidado, dejó a su mascota tapada y fue a la sala de estar. Namoo no lo miró al sentarse a su lado. Se quedaron viendo un documental que hablaba del cosmos. El presentador estaba explicando que todos nos reducíamos a polvo de estrellas cuando Namoo por fin rompió el silencio.

—No me gusta hablar de mi vida privada.

—Está bien —aceptó Minwoo de inmediato.

El cuerpo de Namoo se fue relajando en el sofá a medida que el documental avanzaba. Iban en el segundo capítulo cuando Minwoo sintió que la cabeza del chico casi tocaba su hombro.

—¿Te gusta el universo, Minwoo? —susurró Namoo con voz adormilada.

—Me fascina.

Una pequeña sonrisa afloró en el rostro del idol.

—A mí también —murmuró—. Me gusta pensar en la idea de que solo somos polvo de estrellas.

—¿Te cuento algo interesante del universo?

Había volteado la cabeza hacia Namoo, encontrándolo casi acurrucado a su lado con la mano bajo la barbilla. Se veía algo atontado por el sueño, también relajado. Las ojeras se le marcaban profundas y oscuras bajo sus ojos. Se preguntó cuánto tiempo llevaba sin descansar bien. Esperó a que asintiera. Al hacerlo, su cabello decolorado quedó desordenado y enredado contra el respaldo.

—La luz que estamos recibiendo del sol es un evento pasado, a pesar de que para nosotros es un suceso presente. Lo que nosotros observamos y apreciamos del sol, es algo que transcurrió hace ocho minutos con diecinueve segundos.

—Porque eso es lo que tarda la luz en viajar aquella distancia —complementó Namoo.

Minwoo asintió con suavidad, sin querer moverse demasiado para no perturbar aquella tranquilidad que había descendido entre ellos.

—Eso quiere decir que, si alguien se localizara a la distancia del Sol para hacer observación de la Tierra, ahora estaría apreciando algo que ocurrió hace ocho minutos. Por tanto, su presente es nuestro pasado.

Namoo pestañeó con lentitud, sus ojos enfocados en él. Lo vio lamerse los labios, su expresión algo más alerta aunque todavía adormilada.

—Entonces, si una persona me amó en el pasado, ¿en alguna parte del universo todavía seguiría siendo querido por ella?

—Lo que estamos observando en la actualidad del sistema solar Alfa Centauri, es su pasado, porque se ubica a unos cuatro años luz de nosotros. Si ahora alguien observara nuestras vidas en la Tierra desde aquel sistema solar, estaría contemplando un suceso ocurrido en nuestro pasado. Por tanto, sí, en este momento, pero en otro punto del universo, alguien podría estar presenciando cómo eres amado por esa persona que extrañas.

Aquello le sacó una sonrisa tranquila a Namoo. Sus ojos se habían cerrado y su boca permanecía con un gesto feliz, a pesar de que, tras pestañear con dificultad, su mirada se había vuelto triste y brillante.

—¿Cómo supiste que lo extrañaba? —quiso saber.

—No estarías hablando de alguien que no extrañaras.

—Muy lógico, profesor Ratata.

Antes de meditar en lo que estaba haciendo, estiró el brazo y arrastró un mechón de cabello de Namoo tras su oreja. Estaban muy próximos uno del otro, separados por menos de treinta centímetros.

—Namoo...

—¿Sí?

Apartó la mano y la posó sobre la de Namoo, que permanecía en su regazo.

—Siempre serás amado por esa persona, incluso siglos después de que la hayas visto por última vez. Para ti es una emoción pasada, pero, dependiendo de dónde te ubiques en el universo, ese sentimiento puede convertirse nuevamente en uno presente. Por eso, en esta vida y en las siguientes, en alguna parte de este enorme e inexplorado universo, siempre y cada día serás amado por ella.

Una lágrima se había atascado en las pestañas de Namoo, que resbaló por su mejilla. Después, cerró los ojos y acomodó su cabeza contra el hombro de Minwoo.

—Gracias —susurró.

«Porque lo interesante del universo era que todo lo que se conocía de él correspondía al rastro de lo que fue. Y todo lo que el universo sabía de la Tierra era también todo lo que algún día fue. Por eso, estudiar el universo era vivir en un sentimiento pasado.»

Y, tras días sin poder descansar, Namoo por fin se quedó dormido.

18

FUERZA GRAVITATORIA

«Esta ley establece que los cuerpos, al presentar masa, son atraídos hacia otros cuerpos con masa por medio de una fuerza de atracción. Por tanto, si los planetas son constantemente atraídos por la fuerza gravitatoria del Sol, ¿por qué estos no colapsan entre sí?»

Se despertó sintiendo que tenía un único brazo. En algún instante de la madrugada, Minwoo se había desplomado contra el sofá quedando su brazo izquierdo atrapado bajo su cuerpo. En tanto, Namoo había terminado recostado contra él con su cabeza apoyada a la altura de sus costillas, mientras permanecía en una posición semisentada. Se veía tranquilo durmiendo, sus ojeras habían casi desaparecido. Tenía pestañas espesas que cubrían sus ojos a lo largo.

Intentó moverse para recuperar su perdida mano. Se estrechó el abrazo en su cintura, luego Namoo enterró la nariz en su camiseta. Se quejó todavía dormido.

—Namoo, no siento mi brazo —susurró.

No recibió respuesta.

Sujetando el rostro de Namoo por la mejilla, lo apartó unos centímetros. Su mano izquierda logró escapar de esa trampa mortal, aunque ahora se asemejaba a Harry Potter cuando su profesor le sacó los huesos del brazo.

Tras soltar a Namoo, este volvió a recostarse contra él. Parecían dos cuerpos celestes siendo atraídos por la fuerza gravitatoria del otro.

—Namoo —intentó una segunda vez—, estás incómodo, ¿no quieres irte a tu cama?

El chico ni siquiera reaccionó. Se veía tan tranquilo que parecía otra persona. Por un lado, estaba su yo despierto, estresado y cínico; por el otro, su faceta dormida, que era serena y confiada.

Para entretenerse en algo, encendió la televisión y le bajó el volumen. Le tocó activar los subtítulos. Alcanzó a ver un capítulo completo del documental antes de que lo asaltaran las ganas de orinar y de estirarse. Su mascota había aparecido bajo el sofá y lo observaba sentado en sus patas traseras. Debía tener hambre al igual que él. Ya pasaba el mediodía.

Sujetando otra vez el rostro de Namoo para no despertarlo, lo levantó unos centímetros y salió de debajo de él. Como el idol se movió como si estuviera despertando, le acarició la mejilla con suavidad para tranquilizarlo.

—Duerme —murmuró—, ya vengo.

Las pestañas de Namoo revolotearon cansadas al ser recostado en el sofá con una almohada bajo la cabeza. Se quedó mirándolo para comprobar que no se había despertado. Al moverse, sus piernas no reaccionaron y tropezó, cayendo de rodillas en el centro de la sala. Miró a Ratata con expresión adolorida, su cuerpo dormido comenzaba a regresar a la vida.

—Duele —moduló.

Aún le hormigueaban los músculos al ponerse de pie, esta vez con más cuidado, para ir al baño. Tras lavarse la cara y los dientes con un cepillo nuevo que encontró en un cajón, fue a comprobar a Namoo. Seguía en la misma posición, así que decidió ir a comprar algo para comer. Hizo chistar la lengua para llamar a Ratata, quien alzó la cabeza muy cerca de Namoo.

—Ven —la llamó—, no lo molestes.

Ratata saltó del sofá y corrió hacia él. La agarró y la escondió en su sudadera. Como no se sabía la contraseña del departamento y no quería despertar a su dueño, dejó la puerta semiabierta con un zapato. Afortunadamente, la clave del ascensor la recordaba de la noche anterior. Afuera estaba caluroso, lo que no era de extrañar considerando que se encontraban a mitad de junio.

—Solo por ti soporto este calor —reclamó Minwoo a su rata escondida en el bolsillo.

Cuando regresó unos minutos después con alimento, dejó a Ratata en el suelo y se quitó la sudadera y los zapatos en la entrada. Al llevar las bolsas a la cocina, notó una cabeza alzada en el sofá.

—Me dejaste solo —recriminó Namoo, quien parecía recién despierto. Tenía un ojo cerrado y el rostro hinchado, el cabello tan revuelto que apuntaba en varias direcciones.

—Fui a comprar algo para comer —explicó acercándose a él.

—¿Y tenías dinero? —musitó Namoo pestañeando en dirección a él, que se había sentado en el respaldo del sofá.

—Te recuerdo que trabajé un día como profesor.

Con la barbilla apoyada en el respaldo parecía un cachorro pidiendo cariño. Lo vio bostezar.

—¿Dormiste bien? —preguntó, acercando su mano hacia el cabello de Namoo.

—Sí —contestó con expresión solemne.

Todavía debía estar medio dormido, porque no le molestó que le apartara el flequillo de la frente.

—Si quieres puedes seguir durmiendo, te despierto cuando esté la comida.

El chico alzó una ceja.

—¿Sabes cocinar?

—No.

—Yo tampoco —le advirtió Namoo.

—No importa, tenemos inteligencia y tecnología.

Se alejó de él antes de que Namoo recordara que la noche anterior lo había echado del departamento. El chico continuó con la barbilla apoyada en el sofá y expresión adormilada.

—Descansa.

—No quiero —contestó Namoo—. Por cierto, es 112358.

—¿Qué cosa?

—La contraseña de la puerta, para que no la dejes abierta otra vez.

No quiso hacerse ilusiones, pero no lo pudo evitar. ¿Eso quería decir que lo estaba autorizando a quedarse ahí?

Tragó saliva.

—Deberías cambiarla —comentó intentando actuar con normalidad y no como un tonto enamorado.

—Lo haré si te echo, no te preocupes.

—No lo decía por mí. —Minwoo se sonrojó—. Es fácil de adivinar.

—¿Cómo así? —cuestionó Namoo.

—Es una serie numérica muy conocida llamada Fibonacci.

—¿Cómo es eso?

—Cada término es la suma de los dos anteriores. —Namoo lo estaba observando con mala cara—. ¿Qué sucede?

—Tardé una semana en aprenderme la clave, ¿y tú me dices que cada vez la pude calcular?

—¿No la escogiste tú? —se extrañó.

—Me la dio uno de mis mánager.

Minwoo se rio.

—En fin, es demasiado fácil de adivinar. Deberías cambiarla.

Namoo bufó.

—Habla por ti, yo todavía no entiendo cómo es eso de que podía calcularla.

Para preparar algo de comer, Minwoo sacó los cebollines y los lavó, a pesar de que no sabía muy bien qué estaba haciendo;

nunca en su vida había cocinado más que ramen instantáneo. Por suerte, tenía inteligencia e instinto. Así que sacudió el cebollín, buscó una tabla que encontró bajo el lavaplatos y llevó ambos a la encimera que daba a la sala de estar.

Los ojos del chico lo seguían con curiosidad.

—Necesitarás un cuchillo —informó Namoo al verlo analizar ambas cosas con una expresión desconcertada—. Están en el primer cajón a tu izquierda.

Lo buscó y sacó el más grande porque se veía más profesional. Posicionó el cebollín encima de la tabla.

—¿No dijiste que teníamos inteligencia? —se burló Namoo.

Minwoo levantó la cabeza sin entender.

—¿Por qué?

—Estoy segurísimo de que el cuchillo no se agarra de esa forma.

Observó el utensilio en su mano, entonces puso el filo hacia abajo.

—Ya lo sabía —fue su pobre excusa.

—Claro, profesor —se rio Namoo—. Un genio que descubre a Figoberto pero no sabe sujetar el cuchillo. Inteligente pero no astuto.

Hizo un corte en el tallo, seguido por otro.

—Es Fibonacci, no Figoberto.

Continuó cortando.

—¿Ese cebollín es para el ramen o para comerlo como canapé? —se mofó Namoo.

—No empieces con tus críticas o no te dejaré dormir nuevamente en mi hombro —lo amenazó apuntándolo con el cuchillo.

—Mira, si tú vas a corregir a Figoberto, yo también haré lo mío. —Namoo sonrió—. Además, te gusto demasiado, nunca podrías rechazarme.

Enrojeció tanto que, de los puros nervios, le hizo un nuevo corte a la verdura. De paso, casi se rebanó el dedo pulgar.

—¿Quién dijo que me gustas? —preguntó como si no supiera que Haru ya se lo había dicho.

—Tu amigo.

—Haru ve demasiados k-dramas.

Namoo alzó ambas cejas, ahora había puesto los brazos en el respaldo. Se asemejaba a un cangrejo de tierra.

—Aunque no me lo hubiera dicho —continuó el idol con total tranquilidad—, igual lo habría adivinado. Tus ojos de cachorro son muy honestos.

—Mis ojos no dicen nada.

Riéndose, Namoo peinó su flequillo y estiró una pierna que se asomó por sobre el respaldo.

—¿No estabas cocinando? —le cuestionó cuando se le quedó mirando sin moverse.

Cierto.

Terminó de cortar el cebollín en cuadrados, porque esa figura geométrica siempre era acertada. Le costó tres neuronas saber cómo se encendía la cocina.

—¿Tenemos inteligencia? —se reía Namoo al escucharlo suspirar. A pesar de que no lo estaba observando, ya que se había recostado en el sofá y se entretenía con el documental, estaba pendiente de lo que Minwoo hacía.

—Haru es el profesor de química, yo solo sé matemáticas y física —se excusó.

—Vas a cocinar un ramen, no a preparar una poción.

Cuando echó los *noodles* en el agua hervida, Namoo se puso de pie y fue hasta la cocina. Espió por sobre su hombro mientras él añadía el cebollín y los huevos.

—Mm, delicioso, sopa de cebollín —susurró.

—Deberías agradecerme, te alimentaré con el único sueldo que he recibido en las últimas dos semanas. —Más bien, en los últimos veinticuatro años, pero no era necesaria tanta sinceridad.

El idol permaneció detrás suyo, podía sentir su barbilla rozándole el hombro.

—Minwoo... —dijo entonces el chico, su voz ahora sonaba más grave.

El sonrojo que lo invadió no tenía nada que ver con el vapor que escapaba de la olla.

—¿Sí?

—Ahora mismo estoy sintiendo que algo escala mi pierna. ¿Es Ratata o me pongo nervioso?

Preocupado, Minwoo se apartó para poder girarse. Namoo se había quedado en la misma posición, todavía algo inclinado hacia él. Por debajo de su pantalón y casi en su rodilla, se notaba a la perfección una forma de «8».

—Creo que le gustas —suspiró Minwoo—. Esto solo lo hace con Haru y es porque lo conoce desde siempre.

—¿Puedes sacarla? —pidió Namoo.

Analizó su pierna.

—Está bien.

—¿Tienes calor que estás tan rojo? —le cuestionó Namoo, una sonrisa bailaba en sus labios.

Para evitar responder, se arrodilló y agarró a Ratata por sobre la ropa para que no se escapara.

—¿Te puedo subir el pantalón? —preguntó con voz ahogada.

Namoo lo analizó desde arriba, su barbilla ahora ladeada. Como no respondió, Minwoo, tragando saliva, insistió.

—¿Te puedo subir el pantalón?

La mirada del idol revoloteó hacia otro punto de la cocina.

—Quítamela antes de que me muerda y me pegue la rabia.

—Ratata tiene sus certificados de salubridad al día —precisó Minwoo—. Además, los roedores no transmiten la rabia al ser humano.

—Gracias, ahora dormiré más tranquilo por las noches.

Todavía arrodillado frente a él, sus miradas se encontraron.

—Minwoo, tu rata —le recordó Namoo.

Reaccionando, le levantó el borde del pantalón y sacó por fin a su mascota. Ratata, que había subido de peso debido a su poca actividad física, quedó apoyada en su palma, con la cola colgando entre sus dedos.

Namoo se había movido para apoyar la cadera en el mesón.

—¿No es bonita? —preguntó Minwoo.

—Define «bonito», porque parece que tenemos distintos conceptos de la misma palabra. —A continuación, miró en todas las direcciones—. Por cierto, ¿tu rata dónde está haciendo sus necesidades?

—En unos papeles que puse en el baño —contestó Minwoo haciéndole cariño—. Mi mascotita es limpia, los roedores en general lo son. El problema es que se volvieron una plaga y les toca sobrevivir como sea.

El idol estaba asintiendo con expresión escéptica. Se detuvo de golpe.

—¿Papeles?

—Era un contrato que encontré en unas cajas.

—¡¿Qué?! —exclamó un horrorizado Namoo.

Bufó.

—Estaba bromeando, ¿me consideras así de inepto?

—En son de no ofender, me abstengo de responder esa pregunta.

Tras dejar a su mascota en el suelo y lavarse las manos, Minwoo fue a inspeccionar el ramen mientras Namoo orbitaba a su alrededor. No dijo nada cuando echó los huevos, pero su expresión parecía recelosa al examinar la olla. Finalmente, Minwoo emplató dos grandes porciones y las puso en la isla de la cocina.

—No puedo comer todo esto —avisó Namoo tomando asiento frente a su plato.

—¿Por qué no? —respondió Minwoo entre soplidos para enfriar los noodles que tomó con los palillos—. No es mucho.

—Porque voy a subir de peso.

Sus fideos regresaron al plato y se giró hacia Namoo intentando no parecer demasiado intenso. La noche anterior habían discutido por algo parecido y Minwoo terminó sin hogar, así que debía ser más cuidadoso en esta oportunidad.

—¿Y qué?

Los hombros de Namoo estaban caídos, sus ojos ansiosos no se apartaban del ramen mientras tragaba.

—Si subo de peso, luego tendré que hacer dieta.

Y es horrible, pensó.

Minwoo se quedó unos instantes analizando cómo abordar aquel problema sin meterse en los estándares sociales de belleza, porque sería complicado hacerlo comer sin culpa. Sobre todo cuando se trataba de alguien como Namoo, que vivía expuesto a las críticas y a las opiniones de la gente.

—Estás desempleado —le recordó.

El chico volteó la barbilla hacia él, todavía seguía sin tocar el plato.

—¿Cómo?

Se llevó los noodles a la boca antes de responderle.

—Estás en hiatus, nadie va a criticar tu peso. Puedes comer sin culpa.

Para hacer la situación menos incómoda, Minwoo continuó sorbiendo su comida, apartando los grandes *icebergs* de cebollín. Con manos ansiosas, Namoo agarró una gran cantidad de noodle con los palillos y se los llevó a la boca. Minwoo fingió no percatarse de que el idol se ahogó por sus ansias de comer. Antes de que Namoo acabara su porción, le sirvió más. En la olla solo quedaron restos de cebollín.

Como también había comprado unas botellas de *soju*, aprovechó de buscar una y servirle un trago.

—Bebe —le dijo.

—¿De qué año eres?

—Del 98 —contestó Minwoo—, pero yo soy de febrero y tú de noviembre. Soy mayor, así que bebe.

Desviando la barbilla hacia el otro lado, como cortesía dada la pequeña diferencia de edad, Namoo se tomó el vaso de un trago. Minwoo le sirvió otro y le entregó la botella para que le sirviera a él.

—¿Te cuento algo gracioso? —preguntó Minwoo cuando el departamento estuvo demasiado silencioso.

—¿Es algo tuyo o general? —dijo el idol tras beberse el segundo vaso.

—Mío —explicó, sirviéndole más—. Cuando era pequeño coleccionaba dinero.

—¿Por qué eso no me extraña?

Soltando una risa nerviosa, Minwoo se rascó el cuello.

—La historia comienza porque nunca conocí a mi papá.

La expresión de Namoo ahora era menos tensa mientras jugaba con el vaso.

—Eso no es gracioso —puntualizó en un susurro.

—No es algo que me afecte —especificó—, nunca lo conocí.

El chico permaneció en silencio examinando su vaso, por lo que Minwoo dudó sobre si continuar con la historia. Cuando se tomó el contenido, le hizo un gesto de mano para que siguiera.

—Por muchos años pensé que mi padre era el famoso presentador de noticias Cha Seyoon.

Olvidando las reglas sociales, Namoo agarró la botella para llenarse él mismo su vaso.

—¿Y por qué? —quiso saber tras bebérselo.

—Por ese entonces, no sabía que no tener papá era algo anormal. Mi mamá siempre fue muy buena madre y padre, por tanto, nunca sentí una carencia. Pero al cursar la primaria me di cuenta de que el resto tenía un papá, menos yo. Así que le pregunté a mamá qué pasaba con el mío. Estábamos viendo las noticias, por lo que ella consideró que era buena idea decirme en broma que mi papá era un famoso presentador de televisión.

Aquello hizo sonreír a Namoo, que había apoyado el codo en la mesa y la barbilla contra su palma.

—Ya estoy entendiendo por dónde va la historia.

Minwoo se sirvió otro trago y también se lo bebió, sintiendo cómo el alcohol empezaba a relajar ese nudo tirante en su interior.

—Comencé a averiguar todo lo que podía acerca de él y descubrí que era un coleccionista de dinero. Pero cuando Cha Seyoon se refería a sí mismo como un gran «coleccionista de dinero», no era porque literalmente coleccionara monedas y billetes, más bien lo decía porque le gustaba el dinero.

—Pero tu niño literal no lo entendió así y comenzaste a coleccionar dinero para tener algo afín con tu supuesto padre —observó Namoo.

Sorprendido por lo acertado de su comentario, se quedó en silencio unos instantes hasta que la boca del idol se curvó en un gesto arrogante.

—¿Qué? Soy artista, sé analizar muy bien a la gente para saber en quién puedo confiar.

—¿Tan malo es el mundo del espectáculo?

La expresión relajada de Namoo se evaporó en un segundo. Jugando con el vaso vacío, se encogió de hombros.

—Sí —fue su sencilla respuesta—. Pero estábamos hablando de tu colección de dinero.

Dudó antes de continuar.

—No hay mucho más que contar. Por años fui agrandando mi colección, porque tenía la esperanza de que algún día mi padre iría a visitarme y tendríamos aquel pasatiempo en común.

—¿Y cuándo supiste la verdad?

—A los quince.

De la sorpresa, Namoo soltó el vaso, que rodó por la encimera. Minwoo lo alcanzó a agarrar antes de que cayera.

—¿Cómo tu madre te pudo mentir durante tanto tiempo?

—Ella ni siquiera recordaba que me lo había dicho —la defendió—. Para mamá fue una broma sin sentido.

—No se puede bromear sobre ese tipo de cosas con un niño —puntualizó Namoo con algo de molestia.

—Sí, eso derivó en muchas sesiones con mi psicólogo. En fin. —Se encogió de hombros para espantar el ambiente tenso—. Tras enterarme de la verdad, vendí mi colección y con la ganancia me compré un telescopio. Así me di cuenta de que me gustaba la ciencia.

—Y nació el profesor Ratata.

Ambos sonrieron.

Y mientras la conversación iba avanzando y las botellas de soju acumulándose sobre la mesa, el cuerpo de Namoo se fue relajando contra la encimera y acercándose hacia Minwoo.

Fue en ese momento que decidió preguntarlo.

—¿Namoo?

—¿Sí?

—Hoy no tengo que irme, ¿cierto?

«El estado natural de los planetas era el de un movimiento rectilíneo uniforme, ya que en el espacio no se contaba con una fuerza de fricción que detuviera este movimiento. Por tanto, comenzaba una pelea infinita entre la fuerza gravitatoria del Sol y la inercia de los planetas, consiguiendo así un movimiento parabólico de estos cuerpos alrededor del Sol. Al igual que un profesor de física y matemáticas desempleado que no podía dejar de orbitar alrededor de un idol, demasiado atraído por él para alejarse, pero demasiado temeroso para acercársele.»

La mirada de Namoo buscó la suya.

—No —susurró, sus pestañas revolotearon—. No tienes que irte.

19

PARADOJA DE LA DICOTOMÍA

«Si una tortuga le da diez metros de ventaja a una persona para una carrera, ¿el corredor logrará alguna vez alcanzar a la tortuga?»

Namoo borracho se convertía en una persona muy diferente. Su cuerpo había abandonado aquella tensión que siempre dominaba a sus músculos y sonreía tranquilo, con su boca inclinada a la derecha. Además, sufría ansias por apego. Rogaba, con la curva de sus hombros y espalda, una cercanía que Minwoo no le estaba dando. Lo decía su mano grande en su rodilla, lo reiteraban sus dedos jugando con el pantalón. Y él no podía dejar de orbitar a su alrededor, como un satélite perdido que de pronto era atraído por la fuerza gravitatoria de un planeta desconocido y maravilloso. Por eso lo siguió cuando Namoo se puso de pie y se dejó caer en el sofá, haciéndole un gesto para que fuera tras él. Namoo lo observó atontado al ubicarse a su lado, su mano esta vez estaba en el muslo de Minwoo.

—¿Te ejercitas, profesor Ratata? —preguntó con sus dedos acariciándole el músculo ahora rígido de su pierna.

—Troto —contestó tragando saliva.

—Lo sabía —cantó con voz risueña.

Namoo se había traído una botella de soju al sofá, que agarró para darle un gran sorbo hasta vaciar más de la mitad.

—No bebas más, por favor —pidió Minwoo.

Los hombros del chico se encogieron de manera elegante y también desinteresada, sus ojos continuaron clavados en la botella que tenía un resto de alcohol.

—Hace tiempo que no lo hacía —admitió.

—Con mayor razón deberías detenerte, mañana te sentirás mal.

Al estirarse para apartarle aquellos mechones rubios que siempre ocultaban su frente, Namoo se movió para que no alcanzara a tocarlo. El brazo de Minwoo bajó con lentitud hasta posicionarlo sobre su propio regazo y rozó la mano de Namoo, que no se había movido de su lugar.

—Yo siempre me siento mal —contó el idol, sus ojos ahora caídos contemplaban algo entre sus pies.

Quiso de nuevo acariciarle el cabello, quizá para hacerlo sentir mejor, quizá para contentarse a sí mismo. Fuera cual fuera la razón, no lo hizo. Sus dedos formaron un puño apretado que seguía rozando la mano de Namoo sobre su muslo.

—Vivir no debería hacerte sentir mal, Namoo.

El chico abandonó por fin la botella medio vacía en la mesa del costado e inclinó el cuerpo para refugiarse en sí mismo. Era temprano aún, los relojes recién marcaban las cuatro de la tarde. Minwoo no dijo nada, mientras observaba al idol recostarse contra el respaldo del sofá.

—¿Y cómo dejo de sentirme así? —preguntó Namoo con una clara ironía y burla en su voz.

—Si te respondo, vas a enojarte de nuevo conmigo.

—Es porque das consejos que no puedo realizar.

La tensión comenzó a crecer entre sus cuerpos, sobre todo porque Minwoo había posado su mano sobre la de Namoo, acariciándola. Era un toque suave que iba desde la muñeca hasta los dedos del idol.

—Tengo sueño —susurró este con la barbilla baja; examinaba su mano con el entrecejo fruncido.

—Puedes dormir —sugirió Minwoo.

—Es temprano.

—¿Importa eso?

Namoo lo meditó, después su barbilla se alzó. Su mirada, de pronto tímida, buscó la suya.

—Si duermo ahora, no podré hacerlo en la noche. Y tendré que beber de nuevo. Y no quiero hacerlo.

—Yo te puedo ayudar a dormir.

Los dedos de Namoo se movieron y apartó su mano con suavidad. Luego encogió el brazo y lo apoyó contra su propio pecho, como si le doliera.

—¿Me darás alguna de tus pastillas?

—Sabes que no puedo darte un medicamento que no te han recetado —respondió Minwoo.

—Entonces no puedes ayudarme.

—Puedo quedarme contigo.

Namoo puso los ojos en blanco. Agarró la botella y se la terminó de beber, con expresión desconcertada y de fastidio.

Minwoo no lo entendía.

—¿Crees que eso me va a ayudar a dormir? —cuestionó el idol con tono seco, hiriente, cruel. Buscaba dañar para dejar de sentirse solo en ese lado malo del mundo.

—Te contaré datos curiosos.

Un bufido. Namoo se acomodó, ahora lejos de él. Su cuerpo ya no estaba relajado ni tranquilo, más bien molesto.

Namoo estaba irritado con él.

—Eso solo me va a aburrir, profesor Ratata.

—Te voy a aburrir tanto que te quedarás dormido, te lo juro.

A través del enorme ventanal del departamento se divisaba una Seúl vibrante, el sol bañaba a la ciudad dándole un tono dorado. El cuerpo de Namoo seguía tenso. Tras unos segundos, se apartó el flequillo rubio de la frente.

—Lo siento —susurró el idol—, muchas veces soy un idiota.

—Lo eres.

Namoo se volteó hacia él con gesto ofendido. Minwoo se puso de pie y le revolvió el cabello para molestarlo.

—Mientras se te pasa el malhumor, iré a bañarme.

El chico mantuvo su atención en él mientras se ponía de pie. Su barbilla ahora se encontraba apoyada en el respaldo.

—No te di permiso para que ocupes mi baño —dijo.

—Estás siendo un idiota otra vez.

El labio inferior de Namoo sobresalió. Minwoo no pudo contenerse y le apretó la mejilla con los dedos. Lo oyó quejarse, pero no se apartó.

—Eres como un cachorro callejero, reclamas atención ladrando y gruñendo porque no sabes cómo pedir cariño.

—Yo no...

—Reflexiona sobre tus actos, Lee Namoo.

Conteniendo una risa ante su expresión desconcertada, Minwoo cerró la puerta del cuarto de baño. Al darse vuelta para buscar una toalla en una cajonera, no se sorprendió al notar una cola al costado del inodoro.

—¿Tú también quieres bañarte? —preguntó agarrando a su mascota antes de que se le escapara.

Ratata movió los bigotes en respuesta.

Tapó el desagüe del lavamanos y abrió la llave. Metió a su ratón bajo el chorro porque era lo que más disfrutaba de la hora del baño. Lo dejó ahí mientras daba la ducha y se desvestía. Cortó el agua del lavabo antes de comenzar su propio baño.

—Ocupé una toalla para secar a mi mascota —avisó al salir al pasillo seguido por una nube de vapor.

Pudo divisar los pies de Namoo apoyados en el respaldo del sofá, que se movieron como si estuviera cambiando de posición.

—¿No me digas que es una blanca que estaba bajo el lavamanos? —cuestionó el dueño desde la sala de estar.

Minwoo tenía envuelta a su mascota justo con esa toalla. Se veía adorable cubierta por completo con excepción de su nariz.

—Te juro que la lavaré con blanqueador, quedará como nueva.

Los pies desaparecieron del respaldo para dar paso al rostro enojado de Namoo.

—¿Tú crees que lavándola se le van a salir los pelos de ratón? —Su mirada se empequeñeció—. Detesto a ese animal.

—Te prometo que te compraré otra.

—No tienes trabajo y...

Namoo enmudeció de golpe al observarlo, como si recién descubriera que Minwoo estaba cubierto únicamente con una toalla en la cintura. Su rostro sonrojado fue lo último que vio antes de desaparecer tras el sofá.

Todavía riéndose por su repentina vergüenza, Minwoo se encerró en el cuarto bodega. Aprovechó de buscar su teléfono perdido en el colchón inflable y revisó las notificaciones. Todas eran de Haru. Mientras se vestía, lo llamó.

Tardó media hora en poner al día a su amigo, secar a su ratón y vestirse, no obstante, fue tiempo suficiente para que Namoo se bebiera otra botella. Lo observó con los labios fruncidos. En respuesta, el idol lo ignoró a la vez que le daba el último sorbo a su soju. Después, se recostó en el sofá.

Minwoo se sentó a un costado de las piernas estiradas de Namoo, quien miraba una de sus presentaciones. En ese tiempo, llevaba el cabello tan rojo que se asemejaba a una llama. El sudor en sus mejillas había arrastrado parte de la tintura, manchándole la piel con la misma tonalidad.

—Te quedaba bien ese color —comentó sin apartar la vista del siguiente video que comenzó a reproducirse.

—Imagíname con el cabello gris, me veía mejor.

Minwoo giró la cabeza para observarlo.

—¿Gris?

—¿Te lo muestro?

—¿Alguien quiere recibir un cumplido mío?

Por alguna razón, el comentario hizo sonrojar a Namoo. No se sorprendió al recibir una patada en el brazo, que lo hizo caer al otro lado del sofá.

—Si vas a reaccionar así a mis bromas —comenzó Minwoo acariciándose donde había sido golpeado—, terminaré muy moreteado.

—Lo lógico sería que dejaras de hacerlo.

—¿Quieres que haga eso?

Namoo no respondió. Poniendo sus pies sobre el regazo de Minwoo, se volteó hacia la televisión recostándose de lado. La pantalla hizo un acercamiento del idol. Esta vez, su cabellera estaba tinturada de negro. Para ese comeback, Namoo incluso estaba más delgado que ahora. Se veía demacrado, a pesar del maquillaje. Iba con guantes negros que hacían juego con la ropa.

—No había dormido en tres días cuando grabé ese video —susurró.

—¿Mucho trabajo?

La atención de Namoo continuaba clavada en la presentación, no pestañeaba analizando su «yo» del pasado.

—Había muerto un familiar —confesó con voz plana, sin emoción—. Tampoco alcancé a despedirme de él.

Sin saber cómo consolarlo, porque Minwoo no había pasado por algo así en su vida, le acarició la pantorrilla. Alcanzó a masajearle el músculo antes de que Namoo se encogiera en el sofá, sus piernas ahora contra el pecho. Le hizo una advertencia con la mirada, a la que siguió una oración corta y devastadora.

—No me toques.

Sintiendo que el pecho se le apretaba, Minwoo escondió las manos bajo los muslos. La presión lo hizo sentirse menos abrumado. Su respiración se regularizó, en tanto un Namoo más joven continuaba cantando en la pantalla.

—Lo siento —se disculpó con sinceridad.

Namoo había soltado por fin sus piernas para estirarse en el sofá, esta vez cuidando que sus pies descansaran cerca pero no sobre él.

—Está bien, pero no vuelvas a hacerlo.

El aire se tensó. Minwoo sintió la necesidad de huir, siempre quería hacerlo cuando sus emociones se volvían así de complejas. Pero su amigo era un corredor incluso más rápido que él, por eso siempre iría un infinitésimo por detrás suyo. Parecía estar destinado a contemplar para siempre la espalda de Namoo. Sentía que vivía encerrado en la eterna paradoja de la dicotomía.

«Para llegar al final de un camino primero se debía recorrer la mitad de este. Pero antes de que se pudiera llegar a la mitad, se debía caminar una cuarta parte. Y antes de recorrer una cuarta parte, se debía completar una octava parte; y así, existiendo siempre entre el corredor y la tortuga un espacio que se volvía infinitamente divisible y, por tanto, imposible de acortar. Tal cual un idol al que se intentaba alcanzar, porque, por mucho que se corriera para llegar a él, este siempre estaría a una distancia infinitamente divisible por delante suyo.»

Una suerte que en el siglo XVII el matemático escocés James Gregory hubiera demostrado matemáticamente que una suma de infinitos términos podía tener un resultado finito, lo que hacía posible que un corredor pudiera alcanzar y también superar a la tortuga.

Con un encogimiento ligero de hombros, Namoo posicionó de nuevo las piernas sobre sus muslos tensos.

—Minwoo.

—¿Sí?

—Me prometiste algo.

Minwoo tragó saliva.

—¿Lo hice?

Namoo se estiró sobre el sofá y tomó asiento. Su rostro de pronto estuvo demasiado cerca.

—Ayúdame a dormir esta noche.

20

#P5SINNAMOO

> «Soy OT4, esperemos que la empresa continúe con P5 sin Lee Namoo. Los demás miembros no merecen ser perjudicados por un idol que no sabe controlar sus ataques de ira ni es lo suficientemente humilde para disculparse con sus fans, que siempre le perdonan todo. No queremos a Lee Namoo en P5 #P5sinNamoo.»

De abril a octubre el puente Banpo programaba entre cinco y siete espectáculos de juego de luces que iban al ritmo de diversas canciones. Namoo llevaba viviendo en Seúl desde los quince años, cuando se había mudado a la capital para convertirse en *trainee** de su agencia AVI. Sin embargo, jamás había tenido tiempo ni ánimo para sentarse a orillas del río Han y esperar por un espectáculo que no duraba más de quince minutos. Jamás lo consideró útil, por tanto, nunca asistió.

¿Por qué entonces se estaba alistando para salir? Porque Minwoo estaba decidido a cansarlo para que pudiera dormir bien esa noche. Cubierto con un gorro que tapaba su cabello,

---

* Jóvenes que buscan debutar en la industria musical de Corea del Sur. Para ello firman contratos con agencias con la finalidad de ser entrenados y lograr su cometido.

dejando un par de mechones rubios alrededor de su rostro, lentes de sol y mascarilla, Namoo observó a Minwoo sin mucho humor.

—Esto no va a funcionar, profesor —insistió calzándose los zapatos.

Al enderezarse, Minwoo aprovechó para sacarle una pelusa que encontró en su camiseta negra. No dijo nada mientras miraba aquellos dedos trabajar sobre la tela.

—Es diferente.

—¿Qué es lo diferente? —replicó quitándose el gorro para acomodar un mechón de cabello tras la oreja—. Porque he pasado días sin dormir a pesar del cansancio.

—Que ese es un cansancio derivado del estrés y, como tienes grandes dosis de adrenalina en tu cuerpo, no puedes dormir. Hoy te cansarás por diversión.

Namoo se alejó del chico para que este se pusiera las zapatillas.

—Te tienes mucha fe, profesor —refunfuñó.

De igual forma, salió del departamento dejando la puerta abierta. Minwoo lo siguió con Ratata hecha un ovillo en el bolsillo de su sudadera.

—Pienso que hasta un minicerdo es más normal y decente como mascota que una rata —comentó tras ver a Minwoo meter la cola larga dentro del bolsillo.

—Sería genial tener un minicerdo mascota.

—Estaba siendo irónico.

—Yo no —respondió Minwoo subiéndose en el ascensor—. Si tuviera una granja, definitivamente tendría un cerdo mascota. ¿Sabías que adoran bañarse? Se llevaría genial con Ratata.

Namoo intentaba no poner los ojos en blanco mientras las puertas metálicas se cerraban.

—Maravillosa información —murmuró.

—Además, su inteligencia es igual o incluso superior a la de un niño de tres años.

—Definitivamente es más inteligente que yo.

Su comentario dejó a Minwoo mudo hasta que llegaron al primer piso. Se dirigieron hacia el comedor de empleados, ya que Namoo no podía abandonar el edificio por la puerta principal porque siempre había alguna fan esperándolo afuera.

—No eres tonto, Namoo —dijo Minwoo al alcanzarlo—. ¿Por qué dices ese tipo de cosas?

—Era una broma. —Le restó importancia.

Una de las empleadas del aseo se inclinó en señal de saludo. Si bien él llevaba el rostro cubierto con mascarilla y lentes de sol, era el único residente que pasaba por ahí, por tanto, no era difícil concluir que era él intentando escapar por la puerta de servicios.

—No parecía una broma —insistió Minwoo.

Por fin salieron a una calle estrecha, donde se divisaban en el cemento las marcas oscuras que había dejado el camión de basura. No había nadie afuera.

—Terminé la escuela a los veinte años porque tuve que pausar dos veces mis estudios —contó Namoo intentando no sentirse humillado—. Primero a los quince cuando ingresé al programa de talentos donde debuté con P5, luego a los dieciocho al debutar como solista. Mi promedio general fue vergonzoso. *Inteligente* no es un adjetivo que utilizaría para definirme.

—Existen doce tipos de inteligencia, la escuela valoriza solo dos. Es una pena que la gente piense que se es poco inteligente porque no logró demostrar buenas calificaciones en esos tipos de inteligencia.

Doblaron hacia la izquierda.

—Serás un gran profesor, Minwoo —admitió con sinceridad.

El chico se puso tan nervioso que tropezó con sus propios pies.

—¿Tú crees? —tartamudeó sonrojado.

—Harás que tus estudiantes se sientan útiles y capacitados. Me habría encantado tener un profesor como tú cuando filtraron mis calificaciones y me llamaron idiota. Quizás así no habría terminado encerrado en el baño llorando porque todo el mundo me consideraba un fracaso.

Llegaron a la siguiente cuadra, Minwoo movió las rodillas con impaciencia al detenerse en un semáforo.

—¿Y no te gustaría seguir estudiando?

—¿Te refieres a si quiero ingresar a la universidad? —Minwoo asintió deprisa—. No sé si me guste usar mi cerebro para ese tipo de cosas.

—No lo sabrías con seguridad a menos que lo intentes.

Namoo desvió la vista hacia adelante. Cruzaron la avenida.

—Lo sabré cuando cumpla los veintisiete y mi agencia, si es que todavía soy famoso y rentable, me inscriba en un instituto para retrasar mi servicio militar.

—¿Esa es tu única motivación?

—Te dije que soy un idiota —bufó Namoo.

Minwoo refutó con gran tranquilidad:

—La única gente idiota es la que se considera inteligente.

El trayecto desde su departamento al puente Banpo era de casi una hora caminando, algo que ninguno de los dos consideró hasta ese momento. Recién llevaban un cuarto del camino cuando Namoo se sentó en una banca. Por supuesto Minwoo intentó ponerlo de pie de inmediato.

—Mi estado físico es pésimo. —Frunció los labios afirmándose al respaldo—. No me desmayo en mis presentaciones porque lo encuentre bonito.

—No hacemos más que caminar —protestó Minwoo.

Recostado contra la banca, le hizo un gesto con la mano.

—Me quedo aquí a menos que me quieras cargar. —Guardó silencio de golpe al percatarse de que el chico se inclinaba frente a él dándole la espalda. Le dio un empujón en el trasero con el pie, su zapato quedó marcado en la ropa de Minwoo—. ¡Estaba siendo irónico!

—Pues yo no —contestó limpiándose el pantalón con golpecitos—. Te puedo llevar cargando. Cuando nos mudamos con Haru cargamos un colchón durante una hora.

—Porque pedir un camión de mudanzas era muy difícil —se mofó.

—Lo es cuando no te sobra dinero.

Algunas veces él se olvidaba de que nadaba en privilegios.

—¿Y tu familia? —se interesó.

Minwoo se rascó la mejilla. Del bolsillo de su sudadera se volvía a asomar la cola de Ratata.

—Mi mamá piensa que vivo bien.

Eso le hizo gracia.

—¿Le mientes a tu mami, profesor Ratata?

—No quiero que se preocupe —contó con sinceridad—. Me mandaría dinero y ya me pagó mi carrera universitaria, no puedo pedirle más.

Al estar distraído, Minwoo logró ponerlo de pie y hacerlo caminar. Sus protestas duraron una cuadra completa, a la siguiente encontraron un puesto de comida rápida. Sobre una enorme plancha metálica tenían servido *tteokbokki* rojo y jugoso. Sus pasos dudaron al sentir ese olor picoso cosquilleándole en la nariz. Se bajó la mascarilla.

—¿Quieres? —preguntó Minwoo.

—No puedo comer eso.

—¿De nuevo vas a mencionar la dieta?

Namoo se abrazó la cintura.

—Siempre estoy preocupado por eso, lo sabes.

—No debería ser así.

Antes de que Namoo pudiera insistir en su negativa, Minwoo se dirigió al negocio y pidió un vaso. Agregó varias brochetas con masa de arroz remojada. Cuando fue a reclamarle, Minwoo le metió un pincho de tteokbokki en la boca.

En tanto mascaba y tragaba, el chico buscó su billetera y tendió su tarjeta.

—Solo efectivo —dijo la dueña.

Minwoo abrió de nuevo su billetera y enrojeció de golpe.

—No te alcanza, ¿cierto? —suspiró Namoo.

—En la mañana gasté más de lo que pensé —se excusó.

Una idea cruzó su mente.

Sintiéndose de pronto eufórico, dio un paso hacia atrás para alejarse de Minwoo.

—Una pena, vas a tener que llamar a tu mamá —se burló de él todavía retrocediendo.

—¡Namoo! —gritó el chico desde el puesto de comida.

Se llevó otra brocheta a la boca y masticó las masitas de arroz. Avanzó de espaldas sonriendo como un loco.

—Tal vez si lavas los platos, profesor, te permitan irte sin llamar a la policía.

Se despidió de él con una risa burbujeándole en el estómago.

Había llegado a la siguiente cuadra. La avenida comenzaba a estar transitada. Fue en ese momento que sintió una mano sujetándolo del brazo y tiró de él.

—¡Corre! —chilló Minwoo.

—Pero ¿qué...?

El aliento escapó de sus pulmones. Con los tteokbokki todavía en una mano, intentó soltarse sin tirarlos al suelo.

—¡¿No... me... digas... que... no... pagaste?!

—¡No tenía dinero y me dejaste abandonado!

—¡Minwoo!

Ya podía visualizar el enorme titular que publicaría NaTV y que terminaría por destruir su ya pulverizada carrera: «El millonario idol Lee Namoo se escapa de un negocio para no pagar sus tteokbokki». Todavía tironeado por el brazo para moverse entre la gente, intentó recordar si la mujer lo habría alcanzado a reconocer.

—¡Mi cara! —susurró con horror.

Se había bajado la mascarilla para oler los tteokbokki. Frenó en seco soltándose de Minwoo. El chico se detuvo a unos pasos con la respiración acelerada.

—¡Ella vio mi rostro! —exclamó.

—¡Ella también vio el mío!

—¡Pero yo soy famoso!

—¡Y yo estoy intentando buscar un empleo! ¡Soy profesor, Namoo! ¡Mi nombre no puede quedar asociado al robo de comida!

Restregándose el rostro con su mano libre, Namoo gimió. Sacó dos billetes de cincuenta mil wones de su billetera y se los entregó a Minwoo.

—Irás donde esa mujer, te disculparás con ella y le darás esto.

—No —dijo Minwoo de inmediato, alejándose un paso para que no lo alcanzara.

—¿Cómo que «no»?

—¿Y si voy y está la policía?

—Explicas que fue un malentendido y que habías ido al cajero automático.

—¿Y si no me cree?

—Le dices que era una broma para un programa.

—¿Y si me demanda?

—¡No te va a demandar!

—¿Cómo estás tan seguro?

—¡Porque nadie quiere demandarte!

Minwoo empequeñeció la mirada.

—Tú sí.

—No empieces con eso —dijo metiéndole los billetes en el bolsillo de la sudadera—. Y ve rápido si no quieres que tu rata mascota se coma ese dinero.

El chico retrocedió unos pasos con movimientos tambaleantes. Se detuvo de nuevo y se giró hacia Namoo.

—¿Y ahora qué? —chilló.

—Que tendrás que venir conmigo.

—No soy tan idiota para que me convenzas.

—Ella vio tu rostro.

Namoo enderezó la espalda, acomodándose la mascarilla para que no lo pudieran reconocer las personas que se movían a su alrededor.

—Ya, ¿y?

—Si le pago yo, se quedará con la idea de que tú eres el culpable.

Se terminó de comer los pocos tteokbokki que le quedaban y tiró el vaso en un basurero cercano.

—¿Qué hice mal en este mundo para que alguien como tú haya llegado a mi vida? —refunfuñó enojado.

—Nada de esto hubiera sucedido si no me hubieras abandonado a mi suerte —replicó Minwoo.

Sacó otros cincuenta mil wones y enfilaron de regreso hacia el negocio. Se encontraron a la señora llorando, lo que le hizo sentir incluso peor. Sacando un cuarto y después un quinto billete, los dejó sobre la barra con lentitud.

—Era una cámara escondida —mintió con voz apresurada—. Lamentamos la confusión.

—Fue una pésima broma —siguió Minwoo a su lado, estaba tan inclinado que por poco no se besaba las rodillas—. Nuestra generación tiene el sentido del humor estropeado.

Agarrándolo por los hombros, Namoo se colgó de él para inclinarse también frente a la mujer.

—A él se le ocurrió la idea, le juro que yo estoy libre de toda culpa.

Tras contar el dinero que Namoo le entregó, la señora terminó dándoles otros dos vasos con tteokbokki. Se alejaron arrastrando los pies y con aire culpable. Pasaron varias cuadras antes de que Namoo hablara.

—Casi me destrozas la carrera... otra vez.

—No empieces, sabes perfectamente que fue tu culpa.

—¿Mi culpa? —Namoo se llevó la mano al pecho—. Yo no fui el que escapó sin pagar.

—Porque me dejaste ahí como mercancía de intercambio.

—Fui a buscar un cajero —mintió.

—Tenías dinero en tu billetera.

—No lo sabía.

—Sacaste los billetes sin revisar, sabías que los tenías.

—¿Ahora es mi culpa por no pensar rápido? Te dije que soy tonto, las dietas mataron mis pocas neuronas.

—¿Ahora culpas a las dietas?

—Estoy entregando un hecho, que podría ser interpretado como una excusa y una posterior disculpa. Pero eso no quita que siga siendo un hecho.

Minwoo bajó la velocidad de su caminata, lo observaba con las cejas alzadas.

—¿Y así quieres excusarte diciendo que tienes un cerebro poco funcional?

—¿Qué? —Namoo se comió el último tteokbokki que le quedaba—. Soy idol, tuve clases para decir cosas aleatorias de forma bonita y convincente.

Habían llegado a una intersección donde había un aparcamiento de *scooters* eléctricos para arrendar. Le echó un vistazo y después analizó a Minwoo.

—Te apuesto a que llego al puente más rápido que tú.

Minwoo bufó.

—Te agitas caminando, ¿cómo podrías ganarme? Hasta Ratata tiene mejor condición física.

Estirando la mano, esperó a que el chico se la cogiera.

—¿Hacemos una apuesta? El que pierda tendrá que... limpiar el baño.

—Dejé el baño limpio antes de venir —respondió Minwoo—. Te dije que entrego cariño a través del orden y la limpieza, es parte de mi naturaleza.

—Entonces, el que pierda no podrá dormir hasta que el otro se duerma primero y, además, tendrá que cocinar mañana.

Le cogió la mano a Minwoo antes de que este pudiera negarse.

—Namoo, no tiene sentido... —La voz del chico se perdió cuando Namoo corrió hacia los scooters y se subió a uno.

—No voy a perder esta apuesta, profesor.

No obstante, por mucho que intentó activar el scooter apretando el acelerador, este no se movió.

—¿Sabes que para usarlos necesitas una aplicación? —señaló Minwoo, en tanto se afirmaba una pierna con la mano. Parecía estar estirando el músculo.

—¿Una aplicación? ¡¿Qué aplicación?!

La risa de Minwoo le llegó entrecortada porque había partido corriendo, se movía entre los transeúntes con gran agilidad. Desesperado, sacó su celular y escaneó el código que aparecía en el manubrio. Tardó con exactitud doce minutos con cinco segundos en lograr activar el scooter. Cuando pudo presionar el acelerador, la rueda de adelante se levantó unos centímetros por la velocidad. Tuvo que bajar ambos pies al suelo para no terminar con una contusión cerebral. Nadie en los k-dramas explicaba lo difícil que era usar por primera vez un scooter eléctrico.

No voy a perder la apuesta, pensó al subirse nuevamente y apretar el acelerador con más cuidado. El scooter despegó con un tirón fuerte. Agarró estabilidad a medida que se acostumbraba y lograba mantener el manubrio derecho. Casi se le voló la gorra al acelerar.

Logró divisar a Minwoo corriendo al acercarse al antiguo edificio de una gran agencia de idols. Su velocidad era preocupante. ¿Cómo un profesor de matemáticas y física podía tener tan buena condición pulmonar? Llegaba a ser una carrera injusta. Una suerte que Namoo fuera en un scooter eléctrico cargado con una tarjeta de crédito con fondos incalculables.

De buen humor, se le aproximó hasta que estuvo a su lado. Bajó la velocidad para igualar su trote.

—Hola, profesor. —El aire golpeaba su mascarilla a tal punto que se le metía en la boca al hablar. Se la tuvo que bajar para continuar—. ¿Cansado?

—No —jadeó Minwoo.

Notó que Ratata había abandonado su escondite y estaba sobre el hombro de su dueño. Iba sujeta a la tela como si fuera un jinete.

—Podría llevarte —propuso en broma—. Te noto algo transpirado.

—No hay necesidad.

—Voy a ganar la carrera, esto fue demasiado fácil.

Minwoo sonrió.

—Por allá está la estación de metros Sinsa.

—Ya, ¿y? Igual voy a...

En ese momento, su scooter se fue desacelerando hasta que Namoo quedó atrás. La risa de Minwoo le llegó entrecortada, luego le hizo un gesto de despedida con la mano.

—¡Las salidas de los metros tienen restricción para los scooters arrendados! —se burló de él.

Maldiciendo, comenzó a trotar con el monopatín a su lado. Esquivando a la gente que iba por la vereda, avanzó entre jadeos e inspiraciones entrecortadas. Ya había perdido de vista a Minwoo cuando el scooter salió de la restricción y se encendió. Le dolían las piernas al subirse al monopatín. Cruzó la carretera Gyeongbu Expressway a máxima velocidad. Logró divisar a Minwoo corriendo en la vía paralela a la Ruta 88. Quiso acelerar, pero había llegado al tope de la velocidad. Fue acortando distancia con una lentitud que lo tuvo maldiciendo. Habían llegado a la altura del estacionamiento de bicicletas, a un costado del parque a orillas del río Han, cuando por fin logró alcanzarlo.

—Adiós, profesor Ratata —dijo.

Llegó al puente Banpo con una ventaja vergonzosa de cinco metros. Aun así, tuvo el descaro de bajarse del scooter y ponerse a su lado, bostezando como si hubiera llegado hacía horas. Minwoo se detuvo enfrente de él afirmándose las costillas y dando largas inspiraciones. Su rata ahora se le había subido a la cabeza.

—Muy... bien —respiró Minwoo con pesadez—. Tú... ganas.

—Te dije que iba a hacerlo.

—Con trampa.

—No especificamos reglas.

El sol del atardecer le daba una coloración rosa y naranja al cielo. Había gente haciendo ejercicio en el parque, otra caminando o descansando. Los tres edificios, que se ubicaban en los islotes a un costado del puente, ya habían encendido sus luces y le aportaban al río una tonalidad roja, verde, violeta y amarilla. Era lindo y relajante, a pesar de que ese día la polución en Seúl era alta.

Minwoo debía estar pensando algo parecido.

—Es la luz del sol reflejándose en el material particulado —contó, apuntando hacia el cielo—. Por eso el atardecer es de ese color.

—Qué tristeza que algo tan lindo se deba a algo tan malo.

—La belleza en la desgracia —resumió Minwoo—. Siéntate por ahí, iré por algo para beber.

Namoo afirmó de manera distraída. Una vez solo, avanzó por el parque subiéndose la mascarilla para no ser reconocido. Se movió por el sendero hasta llegar a una zona amplia con césped. Como no estaba demasiado caluroso, tomó asiento de cara al sol. Se sacó los lentes y cerró los ojos. Apenas recordaba la última vez que tuvo tiempo y ganas de hacer algo así, probablemente fue a los quince años.

Al rato, le llegó una notificación al celular: era un recordatorio.

Abrió la aplicación del banco. Buscó entre los movimientos de su tarjeta para comprobar si se había realizado la transferencia programada. En efecto. Le envió el comprobante al contacto que marcaba «mamá». A los pocos segundos recibió una respuesta. Ese mes no fue distinto a los anteriores. Se quedó largo tiempo observando el ícono del dedo pulgar alzado. No hubo nada más, nunca había más que eso.

Unos minutos más tarde de que el sol se hubiera puesto del todo, sintió que alguien se acomodaba a su lado sacándolo por fin de su ensoñación. Era Minwoo con una bolsa de papel. Ya no estaba rojo ni sudado, parecía haber pasado por un baño para mojarse y limpiarse el rostro.

—Traje cosas para comer.

—¿Volviste a robar? —ironizó.

—Hay algo que se llama línea de crédito.

Por fin guardó su celular, después rebuscó en la bolsa que el chico le tendió. Encontró *pungo ppang* (un pastel relleno con forma de pescado), *mandu* y *somsatang* (algodón de azúcar) de color rosa. También había cuatro vasos con hielo junto a los sobres con jugo. Sacó el algodón de azúcar y un vaso, vertiendo el bebestible en el recipiente con hielo.

—Ya está por comenzar —comentó Namoo tras beber unos sorbos—. O eso escuché que decían unas chicas.

Minwoo estiró las piernas y apoyó los brazos tras la espalda. Tenía el rostro volteado hacia el cielo oscuro. Ratata se bajó de él y comió un pedazo de alga seca que su dueño le entregó.

No conversaron mientras comían ni al comenzar el espectáculo de luces que iluminó el río Han con los colores del arcoíris.

—Es más bonito de lo que pensé —dijo Namoo.

Al finalizar el juego de luces, sus ojos tardaron en acostumbrarse a la oscuridad. La gente iba y venía a su alrededor, sus voces no eran más que murmullos semejantes a una colmena despertando.

Arrancó un trozo de césped y jugó con las hebras entre sus dedos. Minwoo continuaba sin hablar.

—¿Nos iremos ahora? —quiso saber.

—Nos iremos cuando tú quieras irte.

—¿Cuando yo quiera?

Minwoo lo observó con expresión sincera.

—Sí, cuando tú quieras.

Recordó la transferencia y aquel ícono tan burdo. Miró hacia otro lado.

—Desde que tengo quince que nadie me deja decidir algo —confesó, porque había olvidado lo que significaba tener una opinión sobre su vida.

La expresión de Minwoo era triste, siempre era triste si él contaba algo sobre su vida. Namoo estaba tan acostumbrado a su atípica existencia, esa repleta de gente que giraba a su alrededor y le decía lo que debía hacer, que había olvidado por completo que no era normal vivir así. Se preguntó en qué momento dejó de ser humano. Quizás en el instante mismo que firmó ese contrato que finalizaba el año entrante.

—No tuve adolescencia —continuó, su voz tan baja que no supo si Minwoo podía o no escucharlo—. Luego de la escuela entrenaba hasta tan tarde que muchas veces dormí en el salón de baile de mi agencia. Creo que tampoco tengo amigos.

—¿Y los idols con los que formas P5?

—Compañeros de grupo —susurró con incomodidad. Había arrancado otro trozo de césped para jugar con las hebras—. Éramos amigos cuando debutamos, pero nos alejamos al empezar nuestras carreras como solistas. Ahora nos vemos una vez al año cuando grabamos en conjunto. Ellos no me buscan y yo tampoco a ellos. No puedo culparlos, el desinterés es mutuo.

—¿Y por qué se alejaron tanto? Parecían cercanos.

—Ellos tienen su propia agenda ocupada. Si les escribo pueden tardar días en responder. Yo hago lo mismo, así que no me quejo. El mánager Su una vez me dijo que tenía apego evitativo.

—No soy psicólogo para...

—Minwoo, sabes que es así —lo encaró de forma relajada.

Aun así, el chico se negó a responder y cambió de conversación.

—¿Y tus mánager? ¿También eres lejano a ellos?

—Son mis trabajadores. —Hubo una pausa que la usó para tragar, ¿por qué de pronto le dolía respirar?—. No me han vuelto a llamar desde que me enviaron a hiatus, tampoco me contestan el teléfono. Y no tengo redes sociales porque las maneja mi agencia, rara vez soy yo el que publica algo.

—¿En serio? —susurró Minwoo, alarmado.

—Mi agencia maneja toda mi vida.

—Tu vida pública —especificó Minwoo.

—Mi vida entera —corrigió con tono suave, derrotado.

Hablar contigo es lo único que he hecho por mí mismo en los últimos años, pensó con pesimismo. No tenía a nadie cercano en ese mundo que parecía estar repleto de gente que lo adoraba.

¿Se podía sentir solo estando rodeado de tantas personas? Desde luego, él siempre se sentía así.

La voz de Minwoo fue pausada y cuidadosa al continuar.

—¿Y tu familia?

Recordó la transferencia.

No respondió y Minwoo, con expresión triste, lo dejó estar.

Regresaron al departamento con la misma tranquilidad nocturna que comenzaba a dominar Seúl, sus pasos lentos y torpes hasta llegar. Como a esa hora nunca había fans fuera del condominio, Namoo se dirigió a la puerta principal. El silencio se prolongó hasta llegar a la sala de estar.

Namoo fue al baño.

Y se lavó las manos una.

Y otra.

Y otra.

Y otra vez.

Tenía la piel roja e irritada al secarlas con la toalla.

Se encontró a Minwoo sentado en el sofá con los pies encogidos. Se quedó observándolo mientras daba la vuelta y se acomodaba a su lado. Minwoo permaneció en silencio al percatarse de sus manos destrozadas, sin embargo, los costados de su boca se inclinaron hacia abajo.

Y Namoo se sintió patético.

Muy patético.

Pero también triste.

—Prometiste que no ibas a dormirte hasta que yo lo hiciera —recordó Namoo, con tono ansioso y suplicante, débil.

—Siempre cumplo mis promesas.

Namoo asintió, su corazón todavía acelerado.

—Porque no tengo sueño.

—Está bien.

—Nada de sueño.

La mano de Minwoo se había posado en su muslo, Namoo se la quitó apenas pudo.

—Lo siento —susurró Minwoo.

—Olvídalo.

—Es una mala costumbre.

—Dije que no importa.

—Pero...

—Minwoo —lo frenó en seco.

Para hacer algo, Namoo buscó el control remoto y encendió la televisión. Puso cualquier canal con tal de llenar ese silencio incómodo.

—¿Sabes? —La voz de Minwoo se alzó sobre la televisión—. Siempre consideré que mi vida era triste por ser gay en un país homofóbico, pero incluso mi historia parece maravillosa al lado de la tuya.

—¿Debería reírme?

Minwoo estaba sonriendo, la forma de su boca acentuaba sus dientes frontales. Le daba una expresión traviesa, tierna.

Linda.

Minwoo era bonito.

Extraño.

Muy extraño.

Pero lindo.

Muy lindo.

Sus párpados empezaban a pesarle, sus pestañas revoloteaban y apenas le dejaban observar a Minwoo, que había girado la cabeza hacia él y tenía apoyada la mejilla contra el respaldo del sofá.

—¿Namoo?

—¿Sí?

—Duérmete.

—No quiero —susurró.

—¿Por qué no quieres?

Porque dormir le provocaba pesadillas.

Porque le hacían recordar *eso*.

Porque algunas veces despertaba llorando.

Porque le aterraba llegar a esa hora del día.

Se terminó encogiendo de hombros, su barbilla baja.

—No voy a moverme de aquí —recordó Minwoo—. Si quieres que me quede contigo, lo haré.

Quédate.

Recordó a la última persona que le dijo eso. Era un poco irónico que fuese la misma que ahora le respondía los mensajes con un dedo alzado.

Bufó.

Sacudió la cabeza.

Apoyó la mejilla en el respaldo del sofá.

Subió las piernas.

—Duerme, Namoo.

Su mano salió disparada y sujetó la muñeca de Minwoo. No necesitó decirlo porque lo entendió de inmediato.

—Me quedaré contigo —aseguró el chico.

Namoo soltó una respiración entrecortada, cerró los ojos.

—Por favor —suplicó.

Por favor.

No quiero estar solo.

21
LA FUERZA IRRESISTIBLE

«Si un objeto inamovible y uno imparable chocan, ¿qué sucede? ¿El objeto inamovible cambia su rumbo o el imparable logra ser detenido?»

Namoo se había dormido contra su hombro, su rostro tranquilo no denotaba estar padeciendo una pesadilla. Como Minwoo quedó atrapado entre su cuerpo y el sofá, con cuidado tanteó su celular en el bolsillo hasta que logró sacarlo. Tenía otra llamada perdida de Haru. Mientras trotaba para llegar al puente Banpo, este lo llamó porque habían acordado que su amigo también asistiría al espectáculo de luces. No obstante, al regresarle el llamado cuando se dirigía a comprar bocadillos, con un dinero que no tenía, la situación original se desplomó.

—*Tu madre lo sabe todo* —fue lo primero que escuchó al alejarse de Lee Namoo, que observaba el río Han con expresión serena.

Resultó que, por error, Haru le había contado a su mamá que todavía no encontraban trabajo. Al hablar en plural, *ajumma** asumió que Minwoo estaba en la misma situación

---

* Honorífico usado para referirse a una mujer mayor.

que su hijo. Como la madre de Haru y la suya eran amigas, al final su mamá se terminó enterando.

Por tanto, que tuviera una nueva llamada perdida de su mejor amigo podía significar dos cosas: desastre y/o había descubierto algo, no necesariamente eran alternativas excluyentes.

Levantando la cabeza de Namoo con cuidado para ponerse en pie, se escondió en el baño para hacer la llamada.

—¿Averiguaste algo?

—Es peor de lo que imaginamos —aseguró Haru.

—¿Cómo que peor? Ya sabe que estoy en la quiebra, sin trabajo y sin hogar, ¿qué puede ser peor que eso?

—Buscó tu nombre en Naver.

Por su cabeza pasó un rápido catálogo de comentarios de odio y muerte dirigidos a él, luego recordó las fotos de su habitación destruida.

—¿Qué tan furiosa está?

—Más que enojada, estaba triste. Se puso a llorar, Minwoo.

Se le formó un agujero en el estómago. La última vez que Minwoo la vio llorar, fue el día que ella se enteró de que había crecido creyendo que su padre era el presentador de noticias. Lo había abrazado tan fuerte que él todavía podía recordar su cuerpo tembloroso contra el suyo mientras le suplicaba que la perdonara.

Minwoo podía lidiar con una madre estresada, enojada, incluso un poco triste, pero ¿una que había llorado? No tenía experiencia en el tema, su madre siempre fue la que le secó las lágrimas, nunca al revés.

—Viene a Seúl, ¿cierto?

—Ya viene conduciendo hacia acá.

Eso significaba que estaba a unas cuatro horas de llegar. Y él seguía sin vivienda y de allegado de un idol famoso, que era el responsable de que Minwoo se quedara sin empleo y sin hogar. ¿Qué iba a hacer para resolver tal desastre? Si bien su mamá tenía una vaga idea de que Minwoo se había hecho amigo de una persona famosa dada la noticia de su homosexualidad, no estaba enterada de mucho más. Por tanto, no sabía que no tenía casa, que lo habían despedido y que era acosado. Ni mucho menos sabía cuán odiado era.

—Creo que necesitas la ayuda de Namoo —sugirió Haru sacándolo de sus pensamientos.

—Se quedó dormido y tiene insomnio, ¿cómo voy a despertarlo? Casi no duerme.

—Minwoo, tu mamá está a cuatro horas de llegar a mi habitación.

—Podrías... ¡sácala a dar una vuelta por Seúl!

Hubo una larga pausa seguida de un suspiro igual de prolongado.

—¿Esa es tu mejor idea, Minwoo?

—Estoy en crisis.

—Despierta a Namoo.

—No.

—Tienes que hacerlo.

—No puedo hacer eso.

—Minwoo.

—Haru, es que en serio no puedo.

—Entonces tendrás que venir a mi habitación a recibir a tu mamá. Minwoo, yo no soporto la presión y tu mamá tiene esa mirada que... sabes que le terminaré enviando tu dirección por mensaje.

—No importa, tú no sabes dónde vive Namoo.

—Minwoo, ¿olvidaste que ayer me enviaste tu ubicación cuando pensaste que Namoo iba a matarte?

Parecía una década desde ese recuerdo.

Bien, estaba acabado, porque sabía que Haru no iba a soportar la presión psicológica de su madre.

—Es que...

—¿Qué, Minwoo?

—Le prometí a Namoo que me quedaría con él mientras dormía.

Otra considerable pausa.

—¿Estás saliendo con él y no me has querido contar?

—No —musitó, pegando todavía más el celular a la oreja. Había enrojecido tanto que pudo incluso notarlo en su reflejo.

—¿Entonces? Porque esa promesa suena demasiado íntima.

—Te juro que con Namoo no ha ocurrido nada. Yo desearía, pero esto es unidireccional.

—Hoy me dejaste abandonado para quedarte a solas con él, además te invitó a su departamento. Están teniendo sexo, ¿cierto?

—Sé que parece eso, pero no es tan así.

Hubo una especie de gruñido del otro lado del teléfono.

—¿No?

—Créeme que nadie estaría más feliz que yo si hubiera algo entre nosotros. Pero la verdad es que ni siquiera me encuentra atractivo.

—Ay, Minwoo, es que Ratata te quita potencial.

—¿Tú crees?

—Definitivamente. En fin —suspiró Haru—, necesito que en tres horas vengas o luego no reclames si alguien golpea la puerta del departamento de Namoo.

—Técnicamente, llegaría a la conserjería y tendría que pedir autorización para subir.

—Ni se te ocurra, porque ahí sí que comenzaré a rezar por ti.

—Eres ateo, Haru.

—¡Minwoo, céntrate en el problema y no en las ramificaciones!

—Lo intento, pero estoy nervioso y sabes cómo soy.

Al cortar la llamada, se quedó varios minutos encerrado en el cuarto observándose al espejo. Intentó pensar en alguna salida que no derivase en Namoo conociendo a su madre. No podía presentarlos, ambos eran demasiado distintos. Namoo se asemejaba a un objeto inamovible y su madre era uno imparable.

«Para que existiera un objeto inamovible o imparable, este debía poseer una inercia o energía infinita, por lo tanto, una masa infinita; no obstante, de ocurrir aquello, el objeto se derrumbaría bajo su propia gravedad y crearía una singularidad. Si se pudieran ignorar todas las leyes físicas que impedían que objetos así existieran, al producirse el choque entre ambos, los átomos imparables pasarían por el espacio vacío en y alrededor de los átomos inamovibles.»

En la realidad, donde los átomos de su madre no podían atravesar los de Namoo, Minwoo no se quería imaginar qué sucedería si ambos colisionaban. La última vez que su madre conoció a un interés amoroso suyo, tuvo que seguir viéndolo en secreto.

Su vida, de pronto, se había vuelto muy complicada.

22

¿LEE NAMOO EN UNA RELACIÓN CON UN HOMBRE?

> «La pasada tarde, observando el espectáculo de luces del puente Banpo, se pudo ver a Lee Namoo compartiendo bocadillos junto a quien resultó ser el profesor gay agredido justamente por el idol. ¿Qué clase de relación tienen ellos dos? Su agencia AVI se negó a prestar declaraciones.»

—Namoo.

Alguien lo mecía por el hombro con cuidado. Su cuerpo siguió el movimiento, su mejilla refregándose contra la tela. Se quejó e intentó continuar durmiendo.

—No quiero —balbuceó.

—Namoo, necesito que despiertes.

La mano fue más insistente, después se alejó. Quiso esconderse de la luz que podía percibir tras los párpados.

—Es urgente.

Una caricia suave en su frente.

—Mañana —pidió.

Percibía el calor y la comodidad proveniente de un cuerpo cercano.

—No puedo esperar a mañana —otra caricia en su rostro—. No te despertaría si no fuera necesario.

Soltó un quejido al estirarse. Sus ojos miraron en derredor al abrirse. Encontró la estancia muy iluminada. La ventana mostraba un Seúl nocturno, la luz provenía de la televisión y la lámpara colgante del techo. Pestañeó un par de veces para adaptar su mirada a la iluminación artificial. Minwoo estaba a su lado con una expresión ansiosa.

—Tenemos una situación —comenzó el chico.

Namoo estiró los brazos, su espalda crujió con el movimiento. ¿Cuánto tiempo había dormido en esa posición?

—¿Qué hora es? —quiso saber. Su voz sonaba grave y rasposa, tosca.

—Las diez y media.

—Entonces ¿por qué me despertaste?

La mirada de Minwoo rehuyó la suya.

—Tengo que irme.

Una sensación pesada se instaló en su estómago. Se enderezó en el sofá sin siquiera haberlo planeado.

—¿Irte? ¿Por qué te irías?

Minwoo se rascaba la mejilla. Ese gesto tendía a aparecer cuando intentaba controlar su nerviosismo.

—Tengo que ir donde Haru.

—¿Y no podías esperar a mañana? —cuestionó con tono enojado, cortante. ¿Herido? No lo sabía, nunca se había oído así.

—No, mi mamá llegará a Seúl en una hora —Minwoo tenía a Ratata en su regazo y le hacía cariño, a pesar de que su mascota se había hecho un ovillo y no se le divisaba la cabeza—. ¿Recuerdas que te conté que ella no sabía cómo vivía aquí? Pues ahora sí.

—¿Está enojada? ¿Eres hijo único o qué?

—Soy hijo único —especificó Minwoo con sus manos todavía acariciando el ovillo peludo sobre su regazo—. Y ojalá estuviera enojada, así sería más sencillo de enfrentar.

Iba a continuar preguntando, sin embargo, Minwoo se puso de pie. Namoo notó de inmediato que tenía su mochila lista y cerrada en el suelo. Por alguna razón, aquello le aterró además de herirlo.

—¿Vas a volver muy tarde? —preguntó, a pesar de que ya sabía la respuesta.

Minwoo se colgó el bolso, Ratata otra vez estaba en el bolsillo de su sudadera. Llevaba puesta la misma ropa que ese fatal día en la tienda de conveniencia. Parado frente a Namoo, se tocó la nuca contemplando el ventanal. Finalmente, sus ojos grandes y oscuros, sinceros y brillantes, se enfocaron en él.

—No voy a regresar.

Namoo intentó balbucear algo, pero se detuvo cuando Minwoo dio un paso para alejarse. Sin siquiera pensarlo, su mano salió disparada y se aferró a la muñeca del chico. Sus miradas continuaban conectadas, a pesar de que él permanecía sentado en el sofá.

—¿Por qué no volverás? —por fin pudo modular—. ¿Fui tan mal anfitrión?

Minwoo se balanceaba sobre sus talones. No se soltó de su agarre, aunque tampoco se la tomó de vuelta.

—Porque no es correcto.

—¿No es correcto? —La respiración de Namoo escapó entre sus labios en un bufido—. ¿Qué no es correcto?

—Nada lo es.

Namoo se puso de pie. Su sujeción a la muñeca de Minwoo fue más insistente.

—¿Por qué no?

La mirada de Minwoo fue del techo a la ventana, al televisor, a sus pies, a cualquier parte menos a él.

—Namoo.

—¿Por qué no lo es? —insistió.

Un suspiro largo se coló entre los labios enrojecidos del profesor.

—No me hagas decirlo.

Pero *quería* que lo hiciera porque necesitaba oírlo.

—¿Por qué no es correcto, Minwoo?

—No es correcto que dos personas como tú y yo compartan departamento.

—¿Por qué?

—Porque no nos conocemos.

Su agarre bajó hacia la mano de Minwoo y entrelazó sus dedos con los del chico, después subió la caricia hasta sujetarlo por el bíceps.

—Sigue sin parecerme incorrecto —refutó—. ¿Esa es la única excusa patética que se te ocurrió?

—No es patética —corrigió—, aunque sí es una excusa.

Namoo alzó las cejas, su mano nuevamente bajó hasta aquellos dedos.

—Dime la verdad.

—Esa es la verdad.

—Te desagrado, ¿cierto?

—No es así.

No pudo contener la risa nerviosa y cruel que, de pronto, escapó de sus labios. Terminó por soltarlo.

—Claro que es cierto —bufó. Había un nudo en su garganta que no lo dejaba estabilizar la voz—. Nunca le he agradado a nadie que comienza a conocerme.

—No es cierto —repitió Minwoo.

Namoo llegó a la entrada de su cuarto, su pecho acelerado como si hubiera corrido una maratón. Se apoyó contra el marco de la puerta para enderezarse.

—Sabes que digo la verdad. —¿Por qué su voz seguía sonando tan adolorida?

—No es por esa razón por la que tengo que irme.

—Entonces ¿cuál es?

Minwoo se ubicaba en el centro de la sala de estar, su mochila grande y repleta colgaba detrás de su espalda. Tenía el cabello desordenado y su ropa ni siquiera era de su talla. Sus zapatillas estaban gastadas y su sudadera tenía muchos lavados.

Parecía un universitario a las ocho de la mañana: perdido, dormido, joven y a la vez lleno de vida e ilusiones. Eran tan diferentes.

Muy distintos.

Incompatibles.

—¿Cuál es? —insistió Namoo—. ¿Por qué te vas?

El profesor se pisaba una punta del zapato con el otro.

—Porque me gustas —susurró Minwoo.

Estaba sonrojado.

Pero también triste.

Y Namoo no supo cómo lidiar con esa declaración.

—¿Te gusto? —repitió.

—Y no como amigo.

Permaneció tanto tiempo en silencio que finalmente Minwoo dejó de contemplar el suelo para alzar la vista y buscar la suya. Y su rostro reflejaba incluso más tristeza, así que imaginó que Minwoo ya sabía lo que iba a decirle.

—También creo que es mejor que no regreses.

Minwoo asintió, sus manos aferradas a las cintas de su mochila grande y tosca, fea y gastada. ¿Por qué eso lo irritaba tanto?

—Lo sé —musitó en dolorosa aceptación—. Ya lo sabía.

Sus miradas se encontraron una última vez.

Namoo giró para regresar a su cuarto.

—Deja la puerta cerrada —le pidió.

A los pocos segundos, oyó el pestillo y luego la puerta que se cerraba. Y en su enorme departamento volvió a reinar el silencio, la soledad.

Y Namoo dejó de dormir.

23

No se sorprendió cuando, unas horas más tarde, la puerta de su departamento se abrió y vio al mánager Su quitándose los zapatos en la entrada. Namoo volvió a concentrarse en la televisión, que mostraba una de sus últimas presentaciones antes de irse a hiatus. Llevaba horas analizándola. Se había obsesionado con ella, cuestionándose en cada paso, juzgando cada movimiento, odiándose en cada toma.

—Te ves terrible —fue lo primero que dijo el mánager Su al detenerse a un costado del sofá—. Subiste de peso.

—¿Te sorprende? —contestó abrazándose las piernas. No apartó la vista de la pantalla.

—Ese cabello necesita ser decolorado.

—¿Hay necesidad?

—Ahora sí.

—¿Ahora sí? —ironizó—. Pensé que ya no les servía.

—Han decidido retomar tu carrera.

No pudo contener un resoplido despectivo.

—¿Por eso estás aquí?

—Sí.

No era algo extraño, pero de igual forma dolía. Estaba ahí porque su trabajo se lo exigía, no porque le importara, no porque estuviera preocupado por él, no porque lo quisiera aunque fuera un poco.

Le puso pausa a la presentación.

—No me digas. —Su boca tenía un gesto de ironía—. ¿Su último experimento no rinde como lo hacía yo?

El mánager Su tuvo la decencia de sonrojarse.

—Sabes que yo no soy el responsable de eso —se defendió.

Se vio a sí mismo pequeño y corriente. Como un empleado más, porque era justo eso.

—¿Y por esa razón no me contestaste nunca el teléfono?

—Me lo prohibieron. Sabes cómo son.

—Entiendo.

—¿Sí? —dudó el hombre.

—Claro —se rio—. Entiendo que para ti sea más importante tu trabajo que llamarme para preguntar si estaba bien, si estaba durmiendo sin los somníferos y sin saber vivir por mí mismo, porque me impidieron hasta eso.

El mánager Su llevó las manos hacia delante de su cuerpo.

—Namoo, lo...

—No quiero tus disculpas.

—Yo...

—Solo cállate.

El hombre se mantuvo en silencio con la punta de sus orejas rojas por la humillación. Y Namoo deseó seguir hundiéndolo, porque el pecho le ardía de rabia.

Pero también por la tristeza.

Porque pudo entender que toda la preocupación que el mánager Su mostró por él durante años no fue más que su trabajo. Al final del día, Namoo no era sino un producto para todos ellos. Una tarea. Una molestia. Una cosa que podían dejar olvidada en un rincón.

Tras un rato, el mánager Su apuntó al sofá.

—¿Puedo sentarme?

Namoo no respondió, de igual forma el hombre lo hizo; después de todo, aquel departamento lo pagaba la agencia, no él.

Con los codos sobre las rodillas, el mánager Su continuó.

—Seguirás en hiatus un mes más.

—Ajá.

—Para restaurar tu carrera harán una gran donación en tu nombre. Por supuesto, será anónima.

—Pero alguien convenientemente revelará que la hice yo.

—Sí —aceptó el mánager Su sin pudor—, será para un orfanato y un refugio para animales. La gente es más sensible con los niños y las mascotas abandonadas.

Hubo un momento incómodo entre ellos durante el cual Namoo se limitó a observarlo. Estaban juntos desde que tenía quince años y aun así seguía siendo un desconocido que conocía muy bien.

Irritado, Namoo dio un suspiro corto y hastiado.

—Solo dilo.

El mánager Su inspiró con fuerza. Habló manteniendo el aire en los pulmones.

—Debes dejar de ver a ese chico.

—¿Chico? —preguntó pestañeando de manera exagerada—. ¿Qué chico?

—Sabes a quién me refiero.

Su cara se sentía tirante al fingir una sonrisa.

—No, no lo sé.

—Kim Minwoo —especificó—, el profesor de la rata. Hay muchos rumores, la agencia está preocupada y molesta.

—Los leíste —observó.

—Es parte de mi trabajo —se defendió el mánager Su—. Mientras sean rumores, no hay problemas. Pero para que sigan siendo solo especulaciones, debes dejar de verlo.

Namoo por fin apartó la mirada. Encogiéndose de hombros, dirigió su atención a la pantalla. Le puso *play* a la presentación y apoyó el mentón en sus rodillas flexionadas.

—Qué irónico que si me vinculan amorosamente con alguien de mi grupo, todo bien. Pero si se trata de alguien que es abiertamente homosexual, todo mal.

—Sabes cómo funciona este mundo, Namoo.

Porque si bien la sociedad coreana les exigía a los famosos del mismo sexo tener interacciones entre ellos como si fueran parejas, también conocido como *fanservice*, cuando se trataba de apoyar a personas que no se identificaban como cis-hetero eran crueles y discriminadores. Mientras siguiera siendo una fantasía de sus fans vincularlo románticamente con otro hombre, no había problema. Sin embargo, si esas fantasías se atrevían a acercarse a la realidad, era golpeado por una sociedad homofóbica que fantaseaba con hombres besándose, pero que no dudaría en rechazarlo si llegaba a convertirse en una posibilidad real.

—No tienes de qué preocuparte —contestó Namoo tras un rato—. Él ya no me buscará más.

Porque le había destruido las ilusiones irracionales que tenía con él.

El mánager Su se puso de pie. Dudó antes de marcharse, entonces dijo lo que ten~~ía~~ desde el inicio.

—El mánager Seo vendrá en unas horas, tiene un plan para reactivar tu carrera.

Y así, sin más, sus manos nuevamente se sintieron demasiado sucias.

24
LA MAGNIFICENCIA DEL 9

«Si se le suma 9 a cualquier número del 1 al 8, seguirá dando como resultado ese número. Por el contrario, si se suman los números del 1 al 8 o del 1 al 9, siempre dará como resultado 9.»

Su madre era una escritora muy reconocida de libros infantiles. Escribía desde antes que Minwoo naciera y continuó haciéndolo incluso cuando debió terminar manuscritos con una mano y con la otra sujetarlo para que dejara de llorar.

De todos sus cuentos, el que más le gustaba a Minwoo era uno titulado *Dos estrellas solitarias en la Vía Láctea*, que trataba de una niña que se perdía en el bosque por culpa de un compañero de clases y un perro callejero la ayudaba a regresar a casa. Durante gran parte de su infancia, le pidió que le leyera esa historia cada noche antes de irse a dormir. Al crecer, los cuentos empezaron a acumular polvo en la estantería de la casa hasta que, al regresar a Busan durante las vacaciones universitarias, encontró a su madre limpiando su oficina y dejando los libros sobre el escritorio. Mientras observaba la portada azul donde aparecía una niña con un perro a su lado, ambos contemplando el cielo oscuro plagado de estrellas, por fin entendió el cuento.

—*¿Es nuestra historia?* —le había preguntado.

Porque la niña era su madre, el compañero de clases debía ser su padre y el perro callejero era Minwoo, quien le había hecho descubrir que no estaba sola en ese mundo plagado de personas que vivían en soledad.

—*Todos estos libros son parte de mi historia* —respondió ella.

Sin embargo, aun cuando Minwoo leyó los restantes diecinueve cuentos infantiles escritos por su madre, nunca pudo entender la semejanza entre sus vidas y los relatos. La historia de la mandarina que quería ser una naranja, sinceramente, todavía no lograba asociarla con nada.

Por tanto, Minwoo había crecido con privilegios y eso lo tenía claro. Bastaba con enviarle un mensaje de ayuda a su madre para que ella le transfiriera dinero de inmediato. Ser consciente de esto lo había llevado a ocultarle sus problemas económicos. Él no quería seguir dependiendo de ella, y esa decisión no derivaba de una molestia o una necesidad de alejarse, sino más bien era un acto de responsabilidad como adulto funcional.

Por eso le mintió.

También por eso, hacía muchos años, ambos habían acordado jamás espiar al otro por internet. Ese acuerdo surgió de su madre cuando Minwoo le preguntó por qué la gente la trataba allí de loca y enferma; y luego lo actualizó Minwoo cuando su madre descubrió a través de las redes sociales que no había terminado con su exnovio.

No obstante, en vista de que esa promesa no involucraba a más personas, cuando Doona, la madre de Haru, vio las noticias de NaTV que revelaban la homosexualidad de Minwoo, por supuesto que le contó a su mamá.

A pesar de eso, había mantenido su compromiso de no inmiscuirse y no había preguntado nada más, esperanzada de que algún día su hijo le contara más, cosa que no hizo. Así habían mantenido ese equilibrio de mentiras y verdades ocultas, hasta que se enteró de que Minwoo estaba en la quiebra y decidió buscar su nombre en internet enterándose, finalmente, de *todo*. Ahora Haru y él cargaban sus pocas pertenencias al departamento que su mamá les había arrendado en Gangnam.

—Piensa positivo —dijo Haru tras conocer su nuevo hogar—, desde aquí se ve el edificio de tu novio.

Si bien se habían trasladado unas cuadras al sur, desde la sala de estar podían divisar los últimos pisos de la torre de lujo en la que vivía Namoo. Y saber eso lo estaba volviendo loco.

—No es mi novio —se limitó a responder—, ni tampoco un amigo.

Ahora no eran más que dos desconocidos. El mensaje que Minwoo le había enviado hacía tres semanas en agradecimiento tras abandonar su departamento, marcaba leído hacía la misma cantidad de tiempo. Todavía esperaba una respuesta, y eso lo hería más que molestaba.

—¿En serio no sabes nada de él? —preguntó Haru abriendo la caja que decía «Ropa Haru», para estirarla y comenzar a guardarla en el ropero. El departamento tenía dos habitaciones y una sala de estar diminuta, pero seguía siendo unas diez veces más grande que los cuartuchos en que vivían.

—Nada —repitió. No era la primera vez que su amigo le preguntaba eso, ni tampoco sería la última.

—Se rumorea que su hiatus terminará pronto.

Se sorprendió.

—No sabía —admitió.

—Subió una foto.

—Te recuerdo que me quitaste el teléfono y bloqueaste su cuenta.

Haru bufó.

—No hables como si no pudieras ir a configuración y desbloquearlo.

Lo cierto era que no iba a hacerlo.

Todavía recordaba a su psicólogo repitiéndole que las relaciones eran de mutuo acuerdo. Si Namoo no respondía su mensaje y tampoco lo llamaba ni buscaba, era porque, de manera indirecta, le estaba diciendo que no quería seguir en contacto con él. Y a pesar de que le dolía, a Minwoo no le quedaba más que respetar su decisión. Si Namoo llegaba a arrepentirse, siempre podía escribirle.

Como continuó en silencio, Haru terminó de guardar sus camisetas en el ropero antes de hablar.

—En la nota que acompañaba su foto pedía disculpas por su mal comportamiento.

Minwoo estaba buscando la caja que tenía las cosas de Ratata, quien husmeaba entre las piernas de su amigo.

—Él no puso eso, su agencia le controla las redes sociales.

Haru reflexionó unos instantes.

—Qué horrible que manejen tu vida así. —Otra pausa—. Pero él la escogió.

Quiso rebatirle explicándole que Namoo había ingresado a la industria a los quince años, por tanto, ¿podía considerarse que había sido *su* decisión? A esa edad, Minwoo todavía tomaba sus decisiones lanzando los dados.

Terminaron de desempacar sus cosas mientras Haru le contaba cómo le había ido en su primera semana dando clases particulares. Aparte de eso, su amigo también había sido contratado en una escuela primaria. Comenzaba en agosto, ya que debía programar las clases para que fueran aprobadas por el consejo escolar.

¿Y Minwoo? Él tenía salud. Y una madre que se preocupaba demasiado por su hijo desempleado. ¿Lo más frustrante de todo? Que ni siquiera lo presionaba. Algunas veces deseaba que su madre dejara de justificar sus fracasos.

El sol se había puesto en la ciudad. La noche era calurosa y húmeda, la ropa se le pegaba al cuerpo mientras buscaban un puesto callejero para cenar. Querían algo barato porque Haru iba a pagar y recién tenía como sueldo dos clases particulares.

Escogieron un local de pollo frito. Adentro, el aire tenía un ligero aroma a aceite usado y picante, justo lo que estaban buscando. Tomaron asiento en una mesa en el rincón, la única libre en el lugar. Tras pedir una porción, Minwoo se levantó al baño.

De regreso a su mesa, se encontró a Haru en medio del pasillo. Lo tiró por el brazo y movió con brusquedad hasta hacerlo tomar asiento de espalda a los demás.

—¿Qué pasó?

Inclinándose sobre la mesa, Haru habló en un susurro apenas audible.

—Las chicas que están detrás tuyo son seguidoras de Namoo.

—¿Cómo lo sabes?

—Tienen el logo de la N con un árbol de cerezo.

Frunciendo los labios, Minwoo estiró la espalda hasta quedar recto. Agarró una servilleta y comenzó a doblarla para formar un cisne.

—Medio país es seguidor de Namoo —dijo Minwoo restándole importancia—. Esto no va a arruinar mi vida. Sí, le confesé que me gusta y me rechazó, pero hay más mundo que eso.

Haru le dio un pequeño golpe de palma en su frente.

—No lo digo por eso, pequeño idiota.

—Entonces ¿por qué?

—Podrían reconocerte.

No lo había pensado.

—¿Nos deberíamos ir?

Concluyeron que no era necesario. No obstante, cuando esperaban su orden de pollo frito, Minwoo logró captar la conversación que ocurría detrás.

Hablaban de él.

Le dijeron feo.

Y pobre.

También enfatizaron el hecho de que era gay... no una, ni dos, ni tres veces. ¡Seis veces en total!

Se preguntaron además por qué Namoo se juntaba con alguien como él. Le volvieron a decir feo y pobre, un don nadie. Incluso trataron a Namoo de grosero y desconsiderado por no alejarse de Minwoo.

—Lo peor es que ni siquiera ha salido a desmentir los rumores. No le importa lo más mínimo cómo nos sintamos con todo esto, a pesar de que vivimos defendiéndolo —agregó una de ellas, afligida—. Ya no lo entiendo. ¿Qué pretende? ¿Cómo no se da cuenta de que está arruinando su carrera?

Cuando volvieron a hablar sobre su homosexualidad, Haru se levantó de la mesa y fue al mesón principal para anular la compra. Salieron del bullicioso restaurante. Minwoo no se percató de que sus pasos los llevaron al puente Banpo hasta que divisó el espectáculo de luces. Caminaron a orillas del río Han y se detuvieron en el lugar exacto en el que Namoo y él habían estado hacía tres semanas.

Jugando con sus dedos, Minwoo tragó saliva y se atrevió a hacer la pregunta que no dejaba de rondarle en la cabeza.

—¿Realmente arruiné la carrera de Namoo por ser gay?

Haru le pasó la mano por los hombros y tiró de él para acercarlo. Sus frentes se toparon, la mirada de Minwoo continuó en sus zapatos.

—No hay nada de malo en ti.

—Pero...

Sintió en su nuca el cosquilleo de los dedos de Haru.

—Tu orientación sexual no te invalida como persona.

Se quedó unos instantes contemplando el puente en penumbras.

—No hemos comido nada —habló Haru después de un rato—. Iré por unos tteokbokki, ¿quieres algo?

—Cualquier cosa menos tteokbokki.

Su amigo se marchó y Minwoo tomó asiento en los escalones que bajaban al río Han. A los pocos segundos, escuchó unas suelas rasmillando la gravilla. Alcanzó a voltear la cabeza antes de que alguien tomara asiento a su lado. A pesar de que iba con gorra y mascarilla, pudo reconocer de inmediato aquellos ojos.

—Hola.

Era Namoo.

—Hola —murmuró.

La mirada de Namoo fue de su rostro hacia el río oscuro. Se bajó la mascarilla para engancharla bajo su mentón. Estaba muy delgado, mucho más de lo que recordaba. Su pose denotaba incomodidad, sus hombros estaban inclinados hacia adelante. Mantenía las manos escondidas en su regazo.

—¿Cómo supiste que estaba aquí? —se atrevió a preguntar.

—Los vi llegar —aclaró con voz apresurada—. Vine a ver las luces y te vi aparecer con tu amigo. Y decidí venir a saludar.

—No lo habría esperado de ti.

Los labios de Namoo se fruncieron, parecía herido.

—Pensé que nos llevábamos bien.

—Yo también lo creía —aseguró Minwoo—. Pensé que así era hasta que no recibí respuesta a mi mensaje.

—Estuve ocupado —se justificó Namoo.

—Habrías tardado diez segundos, no es una excusa.

Namoo desvió la barbilla hacia el puente, rehuyendo su escrutinio con los hombros todavía más encogidos.

—No sabía qué responder —se sinceró—. Yo... no sé lidiar con estas cosas.

—Si tanto te incomodaban mis sentimientos por ti, podías habérmelo dicho y yo los habría dejado de lado para ser tu amigo y nada más que tu amigo.

Los labios del idol se habían relajado, aunque su expresión no mejoró. Seguía pareciendo triste y decaído, cansado. Como no continuó, Minwoo decidió cambiar de conversación porque estaba aprendiendo que Namoo, sencillamente, no sabía manejar sus propias emociones, ni mucho menos las ajenas.

—¿Estás durmiendo bien? —quiso saber.

—Mi mánager me devolvió las pastillas —le contó. Hizo una pausa pequeña—. Voy a regresar pronto.

—Lo sé. Todo el mundo habla de eso.

—Ah —susurró.

Por alguna razón sonaba decepcionado.

—Y ¿estás bien con eso? Porque no pareces muy feliz.

—Estoy nervioso —admitió Namoo.

—¿Por eso estás tan delgado?

—Estoy a dieta.

Con timidez, Namoo arrastró un mechón tras su oreja. Minwoo recién se percató de que le habían vuelto a decolorar la raíz y su cabello tenía un tono casi blanco, que contrastaba con sus cejas oscuras.

—Y ¿estás bien con eso? —insistió Minwoo.

Namoo lo observó, luego desvió la mirada.

—¿Importa?

—Claro que importa.

—A nadie le interesa mi opinión.

—Deberías esforzarte en hacerla importante.

—No es tan sencillo.

—Creo que es más sencillo de lo que piensas. Podrías dejar ese trabajo, por ejemplo.

Soltando un bufido irritado, Namoo sacudió la cabeza.

—No tienes idea de lo que he hecho y dado por mi carrera. Es fácil hablar cuando no sabes nada.

Namoo se había puesto de pie para marcharse. Nunca parecía soportar demasiado tiempo su presencia y comentarios.

—Namoo —lo llamó antes de que se fuera.

Con los brazos cruzados en el pecho, lo observó. Minwoo se disponía a seguir, pero Namoo se le adelantó.

—Extraño hablar contigo, profesor.

Le sonrió con suavidad, apoyando su mano en el mentón.

—Hazlo, háblame.

—No es tan sencillo.

El idol retrocedió un paso.

—Namoo, ¿estás bien?

Recibió un encogimiento de hombros por respuesta.

—¿Lo he estado alguna vez?

Se estiró para alcanzar su mano. Namoo no se movió cuando sus dedos se rozaron un único segundo.

—Namoo, ¿sabías que hay una infinidad de mundos paralelos a este?

—¿Sí? —susurró el idol con doloroso anhelo.

—Deseo que seas feliz en todos tus otros universos, incluso si eso implica nunca habernos conocido.

«Lo desconcertante que tenía el número 9 era su capacidad de modelar la totalidad del universo y la nada simultáneamente. Como Minwoo en la vida de Lee Namoo, que parecía ser importante y a la vez insignificante en la historia del idol, de la misma forma que la presencia del 9 en el universo. Era un todo y también la nada, era la singularidad y la vacuidad a la vez.»

Era la magnificencia del 9.

Era Lee Namoo.

—Gracias —susurró Namoo antes de marcharse.

Porque si Minwoo tuviera que escoger entre el todo y la nada, cuando *todo* era una vida triste juntos y la *nada* una vida feliz separados, escogería la *nada* una y otra vez.

Namoo era todo y nada en su vida, pero principalmente era el significado del universo. De su universo.

Parte II

LA MAGNIFICENCIA DEL 3 Y 6

25

LEE NAMOO REGRESA TRAS DOS MESES DE HIATUS

«El famoso y celebrado idol tendrá su esperado comeback el 25 de junio. Se estará presentando en el programa *Chicos de calle*, donde tendrá que realizar una exhibición de sus dotes de canto y baile, así como también de sus conocimientos. ¡Estaremos aguardando con ansias su aparición!»

Lleno de ansiedad, Namoo hacía girar su teléfono entre las manos a pesar de que lo tenía en altavoz. Estaba en una llamada con el mánager Su, quien le resumía las actividades preparadas para su regreso, entre ellas aquel programa de televisión al que Namoo siempre evitó asistir.

—Sabes que no puedes negarte —aclaró el mánager Su ante su mutismo prolongado.

Tragó saliva, un nudo en su garganta iba y venía.

—Lo sé —aceptó cabizbajo.

—El mánager Seo se esforzó para hacer posible tu regreso. Lamentablemente el programa *Chicos de calle* fue el único que te aceptó como participante. Los demás siguen reticentes. No puedes desaprovechar esta oportunidad.

Hizo girar el celular entre sus dedos. Entonces, se sorprendió al escuchar su propia voz.

—Es de conocimiento general —susurró desesperado.

—No tienes nada de qué temer —intentó relajarlo el mánager Su—. La gente adora ver a sus idol favoritos equivocarse.
Será divertido.

Para Namoo no, porque recordaba cómo en internet se habían burlado de él tras la filtración de sus calificaciones. Sabía
que los presentadores de televisión hablarían sobre ese tema, y
eso no era algo que Namoo ni su agencia pudieran evitar dada
su condición de «indeseado». Todavía no asistía, pero ya podía
sentir sus risas jocosas en los oídos.

Cerró los ojos con fuerza e hizo una inspiración grande.

—Está bien —aceptó, como si hubiera tenido la opción
de negarse.

Al cortar la llamada, dejó caer el teléfono a su lado y se
quedó sentado en el sofá contemplando la ciudad. Su estómago dolía, Namoo no sabía si por hambre o por los nervios.
Tomó nuevamente aire para intentar tranquilizar los latidos
locos de su corazón. De pronto sentía que las paredes de su departamento oscilaban y se acercaban a él, dejándolo encerrado
en un pequeño cubículo en el que no podía respirar.

Conocimiento general, pensó con tristeza.

No sabía nada de eso.

Iban a reírse de él, otra vez.

Luchaba con una frustración que lo dominaba a tal punto
que terminó recostado en el sofá con las manos sobre el estómago, que no dejaba de dolerle.

Él quería...

Quería a... sí.

Buscó su contacto y lo marcó antes de que pudiera arrepentirse.

—Hola —susurró.

—Hola. —La voz al otro lado se oía tranquila. Tenía un
tono suave que le hacía recordar al único profesor que se preo-
cupó por él cuando dejó de asistir a clases. Tal vez por eso buscaba a Minwoo, tal vez no. Fueran como fueran las cosas, era

la primera persona en años que se preocupaba por él de forma auténtica y desinteresada.

Y Namoo hacía tiempo que había dejado de sentirse querido. Acomodándose de costado con la palma bajo la mejilla, apretó el celular contra su oído. El anhelo que sentía era tirante.

—¿Podemos hablar? —preguntó.

Minwoo sonó confundido, tartamudeó una respuesta.

—Sí, sí, claro. ¿Sucede algo?

Había presionado sus piernas contra el pecho; el estómago le dolía más y más.

—La semana que viene será mi comeback.

—Lo sé —contestó Minwoo con voz suave—. Me lo contaste el otro día.

Desde su encuentro en el puente Banpo conversaban a diario. No hablaban de mucho, algunas veces sus llamadas no duraban más de dos minutos. Pero se sentía menos solo cuando marcaba su número y Minwoo le contestaba antes de que el teléfono llegara al segundo tono.

—Me dijeron que debía participar en *Chicos de calle*.

—¡Me encanta ese programa! —se maravilló Minwoo.

—Eso es porque tú eres inteligente.

—Tú también lo eres, Namoo. Espera, ¿siempre dices eso porque te gusta que te haga cumplidos o porque realmente lo crees así?

Estiró las rodillas para darse tiempo, no sabía cuál de las dos respuestas era la correcta.

—Voy a hacer el ridículo —confesó regresando al tema de conversación.

—¿Por qué lo harías? Te vas a divertir —lo animó Minwoo.

—La gente se burlará de mí.

Minwoo fue a responder, aunque se cortó en seco. Su voz fue amena al continuar.

—Si te ríes con ellos, ellos no podrán reírse de ti.

Namoo había vuelto a apegar las piernas contra su pecho.

—No quiero ir.

—No vayas.

—No puedo no ir —admitió con vergüenza.

—¿Por qué no? Si necesitas que te rapte, lo haré. Pero que conste que podría terminar detenido en la comisaría y tendrías que pagar mi fianza.

Se comenzó a reír sin siquiera pretenderlo.

—¿Y si ambos terminamos detenidos? —continuó el juego.

Minwoo chasqueó la lengua.

—Bueno, Haru tendría que llamar a mi mamá para pedirle el dinero de la fianza. No estaría feliz, aunque al menos nos sacaría de ahí.

—Lo tienes muy bien planeado, profesor Ratata.

—La imaginación vuela cuando se está desempleado.

De pronto se escuchó un golpe seco. Le siguió una maldición.

—¡Haru me va a matar! —gritó el chico en el teléfono.

Namoo se sentó.

—¿Todo bien? —preguntó preocupado.

—Ratata acaba de romper la lámpara de pie de Haru y dejó el departamento sin luz.

Ya no se sorprendía por las aventuras de ese roedor.

—Tu rata mascota de la suerte es más bien lo contrario.

—No es culpa de ella, yo sabía que esto iba a ocurrir. Es parte de su naturaleza escalar cosas. Yo se lo dije a Haru, pero no me dejó pegar la lámpara al piso. —Minwoo parecía moverse a tientas por su departamento—. Espérame, estoy buscando el tablero eléctrico.

Se oyó un suave «clic» seguido de una inspiración.

—¿Qué tan mal está? —se interesó en saber.

—No creo que pueda repararla. —Minwoo se rio de los nervios—. Tendré que dejarla en un rincón, apuesto a que pasa más de una semana sin que Haru se dé cuenta.

—Yo apuesto dos. Si gano, me debes un almuerzo.

—Sabes que mi única especialidad es el ramen con cubos de cebollín flotantes. Por cierto, ¡¿sabes algo?! Desde mi departamento puedo ver el tuyo... bueno, verlo, verlo, no, porque tus vidrios están polarizados. Pero si te asomas, podrías mirarme tú.

—¿En serio?

Se puso de pie y fue hacia el ventanal enorme. Observó los edificios que se veían a la distancia. Eran demasiados, además tampoco sabía en qué dirección mirar.

—Estoy bailando, ¿no me ves?

En una torre tres pisos más baja, divisó una figura oscura pegada contra el vidrio del ventanal. El supuesto Minwoo tenía las manos levantadas y daba brincos.

—¿Que si veo a un idiota moviendo los brazos? No lo sé, sacúdete más.

Minwoo se quedó quieto.

—Ya me ubicaste, ¿cierto? Si un día dejo de responder tus mensajes, ya sabes dónde ir a buscar mi cadáver.

—Deja de bromear con tu muerte.

—¿Por qué? Es divertido.

Había olvidado por completo la razón de la llamada. No la habría recordado si Minwoo no hubiese retomado el tema.

—Si quieres puedo ayudarte a estudiar. —Ofreció tan repentinamente que Namoo tuvo que hacer memoria para entender a qué se refería.

—No puedo aprender en un día lo que no memoricé en una vida entera.

—No busco que te conviertas en un erudito, pero podría ayudarte con las preguntas más sencillas para que no falles en ellas.

Minwoo se había alejado de la ventana, por lo que dejó de divisarlo. Él hizo lo mismo y regresó al sofá. Dejando el celular en sus piernas tras activar el altavoz, escondió sus manos bajo los muslos para ejercer presión en sus dedos ansiosos que no dejaban de molestarle.

—Yo... —musitó. Su voz murió al convertirse en un temblor temeroso. Por supuesto, Minwoo captó lo que sucedía.

—¿A qué le tienes tanto miedo, Namoo?

Esa pregunta no lo dejó dormir en toda la noche porque conocía la respuesta.

De pequeño no le tenía miedo a *nada*. El día que los monstruos dejaron de habitar solo los cuentos infantiles, le tuvo miedo a *todo*.

26
FUERZAS FUNDAMENTALES

«En física de partículas se denomina "fuerza fundamental" a cada una de las clases de interacciones entre las partículas subatómicas. Está compuesta por cuatro: fuerza nuclear fuerte, que mantiene unidos a los protones y neutrones en el núcleo; fuerza nuclear débil, que permite que las partículas que constituyen a los átomos se desintegren en otras partículas subatómicas; fuerza electromagnética, que corresponde a la interacción que se da entre partículas cargadas eléctricamente de forma positiva o negativa y las moléculas entre sí; y fuerza gravitatoria, que explica la atracción que existe entre dos cuerpos con masa. A corto alcance, y descartando el nivel atómico, ¿cuál de ellas es la más débil?».

El regreso de Namoo estaba programado, por extraño que fuera, para un sábado. Como los programas debían editarse y su contenido ser aprobado, Namoo estuvo grabando el comeback durante la semana. Y Minwoo sabía eso porque cada noche, antes de dormir, lo llamaba. Por eso también sabía lo difícil y frustrante que estaba siendo el proceso para el idol. Así que no le extrañó cuando el viernes fue a visitarlo y se lo encontró hecho un ovillo en el sofá del departamento.

A pesar de que Namoo le había dado la clave para entrar el día que dejó la puerta entreabierta para salir a comprar, cuidó de llamarlo al quitarse los zapatos en la entrada.

—¿Namoo? Soy Minwoo, ya llegué.

Escuchó un quejido desde el sofá.

Tras dejar las bolsas con meriendas en la cocina, se acercó. Apoyando las manos en el respaldo, se inclinó para acercarse al chico, que mantenía oculta la cabeza bajo un cojín.

—Te tocaré —avisó antes de quitarle la almohada.

Namoo permaneció con los ojos cerrados y con los brazos cubriendo gran parte de su rostro. Minwoo le acarició con suavidad la curva de las cejas, que era casi lo único que podía divisar, y le apartó un mechón platinado.

—¿Qué sucedió, Namoo?

Como no obtuvo respuesta, volvió a acariciarle la curva de las cejas y siguió por la mejilla. Los brazos de Namoo se movieron para darle espacio de modo que la caricia continuara. Sonriendo, llegó a la punta de su nariz y le dio un ligero golpe. Namoo abrió los ojos. Estaban rojos e irritados, parecía haber llorado.

Con pena esta vez, Minwoo se inclinó todavía más sobre el respaldo para acercarse a él.

—¿Qué sucedió?

—Soy un idiota —respondió Namoo con gran dificultad.

—No estoy de acuerdo —corrigió con amabilidad—, pero ¿por qué tú sí lo piensas?

—No puedo recordar nada, soy un idiota. Únicamente sé que la capital de Canadá es Ottawa.

—Eso es saber algo.

Namoo lo observó con molestia, por suerte ya no parecía triste.

—Eso es saber *una* cosa.

—Al menos es algo.

Enderezándose, Minwoo apoyó la cadera en el sofá. Namoo había tomado asiento y tenía la barbilla sobre el respaldo. Sus ojos seguían brillantes y apenados. Se tuvo que contener para no volver a tocarlo. Con las semanas había aprendido que Namoo aceptaba a gusto las primeras caricias, sin embargo, siempre tendía a ponerse nervioso y reticente si él las prolongaba.

—¿Te sientes menos pesimista ahora?

—Al menos sigo vivo —refunfuñó el idol. Como había puesto las manos sobre el respaldo, Minwoo notó que llevaba guantes de cuero. Se le hizo un nudo en el estómago al entender la razón.

—Eso es lo más importante. —Minwoo apuntó hacia la isla de la cocina—. Traje algo para comer.

—No puedo.

Porque estaba a dieta.

Quiso insistir en que comiera, sin embargo, otra de las cosas que había aprendido era que Namoo podía ser muy terco cuando quería salirse con la suya.

Mientras caía un silencio incómodo entre ellos, Namoo se levantó del sofá. Tenía el cabello revuelto y tieso. Intentó acomodarlo, sin resultado.

—Iré a bañarme —anunció. Se dirigió al baño y se detuvo a unos pasos. La luz del pasillo iluminó la escarcha pegada en su piel dándole una tonalidad dorada—. ¿Y tu mascota?

Minwoo la buscó en su bolsillo y la sacó. Ratata levantó su cabeza para ver qué ocurría.

—¿Por qué dudas de que fuera a traerla? Si ya hasta la extrañas.

Namoo soltó un resoplido brusco.

—¿Sabes? Los ojos de tu ratón son como dos botones pequeños.

Antes de que pudiera responder, el chico se encerró en el baño. Desde el interior llegó su voz ahogada.

—Por cierto, ¿Haru descubrió la lámpara rota?

—No me ha dicho nada.

—¡Entonces yo gané la apuesta!

Esa apuesta la habría ganado Namoo incluso si no lo hubiera hecho.

—Por eso traje comida que tú te niegas a probar.

Como el chico no contestó, Minwoo aprovechó de examinar la sala percatándose de la ropa sobre el sofá, los zapatos tirados en la entrada, el desastre del cuarto. Se preguntó cuándo había cambiado por última vez las sábanas, una duda que siempre tenía en casa ajena.

—¿Te molesta si ordeno un poco? —preguntó agarrando unos pantalones tirados.

Namoo pareció no escucharlo.

Estaba terminando de estirar la cama, tras cambiar las sábanas y meter las sucias en un ciclo de lavado y secado, cuando Namoo salió seguido por una nube de vapor. Con la ducha, su cabello se había desteñido dejándolo totalmente rubio. Los mechones claros se le pegaban a la frente y entre las cejas oscuras. Llevaba una bata blanca cerrada hasta el cuello. Iba descalzo, las gotas de agua resbalaban por sus piernas.

—Debes dejar de ordenar mi departamento cada vez que vienes —lo reprendió Namoo.

—No puedo evitarlo —se excusó.

Enfiló a la cocina. Al no saber en qué cajón guardar las compras, se giró para hablar con él.

—¿Dónde pue...?

Namoo se encontraba en el centro de la habitación solo con sus pantalones de dormir, dejando al descubierto una espalda que se afinaba en la cintura.

Cohibido, Minwoo se giró hacia la cocina mientras tragaba saliva. Intentando sacarse esa imagen de la cabeza, llamó a Ratata para distraerse y tranquilizar los latidos locos de su corazón.

—Está conmigo —avisó Namoo.

—Oh, ¿en serio? —Minwoo se negó a comprobarlo, continuó con los ojos clavados en sus zapatos—. Ratata, ven.

—No creo que vaya, se está comiendo una galleta.

Alzó la cabeza de golpe.

—Yo no le di ninguna galleta.

Corrió hacia el cuarto.

—Debe ser de Navidad.

—¡¿De Navidad?! —Se horrorizó buscando a su mascota. La encontró en la cama devorándose el resto de, efectivamente, una galleta. Se la quitó de inmediato. Sujetando a su rata mascota contra el pecho, miró por fin a Namoo. Sus manos ya no se encontraban ocultas debajo de unos guantes oscuros. La piel en sus nudillos se veía rota, al punto de notarse unas heridas no cicatrizadas. Al descubrir su mirada, Namoo escondió los brazos tras la espalda.

—Ven conmigo —pidió Minwoo.

Lo siguió sin protestar.

—Por cierto, la galleta no es de Navidad. Llegué en marzo, así que no es más añeja que eso.

—Eso me tranquiliza mucho —ironizó Minwoo, en tanto buscaba la crema cicatrizante que había comprado en la farmacia. Le pidió a Namoo que tomara asiento, pero este no se movió de su posición, sus manos todavía escondidas detrás de la espalda.

Sus ojos se encontraron en una larga mirada.

Namoo no retrocedió cuando se le acercó.

—Lo siento —se disculpó antes de sujetar al idol por la cintura y alzarlo.

Con un jadeo de sorpresa, Namoo se afirmó en él tras perder el equilibrio.

—¡¿Minwoo?! —exclamó, golpeándole el pecho para que lo liberara.

Lo soltó apenas lo sentó en la encimera de la cocina. La garganta de Namoo tragó nerviosa, sus manos irritadas escondieron un mechón de cabello atrás de la oreja.

—No vuelvas a hacer eso —le pidió el chico todavía descompuesto. Minwoo siempre olvidaba que no le gustaba que lo tocaran de improviso.

—Lo siento. —Las piernas del idol todavía se ajustaban—. Así será más cómodo.

—No soy un niño al que debas cargar —le recriminó Namoo.

Sintiéndose culpable, Minwoo agarró la crema y le quitó la tapa. Luego, estiró sus propios brazos frente a Namoo.

—Tus manos —pidió.

Al escuchar eso, Namoo las convirtió en dos puños apretados sobre su regazo.

—¿Para qué?

—Es una crema cicatrizante.

La mirada de Namoo no abandonó la suya mientras presionaba el labio inferior con la lengua.

—Nunca se curan del todo.

Porque se las volvía a romper antes de que pudieran sanarse.

De igual forma aplicó crema en aquellos nudillos rojos. Y de a poco, las manos de Namoo se estiraron hasta que estuvieron posadas sobre sus muslos todavía temblorosos. Cuando estuvieron blancas de crema cicatrizante, tomó la gasa y le envolvió las manos.

—Minwoo —dijo Namoo alzando los brazos—. ¿Cómo se supone que pueda hacer algo con esto?

Quizá se había excedido con las vendas.

—Es por unos minutos para que el producto se absorba.

Namoo se bajó de la encimera. Quedaron tan cerca que sus frentes se estrellaron.

—Dame espacio —pidió el idol, intentando meter un mechón decolorado tras su oreja. Frustrado, soltó un largo suspiro—. Prefiero mis manos rotas.

—Pero si te ves igual a Don Cangrejo.

Ignorándolo, Namoo fue a la sala de estar y tomó asiento de golpe en el sofá. Dio unos golpecitos a su lado.

—Ven. Deja de perder el tiempo y conviérteme en alguien más inteligente.

Recordando sus apuntes, Minwoo los buscó en las bolsas que había traído.

—Estuve estudiando el programa y encontré ciertos patrones en él.

—Claro que lo hiciste —musitó Namoo, pestañeando con lentitud.

—Hay varias preguntas que las repiten constantemente, por lo que serán las primeras que memorizarás.

Con expresión perdida, Namoo intentó pasar hoja al cuaderno que le dejó en el regazo. Era un poco difícil con sus dedos envueltos. Sin proponérselo, llegó hasta los ejercicios matemáticos que Minwoo había desarrollado de forma ordenada y compacta. Los números iban de esquina a esquina cubriendo hasta el último rincón de la hoja.

—¿No me digas que debo aprender esto? —se horrorizó Namoo.

—No, no —contestó Minwoo, pasando las hojas para regresar a la que estaban—. Eso es otra cosa.

—¿Estás intentando resolver el mundo? —Namoo se burló de él.

—No es eso, es mi obsesión por el 3, 6 y 9. —El entrecejo de Namoo se frunció. Como no quería entrar en más detalles, dio una explicación rápida—. Cuando sufro cuadros de ansiedad muy grandes, busco la magnificencia del 3, 6 y 9 para tranquilizarme, ya que son patrones matemáticos que se repiten de manera infinita. Llegar a los mismos resultados una y otra vez me tranquiliza.

Namoo se quedó observándolo sin decir nada, después comenzó a reírse. Al principio con una carcajada suave y oxidada que fue tomando forma y color.

—Cada vez que pienso que yo no puedo ser más extraño —dijo entre risas—, tú sales con algo peor.

—¿Debo tomármelo como un cumplido?

—Es una observación.

Como sintió que se estaba sonrojando, tosió para aclararse la voz y apuntó al cuaderno para que Namoo se centrara en las anotaciones.

—Estas son las preguntas que debes memorizar.

—Sí, señor.

—Si lo haces, podrás responder la mayoría de las cosas que te pregunten.

—Por supuesto, señor.

—No son muy difíciles, así que no deberías tardar mucho.

—¿De cuántas estamos hablando?

—231.

—¡Minwoo!

—Incluso suman seis, porque el universo siempre regresa a esos números.

—No eres gracioso —se quejó Namoo. Tomando una inspiración grande, intentó apartar su flequillo de la frente, pero no pudo debido a las vendas—. ¿No podemos hacer trampa?

—¿Trampa? —repitió Minwoo alzando las cejas.

—Podría ponerme un audífono para que tú me des las respuestas.

—¿Y si te descubren?

Namoo lo meditó.

—Mi carrera estaría acabada, pero...

—No. —El cuaderno había resbalado al suelo, por lo que Minwoo lo recogió y depositó sobre las piernas del idol—. Te vas a memorizar esto.

Bastó una hora para que Minwoo conociera una nueva faceta de Namoo: no sabía lidiar con la frustración. Era una persona que se había introducido en la industria del entretenimiento con quince años, por lo que vivió corrigiendo sus errores para que dejaran de criticárselos. Estaba acostumbrado a reinventarse y mejorar, por eso no sabía cómo manejar sus emociones cuando no podía hacerlo, cuando se esforzaba por memorizar y no lo lograba por el estrés, cuando intentaba entender una operación matemática y multiplicaba mal por los nervios.

Tuvieron que darse un descanso.

Minwoo fue a la cocina por algo de beber, mientras dejaba a Namoo sentado en la alfombra con la barbilla baja. Parecía a punto de romper en llanto. Le llenó un vaso grande con soju y se lo entregó.

—Bébelo.

—Si me emborracho, ¿cómo pretendes que aprenda algo?

—No quiero que te emborraches, quiero que te relajes.

—No va a servir —avisó, agarrando el vaso con ambas manos.

—No va a servir porque te estás diciendo que no va a hacerlo. Eso se llama ciencia noética, ¿lo sabías?

Namoo se encogió de hombros e inclinó la cabeza hacia un costado para beber el soju. Se lo acabó de un trago.

—Y haremos un juego para hacer esto más dinámico y menos estresante —propuso Minwoo.

Con el rostro todavía contraído por el alcohol, Namoo dejó el vaso sobre la alfombra.

—Está bien —aceptó con docilidad—. ¿En qué consistirá?

—Si respondes bien, yo haré lo que tú pidas. Y si tú respondes mal, tú harás lo que yo diga. —El idol lo observó con suspicacia—. ¿Aceptas?

Fue un pequeño asentimiento, y no necesitó más. Sabiendo de antemano que muchas apuestas tendrían el alcohol como cómplice, fue a buscar una botella. A continuación, se sentó en el suelo frente a él. Quedó tan cerca que sus rodillas casi se tocaban.

—¿El río más caudaloso del mundo? —preguntó Minwoo.

—El Nilo. —Alzó las manos—. No, no, ¡el Amazonas!

—¿Amazonas o Nilo?

Namoo dudó.

—¿Nilo?

—Era el Amazonas.

Lo escuchó gemir.

—No puedo creer que parta perdiendo.

Haciéndose el interesante, Minwoo se tocó la barbilla.

—¿Qué te podría pedir? —le preguntó a la nada. Chasqueó los dedos—. Ya sé, dime un cumplido.

—¿Eso es todo?

—Eso es todo.

Sintió los ojos del idol recorrer su rostro y después deslizarse por su cuello hasta llegar al pecho.

—Me gustan tus ojos —dijo. Como Minwoo se estaba riendo, Namoo lo increpó nervioso—. ¿Qué es lo gracioso?

—Que te pedí un cumplido, pero tú decidiste decirme algo que te gusta de mí.

—¿Y qué más querías que mencionara?

—Que soy inteligente.

Namoo se cruzó de brazos.

—Continúa —refunfuñó.

—¿Cuál es el último planeta del sistema solar?

—Esa es fácil —puso los ojos en blanco—. Es Plutón.

—Error, es Neptuno.

—¡Mentira!

Tenía los ojos tan abiertos por la indignación que Minwoo tuvo que explicarle.

—Plutón dejó de ser un planeta en 2006, ahora es un planeta enano.

—Sigue siendo un planeta.

Minwoo sacudió la cabeza.

—Hay dos categorías: planeta y planeta enano. Yo pregunté por planeta. Que no se te olvide, porque siempre hacen esa pregunta trampa. Ahora, bebe otro vaso.

—¿Para que me siga equivocando y ganes? —se quejó Namoo.

—No, es porque sigues nervioso y eso te hace responder mal.

Con mala expresión, Namoo se llenó el vaso y se lo bebió. Sacudió la cabeza y soltó una queja.

—5, 7, 10, 14, ¿qué número seguiría?

—¿Se supone que debería saber esto?

—Es fácil, te expliqué en qué consisten las series. Busca cuál es el patrón.

Los ojos del idol se iban al cielo al pensar. Estuvo varios segundos así hasta que su expresión se convirtió en una de sorpresa.

—¡19!

—Correcto.

Namoo agitó los brazos, feliz. Sus aplausos se oyeron ahogados por las vendas.

—Voy a pedirte que... ¿puedo acumular deseos para cobrarlos en otra ocasión?

—¿Cómo es eso?

—Si te puedo pedir cosas pero otro día, no ahora.

—Está bien —aceptó extrañado.

Namoo se apresuró a buscar un lápiz en una mesita y anotó en el borde del cuaderno: *Minwoo debe 1*.

—Antes de Tokio, ¿cuál fue la capital política y cultural de Japón por mil años?

—Esa es fácil, Kioto. Y estoy seguro porque he hecho conciertos ahí.

Antes de que pudiera aceptar su respuesta como correcta, Namoo había tachado el 1 por el 2 en el cuaderno.

—¿Cuál país de este continente se llamaba «La tierra de la Calma Matutina»?

Namoo lo contempló con suspicacia.

—¿Es en serio? No seré brillante, pero tampoco soy idiota —se ofendió—. Por supuesto que es Corea.

El 2 pasó al 3. Minwoo se acomodó en el suelo porque sabía que la siguiente pregunta no la respondería bien.

—¿Cuándo comenzó la Revolución rusa?

—Mil —tanteó Namoo con lentitud—. Novecientos... fue antes de que terminara la Primera Guerra Mundial... así que...

—¿Qué año?

—Mil... novecientos... ¿dieci-cinco?

—Diecisiete —corrigió.

Namoo se acercó a la botella para llenar su vaso, sin embargo, Minwoo se la quitó.

—No quiero que bebas. Ya estás relajado, de hecho, creo que me pasé con el alcohol.

—Entonces ¿qué quieres?

—Cuéntame un secreto que te dé vergüenza confesarme.

Namoo se puso recto, sus manos vendadas sobre las rodillas.

—¿Un secreto?

—Sí, cuéntame un secreto.

—Pero ya no seguiría siendo un secreto.

—Exacto.

—¿No puedo intercambiar uno de mis favores para no responder?

—No.

Namoo tomó una inspiración. Dudó. Sus manos tamborilearon sobre sus piernas.

—Fui cada tarde durante dos semanas al puente Banpo con la esperanza de encontrarte ahí.

Se quedó tan impresionado que no pudo decir nada por varios segundos.

—¿Por qué?

La mirada tímida de Namoo rehuía la suya.

—Extrañaba hablar contigo, te lo dije.

—¿Y por qué no me escribiste?

Los ojos de Namoo estaban en algún punto sobre la alfombra. Su única respuesta fue un encogimiento de hombros.

Sin saber cómo procesar la situación, Minwoo terminó dándole un trago a la botella. De inmediato sintió que su cabeza se inclinaba hacia un costado. Su voz tartamudeó al continuar.

—¿Cuál es el primer elemento de la tabla periódica?

Namoo también le había dado otro trago a la botella.

—Nitrógeno.

—Esa te la sabías —señaló Minwoo.

Pestañeando con pesadez, Namoo enfocó la mirada en él.

—¿Me la sabía?

—Sí.

—Pues me equivoqué.

El corazón le latía tan fuerte que podía sentirlo en los oídos.

—Acércate.

Namoo ladeó la barbilla.

—¿Para qué?

—Eso es lo que te estoy pidiendo por perder: acércate a mí.

Algo extrañado, Namoo se movió unos centímetros hacia adelante. Entonces, lo sujetó por las piernas y tiró de él hasta que las rodillas de Namoo estuvieron sobre las suyas. El idol contempló hacia abajo y luego subió la vista. Estaba tan cerca que Minwoo podía divisar la sombra oscura sobre su labio.

—Si estás incómodo, Namoo, puedes alejarte. Quiero que lo sepas y lo tengas claro.

Namoo asintió levemente, sin embargo, no se movió de su lugar.

Minwoo tomó otra inspiración profunda.

—¿Cuánto duró «la guerra de los Cien Años»?

—Cien años.

Su corazón latía más y más fuerte.

—Esa también te la sabías. Duró 116.

—Supuse mal. —Namoo le restó importancia.

—Acércate más.

Namoo lo observó, tragó nervioso.

—¿Más? —susurró.

Minwoo se acomodó para abrir las piernas y con ellas rodeó las caderas de Namoo para acercarlo todavía más. El idol había desviado la barbilla hacia la izquierda y no dejaba de intentar acomodar un mechón tras su oreja, a pesar de que no podía por el vendaje.

—Si te equivocas ahora —formuló con lentitud—, sabes lo que te voy a pedir, ¿cierto?

Namoo lo comprobó por el rabillo del ojo. Con lentitud, bajó los brazos hasta posarlos sobre su propio regazo.

—No me voy a equivocar —afirmó.

Minwoo debía asegurarse de que aquella pregunta pudiera responderla bien. Porque si se equivocaba, estaba claro que entendía y quería lo que iba a pedirle.

—¿Cuál es la capital de Japón?

—Kioto.

—Es Tokio y lo sabes, porque lo respondiste antes.

—Debí haberme confundido.

—¿En serio?

—Sí —suspiró.

Minwoo le sujetó las piernas y se las acomodó para que ahora descansasen a cada lado de su cadera. El chico se tiró hacia atrás para alejarse, pero logró sujetarlo por la camiseta. Namoo de pronto se veía nervioso, como si recién estuviera procesando la situación.

—Lo que te voy a pedir —dijo tirando de la camiseta del idol— es que te acerques.

Namoo se movió unos centímetros hacia adelante, su respiración jadeante le rozó el rostro. Entonces, puso su mano vendada sobre la boca de Minwoo. Tenía los ojos muy abiertos y brillantes, asustados.

—Minwoo... —susurró.

Namoo le tocó el pecho. Minwoo dudó un único instante antes de acercársele para acortar la distancia. La mirada del chico continuaba mostrando sorpresa y miedo.

«La fuerza gravitatoria sería la fuerza más débil a corto alcance, porque bastaba con posicionar un imán cerca de la trayectoria de un cuerpo imantado para interrumpir su caída al ser atraído por este. Y el imán que tiraba del cuerpo de Minwoo era Lee Namoo. Porque bastaba que él apareciera en escena para evitar su caída.»

—Namoo, puedes arrepentirte.

Se miraron.

Luego Namoo desvió la barbilla, mientras cerraba los ojos con fuerza. Su cuerpo fue capturado por la gravedad y cayó hacia adelante hasta que estuvo recostado contra Minwoo. Apoyando la cabeza bajo su barbilla, Namoo lo sujetó por los hombros para tirar de él.

Con algo de lentitud, le devolvió el abrazo.

Y Namoo comenzó a llorar.

27
VIAJES EN EL TIEMPO

Un corredor en un tren

«Stephen Hawking propuso que una de las formas para viajar al futuro podría ser construyendo un vehículo capaz de alcanzar "casi" la velocidad de la luz; "casi" porque nada puede superarla. Pero si un tren, que va al 99,99 por ciento de la velocidad de la luz, lleva a un pasajero que comienza a correr en su interior, ¿podría superar finalmente la velocidad de la luz?»

En toda su vida, solo en otras dos oportunidades Minwoo había sido abrazado con esa desesperación: cuando su madre le pidió disculpas por mentirle sobre su padre y cuando los padres de Haru le dijeron a su hijo que iban divorciarse. Y a pesar de que eran gestos igual de angustiantes, se sentían muy diferentes. Porque Namoo no pretendía compartir su dolor ni hablar sobre ello. No era más que alguien aferrándose a un salvavidas en medio de una tormenta donde nadie podía rescatarlo, porque era incapaz de comunicarse con otros.

No obstante, cuando su oído izquierdo captó su llanto bajito y dolido, Minwoo lo apretó con más fuerza contra él para que pudiera *sentir* que no estaba solo en aquel inmenso océano. Sin dejar de llorar, Namoo cambió de posición para esconder su rostro en el cuello de Minwoo. Su aliento cálido le hizo cosquillas en la piel.

Como mantenía las piernas abiertas y rodeándole las caderas, los muslos de Namoo se ubicaban sobre los suyos. A pesar de la incómoda posición, se estiró para agarrar la caja de pañuelos sobre la mesilla. Al moverse, el chico dejó de sujetarlo por los hombros y lo agarró por el cuello con desesperación.

—No —lo escuchó susurrar contra su oído.

Llevó una mano a su nuca y le acarició el cabello con suavidad, regresándole el abrazo para que supiera que había entendido.

—Está bien, estoy aquí.

En algún instante, Namoo dejó de llorar. Ahora su pecho se estremecía en un hipo espontáneo tras el llanto intenso. La última vez que a él le había ocurrido algo así fue cuando murió Becky, su cobaya.

Cuando el cuerpo de Namoo ya no tiraba del suyo, sino más bien se recostaba contra él con los músculos vencidos por el cansancio, Minwoo se alejó unos centímetros para examinar su rostro. Notó sus párpados y labios rojos e hinchados. Su piel por completo congestionada. Ni siquiera lo pensó al darle un beso en la punta de la nariz. Namoo permaneció con la mejilla apoyada en su hombro, pero había alzado la mirada hacia él.

—¿Estás mejor? —preguntó, a pesar de que sabía que no estaría «mejor» por llorar.

Como respuesta, Namoo asintió con un movimiento casi imperceptible.

—Tal vez quieras ir a dormir —propuso Minwoo.

Permanecía aferrado a su cuello, aunque sus brazos caían sin fuerza. Se encogió de hombros tras un rato.

—¿No quieres ir a dormir o quieres ir a dormir pero que yo te lleve? Podría hacerlo.

Aquello le sacó una risa baja y torpe al idol. Al escucharlo, Minwoo se alejó hasta que pudo sujetarle el rostro con las manos. Namoo estaba tan delgado que, a pesar de la presión, sus mejillas apenas se inflaban contra sus palmas. Le acarició con los pulgares la comisura de sus labios irritados.

—No quiero irme a dormir. —Namoo por fin habló.

—¿Por qué no? Debes estar agotado.

Lo parecía. Sus párpados se cerraban de manera involuntaria y sus cejas se inclinaban hacia abajo. Todo su rostro decía *cansancio*.

—Porque me quedaré solo —admitió Namoo con voz suave, temblorosa. Triste—. Y no quiero.

—Si ese es el problema, puedo quedarme contigo. —Cuando la expresión del chico se transformaba en una de sorpresa, Minwoo le restó importancia con evidente nerviosismo—. Te recuerdo que estoy desempleado, todavía puedo hacer pijamadas.

Como no respondió de inmediato, le tocó la punta de la nariz.

—Está bien —aceptó Namoo. Pero no se movió.

Él tampoco lo hizo.

—Namoo, sé que vas a enojarte conmigo por repetir esto, pero tengo que hacerlo. —Como no recibió respuesta, se animó a continuar—. Necesitas un profesional para que te ayude. Sí, sí, sé lo que vas a decir. Pero te prometo que, si aceptas, te buscaré el mejor terapeuta del país y le haremos firmar un contrato de confidencialidad para que no pueda contarle tus secretos a nadie. Podemos buscar alternativas, pero no puedes seguir así.

Namoo lo observó con sus párpados cansados. Tras dudar, soltó un suspiro y tiró de Minwoo para darle otro abrazo. Sintió de nuevo su mejilla sobre el hombro.

—Lo pensaré —aceptó, alejándose.

Desconcertado, lo observó ponerse de pie e ir hacia el sofá, donde se desplomó y le indicó que se sentara a su lado. Minwoo permaneció en el suelo.

—¿No ibas a dormir? —cuestionó sin entender.

Le costó ponerse de pie, sus músculos estaban fríos y aga-rrotados por llevar demasiado tiempo en una mala posición. Prácticamente se arrastró hacia el sofá.

—Si quieres puedes irte a tu cama —propuso Minwoo. Enrojeció de golpe cuando la mirada del idol buscó la suya—. Digo, te vas a dormir, me acuesto a tu lado... sobre las man-tas, por supuesto... y luego me iré a mi triste colchón que se desinfla.

—¿Y si no me duermo?

—Me quedaría hasta que lo hicieras.

—¿Y si me despierto en la noche?

Sus palabras trastabillaron al responder.

—Me vas a despertar.

Namoo se puso de pie y fue a su cuarto. Él se quedó en el sofá sin saber qué hacer con su vida.

—¿Vas a venir?

Minwoo intentó no correr hacia la habitación, que mante-nía las luces apagadas. Namoo ya se había acostado. Mientras sacaba el celular para iluminar el camino, se acordó de buscar a Ratata antes de irse a dormir. También aprovechó para enviarle un mensaje a Haru.

Minwoo: No llegaré a dormir.
Haru: ¿Por qué no me sorprende?

Alcanzó por fin la cama y se subió. Namoo abrió las corti-nas del cuarto con un comando de voz. La estancia fue ilumi-nada de gris y naranjo. Los únicos ruidos que se escuchaban en el departamento eran los de Minwoo acomodándose sobre las mantas. Al terminar, se quedó de espaldas con las manos sobre el vientre.

Se quedaron así un rato que se sintió una eternidad.

—Cuando era pequeño —comenzó Namoo con voz suave y grave—, leí un cuento infantil que me gustaba mucho.

Menos nervioso, Minwoo ladeó la cabeza. Se encontró a Namoo recostado de lado. Estaba cubierto hasta la barbilla, por lo que podía divisarle la mitad del rostro.

—¿Cómo se llamaba?

—*Una mandarina muy naranja.*

Considerando que su madre era la autora infantil más vendida del país, no era extraño que Namoo hubiera crecido leyendo sus cuentos.

—¿Y por qué te gustaba?

—En ese tiempo, porque las mandarinas eran mi fruta preferida —fue su sencilla respuesta.

—¿Y ahora?

Los párpados de Namoo revolotearon quedando a medio camino al abrirse.

—La mandarina se esforzó toda su vida por ser una naranja, porque creció escuchando al mandarino decir que las naranjas eran más queridas y que estaba muy decepcionado por tener que hacer brotar solo mandarinas. Pero por mucho que la mandarina intentó durante el cuento verse diferente y aparentar ser otra fruta, al final siguió siendo una mandarina porque nació de un mandarino y no de un naranjo.

Minwoo también cambió de posición para quedar de costado.

—¿Te sientes como una mandarina, Namu?

«Namu» también significaba árbol en coreano. Era un poco irónico que estuvieran hablando de árboles cuando el sobrenombre de Namoo dado por sus fans era Namu.

—Sí —confesó el idol, sus párpados se cerraban más y más—. ¿Y tú, Minwoo?

—Soy una mandarina a la que le gustan las mandarinas. Por esa razón la gente me hizo sentir extraño.

—Me refería a cuál es tu cuento infantil favorito —corrigió Namoo con una media sonrisa.

—Ah. —Se acomodó en la cama—. *Dos estrellas solitarias en la Vía Láctea.*

—También me gustaba ese. —Su sonrisa creció al observarlo—. Ahora que recuerdo, el perro de la historia se llamaba Minwoo.

—¿Te cuento algo gracioso? —Se apuntó el pecho—. El perro se llama así por mí.

—¿Por ti?

—Kim Misuk es mi mamá.

Namoo se sorprendió.

—Tú mamá es supergenial.

—Lo es —asintió con orgullo.

—Fue la primera autora que escribió un cuento infantil de una hija que crecía con dos padres.

—Soy gay y nunca conocí a mi papá, así que mis compañeros se burlaban de mí —comentó Minwoo—. Como Haru y yo hemos sido amigos desde siempre, nuestras madres pasaban mucho tiempo juntas. Así que empezaron los rumores malintencionados, lo que llevó a que se burlaran incluso más de mí. Como mi mamá no quería que otros niños pasaran por lo mismo, escribió esa historia. De hecho, creó una editorial para publicarla, porque la suya no la aceptó.

Notó que los ojos de Namoo se convertían en dos rendijas curvas cuando sonreía ampliamente.

—Minwoo —dijo.

—¿Sí?

Sus miradas se encontraron.

Y entre ellos, el tiempo dejó de transcurrir a la misma velocidad. Cada segundo se convirtió en un infinito, mientras la ciudad a sus pies continuaba en el mismo ritmo apresurado de siempre.

—Quiero agradarle a tu mamá.

«Si un tren superveloz pudiera dar vueltas a la Tierra a una velocidad que casi alcanzara la velocidad de la luz, a bordo de este el tiempo comenzaría a transcurrir lentamente, como si se estuviera cerca de un agujero negro, como en cámara lenta. Por tanto, si un pasajero comenzara a correr dentro del tren, en la práctica caería sobre él la inexorable ley de la naturaleza. El tiempo en el interior del tren pasaría más despacio que en el exterior y una semana de viaje se convertiría en ciento cincuenta años en el exterior. Como en el cuarto de Namoo. Porque al observarse cada uno desde su rincón de la cama, el tiempo transcurrió como en cámara lenta. Y mientras Seúl se acercaba al amanecer, para Minwoo siguió siendo medianoche.»

Le apartó un mechón rubio de la frente. Los párpados de Namoo revolotearon una última vez.

—Le encantarás, te lo aseguro.

Namoo se movió para tocarle la mejilla. Y a pesar de que tenía todavía las manos vendadas, Minwoo sabía que lo estaba acariciando. Luego, se acunó el brazo contra su propio pecho.

Minwoo no dejó de mirarlo hasta que por fin se quedó dormido.

28
VECTORES

«En física se llama vector a un segmento de recta en el espacio que parte de un punto hacia otro, por lo cual, debe tener módulo, dirección y sentido. Está representado por una flecha. Además, tienen por función expresar las magnitudes vectoriales».

Haru era todo lo ruidoso que Minwoo tenía de tranquilo. Por esa razón, a pesar de ser mejores amigos, al punto de considerarse familia, habían decidido nunca vivir juntos. Pero su madre había descubierto su bancarrota financiera y también el hecho latente de que no tenía hogar, por lo que Minwoo no pudo negarse cuando le pidió que, *por favor*, aceptara el departamento que había arrendado para que viviera con Haru.

Al despertarse esa mañana, le extrañó el silencio que percibió. No se oía a Haru en la cocina, ni a Ratata rompiendo el papel del baño, ni la lavadora, ni al vecino de arriba que hacía ejercicio temprano y se le escapaban las pesas. Nada, únicamente un maravilloso silencio.

Al recordar el rostro dormido de Namoo, abrió los ojos de golpe. La cama a su lado estaba vacía. Las mantas todavía se encontraban desarmadas, dejando en evidencia que alguien había descansado ahí. Sintió helada la sábana al palparla.

Su rata mascota lo observó hecha un ovillo en la almohada del idol.

—¿Y Namoo? —preguntó en voz baja.

Ratata movió los bigotes.

Al bajarse de la cama, se percató de la manta que lo había estado cubriendo. Con cariño, la dejó doblada sobre el colchón.

La sala de estar también estaba vacía, el aire acondicionado al máximo.

—¿Namoo? —lo llamó sin alzar mucho la voz, pensando en que pudiera estar hablando por teléfono.

No recibió respuesta.

Sobre la isla de la cocina encontró una nota.

Fui a las grabaciones de Chicas de calle.

Dio vuelta la hoja.

Estaba en blanco.

Y por alguna razón se sintió decepcionado, como si hubieran retrocedido, a pesar de que no habían avanzado nada.

Con un largo suspiro, sacó alga seca de la bolsa que había comprado y se la dio a Ratata. Pensó en marcharse, pero notó las huellas que había dejado Namoo al salir mojado de la ducha y que además Ratata había hecho sus necesidades en un rincón, ya que Minwoo olvidó prepararle los periódicos para estos efectos. Le acarició la nariz mientras la mascota se comía el alga.

—Lo siento, te olvidé anoche. Soy un pésimo padre.

En el baño encontró más huellas de Ratata en el lavamanos. Cerró bien la llave y fue a darle agua. Limpió el departamento hasta que olió a productos de aseo.

No revisó su teléfono hasta que se marchó. Tenía un mensaje de Haru preguntándole si llegaría a almorzar. El sol estaba brillante sobre la ciudad, hacía mucho calor.

Su amigo tenía el aire acondicionado al máximo en el departamento. Quitó su atención de la tabla de picar para darle un vistazo rápido.

—Miren quién llegó —se burló.

Minwoo no podía estar más enrojecido, el sol ya había hecho lo suyo sobre su piel.

—Hola.

—¿Cómo estuvo tu noche? —preguntó Haru con expresión risueña.

—No sé, al dormir pierdo el conocimiento.

Haru lo apuntó con el cuchillo.

—Sabes a lo que me estoy refiriendo.

Fue hasta el cuarto de baño para dejar a Ratata sobre los periódicos.

—Si estás intentando preguntarme si hice algo más que dormir anoche —comenzó Minwoo—, pues te diré que sí.

Su amigo jadeó, tan impresionado que depositó el cuchillo sobre la mesa.

—¿Me estás diciendo que entre Namoo y tú...?

—Hablamos.

—*Okey.* —Pestañeó sin entender—. Pero después...

—Él se quedó dormido y luego yo.

—Me estoy refiriendo a hechos importantes, Minwoo.

Todavía ajetreado por el calor de afuera, se acostó en el sofá.

—¿Hechos importantes?

De esos había muchos. Sin embargo, no podía contarle que Namoo había llorado abrazado a él. Eso era personal, privado. *Suyo.* Y por mucho que Haru fuera su amigo, no deseaba contárselo.

—Namoo hoy graba el capítulo de *Chicos de calle* —avisó—, así que estuve ayudándolo con algunas preguntas.

—¿Y luego?

—Conversamos.

—¡¿Y luego?!

—Nos fuimos a dormir.

—Pero ¡¿y después, Minwoo?! ¿Qué ocurrió después?

—Bueno, es obvio.

—¿Obvio?

—Me dormí.

—¿Te dormiste? —preguntó Haru con incredulidad.

—Sí, ¿qué tiene?

Haru puso los ojos en blanco.

—Estoy intentando preguntarte si tuvieron sexo, Minwoo.

—Ah.

—Sí, «ah». —Pausa—. Minwoo, respóndeme.

—Debiste habérmelo preguntado sin darle tantas vueltas.

—¿No es eso lo que estoy haciendo?

—No. —Sacudió la cabeza—. Evadiste la pregunta, como esa vez que buscabas saber si yo prefería hacerlo o que me lo hicieran. —Chasqueó la lengua al notar que Haru se sonrojaba—. Sí, te pusiste así de rojo e incómodo.

Su amigo continuó cortando ahora un trozo de pollo.

—Eres mi único amigo gay, así que no sé preguntar muchas cosas —se excusó Haru—. Además, no quería saberlo por curioso, lo hice porque le gustabas a un compañero y me insistió que te preguntara eso. Aunque yo sigo pensando, ¿es relevante?

—Para mí no.

—Lo tendré en consideración por si otro amigo me pregunta.

—¿«Amigo»? —cuestionó Minwoo enderezándose en el sofá—. Pensé que yo era el único amigo que te agradaba.

—Nunca dije que el resto me simpatizara.

Ambos comenzaron a reírse, por lo que le costó entender cuando Haru enmudeció esperando su respuesta.

—Ah, sí, sí, sí. —Minwoo negó con las manos formando una «x»—. No.

—Estoy pensando en pasarte a mi otra lista de «amigos» —anunció Haru cuando no dio más detalles.

—No tuvimos sexo —especificó, agarrando un cojín con disimulo por si su amigo le arrojaba el cebollín que cortaba—. Y no creo que vayamos a tenerlo nunca, no te hagas ilusiones.

—¿Por qué no? Me gusta hacerme ilusiones.

Se puso de pie y se acercó a Haru. Examinó lo que estaba picando. Ambos se sumieron en sus pensamientos. Cuando su amigo echó las verduras y el pollo a una sartén, Minwoo sintió la necesidad de seguir hablando de Namoo con la esperanza de llegar al fondo de su inquietud.

—Hoy desperté por la mañana y Namoo ya no estaba.

Haru tarareó una melodía que no captó.

—¿Te dejó durmiendo solo en su departamento? Ese hombre te ama.

—Es mi amigo.

—El amor también existe entre amigos.

—Lo aclaré por si las dudas.

—Dudas no existían.

Minwoo se quedó ensimismado.

—Fue extraño —contó.

—¿Por qué?

A pesar de que removía la comida, su amigo estaba concentrado en lo que le decía.

—Porque me dejó una nota explicándome que se había ido a grabar el capítulo para el programa.

—No estoy entendiendo el problema —confesó Haru.

Minwoo se puso detrás de él y comenzó a acariciarle los hombros. Haru tuvo el descaro de pedirle que le rascara la espalda.

—Anoche mientras conversábamos... sentí que Namoo estaba pidiendo mi ayuda.

—Minwoo —advirtió Haru, bajándole el fuego a la sartén—. Ten cuidado hacia dónde diriges esos pensamientos.

Sabía a lo que se refería su amigo.

A Jiho.

Su exnovio no había sido bueno con él. Y dentro de todo el desastre que resultó ser esa relación, el problema más grande fue que Minwoo no entendió todo lo que estaba mal hasta que Jiho terminó con él y a Minwoo le tocó superarlo.

Porque no era normal ser despertado a las cuatro de la mañana porque Minwoo no había respondido un mensaje; no era normal que le cuestionaran sus amistades; no era normal que se molestaran con él por lo mínimo; no era normal que hicieran planes y luego no asistieran a ellos; no era normal que nunca recordara nada de lo que le había contado. Y, sobre todo, no era normal recibir videollamadas para que Minwoo le mostrara dónde se encontraba, en todo momento, en cualquier situación. Porque no era normal que alguien te dijera que se moriría si terminaban y te bloqueara en redes sociales para que no pudiera contactarte cuando se enojaban.

Nada de eso era normal.

Como tampoco lo era que a Minwoo le costara asumir que la persona que amaba no lo quería de la misma forma. Porque su mayor problema era siempre ver cosas buenas hasta en las más negativas.

—Lo sé —aceptó Minwoo—, estoy teniendo cuidado.

—¿Realmente lo estás teniendo? —cuestionó Haru con amabilidad—. Porque lo que yo veo es que Namoo podría resultar igual de manipulador que tu exnovio.

¿Manipulador?

Namoo le había pagado una habitación en un hotel, le había comprado una ratamansión a su rata mascota e incluso lo invitó a su departamento, a pesar de lo arriesgado que era. Minwoo casi le había arruinado su carrera, ¿y qué hizo Namoo a cambio? Llorar aferrado a él porque no sabía cómo lidiar con sus propias emociones. Namoo era un pedazo de roca repleta de minerales, pero le faltaban muchos procesos químicos para obtener el beneficio de esos minerales. Y el hecho de que Minwoo pudiera darse cuenta de que, detrás de ese oro que brillaba en la televisión, había un chico asustado que no sabía cómo afrontar su vida, decía lo mucho que había avanzado en sus terapias con ajusshi.

Por tanto, él no creía que Namoo se pareciera a Jiho en lo más mínimo, sin embargo, decidió no responder. Era difícil intentar explicar el comportamiento de Namoo sin parecer que lo estaba justificando. Porque Minwoo había hecho infinitas veces eso con su exnovio, defenderlo. En ese tiempo, para él siempre había una razón lógica tras su comportamiento tóxico.

Ahora entendía que no.

Nunca habría una razón valedera para justificar el maltrato.

—Solo quiero que seas cuidadoso —siguió Haru con expresión preocupada—. Entrégale tu cariño a alguien que merezca recibirlo, a alguien que sea capaz de ver lo valioso que eres. Pero principalmente, Minwoo, enamórate de alguien que sea bueno contigo. Las relaciones son de a dos.

Minwoo no iba a equivocarse de la misma manera que lo hizo con Jiho. Había crecido, madurado y aprendido. Él no iba a regresar a eso.

—Y, Minwoo...

Pensando que seguiría con el tema, lo interrumpió.

—Lo sé, yo no...

—Recuerda que no puedes ayudar a alguien que no quiere ser ayudado.

Moviéndose con incomodidad, Minwoo jugó con sus manos.

—Pero ¿y si él quiere ser ayudado?

—Puedes hacerlo buscándole un buen profesional.

—¿Y si no puede? —Como Haru se quedó mirándolo sin entender, intentó explicarse mejor—. ¿Y si Namoo no puede ser ayudado por un psicólogo?

—Tú no puedes salvarlo, Minwoo.

Quiso protestar, la expresión seria de Haru le hizo frenarse en seco. Pasándose la lengua por los labios con ansiedad, asintió con cuidado.

Como no quería continuar la conversación, porque nada de lo que dijera a su amigo le haría cambiar su percepción con respecto a Namoo, se fue a su habitación con la excusa de que necesitaba prepararse para la entrevista de trabajo del día siguiente.

Una vez en su cuarto, observó la pequeña pila de cuentos infantiles de su madre. Agarró *Dos estrellas solitarias en la Vía Láctea*. Pasó el dedo pulgar por los relieves de la portada. El libro tenía más de una década, por lo que las hojas estaban gastadas por los costados. El lomo se había quebrado de todas las veces que Minwoo lo había abierto y una punta estaba manchada con tinta azul. A pesar de los desperfectos, era uno de sus más grandes tesoros.

Recostado en su cama, se lo llevó al pecho. Se preguntó si Namoo se sentiría de la misma forma como se sintió su madre por mucho tiempo. Se preguntó, también, si lograría hacerlo entender que era apreciado y querido. Porque no se necesitaba una multitud para sentirse amado, muchas veces solo bastaba con ser querido por la persona correcta.

Pero, sobre todo, a Namoo le tocaría aprender que la vida no era únicamente recibir, sino que también dar. Porque el amor era un sentimiento en dos direcciones. Por eso, el amor podía ser expresado como un vector, al tener un módulo, una dirección y un sentido. Como la relación entre Minwoo y Namoo, que era positiva, tenía la longitud de un abismo y una dirección que iba de Minwoo a Namoo.

El problema era que los vectores solo podían representar una dirección y un sentido, por tanto, toda esa relación siempre iría de Minwoo a Namoo sin tener nunca un retorno.

En ese momento, le llegó un mensaje.

Sin embargo, si existían dos vectores, cada uno representando el cariño que iba dirigido hacia la otra persona, podía entonces volver a llamarse amor.

Aunque también odio.

Pero esos eran tecnicismos.

29

LA TEORÍA DEL BIG CRUNCH

«La hipótesis que sustenta esta teoría indica que el universo no puede expandirse de forma indefinida, por lo que llegará un momento en que la densidad del cosmos será tan baja que la expansión por fin se detendrá. Y al ocurrir esto, el universo comenzará a colapsar sobre sí mismo.»

En la entrevista de trabajo le fue muchísimo mejor de lo que había esperado. Tras estrechar la mano del director, Minwoo quedó con la sensación de que podría ser contratado para formar parte de aquel plantel diverso, que se destacaba por contar con profesores jóvenes que buscaban distanciarse de los estándares académicos normativos y rígidos.

Luego de salir de la escuela, hizo de inmediato una videollamada con Haru para contarle la experiencia.

—Me dijo que incluso podría llevar a Ratata, siempre y cuando le enviara con anticipación sus certificados de salubridad.

—Minwoo, ¿en serio mencionaste a Ratata en una entrevista de trabajo? —preguntó Haru tras un largo suspiro. Al fondo se divisaba la estantería repleta de mangas. Haru estaba decidido a leerlos todos antes de ingresar a trabajar, cosa que haría en cuestión de días si seguía con su ritmo maniaco de lectura.

—No fue mi culpa —se excusó con rapidez. Se corrigió con la misma velocidad—. Bueno, no fue *totalmente* mi culpa. El director de la escuela estaba muy interesado en las clases dinámicas, así que me preguntó qué tenía planeado para entretener a los alumnos.

—Y le dijiste que Ratata te podía ayudar con las leyes de Newton —adivinó Haru.

Su amigo lo conocía demasiado bien.

Antes de responder, se rascó el puente de la nariz.

—Sí, pero no —dijo—. Mejor dejémoslo en sí.

Al finalizar la llamada, su dedo pulgar dudó sobre el nombre de Namoo. Decidió guardar el teléfono. Ya le había escrito el sábado mientras veía el estreno de su comeback y Namoo todavía no leía su mensaje. Por supuesto, estaba preocupado por su repentina ausencia, sin embargo, le pesaba más la idea de ser una molestia.

Se subió en la estación de metro más cercana, donde fue atacado por media docena de pantallas gigantes con la imagen del idol en movimiento. Su cabello gris azulado brillaba bajo las luces. Llevaba solo una chaqueta de mezclilla que dejaba ver sus clavículas marcadas y parte del torso. Un *choker* negro adornaba su largo cuello. Y sobre la cintura, donde se divisaba su piel entre los botones, un texto anunciaba en grande el título de su comeback y la *fanbase* que había organizado y pagado por la publicidad.

Las imágenes de Namoo lo acompañaron durante su recorrido hacia el andén, donde se encontró con más publicidad. El carro del metro también había sido empapelado con su rostro. Parecía irreal recordar que tres días atrás ese mismo chico había llorado apretado contra él como si no tuviera a nadie más en el mundo. Era extraño saber que alguien tan famoso y querido en realidad era una persona triste que se sentía sola.

La tarde todavía estaba calurosa al llegar al departamento. Haru veía la televisión. Le hizo un espacio a su lado, donde

Minwoo se derrumbó. En la pantalla se transmitía la presentación de Namoo en un programa.

—Ojalá no me escuchen sus fans intensas, pero la canción no es buena —dijo con sinceridad Haru—. Aunque Namoo se ve hermoso.

Minwoo tragó saliva. Su atención fue captada por el idol, que en ese momento le rozaba la barbilla a un bailarín con la punta del dedo. Su lengua curiosa, capturando su propio labio al mirar la cámara, era perversa.

Y él... sintió *celos*.

Fue un ardor en el estómago que no lo dejaba concentrarse en la coreografía. Lo único que podía notar era lo mucho que lo acariciaban sus bailarines.

—A Namoo no le gusta que lo toquen —se escuchó diciendo.

No despegó la vista del televisor, pero sabía que Haru lo estaba analizando.

Si se suponía que no le gustaba...

Si se suponía que lo detestaba...

¿Por qué aceptaba ese tipo de coreografías si con él siempre se alejaba? ¿Era Minwoo entonces el problema?

Acalorado, fue a su cuarto a cambiarse de ropa. Se puso unos pantalones cortos de deporte y una camiseta delgada. Ratata estaba jugando con unas tapas que Haru debió pasarle y que acumulaba en un rincón. Parecía muy entretenida.

—¿Hoy sale el capítulo de *Chicos de calle*? —quiso saber Haru desde la sala de estar.

Le tomó tiempo responder porque había vuelto a abrir la conversación con Namoo para ver si este había leído su mensaje. Todavía nada.

—Creo que mañana, no estoy seguro.

—¿Y cómo le fue grabándolo? ¿Le tiraron mucha goma verde?

El programa *Chicos de calle* tenía un formato que incluía entrevistas, baile, canto y finalizaba con la prueba de conocimientos, en la que, por cada respuesta mala, el invitado recibía una masa viscosa sobre la cabeza.

—No he hablado con él —confesó.

Porque no responde mis mensajes.

Porque ni siquiera los ha leído.

Fue hacia el ventanal del salón y corrió la cortina delgada. Examinó los edificios hasta dar con la torre de Namoo. Sus ojos analizaron el último piso.

Se tropezó con la alfombra en su apuro por ir a su cuarto.

—Un día te vas a romper un diente —advirtió Haru.

Sacó los marcadores y anotó con rapidez un mensaje.

Su amigo lo observó en silencio mientras él terminaba de pegar el cartel en el ventanal.

—No sé si eso es lindo, espeluznante o preocupante —comentó Haru.

Le alzó los dedos pulgares.

—Espero que lo primero.

Sin embargo, su seguridad se fue desplomando con el transcurso de las horas, porque Namoo seguía sin hablarle. Lo peor era la expresión compasiva de su amigo cada vez que sacaba el celular para revisar si le había llegado algún mensaje.

Se quedaron juntos hasta que el sol se ocultó.

—Me gustaría llamarte la atención por esto —dijo Haru tras verlo comprobar una vez más el teléfono—, pero prefiero contarte que conocí a una chica el día de la entrevista en la escuela. Es profesora de historia. Y no he podido dejar de pensar en ella, lo cual es ridículo porque no compartimos más que unas pocas horas.

—Las desgracias del amor acechan este departamento —bromeó Minwoo—. ¿Crees que tengamos una maldición? Te dije que debimos hacer una limpieza de aura antes de venirnos a vivir aquí.

—No seas exagerado.

—Lo dices porque tú la tienes más sencilla. Porque eres heterosexual y la probabilidad de que ella también lo sea es increíblemente alta. En cambio, yo soy gay y él es famoso, las estadísticas no están a mi favor.

—Namoo puede que sea gay.

—No lo sabemos.

—¿Crees que sea hetero pero se siente solo y por eso te busca?

—No me gusta asumir la orientación sexual de nadie, eso incluye la heterosexualidad.

Iba a continuar hablando tras la expresión escéptica de Haru, cuando su teléfono vibró anunciando una notificación. Cansado de los mensajes de su banco ofreciéndole un crédito que no podría pagar, tomó el celular y lo desbloqueó antes de que se le cayera al suelo.

—Ahí murió la pantalla, otra vez —farfulló Haru.

Minwoo se recostó contra el hombro de su amigo, luego contra el sofá y finalmente se estiró para recogerlo.

—¿Estás teniendo una convulsión? —se burló Haru—. ¿O Lee Namoo te respondió?

No tuvo que contestar, porque su amigo se apegó a él para leer la pantalla. Ambos vieron la fotografía con poca luz, donde se divisaba con un *zoom* potente un ventanal iluminado que tenía una hoja blanca pegada en el vidrio.

> **Namoo:** Supongo que dice «Lo hiciste bien».

Minwoo había pegado el cartel al revés.

Sintió que Haru le enterraba el dedo en las costillas.

—Miren quién vuelve a sonreír.

—No lo hago —negó Minwoo.

Muchas respuestas se le pasaron por la cabeza, al final prevaleció el sentimiento de preocupación.

> **Minwoo:** Hola, ¿estás bien?
> **Namoo:** ¿Puedes venir a verme?

Haru lo empujó por la espalda para ponerlo de pie.

—Ve, yo cuidaré de Ratata esta noche. Sé un padre soltero hoy.

Minwoo ya se encontraba en la entrada colocándose los zapatos.

—¿Esta noche? —preguntó saltando en un pie intentando embutirse a presión el calzado—. Llegaré a dormir.

—Por supuesto.

—Lo del viernes fue una situación excepcional.

—La cual podría repetirse esta noche.

Lo apuntó con el dedo, ya había terminado de alistarse.

—No me esperes despierto —dijo finalmente, después salió del departamento con la risa burlesca de su amigo siguiéndolo.

Como no quería llegar acelerado, y mucho menos empapado en transpiración, se obligó a caminar a un ritmo pausado las cuadras que los separaban. Al llegar al edificio de Namoo, se encontró al conserje riéndose de algo que aparecía en las pantallas de seguridad. Levantó la vista hacia Minwoo e inclinó la barbilla.

—Señor Kim —lo saludó.

El viernes, cuando fue a visitar a Namoo, se había encontrado con el mismo empleado custodiando la entrada. Al acercarse hacia él para avisar de su llegada, se había sorprendido tremendamente al ser identificado por su apellido.

Al igual que ese día, el conserje le hizo un gesto hacia los ascensores.

—El señor Lee lo está esperando.

Los ascensores tenían un tablero electrónico con clave que le permitía subir a un piso específico; de lo contrario, por mucho que apretase el botón para avanzar, el ascensor no lo haría. Cada nivel contaba con su propia combinación; la de Namoo parecía ser una fecha de cumpleaños que Minwoo no tenía registrada en su cerebro.

El departamento lo encontró tan silencioso como siempre, a pesar de que Namoo debía estar ahí. De pronto, se sintió tímido y cohibido. Se sacó los zapatos en la entrada mientras lo llamaba.

—¿Namoo?

—Estoy aquí.

Venía del cuarto.

Se encontró a Namoo con expresión decaída. Estaba recostado de lado, con el dorso de una de sus manos cubierto con algodón y cinta adhesiva para piel. Lucía ojeroso y su cabello, revuelto y sucio, todavía tenía manchas verdes que Minwoo supuso debían ser del programa *Chicos de calle*. Se acercó a él con el corazón acelerado.

—¿Qué sucedió?

—La grabación duró toda la noche. Y en algún momento de la mañana, me desmayé.

Namoo se había movido unos centímetros al centro de la cama para que él pudiera sentarse a su lado.

—¿Te pusieron un catéter?

—Para hidratarme, me desmayé mientras grababa el programa y no logré sentirme mejor, así que me llevaron al hospital.

Con cuidado, acarició la piel de su otra mano. Sintió que las piernas de Namoo se movían con nerviosismo. Sus ojos cansados lo observaban con atención, a pesar de que sus párpados estaban semicerrados.

—¿Y te explicaron por qué te desmayaste?

—Cansancio —soltó.

Minwoo también sospechó que se debía a su mala alimentación.

—¿Has comido algo entre ayer y hoy? —quiso saber.

Namoo apuntó unas galletas y una botella de agua vacía que estaban en su mesita de noche.

—Tal vez no sepa cocinar, pero podría prepararte algo —ofreció Minwoo—. O también podría pedir algo. ¿Te gustaría un poco de *jajangmyeon*? Conozco un local que no se demora más de diez minutos en traerlo y viene acompañado de un montón de guarniciones. Su rábano encurtido está incluso mejor que sus platos.

Los pies de Namoo volvían a moverse nerviosos.

—Está bien —aceptó—. Tengo hambre.

Minwoo sacó su celular antes de que su amigo se arrepintiera. Luego de hacer el pedido, se centró en él.

—Y ¿cómo te fue en las grabaciones? —Deslizó aquella pregunta que venía infectándole la mente hacía días—. No respondiste mi mensaje, podría haberte ayudado.

Namoo acomodó la almohada debajo de su cuerpo, su expresión se contrajo cuando las mantas rozaron la herida del catéter.

—No me sentía bien.

—Con mayor razón debiste llamarme.

Pensó que no iba a responderle, pero se sorprendió al oír su voz tan baja como un susurro.

—No estoy acostumbrado —confesó.

Su corazón latió de forma pesada. Namoo evitaba su escrutinio, por lo que permaneció con la barbilla baja y la mano herida pegada al rostro. Sus piernas se movían tras él como si Namoo se acariciara para buscar consuelo y calma.

—Lo bueno es que presentarán el capítulo sin la prueba de conocimiento —dijo Namoo de pronto.

Perdido, sacudió un poco la cabeza.

—¿Cómo?

—Ayer me desmayé justo cuando estábamos en ese segmento del programa. Me sentía tan nervioso que respondí todo mal a pesar de que conocía las respuestas.

—Namoo...

—Habíamos llegado al quinto balde cuando resbalé de la silla. Como no pude recuperarme, decidieron cerrar el programa así. Solo tuve que grabar un saludo final y unas disculpas.

Namoo lo miró buscando su aprobación, así que asintió sin realmente sentirse tranquilo.

—No sé si alegrarme —confesó Minwoo.

—Deberías, la gente ahora no se burlará de mí porque soy un idiota.

Parecía ansioso. Minwoo se movió con lentitud y cautela para que Namoo pudiera detener el gesto si así lo deseaba. No se apartó, solo se encogió un poco cuando por fin tocó su cabello para apartarlo de su frente.

—Deberías lavarte esto.

—Después de comer.

—Después de comer —aceptó Minwoo.

Los pies del chico continuaban moviéndose bajo la manta.

—Namoo, ¿puedo hacerte una pregunta? —Hizo una pequeña pausa para ordenar sus propios pensamientos—. Es algo que no entiendo.

El idol quedó recostado de espalda.

—Quisiera señalar el hecho de que ya hiciste una pregunta, pero adelante.

—Puedes no responder si no lo deseas.

—Siempre será mi opción hacerlo —afirmó Namoo sin mucha delicadeza.

Minwoo asintió. Entonces, reuniendo fuerzas para atreverse a hablar, la soltó.

—No te gusta que te toquen, ¿cierto? —Frunciendo el ceño, el chico asintió con cuidado—. Pero en tus coreografías...

Fue interrumpido en seco.

—Por eso no me gusta.

—¿Cómo? —Se había perdido en la respuesta.

—Me tocan siempre. En maquillaje, en las pruebas de vestuario, en las coreografías, incluso mis fans cuando mis guardias no logran detenerlas. —Namoo había bajado la mirada, una de sus uñas raspaba el pegamento que había dejado en su piel la cinta—. Siempre me están tocando, pero nadie me pregunta si puede hacerlo.

Con las orejas calientes, Minwoo sintió como si se hubiera tragado una piedra.

—Prometo no volver a hacerlo —murmuró.

Namoo cambió de posición para quedar de costado. Sintió que le pegaba en el trasero con la rodilla, lo hizo hasta que Minwoo volvió a centrarse en él.

—Cuando no quiero que me toques, profesor Ratata, te aviso.

—No siempre lo dices y yo sigo haciéndolo.

Namoo se quedó mirándolo durante varios segundos sin decir nada. Luego apartó la vista.

—¿Y por qué crees que no?

Abriendo mucho los ojos y con las mejillas encendidas, tartamudeó una respuesta torpe.

—¿Es porque quieres?

Namoo seguía contemplando el ventanal con los brazos cruzados. Parecía indiferente, aunque lo delataba el color rojo en la punta de sus orejas.

—Sí —susurró—. No siempre me desagrada cuando me tocas.

«Una de las hipótesis que se barajan tras la gran implosión es la teoría de Big Bounce, que indica que el universo no es más que un ciclo interminable de Big Bang y Big Crunch. Es decir, por cada gran explosión seguiría una gran implosión en un ciclo infinito que, teóricamente, no podría reconciliarse con la segunda ley de la termodinámica, ya que la entropía aumentaría de oscilación en oscilación hasta causar una muerte caliente. Como Lee Namoo. Cada vez que el idol lo rechazaba, seguía una gran declaración, su

Minwoo quería una relación larga que se fuera extinguiendo con los años, no una oscilante repleta de idas y vueltas que finalizaría en una gran pelea. Por eso se le acercó para tocarle la punta de la nariz.

—Namoo, en serio me gustas mucho. No voy a rendirme contigo.

No fue necesario que le respondiera, porque su mano buscó la de Minwoo y enganchó su dedo meñique con el suyo.

Una promesa.

Le estaba pidiendo una promesa.

Y eso no se sentía como una explosión que creara un nuevo mundo, ni tampoco como una implosión que lo destruyera. Ese sentimiento era la expansión del universo en el que ambos se habían conocido.

30

LEE NAMOO LO HIZO OTRA VEZ

«El nuevo y último sencillo musical "I do" del idol, a solo veinticuatro horas de su estreno, rompió su primer récord al convertirse en la canción que más rápido alcanzó el #1 en todas las plataformas musicales del país. Otro gran logro para Lee Namoo.»

Minwoo tenía la costumbre de olerlo todo. Cada vez que creía que nadie lo estaba observando, acercaba su nariz a lo que tuviera en las manos. Muy en sus inicios, Namoo pensó que se debía a una manía con la comida, pues más de una vez lo descubrió deteniendo los palillos cerca del rostro antes de dar el primer bocado. Semanas después, lo descubrió oliendo una almohada del sofá, como también las mantas para el colchón inflable.

Ese día, mientras Namoo juntaba los platos de comida para dejarlos en la puerta del departamento y que vinieran por ellos, observó sus cuerpos reflejados en el gris metálico del refrigerador. Minwoo se le había acercado para olerle el hombro. Al apartarse de él, Minwoo todavía se encontraba inclinado hacia adelante.

—¿Me estabas oliendo?

Con sus incisivos se mordía el labio intentando responder con rapidez.

—Yo... no... mm...

—Olvídalo —lo cortó Namoo moviendo los brazos—, prefiero no saberlo.

Se marchó al baño y cerró la puerta con suavidad. Se apoyó en el lavamanos y tragó saliva. Observó su figura reflejada en el espejo, fijándose en su camiseta que dejaba ver el borde de su clavícula. La tomó para olfatearla. Todavía desprendía aroma a suavizante, aunque también olía a él mismo, una mezcla de jabón y el sudor de su piel al dormir.

Frustrado, puso las manos sobre el mármol frío.

—¿Por qué tiene que ser tan extraño? —susurró.

Sacudiendo la cabeza, dio el agua para bañarse. Se estaba despegando la cinta adhesiva de la mano cuando se detuvo de golpe. Examinó la puerta, después la ducha. Volvió a pegarse la cinta.

—¿Minwoo? —llamó.

—¿Sucede algo? —Lo escuchó de lejos.

—¿Puedes venir?

A los segundos, un golpe de nudillos se oyó contra la puerta.

—¿Qué pasa? —preguntó desde afuera.

—Entra.

—¿Estás vestido?

—¿Importa? Eres hombre, no hay nada que no hayas visto antes.

—Claro que importa —contestó la voz alarmada de Minwoo—. Te recuerdo que soy gay y me gustas, así que hay muchas cosas que importan, porque me interesa verlas en ti.

Supo que se había sonrojado por lo caliente que sintió su rostro.

—Todavía no me ducho, pasa.

Minwoo abrió la puerta con los párpados cerrados.

—¿Puedo? —preguntó.

—Minwoo, estoy vestido.

Uno de sus párpados revoloteó para analizar la situación, después el cuerpo del chico se relajó.

—La verdad, estoy un poco decepcionado.

Con los ojos en blanco, le dio la espalda. El agua de la ducha corría, por lo que el baño comenzaba a llenarse de vapor. El cuarto estaba cada vez más caluroso.

—No puedo lavarme el cabello —señaló de forma seca y áspera.

—¿Por qué?

—Puedo lastimarme la mano. —Como seguía dándole la espalda, levantó el brazo izquierdo para que pudiera examinar su piel, que estaba moreteada debido al catéter—. No he podido lavármelo desde el sábado.

Como Minwoo no respondió, lo buscó por encima del hombro. Estaba apoyado contra la pared y con los brazos cruzados.

—Una vez doné sangre —comenzó a decir Minwoo con expresión burlesca— y también tuvieron que ponerme un catéter en la mano, pero yo llegué a casa a bañarme con agua helada.

—Si lo dejas estar, no seguiré preguntando por qué te descubrí oliéndome.

—Yo no quiero dejarlo estar —informó el chico, encogiéndose de hombros—. Te olía porque me gusta el aroma de tu piel. Aunque todavía hueles un poco a hospital.

Su cuerpo reaccionó antes que su cerebro y le lanzó la toalla a la cara. Minwoo la tomó formando una pelota con ella.

—¿Te gusta el olor a transpiración? —bromeó Namoo.

—Sigue siendo un buen olor. No es desagradable, no huele mal. Es como a piel cálida, me gusta.

—Deja de ser tan extraño... —Se exasperó.

—Pero soy así. De pequeño era peor —reconoció Minwoo.

—¿Se puede ser peor?

—¿Te conté que quise ser ecologista?

—¿No se supone que quisiste ser paleontólogo?

—Eso fue cuando tenía diez años, esto ocurrió a mis trece. Podía pasarme todo el día en la playa recogiendo basura. Fue la etapa que mi mamá más odió de mí.

—¿Por qué?

—Descubrí que el cabello humano sirve para limpiar manchas de petróleo en el océano, así que me dejé crecer el pelo —contó Minwoo señalando su hombro—. Hasta aquí.

—Eso es...

—Y luego me rapé.

—Sigo sin verle lo malo a la historia.

—Y convencí a Haru de que hiciera lo mismo.

—Todavía...

—Y a mis vecinos.

—Es malo, pero...

—Y también a mis compañeras —finalizó con expresión solemne—. Eso sí que puso furiosas a muchas personas. Casi me expulsan de la escuela, aunque al final terminé siendo castigado.

—¿Tú, castigado? Nunca lo habría imaginado.

—Me prohibieron participar o crear cualquier tipo de club que involucrara a más de tres personas, contándome a mí.

Riéndose al imaginar un Minwoo de trece años expulsado de los clubs, sin querer dio un paso hacia atrás. Su espalda chocó con la mampara de vidrio y su cabeza se golpeó con ella.

—Ten más cuidado. —Minwoo llevó la mano a su nuca para acariciarle el cabello. Sus dedos terminaron enredados entre la goma verde y el fijador que tenía en el pelo—. Realmente necesitas un baño.

Moviéndose como cangrejo, Namoo escapó de su agarre. Se metió a la ducha, las gotas empaparon su ropa.

—Para lavarme el cabello necesito ayuda. —Tomó una inspiración—. Voy a ocupar uno de los deseos que me debes.

La expresión de Minwoo era divertida.

—¿Quieres ocupar uno de tus comodines? Está bien, te lavaré el pelo. —Dio un paso para acercarse—. Pero desperdiciaste un deseo, porque lo habría hecho de todas formas.

Rascándose la mano, que ahora le ardía, Namoo se metió bajo la regadera aún con ropa. El agua lo empapó de inmediato, los chorros translúcidos recorrieron los costados de su rostro.

—¿Por qué hiciste eso? —cuestionó el chico.

Apartándose el cabello mojado que le caía por la frente, se encogió de hombros.

—Para que puedas lavarme el cabello, te lo dije. Está asqueroso, no lo soporto más.

Minwoo sujetó el borde de la mampara.

—Namoo, el mango de la ducha se puede quitar, no necesitabas meterte con ropa —informó—. Y segundo, te mojaste la mano. ¿No querías evitar eso?

Examinó el algodón empapado y la cinta que empezaba a despegarse de los bordes.

—No quería pasar a llevarme la herida —especificó—. No dije nada sobre mojarla.

Minwoo tarareaba una melodía que se le hizo conocida. ¿Era la marcha nupcial? No pudo darle más vueltas, porque el chico lo había cogido por el centro de la camiseta para moverlo lejos del chorro de agua. Siguió el movimiento con pasos torpes.

—No seas tan brusco —protestó.

Le soltó la camiseta, aunque mantuvo la mano sobre su pecho.

—Lo siento, mi exnovio me reclamaba lo mismo.

Namoo se alejó de él.

—¿Ahora mencionas a tu exnovio?

—¿Qué tiene? —preguntó Minwoo con naturalidad—. ¿Por qué no debería? Somos amigos, ¿o no?

Le entregó la barra de champú con algo de brusquedad, Minwoo no la recibió y esta cayó al suelo con un golpe seco.

—¿No se supone que te gusto? —lo desafió Namoo.

—Pero no es recíproco. —Hizo una pausa—. ¿O me equivoco?

Namoo volvió a meterse bajo el agua.

—No te equivocas. Ahora lávame el pelo.

Sin perder el buen humor, Minwoo tiró nuevamente de su camiseta para moverlo unos centímetros. Namoo puso las manos sobre la suya para intentar soltarse.

—No seas bruto —repitió.

—Como te digo, mi exnovio siempre se quejaba.

—¿Vas a continuar con lo mismo?

—Y él también seguía reclamándome.

Hizo más presión en la mano de Minwoo para soltarse.

—Eres insoportable —gruñó.

De pronto, Minwoo tiró de él hasta que sus torsos chocaron. Sus rostros quedaron tan cerca que Namoo notó una pequeña cicatriz sobre la ceja de su amigo.

—Aunque a él le encantaba que lo silenciara con un beso. ¿Y a ti?

—¿A mí qué?

—¿Te puedo silenciar con...?

Namoo puso una mano sobre la frente del chico y lo alejó con un golpe seco.

—No.

Minwoo lo observó con agua en el rostro, los ojos empequeñecidos y un puchero en la boca.

—Ya entendí. —Al agacharse para recoger la barra de champú, se quedó en cuclillas y lo examinó desde abajo—. ¿Seguro?

Alzó el pie, Minwoo se incorporó de un salto. Mascullaba algo al entregarle la barra.

—Por cierto, esto es jabón.

—Es mi champú.

Minwoo suspiró.

—Ni en esto nos parecemos.

—Estamos vaciando un lago mientras todavía no te decides empezar —le reclamó Namoo.

Al contrario de su brusquedad para moverlo, para lavarle el cabello sus manos fueron delicadas y cuidadosas, las yemas de sus dedos hicieron casi todo el trabajo.

Y aprendió algo nuevo de él.

Minwoo sacaba la lengua al concentrarse.

Como tenían estaturas similares, podía captar cada asimetría en el rostro de Minwoo. No solo tenía una cicatriz arriba de la ceja, también le estaba creciendo el bigote, que probablemente debió haberse rasurado hacía unos días. Sus ojos eran redondos y brillantes. Y sobre su labio inferior, en la comisura izquierda, tenía un pequeño lunar.

—¿Por qué dices que tengo la constelación de Perseo?

Tan concentrado estaba en su tarea que Minwoo quedó perplejo unos instantes.

—¿Cómo? —reaccionó finalmente bajando los brazos.

—Me dijiste que tenía la constelación de Perseo.

Por fin entendió a qué se refería.

—Ah, en tu mano. Tus lunares la forman.

—Nunca la vi.

—Es que no tienes tantos lunares para imitar cada una de las estrellas que forman la constelación, pero sí los principales.

Como Minwoo continuó lavándole el pelo, Namoo bajó el mentón y contempló su piel intentando identificar esos lunares que el chico había notado tan rápido.

—Es tu mano derecha —informó Minwoo.

La noche anterior se había lavado su única mano funcional con tanto ahínco que se había roto la parte de los nudillos, ahora no era más que una masa de piel irritada y reseca.

Se asustó cuando Minwoo le tomó la muñeca, alzándola para que quedara a la altura de su pecho.

—Aquí está el inicio. —Señaló su dedo central, donde se podía distinguir un pequeño punto oscuro. Luego apuntó entre los nudillos del dedo índice y del medio—. Este es el punto de quiebre donde se bifurca la línea.

Ese lunar, no obstante, ya no se encontraba. Había desaparecido bajo una de las heridas.

—Por aquí sigue uno de los brazos de la constelación. —Delineó su piel entre el dedo índice y pulgar. Después, rozó un punto a unos centímetros a la derecha, que se ubicaba entre el centro y el anular—. Y por aquí continúa el otro ramal. ¿Ves? Tienes la constelación de Perseo.

Su piel todavía picaba cuando de repente Minwoo dejó ir su brazo y tiró de su camiseta para que Namoo se pusiera bajo la ducha.

Tuvo que cerrar los ojos unos instantes mientras el agua escurría por su rostro con rastros de champú.

—Nunca la habría visto —admitió tras cortar el agua.

Minwoo le pasó una toalla por los hombros.

—A mi cerebro le encanta buscar patrones. —Lo sujetó por los brazos y se los estrechó antes de soltarlo—. El resto de tu ducha creo que debes terminarla solo.

Namoo se quedó contemplando la puerta cerrada tras la salida del chico. Volvió a comprobar su mano, después formó un puño.

—Idiota —susurró.

Al finalizar su baño se encontró a Minwoo aseando la cocina. Tenía puestos unos guantes desechables.

—Debes dejar de limpiar mi departamento cada vez que vienes, no tienes nada que agradecer.

—No es la única razón por la que limpio —le corrigió—. También es mi forma de demostrar cariño.

Se le hizo un nudo tan apretado en el estómago, que solo reaccionó para colocar un mechón de cabello tras su oreja y preguntar lo primero que se le vino a la cabeza.

—¿Y tu rata?

—Se quedó con Haru. ¿Por qué?, ¿la extrañas?

Arrugó la nariz.

—No, pero siempre la traes.

Como Minwoo continuó aseando, fue a vestirse al cuarto. Al regresar, tomó asiento en el respaldo del sofá y lo observó limpiar el microondas.

Y aprendió algo nuevo de él.

Minwoo tarareaba al hacer la limpieza. Su voz no estaba cerca de tocar notas perfectas, aunque era agradable y clara, mucho más aguda que la suya.

Era agradable.

También desconcertante.

Porque de pronto su departamento ya no era tan silencioso.

—Minwoo.

El chico volteó la cabeza hacia él. En cada mano tenía una bolsa de basura y otra de reciclaje, las que pretendía ir a dejar al subterráneo.

—¿Sucede algo? —preguntó con voz preocupada.

—Voy a ocupar otro de mis deseos.

—Estoy limpiando tu casa —bromeó Minwoo—. No creo que tengas que usar uno de tus deseos para que yo haga algo que quieras.

Apretó los puños contra su siempre adolorido estómago; concentraba todas sus emociones ahí, todo lo bueno y lo malo.

—Quédate a dormir —le pidió.

Como Minwoo no respondió de inmediato, los nervios le ganaron.

—No quiero estar solo —siguió.

Permaneció en silencio, todavía con una bolsa en cada mano. Así que Namoo empezó a desesperarse.

—Por favor.

Y aprendió algo nuevo de él.

La boca de Minwoo se fruncía cuando le disgustaba algo.

—Namoo.

Le dolía el corazón.

Iba a decirle que no.

—¿Sí?

—¿Me invitas porque no tienes a nadie más o porque quieres pedírmelo a mí?

—¿Importa?

Y aprendió algo nuevo de él.

Los ojos de Minwoo brillaban todavía más cuando estaba triste.

—Para mí, sí.

Namoo no supo qué responder.

Así que no lo hizo.

Y la boca de Minwoo se frunció aún más.

Y sus ojos se volvieron incluso más brillantes.

Y aprendió algo nuevo de él.

Minwoo iba a decirle que sí, a pesar de que debía responderle que no, porque aceptaba lo que fuera que él le estuviera dando, incluso si merecía más, incluso si eso lo entristecía, incluso si eso le hacía daño. Simplemente lo aceptaba, como si supiera que Namoo no podía ofrecerle más en ese momento.

Porque antes de que los monstruos dejaran de habitar solo los cuentos infantiles, Namoo vio el oro brillar y terminó como una cáscara que se asemejaba a él, pensaba igual a él, pero no era él.

Nunca más lo fue.

31

#NAMOOENCDC

«@fanbaseoficialNamu: hoy se emite el capítulo de Namu en el programa *Chicos de Calle*. En los adelantos, Namoo contó que estuvo estudiando junto a un amigo para que nos sintiésemos orgullosas de él. Debe estar nervioso por su primera aparición en un programa de entrevistas. Más que nunca debemos apoyarlo. Estaremos utilizando el siguiente #NamooEnCdC para darle amor. A diferencia de otros idols, estará participando en las tres secciones del programa. ¿Hay algo que nuestro Namu no haga bien?»

Comunicarse. Esa habilidad Namoo la había ido perdiendo con los años. En los inicios de su carrera, hablaba con todos y quería también ser amigo de todos. Entonces, los rumores comenzaron y su staff fue rotando más a menudo, con la finalidad de que sus fans no pudieran relacionarlo con alguna de las chicas que trabajaban con él. Y luego le quedó solo su amistad con otros idols. Sin embargo, con la misma facilidad y rapidez con que sus relaciones comenzaban, terminaban.

Esto, porque el mundo del espectáculo tenía más grupos que solistas. Y desde que su agrupación dejó de promocionar como una única unidad, Namoo quedó flotando en un limbo donde cinco miembros se habían convertido en cinco desconocidos que eran reunidos en determinadas ocasiones para promocionar en conjunto. En sus inicios, por supuesto, habían mantenido el contacto y se reunían cada vez que sus agendas se los permitían. Con los meses dejó de ser así y Namoo empezó a pasar más tiempo esperándolos en restaurantes que cenando con ellos. Ahora no había más que conversaciones cordiales, salidas a comer protocolares y saludos de pasillo.

Y así, él fue perdiendo la capacidad de comunicarse. Estaba siempre rodeado por personas que le festejaban hasta lo más mínimo con la idea de grabarlo y subir contenido de pago, a la vez que él regresaba a su departamento cada madrugada sin tener a quién contarle sobre su día. Su carrera solitaria le había acarreado una vida con el mismo nombre.

Por alguna razón, le contó esa historia a Minwoo apenas este regresó de dejar la basura. Sentado a su lado tras lavarse las manos, el chico lo escuchó con la barbilla baja. No fue hasta que terminó, que Minwoo alzó la mirada y buscó la suya.

—Pobre criaturita abandonada —susurró Minwoo palmeándole la cabeza, con expresión amena y relajada.

Namoo se quedó quieto.

—Ratata era como tú cuando la encontré, la diferencia es que ella era pequeñita, pequeñita, una ratita bebé. —Continuó dándole golpecitos en la cabeza.

—¿Me acabas de comparar con tu ratón? —preguntó por fin.

—Estoy comparando situaciones, no personalidades —puntualizó Minwoo alzando el dedo como un digno profesor—. Porque claramente Ratata es más simpática.

Era increíble.

Ese chico era increíble.

—Muchas veces detesto lo extraño que eres.

—Que sea así es lo que me permite seguir aquí a pesar de las circunstancias tan tristes. Otra persona se habría ido.

Porque quizá Namoo no fuera la víctima en esa historia solitaria, sino más bien el producto de algo que él mismo sembró. Era difícil de querer porque no intentaba hacer contacto con la gente, tampoco conocerla, ni mucho menos buscaba instancias para convertir su relación en algo más cercano.

Junto con su capacidad para comunicarse había perdido su empatía. Pero ¿podía ser esto diferente cuando lo buscaban solo para aprovecharse de él? Los idol querían su publicidad, las agencias su talento para enriquecerse con él y la gente común su fama.

Para todos ellos era un objeto más que una persona.

Y acabó perdiendo su humanidad.

Pero, Minwoo...

Lo observó de reojo.

¿Qué querría Minwoo de él?

Se distrajo cuando el chico le palmeó el muslo con emoción tras el inicio de *Chicos de calle*. Y Namoo se encontró escuchándose hablar y actuar, como si la noche anterior a la grabación no hubiera tenido una crisis de pánico, como si no hubiera llorado hasta dormirse, como si no se sintiera solo y perdido, vacío, una simple cáscara que se veía como él y hablaba como él.

Una cáscara que pensaba como él pero no actuaba como él.

—*Siendo sincero, estaba muy nervioso de asistir al programa* —estaba diciendo el otro Namoo, el que era más Namu que Namoo—. *Estuve estudiando con un amigo para no fallar. No quiero que se sientan decepcionados de mí.*

Minwoo jadeó de sorpresa y su mano le apretó el muslo.

—¡¿Ese amigo soy yo?!

—¿Quién más sería? ¿Viste a alguien más con nosotros ese día?

—No puedo creer que me hayas mencionado en televisión —balbuceó sin haberle escuchado.

Un teléfono sonó. Era el de Minwoo, quien lo desbloqueó y soltó una risotada fuerte y feliz.

—Haru también está viendo el programa —le comentó. Se acercó el celular al rostro para enviar un audio—. Sí, sí, ese amigo soy yo, me lo acaba de confirmar.

Namoo quería poner los ojos en blanco.

Siempre quería poner los ojos en blanco cuando estaba con Minwoo.

—*...repasamos cosas esenciales. Mi amigo no espera que me vaya muy bien, pero quiso ayudarme para que la gente no fuera mala conmigo.*

—*Desearía tener amigos que me ayudaran con las cosas que no entiendo* —bromeó uno de los animadores.

Namu tamborileaba la mesa del programa con actitud nerviosa.

—*Por favor* —dijo riendo con nerviosismo a la cámara—, *no sean demasiado severos conmigo. Prometo que me esforzaré más en el futuro para no volver a defraudarlos. Los estudios nunca han sido mi fuerte.*

La mano de Minwoo en su muslo ahora se encontraba tensa. Namoo no apartó la vista de la pantalla, de pronto sentía el pánico cerrándole la garganta. La gente iba a burlarse de él, no era más que el tonto idol que nunca entendía nada.

—Lo estás haciendo genial. —La voz de Minwoo lo distrajo lo suficiente para prestarle atención.

La comisura de sus labios no dejaba de temblarle.

—¿Tú crees?

—Todavía no haces nada, pero ya considero que eres genial.

No lo parecía, porque su yo de la televisión se veía asustado al tomar asiento en el taburete alto que tenía colgando sobre él un jarro repleto de goma verde.

Al llegar la primera pregunta, Namu y Namoo juntaron las piernas a la vez.

—¡Esa te la sabías! —exclamó Minwoo al escucharla.

Por supuesto que Namu la respondió mal porque Namoo estaba mal.

—Estabas demasiado nervioso —lo justificó Minwoo.

Y vino la segunda pregunta junto con el timbre de un teléfono.

—¡Esa también te la sabías! —protestó Minwoo mientras revisaba la pantalla de su celular—. Haru dice que eres adorable. También dice que tus fans están enojadas con el programa porque te pusieron nervioso con la ronda de preguntas.

Había sucedido justo antes de esa sección. Los animadores, por supuesto, habían sacado a la luz aquellos dos episodios que desearía no volver a escuchar, pero que la gente insistía en sacarle a colación siempre: lo odiado que fue en internet durante su hiatus y la filtración de sus calificaciones estudiantiles.

Namoo no quiso seguir viéndose fallar en las restantes tres preguntas que quedaban, por lo que se puso de pie y fue a su cuarto. Unos instantes después, hubo un golpe de nudillos en el marco de la puerta, a pesar de que no la había cerrado.

—¿Puedo pasar? —preguntó Minwoo.

Él se había hecho un ovillo en la cama apretando la almohada contra su estómago. Mientras Minwoo se sentaba a su lado, se sorprendió admitiendo ese algo que solo tuvo valentía para contárselo a su reflejo.

—Odio esto.

—No estás obligado a participar en programas que no te gusten.

Namoo negó con su cabeza baja, evitando los ojos siempre atentos del profesor.

—Odio ser conocido —susurró. Su voz de pronto se oyó delgada, como si fuera a quebrarse en cualquier sílaba—. Odio que la gente tenga el derecho de hablar sobre mí, odio que puedan resaltar mis defectos, odio que tengan poder sobre mi vida. Odio esta exposición. Lo odio. Lo odio muchísimo.

Sintió un movimiento a su lado. A continuación, el rostro de Minwoo estuvo a unos centímetros del suyo, porque se había recostado sobre la cama.

—Déjalo —dijo él—. Deja la agencia, no tienes que seguir en esto.

—No es tan fácil.

—¿Por qué no?

Por increíble que pareciera, Namoo no tenía la capacidad económica para costear la multa que le impondría su empresa por romper el contrato antes de tiempo. Llevaba años siendo idol, pero los tres primeros no hizo más que pagar cada pequeña cosa que su agencia invirtió en él, como clases, comida, dormitorio, arriendo de salas de baile.

Aunque lo cierto era que ese no era el único motivo.

Estaba atrapado en ese mundo por muchas más razones que un simple contrato.

—Me duele la cabeza —dijo para evitar responder.

Soltó un comando, se apagaron las luces del departamento y se cerraron las cortinas. El cuarto quedó en penumbras. A pesar de ello, Minwoo no se movió de su lado: había comenzado una caricia en su cabello esponjoso que volvía sus ojos más y más brillantes.

Y Namoo quiso olvidar.

Quiso olvidar con unas ansias que convertían su interior en un nudo.

Quiso olvidar mientras sentía el aliento de Minwoo rozar su piel.

Cerró los ojos.

Su cabeza se fue hacia delante. Su nariz rozó la de Minwoo. Sus alientos se combinaron a través de sus labios entreabiertos. La caricia en su cabello se había detenido, aunque la mano de Minwoo permaneció sujetándole la nuca.

Y el nudo en su interior se ajustó más.

El anhelo tenía su piel vibrando.

Por eso lo dijo, porque descubrió que no podía romper esa distancia, por muy pequeña que fuera:

—Bésame.

La boca de Minwoo rozó la suya, sus labios cálidos tocaron los suyos en un contacto que no era suficiente.

—Minwoo, bésame —suplicó.

—¿Te gusto?

Intentó buscar su boca, pero Minwoo ajustó el agarre en su nuca para que no se moviera.

—Namoo, ¿te gusto? —repitió.

—¿Importa?

Para Namoo, en ese momento, la respuesta era irrelevante. Pero para Minwoo no.

Y eso era algo que no había aprendido de él.

—Puedo ser tu amigo si tú quieres que sea tu amigo —dijo Minwoo, su boca todavía rozaba sus labios al hablar—. Pero no puedes darme direcciones confusas, porque soy yo el que se hace ilusiones que luego tú rompes como si no valieran nada.

Namoo sujetó al chico por la camiseta.

—Minwoo...

—Así que sí importa, para mí siempre ha importado.

Se apartó de él y se sentó en la cama.

Namoo encendió las luces a la vez que se levantaba y seguía a Minwoo hacia la entrada, donde él ya se estaba poniendo los zapatos.

Se le aceleró el pecho.

—No puedes irte —le dijo, sujetándolo por detrás de la camiseta.

Un ruido molesto hacía pitear sus oídos.

—Es mejor que me vaya a casa.

Minwoo abrió la puerta y se dirigió hacia el ascensor. Namoo corrió hasta la entrada afirmándose del marco.

—Voy a usar mi tercer deseo —advirtió, desesperado—. *Quédate.*

El chico llamó al ascensor y se subió en él.

—Me prometiste que no ibas a rendirte conmigo —insistió.

Minwoo sujetó las puertas para que no se cerraran.

—Namoo...

—Me lo prometiste.

—Lo siento, hoy no puedo cumplir mi promesa.

Tras quitar la mano, las puertas del ascensor se cerraron y Minwoo desapareció tras ellas.

32

Tenía quince años cuando su madre lo hizo faltar a la escuela y lo llevó a una audición. Buscaban a jóvenes menores de edad con el fin de hacerlos participar en un programa de supervivencia para idol. Namoo nunca había visto a sus padres tan felices como el día que recibió la llamada que les informaba que había sido seleccionado. Por eso se quedó en el programa. Sin embargo, cuando llamó a su mamá llorando unos meses después para que lo sacara de ahí, ella se molestó con él.

—Namoo, cualquier otro chico desearía ser tú. No seas egoísta.

Lo irónico era que Namoo no quería ser él.

Pero no lo dejaron ser *él*.

Porque cuando intentó que su padre lo sacara de la agencia, él le cortó la llamada repitiéndole que era egoísta.

Egoísta.

Namoo era egoísta.

Y aun así, a pesar de su *egoísmo*, intentó complacerlos y abrió una puerta que debió mantener cerrada.

Y luego ya no pudo salir de ahí.

Con un nudo apretado que no lo dejaba respirar, Namoo se levantó de la cama y avanzó hacia el ventanal humedecido por la lluvia nocturna. El sol estaba rompiendo el alba y tinturaba la madrugada de rosa. Unas cuadras al sur, podía divisar el edificio donde vivía Minwoo. El cartel de «Lo hiciste bien» había desaparecido y las cortinas estaban cerradas, por lo que no pudo ver más que el vidrio reflejando los tonos del amanecer.

Tomó asiento en el sofá y esperó.

Y siguió esperando, todo en él dolía.

Me prometiste que no te rendirías conmigo.

Se lo había prometido.

Minwoo se lo había prometido.

Pero había fallado, al igual que sus padres.

—*Nos quedaremos contigo y te apoyaremos, pase lo que pase.*

Mentiras.

Las promesas no eran más que palabras vacías que buscaban engañar para obtener un beneficio. Al igual que su empresa, al igual que sus mánager, al igual que sus estilistas, al igual que sus padres. Y al igual que Minwoo. Porque ese «no voy a rendirme contigo» siempre estuvo condicionado. *No me rendiré, siempre y cuando tenga de ti lo que yo quiero.*

Minwoo no lo quería a él, nunca lo quiso, quería lo que se imaginaba que era él. No su real él, porque nadie quería al verdadero Namoo, el que no sabía entablar conversaciones, que era cruel y despectivo, frío y desinteresado, prepotente y desconfiado. Querían al Namoo atractivo, que vestían con ropa bonita y adornaban como un trofeo. Nadie quería su lado oscuro.

Ni siquiera él mismo.

Tomó una ducha rápida, las palabras todavía daban vueltas en su cabeza.

Él no te quiere.

Solo quiere algo de ti.

Como todos, Minwoo era como todos.

¿Por qué esperó algo diferente si ni siquiera sus padres pudieron dárselo?

Salió del departamento. Su respiración entrecortada le impedía hacer inspiraciones profundas. Sus pasos eran rápidos al salir a la calle. Comenzó a correr. Llegó al edificio de

Minwoo y se quedó afuera, la cerradura digital burlándose de él. No conocía la clave ni tampoco el nuevo departamento de Minwoo. Porque mientras él le había dado acceso libre a su casa, Minwoo nada.

—Porque no te quiere —se recordó, apretando las manos—. Porque eres nada para él.

Entonces ¿por qué permanecía ahí? ¿Por qué no lograba marcharse? ¿Por qué no podía dejar de temblar mientras las lágrimas llegaban hasta sus labios?

Marcó al azar uno de los timbres. Del altavoz provino una voz suave de mujer.

—Buen día —dijo Namoo intentando respirar pese al nudo en la garganta—. Soy Lee Namoo y estoy grabando un programa de televisión.

—¡¿En serio?! —exclamó la mujer con sorpresa.

—Sí, y para ganar necesito que me inviten a entrar y sacarme una fotografía con el residente.

Escuchó un ruido en la conexión y después la puerta del edificio se abrió. Subió al ascensor y marcó el penúltimo piso, donde debía estar el departamento de Minwoo. Tuvo que apoyarse en una de las paredes del ascensor porque se sentía mareado.

Había cuatro puertas, la casa de Minwoo debía estar a la izquierda. Golpeó la primera, nadie salió. El nudo de angustia creció a la vez que avanzaba hacia el siguiente departamento. Se detuvo: había captado una risa que se colaba al pasillo.

Era Minwoo.

Alzó el puño y golpeó la puerta.

La sonrisa de Minwoo se perdió nada más abrir.

—¿Namoo? —murmuró.

—No respondiste mis mensajes.

Se notaba que Minwoo recién se había despertado, todavía tenía el cabello revuelto. A diferencia de él, no parecía haber pasado una mala noche. No parecía haber llorado, no parecía acelerado por correr seis cuadras, tampoco estaba temblando en su puerta sin poder dejar de llorar. Por supuesto, no se veía así, porque estuvo riendo con alguien.

—Tú siempre... respondías mis mensajes —musitó con pausa, su voz no hacía más que ahogarse.

Minwoo pestañeó, desconcertado, sus ojos recorriéndole el rostro. Por alguna razón, su boca formó un gesto triste al estirar la mano, como si quisiera tocarlo.

—Namoo, estás llorando.

Se secó con brusquedad las mejillas.

—No sé lo que me está pasando, yo...

Su voz murió al descubrir a la chica que estaba en la sala de estar de Minwoo. No había nadie más, el amigo de Minwoo no se divisaba por ninguna parte. Al cruzar mirada, ella parecía tan sorprendida como él. Minwoo intentó juntar la puerta para que no viera el departamento, pero Namoo la empujó para mantenerla abierta.

Algo muy dentro de su pecho dolió.

Dolió muchísimo.

Como solo una vez le había pasado.

Como esa vez en que también empujó una puerta para abrirla.

Se giró para marcharse. Apretaba el botón del ascensor cuando escuchó la voz apresurada de Minwoo.

—No viste nada —le dijo a la chica.

El ascensor no llegaba.

Corrió hacia las escaleras. Alcanzó a bajar un piso antes de que Minwoo lo sujetara por la camiseta, lo abrazara por la cintura y lo apegara a él. El calor lo rodeó por la espalda. Las rodillas de Namoo fallaron. Llevó las manos a su rostro para contener el llanto.

—Suéltame —pidió con voz sofocada—. Por favor... *suéltame*.

Sintió un beso en la nuca.

—Estoy aquí —susurró Minwoo contra su oído.

Otro beso en su nuca.

—Estoy aquí —repitió—. Lo siento por dejarte solo, pero ya estoy aquí.

Sintió que podía respirar.

Porque incluso si fuera falso...

Incluso si Minwoo solo buscaba aprovecharse de él...

Namoo se lo daría, él simplemente se lo daría todo.

33

En algún momento, Minwoo lo giró entre sus brazos para que Namoo pudiera abrazarlo por la cintura. Su barbilla se apoyaba en el hombro de aquel, mientras su rostro sonrojado continuaba escondido contra el cuello del profesor y aspiraba su aroma.

Y se sintió refugiado.

Por eso protestó cuando Minwoo se alejó para contemplar su rostro, que sujetó con cuidado entre sus manos grandes. Con una pequeña sonrisa, le secó las lágrimas con un dedo.

—Por esas ojeras me imagino que no has dormido nada —adivinó.

—No —se escuchó responder.

La caricia subió a su cabeza. Minwoo le revolvió el cabello con cariño.

—Ven conmigo.

Lo ayudó a subir los peldaños sujetándolo por los hombros, no se apartó al abrir la puerta del departamento. Namoo se encontró a la chica todavía en el sofá, quien guardó el celular apenas los vio.

—Él es Namoo —lo presentó—. Está algo alterado porque ayer le dije que me costaba respirar y luego dejé de responder sus mensajes. Es un poco dramático y pensó que me había muerto. Y ella es Hana, futura colega de Haru. Ellos se están *viendo*. Haru no está porque fue a comprar desayuno. Pero no hay problema, porque ella sabe, al igual que todo Corea, que soy gay y que nunca me han atraído las mujeres.

Eso último lo decía más para él que para la chica. Pero ¿importaba, cuando él mismo se había acostado con muchas personas sin siquiera realmente desearlo? No te tenía que gustar ni agradar alguien para que se diera un encuentro sexual, eso era algo que había aprendido con el tiempo.

—Ahora, confiaré en que Hana no le dirá nada a nadie —continuó Minwoo—, porque sabe que la vida privada de los famosos es, como lo dice la palabra, su vida *privada*. Y confío en que no le dirá a nadie porque Namoo es acosado por sus seguidoras y lo ha pasado muy mal el último tiempo. Así que ahora me iré al cuarto con la seguridad de que Hana guardará silencio sobre esto, de lo contrario la agencia de Namoo se meterá en medio y no será nada agradable.

Sin esperar su respuesta, Minwoo lo hizo avanzar por el pequeño apartamento hasta una puerta ubicada a su derecha, que abrió y cerró apenas ingresaron. Pudo distinguir una cama amplia con mantas oscuras. Debía ser el cuarto de Minwoo, porque del techo colgaban unas cuerdas y en el piso había unas casas hechas con cartón.

Tras hacerlo sentar sobre la cama, le quitó los zapatos.

—Descansarás unas horas, porque estás muy alterado y sensible por la falta de sueño.

Namoo deseaba que su estado anímico inquieto se debiera a su insomnio. No replicó, porque se sintió bien al ser arrastrado a la cama y cubierto con unas sábanas que desprendían olor a Minwoo. En las mantas todavía quedaba un rastro de calor.

Sintió una caricia en el rostro. Sus párpados pesaron más y más. Estaba agotado física y psicológicamente. Aun así, sujetó la muñeca de Minwoo al sentir que retrocedía para alejarse.

—No —suplicó.

Y a pesar de que no lo dijo, Minwoo supo a lo que se refería.

Había comenzado a llover sobre la ciudad.

El ruido de un cartón siendo roído bajo la cama fue acompañado del crujido del armazón de madera cuando Minwoo se acomodó a su lado. Y aunque se recostó sobre las mantas, todavía pudo captar el calor de su cuerpo.

—Estás helado —dijo Minwoo al acariciarle la punta de la nariz con el dedo.

Buscó las manos de Namoo bajo las mantas y se las sujetó contra el pecho. Le ardieron las heridas entre los nudillos; no obstante, la calidez prevaleció sobre el dolor. Ansioso por más contacto, apegó su cabeza al cuello de Minwoo. Recién entonces se permitió relajar.

Estaba bien.

Minwoo estaba ahí.

Con él.

Por ahora.

—Namoo —lo llamó con suavidad al captar su jadeo angustiado.

No quiso abrir los ojos.

Minwoo acarició su rostro y apartó el cabello de su frente.

—Solo quería decirte que prometo no volver a hacer promesas que no sé si pueda cumplir.

Quiso señalarle que estaba haciendo justamente otra promesa que no sabía si podría cumplir.

—Y quería decirte también que me gustas mucho, como no tienes idea. Pero si me haces daño, no puedo seguir a tu lado porque también me quiero a mí mismo. Ese es mi límite.

Los ojos de Namoo volvían a llenarse de lágrimas. Se asustó al sentir los labios de Minwoo capturando una gota con un beso efímero.

—Quiero estar contigo —continuó—, pero necesito que seas claro conmigo, porque no puedo ser tu amigo y al otro día dejar de serlo.

—Yo... —Minwoo lo observaba con sus brillantes, oscuros y sinceros ojos—. No lo sé.

Recibió un beso en la frente que le hizo encoger los pies.

—Está bien, no importa ahora. Aceptaré tu duda como una cuota de esperanza.

Sus párpados pesaban, por lo que se rindió al cansancio. Su cabeza cayó hacia adelante quedando cerca del pecho de Minwoo. Pudo entonces captar los latidos acelerados de su corazón.

Pum-pum-pum-pum-pum-pum.

—Una última cosa, Namoo. —Alzó la barbilla hacia él, pero mantuvo los ojos cerrados—. No me pidas que te bese de nuevo, porque no lo haré.

Adormilado, aunque también sorprendido, por fin lo observó.

—¿No? —preguntó, en su voz se colaba un atisbo de anhelo que lo enloquecía.

—No —afirmó el chico—. Pero recibiré muy a gusto tu beso si algún día decides dármelo.

Sintió una caricia en su cabeza.

—Namoo, no juegues conmigo, por favor. No quiero tener que alejarme de ti porque me estás haciendo daño.

—Está bien. —Se esforzó para mirarlo—. Con una condición.

Eso le sacó una carcajada tímida a Minwoo.

—¿Cuál?

—No te vayas.

La expresión preocupada de Minwoo fue lo último que vio antes de que el sueño lo venciera.

34

#NAMOOALÉJATE

«Tuit: ¿Ustedes creen que el amigo que ayudó a Namoo a estudiar sea ese profesor gay? Si es así, bastante ineficiente es en su trabajo. Si no puede enseñarle tres cosas a una persona inteligente como Namoo, ¿cómo espera hacer clases? #NamooAléjate.»

Namoo tenía un hermano menor al que vio por última vez cuando este tenía once años. *Y hoy es su cumpleaños número catorce*, pensó al acomodar el regalo en uno de los roperos, donde ya había otros cinco paquetes envueltos. Eran los obsequios de los cumpleaños y navidades pasadas en las que no pudo ver a San. Namoo no tenía contacto con él por decisión de sus padres. Y como estos vivían en la ciudad de Gumi, no tenía muchas oportunidades para verse a escondidas con él; tampoco digamos que su hermano intentó buscarlo alguna vez. A pesar de ello, cuando el calendario llegaba al 15 de julio, comenzaba a extrañarlo tanto que se volvía parte de su rutina sentir el pecho adolorido por ese anhelo de verlo.

Estaba sentado frente al clóset observando los regalos, cuyos envoltorios empezaban a decolorarse, cuando la puerta del departamento se abrió. Cerró el armario y se puso de pie. En la entrada se encontró a Minwoo quitándose los zapatos.

—¿Sucede algo? —quiso saber el profesor apenas lo vio.

Por supuesto, Namoo desestimó sus propios sentimientos.

—Nada, solo estoy agotado.

Lo cual no era una mentira completa. Las últimas semanas de promociones lo estaban liquidando. Como ahora volvía a ser aceptado socialmente, las marcas estaban sedientas por un trozo de su popularidad. Dormía poco y comía incluso peor. Hasta el mismo Namoo se había asustado al percatarse de lo mucho que se le marcaban las clavículas y caderas.

—Traje comida —anunció Minwoo alzando una bolsa—. Tenemos que celebrar.

¿Con respecto a lo miserable que era su vida? Antes de dar una respuesta borde, recordó el motivo.

—¿Te contrataron? —preguntó acercándose al chico.

Minwoo tenía el pecho tan inflado que se veía gracioso.

—Comienzo el lunes 1 de agosto.

—Hiciste un gran trabajo. —Lo felicitó palmeándole la cabeza con cariño.

—¿No crees que merezco algo más que una caricia en el cabello?

—¿Quieres que te dé algo más?

El chico tomó asiento en la isla de la cocina con los párpados a medio cerrar. Sujetaba su mejilla al hablar.

—¿Todavía lo dudas?

—Está bien.

—¡¿En serio?! —chilló Minwoo enderezándose de golpe.

—Claro, te compraré algo.

Hubo un gemido ahogado.

—No necesito que me compres más cosas, Namoo. Ratata está feliz con su nueva ratamansión y yo estoy bien con mi cama nueva, el juego de mantas, las camisas, los zapatos... en serio, no necesito nada más.

Fue como tragar concreto.

—¿No te gustaron? —preguntó, ansioso.

—No es eso.

—No estoy entendiendo.

—Haru se ríe de mí.

La angustia le empezaba a carcomer la punta de sus dedos siempre inquietos.

—¿No quieres que te regale más cosas porque tu amigo se burla de ti?

—Me dice que eres mi sugar daddy.

Eso le sacó una carcajada sorprendida a Namoo.

—Lo dices como si fuera algo malo —ironizó.

—Lo es —aseguró Minwoo, con sus ojos abiertos y sinceros.

—Disculpa, pero ¿qué hay de malo en que te compre cosas?

—Que nosotros... —La voz de Minwoo se perdió. Lo compensó encogiéndose de hombros—. En fin, no lo hagas, no lo necesito.

—Dejaré de hacerlo el día que tú dejes de limpiar mi departamento.

Minwoo pestañeó con lentitud.

—Yo limpio y ordeno como una forma de demostrar cariño. ¿Es para ti lo mismo?

Se movió nervioso, su barbilla apuntaba hacia un costado para evitar la expresión atenta del chico. Como no contestó, lo escuchó soltar un largo suspiro.

—Nunca encadenado, pero tampoco libre —susurró Minwoo, abatido.

Namoo se dirigió hacia el televisor para hacer algo. Puso la primera canción que encontró en el navegador, la melodía de «Still loving you» de Scorpions llenó la instancia. Después, agarró un recipiente de sopa que Minwoo había comprado y se sentó a su lado.

Comieron con la canción de fondo. Al llegar al coro, Minwoo comenzó a tararear la melodía con expresión distraída. Su sopa se enfriaba frente a él.

—*If we'd go again, All the way from the start, I would try to change, The things that killed our love.* —Minwoo se rio tras soltar un bufido—. Qué irónico.

—¿Qué cosa?

—La letra.

—¿La entiendes?

—Sé inglés. —Y para probarle que así era, tradujo la parte que acababa de cantar—. *Si regresáramos el camino hasta el principio, intentaría cambiar las cosas que mataron nuestro amor...* Definitivamente es una canción que mi exnovio tendría que dedicarme.

Dejando la cuchara de metal en el recipiente de plástico, se giró hacia Minwoo, que le daba un sorbo a su sopa todavía riéndose de su broma privada.

—¿Tienes que mencionarlo siempre? —lo encaró.

Minwoo pareció no entender.

—Mencionaría a otros si hubiera otros, pero solo existe él.

—No quiero que menciones a otros —dijo tras una pausa—. Lo que quiero es que no menciones a tus exparejas cuando estás conmigo.

No recibió respuesta por varios segundos, entonces Minwoo le enterró el codo en las costillas. Sonreía tanto que sus dientes delanteros se divisaban por completo.

—Huelo celos —cantó.

—No son celos. —Namoo puso expresión seria. Le dio otro sorbo a su sopa antes de continuar—. Es ser razonable. ¿Te gustaría que yo mencionara a la gente de mi pasado?

A Minwoo se le cayó la cuchara, que rebotó en la encimera y se deslizó al suelo. La buscó todavía con aire desorientado. Continuaba de cuclillas al responderle.

—¿Hay *gente* en tu pasado?

Namoo intentó seguir comiendo, pero Minwoo se había por fin enderezado y le tocaba la muñeca para captar su atención.

—No quiero hablar de eso —aceptó finalmente.

La canción terminó y comenzó otra que no conocía.

—¿Por qué no? —insistió Minwoo—. Digo, me va a doler... de hecho, me va a doler muchísimo, pero es parte de tu pasado y me gustaría saberlo.

—No hay necesidad —intentó zanjar el tema.

Minwoo no quiso captar la indirecta e insistió, porque muchas veces se comportaba como un cachorro que no sabía cuándo dejar de tironear la ropa.

—¿Es alguna mujer famosa? —tanteó.

Como Namoo continuó comiendo, decidió atacar desde otro ángulo. Cada palabra sonó pausada y medida, cuidadosa, analizándolas antes de hablar.

—¿Es entonces un chico?

—No voy a contestarte —lo evadió.

—Pero necesito saberlo, no sé nada de ti.

A pesar de lo grande que era su cuerpo, Minwoo siempre lograba verse pequeño y frágil de encontrarse inseguro o cuando no sabía cómo controlar esas emociones que experimentaba rara vez.

—Sabes lo suficiente de mí.

Como el hecho de que se sentía solo, que lloraba por las noches, que tenía insomnio y no podía dormir sin ayuda de los somníferos. Sabía cosas importantes; como que su familia no le hablaba y que tenía un hermano que no veía en años. Sabía lo suficiente y a la vez nada, porque conocía las repercusiones mas no las razones.

—¿Al menos puedo saber si te has acostado con alguien?

Namoo se terminó la sopa. Movió el recipiente hacia un costado, su expresión indulgente al observarlo.

—Si me preguntas de nuevo si acaso importa, te juro que no te traeré nunca más comida —avisó Minwoo.

Eso le sacó una risa traviesa.

—¿Para qué quieres saberlo?

—Para conocerte —balbuceó Minwoo a la rápida—. ¿Qué hay de malo en ello?

—Que tú no quieres que te responda.

—¿No? —jadeó, su expresión ahora parecía alarmada—. ¿Son más de cinco?

No contestó.

—¿Más de ocho?

Siguió sin responder.

Minwoo se veía nervioso y alterado.

—Tienes razón, no lo quiero saber.

—Te lo advertí.

El profesor se fue hacia el sofá y se desplomó sobre él. Se quedó unos instantes tamborileando sus muslos, que se divisaban musculosos bajo el pantalón. Esperó a que él se sentara a su lado para proseguir.

—¿En serio son más de ocho?

—*Minwoo.*

No se dio por aludido.

—Es que se me hace ilógico, porque ¿cuándo tienes tiempo para conocer a alguien? Eso quiere decir que deben ser otras personas famosas o alguien de tu staff, porque...

—¿Quién mencionó que los conocía?

Los ojos de Minwoo eran grandes y brillantes al mirarlo. Tragó saliva.

—¿No te gustaban? —preguntó con un hilo de voz.

—No sigas.

Adivinó que seguía pensando en ello porque sus labios se fruncieron todavía más.

—Ya sé que tú no quieres contarme —susurró tras un rato.

—Minwoo...

—Pero quiero que sepas que, en mi caso, solo he estado con mi exnovio. Por eso se me hace extraño. Es diferente, distinto a lo mío. Pero no es algo malo para mí.

—¿Podemos dejar de hablar de esto?

—Es que...

—Minwoo, no quiero saber sobre tu vida sexual. Y tampoco tiene que importarte la mía.

—Pero me importa —lo escuchó murmurar con dolor—. A mí sí me importa.

Frustrado, Namoo se apartó el cabello del rostro.

—Tienes que irte, Minwoo.

Al notar su expresión apenada, le sujetó la muñeca para que no se marchara tan pronto.

—Lo siento, no lo decía por la conversación, te lo prometo. —Tomó aire para ordenar sus pensamientos, porque Minwoo seguía con gesto decaído—. Hoy viene un equipo a hacer unas grabaciones al departamento, te lo iba a decir antes de *esto*.

Por fin lo soltó. Estiró la mano, las puntas de sus dedos todavía picaban.

Continuaron así, a pesar de que Minwoo se había alejado de él para ponerse de pie y ajustarse la ropa con expresión nerviosa.

—No es necesario que te vayas ahora, Minwoo.

—Es mejor que sí.

Porque el aire entre ellos estaba tenso, porque era peligroso que alguien encontrara a Minwoo en su departamento y porque Namoo, en ese momento, necesitaba estar solo.

La piel de sus dedos seguía cosquilleándole.

Apoyado contra la pared de la entrada, esperó a que Minwoo se pusiera los zapatos. Estaba tan distraído que no alcanzó a reaccionar cuando el chico lo arrinconó contra la muralla.

—¿Minwoo? —jadeó.

—Quería dejar claro que no me importa con quién estuviste antes, te lo prometo. Nada más quería saberlo para comprenderte mejor, solo por eso.

—Está bien —susurró.

Sintió un beso en la mejilla mucho antes de entender qué ocurriría. Con el calor envolviendo su rostro, Minwoo se alejó de él tras acariciarle el cabello. Antes de que pudiera decir algo, se marchó del departamento cerrando la puerta detrás de él.

Menos de una hora después, su departamento se encontraba repleto de personas instalando cámaras.

Namoo sabía que no era una persona alegre que tuviera pasatiempos entretenidos, sin embargo, la televisión era la televisión y él un gran artista. Jugó juegos *online*, se cocinó un huevo que por supuesto quemó (porque no saber cocinar siempre era gracioso para la audiencia), cantó karaoke y, antes de dormir, leyó un libro que ni siquiera sabía que tenía.

A la mañana siguiente, la cámara todavía lo seguía por el departamento. Se estaba lavando los dientes cuando oyó el ruido de la puerta principal. Escupió la pasta de dientes y corrió a la sala de estar mientras gritaba incoherencias. Minwoo se estaba quitando los zapatos cuando Namoo lo alcanzó y tiró de su brazo para sacarlo del departamento. Luego, juntó la puerta para que la cámara no pudiera captarlo en el pasillo, le habló:

—Tienes que irte, me están grabando todavía —avisó, alarmado. La adrenalina corría por sus venas, el mal presentimiento asentado en su estómago.

—Pensé que era una grabación puntual —balbuceó Minwoo. Tenía una bolsa y unos cafés en la mano que, por empujarlo, se habían derramado por los bordes.

—Olvidé explicarte que las grabaciones eran para *Un día conmigo*.

—Oh, está bien —aceptó Minwoo, todavía acelerado y asustado por la situación. Seguía sin uno de sus zapatos. Notar eso le hizo doler el pecho.

—Lo siento —dijo Namoo, estirando la mano. Antes de alcanzar a tocarlo, cerró los dedos en un puño—. No es tu culpa.

Minwoo pareció no notar el gesto a medio camino y continuó hilando oraciones con dificultad.

—Te traía el desayuno —contó mostrándole los cafés manchados y los panecillos dulces que había en la bolsa—. Puedes quedártelos... yo me compraré otra cosa.

Namoo recibió la comida, todavía sostenía la puerta con el pie para que no se abriera.

—Gracias, te llamaré luego, ¿está bien?

Asintiendo, Minwoo retrocedió hacia los ascensores.

—¡Espera! —gritó Namoo.

Apresuradamente, dejó la comida en la encimera. Regresó a la entrada para entregarle el zapato olvidado. Tan exaltado estaba por irse que Minwoo terminó pisando el calzado por el talón al no lograr colocárselo. Al enderezarse, le acarició el cabello con esa familiaridad que sabía a...

—Nos vemos.

Anhelo.

Cerró la puerta y se apoyó en el marco. Al abrir los ojos, miró directo a la cámara que se ubicaba sobre la encimera de la cocina.

—No pueden mostrar esto, se los prohíbo, no pueden.

Por supuesto que lo hicieron.

Porque ¿qué importancia tenía perjudicarlo si con ello tenían la primicia de que el profesor gay, culpable de enviarlo a hiatus, conocía la clave de acceso de su departamento e iba a visitarlo a las ocho de la mañana? Ninguna, no tenía ninguna importancia porque era parte de su trabajo bajar del pedestal a la gente que ellos mismos habían puesto ahí.

35

#NAMIN

«Tuit: Pensé que era alguien del staff quien aparecía en el capítulo de *Un día conmigo* en el departamento de Namoo. Pero una **sasaeng** acaba de filtrar unas fotos y resultó ser ese profesor que Namoo golpeó. No me odien por lo que voy a decir, pero yo también quiero que un "amigo" me lleve desayuno a las 8 am. ¿Los puedo *shippear*? #Namin».

El vaporizador no dejaba de echar vaho blanco desde que Namoo lo había encendido hacía tres horas. Moviendo las piernas con nerviosismo y molestia, hablaba con el mánager Seo. Y es que Namoo podía llegar a entender que su agencia no supiera lidiar con muchos de sus problemas, porque estaba organizada para actuar de manera reactiva, pero no así preventiva. Después de todo, él era el único idol que tenían en la agencia con una fama tan aplastante; por tanto, se tropezaban y colocaban de pie, se tropezaban otra vez y volvían a levantarse. No sabían cómo manejar situaciones antes de que el desastre cayera, y tampoco les interesaba aprender, porque habían comprendido que, al final del día, ellos siempre ganaban si la gente comenzaba a hablar de Namoo, ya fuese por algo bueno o no. Su hiatus, tras golpear a un desconocido en un local, era un claro ejemplo de que la mala publicidad no existía.

Soltando el humo contenido en sus pulmones, Namoo se refregó el rostro con desesperación.

—Deduzco que no vas a hacer nada.

—Vimos la edición del capítulo y consideramos que favorece a tu imagen más que dañarla —contestó el mánager Seo.

Porque siempre la favorecía, no importaba cuán dañado pudiera salir Namoo en el proceso. A nadie le importaba su salud mental siempre y cuando pudieran seguir generando ganancias con él. Y por mucho tiempo, ni siquiera al propio Namoo le importó. Sujeto a un contrato en el cual otros decidían por él y del que tampoco podía prescindir de este hasta el año entrante, había ingresado en una eterna aceptación en cuyas repercusiones intentaba no pensar.

—Van a utilizar a una persona que no es del medio.

—Sí.

—Podría demandarlos.

Namoo empezó a rasmillar el borde de la mesita que se ubicaba a un costado del sofá. No estaba en su departamento, ya que hacía poco había finalizado de grabar el demo de su nueva canción, que planificaban lanzar a final de año. Se encontraba en su oficina en la agencia con el aire acondicionado funcionando al máximo, por lo que sentía los brazos helados.

—No lo hará —aseguró el mánager Seo—, porque te verías afectado.

Le dio otra inspiración al vaporizador, el sabor a caramelo enredándose en su lengua.

—¿Qué necesidad hay de incluir esa escena?

—Te hace ver humano, Namoo.

Aquello lo sorprendió lo suficiente para soltar un bufido incrédulo.

—Humano —ironizó—. La gente no quiere que sea humano, porque los humanos se equivocan y a mí no me permiten eso.

—Esa gente te lo permite todo y eres el único que todavía finge que no es así. Por algo te llaman «el príncipe consentido de Corea», ¿no crees?

Con una sensación de asfixia que empezaba en la boca y se expandía hacia su garganta, cortó la llamada. Su oficina se sentía de pronto pequeña. Sujetándose la cabeza con ambos brazos, intentó tomar respiraciones largas. Sus labios no dejaban de temblar con cada inspiración. Le molestaban la nuca, las manos, el cuerpo y la ropa contra su piel. La sensación de querer desnudarse y saltar a un lago congelado dominaba cualquier otro pensamiento.

Tardó varios minutos en recordar cómo respirar.

Se movió con torpeza hasta la computadora ubicada en una esquina de la habitación. Buscó la señal en vivo de NaTV y vio su conocido y austero departamento desde un ángulo distinto. Y ese lugar que siempre se le antojó excesivamente grande, se sintió más enorme y vacío aún, porque ese sillón en el centro se veía diminuto comparado con el espacio libre, porque la televisión no terminaba de calzar a espaldas del ventanal, porque la decoración se veía pobre y sombría. Se veía justamente como se sentía: como un departamento piloto mal acomodado.

Los restantes minutos se vio cantar, cocinar, dormir una siesta e incluso permanecer en la cama rascándose la axila por sobre el pijama. Una vida muy orgánica. El equipo de edición había hecho un gran trabajo con los subtítulos divertidos ante lo que nombraron como «Namventuras».

En el momento que se vio a sí mismo en una esquina de la cámara lavándose los dientes, se sentó en el borde de la silla.

«Parece que nuestro Namoo tiene una visita», se leía en la parte baja de la grabación. Su yo del pasado corrió por el departamento para alcanzar la entrada. Hubo un cambio de plano y la imagen se centró en la puerta.

Soltó el aire de golpe, el alivio fue tan potente que sentía las piernas temblorosas. El rostro de Minwoo estaba censurado con un cartel que decía «Protegemos la privacidad de los artistas».

«Namoo fue visitado por su mejor amigo», continuaba la narración mientras Minwoo se quitaba uno de los zapatos en la entrada.

«*Cute, cute*», decía cuando Namoo alcanzó a Minwoo.

«Los editores de este programa también queremos tener amistades que vayan a dejarnos el desayuno.»

Percibió su angustia al empujar a Minwoo para que saliera del departamento. La ansiedad se reflejaba en su rostro al juntar la puerta para que el chico quedara oculto de la cámara. Luego, se vio a sí mismo agarrando los cafés derramados y la bolsa de papel con los panecillos dulces, que dejó sobre la encimera de la cocina. La puerta había quedado un poco abierta cuando Namoo agarró la zapatilla de su amigo y se la entregó.

Por eso, pudo ver la mano de Minwoo acariciándole la cabeza y la expresión en su propio rostro al regresarle la mirada.

«*Cute, cute, cute, cute, cute*», decía por toda la imagen.

Se veía humano, tal cual le dijo el mánager Seo.

Alcanzable.

También ilusionado.

Namoo se veía diferente.

Un extraño nada negativo.

Parecía feliz.

¿Antes había logrado sentirse así?

Y quizá por eso dolió más, mucho más, cuando esa tarde se subió al automóvil del mánager Seo.

Mucho, mucho más.

Porque entendió la verdad más dolorosa.

No se podía escapar de un laberinto que no tenía salida.

36
LAS LEYES DE NEWTON

«Las leyes de Newton son tres principios que analizan cómo las fuerzas actúan sobre los objetos para que estos se muevan.»

A una cuadra de distancia divisó a un chico alto. Pudo reconocerlo de inmediato, tanto por su vestimenta como por su cabello rubio, que le había crecido demasiado. Estaba solo y no parecía de muy buen humor. Se encontraba detenido en la avenida con los brazos cruzados, utilizando una mascarilla que le ocultaba el gesto malhumorado. Minwoo se le acercó alzando el brazo.

—Namoo...

Un automóvil de alta gama se estacionó frente al idol.

Los pasos de Minwoo dudaron hasta detenerse del todo, su brazo quedó extendido en el aire en un medio saludo. El vidrio polarizado del copiloto bajó y Namoo se acercó para oír algo. El chico le respondió encogiéndose de hombros, abrió la puerta y se subió dando un portazo.

Se quedó pensando en ello durante la noche y la mañana siguiente. En el desayuno con Haru, aprovechando su última madrugada libre porque al otro día ambos ingresaban a trabajar, fue difícil adivinar cuál de los dos se sentía más nervioso.

Minwoo había derramado la leche dos veces y Haru estuvo tres horas buscando por el departamento los apuntes que debía llevar, para descubrirlos por fin bajo su almohada.

A las cinco de la tarde, Minwoo se sentía tan ahogado que agarró a Ratata y escapó del departamento justo cuando Haru volvía a perder sus apuntes. Sus pasos lo llevaron al río Han. Mientras la tarde caía en la ciudad, recordó a Namoo. Sacó el teléfono y le escribió un mensaje rápido.

> **Minwoo:** Hola, ¿tienes la tarde libre?

La respuesta no tardó en llegar.

> **Namoo:** Estoy grabando un video, me desocupo pasada la medianoche. ¿Es urgente?
> **Minwoo:** Algo.
> **Namoo:** Podrías esperarme en mi departamento.
> **Minwoo:** Pero tú no estarías.
> **Namoo:** ¿Y? No me vas a robar, porque tu mamá debe tener más dinero que yo.
> **Minwoo:** ¿No te molesta?
> **Namoo:** No te lo ofrecería si lo hiciera.

Aun así, a Minwoo se le hizo extraño, por lo que se quedó descansando a orillas del río Han hasta que la noche se impuso. En un puesto de comida callejera comió *eomuk* (pastel en forma de pescado) y *hotteok* (una especie de panqueque de queso *mozzarella*). Compró una porción para llevarle a Namoo.

Regresó caminando lento. Eran cerca de las diez cuando finalmente decidió ir al departamento de Namoo. La mirada del conserje lo siguió en su recorrido hacia los ascensores.

No se sorprendió al ser recibido por un gran desorden. Hacía dos semanas que no iba y había aprendido con el tiempo que Namoo no era la persona más organizada del mundo.

Dejando a Ratata en el suelo, recordó prepararle unas hojas en el baño. Luego, se puso a ordenar en silencio para no molestar a los vecinos de abajo. Al pasar la aspiradora, tuvo cuidado de dejar a Ratata sobre el sofá: una vez la succión le había alcanzado la cola. Minwoo todavía tenía pesadillas con eso.

Y no le quedó más que esperar.

Una hora.

Dos.

A la tercera, Minwoo comenzó a cabecear por el cansancio. Tenía sueño y además debía despertarse temprano, pero estaba determinado a mostrarle su clase a Namoo antes de marcharse. Sí, Haru también la vio, pero su amigo lo quería mucho y le gustaba todo lo que él hacía, así que no era un público objetivo.

Se asustó al escuchar la puerta. Somnoliento, giró la cabeza. Namoo se estaba quitando los zapatos en la entrada. Era evidente que venía de una grabación, pues no se había quitado ni el maquillaje ni la ropa. Tenía puesto un traje rosa palo ajustado y debajo de él se divisaba una camiseta blanca con volantes en el cuello. De una de sus orejas colgaba un aro plateado largo, que terminaba en lo que parecía una luna menguante. Su cabello estaba peinado en ondulaciones que caían por su frente y cuello, sus ojos destacando con una capa delgada de sombras, para darle profundidad. Iba además con lentes de contacto grises.

Se veía de otro mundo.

Irreal.

Completa y absolutamente irreal.

—*Wow* —susurró Minwoo.

Namoo levantó las cejas, tan oscuras que destacaban maravillosamente con su cabello decolorado.

—Me dijiste que era urgente —reclamó—, así que vine apenas terminé la última escena.

—*Wow* —repitió Minwoo sin poder apartar la mirada de él.

—¿Esa es tu urgencia? —insistió Namoo sentándose a su lado con un suspiro cansado. Quedó con las piernas abiertas y la cabeza apoyada contra el respaldo del sofá. Su ropa rosa y su belleza irreal contrastaban con su mala postura. Se veía tan masculino que Minwoo tuvo que hacer un esfuerzo para no tocarlo.

Tragó saliva.

—Mañana es mi primer día de trabajo.

Namoo estiró la mano y le jaló la corbata con una sonrisa que brillaba en travesura.

—¿Por eso estás vestido como un señor de cuarenta años?

Le quitó la prenda y la estiró sobre su pecho para alisarla.

—Sí —contestó, después dudó—. ¿Está mal?

—No, pero te ves gracioso.

—La idea era verme serio.

Eso le sacó una sonrisa a Namoo.

—Te ves como los niños que se duermen con la ropa de la escuela para no tener que vestirse en la mañana.

—¿En serio?

—Sí —susurró Namoo con la cabeza apoyada en el respaldo. Volvió a jalar su corbata—. Pero quédate así.

Continuó jugando con el pedazo de tela hasta que Minwoo se lo quitó.

—Quería mostrarte algo.

—¿Algo más que tu ropa nueva? —Su aro largo rozaba su clavícula, que era visible entre los fruncidos de su camisa blanca. En su otra oreja tenía una argolla de la misma tonalidad—. ¿Es esto lo que no te deja dormir?

—Algo así —susurró—. Estoy nervioso, por eso estuve preparando algo que quiero mostrarte.

—Está bien —aceptó con lentitud con expresión suspicaz—. ¿Debería asustarme?

—No —respondió, luego se corrigió—. Depende.

—¿De qué?

—Si me dices que está horrible, posiblemente me dé una crisis existencial que puede terminar en un ataque de ansiedad.

—Vaya —musitó Namoo—, entonces es superserio.

—Muy serio.

—Mucho, mucho.

Se desconcentró observando los labios de Namoo. ¿Estaban maquillados? Ese brillo no parecía natural.

Tragó saliva y desvió la vista.

—Espérame aquí —pidió—. No mires para atrás, ¿está bien?

—Quizá me quede dormido —bromeó Namoo—. Despiértame cuando estés listo.

Namoo se estiró para recoger el control remoto y cambiar la televisión. Apresurado, Minwoo fue a buscar a Ratata, que se había escondido bajo la cama, y regresó a la sala de estar. Arreglándose la corbata con actitud ansiosa, dejó a Ratata sobre la mesa de centro justo al frente de Namoo, que permanecía sentado con las piernas abiertas. Se había desabrochado los últimos botones de la camisa, por lo que se divisaba a la perfección su piel brillante. Namoo lo esperó con las cejas alzadas, mientras Minwoo dejaba el celular en la mesa junto a una pequeña pelota. Finalmente, se arrodilló a un costado y buscó una canción.

Namoo apagó la televisión para concentrarse en él. Como último preparativo, Minwoo sacó de su bolsillo una corbata para su mascota, que iba a juego con la de él, y se la puso.

—Cuánta elegancia —dijo Namoo—. ¿Esto es un espectáculo de magia?

—Esto es c-i-e-n-c-i-a.

Entonces, le dio play al reproductor de música y la canción «Take on me» de A-ha llenó el departamento con su ritmo vibrante y pegajoso.

—Estas son las leyes de Newton —anunció Minwoo con gran entusiasmo. Apuntó a la pelota que se encontraba en el centro de la mesa—. Corresponden a tres principios que analizan cómo las fuerzas actúan sobre los objetos para que estos se muevan.

Había comenzado la letra de la canción. El *We're talking away, I don't now what I'm to say* era una gran ironía en ese instante porque Minwoo sentía que iba a hablar sin parar y sin saber muy bien lo que estaba diciendo.

—La primera ley de Newton o ley de la inercia indica que todo cuerpo preserva su estado de reposo o movimiento uniforme y rectilíneo a no ser que sea obligado a cambiar su estado por fuerzas impresas sobre él. Como esta pelota que se encuentra quieta. Pero si yo hago esto, lograré sacarla de su inercia. —Tocó la cabeza de Ratata y luego le pidió—. Ve.

Su mascota se movió hasta llegar al balón, que golpeó con la cabeza hasta moverlo.

—Aquí es donde comienza la segunda ley de Newton o principio fundamental, que establece que la aceleración que experimenta un cuerpo es proporcional a la fuerza que recibe. Es decir, la fuerza sería igual a su masa por su aceleración. Ratata rompió la inercia de la pelota al ejercer una fuerza contra ella, la cual corresponde a la masa de esta pelota por su aceleración.

La canción había pasado al coro, por lo que el departamento se sumergió en aquel ritmo.

—Y aquí comienza la tercera ley de Newton o ley de acción y reacción, que dice que la fuerza que Ratata le está aplicando a la pelota para empujarla generará una fuerza de reacción en sentido contrario. —Agarró a su rata mascota para que dejara de empujar la pelota, la que fue perdiendo velocidad hasta detenerse—. Y ¿por qué ocurre esto? Porque la mesa ejerce una fuerza de fricción contra la pelota, por lo cual esta logró detenerse cuando Ratata dejó de ejercer una fuerza mayor a la que se le oponía.

La tranquilidad se apoderó del departamento apenas unos segundos antes de que comenzara a sonar «Brother Louie» de Modern Talking.

—Fuerzas fundamentales —anunció Minwoo tras acomodarse la corbata—. Existen cuatro, pero el día de hoy solo estudiaremos dos de ellas: la fuerza gravitatoria y la electromagnética. ¿Cuál de las dos crees que es la más fuerte a corto alcance?

Namoo se quedó desconcertado unos segundos y se enderezó en el sofá al percatarse de que le hacía la pregunta a él.

—Eh —dudó—, ¿la gravitatoria...? Esa es la de la gravedad, ¿o no?

—Error... digo, sí, es la fuerza de la gravedad, pero no es la más fuerte —anunció Minwoo con mucho orgullo. Sacó de su bolsillo un imán y un clavo—. Puedo interceptar la caída de este elemento gracias a la fuerza electromagnética, a pesar de que la gravedad esté ejerciendo su fuerza sobre el clavo.

Y para demostrarlo dejó caer el clavo, que fue atraído por el imán que Minwoo puso cerca de su trayectoria de caída.

—¿Esto qué quiere decir? Que la fuerza electromagnética, a corta distancia, es más fuerte que la fuerza gravitatoria.

Respirando todavía agitado por la emoción del momento, Minwoo tomó asiento sobre sus tobillos esperando una reacción del idol.

—Esto es lo que tengo por ahora —finalizó—. Le había pedido a Haru que me preparara una bomba de humo blanco, pero me dijo que era demasiado y que podían rechazarme la clase por ser catalogada como peligrosa.

Todavía no terminaba de hablar cuando notó que Namoo se ponía de pie. De los puros nervios al intentar detener la música, puso de nuevo «Take on me» de A-ha. El ritmo pegajoso llenó el departamento con su vibra animada.

—¿Namoo? —susurró preocupado cuando el chico se detuvo junto a él.

Fue jalado por la corbata. Sin entender todavía, se puso de pie alisando la prenda contra su cuerpo.

—¿Qué te pareció? —preguntó—. ¿Estuvo muy aburrido?

Las manos grandes y ásperas de Namoo estuvieron sobre su rostro. Sintió una caricia en el borde de su mandíbula, luego Namoo volvía a tirar de su corbata y él se dejó ir sin poner resistencia.

—Minwoo, quiero besarte.

Alcanzó a susurrar una única respuesta que se topó con los labios del chico.

—Hazlo.

—Tan consentido —protestó Namoo, con su boca rozando la de Minwoo mientras su cuerpo se apoyaba contra el suyo—. ¿Y si quiero que me beses tú?

—Ya hablamos de esto —susurró Minwoo. Sus ojos medio caídos seguían la expresión arrogante del idol al soltar un suspiro.

Namoo le acarició la nuca, con la otra mano seguía sujetándole la corbata para que no se pudiera mover. Lo escuchó mascullar complacido cuando sus nudillos le rozaron el pecho.

—Me gustas mucho, profesor.

Sus párpados se cerraron. Y cuando Minwoo soltaba un jadeo que era una mezcla perfecta entre un lamento y un gemido, sintió la lengua de Namoo rozarle los labios. Fue envuelto en un beso que desarmó por completo su mundo.

—Mucho —susurró Namoo—. Me gustas mucho, mucho.

Y Minwoo ocupó la tercera ley de Newton, porque ser besado por Lee Namoo siempre equivaldría a una respuesta suya igual de impulsiva. Por eso le devolvió el beso, tal cual se lo había prometido. Y luego, simplemente, dejó de pensar.

37

LA PARADOJA DEL ABUELO

«¿Qué sucede si una persona viaja en el tiempo y mata a quien es su abuelo materno antes de que pudiera concebir a quien sería su madre?»

Namoo lo estaba abrazando por el cuello con la mejilla apoyada en su hombro. Sus cuerpos se rozaban y podía percibir los latidos acelerados del corazón del idol. Parecía tan nervioso y emocionado como él, lo que lo hizo sentir menos mal cuando descubrió que le temblaban las manos. Al estrecharlo con todavía más fuerza para emparejar sus latidos y palpar el cuerpo de Namoo contra el suyo, este soltó un pequeño jadeo contra su oído que le destrozó la poca serenidad que le quedaba.

—Namoo, ¿estás teniendo un ataque de pánico?

La mejilla del idol se restregó contra su hombro al negar con suavidad. Se mantenía abrazado a él, a pesar de que este intentaba observarlo.

—Qué bien —susurró Minwoo. Le apretó la cintura—. Entonces ¿soy yo el que está temblando?

—¿Mmh? —balbuceó Namoo alejándose para mirarlo de frente.

Minwoo cerró los ojos con fuerza y tomó una inspiración entrecortada, sus labios estaban resecos.

—Namoo, creo que estoy teniendo un ataque de pánico. De pronto hacía demasiado calor y a la vez frío.

Namoo dirigió las manos hacia su cabello para peinárselo, apartándole hacia los costados cada mechón del flequillo.

—Ya pasará —lo tranquilizó.

Como continuaba siendo observado en tanto sentía sus caricias en el cabello y sobre la piel helada, Minwoo quiso sonreírle. Supo que no lo había logrado por el entrecejo fruncido del chico y porque también dio un paso hacia atrás para brindarle espacio.

—Quítate la corbata —propuso Namoo.

Quiso, pero sus manos estaban agarrotadas a los costados de sus caderas.

—Yo...

—Ven.

Antes de que pudiera reaccionar, Namoo soltó el nudo de un tirón y se la quitó por la cabeza. Le siguieron los dos primeros botones de su camisa, que rodaron por el suelo. Y Minwoo sintió que podía respirar lo suficiente para pedirle algo tan simple como complejo:

—Bailar, olvido esto... bailando.

—¿Bailando?

—Sí.

—¿Y bailar qué cosa? —preguntó con tono agudo y asustado. Por lo demás, había agarrado el control de la televisión para encenderla.

—Lo que sea.

Tras unos segundos, comenzó a reproducirse una canción que Minwoo reconoció de inmediato. El ritmo perfecto de «Stayin' alive» le hizo cosquillas en el cerebro, un masaje mental debido a su ritmo iterativo y pegajoso. Primero repitió en su mente los pasos que había memorizado con su madre hacía tantos años y después los replicó. Namoo, todavía con el mando en la mano, se quedó desconcertado.

—¿Qué haces?

—Irónicamente, me gusta el silencio si estoy tranquilo, pero bailar calma mi cuerpo si este empieza a molestarme. Ven, baila conmigo.

—No —musitó—, es raro.

—Todos somos extraños en un mundo que no acepta lo extraño.

Todavía sin eliminar su expresión de sorpresa, Namoo repitió sus movimientos para acompañarlo, a pesar de que no parecía muy divertido. Los pasos eran simples: brazos arriba peinando el cabello, muñecas sacudidas como si estuviera acomodando un reloj de pulsera, anteojos de dos dedos, mano derecha al cielo y al piso, al cielo y al piso y cadera sincronizada con el movimiento.

Y tras media canción, Namoo se rindió. Dejó el control remoto y se le acercó caminando de forma graciosa. Hacía girar las manos frente al pecho como un yo-yo interminable. Cuando lo alcanzó, Minwoo captó una risa jadeante entre la música, únicamente entendió que no era la suya.

—Pon rock and roll —pidió Minwoo al finalizar la canción. Su cuerpo aún hormigueaba, la molestia seguía presente en el fondo de su cerebro.

—¿Rock and roll?

Quedó claro que Namoo puso la primera canción que le apareció tras buscar lo solicitado, pues comenzó a sonar «Rock around the clock». Se acercó a Namoo para arrastrarlo por las muñecas.

—Baila conmigo —propuso.

—Pero yo...

Lo hizo girar mientras Namoo intentaba detenerse.

—No te resistas, yo te voy a guiar —le pidió Minwoo.

—¿Por qué tienes que guiarme tú? ¿No puedo hacerlo yo?

—¿Sabes bailar rock and roll?

—Soy idol, sé bailar muchas cosas.

Minwoo lo cogió de las manos nuevamente.

—Entonces no sabes.

—¿Y acaso tú sí, profesor Ratata?

Sujetando a Namoo por la cintura, lo dejó caer hacia atrás. Hubo un chillido de protesta.

—Tuve clases de baile cuando era pequeño.

Lo levantó de un impulso y lo apegó a su cuerpo. Sus rostros quedaron separados por un par de centímetros. Namoo no se veía para nada molesto.

—¿Por qué tuviste clases de baile? —Lo escuchó jadear entre risas tímidas que se le colaban en cada palabra—. ¿Querías ser idol?

Lo alejó y atrajo.

—Iba con mi mamá.

Más vueltas. El cuerpo de Namoo se había rendido y ahora él podía hacerlo girar y cambiar de posición con solo sujetarle la cintura o la mano.

—Eso es tierno —balbuceó Namoo con expresión concentrada, parecía llevar un conteo mental para no tropezar—, hiciste muy feliz a tu mamá.

—¿Por qué?

—Por hacerle compañía.

—Más bien, mi mamá me acompañaba a mí.

—¿Cómo?

—Te dije que de pequeño era aún más extraño. Tomé muchos cursos. Sé bordar, podría bordar tus iniciales en tu ropa para que no se te pierda.

Lo alejó, Namoo quedó frente a él sujetándole la mano con firmeza.

—¿Y para qué querría eso?

—Por si un día se queda tu ropa interior en mi departamento y así saber que es tuya.

Al mismo tiempo que el rostro de Namoo ardía en vergüenza, se tropezó con sus piernas por los nervios. El chico se estrelló contra su pecho, su respiración estaba tan acelerada que mantenía los labios entreabiertos para tomar aire.

Por supuesto, cambió el tema.

—Minwoo, me estás pisando los pies. Dijiste que sabías bailar.

—Dije que bailaba, nunca especifiqué que bailara bien.

—Ay, Minwoo...

—Además, no hay que ser perfecto en algo para querer y disfrutar haciendo ese algo.

Namoo le sujetó el rostro con sus manos ásperas. Sintió sus pulgares rasmillándole las mejillas, después su aliento cálido y entrecortado contra su propia piel mientras la canción y la velada empezaban a llegar a su fin.

Y en su desesperación por alargar el momento y seguir disfrutando de algo que debería convertirse en un punto seguido en su historia, tomó malas decisiones.

—Prepárate —avisó Minwoo. Abrió las piernas y sujetó con fuerzas las manos cruzadas de Namoo.

—¿Para...?

Su pregunta terminó en un grito cuando Minwoo lo hizo caer de espalda y lo lanzó para que pasara entre sus piernas. Sin embargo, llevaba años sin practicar esos pasos y tampoco digamos que alguna vez fue diestro en eso, por lo que no midió la fuerza con la que lo arrojó. Se le soltó el agarre, Namoo intentó aferrarse a sus piernas para no golpearse la cabeza. Minwoo sintió un tirón en su ropa. A la vez que se oía un golpe muy fuerte, su pantalón quedó atascado a la altura de sus tobillos.

La música se detuvo.

Un jadeo.

Entonces se oyó una risa repleta de color y vida. Todavía con el pantalón por debajo de las rodillas, Minwoo se giró para encontrarse a Namoo en el suelo riéndose con tanta fuerza que se sujetaba el estómago. A su lado y en el piso, se encontraba el destrozado televisor. Tras subirse los pantalones con algo de dificultad, Minwoo se acercó para recogerlo. Lo dejó otra vez en el mueble, la pantalla totalmente inservible.

—Te juro que te lo voy a pagar —logró balbucear.

Namoo se rio incluso más fuerte, sus brazos contra su vientre adolorido. El ruido del citófono se entremezcló con la carcajada divertida del idol. Minwoo le ayudó a ponerse de pie, su rostro estaba congestionado, incluso tenía lágrimas en los ojos.

—Hace años que no me reía así —dijo con dificultad porque todavía se le colaba en la voz una carcajada alegre.

—Rompí tu televisor —se lamentó—. Lo siento mucho, las cosas se salieron de control.

—Compraré otro —Namoo le restó importancia.

Iba a discutirle, porque era él quien debía comprarlo. Sin embargo, Namoo se le acercó y su réplica murió en el instante mismo en que recibió un beso en la mejilla. Tras ello, y todavía tarareando feliz el ritmo de la canción que acababan de disfrutar, Namoo se dirigió hacia el intercomunicador que continuaba sonando.

—Se rompió mi televisor, eso es todo —dijo el idol al contestar. A continuación, puso los ojos en blanco a algo que el conserje le estaba diciendo. Colgó sin mucha delicadeza.

—¿Era una queja?

—Sí, pero no importa. —Namoo seguía de muy buen humor—. Deberíamos hacer un viernes de baile.

Se alarmó por su billetera vacía.

—¿Y romper otra televisión? No, gracias.

—No seas aburrido —protestó Namoo acercándosele para enterrarle el dedo índice en las costillas—. Fue divertido.

—Hasta que destrocé tu departamento.

Namoo le había sujetado las muñecas para tirar de él.

—No importa, sigamos bailando.

—Namoo, es la una de la madrugada y tengo que trabajar mañana... más bien, hoy en un par de horas.

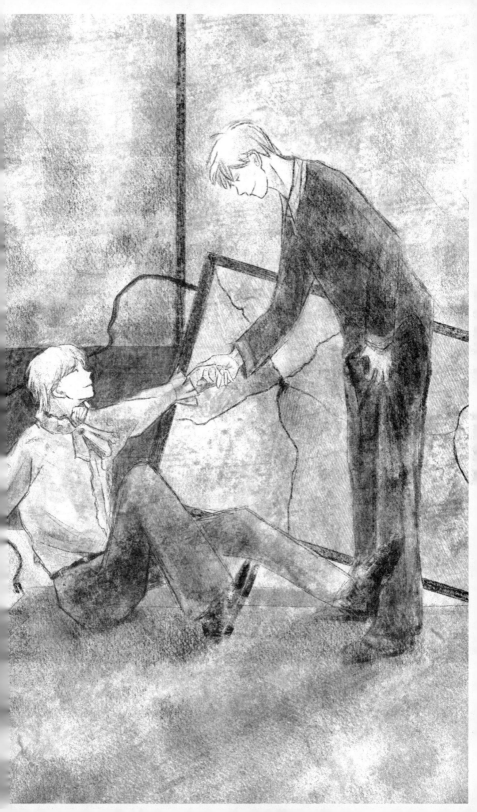

El chico apegó su cadera contra la suya para obligarlo a moverse.

—Vamos, baila conmigo —insistió, su labio inferior sobresalía un poco al pedírselo.

—No puedo, además tengo que irme a mi departamento.

—Duerme aquí conmigo.

No podía oponerse cuando Namoo lo observaba inclinando la cabeza hacia un costado.

—Está bien —aceptó como si hubiera habido una decisión que tomar—, pero tendré que poner la alarma y debo advertirte que no soy una persona que se despierte rápido.

—Descuida, te patearé fuera de la cama cuando comience a sonar.

A pesar de que la música había terminado, el cuerpo de Namoo continuó meciéndose contra el suyo siguiendo un ritmo que a él no le resultaba conocido.

—Por cierto, ¿te sientes mejor?

—Sí —contestó sujetando a Namoo por la cintura para seguir sus pasos de baile.

—No sé si sentirme ofendido o tremendamente halagado de que mis besos te hayan desencadenado un ataque de pánico. Porque si es así, tal vez no debería volver a...

—No fue eso —dijo tan rápido que su lengua se enredó con sus dientes—. El beso fue lo mejor de la noche... y con seguridad, lo mejor de mi vida.

Namoo alzó las cejas hacia él.

—Eso no quita el hecho de que te desencadenó un ataque.

—No fue por eso —insistió.

—Entonces ¿por qué?

Se puso tan rojo que tuvo que apartar la mirada.

—Fue la incertidumbre de no saber si podrías odiarme o evitarme después de eso.

Hubo una pausa que se sintió eterna.

Cuando intentaba observar a Namoo de manera disimulada, las manos del idol estuvieron sobre su rostro y tiraron de su barbilla hasta que los labios de ambos se alcanzaron en un toque apenas perceptible. Namoo mantuvo los párpados a medio cerrar al rozarle la nariz con la suya.

—No es algo de lo que tengas que preocuparte por ahora.

El *por ahora* giró en su mente en un ciclo sin fin.

Pero dejó de pensar cuando Namoo tiró de su mano.

—Mejor vamos a dormir si mañana quieres ser un profesor funcional.

—Me conformo con ser un simple profesor.

Fueron al cuarto, él terminó sentado en el borde de la cama. Namoo dio vueltas por la habitación hasta que encontró una camiseta bajo la almohada y se la lanzó.

—¿Con eso estás bien para dormir? —preguntó.

Quiso señalarle el hecho de que solo le había entregado una camiseta, pero no un pantalón corto; tampoco alcanzó porque Namoo ya había salido del cuarto.

Mientras lo esperaba, buscó a Ratata por el departamento para ver si se encontraba bien. El agua de la ducha corría en el baño. Localizó a su mascota debajo del sofá, estaba hecha un bulto sobre un calcetín que robó de algún lado. Le preparó una fuente de agua y unas algas secas en el suelo para que pudiera estar tranquila.

Siguió buscando por el departamento una manta que pudiera usar para dormir; la que encontró en el cuarto bodega. Al regresar con ella a la otra habitación, se quitó la camisa, que dejó doblada a los pies de la cama, y se puso la prenda que Namoo le entregó. Desprendía un ligero olor a su dueño. Dobló el borde para olfatearla mejor.

—¿Qué haces?

Namoo había regresado, su piel todavía tenía rastros de su reciente ducha. Su rostro estaba húmedo y su cabello mojado, sus manos rojas por la temperatura del agua. A diferencia de él, llevaba puesto un pijama color azul que se le abría en el pecho.

—Nada —contestó Minwoo tras recuperar su lengua perdida. Soltó la tela con lentitud para disimular.

—Pensé que ya estarías acostado —señaló Namoo avanzando hacia la cama, que abrió en un costado para meterse bajo las sábanas.

Lo siguió con prudencia. Una vez en la cama, se cubrió con la manta. Estaba acomodándola para que no se le asomaran los pies cuando Namoo la agarró por el borde y la lanzó al piso. Sus piernas desnudas quedaron a la vista.

—¿Qué hacías? —cuestionó el idol.

—¿Sabes que puedo resfriarme si duermo así? —replicó Minwoo—. Necesitaba esa manta.

—Déjala ahí —ordenó Namoo—. No la necesitas.

Tragando nervioso, Minwoo lo observó de soslayo.

—¿No?

—No.

Namoo se había apartado el cabello de la frente, por lo que podía apreciar a la perfección sus cejas descontentas. Antes de que Minwoo pudiera agregar algo más, Namoo se recostó en la almohada y palmeó el espacio que quedaba a su lado.

—Duerme aquí.

—Pero...

—Bajo las mantas.

—Yo...

Con un gruñido impaciente, Namoo se sentó y tiró de él por el brazo. Aprovechando su caída de costado, apartó las mantas hasta que pudo cubrirlo con ellas. Después, se estiró cuan largo era y puso sus manos rojas bajo su mejilla. Minwoo intentó acomodarse con discreción. Se movía nervioso porque podía percibir el calor que desprendía el cuerpo de Namoo a su lado y eso lo estaba volviendo loco.

—Puedo dormir en el sofá —ofreció.

—No soy un menor de edad.

—Sí, pero...

Namoo dijo unas palabras que activaron un comando y las luces del departamento se apagaron, las cortinas del cuarto permanecieron cerradas. La oscuridad los envolvió, su oído se aguzó para compensar la pérdida de visión. Escuchó a Namoo dar un suspiro seguido por el crujido del colchón por el movimiento de sus cuerpos.

Cerrando los ojos, Minwoo dejó caer la cabeza en la almohada. Entonces, captó el frufrú de la sábana, sintió el pie de Namoo rozando su piel, un jadeo corto y luego una pierna sobre las suyas. Con la ayuda de las rodillas, Namoo se impulsó para sentarse sobre su entrepierna. Su aliento le acarició el rostro al inclinarse hacia él, su trasero rozándose contra él por el movimiento.

Primero estuvieron aquellos labios buscando su boca, después su lengua mojada. Namoo se rio bajito y grave con la inspiración profunda de Minwoo. Sus manos ásperas sujetaron el borde de su camiseta, metiéndose bajo la tela hasta que sus dedos le tocaron la piel.

—Un profesor de física que se siente como uno de educación física —susurró Namoo contra su mejilla, sus caricias subían por el pecho hasta detenerse sobre su corazón.

Su boca hambrienta alcanzó la de Minwoo en un beso descuidado, torpe y necesitado; lengua, saliva y dientes rozando piel y labios. Las manos de Namoo habían abandonado su torso para buscar su barbilla y tirar de él, mientras continuaba con aquel beso que a Minwoo le hizo flexionar las piernas para levantarlo. La gravedad los ayudó haciendo el contacto de sus caderas incluso más íntimo, porque era imposible que Namoo no sintiera su erección palpitándole contra el trasero, de la misma forma que Minwoo podía apreciar la erección de Namoo en su vientre bajo.

Latían en el mismo ritmo lento y desesperado, porque si bien ninguno hacía más que besarse, ambos deseaban que el otro rompiera la inercia en la que se habían sumergido.

Namoo jadeó contra su boca al finalizar el beso, su respiración estaba tan acelerada que su pecho tocaba el suyo cuando sus inspiraciones coincidían. Sus besos continuaron en la barbilla de Minwoo hasta que llegaron a su oído para susurrar dos palabras que dieron vuelta su mundo.

—Quiero hacértelo.

Su mano sujetó con firmeza la barbilla de Minwoo, sus labios únicamente en un leve contacto para controlarlo e indicar que ahí, en esa cama estrecha, en esa habitación oscura, en ese departamento, quien ponía las reglas era él.

—¿Tienes problema con eso, profesor? —murmuró en la comisura de su boca. Tiró de su labio inferior antes de comenzar el beso—. ¿Te gustaría que yo te lo hiciera?

Minwoo lo sujetó por las caderas, sus dedos afirmándolo quizá con demasiada fuerza.

—No hay problema —aseguró.

—Ya veo —se regodeó Namoo.

Sus bocas se encontraron en otro beso que los dejó incluso más agitados. Al separarse, Namoo continuó sentado sobre él, muy cómodo sobre su entrepierna punzante y adolorida. Comenzó a jugar con los mechones de su cabello por un buen tiempo hasta que decidió hablar.

—Hoy no —concluyó.

A pesar de ello, ninguno cambió de posición. Minwoo lo escuchó tararear antes de alzar la voz para que las cortinas de la habitación se abrieran. Un color plata iluminó el rostro de ambos. Namoo tenía los labios húmedos y el cabello desordenado, percibía sus mejillas rojas a pesar de la semioscuridad.

Minwoo sintió que el corazón le daba un vuelco al verlo sonreír tan amplio que sus ojos formaron dos medialunas.

—Estás muy guapo, profesor —le dijo.

—Tú siempre lo estás.

Namoo asintió aceptando el halago. Y con un suspiro, se movió para recostarse a su lado. No se alejó lo suficiente, por lo que sus dedos continuaron tocándose. Minwoo le acarició la palma, la mano de Namoo se encogió por el cosquilleo. Pero no se apartó, ninguno lo hizo.

El sueño, poco a poco, empezó a ganarles. Namoo se rio de él cuando sus párpados empezaron a pesarle más y más y ya casi no podía mantenerlos abiertos.

—Necesitas dormir.

—Sí —susurró Minwoo adormilado.

Sintió una caricia en la mejilla.

Hubiera querido que esa noche no se acabase jamás.

Intentó luchar contra el agotamiento.

—Duerme —insistió Namoo.

Negó contra la almohada a pesar de que ya casi no podía abrir los ojos.

—Todavía no —pidió.

—Duerme, profesor, seguiré aquí cuando despiertes.

Era todo lo que necesitaba escuchar.

Alcanzó a asentir con suavidad antes de que el sueño lo venciera por completo.

Estaban bien.

Todo estaba bien.

Un rayo de luz se terminó colando para sacarlo de su inconsciencia. Se despertó para encontrar el cuarto medio iluminado, pues amanecía. Namoo estaba sentado en el borde de la cama observando el enorme ventanal.

—¿Qué haces despierto tan temprano? —dijo Minwoo todavía atontado por el sueño.

Namoo giró su barbilla hacia él. Con actitud nerviosa, escondió un mechón de cabello tras su oreja.

—Todavía no me duermo.

Minwoo se apoyó en los codos para alzarse.

—¿Qué sucede?

La mirada del chico fue hacia la ventana, se quedó en esa posición por mucho tiempo hasta que tomó una larga inspiración y sus hombros se inclinaron con pesar.

—Profesor —lo llamó con tono de duda—, ¿crees en los viajes en el tiempo?

Sin entender por qué estaba preguntando aquello en vez de responder su pregunta, asintió con cuidado.

—Por supuesto que sí, los agujeros negros son una gran hipótesis en ese campo.

Namoo volvía a esconder un mechón rubio tras su oreja.

—Y si pudieras ir a tu pasado, ¿cambiarías algo de él?

—Eso no es posible.

La expresión del idol reflejó extrañeza.

—¿Por qué no? —al final se animó a preguntar.

—El presente no puede ser modificado.

—¿Por qué no? Si yo tuviera una máquina del tiempo, podría viajar al pasado y cambiarlo, lo que modificaría mi presente.

—De cambiar tu pasado, tu presente continuaría igual.

Las cejas oscuras de Namoo se fruncieron.

—Sigo sin entender.

Minwoo tomó asiento en la cama, ya se había despertado del todo.

—Tu presente siempre será el trazo de un pasado ya modificado.

—No entiendo —reconoció en un suspiro débil, dudoso, confundido. Había cambiado de posición y ahora tenía las piernas sobre la cama.

—Se le conoce como «Paradoja del abuelo» —explicó Minwoo—. En este caso hipotético, una persona viaja al pasado con el deseo de conocer a su familia y termina matando a su abuelo materno antes de que pudiera concebir a quien sería su madre. Como estamos hablando de la hipotética idea de que este viajero pudiera cambiar su pasado y, por consecuencia, su presente, este dejaría de existir. ¿Y qué sucedería después? Como no viajó, entonces no cambió el pasado, por tanto, sigue vivo en el presente. Pero siente el deseo de viajar al pasado para conocer a su familia, mata a su abuelo y él deja de existir. ¿Y qué sucede luego? Como no existe, no puede viajar al pasado, entonces no mató a su abuelo, por lo que vuelve a existir en el presente, viaja al pasado, mata a su abuelo y así, un ciclo sin fin.

Namoo casi no pestañeaba. Sus ojos tenían un brillo especial que Minwoo no era capaz de precisar.

—Ese es un caso extremo porque mató a su abuelo y destrozó su línea temporal. No ocurriría eso si se lograra cambiar otro evento de su pasado.

Negó con suavidad; Namoo se le había acercado y sus manos estaban a su alcance. Se las tocó hasta que sus dedos se entrelazaron.

—Ocurre con cualquier caso, por eso se convierte en una paradoja, ya que es algo que física y lógicamente es imposible que suceda. Por eso, en el caso hipotético de que el ser humano lograra alterar el pasado, el presente seguirá siendo igual porque siempre representará ese pasado modificado.

—No me estás entendiendo —discutió Namoo—. Estoy preguntando que qué pasaría si esa persona que viaja al pasado cambiara un hecho que no afectara su línea de nacimiento. Ahí su presente sí se cambiaría porque logró su cometido.

Le tocó la barbilla porque Namoo empezaba a respirar a destiempo, como cuando él mismo sentía las primeras señales de un ataque de pánico.

—La paradoja del abuelo también es conocida como «paradoja de Hitler». En este caso, un viajero del tiempo decide ir al pasado para matar a Hitler antes de que provoque la Segunda Guerra Mundial. Si este viajero lograra su cometido, entonces su presente se modificaría, por lo cual ya no tendría el deseo de viajar en el tiempo. Pero como no modifica el pasado, Hitler provoca la Segunda Guerra Mundial. Por tanto, el viajero retrocedería en el tiempo para matar a Hitler antes de que estallara la Segunda Guerra Mundial, que conllevaría a que se modificara el presente del viajero y ya no tuviera motivos para viajar en el tiempo. Pero como no viajó en el tiempo, Hitler lograría desencadenar la Segunda Guerra Mundial. Es decir, su historia se vuelve una paradoja cíclica sin fin.

—Sí, pero es que...

—Como te digo, tu presente siempre será tu pasado ya modificado. Como en la tercera película de Harry Potter, ¿la has visto? —Namoo asintió apenas, su expresión parecía tan apenada que Minwoo comenzó a entender que había otra razón tras su pregunta y su insistencia en negar la realidad—. Si te das cuenta, pasan muchas cosas en el presente de Harry que en su inicio no se entienden, porque fueron provocadas por Hermione y él mismo cuando viajaron al pasado. En conclusión, su presente está representando las modificaciones que hicieron en su pasado.

»O como en *Interestelar*. Cuando comienza la película están sucediendo cosas que no tienen explicación, hasta que entiendes que uno de los personajes había logrado viajar al pasado a través de un agujero negro, e intentaba comunicarse con su «yo» del pasado para que no viajara. Cosa que por supuesto no logró cambiar, porque de lo contrario no habría viajado, por tanto no se habría podido comunicar consigo mismo y habría terminado de igual forma viajando al espacio. Cuando el personaje tomó la decisión de que iba a ir al espacio, ese presente ya mostraba el pasado que su yo futuro modificó.

—Pero...

—No hay otra respuesta más que esa, el presente no puede ser cambiado posterior a un viaje en el tiempo, porque este ya presenta el pasado modificado.

—Yo...

—Namoo. —Sujetó sus manos con cariño—. El problema no es la paradoja de los viajes en el tiempo, ¿no?

Como respuesta, bajó la mirada y tragó saliva.

—No —confesó con dificultad.

—¿Te gustaría contarme?

Cambiando de posición, Namoo se quedó contemplando el cielo del cuarto.

—Me gustaría mostrártelo.

—Está bien.

Su sonrisa tenía esa misma tonalidad oscura que advirtió en él cuando lo conoció en aquella cafetería hacía más de cuatro meses.

—Pero en dos horas tienes que irte a trabajar.

—Ingreso tarde, puedo acompañarte.

Cuando los relojes de Seúl marcaban las cinco y media de la mañana, ambos se subieron al automóvil de Namoo. Y Minwoo se percató de dos cosas: había estado practicando, pues su agarre en el manubrio ahora era seguro, y mantenía esa expresión afligida que estaba destruyendo su corazón.

No supo dónde se dirigían hasta que bordearon el límite de la ciudad donde Seúl se unía con Guri. Namoo se estacionó finalmente a orillas de la ladera de Manguri Park, un cementerio antiguo que se había ido transformando en parque hasta convertirse en un área muy llamativa y pintoresca para recorrer. Las únicas personas que podían ser enterradas en ese lugar eran figuras importantes en la cultura del país y gente que estuviera dispuesta a pagar mucho, pero mucho dinero.

—Antes de que subamos, quiero explicarte algo —pidió Namoo deteniéndolo para que se pusiera a su lado.

El automóvil ya tenía las luces apagadas. Todo cuanto podía divisar tenía matices oscuros que la madrugada aún no lograba vencer.

—Hoy te voy a mostrar algo, pero quiero que sepas y aceptes el hecho de que hay cosas mías que quizá nunca te contaré.

—Está bien.

No hablaron más. Minwoo se limitó a seguirlo por un sendero que a este parecía resultarle familiar, pues conocía el tamaño de los escalones, las curvas en el camino e incluso los baches a saltar. Aún había poca luz, razón por la cual Minwoo tardó varios instantes en entender que Namoo no se había detenido a observar el suelo sino que miraba detenidamente una lápida negra y brillante frente a él.

Se detuvo a su lado y leyó la inscripción.

—Es mi papá —susurró—, murió hace dos años.

—Namoo...

El chico parecía no estarlo escuchando, se había abrazado a sí mismo como si buscara un consuelo que nadie le brindaba.

—¿Recuerdas cuando te pregunté si existía la posibilidad de que siguiera amándome una persona que ya no estaba en mi vida? «Eres mi mayor decepción», eso fue lo último que me dijo mi papá. No estuve cuando murió y tampoco asistí a su entierro. Esto —apuntó la sepultura— fue lo único que pude hacer por él. Entonces, discúlpame por fantasear con la idea de que algún día podré viajar al pasado y cambiar todo lo que hice mal, para que sus últimas palabras no fueran «Eres mi mayor decepción», sino más bien «Te amo». ¿Así que puedes, por favor, mentirme y fingir conmigo que, si se llegara a inventar una máquina del tiempo, podría cambiar mi pasado?

«¿Qué sucedería si una persona viajara en el tiempo y matara a su abuelo materno antes de que pudiera concebir a quien sería su madre? La historia del viajero se convertiría en una paradoja cíclica sin fin. Porque el presente siempre estará definido por el trazo de un pasado ya modificado.»

Sin embargo, existían personas, como el propio Namoo que ahora lo observaba con los ojos brillantes de tanto aguantar las lágrimas, que preferían seguir creyendo en una mentira cíclica sin fundamento lógico con tal de no aceptar que nunca podrían modificar su presente y futuro.

—Dejarías de ser tú si cambiaras tu pasado —murmuró Minwoo.

La sonrisa de Namoo tembló en su boca.

—¿Y quién dijo que quería ser este «yo»?

¿Por qué la gente buscaba razones para seguir creyendo que se podía alterar una historia ya escrita? Porque aceptar que el presente jamás podría ser modificado cambiando una acción pasada, también implicaba aceptar que ese presente indeseado era la consecuencia de un pasado repleto de errores.

Y daba más consuelo por las noches idealizar la hipotética e ilógica idea de que tu presente podía ser distinto si lograbas alterar tu pasado, que aceptar la realidad de que habías tomado decisiones erróneas que conllevaron a una vida que ya no deseabas vivir.

38
EL EFECTO MARIPOSA

«Se basa en la idea de que variaciones casi imperceptibles pueden producir grandes cambios en el futuro; es, por tanto, la dependencia sensitiva de un modelo o sistema predeterminado a sus condiciones iniciales. Por ende, ¿se puede predecir el movimiento de un péndulo si este es lanzado en las mismas condiciones iniciales de un experimento pasado?»

El sol apenas iluminaba la ladera oeste del monte. Namoo había tomado asiento sobre la tumba de su padre y apoyaba la espalda en la lápida. Tenía los ojos cerrados. Ninguno hablaba, cada uno estaba ensimismado en sus propios pensamientos. Se acompañaban en el silencio porque eso era mucho más reconfortante que palabras vacías.

A la camisa arrugada de Minwoo le faltaban los dos primeros botones que Namoo había arrancado la pasada noche en la que rieron hasta llorar, que ahora parecía un instante casi inexistente.

Sentado en una roca frente a Namoo, lo esperó con paciencia. Sin embargo, el chico parecía poco propenso a retomar la conversación, a pesar de que él se había quedado con muchas ideas confusas en su cabeza. Por eso, con voz pausada e insegura, dispuesto a callar si así se lo pedía su amigo, comenzó a hablar.

—En la década del sesenta, un meteorólogo intentó hacer una simulación computarizada de la atmósfera de la Tierra. Extrañado, Namoo abrió los ojos y enderezó la cabeza. Continuó con los brazos cruzados sobre el pecho. Su expresión era amable al interrumpirlo con palabras secas y cansadas.

—Minwoo, no estoy de humor para esto.

—Por favor, escúchame. Esto es importante.

—¿Por qué?

—Lo vas a entender cuando finalice la historia.

Dando una larga inspiración, Namoo apoyó la nuca en la lápida y le hizo un gesto con la mano.

—Adelante.

—Para hacer esta simulación de la atmósfera, tenía doce ecuaciones y doce variables que ingresó a la computadora. Los resultados se iban imprimiendo con cierto intervalo de tiempo para ir analizando su evolución. El problema llegó cuando el meteorólogo quiso rehacer los cálculos. Como quería ahorrarse trabajo, ingresó la mitad de los datos copiándolos de la impresión anterior y la otra mitad quedó ingresada con la cantidad de decimales que utilizó en el experimento anterior.

»¿Qué descubrió con esto? Que, al comparar los cálculos obtenidos en ambos experimentos, los números coincidían por un corto periodo de tiempo y luego se desviaban completamente. Por tanto, con *casi* las mismas condiciones iniciales se estaban obteniendo climas totalmente distintos.

»¿Y por qué pasó eso? Porque, para entregar los resultados, la impresora redondeaba siempre a tres decimales, pero la computadora calculaba con seis. Por lo que, cuando el meteorólogo quiso ahorrarse tiempo e ingresó la mitad de los datos copiándolos de una impresión, esos datos quedaron con tres decimales y no con seis como las demás variables.

Hizo una pausa para analizar la expresión de Namoo, que continuaba escéptica; no estaba entendiendo adónde quería llegar con aquella explicación, y así se lo hizo ver.

—Minwoo...

—Ya voy a ello, dame unos segundos más.

Su mirada parecía cansada. Y Minwoo entendió que esa oportunidad de escucharlo se la daba solo a él.

—¿A qué quiero llegar con esto? A que, en el hipotético caso de que se pudieran reproducir exactamente las mismas condiciones, se podría predecir el futuro de un sistema o modelo, lo que convertiría a la física en determinista porque conoceríamos el futuro.

»Pero ¿por qué menciono esto como un caso hipotético y no como una realidad? Porque es imposible lograr aquel cometido, no se pueden replicar dos condiciones iniciales, porque estamos hablando de sistemas o modelos tan sensibles que varían con cambios tan ínfimos, que ni siquiera podemos pensar en una cantidad tan enorme de decimales. Y esa pequeña e insignificante variación, por muy insignificante que pudiera parecer en su inicio, provoca que dos sistemas o modelos a la larga se comporten de manera tan diferente. ¿Me entiendes?

Namoo no se había movido de su posición, continuaba con la nuca apoyada en la lápida como si estuviera sentado bajo un árbol.

—Eh —contestó rascándose la mejilla—, no lo sé, tengo muchas dudas.

—¿Cuáles?

—¿Qué es «determinista»? Desde ahí en adelante me perdí.

—Es la teoría que indica que todos los hechos y acciones están condicionados antes de que sean incluso realizados.

—¿Es decir que el futuro está escrito?

—Sí, el determinismo habla de eso.

—¡¿No solo no puedo modificar mi pasado, sino que además mi futuro ya está definido?!

—¡No! —exclamó Minwoo tan alto que su grito hizo eco en el monte. Más calmado, prosiguió—. Es exactamente lo opuesto, eso es lo que intento explicar.

Namoo resopló.

—No estoy entendiendo nada.

Minwoo metió la mano en el cuello de su camisa y buscó el collar diminuto que su madre le había regalado hacía muchos años. Se lo quitó y alzó, la piedra morada de amatista colgaba en la punta. Encadenó los extremos y la hizo oscilar.

—Hagamos un experimento para que lo entiendas mejor. —Minwoo cambió de lugar para ponerse en cuclillas al lado de Namoo—. Necesito que tomes la piedra y la levantes.

—¿A qué altura? —preguntó mientras hacía lo que le pedía.

—No importa. Pero necesito que, cuando la sueltes a mi aviso, no muevas tu mano de la posición en la que lanzaste la piedra.

Namoo asintió, aunque su expresión seguía siendo recelosa.

—¿En serio pretendes comparar mi futuro con el movimiento de una amatista?

—Ya lo entenderás.

—Minwoo, solo quiero llorar, no ser parte de un experimento.

—Confía en mí, por favor.

Todavía en cuclillas a su lado, Minwoo se besó el pulgar y le acarició la mejilla. Namoo pasó de la sorpresa a una mirada brillante. Una sonrisa temblorosa apareció en sus labios.

—Está bien —susurró con voz ahogada.

Se arrodilló porque sus piernas empezaban a dormirse y necesitaba estar lo más quieto posible.

—Presta mucha atención al movimiento que realizará el péndulo —le explicó e hizo un gesto de cabeza—. Suéltalo.

La piedra osciló primero formando líneas rectas que después, poco a poco, se convirtieron en un círculo que se fue estrechando hasta que el collar quedó colgando, sin movimiento. Tal como le había pedido, Namoo permanecía con el brazo derecho alzado desde el punto en el que soltó la amatista.

—Ahora tomarás la piedra con tu mano izquierda y se la entregarás a tu derecha, recuerda no moverla. Y luego la sueltas.

Namoo hizo lo que le pidió, a pesar de que era obvio que no entendía por qué estaba siguiéndole el juego. Tal como se lo explicó, el péndulo tomó la misma trayectoria en los dos primeros movimientos y después tuvo un comportamiento distinto.

—¿Notaste algo? —preguntó Minwoo ilusionado.

Sintió su mirada sobre él.

—Terminaron en el mismo punto.

Casi gimió en miseria. Sacudiendo la cabeza, intentó explicarse.

—No debes considerar el final, pues nuestros experimentos están afectos a fenómenos como la gravedad y la fricción del aire, que frenan el collar. Imagínate que el movimiento continúa de manera infinita, sin detenerse jamás. Con eso en mente, ¿notaste algo?

—Fue... ¿algo distinto? —dijo con duda.

—¡Exacto! —jadeó entusiasmado—. El determinismo indica que, como ya se conocía el movimiento del péndulo al realizar el experimento uno, el experimento dos debió presentar la misma trayectoria porque partieron en «casi» las mismas condiciones iniciales. Por eso es «casi» y no un «igual», porque es imposible replicar las condiciones iniciales. Por tanto, a pesar de que ambos experimentos iniciaron casi igual, la trayectoria del péndulo fue muy distinta.

»A lo que quiero llegar con esto —continuó mientras se colgaba el collar— es que aunque se replique el experimento del péndulo un millón de veces, con ello solo se logrará demostrar que hubo un millón de resultados distintos, por lo cual el futuro no se puede predecir porque no está escrito. Desde aquí en adelante, desde este presente hacia el futuro, hay una infinita cantidad de caminos, porque la vida está expuesta a infinitas variables. Y cada afectación de dichas variables en el presente reescribe el futuro.

Minwoo quedó expectante de la reacción del idol, que incluso parecía más confundido. Lo esperó con paciencia hasta que lo vio descruzar los brazos.

—Lo siento, Minwoo, lo único que puedo pensar ahora es en las películas de Marvel.

—Pero ¿tienes alguna duda?

—Varias. Por ejemplo, ¿me estabas explicando el multiverso?

—No, te explicaba la teoría del caos, son cosas distintas. La teoría del caos o el efecto mariposa habla de cómo un sistema predeterminado puede variar, en tanto el multiverso indica que existen infinitos mundos paralelos a este. Sin embargo, es a raíz de la teoría del caos que nace la creencia de que los multiversos existen. Se complementan, mas no son lo mismo. Y ¿cuál es la diferencia más importante? Que el efecto mariposa habla de eventos futuros, es el comportamiento de aquí hacia adelante. En cambio, el multiverso considera infinitos mundos paralelos a este, todos ellos coexistiendo a la vez.

—¿Y tú crees en el multiverso?

—Nunca ha sido probado.

—¿Cómo no? —cuestionó Namoo—. ¿Y el experimento que acabas de hacer? El multiverso mostraría todos los movimientos que el péndulo podría haber realizado.

—Pero ¿cómo lo pruebas? Con ese experimento solo estás demostrando la teoría del caos, porque con un experimento llegas a un resultado, nunca se muestran todas las respuestas.

—A pesar de que hablamos el mismo idioma, nunca logro entenderte con claridad —el chico musitó, frustrado.

Namoo empezaba a respirar con algo de agitación, por lo que le peinó el cabello con cuidado para que se relajara. De manera inconsciente, el idol inclinó la cabeza para acercarse a él.

—Ya no me gusta la física real, prefiero creer en la ciencia ficción que me muestran las películas.

—Eso es porque la ciencia ficción no tiene por qué ser inteligente.

—¿No? —se burló Namoo—. Porque ahora estoy pensando en que podría modificar mi pasado si lo pudiera mezclar con el multiverso.

Intentó que no se colara la frustración en su voz.

—Sigue sin tener el más mínimo sentido. Que te mezcles con otro multiverso no impedirá que ingreses a un bucle. Pasarías tu vida entera viviendo lo mismo una y otra vez. El pasado y el presente son intocables a menos que quieras provocar una fractura espacio-temporal. El multiverso es lógico si lo usas desde el presente hacia el futuro, pero jamás del presente al pasado, porque ahí arruinarías la línea espacio-temporal e ingresarías en este ciclo sin fin donde vivirías una y otra y otra y otra vez lo mismo. Estarías en un bucle que nunca podrías abandonar porque no sabrías que ingresaste en él. Así que esas historias de superhéroes no son lógicas, fin.

—Pero...

—Fin, Namoo.

—Solo quería decir que ellos sí lograron cambiar el pasado sin ingresar a ese bucle.

—Porque es una película, no la realidad.

—En *Volver al futuro* también lo logran.

Minwoo bufó frustrado.

—¡No es una realidad posible! Fin, no me referiré más al tema o pasaré el resto del día buscando la magnificencia del 3, 6 y 9 para tranquilizarme.

Namoo había comenzado a reír en voz baja mientras él se ponía de pie y alzaba los brazos en furia contenida. Al escucharlo reír, ahora mucho más relajado, recordó por qué había comenzado esa conversación. Se le acercó para darle un beso en la frente que le sacó a Namoo una risa incluso más tímida. Poniéndose de nuevo en cuclillas, apoyó la frente en su hombro.

—Debes dejar de preocuparte por algo que no puedes cambiar —le pidió alzando la barbilla para mirarlo—. Quizá no puedas alterar tu pasado porque esa historia ya fue escrita, pero puedes empezar a cambiar tu vida de aquí en adelante. Porque lo maravilloso del futuro es que sigue siendo un enorme lienzo en blanco. Sí, únicamente podrás pintar en ese lienzo, pero dentro de él siempre tendrás la posibilidad de imaginar lo que sea.

Sintió los dedos de Namoo en su nuca antes de alejarse y ponerse de pie. Se sacudió la ropa, se inclinó frente a la lápida en señal de despedida y se giró hacia él. Lo vio tomar una larga inspiración que le hizo temblar el labio inferior.

—¿Sucede algo? —preguntó Minwoo, preocupado.

La voz del chico no era para nada estable al responderle, parecía a punto de llorar.

—Existiendo infinitas combinaciones de universos en los que posiblemente nunca nos conocimos, por alguna razón lo hicimos en este.

A Namoo se le empezaba a formar una pequeña e insegura sonrisa. Sin embargo, a pesar de que sus labios no hacían más que temblar, fue una de las sonrisas más genuinas que había visto en él.

—Minwoo, gracias por ir ese día a la tienda de conveniencia.

No conversaron en el trayecto hacia el trabajo de Minwoo. Todavía faltaba media hora para ingresar cuando se detuvieron a un costado del enorme establecimiento. Namoo apagó el motor del automóvil y giró la barbilla hacia él, su cuerpo apoyado en el manubrio. Se había posado un pajarito pequeño en el capó de la SUV, su canto fue el único sonido entre ambos.

—Minwoo.

El ave estiró sus alas y se marchó, y su música con él.

—¿Sí?

—Eres la persona más increíble que he conocido en toda mi vida.

Al contrario de su propósito, eso lo hizo sentirse triste. Durante años se vio a sí mismo como un rompecabezas al que le faltaban piezas, porque nunca logró encajar con nada ni con nadie. Ni siquiera con su exnovio.

—¿Por qué tienes esa cara? —preguntó Namoo.

No supo cómo explicarle una situación que se extendía a una vida entera.

—Minwoo, mírame. —Al hacerlo, Namoo rozó su mentón con la punta de sus dedos—. Sé lo que se siente no encajar en ninguna parte. Pero ¿sabes por qué pasa eso?

El idol no continuó hasta que Minwoo logró sacar su voz.

—No —admitió con dolor.

—Para la persona equivocada siempre serás la opción incorrecta.

—¿Y para ti también soy la persona equivocada?

Hubo un instante de vacilación, por lo que Minwoo apartó la vista hacia el espejo lateral.

—No —aseguró Namoo—. ¿Y sabes algo?

Sus miradas volvieron a encontrarse.

—¿Sí?

—Aunque retrocediera en el tiempo para cambiar mi pasado, ese día volvería a entrar a esa tienda de conveniencia. Y te estaría esperando ahí hasta que tú también lo hicieras.

«¿Se puede predecir el movimiento de un péndulo si este es lanzado en las mismas condiciones iniciales de un experimento pasado? No, porque no se conocía el rumbo que tomaría un movimiento pendular hasta que comenzara a detenerse, hasta que la vida empezara a llegar a su fin. Recién entonces se podría analizar el pasado para apreciar el camino que tus errores y aciertos habían dibujado.»

El presente era una consecuencia del pasado. Pero el futuro era la posibilidad de lograr hasta lo imposible.

Porque lo maravilloso del futuro era que no importaba cómo se había trazado el pasado, siempre habría una infinita cantidad de resultados desde el presente hacia adelante.

Siempre, siempre.

39

LA NAVAJA DE OCKHAM

«Es un principio utilizado para señalar que, en igualdad de condiciones, la explicación más simple suele ser la más probable. Por tanto, si dos o más teorías presentan consecuencias similares para explicar la misma condición, la teoría más sencilla tiene una mayor probabilidad de ser la correcta.»

—Tenemos un problema, Minwoo.

Desconcertado, dejó a un lado su café y alzó la mirada hacia su jefe, que también era el director del colegio donde llevaba trabajando casi cuatro semanas. Estando a unos días de comenzar las clases, ese jueves la sala de profesores era un caos de voces y sonidos de oficina; la engrapadora por un lado, las hojas por otro, los asientos deslizándose por el suelo. Por eso no era extraño que el director Kim Jihu estuviera ahí, pero lo que sí era inaudito era que se le hubiera acercado para decirle que tenían un problema.

No pudo evitar sentirse nervioso al hablar.

—¿Qué sucede?

—Conversemos en mi oficina.

El director no parecía mucho mayor que Minwoo, a pesar de que le sacaba dos décadas. Sus pasos eran tan ágiles que Minwoo tuvo que esforzarse para no quedarse atrás. La oficina de Kim Jihu tenía el aire acondicionado fuerte e hizo que se estremeciera cuando la ráfaga le pegó en la espalda al tomar asiento.

Esperó a que el director se ubicara frente suyo para insistir con su pregunta.

—¿Qué sucede?

Kim Jihu ladeó la pantalla de la computadora para que Minwoo la alcanzara a visualizar. Lo que le mostraba era una noticia entregada por aquella cuestionable empresa de espectáculos NaTV.

«¿El amigo de Lee Namoo miente sobre sus estudios?»

El corazón se le subió a la garganta al observar la única fotografía suya en internet. Se sintió incluso más asustado al leer con rapidez la noticia. Era una entrevista realizada a un anónimo, que indicaba haber cursado la carrera de licenciatura durante los mismos años que Minwoo. Nada parecía tan extraño hasta que captó una oración marcada en negro para resaltarla:

**«No tuve a Kim Minwoo de compañero,
nadie lo conoce en la universidad.»**

No era la primera vez que algo así ocurría en Corea. Hacía unos años se había puesto en tela de juicio los certificados de estudio de uno de los raperos más importantes de ese entonces. El problema se agravó tanto que incluso cuestionaron la legitimidad de los títulos que había mostrado como evidencia. Ni cuando le presentó sus antecedentes académicos a la policía para que verificaran su legalidad, la gente le creyó.

Por lo tanto, no era algo insólito: ese artista no era ni el primero ni sería el último al que le sucedía algo así. Que ahora le estuviera ocurriendo a Minwoo no era más que una historia ya contada.

La situación era grave, tanto que supo que iba a ser despedido.

—Despejaré mi escritorio esta tarde —dijo con dolorosa aceptación.

El director giró la pantalla de la laptop hacia él y la cerró para posar sus manos unidas sobre ella.

—No busco hacer eso —aclaró Kim Jihu con voz tranquila—, pero sí necesito que se solucione este asunto. No dudo de ti, ya que yo mismo corroboré tus antecedentes universitarios antes de contratarte y sé que son legítimos. Pero me están llegando veinte correos al día de apoderados cuestionando mi decisión de contratarte.

»Consulté con el abogado de la escuela y me indicó que podría comenzar una demanda por difamación contra las personas que empezaron estos rumores, pero que no serviría de mucho porque la gente continuaría cuestionando tus antecedentes universitarios. Y llegamos a la conclusión de que, lo más factible, es subir tu certificado de titulación a nuestro perfil en redes sociales. Ya me conseguí una carta firmada por el rector de tu facultad, en la que afirma que finalizaste tu carrera con distinción. Más que nada solicité esta reunión para darte a conocer la situación y nuestro plan, y saber si podemos proceder con él.

El alivio fue tan potente que Minwoo soltó el aire de golpe. Dejó caer la cabeza hacia atrás y examinó el cielo falso antes de enderezar su postura.

—Está bien —aceptó—, no tengo problema.

Al escuchar eso, el director asintió y después sonrió. Sus ojos tenían varias comisuras en las esquinas, que demostraban que no era tan joven como se veía.

—Por cierto, ¿cómo vas con la clase de los tipos de energía? Debes avisarme cuando vayas a impartirla porque por nada en el mundo quiero perdérmela.

La cabeza todavía le daba vueltas por la adrenalina cuando regresó a la sala de profesores. Notó que sus manos aún mantenían un ligero temblor, por lo que le costó sujetar el teléfono cuando este sonó.

El nombre de Namoo lo hizo tragar saliva. Se puso de pie y salió de la sala para hablar en privado.

—Ya está todo solucionado —contó Minwoo apenas le contestó.

—¿Solucionado? —preguntó Namoo con dificultad, se colaba en su voz una furia poco controlada—. Ya comencé una demanda.

—Namoo...

—No me vas a convencer de lo contrario —lo interrumpió Namoo tan enojado que Minwoo no supo cómo lidiar con él. Le había tocado verlo triste, llorar e incluso hecho un desastre. Nunca así de furioso.

La llamada llegó a su fin.

Minwoo no se sorprendió cuando al minuto le llegó una notificación de que el perfil de Lee Namoo había sido actualizado. Era una fotografía en blanco y negro con una única oración:

«Son lo peor que me ha pasado
en toda mi vida, los odio.»

La publicación fue eliminada pocos instantes después, pero eso no evitó que se esparciera por todo internet. Mientras Minwoo recogía sus cosas para marcharse, la agencia del idol subió un comunicado indicando que comenzarían una demanda contra las personas que intentaran perjudicar al artista con difamaciones.

Se quedó observando el comunicado hasta que su celular vibró. Continuó bailando en su bolsillo mientras avanzaba por el pasillo y escapaba del establecimiento. Iba contando las vibraciones cuando se detuvieron. Llegó a una calle poco transitada en el preciso momento en que recibía un mensaje de su mamá solicitándole que por favor le contestara. Minwoo la llamó.

—¿Por qué nunca me cuentas nada cuando te está sucediendo algo malo? —lo acusó nada más responderle; su voz sonaba herida y acelerada, algo colérica.

—No está pasando nada —aseguró tocándose la nuca con actitud ansiosa—, ya está solucionado.

—No hay nada solucionado, Kim Minwoo. —Hizo una mueca, su mamá nunca lo llamaba utilizando su apellido, excepto si se encontraba molesta con él—. Pero no te preocupes, voy a hacer unas llamadas y pronto estará solucionado.

Su madre era cosa seria, razón por la cual Minwoo tendía a no contarle nada al involucrarse en situaciones complicadas. Esto no tenía relación con un sentimiento de desconfianza hacia ella, más bien se debía a un pacifismo de Minwoo para solucionar los problemas con la menor cantidad de implicados posibles. Pero su mamá no era así. Si se enteraba de que su hijo estaba en una *situación*, quería quemarlo todo, sin importarle los posibles afectados.

—Mamá, no es necesario —intentó interferir de inmediato—. El director ya presentó mis antecedentes en redes sociales y a los apoderados de la escuela. No es necesario hacer más.

—¿No? —farfulló su mamá—. Porque lo primero que aparece cuando busco tu nombre es alguien diciendo que falsificaste tus antecedentes.

—Mamá, es gente de internet, ellos siempre inventan cosas, por eso nos prometimos nunca buscar al otro en internet. ¿Recuerdas cuando... cuando ellos te llamaban... así?

Hacía muchos años, cuando su mamá decidió publicar su cuento infantil más problemático por tener de protagonistas a una pareja de hombres como los padres, tanto los medios de comunicación como los netizen utilizaron los adjetivos calificativos más cuestionables en el diccionario para hablar de ella. Por aquella razón, tras encontrar un artículo que describía a su madre como una bruja, ella le había solicitado que nunca más la buscara en internet. Y Minwoo aceptó, porque creció viendo a su mamá siendo cuestionada por ser una figura pública. Y tratar de entender por qué la gente la criticaba en internet era una batalla perdida desde el inicio.

Escuchó a su madre suspirar antes de disculparse y mencionar a la madre de Haru.

—Si Doona no me hubiera contado lo que estaba sucediendo, no estaría enterada de nada.

—Pero es que no debías hacerlo —musitó.

—¿Qué?

—No debías enterarte —explicó.

Pudo captar en la voz de su madre que ella intentaba ser paciente dada lo angustiada que se sentía.

—Minwoo, ¿ese idol...? ¿Estás... estás saliendo con él?

—Somos amigos. —La mentira salió de su boca incluso antes de haberlo planeado.

—Minwoo —le llamó la atención con suavidad—, soy tu mamá, ¿cuándo perdiste la confianza en mí?

—Nunca —se apresuró en asegurar, su lengua se enredaba con sus dientes al tartamudear. Sintiéndose culpable, confesó la verdad—. Es que... tú sabes que ellos... y nosotros... sí, estamos en algo, pero es complicado porque...

—Lo sé, sé cómo es ese mundo —contestó su mamá, con un tono todavía más amable al continuar—. Tu papá también era parte de él.

Sintió que la sangre abandonaba de golpe su cabeza. Algo mareado, se apoyó contra la pared para estabilizar sus rodillas de pronto temblorosas.

—Pensaba que lo de... *él* era mentira, que *él* era... una persona normal.

O eso era lo último que su mamá le contó sobre *él*. «Él», porque Minwoo jamás había conocido su nombre ni llevado su apellido. Sabía tanto de su existencia como de la familia de Namoo, es decir, nada.

Su madre guardó silencio tanto tiempo que Minwoo temió haber perdido la conexión.

—Yo te amo muchísimo, Minwoo —dijo luego de una pausa, en un tono afligido.

—Lo sé —susurró.

—Pero hay cosas que nunca te voy a poder contar.

Eran casi las mismas palabras que Namoo le dijo ese día en el cementerio. Parecía una ironía que dos de las personas que más quería en el mundo le estuvieran diciendo lo mismo para dos contextos distintos.

—Tengo el derecho a saberlo —debatió sin muchas fuerzas.

—Lo sé.

—¿Entonces?

—Siguen existiendo cosas que no te podré contar nunca.

—No es que no puedas, es que no quieres, mamá.

—No es tan simple cuando puedes decidir no dañar.

—¿Aunque tengas que mentir?

—Aunque tenga que mentirte —precisó ella.

Minwoo observaba a una señora cruzar la calle con lentitud cuando por fin logró ordenar sus pensamientos para expresarlos en una oración.

—Mamá —dijo mientras avanzaba por la estrecha calle, con el celular tan apegado a su mejilla que sentía la oreja caliente—, ¿te acuerdas cuando me contaste la historia de «la navaja de Ockham»?

—Sí —contestó ella—, fue ese día.

«Ese día» fue la tarde en que Minwoo le confesó que había pasado su vida entera creyendo que su verdadero papá era el presentador de noticias Cha Seyoon.

A pesar de que Minwoo había dejado la infancia hacía muchos años, ella lo había tomado de la mano y enganchado el brazo con el suyo, como si fueran una pareja de ancianos caminando por el parque. Avanzaron varias cuadras por el borde costero hasta que llegaron a las islas rodeadas por el río Nakdong. Su madre lo había apuntado y con la misma convicción con la que le dijo que Cha Seyoon era su padre, le contó esa historia.

—*¿Sabes que si navegas río arriba puedes llegar a Daegu y luego a Gumi?* —le seguía pareciendo irónico que todo le recordarse a Namoo, porque en Gumi era donde vivía su familia—. *Pero ¿sabes por qué nadie lo hace? Porque es más fácil llegar a Gumi por carretera que navegar por un río contra su corriente. Y eso es conocido como el principio de la navaja de Ockham, porque si bien yo puedo llegar a Gumi por río y por carretera, tiene más probabilidades de ser correcta la opción de la carretera porque es la más sencilla.*

En situaciones así era cuando Minwoo entendía que si había o no heredado un comportamiento genético de su padre, debía ser despreciable al lado de lo que le enseñó su madre, pues ambos eran demasiado parecidos. Y ese día, mientras tomaban asiento a orillas de un mirador y veían a la gente hacer ejercicio, Minwoo había llorado con su madre y comprendido lo que ella quiso decirle, a pesar de que todavía no terminaba de explicarle nada.

—*Y yo cometí el error de considerar que para ti sería más sencillo una mentira fácil de digerir, que la verdad. Porque olvidé que «se puede guiar a un caballo para llevarlo a un arroyo, pero no se puede hacer que beba agua contra su propia voluntad».*

Su madre había utilizado un proverbio coreano para referirse al intento de hacer algo más sencillo para una persona, a pesar de que era consciente de que no se le podría obligar a hacer ese algo.

—Ya tuvimos esta conversación —recordó Minwoo regresando al presente.

—No quieres saber sobre él —intentó convencerlo su mamá.

—Sabría responder esto si supiese al menos algo de él.

—Por favor...

—Mentir para no herir muchas veces provoca un daño mayor.

—Lo sé.

—¿Y aun así...? Lo dejaré estar por hoy porque tengo otras preocupaciones —aceptó por fin Minwoo—. Pero para las vacaciones de invierno tendré dos semanas libres y me gustaría ir a verte. Y hablar acerca de *él*.

Pudo percibir el temblor en la voz de su madre.

—Está bien, cuando vengas te lo contaré.

Al cortar la llamada, se sintió incluso más triste que cuando el director lo había ido a buscar a la oficina. De camino al departamento de Namoo, lo llamó para intentar hablar con él, pero las llamadas ingresaron al buzón de voz.

Y la situación empeoró porque, unos minutos más tarde, NaTV publicó una segunda noticia que hizo remecer el mundo de ambos.

«Lee Namoo, el *cuestionable* idol que no debió ganar.»

Y más abajo se incluía una larga lista de cada una de las controversias en las que Namoo estuvo involucrado. Encabezándola, se encontraba su participación en el programa de supervivencia idol y cómo había pasado de ser el peor calificado a ser, de un día para el otro, el mejor. Cuestionaba entonces si acaso Namoo no había ganado por su talento, sino que por algo más.

Preocupado, hizo algo que nunca hacía ni con su madre ni mucho menos con Namoo: buscó su nombre en internet. Su estómago se convirtió en un nudo doloroso al comenzar a leer los mensajes que hablaban de Namoo. Había personas enojadas, algunas tristes; la mayoría comparaba al simpático y tímido chico que ingresó al programa de supervivencia con el idol egocéntrico y grosero en el que se había convertido. Tampoco ayudaba el hecho de que los otros *fandom* se burlaran y rieran de las seguidoras de Namoo por tener «esa clase» de idol. Medio internet lo odiaba y la otra mitad tampoco lo apoyaba. Una sensación de desesperanza se había instalado en su pecho, que indicaba un posible inicio de ataque de pánico en plena avenida, cuando su celular se puso a vibrar avisando una notificación.

Lee Namoo ha comenzado un live.

Se sintió perdido, sin tener claro qué hacer, luego sacó los audífonos del bolsillo y se los colocó tras accionar la notificación del directo. De inmediato apareció el rostro para nada sonriente de Namoo. Se preguntó cuánto tiempo duraría esa transmisión antes de que la agencia le cambiara la contraseña a esa red social. O quizás era la agencia la que estaba detrás de dicho live.

Sin embargo, tras ordenar algo que tenía sobre la mesa y que no se alcanzaba a divisar bien, Namoo sorprendió a todos cuando dijo algo totalmente distinto a lo que hacía apenas una hora le había declarado a medio país.

—Habría deseado nunca debutar como solista —fue su primera confesión— o al menos que P5 siguiera siendo *mi* grupo, quizás así me habría sentido menos solo.

El departamento de Namoo estaba a media hora de la escuela en el tren subterráneo, por lo que Minwoo comprobó cuántas estaciones le faltaban para llegar. Captó a unas escolares susurrando entre ellas mientras observaban algo en la pantalla de sus celulares; una de ellas tenía el logo de la «N» con un árbol de cerezo que la identificaba como fan de Namoo.

Minwoo sacó su mascarilla y se la puso.

—No tengo muchos amigos en la industria —continuó Namoo, con su mirada baja como si el suelo fuera lo más interesante de observar, a pesar de que estaba haciendo una transmisión que ya sumaba cien mil personas en línea—. Pero la culpa de eso es únicamente mía.

Namoo hizo una pausa, su cabello rubio se veía húmedo por una ducha reciente. Su rostro estaba sin maquillaje ni filtro, por lo que se podían divisar sus ojeras.

Como si estuviera teniendo una conversación cualquiera, Namoo agarró un pote con kimchi y sacó un poco. Lo masticó mucho tiempo con la vista perdida en un punto del departamento. Durante varios segundos no hubo más que el ruido de sus mandíbulas masticando.

—¿Y saben cómo me di cuenta de eso? Recuerdo que hace unos meses vi en redes sociales que se había abierto una nueva tienda de ramen con atención las veinticuatro horas. Y me dije «¿No sería divertido ir?». Pero ese día terminé de grabar las promociones a las cinco de la mañana. Al regresar a mi departamento, tuve la idea de ir a conocerlo, pero no quería ir solo. Cuando revisé los contactos en mi teléfono, me di cuenta de que no me atrevería a despertar a nadie a esa hora para que fuera a comer ramen conmigo. Así que terminé durmiéndome sin comer nada.

Enfatizando ese hecho, alzó un pote de ramen para mostrarles que justamente a esa hora estaba comiendo lo mismo. Continuó hablando con expresión perdida. Su voz se oía desorientada, como si no perteneciera a la misma persona que un rato antes había llamado a Minwoo exigiendo justicia.

—Estuve pensando en eso mucho tiempo, simplemente no podía quitármelo de la mente. Y cuando por fin tuve a alguien que sí sería capaz de despertarse a las cinco de la mañana para acompañarme a comer ramen... ocurre esto.

El metro anunció el cierre de puertas, lo que distrajo a Minwoo. Faltaba una estación para llegar a su destino.

Namoo dejó de masticar lo que le quedaba de kimchi.

—Si pudiera regresar al pasado... —Entonces, una sonrisa tímida apareció en su rostro. Por primera vez en lo que llevaba de live, hizo contacto con la cámara mientras el gesto se desdibujaba hasta desaparecer—. Si pudiera regresar al pasado, nunca volvería a elegir esta vida.

El tren había llegado a la estación de destino, por lo que Minwoo se bajó corriendo.

—Sé que la mayoría nunca lo entenderá, ni tampoco quiero que lo hagan... Simplemente necesitaba decirlo antes del final.

Alcanzó a avanzar dos largas cuadras antes de que Namoo terminara de comer los noodle. Pudo notar que detrás suyo se veía parte del nuevo televisor, por lo que dedujo que Namoo estaba frente a la entrada del departamento.

—No les pediré que no hablen de mí porque esto, me guste o no, es algo que *yo* acepté. Pero la única culpa que tienen las personas que me rodean es ser amigos de alguien como yo, nada más. Por favor, déjenlos fuera de esto. —Inclinó la cabeza y la mantuvo baja por casi un minuto—. Siento mucho ser una decepción para ustedes. Nunca debí tener lo que tengo, por eso, a contar de hoy, me retiraré de la industria.

Y al alzar la mirada, su expresión era culpable, pesimista. No parecía triste, solo un hombre arrepentido por muchas decisiones que consideraba erróneas. A pesar de que la opción sencilla tenía más probabilidad de ser la opción correcta, tal cual indicaba el principio de Ockham, muchas veces se equivocaba. Y su vida era un claro ejemplo de ello.

—Realmente lo siento —susurró al bajar la vista—. Lo siento... lo siento muchísimo.

Tras ello, la transmisión se cortó.

Cuando Minwoo llegó al departamento, Namoo ya no se encontraba por ninguna parte, a pesar de que el directo había terminado hacía menos de diez minutos. Por más que intentó llamarlo, no le respondió el teléfono.

Y todo lo que quedó de él fue el ligero aroma de su perfume. Entonces, el gato de Schrödinger dejó de existir.

40

El ascensor estaba compuesto por cuatro paredes de espejos y, en cada uno de ellos, se reflejaba el rostro ansioso de Namoo. Sus manos, convertidas en dos puños apretados, se escondían en los bolsillos de su pantalón para evitar mirarlas. Le dolían tanto como si las hubiera puesto sobre el fuego; los guantes oscuros que cubrían su piel solo empeoraban la sensación. Y, aun así, de no ser por aquel gesto rígido en su boca, nunca habría imaginado que ese chico en el espejo tenía tal caos en la cabeza. Porque su cabello rubio, peinado en ondas que iban hacia el costado, su cara maquillada y su ropa entallada color blanco mostraban únicamente a un joven apuesto.

Un maniquí bello pero carente de vida.

Al abrirse las puertas del ascensor, lo recibieron dos personas. Una empleada del hotel, que se recuperó con rapidez de la impresión de verlo, y el mánager Seo, quien estiró la mano hacia él para que se la sujetara.

—Llegas tarde —señaló el hombre, que era incluso más alto que el propio Namoo. Parecía una ironía que ocho años atrás, cuando se lo presentaron, lo hubiera considerado guapo. Ahora no podía ver nada de belleza en aquel rostro desagradable.

Como Namoo no respondió y tampoco sujetó su brazo extendido, el mánager Seo le empujó con su mano para que se moviera. Namoo avanzó con mayor velocidad para apartarse de él.

El restaurante no estaba muy concurrido, había unas pocas mesas ocupadas, ninguna cercana al grupo de hombres que divisó más adelante. Sus piernas dudaron, la mano del mánager Seo insistió en su espalda. Namoo continuó avanzando hasta tomar asiento. Todos en la mesa guardaron silencio, mientras él mantenía la vista baja. Para hacer tiempo, recogió la servilleta de tela y la puso sobre sus muslos temblorosos.

—Lamento la demora —se disculpó intentando que su voz no titubeara, porque comenzaba a sentir una presión en el pecho que no lo dejaba respirar.

Alguien dijo algo, Namoo no quiso entenderlo. El hombre a su lado movió su mano para acercarla a él.

Agarró la copa de vino que le habían servido y se la bebió de un trago.

No podía respirar.

Alguien se rio, otro le siguió.

Le llenaron nuevamente la copa y la volvió a vaciar.

Esta vez la risa fue algo incómoda, estridente, Namoo no lograba identificarla porque sus oídos zumbaban. Las voces se asemejaban a una colmena que empezaba a despertar.

—Caballeros, comencemos. —Percibió el tono frío y tajante del mánager Seo—. Namoo ya está aquí.

Al agarrar la copa una tercera vez, terminó golpeándola sin querer. La mancha roja avanzó por la mesa y cayó en un río intermitente ubicado entre Namoo y el hombre a su lado. Sintió el muslo derecho mojado.

—Lo siento —se escuchó decir—, soy un idiota.

Risas bajas y profundas, despectivas.

Sus oídos seguían zumbando.

Captó el deslizamiento de sillas, entonces un brazo lo sujetó por la cintura y lo hizo levantarse.

—Ve a limpiarte —dijo el mánager Seo chasqueando su lengua en señal de disgusto al comprobar que su pantalón blanco había quedado manchado.

La mujer de la recepción se inclinó hacia él y apuntó hacia la derecha para indicarle el baño.

La camisa se le pegaba a la espalda, el cuello le irritaba la barbilla, los botones se encontraban muy ajustados, el cinturón era muy incómodo, y sus manos... le molestaban bajo los guantes negros.

Empujó la puerta del servicio con el hombro, la que se cerró de inmediato apagando el ruido del comedor. El enorme espejo sobre los lavabos le mostró la imagen de un chico con ojos enormes; la boca entreabierta, seca y jadeante; la piel pálida y sudorosa, y una expresión asustada, ansiosa, insoportable porque no podía enmudecer las voces en su cabeza.

Cerró con llave la manija, luego se quitó los guantes.

Y se lavó las manos una.

Y otra.

Y otra.

Y otra vez.

Sus dedos rojos y temblorosos estuvieron bajo el agua, llevándose consigo los pequeños hilos de sangre de las costras que se había arrancado por la desesperación.

Golpearon la puerta, intentaron abrirla sin resultados.

—Namoo, te estamos esperando. —Era el mánager Seo—. Apresúrate.

Su pecho subía y bajaba.

Subía y bajaba.

Cada vez más rápido.

La camisa se le pegaba en la clavícula y en la espalda.

Se quitó la chaqueta y la lanzó al suelo.

Agarró más agua, su piel ardió por el contacto.

Se mojó el rostro.

Quiso llamar a Minwoo.

Necesitaba a Minwoo.

Lo extrañaba tanto.

El reflejo en el espejo mostraba a un chico tembloroso, pálido, sus labios blancos y resecos.

No podía regresar.

No quería regresar a esa mesa.

No podía.

No quería.

No podía.

No quería.

No podía.

No quería.

No podía.

Su puño se estrelló contra el vidrio, el espejo se tambaleó por el impacto. El ardor comenzó en sus nudillos y subió por su brazo hasta dominar su cuerpo. Quedó una mancha roja de sangre en el punto donde encajó el golpe.

Una risa se coló por sus labios.

Su mano izquierda logró agrandar la grieta que empezaba a formarse en el espejo. Le siguió el puño derecho y el izquierdo, y el derecho, y por fin el vidrio se trizó. Cuando volvió a golpearlo, el dolor estalló en su brazo con tanta fuerza que se escuchó a sí mismo jadear. La sangre empezaba a caer manchando el espejo, la baldosa, sus pantalones blancos.

Pero volvió a golpear.

Una.

Y otra.

Y otra.

Y otra.

Y otra.

Y otra vez.

Sus manos cortadas y fracturadas apenas le permitieron abrir el seguro de la puerta. Afuera estaba el mánager Seo con la empleada del restaurante. Ella fue la primera en verlo.

Escuchó su grito.

Luego vio la expresión de total consternación del mánager Seo.

—Minwoo —susurró Namoo—. Llama a... Minwoo.

Sus piernas perdieron fuerzas, la cabeza le dio vueltas. Sus rodillas colisionaron contra el suelo, alguien alcanzó a agarrarlo. Luego el mundo fue un hoyo oscuro.

41

—¿Cuál es el secreto que provoca que todos se hayan silenciado, a pesar de que solo alguno de ustedes me vio ingresar al salón? ¿Un pájaro carpintero puede derrumbar un edificio? ¿Por qué los soldados deben romper filas para cruzar un puente? Todo eso se debe a la sincronía o sincronía de la multitud. Mi nombre es Kim Minwoo y seré su profesor de física este año.

La primera vez que Minwoo realizó una clase también fue la última. Había sucedido hacía ya unos tres meses, pero todavía lo sentía tan cercano que su nuca no dejaba de picarle mientras avanzaba por la sala de clases siendo observado por veinticinco pares de ojos. Sintiendo las manos tirantes e incómodas, dejó su maletín sobre la mesa de profesor y lo abrió, cada uno de sus movimientos eran replicados por sus alumnos que buscaban en sus bolsos sus dispositivos móviles para escribir.

—Si bien la segunda ley de la termodinámica indica que en el universo todo tiende al desorden y la norma en los sistemas complejos es la teoría del caos, ¿por qué se da un fenómeno como la sincronización?

Sacó tres metrónomos, dos latas cerradas de bebida y una tabla.

—En 1831, setenta y ocho hombres pasaron marchando por un puente localizado en el norte de Inglaterra. ¿Qué creen que sucedió? Se desplomó. Desde aquel incidente, las tropas tienen la obligación de romper marcha al cruzar un puente. Pero ¿a qué se debe esto?

Miró con atención a sus alumnos adolescentes, la mitad de ellos intentaba anotar lo que estaba explicando, la otra mitad lo analizaba como si no entendieran si la clase había comenzado o no.

—No tomen apuntes, solo préstenme atención, luego les enviaré la información por la plataforma virtual —pidió, agarrando un lápiz para escribir en el pizarrón digital—. Todas estas dudas que les he planteado comenzaron a surgir hace trescientos cincuenta años, cuando un físico holandés inventó un reloj con péndulo para ayudar a los marinos a orientarse, ya que en esa época los relojes convencionales se atrasaban hasta quince minutos por día. Su idea era colgar dos relojes de péndulo desde un bloque pesado, con la finalidad de que la marea no afectara el movimiento pendular. Pero ¿qué creen que sucedió? Sin planearlo, entendió la sincronización.

Dibujó con rapidez un arco suspendido sobre dos sillas, desde la vara de madera colgaban dos relojes de péndulo.

—Mientras hacía observación para documentar el experimento, se dio cuenta de que, al colgarlos en la vara, a la media hora el movimiento pendular de ambos relojes se terminaba sincronizando. Y por mucho que el físico modificó el movimiento pendular de uno de los relojes para que fuera a destiempo, a la media hora los dos relojes volvían a sincronizarse. ¿Por qué sucedía esto?

Como respuesta, obtuvo silencio y una ola de confusión. La picazón regresó a su nuca. Minwoo apuntó a uno de sus alumnos y repitió la pregunta.

—¿Por el aire? —respondió el chico sin enterarse de nada.

—Aunque no lo creas, el físico holandés consideró la misma teoría, por lo que puso una tabla entre ambos relojes para evitarlo. Con este cambio, ¿qué debía ocurrir? Le daré puntos extra en el examen a quien responda de manera correcta.

De inmediato, diez manos estuvieron alzadas. Minwoo eligió una.

—Siguieron sincronizándose.

Minwoo sonrió feliz.

—¿Por qué piensas eso?

—Porque ambos relojes seguían conectados a la misma vara de madera.

Sin poder contenerse, movió sus puños en señal de victoria. Soltó una risa contenta mientras señalaba a la alumna con el lápiz.

—Correcto —la felicitó—. Y aquel fenómeno se debe a algo tan simple como lo es la transmisión de las vibraciones mecánicas.

Como había ensayado cada día de la última semana para que saliese el experimento a la perfección, regresó a su mesa y posicionó las latas de bebidas de costado, después puso la tabla delgada sobre ellas y finalmente los dos metrónomos sobre el tablón. Los accionó a destiempo. La tabla se tambaleó unos instantes hasta que se estabilizó y, poco a poco, los metrónomos se fueron sincronizando.

—Ahora probemos con tres —propuso.

Lo ubicó y accionó a destiempo. Tal cual había sucedido anteriormente, los metrónomos volvieron a sincronizarse. Escuchó un jadeo de admiración general que lo hizo por fin relajarse.

—Esta sincronización se produce debido a que, cada cierta oscilación pendular, el movimiento de la tabla coincide con la oscilación. En el caso de un edificio con un pájaro carpintero picoteando una de sus caras, la sincronización comienza a coincidir con la resonancia natural que tienen los rascacielos debido al viento. Imaginen que mi mano es el edificio —pidió, alzando el brazo y moviéndolo levemente de derecha a izquierda. Después, con su otra mano, comenzó a pegarse en su palma simulando ser el ave en cuestión—. Sucede que cada cierto tiempo, el picoteo del ave va a coincidir con la resonancia del edificio y lo va a potenciar hasta que termine tirándolo. Lo mismo sucede con los puentes y los soldados marchando. La sincronización de sus pasos termina coincidiendo con la frecuencia de resonancia del puente, lo que potencia el movimiento y, por tanto, terminan también tirándolo. Sin embargo, no fue hasta 1984 que se logró crear el modelo matemático de Kuramoto para describir la sincronización.

Minwoo todavía pensaba en su primera clase cuando regresó a su departamento esa tarde. El cuello de la camisa le picaba y molestaba, el calor no ayudaba en nada.

Sincronización.

La mayoría de las luciérnagas lograban sincronizar sus destellos cuando se encontraban a poca distancia entre ellas. Evidentemente, siempre había excepciones, el mismo Minwoo era un claro ejemplo de una pobre luciérnaga desincronizada. Parecía siempre encender su luz mientras las demás decidían apagarse, así en una constante desincronización con la vida, con la gente, hasta con el mismo Namoo.

Namoo.

Pateó una piedra que terminó rodando y metiéndose en un alcantarillado.

Al entrar al departamento, se encontró a Haru con pantalón corto y sin camiseta, tenía una cerveza en la mano y observaba la televisión con la boca entreabierta. No se veía animado, ni mucho menos contento.

—¿Tan mal te fue? —quiso saber tras quitarse los zapatos.

—Los primeros días de clases siempre son asquerosos —refunfuñó Haru—, pensaba eso siendo alumno y lo reitero como profesor.

—¿Qué sucedió? —insistió quitándose la camisa todavía abotonada. Con la cabeza atascada en el agujero, sintió el cosquilleó de un cuerpo pequeño en el pie: debía ser Ratata saludándolo.

—Se rieron de mí —jadeó Haru—. ¿Puedes creerlo? Niñatos de trece años riéndose de mí.

—Eres gracioso —observó Minwoo recogiendo a Ratata del suelo y acercándola a su rostro para darle un beso en la nariz—. Quizá se reían contigo, no de ti.

—Claramente se reían de mí —bufó Haru, alzando los brazos, frustrado. Un chorro de cerveza se estrelló contra el suelo—. Te prometo que lo limpiaré.

—Ahora o se va a pegar —avisó.

Haru fue a la cocina por un paño, Minwoo a su cuarto para quitarse el pantalón. En una esquina de la habitación se encontraba la ratamansión.

Namoo, pensó.

Intentó no prestarle atención a la cama ni a las mantas que Namoo le había comprado hacía un tiempo. Se puso ropa cómoda y regresó a la sala de estar. Se sentó en un lado del sofá, Haru se le unió.

Hubo un instante de silencio incómodo porque sabía lo que iba a preguntar Haru.

—¿Se ha sabido algo de Namoo?

—Todavía nada.

Minwoo observó a Ratata que empujaba una pelota por el salón.

Sincronización.

Namoo y él nunca habían logrado sincronizarse.

—¿Y no te ha llamado? —quiso saber Haru.

Una semana.

Había pasado una semana desde que Namoo hizo aquel live, desde que lo fue a buscar a su departamento, desde que le envió aquel mensaje que tuvo una única respuesta.

«Lo siento, no me contactes.» Eso era todo. Solo un «lo siento, no me contactes», para luego nunca más contestar sus llamadas, como tampoco leer sus mensajes dirigidos a la nada.

> Minwoo: Estoy preocupado, Namoo.
>
> Minwoo: Por favor, dime algo.
>
> Minwoo: No tengo a nadie para preguntarle sobre ti, no conozco a nadie de tu vida. Por favor, Namoo, solo dime algo.
>
> Minwoo: Estoy pensando lo peor.
>
> Minwoo: Namu, por favor, solo un mensaje.

Era como si el gato de Schrödinger hubiera dejado de existir, como si nunca hubiera abierto su caja. Porque de pronto Minwoo se había quedado sin su número de teléfono y sin poder visitar su departamento, y todo su universo se desincronizó.

Sincronización.

¿Por qué era tan importante?

—¿Y no has intentado...? —comenzó Haru—. No sé, ¿ir a su agencia a preguntar por él?

Minwoo frunció la boca.

—Lo hice antes de venir —susurró—. Se rieron de mí.

—Quizá si intentas...

—Hace mucho tiempo tú me dijiste algo —lo interrumpió Minwoo.

Desconcertado, Haru intentó balbucear algo.

—No lo recuerdo —admitió.

—No se puede ayudar a alguien que no quiere ser ayudado —recordó.

La boca de Haru también se frunció. Se quedó unos instantes en silencio con la barbilla baja.

—Pero, Minwoo... tú lo sabías.

—¿Qué cosa?

—Que Namoo no estaba bien.

Sincronización.

En la época de los noventa descubrieron a la ballena más solitaria del mundo, incapaz de comunicarse debido a su canto de 52 hz. Una historia de amor nunca correspondida porque, por mucho que aquella ballena cantó buscando a su pareja y a sus compañeros, su llamado jamás recibió respuesta.

Como Minwoo y Namoo.

Porque mientras Minwoo buscaba a Namoo en la frecuencia de los 15 hz, Namoo orbitaba en la eterna soledad del 52.

Sin embargo, esa noche la frecuencia cambió porque Minwoo fue despertado a las 3.06 de la madrugada.

—Lo siento. —Era la áspera y cansada voz de alguien que no reconoció—. ¿Eres Kim Minwoo? Soy el representante de Lee Namoo.

Sincronización.

¿Por qué era tan importante?

Porque sin la sincronización la vida era un universo que tendía al caos.

42

Eran las 6.30 de la madrugada. Mientras observaba el segundero avanzar, sonaron las puertas abatibles de la sala de espera y una doctora, con mascarilla y gorro desechable color azul, se movió por el cuarto hasta detenerse frente a dos hombres que Minwoo saludó al llegar unas horas atrás. Se puso de pie y avanzó hacia ellos, captando la última parte de la conversación: Namoo había sido ingresado y ahora se encontraba descansando en una habitación privada. Como la hora de visitas comenzaba a las ocho de la mañana, Minwoo se acomodó en un rincón para esperar.

Comprobó una vez más el reloj de la sala de espera, como si no supiera la hora que era. A continuación, llamó al director de la escuela para explicarle que iba a ausentarse esa mañana.

—Un amigo está hospitalizado —se escuchó explicar cuando su jefe le preguntó qué sucedía—. Se desmayó en el baño y se golpeó contra un espejo.

—¿Y está bien?

Minwoo bajó la vista, la punta de sus zapatos se tocaron una, dos, tres veces.

—Todavía no puedo verlo.

El director le aseguró que no debía preocuparse por el trabajo al percibir algo en su voz, quizá su forma ahogada al hablar, el temblor en cada inspiración o el tartamudeo al hilar las oraciones.

Al finalizar la llamada, tenía un mensaje de Haru.

> **Haru:** Estás en el hospital, ¿cierto? Acabo de ver la noticia, puedo ir para estar contigo.

Le respondió que no se preocupara, que todavía no lo veía, que lo único que sabía de la situación era que Namoo había recibido algunos puntos. También agregó que estaba bien, que podía estar solo, a pesar de que llevaba más de dos horas calculando la magnificencia en una hoja de notas en su celular para evitar el ataque de pánico que le respiraba en la nuca.

Eran casi las ocho de la mañana cuando Haru le envió la ruta de una página de noticias.

LEE NAMOO ES HOSPITALIZADO DE EMERGENCIA

La agencia del idol aclaró su estado de salud actual: «Lee Namoo no se encuentra en una condición crítica. La pasada noche, mientras era partícipe de una cena privada, tuvo una descompensación de salud que provocó que su cuerpo chocara con un espejo del restaurante. Sus manos fueron las que recibieron todo el impacto. Actualmente, se encuentra descansando en una habitación privada, donde se estará recuperando los próximos días. Como agencia lamentamos las preocupaciones».

Sin embargo, un testigo anónimo que visitaba el restaurante a la misma hora indicó que «había mucha sangre, demasiada».

NaTV le desea una pronta recuperación a Lee Namoo.

Había terminado de leer el reportaje cuando captó el ruido de unos zapatos acercándose. Al alzar la vista, se encontró a uno de los mánager de Namoo. Tenía dos cafés y una bolsa de papel, le tendió uno y sacó un pastelito pequeño que también se lo dio.

—Gracias —susurró Minwoo. Le dio un sorbo al café y una mascada al panecillo dulce.

El mánager se mantuvo frente a él con expresión indecisa.

—Soy el mánager Su, nos conocimos hace un tiempo —dijo al final. Una pausa, un suspiro, tomó asiento a su lado—. He estado con Namoo desde que debutó.

El otro mánager, Seo, se encontraba más alejado de ellos. Observaba su celular, tenía una pierna cruzada sobre la otra. Y sus calcetines, como también el borde del pantalón y su camisa blanca, estaban manchados de rojo. Era la sangre de Namoo.

La ropa del mánager Su se asemejaba mucho a la vestimenta que Minwoo llevaba: ambos parecían haber sido sacados de la cama a mitad de la noche. Minwoo tenía puestos una zapatilla y un zapato, estuvo tan acelerado por salir que ni siquiera pudo hallar el par correcto. En tanto, el mánager Su iba con el pantalón de pijama y, encima, un abrigo delgado para cubrir su camiseta de dormir.

Era notorio cuál de los dos había estado con Namoo.

—Lamento haberte despertado —continuó hablando el mánager Su—, pero estaba un poco asustado y pensé que Namoo quedaría más tranquilo si te veía.

Porque mientras el mánager Su lo había saludado cuando llegó a la sala de emergencia, el otro le pidió que se marchara. Por supuesto, Minwoo no le obedeció.

Se había terminado de comer el panecillo dulce con el café, cuando el mánager Su se animó a continuar con la conversación.

—Namoo quiere verte.

Sorprendido, se giró hacia él. Minwoo descubrió que el otro mánager no les apartaba la vista de encima, por lo que fingió atarse los cordones para disimular su pregunta.

—¿Me dejarán entrar a verlo?

El mánager Su apuntó al otro con un discreto movimiento de cabeza.

—Él no, por eso Namoo me pidió a mí que te llamara. Lo que haremos es que fingiremos que vamos a comprar y te llevaré al ala norte del hospital.

Minwoo bajó el pie con sus cordones ya atados y se incorporó. El mánager Su se acercó a su compañero.

—Iremos a comprarnos otro café, ¿quieres algo?

El sujeto negó con la cabeza, estaba en una llamada telefónica. Aprovechando la distracción, se movieron por el hospital hasta ingresar al pabellón norte. Una enfermera intentó detenerlos, no obstante, el mánager Su presentó una credencial que lo identificaba como guardia personal de Namoo.

—Él me acompaña —señaló a Minwoo.

El pabellón tenía forma de «L», el cuarto de Namoo era el último. Su puerta se encontraba cerrada y afuera había otro empleado que debía ser de la agencia, a quien el mánager Su se dirigió.

—Estaré con él, ve a comer algo y regresa en media hora.

La habitación de Namoo tenía las luces apagadas y las cortinas cerradas. Era de un ambiente con un baño a la izquierda. Su mirada buscó a Namoo. Sus manos se encontraban envueltas en vendas y gasas y apoyadas sobre almohadones. Estaba pálido por la pérdida de sangre, su color de piel semejante a su cabello casi blanco.

No estaba durmiendo, tampoco tranquilo. Su mirada fue hacia Minwoo, su expresión de infinita angustia. Estaba llorando. Sus lágrimas caían con lentitud por sus mejillas delgadas, como si le estuvieran acariciando la piel más que aliviando su dolor. No había sollozos ni estremecimientos, sus labios continuaban semiabiertos para tomar aire y su pecho seguía subiendo y bajando a un ritmo parejo. No había emoción, porque no eran lágrimas de tristeza, eran las de un alma ya derrotada.

Al llegar a su lado y acariciarle la mejilla, Namoo cerró los ojos unos instantes e inclinó la cabeza hacia él.

—Lo siento, Minwoo —susurró—, no estoy bien.

Sintió el dolor rasparle el pecho mientras le peinaba el cabello para apartárselo de la frente.

—No fue un accidente, ¿cierto?

Las pestañas de Namoo revolotearon al abrirse, de su boca escapó un murmullo tan bajo que Minwoo, de no haberse inclinado para darle un beso en la mejilla, no lo habría escuchado.

—Ayúdame.

Y le siguió una súplica incluso más dolorosa:

—Por favor.

Esa tarde, cuando se dirigía a su departamento, Minwoo llamó a su psicólogo. Park Seung tardó varios segundos en contestar. Su voz estable y familiar saludándolo le hizo detenerse y tomar una inspiración profunda.

—Ajusshi, tengo un amigo que no está bien.

Tardó un minuto en resumirle la situación.

—Entiendo —dijo cuando Minwoo terminó de hablar.

—Así que... ajusshi, creo que necesito un psicólogo nuevo.

—¿Para tu amigo?

—No, para mí.

Park Seung hizo una pausa antes de continuar.

—¿Para ti?

—Sé que no puede tratar a dos personas que sean cercanas, ¿o me equivoco?

—No puedo —aceptó Park Seung—, porque podría nublar mi buen juicio.

Minwoo tomó una inspiración, le dolía el estómago.

—Lo sé, por eso necesito un psicólogo nuevo.

—Pero ¿por qué debo ser yo, Minwoo? —preguntó sin entender—. Puedo recomendarte a profesionales excelentes que ayudarán a tu amigo.

—Pero no son ajusshi.

—Minwoo...

—Y ajusshi me salvó. Yo confío en usted.

Como Park Seung se quedó en silencio, Minwoo comenzó a intranquilizarse. Sentía la nuca tirante por la ansiedad y la preocupación.

—Por favor —pidió una vez más—, yo estoy bien, pero mi amigo no. Y él lo necesita, ajusshi.

Park Seung dio un suspiro que saturó la llamada.

—Te voy a extrañar, Minwoo.

Cerró los ojos con fuerza.

—Yo también.

Como no tenía idea.

Pero era lo único que podía hacer por Namoo en ese momento.

43
TERCERA LEY DE LA TERMODINÁMICA

Existía un principio, conocido como la tercera ley de la termodinámica, que indicaba que cualquier proceso de un sistema físico se detenía al llegar al cero absoluto de temperatura, ya que la entropía alcanzaba un valor mínimo y constante. Así se sintió Namoo los siguientes días al incidente, como si todo en él se hubiera detenido. Se había convertido en un cero absoluto porque la entropía había desaparecido de él.

Cuando el jueves llegó a verlo, solo cargaba sus ansias, que intentó mantener muy escondidas en el bolsillo de su chaqueta. Al pasar por el lado del personal médico, inclinó la cabeza en señal de saludo y respeto. Debido a ello, casi chocó con un hombre que avanzaba en sentido contrario. Minwoo se movió hacia un costado para dejarlo pasar.

—Ten más cuidado —escuchó que dijo, molesto, el hombre.

Frunciendo el ceño, Minwoo se le quedó observando hasta que desapareció del pabellón. ¿Lo conocía de algún lado? Su rostro le resultaba vagamente familiar. Sacudiendo la cabeza, continuó su camino. Al igual que los días anteriores, había alguien resguardando la puerta de Namoo desde el pasillo. Era el mismo empleado del martes, por lo que no tuvo problemas para entrar al cuarto.

Se encontró a Namoo con el rostro volteado hacia la ventana. Tenía la respiración agitada y errática, con unos pocos temblores de estar conteniendo el llanto. Parecía irritado, aunque también apenado, como si hubiera discutido con alguien. Supo que era así al percibir el dolor en su grito enojado.

—¡Vete!

Desconcertado, Minwoo frenó en seco a mitad del cuarto.

—Pero yo... —Apuntó hacia la puerta— acabo de llegar.

Namoo se giró hacia él. Su gesto asustado, triste y confundido se esfumó al instante para convertirse en uno de sorpresa y arrepentimiento.

—¡No, no, Minwoo! —balbuceó desesperado moviendo sus manos vendadas entre las mantas para intentar apartarlas—. ¡No te vayas, por favor, no te vayas! Pensé que eras otra persona.

Se movió con rapidez hacia Namoo al darse cuenta de que este intentaba levantarse para llegar a él. Le puso una mano en el centro del pecho y lo empujó con suavidad para que se recostara contra las almohadas.

—Tranquilo, Namoo.

—Pero... yo...

—No me iré.

Con los ojos abiertos, demostrando ansiedad y un terror que Minwoo apenas comenzaba a comprender, Namoo asintió con lentitud, su respiración todavía acelerada.

—Okey —tartamudeó.

Frunciendo el ceño, Minwoo apuntó hacia la puerta.

—¿Discutiste con alguien? Vi a un hombre en el pasillo, ¿fue con él?

Pensó que no iba a contestarle, se sorprendió cuando lo hizo.

—Sí. —Su boca parecía reacia a continuar—. Es Na Jaeyong, el CEO de la empresa NaTV. Son los que me odian o aman, no hay punto intermedio con ellos.

—¿Y qué hacía aquí?

—Fingir que está interesado en mi salud.

Minwoo se quedó examinándolo en silencio. La postura de su amigo fue cambiando hasta que sus hombros se encogieron, refugiándose así de un golpe emocional con un gesto físico.

—Estaba presente el día de la cena —contó Namoo, sus palabras sonaban entrecortadas como si las masticara más que pronunciara.

Na Jaeyong, memorizó. ¿Quién era y por qué había logrado sacar una emoción en Namoo tras días de absoluta nada?

—Gracias por contarme —dijo, porque por fin había tenido una respuesta tras días.

La entropía regresaba y junto con ella, el desorden.

El calor.

Y la vida.

Porque Namoo empezaba a descongelarse.

A sentir.

Y con ello vendrían las emociones.

El terror.

Pero también la recuperación.

Na Jaeyong, no pudo dejar de pensar en él.

44

TEORÍA DE LAS CUERDAS

«La teoría de las cuerdas propone unificar todas las leyes del universo a través de la hipótesis de que las partículas que conforman el cosmos son cuerdas en vibración. Esta teoría asume que existen las tres dimensiones espaciales que ya conocemos, más el tiempo y otras seis que se supone forman un espacio pequeño. Con ello, esta teoría sería capaz de hacer compatibles la gravitación y la mecánica cuántica, como también contener dentro de sí una unificación de las cuatro fuerzas fundamentales de la naturaleza. Siendo el caso así, ¿por qué la gente se oponía a ella?»

Como Minwoo trabajaba los viernes solo media jornada en la escuela, pasó de inmediato a visitar a Namoo al hospital. Nada más verlo, el chico intentó meter un mechón de cabello tras su oreja, lo que no pudo hacer, pues sus manos todavía se encontraban vendadas. Con una mueca frustrada, las regresó a su posición sobre los almohadones y se sentó más recto.

—Hola —dijo Minwoo.

Recibió una sonrisa tímida.

—Hola.

—¿Qué has hecho?

Un encogimiento de hombros.

—Dormir, comer y aburrirme.

Minwoo se dio un coscorrón mental. Había sido una idiotez preguntar algo así a una persona que llevaba cuatro días hospitalizada y que, por lo demás, permanecía con las manos vendadas impidiéndole hacer algo más que aburrirse. Al percatarse de que Namoo no parecía molesto, tomó asiento a un costado de él. Su cadera quedó rozándole la pierna. Intentó no ponerse nervioso por la cercanía.

—¿Te has sentido mejor?

La atención de Namoo fue hacia las mantas.

—Algo —aceptó el idol con inquietud.

Minwoo tenía claro que para Namoo no debía ser cómodo recordar el motivo por el que se encontraba en esa camilla, sin embargo, ignorar el tema no necesariamente solucionaba el problema. Porque este continuaría ahí, solo que congelado bajo una fina capa de hielo que siempre amenazaría con romperse ante la más mínima perturbación.

—Recuerda que hoy tienes hora con tu psicólogo, Namoo.

El idol tomó una larga inspiración que retuvo en sus pulmones antes de dejarla escapar de golpe.

—Sí.

—Sé que no quieres, pero lo necesitas.

Su postura fue incluso más triste, tensa.

—Lo sé —susurró.

—Vas a estar con la cámara apagada hasta que decidas lo contrario. —Se puso de pie y fue por su computadora—. Park Seung es una persona en la que yo confío muchísimo. A ajusshi no le interesa cómo te llames, lo que él quiere es escucharte. Si eso te hace sentir más cómodo, puedes inventarte un nuevo nombre.

—Okey —lo escuchó aceptar con derrota.

Le llevó la laptop y la abrió en el borde de la cama. Al notar su expresión angustiada, Minwoo le acarició la mejilla poniendo su cabello tras la oreja, como había intentado hacerlo repetidas veces. Todavía lo estaba acariciando cuando habló.

—Namoo, necesitarás hablar con Park Seung si quieres estar mejor. Y para eso tienes que confiar en él.

La respiración de Namoo había vuelto a ser errática.

—Pero ¿y si...?

—¿Confías en mí?

Sus ojos enormes y asustados se fijaron en él, su labio inferior tembló al responder.

—Desearía que no fuera así.

Namoo parecía ansioso por otra caricia, porque su cuerpo se había adelantado unos centímetros para acercarse a él. Minwoo no se movió.

—Y yo confío en ajusshi, Namoo.

El idol se inclinó para apoyar su frente en el hombro derecho de Minwoo. Se quedó unos instantes así, con sus piernas moviéndose intranquilas bajo las mantas. Se apartó unos pocos centímetros y pudo ver su mirada atemorizada.

—¿Crees que Park Seung pueda ayudarme?

Minwoo sintió un nudo pesado en la garganta, que bajó hasta asentarse en su pecho. Últimamente parecía vivir con esa pesadez.

—Sí —contestó con suavidad—, siempre y cuando tú también te esfuerces.

—Pero estoy roto.

—Lo sé.

—Y aunque mejore, siempre estaré así.

Namoo apartó el rostro para contemplar el ventanal de la habitación, afuera había comenzado a llover. En Seúl siempre llovía en verano.

—Hace unos siglos, un comandante japonés envió a China a arreglar sus tazones favoritos para el té, ya que se habían quebrado. Pero no le gustó la reparación que le hicieron, así que buscó otro artesano. Cuando le regresaron sus tazones con esta segunda reparación, notó que las grietas las habían pegado con resina y oro en polvo, resaltando las imperfecciones en vez de ocultarlas. ¿Y por qué el artesano hizo eso? Porque, sin su pasado, esa vasija no era más que otro juego de té. A lo que quiero llegar con esta historia, Namoo —continuó cuando tuvo total atención del chico—, es que no importa que tengas grietas porque significará que lograste reparar lo que alguien quebró.

Su atención continuó sobre él cuando se puso de pie y le acomodó de nuevo la laptop en el regazo.

—Minwoo —lo llamó antes de que se fuera.

—¿Sí?

—¿Por qué confías tanto en que mejoraré?

—Porque es ajusshi y no quiero perderte.

Namoo tragó saliva y cerró los ojos unos instantes. Entonces, hubo un pequeño asentimiento casi imperceptible.

—¿Puedo confiar en él?

Minwoo no lo dudó.

—Ajusshi era mi psicólogo.

—¿Por qué ya no?

Intentó que la mentira no se colara en su expresión.

—Porque yo ya estoy bien.

—Yo también quiero estar bien —admitió Namoo con voz ahogada.

—Park Seung me ayudó y podrá hacerlo contigo siempre y cuando confíes en él.

Antes de que Namoo pudiera rebatirle, en la pantalla apareció un intento de conexión del psicólogo. Minwoo dio un paso hacia atrás, el idol no dejaba de observarlo.

—Regresaré en una hora —le recordó.

La comida de la cafetería del hospital era atemorizante, incluso para Minwoo que había vivido años alimentándose del menú más barato. No sabía si los cocineros habían tenido un mal día o él estaba tan nervioso que todo le sabía agrio. Apenas probó bocado, el resto del tiempo estuvo jugando con lo que quedó en el plato.

Comprobó su reloj.

Media hora.

El café, por fortuna, estaba mejor. Mientras se tomaba una taza con unos pastelillos, vio un video en el celular. Como no podía concentrarse, también se rindió tras unos intentos fallidos.

Diez minutos.

Caminó de regreso al pabellón norte, con pasos lentos pero ansiosos, en una clara batalla mental entre tranquilizarse y el deseo de correr porque de seguro así el tiempo transcurría más rápido. Llegó a la puerta un minuto después de lo acordado. El guardia que custodiaba el cuarto parecía aburrido. Se detuvo a su lado antes de golpear la puerta.

—¿Vino alguien mientras estuve ausente?

Su expresión desconcertada dijo más que su respuesta.

—No —pausa de reflexión—. No debí haberte respondido eso.

Le sonrió con culpa antes de tocar la puerta con los nudillos.

—Si eres Minwoo, pasa —escuchó la invitación de Namoo—. Si no, vete, no me interesa.

Eso lo hizo sonreír más amplio, su mirada encontrándose medio segundo con la del guardia. Borró su expresión de inmediato e ingresó al cuarto. Namoo había cerrado la computadora, a pesar de que la mantenía sobre los muslos. No parecía enojado, ni tampoco triste. Se veía confundido.

Tomó asiento en la cama de Namoo y agarró la laptop, posándola sobre sus propias piernas.

—¿Cómo te fue? —Enseguida se corrigió—. Quiero saber el sentimiento general, no tienes que contarme nada más... las sesiones son privadas, eso lo sé.

Namoo se tocó la oreja con su mano vendada, como si intentara rascarla al igual que un cachorro torpe y estresado.

—Me dio una tarea —admitió.

Minwoo recordó la primera tarea que ajusshi le dio:

—*¿Qué es lo que te hace feliz, Minwoo?*

Una pregunta simple pero compleja cuando se tenía ocho años. Se preguntó si a Namoo le había tocado la misma crisis existencial u otra personalizada. Como él se mantuvo en silencio ya que no podía preguntarle nada, Namoo continuó con un balbuceo.

—Me pidió que averiguase qué me calma, pero ese algo no puede estar ligado a una persona.

Por la codependencia emocional. Ajusshi buscaba que Namoo lograra calmarse, incluso si estaba entre desconocidos, incluso si estaba solo, incluso si ya no podía ver a la persona que lo tranquilizaba.

—¿Y lo sabes?

El chico se sintió avergonzado.

—Lavarme las manos, eso me tranquiliza. Pero... ajusshi —dijo con timidez, Minwoo sonrió— me dijo que tampoco podía ser algo que me lastimara.

—Y aparte de lavarte las manos, ¿no hay otra cosa?

Por alguna razón, Namoo desvió la vista hacia la ventana.

—No —dijo al fin. Entonces, notó que lo comprobaba de reojo al admitir aquello en un susurro débil y casi inaudible—. Porque no puede ser una persona.

—No puede ser una persona —confirmó Minwoo.

Namoo se dejó caer contra las almohadas, frustrado.

—¿En tu primera sesión a ti también te tocó hacer lo mismo?

—Tenía ocho años cuando tuve mi primera sesión con ajusshi y no existía la preocupación de que yo me hiciera daño... las prioridades eran distintas.

—Lo haces ver como si yo... —La voz de Namoo murió de golpe e intentó comenzar de nuevo—. Sé lo que parece, pero no es así.

—¿No? —cuestionó Minwoo observando sus manos, que Namoo escondió bajo las mantas—. El punto es que mi prioridad era dejar de sentirme inadaptado. Como la gente no me entendía, comencé a cambiar para que no me aislaran. No sabía lo que quería ni tampoco quién era porque cambiaba dependiendo de con quien estuviera, así que mi primera tarea fue descubrir lo que me hacía feliz. A mí, solo a mí.

—Una pregunta existencial para un niño de ocho años.

—Lo sé —admitió Minwoo asintiendo con la cabeza—. Con mi personalidad obsesiva, me pasé dos semanas completas saltando de actividad en actividad para ver lo que me hacía feliz. Pero tardé años en averiguarlo, porque sanar es algo que lleva tiempo.

—Yo ni siquiera sé por dónde comenzar —se quejó el idol.

—Tendrás que averiguarlo.

—¿Cómo?

—Intentándolo todo.

—No puedo intentarlo todo.

Minwoo se encogió de hombros.

—Tendrás que hacerlo si quieres estar mejor.

Refunfuñando, Namoo buscó su celular entre las sábanas y lo sacó. Todavía observándolo con algo de molestia en su expresión, le solicitó al celular:

—Busca «maneras para relajarse».

Se le acercó para ver la pantalla.

—Deberías empezar con esa —propuso Minwoo al leer la sugerencia.

El chico frunció el ceño.

—Minwoo, no puedo andar con un cubo de Rubik en mi bolsillo.

—¿Por qué no?

—¿Cómo voy a sacar un cubo de Rubik y ponerme a armarlo en medio de una entrevista? —Minwoo se quedó en silencio el tiempo suficiente para que Namoo se alarmara—. ¿Qué?

—Namoo... decidiste dejar la industria.

El chico se mantuvo con las cejas levantadas unos segundos, todavía procesando la situación. Poco a poco su expresión se fue relajando, al igual que su postura tensa. Asintió con suavidad.

—Lo había olvidado. Pero en fin... tendré que partir con algo. Ni siquiera sé cómo armar un cubo de esos.

—Algún día lo lograrás, pero ahora tendrás que partir con otra cosa —corrigió Minwoo de buen humor.

—¿Por qué? —se quejó el idol. Minwoo miró sus manos—. Ah, es cierto.

—¿Y si intentamos con música? —propuso—. Podríamos encontrar una canción que te tranquilice. ¿Tienes alguna en mente?

A pesar de que mantenía una expresión reacia y poco colaborativa, le respondió.

—«Réquiem» de Mozart... aunque tiene una historia muy triste.

—¿Cuál? —se animó Minwoo—. No sé nada de música.

—Hay varias hipótesis sobre su vida, algunas peores que otras.

—¿Cuál es la que más te gusta a ti?

Mucho más dispuesto, Namoo se acomodó en la cama.

—No es que la encuentre acertada, pero es la más divertida.

—Dime.

El chico por fin se rindió del todo.

—Según esta hipótesis, Mozart era envidiado por Antonio Salieri, otro gran compositor de su tiempo y quien intentó destruir su carrera. En parte, dicen, lo logró porque en vida Mozart vivió endeudado y componiendo para óperas pequeñas. Lo irónico de esta historia es que Salieri estaba tan obsesionado con Mozart que iba a ver todas sus obras y vivía añorando que compusiera más. Al final la envidia le ganó y lo envenenó con ayuda de una sirvienta. Pero antes de eso, fue a verlo a su casa disfrazado y le pidió una pieza para un funeral.

Es así como Mozart compuso «Réquiem» mientras deliraba, sin saber que esa era la obra que Salieri le había solicitado para su propio funeral.

—Eso es... escalofriante —logró admitir Minwoo tras recuperarse de la sorpresa—. Y tienes razón, suena como una historia bastante ficticia.

—Te lo dije. De igual forma, me gusta más «Moonlight».

—¿De Mozart?

—No, tonto —se rio Namoo—. Es de Beethoven.

—No sé nada de música, ya te dije.

—Beethoven también tuvo una historia triste.

—¿También alguien lo mató? —se alarmó Minwoo.

—Se quedó sordo, eso es incluso peor.

—No hay nada peor que la muerte.

—Sí, lo hay.

—¿Qué?

—Vivir una vida sin poder hacer lo que amas.

No necesitó preguntarle para saber que Namoo se sentía así. Mientras el idol apartaba la mirada para contemplar el día lluvioso, Minwoo buscó sus audífonos en los bolsillos y luego sacó su celular. Desenredó el cable y se lo tendió.

—¿Funcionan? —preguntó el idol, burlón—. Ni siquiera recordaba que existiera esta tecnología.

—Yo al menos no tengo que pensar en que se me van a descargar los audífonos —contestó tras abrir la aplicación de música—. ¿Dijiste que era Mozart?

—No lo hagas —pidió.

—Pero dijiste que...

—La música me da ansiedad —admitió Namoo—. Me trae... malos recuerdos.

Minwoo jugó con los audífonos.

—¿Y te ha ocurrido siempre?

—Tocaba el piano. —Namoo contemplaba sus manos ocultas tras tantos vendajes—. Quizá por eso las castigo tanto.

Una imposición.

Namoo se sentía como una gran imposición, porque era todo lo que otros querían que fuera. Aquello quedó claro cuando el idol intentó retomar la conversación ante su repentino silencio.

—Estuve leyendo sobre la teoría de las cuerdas.

Namoo era como el Minwoo de hace unos años que hacía lo que consideraba que iba a agradar a los demás.

—No es una teoría que me guste —dijo cuando notó la inquietud en las manos del idol.

—¿Por qué no?

—Porque nosotros no inventamos las teorías, solo las descubrimos. Como la teoría de la relatividad, que cada nuevo descubrimiento en el plano macroscópico ha encajado con ella. O como la mecánica cuántica para entender el nivel atómico. El problema es que ambas teorías no conversan. Es a raíz de eso que crearon la teoría de las cuerdas; fue inventada para llenar los vacíos que todavía no entendemos. No es que se haya planteado la teoría y después descubierto que el universo es parte de ella, sino que a los vacíos del universo les pusieron este pegamento para intentar unirlo.

Namoo se tocó la punta de la nariz.

—No entendí —admitió.

—No existes, fuiste creado. Es distinto.

Se sentía un poco como Namoo, que no le mostraba a la gente cómo era sino que se transformaba para encajar en esa historia que alguien más escribió para él.

—Namoo, no tienes que leer cosas de física para contentarme y hacerme feliz, porque yo lo soy cuando haces cosas que realmente quieres hacer... que tú quieres hacer.

Cuando Namoo frunció los labios con un gesto de disgusto, pero también de tristeza, Minwoo notó que sus mejillas comenzaban a tener una ligera curvatura viéndose menos cincelada por su delgadez.

—Minwoo —dijo Namoo de pronto—, ¿recuerdas cuando dijiste que solo te enamorabas de hombres?

«¿Por qué los físicos se oponían a esa teoría? Porque la teoría de las cuerdas era tan ambiciosa que solo podía ser del todo correcta o del todo equivocada. Como Namoo, a quien le habían planificado la vida hacía tantos años que, dejar a un lado lo que sabía sobre sí mismo, tenía la misma implicancia: o terminaría todo bien o todo totalmente mal.»

Imposiciones.

¿Sería él otra gran imposición para Namoo?

—Sí, lo recuerdo.

¿O lo que había entre ambos era un sentimiento real?

Namoo esperó a que lo mirara.

—Yo también me enamoro solo de hombres, Minwoo.

45
FUERZA GRAVITATORIA VS. ELECTROMAGNÉTICA

«La fuerza electromagnética es una fuerza de rango infinito, mucho más fuerte que la fuerza gravitacional. Pero ¿qué sucede cuando la fuerza gravitatoria supera a la fuerza electromagnética? Se crea un agujero negro y con ello comienza el último acto: la muerte de una estrella.»

Tras su hora con el psicólogo, a Namoo le tocó una sesión con quien sería su psiquiatra, la misma profesional que atendió a Minwoo durante su infancia. La primera receta que recibió de ella contenía dos medicamentos: un estabilizador del ánimo y somníferos. El primero lo tomaría durante dos semanas y sería reevaluado. Como la doctora vivía en Busan, le había enviado a Namoo una receta digital que contenía un código para que las farmacias pudieran verificar la receta original, pues estaba marcada con una estrellita verde y, por tanto, iba a ser retenida y su venta controlada.

Namoo era la única persona que podía comprar los medicamentos, así que a Minwoo no le quedó más que esperar hasta que fuera dado de alta el martes 13 de septiembre. Cuando llegó el día, se encontró al chico recostado contra las almohadas viendo una serie infantil. Su risa, por un chiste que Minwoo no alcanzó a entender, era floja: debía estar dopado por los analgésicos. Sus manos ya no se encontraban vendadas por completo, la derecha tenía gasa en los nudillos y la izquierda mantenía sus dedos índices y del medio sujetos a una férula.

Cuando Namoo se dio cuenta de su presencia, lo apuntó con la mano que formaba una pistola.

—*Pium, pium* —dijo—, has sido atrapado.

Levantó los brazos siguiéndole el juego.

—¿Bajo qué artículo seré procesado?

Namoo se rascó la barbilla con la férula, mientras se apoyaba en los codos para incorporarse.

—Por abandono —aseguró—. Ayer no viniste.

—Tenía que hacer horas extras, te lo expliqué el domingo.

El idol se movió para darle espacio en la camilla, así que se sentó a su lado.

—Mi cabeza entiende —afirmó Namoo.

—¿Entonces?

—Pero mi corazón no.

Minwoo quiso encogerse en su posición para soportar el dolor que le estalló en el pecho.

—Ya veo —murmuró.

Con la férula, Namoo le hizo cosquillas en la barbilla.

—Además, Minwoo, todavía no respondes lo que te pregunté el otro día.

—No lo recuerdo —mintió.

Namoo puso mala cara, de igual forma se lo recordó.

—Vas a vivir conmigo, ¿cierto?

Era una solicitud de ajusshi. Namoo estaba teniendo tres sesiones por semana, incluso en fin de semana. En la sesión del domingo, ajusshi había sido claro respecto a que Namoo, por lo menos durante un mes, no podía quedarse solo.

—Más bien, tú vivirás conmigo —corrigió Minwoo. Ante la expresión de sorpresa del chico, explicó—: Haru y yo consideramos que sería mejor que te quedes en nuestro departamento hasta que mejores, así tendrás más compañía. —Tuvo un tropiezo al hablar. Tomó aire para ordenar sus pensamientos—. Una enfermera estaría contigo los días laborales y luego con nosotros. ¿Qué opinas?

Namoo se enderezó en la camilla con las manos cruzadas sobre el regazo. Puso su mejilla derecha en el hombro de Minwoo unos instantes, últimamente buscaba su contacto físico, por muy pequeño y fugaz que fuera. Al alejarse, rozó la misma zona con la punta de su nariz.

—Está bien —aceptó.

—Así evitamos a los periodistas que llevan días fuera de tu edificio.

Cuatro horas tardaron en darle el alta. Como la agencia estaba enterada de que ese sería el último día de hospitalización de Namoo, incluso el mánager Su fue por él. El hombre bajito, que no parecía malintencionado, aunque sí un poco tonto, estuvo aguardando en una esquina de la habitación mientras los médicos iban a visitar a Namoo para constatar su estado. Recibieron una gran lista de quehaceres: Namoo debía seguir yendo al hospital día por medio para desinfectar y limpiar sus heridas, además de que comenzaría con sesiones de kinesiología para recuperar la movilidad en su mano derecha, porque sus dedos temblaban y el agarre había empeorado. La izquierda, en tanto, tendría que esperar hasta que le sacaran la férula.

Aprovechando que el mánager Su se marchó corriendo para ir a preparar la furgoneta, Minwoo ayudó a Namoo a vestirse con unos pantalones de tela y una camiseta blanca. Este se le quedó observando cuando notó la bragueta abajo.

—Minwoo, te falta algo.

Sus manos temblaron al tantear la pretina buscando el botón y el cierre. No se atrevió a mirar hacia abajo, por lo que su atención se mantuvo en la clavícula de Namoo.

—¿Elegiste esta ropa a propósito? —se burló el idol.

—La escogió el mánager Su —se excusó Minwoo cohibido. Sus dedos torpes por fin lograron alcanzar el botón—. Yo te habría traído algo deportivo.

—Pero así me veo mejor, ¿no lo crees?

Se reservó la respuesta. Dio un suspiro de alivio tras lograr subirle la bragueta. Estaban solos en el cuarto, la puerta entreabierta dejaba que se colaran los ruidos del pasillo.

—Namoo, ¿tu empresa sabe que te irás a mi departamento?

—Le avisaré a Su cuando estemos en camino. Ellos piensan que voy a regresar a trabajar tras mi recuperación, así que se portarán bien. El problema vendrá después.

Pero esa era una preocupación para tres meses más, por ahora debían centrarse en los problemas actuales, que ya eran muchos.

—Debemos pasar a la farmacia —recordó Minwoo.

—¿Para qué?

—Tus medicamentos.

El idol apuntó una bolsa sobre la camilla.

—¿No están ahí mis analgésicos?

Minwoo se tocó el cuello con incomodidad.

—Tus *otros* medicamentos.

Por fin cayó en cuenta. Su boca formó una «o» de sorpresa, se lamió los labios con algo de ansiedad en el gesto.

—¿No puedes ir tú?

—Solo puede comprarlos la persona a la que va dirigida la receta —con un poco más de tacto, continuó—. Lo hablamos el otro día.

—Pero... —Namoo respiró agitado— yo no puedo, alguien podría reconocerme y todo el mundo sabría y yo... yo...

—Iremos a una farmacia pequeña —lo tranquilizó Minwoo—. Buscaremos una que sea atendida por gente mayor, ellos no podrán reconocerte.

Casi podía escucharlo contar en su mente para tranquilizarse. Tras unos segundos, asintió y se colocó los lentes y la mascarilla que le tendió. Al acabar, con mucho cuidado, Minwoo le escondió el cabello bajo la gorra.

—¿Listo? —quiso asegurarse.

Namoo se pasó las manos por la ropa y esbozó un gesto de dolor al rozar sin querer una de sus heridas.

—No, pero no me queda otra.

Le tocó la comisura de los labios con el dedo.

—Estaré contigo.

La expresión del idol se suavizó.

Se quedó quieto pensando que Namoo iba a besarlo. No pudo evitar la decepción cuando lo vio alejarse hacia la puerta.

—¿No vienes? —preguntó Namoo, deteniéndose para esperarlo. Sacudió la cabeza para reaccionar—. ¿Sucede algo?

Minwoo examinó al empleado de la agencia, que había estado escoltando la puerta del cuarto y que ahora los seguía a unos pasos.

—No —alcanzó a contestar, mientras el guardia alzaba una radio para escuchar lo que alguien intentaba decirle:

—*El hospital se encuentra rodeado por periodistas. Saldremos por la puerta posterior, deben moverse rápido.*

Le pedían actividad física a alguien que había pasado más de una semana acostado, levantándose únicamente para ir al baño y siempre acompañado por alguien. Iba a protestar, pero Namoo lo estaba observando con expresión extrañada. En el ascensor quedaron aislados del resto del mundo. Minwoo evitó mirar al empleado de la agencia, a pesar de que este les daba la espalda.

—Minwoo, tendrás que salir primero —avisó Namoo cuando se abrieron las puertas metálicas.

—Pero...

—Ve.

A unos metros se divisaba un pasillo clausurado para el público general. Nervioso, Minwoo atinó a quitarse la camisa que llevaba sobre la camiseta y se la tendió a Namoo por la cabeza.

—Para que te cubras el rostro.

Los pasos decididos de Namoo se hicieron más torpes. Agarrando la camisa, se la puso sobre la cabeza para ocultar su cara y manos. Antes de adelantarse a ellos, Minwoo captó el brazo del guardia aferrando la cintura de Namoo, quien de inmediato intentó alejarse.

—Por el brazo —pidió Minwoo. Como el hombre no entendió, repitió—. Sujétalo por el brazo, no por la cintura, le molesta, ¿no te das cuenta?

La expresión desconcertada del guardia fue lo último que vio antes de colocarse también una mascarilla y avanzar más rápido para ganar distancia. La puerta trasera del hospital era utilizada para sacar la basura, por lo que el mal olor le picó en la nariz. Había una furgoneta negra estacionada muy pegada a la salida. Se subió a ella sin divisar a ningún periodista.

—El mánager Seo está en la puerta principal con otra camioneta —informó el mánager Su tamborileando el manubrio con ansiedad—. Pero en cualquier momento alguien correrá la voz de que estamos aquí.

Namoo llegó a la furgoneta medio minuto después. El retraso fue suficiente para ser descubierto. Escuchó que alguien gritaba el nombre de este. Hubo una ráfaga de fotografías y flashes a la vez que el guardia sujetaba a Namoo por la cabeza y lo inclinaba para que no se golpeara con el marco. Al subir apresurado y medio ciego por la camisa de Minwoo, quedó en el suelo entre los asientos. Se quejó por el dolor, a la vez que se cerraba la puerta y la furgoneta aceleraba. Atrás quedaron el guardia y dos fotógrafos que corrían intentando alcanzarlos. Al doblar en la siguiente esquina, se les unieron otras tres furgonetas iguales que habían estado esperando.

¿Era así cómo vivía Namoo? Su bostezo mientras se acomodaba en el asiento reflejaba lo naturalizado que tenía ese tipo de situaciones.

—Su —llamó Namoo tras unos minutos de conducción—, necesitamos pasar por una farmacia.

—¿Para qué? —se alarmó el hombre.

—Necesito unos medicamentos.

—Puedo ir yo.

—Quiero ir yo.

—Pero...

—Solo haz lo que te pido —lo cortó Namoo sin mucho tacto. Minwoo le lanzó una mirada rápida de reproche que el idol respondió encogiéndose de hombros. Procedió a golpear el vidrio lateral—. Ese auto blanco nos viene siguiendo.

—Estamos en eso —avisó el mánager Su.

Al llegar a una intersección con luz amarrilla, el mánager Su dobló hacia la derecha. Minwoo se afirmó a su asiento, una risa nerviosa se coló de su boca seca. Dejaron el automóvil blanco atrás, al igual que a las otras furgonetas de la empresa. Iban por una zona que a Minwoo no le resultaba familiar.

—¿A qué farmacia debemos ir? —preguntó el mánager Su.

—A una pequeña, que esté escondida... ya lo sabes, no tienes que preguntármelo.

Minwoo le lanzó otra mirada que Namoo ni siquiera le respondió.

Mientras conducía, el mánager Su buscó una farmacia en el celular.

—Intentaremos con una que está a diez minutos.

Era un local ubicado en el inicio de un callejón, escondido entre dos enormes edificios. Detrás del escaparate se divisaba a un señor mayor atendiendo. Como había un cliente, esperaron a que abandonara la tienda. Ajustándose la gorra, Namoo se bajó seguido por él.

Llegaron al mostrador. Como Minwoo tenía los documentos de identidad, los sacó de la billetera y los puso sobre la mesa, al igual que la receta. El anciano hombre leyó la hoja con los lentes en la punta de la nariz, luego buscó con lentitud en el computador para comprobar la receta original. Tras unos segundos, asintió y agarró el documento de identidad de Namoo.

—Bájese la mascarilla —pidió.

Namoo lo hizo. El empleado empequeñeció la mirada, más bien intentando enfocar que reconociéndolo. Se movieron nerviosos cuando el hombre desapareció tras una estantería. Regresó al mostrador y depositó las dos cajas de medicamentos.

—¿Cuántas veces tendremos que hacer esto? —se quejó Namoo tras pagar.

—Cada vez que tengas una receta nueva.

El idol chasqueó la lengua en disgusto.

Minwoo había guardado los medicamentos en el bolsillo de su pantalón para que el mánager Su no pudiera verlos. De todas formas el hombre sintió la curiosidad suficiente para fisgonear.

—¿Qué necesitabas comprar con tanta urgencia?

—Condones y lubricante.

El calor subió de golpe al rostro de Minwoo al sentir la atención del mánager Su a través del espejo retrovisor. Decidió mantenerse en silencio y contemplar hacia afuera de la ventana.

—Podría haberlos comprado yo —aseguró el hombre.

—¿El enema también? Además, Minwoo no conocía mi talla de condones ni la marca que me gusta, tenía que mostrársela para que no se vuelva a equivocar.

Eso silenció por fin al mánager.

Avanzaron varios kilómetros con la radio de fondo. Por casualidad, se reproducía la canción debut de P5, el grupo de Namoo. Se le hacía extraño escuchar la voz del idol en un tono tan agudo, claramente una voz impostada para calzar en la canción.

—Cámbiala —pidió Namoo nada más oírla unos segundos.

El mánager Su así lo hizo.

Estaban cerca de la casa de Namoo cuando el hombre por fin se aclaró la voz e intentó hacer contacto visual con ellos a través del espejo retrovisor.

—El edificio está rodeado de periodistas, se filtró demasiado rápido que hoy salías del hospital —avisó.

—No importa —dijo Namoo—, de igual forma no iré a casa.

—¿No? —preguntó el hombre con sorpresa.

—Iremos al departamento de Minwoo.

—Pero...

El chico lo cortó dándole la dirección del lugar.

La tensión en el automóvil se hacía a ratos insoportable, por lo que Minwoo agradeció cuando finalmente llegaron a su edificio. Namoo no se había quitado su camisa en el viaje, ahora la mantenía anudada en sus hombros. Primero bajó Minwoo e inspeccionó rápidamente el vecindario, recién entonces le hizo un gesto a Namoo para que bajara. El mánager Su los siguió más atrás, iba con el bolso del chico.

—Tendré que avisarle a la agencia, Namoo —advirtió mientras esperaban el ascensor.

—¿Y me lo preguntas como si pudiera impedírtelo? —dijo con tono irritado—. No me hagas reír.

Una vez más, Minwoo tuvo que recordarse que no debía intervenir.

Digno empleado obediente, el hombre guardó silencio a pesar de que mantuvo el entrecejo fruncido hasta que llegaron al piso.

—Ya puedes marcharte —le señaló Namoo cuando dejó el bolso en la entrada.

Y sin despedirse de él, le cerró la puerta en la cara. Minwoo lo observó el tiempo suficiente para que Namoo se extrañara.

—¿Qué?

—No tenías que ser tan grosero.

—Seré todo lo maleducado que quiera con ellos —advirtió el chico—. ¿Acaso no fue Einstein quien dijo «El primer paso a la ignorancia es presumir de saber»?

—¿Es tu forma elegante para advertirme que no opine de lo que no me incumbe?

—No es mi forma elegante para advertírtelo, es simplemente mi forma para decírtelo.

Había comenzado a llover otra vez, las gotas golpeaban el vidrio de la sala acentuando la incomodidad entre ambos.

—Está bien —aceptó Minwoo y dio una afirmación seca con la cabeza. Tras ello, agarró el bolso y se lo llevó al cuarto. Namoo no se movió de su posición, pero pudo sentir los ojos de este siguiéndolo.

Para hacer algo, se sentó en el borde de la cama y agarró un pastillero que encontró en su cajón. También sacó las cajas de pastillas, unas tijeras y comenzó a cortar la tira para dejar dosis individuales.

No lo escuchó ir hacia él, aunque sí captó el colchón hundiéndose cuando se sentó a su lado. Poco después, sintió sus brazos rodeándole la cintura, seguido de un beso húmedo en la nuca. Al hablar, Namoo no se apartó de él, por lo que su aliento le hizo estremecerse.

—Lo siento —dijo.

—Está bien —contestó Minwoo sin moverse—. Opiné sin saber.

—No lo sabes —aceptó Namoo, cambiando de posición para apoyar la mejilla en su hombro. Sintió que estrechaba el abrazo en su cintura—. Pero tampoco tenía que decirlo así.

Lo primero que pensó fue en el hecho de que con su exnovio habían tenido muchas discusiones similares y Jiho jamás se disculpó con él. Minwoo no supo si esta forma de enfrentar el conflicto era mejor, peor o simplemente diferente, aunque parecía igual de errónea.

Cambió el tema de conversación porque no tenía sentido cuestionárselo en ese momento.

—Aquí tienes tu dosis para una semana —explicó mostrándole el frasco transparente con los días grabados en el plástico—. Las pastillas no se sacan hasta que vayas a consumirlas, por eso corté las tiras.

Namoo lo soltó y echó hacia atrás el torso para poder analizarlo. Tenía sus largas piernas extendidas a un lado de las suyas, que se encontraban encogidas. Con el chico todavía observándolo, Minwoo sacó la ficha informativa y leyó los efectos secundarios del medicamento.

—Es litio, así que vas a sentir temblores y la sensación constante de sed, además debes tomar mucha agua. —Al finalizar, fue a la cocina y agarró una botella deportiva que utilizaba para hidratarse al correr. La llenó de agua helada y le agregó unos cubos de hielo.

Al regresar al cuarto, se lo encontró revisando el pastillero. Minwoo se quedó en la entrada sujetando la botella contra él.

—¿Por qué siento que perdí una batalla? —susurró Namoo.

—No has perdido ninguna batalla, recién comenzaste una.

Su expresión no mejoró. Minwoo dejó la botella en el velador y se sentó a su lado.

—Recuerda que puedes llamar a ajusshi cuando sea necesario.

La boca de Namoo quedó curvada en un gesto extraño.

—Ya tengo tres sesiones a la semana, no lo molestaré más.

Puedo sobrevivir hasta mañana, se entendía entrelíneas.

Minwoo buscó el celular de Namoo en el bolso y se lo tendió.

—Si te sientes mal, llámalo, no importa la hora o si acabas de salir de una sesión. Él no puede ayudarte si no pides ayuda cuando la necesitas, Namoo.

Se fue a la cocina juntando la puerta del cuarto tras él. A pesar de eso, como la llamada estaba en altavoz, pudo oír la voz baja y dolida de Namoo, como también el tono calmado de ajusshi al responderle. Sintiendo que estaba inmiscuyéndose en un momento personal, fue a la habitación de Haru y se puso a hacer la cama de su amigo.

Unos minutos más tarde, apareció Namoo en el pasillo. Tenía los ojos todavía algo húmedos y la punta de la nariz roja.

—¿Estás...?

No alcanzó a terminar la frase porque Namoo fue hacia él y lo tiró por el brazo para que se pusiera de pie. Lo abrazó por el cuello, sus cuerpos quedaron tan juntos que podía sentir su aliento haciéndole cosquillas en el cuello. Le correspondió el abrazo, cerrando los ojos al sentir el aroma del chico mezclado con los desinfectantes del hospital.

A pesar de la hora, Namoo se tomó su medicación y se fue a acostar. Mientras luchaba para no dormirse, se aferró a la camisa de Minwoo.

—No te vayas —suplicó.

«De esa estrella, como Hawking probó teóricamente, no escaparía más que radiación hasta que se quedase sin materia. Entonces, comenzaba su lenta muerte y a desvanecerse en ese universo que, aun así, conservaría su brillo por millones de años más, perpetuando de ese modo su recuerdo.»

—No me iré —aseguró.

Los párpados de Namoo se movieron una última vez y por su mejilla bajó una lágrima atascada en sus pestañas.

—Tengo miedo —admitió Namoo—. Siento que estoy perdiendo contra mí mismo.

Lo abrazó mientras le acariciaba el cabello, porque Minwoo sintió que se estaba convirtiendo en un astrónomo que estudiaba a una estrella que brillaba por última vez, en un inútil observador de ese universo que tenía un límite observable y que era incapaz de superar su pasado.

46

Tenía las sesiones con ajusshi durante la mañana, cuando se encontraba solo en el departamento de Minwoo. Como ya no necesitaba ayuda física para sobrevivir, Namoo había despedido al enfermero que lo estuvo asistiendo durante las dos primeras semanas. Por eso, lo único que se escuchaba en el lugar era la voz amena de Park Seung, que siempre iba acompañada con una mirada tranquila y unos comentarios que nunca lo juzgaban. No obstante, por primera vez podía captar la decepción en su expresión tras contarle que llevaba cuatro días sin tomarse el estabilizador del ánimo. Sus manos temblorosas debían ser un efecto secundario de la abstinencia.

—No soy tu padre, ni tu familia, ni un amigo, Namoo —dijo ajusshi al terminar de escribir en su libreta—. No voy ni puedo obligarte a mejorar, porque eso solo puedes decidirlo tú. Al único al que le afecta que dejes de tomar tu medicación es a ti, Namoo. No a mí, no a tu psiquiatra, solo a ti.

Se estiró para agarrar el cubo de Rubik que Minwoo le había regalado; apenas pudo sostenerlo. La semana siguiente le quitarían la férula de su mano izquierda, por lo que ya no se le haría tan difícil agarrar el cubo para hacer rotar los colores.

—Lo sé —admitió, girando los bloques para comenzar a armarlo—. Pero yo...

Primer paso, se recordó, *resolver una cara superior seguido por una inferior*. Blanco, blanco, blanco, debía buscar las piezas blancas.

—¿Sí? —lo presionó ajusshi.

—Quería sentir —admitió.

—Si la medicación que estás tomando es demasiado fuerte, lo correcto es que avises a tu psiquiatra para que ella se contacte conmigo y reevaluemos tu situación y resolvamos si amerita o no una dosis así de fuerte. Pero no puedes dejar de tomarla por decisión propia, porque provocas un desequilibrio químico en tu cerebro.

Mantenía la mirada en el cubo de Rubik, ya había logrado posicionar la mitad de las piezas blancas. Tampoco importaba si estaba mirando a ajusshi o no, porque Namoo permanecía con la cámara apagada. Lo único que le había dicho a su psicólogo eran su nombre y sus datos para poder recibir la receta médica. Pero todavía no se atrevía a activar la cámara y que ajusshi viera con quién estaba conversando.

—Pero he estado bien —lo contradijo.

—Te despiertas a medianoche.

—Sí —admitió Namoo.

—Y lo primero que sientes es pánico.

—Sí —aceptó, cada vez más y más ansioso.

—Y no te calmas hasta que te ayuda *alguien*.

No lograba encajar la última pieza blanca. Sus dedos torpes resbalaban una y otra vez del cubo que intentaba sujetar a pesar de la férula.

—Tienes un notorio lazo de codependencia —siguió ajusshi—. Eso no es estar bien, Namoo.

Rascándose bajo la oreja, comenzó a respirar con agitación. Movió las piernas de arriba a abajo, dudando, siempre dudando si podía o no confiar en esa persona. Pero Minwoo le había pedido que lo hiciera porque él confiaba en ajusshi. Por esa razón, cerrando los ojos con fuerza, lo admitió.

—Pero es Minwoo.

—¿Quién es Minwoo? —preguntó ajusshi, sin dar indicios de que lo conocía.

—Usted... usted lo conoce.

—En estas sesiones —comenzó ajusshi con tranquilidad—, yo no conozco a nadie más que a ti.

—Usted fue su psicólogo, él confía en usted.

—Yo soy tu psicólogo, Namoo. Y solo necesito que tú seas el que confíe en mí. —Inspiró y ajusshi se acomodó en su asiento—. Quiero que quede claro que un lazo de codependencia nunca es sano, sea con quien sea que lo tengas.

Namoo dejó el cubo de Rubik sobre la mesa, a un costado de la laptop. De fondo, pudo captar el ruido que hacía Ratata en su mansión, quien estaba decidida a trasladar su cama de un rincón al otro.

—Entonces, comencemos otra vez —solicitó ajusshi—. Necesito que mires tus manos y me digas qué es lo que te gusta de ellas.

Las estiró frente a sus ojos tanto como podía, la izquierda todavía vendada, la derecha repleta de cicatrices pequeñas que permanecían rojas.

—Nada —admitió.

—¿Y qué cambiarías de ellas para que te gustaran?

Flexionó los dedos en esa primera pose que practicó tantas veces de pequeño.

—No lo sé.

—Cambiemos entonces la pregunta. Imagina que te gustan tus manos, ¿qué estás haciendo con ellas?

De pronto, el cubo de Rubik no estaba a su alcance, como tampoco la laptop. Un piano vertical apareció entre sus recuerdos.

—Están tocando un piano.

—¿Te gusta tocar el piano, Namoo?

—Me gustaba. Tuve lecciones cuando era pequeño.

—¿Y por qué ya no te gusta?

—No era útil.

—¿Por qué no lo era? ¿Te tranquilizaba tocar piano?

La nuca de Namoo sudaba de nervios. Cerró los ojos y casi pudo captar las notas que marcaban sus dedos en el pasado.

—Porque trabajo en otra cosa —explicó sin dar muchos detalles—, y ya no necesito tocar el piano.

—Pero ¿te gustaría volver a hacerlo?

Namoo asintió, luego recordó que ajusshi no podía verlo.

—Algunas veces.

—¿Hace cuánto tiempo dejaste de practicar?

—Hace unos ocho años, tenía quince.

—¿Y qué provocó el cambio?

—Me vine a Seúl, yo vivía en Gumi.

Ajusshi asintió con aire distraído. Como no podía ver a Namoo, el hombre estaba concentrado en las variaciones de su tono de voz, en las pausas, en los saltos, como también en la desesperación por intentar cambiar de tema. No necesitaba verlo cuando al hablar expresaba tanto.

—¿Y por qué te fuiste a Seúl?

—A trabajar. —Soltó lo que venía evitando durante semanas enteras—. Quedé como participante en un programa de supervivencia idol.

—Namoo —dijo ajusshi con cuidado—, ¿eres alguien famoso?

Sentía un nudo tan apretado en su garganta que escupió más que pronunció aquella palabra:

—Sí.

—¿Y tus padres?

Quedó desorientado por unos instantes, por lo que le costó hilar la respuesta.

—¿Qué sucede con ellos?

—¿Ellos aceptaron que te fueras a Seúl? ¿Fueron contigo?

—Ellos me inscribieron en el concurso. —Su tono se volvió tan opresivo que cada palabra parecía chirriar—. Mi padre se vino conmigo.

—Y tus manos —analizó ajusshi con calma—, ¿estaban ya sucias?

La boca de Namoo se frunció, aguantaba las ganas de llorar con tanta fuerza que casi no se entendió lo que contestó.

—Todavía no.

—Luego de postular y quedar, ¿llegaste a participar en aquel programa?

—Sí.

—¿Y lograste debutar?

—Sí —susurró.

—¿Y tus manos estaban sucias en ese momento?

Namoo cerró los ojos con fuerza.

Y dijo lo que llevaba conteniendo durante años.

—Sí.

—Ahora necesito que imagines lo que no te gusta de tus manos y me digas lo que están haciendo.

Sacudió la cabeza. Lo estaban volviendo loco las ganas de escapar, de cerrar el computador, de ir al baño y llorar encerrado para luego lavarse las manos hasta que el dolor aplacara cualquier sentimiento.

—Namoo —lo llamó ajusshi.

—Abrieron una puerta —dijo entre dientes.

—¿Y por qué abrir una puerta ensució tus manos?

No podía respirar, la camiseta se le pegaba al pecho.

—Porque si hubieran... si ellas hubieran seguido tocando el piano... yo no... ellas no... yo no habría odiado lo que soy.

—Odiar es una palabra muy grande, Namoo, que no debe utilizarse para demostrar molestia o desagrado.

Namoo negó con la cabeza en un movimiento tan furioso que tuvo que cerrar los ojos con más fuerza para no perder el equilibrio.

—Yo me odio... me odio todos los días.

—¿Te odias porque tus manos están sucias?

Sin poder responder, se encogió sobre sí mismo porque el estómago no dejaba de dolerle. Con los brazos afirmando su cintura y su frente casi tocando sus rodillas, Namoo comenzó a llorar mientras una única palabra escapaba de sus labios para expresar años de odio:

—Sí.

47

LA SUPERPOSICIÓN CUÁNTICA

—Uno de los grandes errores que se cometen al explicar el comportamiento de las partículas subatómicas es no indicar que el electrón se puede encontrar a la vez en todas las posiciones en que se necesita que esté. Este fenómeno se conoce como la superposición cuántica. Por eso la mecánica cuántica no es determinista, sino más bien probabilística, por tanto, se habla de la probabilidad de que se encuentre la partícula en una posición, lo que no excluye que dicha partícula esté en todas las posiciones a la vez.

Un silencio lo acompañó al ubicar una caja cerrada sobre su mesa y quitarse a Ratata del hombro.

—Pongamos un ejemplo para que sea más entendible —propuso Minwoo dejando a su mascota dentro de la caja y cerrándola—. Ahora díganme, ¿Ratata existe o no? ¿Está viva o muerta?

Una mano tímida se alzó. Era la alumna favorita de Minwoo, porque siempre respondía para no hacerle sentir solo.

—Está viva y existe —dijo tras señalarla para que contestara.

—¿Y por qué sabes eso?

—Porque la vimos.

Minwoo asintió con emoción.

—Exactamente. Es la observación por parte de un ente consciente, lo que puede cambiar el estado del sistema y romper esta superposición de las partículas. —Apuntó a la caja—. Este experimento mental fue, de hecho, creado por el físico Erwin Schrödinger. En su necesidad de explicar lo absurda que podía ser la mecánica cuántica, confeccionó este experimento mental que conllevaba a un gato encerrado en una caja junto a un átomo radiactivo. El gato estaría vivo y muerto a la vez por la superposición cuántica, lo cual cambiaría si alguien abriera la caja.

»Por otro lado, la observación también podría modificar el objeto observado. Si se desea ver dónde se localiza una partícula, se tiene que iluminar. Pero ese fotón de luz modifica el momento de dicha partícula, por lo cual, al intentar observar su posición, se introduce una indeterminación en la velocidad. Y eso se conoce como la incertidumbre de Heisenberg, aunque eso será un problema para sus «yo» universitarios.

Mientras sus alumnos desarrollaban un ejercicio, Minwoo le envió un mensaje rápido a Namoo preguntándole si podía ir a buscarlo luego de la jornada laboral. La irónica respuesta de Namoo le hizo soltar una risotada que captó la atención de sus estudiantes. Se disculpó con ellos.

Namoo: ¿Se te perdió tu tarjeta del sub o ahora trabajo como tu chofer personal?
Minwoo: Quiero salir contigo, ¿hay algún problema en ello?
Namoo: Sí, mis inexistentes ganas de levantarme y bañarme.
Minwoo: Te acepto sucio, así que solo tienes que levantarte.
Namoo: Está bien, iré porque me tengo que levantar si quiero comer los panqueques que está preparando Haru.

Eso lo hizo sonreír.

Los miércoles su jornada de trabajo finalizaba a las siete de la tarde. Cuando llegó la hora de marcharse, el automóvil de Namoo ya estaba estacionado afuera.

—Hola —saludó Minwoo lanzando su maletín al asiento de atrás. Buscó a Ratata en el bolsillo y la alzó—. Ella también dice «hola».

Namoo apretó el acelerador tras bufar.

—Hola.

Su cabello estaba limpio y todavía húmedo y llevaba una mascarilla desechable que había enganchado bajo su barbilla.

—Te bañaste.

—Haru me dijo que la basura olía mejor que yo.

—Bueno, ayer no olías tan mal —intentó subirle el ánimo, porque era un gran logro que Namoo hubiera salido de la cama; que se hubiera bañado e ido a buscar, era incluso más admirable. Su nueva medicación lo tenía adormilado la mayor parte del día y su estado anímico siempre era difícil de adivinar tras las sesiones con ajusshi, porque permanecía en silencio durante horas. Así que Minwoo intentaba felicitarlo por cada pequeño esfuerzo que hacía a diario.

—No tienes que mentir —le advirtió Namoo. Se habían detenido en un semáforo, por lo que se volteó hacia él—. Me olí cuando me quité la camiseta.

Minwoo le sonrió y le dio la dirección a la que iban.

—¿Ahí no está el cine?

Asintió tras limpiarse las palmas sudadas contra el pantalón.

—Compré entradas para ver la última de Marvel, pensé que te gustaría.

Los dedos de Namoo tamborilearon el manubrio en un claro ritmo ansioso.

—Sabes que yo no puedo entrar a una sala de cine.

—Tengo un plan —aseguró.

—Si no incluye una decena de guardaespaldas, no creo que vaya a ocurrir.

—Compré boletos para una sala privada.

Pudo hacerlo gracias a la tarjeta de su mamá. No era algo que le enorgulleciera, pero necesitaba que Namoo comenzara a tener una rutina fuera del departamento. Y la última película de Marvel le había parecido un gran motivo para distraerlo.

—Supongo que mi suegra invita —se burló Namoo.

—Pretendo pagarle... algún día.

Como Namoo había encendido la radio, quizás para dejar de pensar que estaba a minutos de encontrarse rodeado de gente, Minwoo aprovechó de revisar las notificaciones que tenía pendientes; en horario laboral, tendía a verificar únicamente los mensajes de Namoo y Haru, los demás los dejaba para su viaje en el tren subterráneo.

Comprobó que tenía un correo con la agenda de su sesión mensual enviada por Goeun, su psicóloga. Minwoo todavía no sabía si le agradaba o no. A su nueva psicóloga le gustaba el verde, y a Minwoo no; por lo menos no cuando era excesivo. Además, tenía en su oficina cuadros de delfines, y Minwoo detestaba a los matones del océano. Sus cejas eran muy rectas y sus anteojos se tendían a empañar al respirar con agitación, lo que le dificultaba analizar su mirada cuando él comenzaba a hablar. Y como Minwoo estaba acostumbrado al confiable y tranquilo ajusshi, le irritaba y molestaba no conocer nada de su nueva psicóloga. Así que no lo estaba pasando demasiado bien en sus sesiones de terapia, por lo que, para acostumbrarse, había pasado de tener dos sesiones al mes a una.

Aceptó la reunión con Goeun y guardó el teléfono. Prefería no preguntarle nada a Namoo sobre sus propias terapias con ajusshi, aunque de vez en cuando sí lo hacía para orientarse con su avance. Acariciando a Ratata, que se había dormido en su regazo, decidió que era un gran momento para hablar sobre el tema dado que debía analizar el estado emocional de Namoo para saber si aguantaría o no la ida al cine.

—¿Cómo te has sentido con las terapias?

—Miserable.

—¿Miserable? —jadeó—. Pero ajusshi es...

El mejor terapeuta de todo Corea, no lo dijo porque no quería dejar entrever lo dolido que se sentía por ya no poder verlo.

—Tu ajusshi dijo que iba a sentirme así mucho tiempo —explicó Namoo—, porque estoy comenzando a aceptar emociones y situaciones que renegué por años.

Se estiró para posicionar su mano en el muslo de Namoo y se lo acarició, porque podía captar un leve temblor en el músculo.

—Estás siendo muy valiente.

—Lo dudo.

—Estás intentando mejorar, para mí eso te convierte en alguien valiente.

Esas palabras le sacaron una sonrisa pequeña a Namoo, como si hubiera estado ansioso por escucharlas.

—Gracias —susurró.

Le apretó con cariño la pierna.

Minwoo había comprado una de las últimas funciones del día, por lo que permanecieron en el automóvil esperando a que llegara la hora indicada. La música a bajo volumen los rodeaba mientras conversaban cosas sin sentido, que principalmente estaban relacionadas con los alumnos.

Cuando quedaban menos de diez minutos para la función, ayudó a Namoo a esconder su cabello rubio bajo un gorro negro estilo *bucket* y el rostro detrás de una mascarilla desechable. Al ingresar al recinto, se encontraron con el lugar poco concurrido, la gente que había circulaba por el *lobby* para dirigirse a otras funciones. Le puso una mano en la cintura a Namoo para dirigirlo. El chico se detuvo a medio camino y alzó la barbilla para encontrar su mirada.

—¿Sucede algo? —Namoo apuntó con un movimiento de cabeza hacia la máquina de palomitas—. ¿Quieres?

—Y una bebida con mucho hielo —pidió con voz bajita para que nadie más que él pudiera oírla.

Namoo se mantuvo detrás suyo mientras se dirigía hacia la sección de alimentos y solicitaba a un empleado un *pack* de palomitas con gaseosa. Al pagar, sintió sus manos grandes apoyadas en sus hombros. Al moverse finalmente a su sala, la caminata de Namoo fue insegura y algo torpe. No daba cuenta de su antigua actitud segura de pasos largos y hombros rectos. Los avances de otras películas ya habían finalizado al ingresar. La película comenzó en el instante que se acomodaron en sus puestos. Le entregó las palomitas a Namoo, su rostro estaba iluminado por la escena proyectada; se había bajado la mascarilla y alzado el gorro para ver la pantalla.

En algún momento, la postura de Namoo cambió a una más relajada contra la butaca. Estaban tan cerca que sus brazos se rozaban. Minwoo acarició a Ratata en su bolsillo y también se permitió relajarse.

No había transcurrido ni la mitad de la película cuando oyó que sorbía su nariz.

—¿Namoo? —preguntó desconcertado.

Estaba llorando.

—Iré al baño —dijo, levantándose.

Le sujetó el brazo, el chico había volteado la barbilla hacia la pantalla para que no pudiera ver su rostro.

—Voy contigo.

—No —pidió Namoo soltándose—, puedo ir solo.

—Namoo...

—Voy solo.

Lo vio moverse hacia la salida.

La intranquilidad se asentó en su pecho.

Comprobó la hora.

Luego otra vez.

Namoo llevaba cinco minutos fuera.

Agarró el vaso de bebida todavía lleno y salió de la sala. Los baños estaban al frente.

—¿Namoo? —preguntó al ingresar.

Estaba vacío, los cubículos mantenían las puertas abiertas a excepción de uno. Se acercó y golpeó.

—¿Namoo? —llamó—. Por favor, ábreme, estoy preocupado.

Sonó el pestillo y quedó abierta una rendija. Namoo estaba apoyado contra la pared, sus manos nerviosas jugaban con un cubo de Rubik, sus mejillas empapadas por lágrimas que caían con mucha facilidad. Intentó limpiarse el rostro con las muñecas.

—No sé... no sé por qué estoy llorando —susurró, pestañeando con confusión—. Y yo intenté... intenté dejar de hacerlo armando el cubo, pero... no puedo.

Al finalizar, más lágrimas bajaron. Minwoo ingresó al cubículo y cerró la puerta. Apoyó el vaso de bebida en una repisa que estaba sobre el artefacto sanitario, entonces lo abrazó sintiendo que Ratata escapaba de su bolsillo frontal. Namoo apoyó la barbilla sobre su hombro y se permitió llorar abrazado por él.

Al separarse todavía no se calmaba, por lo que Minwoo tomó el vaso de bebida y se lo ofreció.

—Come hielo —propuso.

—Minwoo, no quiero...

—El shock de mascar algo tan frío le permitirá a tu cerebro salir de ese estado. —Tras dudar, Namoo finalmente agarró el vaso—. Confía en mí, lo he hecho muchas veces.

Haciendo revolotear sus pestañas cansadas, Namoo tragó bebida hasta que los hielos le inflaron la mejilla. Ratata se había subido a su cabeza y jugaba con las aletas del gorro negro, por lo que Minwoo la agarró y dejó en su propio hombro.

—Masca —le pidió.

El cubículo se llenó con el ruido de los cubos siendo triturados. Golpeado por el shock del frío, sus ojos se abrieron enormes mientras continuaba mordiendo. Estuvo varios segundos así.

—¿Mejor? —preguntó.

Namoo se llevó más hielo a la boca y asintió.

Tardó en terminar de mascar, por lo que estiró el brazo para que su mano se enlazara con la de Minwoo.

—Gracias —susurró todavía con hielo en la boca.

—No hice nada especial —le restó importancia.

—Siempre estás cuando te necesito.

A diferencia de las partículas, él no podía estar en todas partes a la vez, pero sí estar en el lugar en el que era necesitado. Sin embargo, a veces esos lugares no eran deseados.

Esa noche, mientras Namoo se lavaba los dientes para irse a dormir, Minwoo se confundió de teléfono. Notó el error al tomarlo y no poder desbloquearlo, pero había un mensaje que se mostraba como notificación.

Mánager Seo: ellos están pidiendo por ti, Namoo. Ven mañana.

Dejó el celular de nuevo en el mueble sintiéndose de pronto vacío. Cuando Namoo regresó al cuarto, se quedó observándolo mientras este agarraba el teléfono y leía el mensaje.

—Mañana voy a salir —anunció Namoo.

Pensó en ello por horas.

A diferencia de las partículas, estar en el lugar exacto no significaba necesariamente estar en el sitio indicado. Y Minwoo decidió no estarlo, por lo que la caja del gato de Schrödinger permaneció cerrada. Pero el cronómetro ya iba en cuenta regresiva.

48

#NATVSILENCIADO

«Comentario: ¿No se supone que NaTV iba a revelar una información de la participación de Namoo en el programa de supervivencia? Además, ¿a nadie le parece sospechoso que hace semanas no se filtre alguna fotografía de él? AVI debe estarle pagando mucho a NaTV para que deje tranquilo a su favorito #NaTVSilenciado.»

Antes de que el trasero de Namoo topara contra el escritorio, sintió las manos de Minwoo sujetándolo por los muslos para alzarlo y dejarlo sentado sobre la cubierta. Soltando un jadeo entrecortado, se dejó caer hacia atrás con la espalda más y más curvada a medida que las caricias de Minwoo subían por sus piernas para llegar hasta su cintura. Los dedos de Minwoo le tocaron la piel desnuda del vientre. Y mientras él apoyaba los pies en el borde del mueble y Minwoo se colaba entre sus piernas, Namoo gimió estirando los brazos sobre su cabeza. Por accidente, tiró al suelo algo que había en el escritorio.

Minwoo dejó de inmediato de tocarlo y alzó la cabeza con expresión alarmada. Su cabello se encontraba desordenado y sus labios rojos por los besos compartidos.

—Todo menos mi triceratop —se quejó Minwoo.

Desconcertado, Namoo intentó recuperar el aire que había perdido entre besos.

—Estábamos en algo, Minwoo —recordó.

—Pero mi triceratop... tardé dos meses en armarlo.

Namoo lo jaló por el borde de la camisa, a la vez que se levantaba para que sus bocas se encontraran a medio camino. Rozó los labios de Minwoo con su lengua, el agarre en su cintura era cada vez más insistente a medida que el beso subía de intensidad. Lo tiró por la camisa levantándosela por la espalda para así raspar su piel cálida con las uñas, mientras Minwoo le quitaba el cinturón y lo lanzaba lejos. Se escuchó el ruido de otra figura cayendo al suelo. Minwoo rompió el beso, entonces su expresión se contrajo de dolor.

—Ese fue mi coritosaurio.

Intentó acercarlo para otro beso, pero Minwoo no cerraba los ojos, a pesar de que sus dientes le habían capturado el labio inferior y jalaban de él para captar su atención. Dando un suspiro de derrota, Namoo lo soltó y apoyó la espalda contra el escritorio, abriendo todavía más las piernas para soltar a Minwoo del agarre que tenía en su cadera.

—Ve.

Minwoo no perdió la oportunidad y corrió hacia la biblioteca que estaba repleta de figuras armables con dinosaurios, algunas de madera, otras metálicas, unas pocas de yeso. Namoo se estaba enderezando para tomar asiento en el escritorio cuando Minwoo, tras comprobar que a su coritosaurio se le había roto un «bracito», se estiró para alcanzar la última repisa del librero y así dejar al dinosaurio en su posición. Lo vio hacer presión en el mueble y Namoo notó cómo este se tambaleaba por el peso y se iba hacia adelante, golpeando a Minwoo en la cabeza para después caer sobre él.

—¡Minwoo! —gritó preocupado.

Todo lo que pudo divisar del chico fue una nube de polvo, figuras rotas por el suelo y la mano de Minwoo sujetando al coritosaurio. A la vez que saboreaba el yeso en los labios por el desastre, Namoo se despertó.

Tenía todavía la respiración acelerada. El cuarto estaba oscuro y casi del todo en silencio, la puerta se encontraba cerrada. Se movió en la cama para notar que Minwoo dormía a su lado con un brazo sujetándolo por la cintura, con un sueño tan profundo que se le escapaba un ronquido bajito y débil por la nariz. En la habitación no había rastros de figuras con dinosaurios, como tampoco una biblioteca grande de madera sólida. Solo estaban la cama, dos mesitas de noche, un clóset de pared a pared y la mansión de Ratata en el suelo.

A pesar de que Minwoo tenía el sueño pesado, siempre se despertaba si Namoo se movía mucho o intentaba levantarse de la cama. No le extrañó sentir que el brazo de este se ajustaba en su cintura.

—Estoy aquí —susurró un adormilado Minwoo, que levantó la cabeza para verlo.

—Lo sé —contestó Namoo acercándose a su calor y dejando ir la sensación de terror por verlo herido. El aroma de su piel cálida y dormida le hizo calmarse de inmediato, porque estaba vivo y bien, muy bien. Se apegó tanto a él que la punta de su nariz rozó la clavícula del chico.

—¿Soñaste algo feo? —quiso saber Minwoo, todavía algo atontado por el sueño.

Desde hacía tres semanas que Namoo no soñaba nada. La medicación que tomaba era tan fuerte que ya no dormía, sino que caía inconsciente en la cama. Esa noche tampoco se sentía atontado ni carente de sensaciones y emociones. Si Minwoo hubiese revisado la mesita de noche a su lado, habría descubierto el pastillero vacío. Porque Namoo se había terminado los comprimidos hacía unas noches y no había ido a comprar más. Pero eso Minwoo no lo sabía.

—Soñé contigo —confesó.

Eso terminó por despertar al chico.

—¿Conmigo?

—Estábamos tú y yo —continuó.

Las cortinas habían quedado algo abiertas, lo que iluminaba el cuarto en color plata. Analizó a Minwoo en silencio antes de continuar.

—Nos estábamos besando.

Porque eso era otra cosa que no sucedía hacía semanas. En su inicio, Namoo no lo había extrañado. La dosis de sus medicamentos había sido tan alta que por días no sintió más que una somnolencia constante. Por eso había aplazado la compra de sus remedios un día, que le siguió a otro, que le siguió a otro. Porque si bien al principio fue maravilloso no sentir ni pensar nada, ese estado entumecido ahora se asemejaba a un gran vacío. Y extrañaba sentir, incluso si eso conllevaba aceptar los malos recuerdos.

—En el sueño coleccionabas dinosaurios.

Sonrió cuando Minwoo se sorprendió, más por eso último que por la supuesta ronda de besos. Namoo le acarició la mejilla antes de continuar, deseó que no cambiara jamás. Su extraña personalidad era lo que lo convertía en alguien tan maravilloso.

—Tenías una estantería repleta de figuras armables.

—¿En serio? —jadeó Minwoo, ahora totalmente despierto. Luego frunció el ceño—. Se nota que fue un sueño porque, ¿a mí gustándome la paleontología? Por supuesto que de niño tuve esa afición e hice muchos agujeros en el patio, pero descubrí que desenterrar fósiles no es lo mío.

—Lo tuyo es ser profesor —acordó Namoo—. Todo un nerd de la física.

Minwoo asintió con felicidad, halagado de que lo considerara un rarito de la física.

—Y en el sueño ¿no había poleas o circuitos eléctricos?

—Como Namoo negó, su expresión fue más y más sorprendida—. ¿Tampoco imanes, resortes, balanzas?

—Solo dinosaurios.

—¿Al menos estaba Ratata?

Negó. El chico permaneció en silencio tras ponerse de espalda para contemplar el cielo falso.

—Se siente como si te hubieras besado con otra persona —refunfuñó Minwoo.

—¿Estás celoso de un sueño y de tu otro yo, profesor?

—No, pero...

La voz de Minwoo se silenció del todo cuando Namoo se dio un impulso con las rodillas para ponerse sobre él. Como todavía tenía una férula en su mano izquierda, intentó acomodarse en el regazo de Minwoo con ayuda de los codos. Se inclinó hacia adelante para que su respiración, de pronto acelerada, rozara la mejilla de Minwoo.

—Profesor —susurró—, hay algo que quiero hacer porque lo extraño mucho.

—¿Extrañar? —preguntó Minwoo comenzando a entender.

—Sí —jadeó contra su boca entreabierta.

Las manos de Minwoo lo sujetaron por la cintura y pudo palpar que su pene empezaba a latir contra su pierna, lo que le hizo sonreír hasta acortar la distancia. Sus bocas ansiosas se encontraron a medio camino, Namoo apoyando los codos en el colchón para sostenerse mientras las caricias de Minwoo se metían bajo su camiseta.

—Extrañé esto —confesó Namoo al romper el beso, sus bocas estaban tan juntas que sus labios se rozaban al hablar.

Minwoo lo enmudeció con otro beso, doblando las rodillas para tocar la entrepierna con su trasero. La cama crujía en cada movimiento, un sonido tan bajo y poco perceptible que volvía loco a Namoo. Porque esa tranquilidad, en la que se colaba de vez en cuando un jadeo, un gemido o el roce de pieles, era mucho más excitante que gritos de placer.

Sentándose recto sobre la erección de Minwoo, sintió sus caricias recorrerle el torso hasta que el propio Namoo se quitó la camiseta. Con su cabello desordenado y su aliento desincronizado, buscó una vez más aquella boca hambrienta.

Minwoo lo hizo cambiar de posición, sujetándolo por la cintura y haciéndolo caer de espaldas al colchón. Se alzó sobre él para continuar con ese beso que era lengua, mordisco, saliva, jadeos y gemidos, tan excitados que solo se les permitía continuar con un beso tan desincronizado como ávido. Esas emociones que estuvieron muertas en él durante semanas regresaron con tal intensidad que arqueó la espalda y gimió tan fuerte, que Minwoo tuvo que silenciarlo con su boca, tragándose su placer para que solo ellos dos pudieran disfrutarlo.

—Haru está en la otra habitación —le recordó Minwoo mientras sujetaba los muslos de Namoo por su parte posterior y se los alzaba. Le flexionó las rodillas y le hizo apoyar las plantas contra el colchón. En esa posición, todo el peso de Minwoo estuvo sobre él aplastándolo contra la cama. En respuesta, Namoo alzó la cadera para que sus erecciones se frotaran.

—Que escuche —susurró Namoo—, no me importa.

—Pero a mí sí —dijo Minwoo, su mano ahora cerrada en el cuello de Namoo. Su dedo pulgar hizo un poco de presión en su piel al tirarlo para que lo besara—. A mí me importa, porque solo te quiero escuchar yo.

—Otros ya me han escuchado —se burló Namoo, provocándolo, porque le volvía loco la idea de Minwoo celoso.

—¿Otros te han oído? —cuestionó el chico, mordiendo la mandíbula de Namoo y bajando, sus colmillos le raspaban la piel del cuello con tanta fuerza e insistencia que al día siguiente su piel daría indicios de lo que había ocurrido en esa cama.

—Sí. —Jadeó contra el oído de Minwoo, contra su mejilla, contra su boca, contra su cuello cuando este volvió a acomodarle las piernas para doblarle todavía más las rodillas, apegándoselas al pecho para que quedara abierto y expuesto, a pesar de que los separaban las telas de sus pantalones y ropa interior.

Minwoo se frotó contra él con tal intensidad que la cabeza de Namoo cayó contra la almohada y otro gemido escapó de sus labios, que fueron enmudecidos con una palma.

—Silencio, Namoo —pidió Minwoo.

—¿Y si no quiero?

—¿No quieres?

Minwoo lo sujetó por las caderas y se sentó sobre sus tobillos. Escapó todo el calor que acumulaban las sábanas. Alzado entre sus piernas abiertas, el chico sonrió a su imagen temblorosa y excitada. Entonces, le sujetó el tobillo derecho y lo pasó por sobre la cabeza para girarlo. Tan pronto como la boca de Namoo rozó la almohada, Minwoo le volvió a abrir las piernas e hizo presión en su vientre para que alzara las caderas.

—Así —corrigió Minwoo.

Lo levantó unos centímetros más apoyándole el puño en los omóplatos para que el pecho de Namoo estuviera contra el colchón. En esa nueva posición, el cuerpo de Minwoo se recostó sobre el suyo, su erección rozándole el trasero alzado.

Con lentitud, las caricias de Minwoo fueron de su vientre hacia abajo, tirando del elástico de su pantalón para meterse bajo él. Sintió la yema de aquellos dedos cariñosos rozando su pene latiente y adolorido. La sensación fue incluso más increíble y excitante cuando esa misma caricia se prolongó bajo su ropa interior. Minwoo formó un puño alrededor de su erección, comprimiéndola hasta que los codos de Namoo temblaron. Su rostro se enterró contra la almohada acallando el grito, mientras su trasero se alzaba rogando por algo más.

—Mira lo excitado que estás —susurró Minwoo contra su oído—. Tan listo y dispuesto para mí.

La boca de Minwoo recogió su lóbulo, se lo mordió y soltó, para luego viajar por su mandíbula hasta su boca entreabierta. Compartieron un beso descuidado mientras Minwoo le bajaba el pantalón y la ropa interior hasta dejarlos atascados a mitad de sus muslos temblorosos. Minwoo se lamió la palma, escupiendo también en ella. Después, su puño se cerró con más insistencia alrededor de la punta del pene de Namoo, que sentía que perdía la cabeza.

—¿Te gusta? —preguntó Minwoo.

El hecho de que todavía estuvieran cubiertos por las mantas, que el departamento se encontrara en silencio, que Haru durmiera en el otro cuarto, que él no estuviera del todo desnudo mientras Minwoo continuaba vestido, lo tenían gimiendo y pidiendo por más. Por un *más* donde Minwoo se bajase la ropa hasta los muslos para desnudar su erección y lo penetrara en seco, casi sin dilatación, con dolor, porque con el tiempo Namoo aprendió a desear ese placer fuerte.

—Sí —jadeó mordiendo parte de la funda de la almohada.

El aliento de Minwoo estuvo otra vez contra su oído.

—Pero aseguraste que serías tú quien me lo haría. —El puño apretado de Minwoo se deslizó desde la base hasta la punta congestionada y latiente, necesitada de atención—. ¿O quieres que sea yo? Pídemelo y lo haré.

No podía pensar cuando Minwoo seguía masturbándolo de esa forma, *así*, exactamente como le gustaba, un poco fuerte, áspero, duro, algo brusco. Y por eso se lo rogó en una pregunta indirecta.

—¿Tienes condones y lubricante?

—Tengo —aseguró Minwoo con su mano libre en el vientre de Namoo para sujetarlo en esa posición—. Pero no los ocuparé hoy.

Antes de que Namoo pudiera protestar, Minwoo lo giró para dejarlo nuevamente de espalda. Entonces, le quitó el pantalón de dormir y la ropa interior y la lanzó al suelo, dejando a Namoo desnudo. Agarrándole los muslos, Minwoo le hizo presión en cada pierna para que las abriera más. Luego, se acomodó entre ellas. Sus besos bajaron por su mandíbula a su cuello, y finalmente capturó un pezón hasta dejarlo tan sensible que otra vez no pudo evitar jadear.

Y bajó.

A la vez que posicionaba cada pierna de Namoo sobre sus hombros, Minwoo se metió su erección a la boca, primero rozando la punta con los labios para ejercer presión, después entera hasta que Namoo sintió que apretaba su pene con la lengua para que rozara el paladar.

Namoo gimió, sus manos sujetaban la cabeza de Minwoo para que no se alejara, para mantenerlo en su lugar. Pero este se sacó el pene de la boca y sus labios jugaron con la punta rosada y mojada.

—Silencio, Namoo —pidió.

Agarrando esta vez el pene por la base, volvió a metérselo en la boca, su mirada concentrada en sus gestos de placer. Lo vio sonreír cuando lo soltó una vez más con un sonido obsceno y hambriento.

—Te gusta que lo tenga en mi boca, ¿no? —dijo Minwoo besándole la parte interior del muslo izquierdo.

Namoo nunca había descubierto lo sensible que era en esa zona hasta que sintió su mordida. Mientras él intentaba recuperar la respiración, Minwoo se sujetó el tabique con los dedos e hizo presión por unos segundos. Cuando buscó la punta de su pene, logró devorarlo cubriendo sus dientes con la lengua y labios.

Namoo se corrió con fuerza, su cabeza contra la almohada, su espalda curvada, sus piernas abiertas y rodeando los hombros de Minwoo.

—Muy bonito —aseguró Minwoo al terminar de limpiarlo con la lengua. Su boca fue perversa al buscar la suya para que sintiera su propio sabor.

Al finalizar el beso, el chico se acomodó a su lado y le acarició el pecho agitado y húmedo de sudor. Entonces, Namoo recordó el mensaje del mánager Seo.

Girándose hacia Minwoo, lo sujetó por la camiseta para acercarlo a él.

—¿Qué sucede? —quiso saber Minwoo acariciándole la mejilla.

Su boca tembló al hablar.

—Minwoo, no me dejes, por favor.

—Tranquilo —dijo. La expresión de Minwoo parecía desconcertada por el cambio de tema tan repentino—. Estoy aquí, no me iré.

A Namoo se le hizo un nudo en la garganta.

—Pero soy un estorbo —susurró con dolorosa convicción e inseguridad. Exaltado por el placer y por el miedo, se alzó en un codo para observarlo. Cerrando los ojos y negando con la cabeza con total efusividad, intentó decirlo—. Pero yo...

Esa pequeña palabra, que tanta gente utilizaba como si no valiera nada, quedó atascada en sus labios temblorosos. Por más que intentó, no pudo decirla.

—Sé que me quieres —lo ayudó Minwoo. Los ojos de Namoo se llenaron de lágrimas por la impotencia—. No necesitas decirlo.

Tragó saliva y asintió con debilidad, su boca ahora ahogada por el llanto. Abrazó a Minwoo con fuerza, porque si bien todavía era incapaz de decir una palabra tan sencilla, eso no significaba que no la sintiera.

Porque él la vivía tanto que dolía.

Pero ese era un dolor que Namoo necesitaba y también deseaba seguir experimentando, porque sentirlo significaba que era querido e importante para alguien.

Y esa sensación valía todo el dolor que vendría.

49
EL CURIOSO PROFESOR QUE ENSEÑA
FÍSICA CON UNA RATA

«Por la noche se hizo viral un video grabado por una alumna en la sala de clases, donde se muestra a un joven profesor de física enseñando su materia con ayuda de su peculiar mascota: una rata. Su nombre es Kim Minwoo y es profesor. ¿Lo más curioso de él? Es el mejor amigo del famoso idol Lee Namoo.»

Fue despertado por una risotada histriónica proveniente de la sala de estar. Confundido, Namoo bostezó con somnolencia cuando la risa aumentó en intensidad, seguida por la voz de Minwoo acelerada hablando con su amigo.

—Basta, Haru, ya lo has visto cinco veces.

Le siguió una sexta vez, porque Namoo pudo captar la música que venía acompañada de la voz de Minwoo anunciando «hoy veremos la electroestática». Buscó sus pantalones por el suelo del cuarto y abrió la puerta todavía ajustándoselos en la cintura. Se encontró a Haru recostado en el sofá con Minwoo encima, ambos luchaban intentando agarrar un celular que Haru sostenía con fuerza. Como Minwoo se distrajo al verlo salir de la habitación, su amigo aprovechó el momento y lo empujó. El chico aterrizó en el suelo con un golpe seco.

—Son las diez de la mañana —avisó por si lo habían olvidado. Se refregó un ojo al continuar—. Y es sábado. ¿Por qué están despiertos tan temprano?

—La adultez —aseguró Haru apuntándolo con el teléfono—, a ti también te va a pasar.

Con una torpeza que era comparable a la de una tortuga volteada, Minwoo logró sentarse.

—Hola —lo saludó, porque Minwoo era así. Podían haber compartido cama, pero de igual forma siempre lo saludaba la primera vez que cruzaban miradas al otro día. Algunas veces sucedía después de un largo beso que sabía a somnolencia.

—Hola —contestó, yendo al sofá y tomando asiento al lado de Haru—. ¿Por qué se reían tanto?

Minwoo observó a Haru con expresión seria.

—No te atrevas —lo amenazó, a la vez que su amigo respondía:

—Se hizo viral un video de Minwoo.

El mal presentimiento se sintió como rocas en su estómago.

—¿Viral? —musitó con los labios de pronto resecos. Se apuntó el pecho, miró a cada amigo—. ¿De nuevo por mí?

Haru le dio un golpe seco en el muslo que lo hizo saltar.

—No, esta vez fue mérito de la personalidad peculiar de Minwoo.

Con las cejas alzadas, le pidió explicaciones a Minwoo, que seguía sentado en el suelo a un costado de sus piernas.

—Está bien —refunfuñó—, se lo puedes mostrar.

Haru desbloqueó su celular y se lo tendió a Namoo.

—De igual forma iba a hacerlo —admitió su amigo con expresión risueña—, porque esto merece ser viral.

Agarró el teléfono y le dio play al video que aparecía congelado en la pantalla. Apareció enfocada una puerta blanca cerrada. Se escuchaban los balbuceos de jóvenes y pudo oír el grito de alguien dando aviso de que el profesor venía. La puerta del aula se abrió y apareció Minwoo en la entrada. Iba con una peluca y barba blanca, además llevaba una sábana enrollada al cuerpo como si fuera una túnica de la Grecia antigua.

—Se supone que soy Tales de Mileto —explicó Minwoo rojo de vergüenza—, quien hizo las primeras investigaciones sobre la estática con su gato.

Al regresar su vista al video, Minwoo ya se había instalado en mitad de la sala, donde se divisaba una caja sobre su escritorio. Minwoo levantó las manos, tenía el celular en una de ellas. Mientras sonaba la canción «The final countdown», el chico anunció.

—*Hoy veremos la electroestática.*

Recién en ese momento, Namoo se percató de que Ratata se encontraba sobre el hombro de Minwoo. Apenas la pudo reconocer porque llevaba una peluca negra sobre su pequeña cabeza.

—¿De dónde...?

Minwoo supo a lo que se refería antes incluso de terminar.

—Era una brocha de maquillaje, se supone que Ratata es Tesla.

Ese chico realmente era de otro universo.

Siguió viendo el video.

—*¿Qué es la electroestática? Es la parte de la física que estudia la electricidad en la materia y los fenómenos producidos por cargas eléctricas en reposo. Pero ¿qué es una «carga eléctrica»? Es cuando un objeto tiene un número de electrones distinto a los del protón. Si hay más electrones, la carga es negativa. Si hay menos, es positiva.*

Con la canción todavía de fondo, el Min-Tales sacó de la caja un vaso con azúcar, un vidrio, un paño y un globo ya inflado. Mientras hablaba, desparramó el azúcar por el vidrio y luego frotó el globo con el paño.

—*Durante toda nuestra vida hemos visto que, si frotamos un globo en nuestra cabeza, el cabello se pegará a él. Pero ¿por qué ocurre esto? Al frotar el globo contra nuestro pelo, en este caso lo haremos con un paño, lo que ocurre es que cargamos al globo negativamente. Lo anterior sucede porque si frotamos dos objetos neutros, se provoca un traspaso de electrones. Y como las cargas opuestas se atraen, el azúcar se pegará al globo. Y así surge el amor.*

Una risa generalizada le siguió a su broma tonta. Comprobó a Minwoo y no pudo evitar sonreírle, lo que provocó que el chico se pusiera incluso más rojo. En tanto, el Min-Tales había acercado el globo al azúcar, la que se pegó en su superficie. Hubo otra exclamación de sorpresa de los alumnos.

El video llegó a su fin. Le entregó el celular a Haru, quien mantenía una expresión expectante.

—No era gracioso —comentó como si su opinión fuera la de un juez dando su veredicto—. Fue maravilloso.

Haru se quejó a su lado.

—Pero llevaba una peluca.

—Sigue siendo una clase increíble —insistió Namoo.

—Y una sábana como ropa.

—¿Y?

—Y Ratata llevaba una brocha de maquillaje por pelo.

Como Namoo se encogió de hombros, Haru puso los ojos en blanco al ver que Minwoo le tocaba la rodilla en un gesto de cariño.

—Ya te enceguació el amor —se quejó.

Cuando el chico se puso de pie y refunfuñó que dormiría una siesta antes de almorzar, Minwoo ocupó el espacio desocupado. Tenía a Ratata en su hombro. Sacó un poco de alga seca de su bolsillo y se la dio a su ratón, mientras le acariciaba el rostro puntiagudo con el dedo. Pensar que esa misma persona, que ahora le hablaba de manera tierna a su rata mascota, se había metido su pene en la boca y lo había hecho correrse tan fuerte que sintió que se le drenaba el cerebro.

—¿Así que te gustó? —comentó tras dejar a Ratata en el suelo.

Namoo apoyó la cabeza en el hombro de Minwoo, porque en algún momento se había acostumbrado a la cercanía del chico, como también a sus caricias, al punto de que ahora era él quien las buscaba si Minwoo no tomaba la iniciativa.

—Sí —afirmó sin dudarlo.

—¿Dormiste bien? —quiso saber Minwoo haciéndole una caricia suave en el cabello.

—Ajá.

—¿Y te gustaría que saliésemos por la tarde a caminar por el río Han?

—Después de que finalice mi sesión con ajusshi.

Pudo percatarse de que el chico sonreía con aires de orgullo.

—¿Sabes algo? —dijo Minwoo de forma sorpresiva, tenía los ojos brillantes—. Pensé en comprarle una moto de juguete a Ratata para la clase didáctica de los tipos de energía.

Realmente quiso molestarse con él, porque le parecía impresionante su capacidad de pasar de conversación. Pero era Minwoo y añoraba que siguiera siendo *así*.

—¿Y qué te detiene?

El chico se quedó desconcertado unos instantes.

—Pensé que me dirías que estaba siendo un tonto —admitió. Sintió que le clavaba un dedo en las costillas—. ¿Quién eres y qué hiciste con la ironía de Namoo?

—Hay muchas facetas de mí que todavía no conoces.

—¿Como cuáles?

—Tengo una casa fuera de Seúl —se sorprendió contando.

—¿La de tu familia? —preguntó Minwoo con mucho tacto.

—No, está en una ciudad costera. Es una casa color café de un piso y con vistas al mar.

Minwoo había comenzado a jugar con el borde de su camiseta.

—¿Es para ti?

—Se la había comprado a mi familia.

De pronto se dio cuenta de que no quería dejar de hablar y anhelaba que Minwoo le siguiera preguntando, porque se ahogaba en sus propias palabras.

—¿Y qué pasó?

—Mi papá murió. —Tragó saliva—. Y mi mamá regresó a su ciudad natal con mi hermano.

—¿Desde ahí que no los ves?

—No, ellos habían dejado de hablarme antes.

Minwoo hizo una pausa, sus ojos brillantes analizándolo, preguntándole en silencio si podía seguir por ese camino.

Averígualo, quiso decirle.

Porque ni el mismo Namoo sabía si le contaría la verdad.

—¿Por qué ellos dejaron de hablarte? —Minwoo dudó, continuó con un hilo de voz.

—Mis padres son muy religiosos —se escuchó contando—. Crecí cantando en el coro de la iglesia.

La boca de Minwoo formó una «o» de sorpresa.

—Nunca lo habría imaginado.

—No es algo privado —confesó Namoo—. Hay un video viral donde salgo cantando de pequeño.

Estiró la mano y tocó con la punta de los dedos la camisa arrugada de Minwoo. Como su flequillo rubio se había movido hacia sus ojos, Minwoo se lo apartó con un gesto delicado que, por supuesto, sabía a anhelo.

—Y esa casa que compraste, ¿la vas a vender?

Sintió que sus mejillas formaban una sonrisa, no entendió la razón.

—No —susurró. Y esa única palabra también supo a anhelo—. Me gustaría vivir en ella.

—¿Y por qué no...?

—No puedo —lo cortó Namoo, tomó una inspiración larga—. Pero algún día.

—Algún día —repitió Minwoo.

Y eso igualmente supo a anhelo, pero también a promesa.

—¿Y tú? —quiso saber Namoo.

—¿Yo?

—Tu infancia, tu adolescencia, cuéntame algo.

—Yo siempre tengo muchas cosas que contar, así que necesito que me direcciones un poco, de lo contrario terminaré explicando por qué los grandes rascacielos en New York tienen pisos vacíos.

Sus dedos jugaron con uno de los botones de la camisa arrugada, se le asomaba por el cuello la cadena del collar de amatista. Al alzar la mano, rozó la cicatriz que Minwoo tenía sobre la ceja.

—¿Cómo te hiciste eso?

—Una vez quise ser chico explorador, pero cosas pasaron en el curso de navajas y terminé con esta cicatriz. Mamá me pidió que dejara la exploración y me centrara en algo menos peligroso. Ahí me inscribí en un curso de bordar y de nuevo cosas pasaron y me hice esta cicatriz. —Le mostró el dedo gordo donde tenía una grieta blanca que iba de lado a lado—. Ahí me prohibió las tijeras e ingresé a clases de baile con ella.

—Y supongo que cosas pasaron.

Minwoo negó con expresión solemne.

—No, mi mamá se cansó de que le pisara los pies. Asistí a una clase más sin ella, por lo que bailé con muchas señoras. En parte fue bueno porque me dieron dinero, pero luego ellas también se cansaron de que les pisara los pies.

—¿Y luego? —Apoyó la mano bajo su mejilla. Sintió la piel de sus manos áspera, como lija. Sin embargo, estaba acostumbrado a sentir sus dedos tirantes y secos.

—Me compré el telescopio con el dinero que hice coleccionando dinero.

—¿Y también cosas pasaron?

—A mi telescopio —admitió—. Una noche decidí subirme al techo de la casa para ver un eclipse y se me cayó. Hubo vidrios diseminados en el césped por al menos un mes.

—¿Y después?

—Descubrí que no me gustaba tanto la música de los ochenta como creí.

—¿Te gustó en algún momento? —preguntó levantando las cejas con gesto de sorpresa.

—Por ese padre que no era mi padre. Se supone amaba la música de los ochenta —explicó—, así que escuché todas las canciones de la época que pude encontrar en internet.

—¿Y ahora no te gusta?

—No es que no me guste, es que prefiero el silencio —especificó.

—Pero bailas para calmarte.

—Eso es cuando sufro ataques de pánico que se sienten corporales —puntualizó.

—¿Hay clasificación en los ataques de pánico? Él jamás lo habría imaginado.

—Yo logro identificarlos, ¿tú no?

—No, solo quiero morirme.

—Vaya. —Minwoo se veía desconcertado—. Con razón no sabes cómo detenerlos.

—Los ataques de pánico no se pueden frenar, se detienen solos —rebatió Namoo.

—Por supuesto que se pueden frenar —dijo—. Si el ataque de pánico es más corporal que mental, entonces bailo. Pero si es porque no puedo dejar de pensar en algo, entonces busco la magnificencia del 3, 6 y 9. Los patrones matemáticos me alivian, tal vez podrías intentarlo.

—Minwoo, las matemáticas son las culpables de muchos de mis ataques de pánico, ¿cómo podría calmarme algo que me desespera porque no lo entiendo?

—Y cuando vas al supermercado, ¿no haces cálculos mentales para saber si te estás saliendo de tu presupuesto? —Namoo lo observó, preguntándose si estaba bromeando. Minwoo suspiró—. Algunas veces olvido que eres el señor *blackcard*.

Se quedó contemplando el cielo falso. Cuando Namoo captó un ruido bajito que provenía de un rincón, apartó la mirada para ver qué ocurría. Se encontró a Ratata trasladando su cama por la sala de estar.

—Por cierto —dijo recordando algo—, ¿cómo lo hiciste para tener sus certificados de salubridad?

—La llevé al veterinario cuando la rescaté... De hecho, la llevé a muchos veterinarios porque todos querían quitármela para dormirla.

—¿Y qué hiciste?

—Me puse en contacto con una sociedad rescatista de ratones criados en cautiverio para la experimentación, y aceptaron que la llevara a su veterinaria. Tuve que dejarla con ellos. A las tres semanas me llamaron para que la fuera a buscar y me la entregaron con sus certificados de salud. La verdad, fue bastante sencillo.

—Ay, Minwoo —susurró.

Estaba seguro de que había puesto una expresión extraña, porque Minwoo pareció de pronto alarmado.

—¿Qué?

—No es nada.

—Ibas a decir algo.

—Es que... ¿Ratata es igual a cuando la rescataste?

—Define «igual» —pidió Minwoo—. ¿Es un «igual» o un «casi igual»? Ya explicamos que existe un infinito entre ambos conceptos.

Como un mechón rebelde había caído sobre sus ojos, Namoo se lo apartó con cuidado e intentó engancharlo detrás de su oreja.

—Sabes a lo que me refiero.

—Bueno, no —especificó Minwoo.

—«No» ¿qué?

—No es «igual», porque tuvo un cambio de pelaje.

Namoo intentó echarle un vistazo a Ratata.

—¿Y ese cambio de pelaje te tocó verlo?

—No. —Se corrigió a sí mismo—. Pero la verdad es que no recuerdo mucho de cómo era Ratata el día que la rescaté, solo sé que era tan pequeñita que podía llevarla en la palma de mi mano.

—Lo pregunto porque Ratata tiene un color gris muy bonito.

—Eso es porque la alimento bien —aseguró, orgulloso.

—Y no se parece en nada a ese gris carbón de las otras ratas.

—Y también tiene una mancha blanca en el estómago —añadió Minwoo.

—Ay, Minwoo —suspiró. El chico le apartó otra vez el mechón rebelde que se le colaba entre esos ojos tan expresivos—. ¿Haru qué dice al respecto?

—No lo sé, a Haru no le gusta hablar de los orígenes de Ratata. —Entonces, guardó silencio. Namoo casi podía ver cómo los engranajes en su cabeza hacían el último clic.

El profesor se quedó desarmado contra el sofá.

—Oh, no —jadeó horrorizado—. ¿Ratata no es Ratata?

—Olvida lo que dije —suplicó Namoo colocándose de pie—, Ratata de seguro cambió pelaje porque está envejeciendo.

—¿Envejeciendo? —preguntó Minwoo, confuso—. Ratata solo tiene un año y los ratones viven... oh, no.

Cuando su boca formaba otro «oh, no», Namoo hizo la única cosa inteligente que se le ocurrió para calmarlo: lo besó. Las cejas de Minwoo de a poco fueron bajando, su expresión relajándose frente a sus ojos.

—Lo siento —susurró, arrepentido—, yo... solo lo siento.

Lo besó de nuevo, esta vez presionando con más insistencia la boca de Minwoo, mientras sentía una mano en el cuello. Al separarse, su respiración escapaba en un jadeo silbante que acompañó la de Minwoo. No escuchó la puerta del cuarto de

Haru, por lo que ambos saltaron cuando oyeron una maldición seca seguida de un gran escándalo.

Haru se había tropezado a la salida de su habitación. Se sujetaba la canilla con expresión adolorida.

—¡No vi nada! —prometió el chico poniéndose de pie con gran dificultad—. Les juro que no vi ni escuché nada de nada.

Minwoo se puso de pie de un impulso.

—Les juro...

—Ya te oímos —avisó Namoo—. No viste ni escuchaste nada, ¿no?

—Lo juro por la garrita.

Por alguna razón, eso hizo sonrojar a Minwoo.

—¿La garrita? —preguntó Namoo, curioso.

Haru todavía se acariciaba la pantorrilla.

—¿Minwoo no te lo ha explicado? Él hace juramento de garrita o no los considera como juramentos.

—¿La garrita? —repitió. Una sonrisa le bailaba en los labios mientras Minwoo agarraba a su amigo por la cintura y lo hacía regresar a su cuarto.

La puerta se cerró tras ellos.

Al segundo, se había vuelto a abrir y se asomó la cabeza de Minwoo.

—Tengo que aclarar algo. Haru es heterosexual y jamás estaría interesado en mí y yo tampoco en él. Y dos, lo de la garrita dejé de hacerlo a los doce años.

—¡Quince! —gritó Haru desde dentro.

La puerta se cerró nuevamente.

No había pasado ni un minuto cuando se abrió. Apareció Haru siendo arrastrado por la mano de Minwoo sobre su cuello.

—Pido disculpas por avergonzar a mi mejor amigo frente al chico que le gusta. En compensación, contaré algo vergonzoso de mí. —Ambos amigos se observaron—. Lloro viendo videos de animales. ¿Ahora estamos en paz?

Minwoo afirmó con expresión solemne.

—Es nuestra regla de amistad —comentó Minwoo ante la confusión de Namoo—. Nada es terrible si nos ocurre a ambos. Por cierto, Haru, ¿recuerdas cómo se veía Ratata el día que...?

No pudo seguir hablando debido al pellizco de Haru.

Namoo sonrió.

Le gustaba esa vida.

Demasiado.

Más tarde, Minwoo y Haru abandonaron el departamento para que Namoo pudiera hablar tranquilo con el psicólogo. Mientras esperaba que comenzara la sesión, notó un celular en el reposabrazos del sofá. Extrañado, lo agarró. No estaba bloqueado con clave y la foto de fondo de pantalla era, de hecho, suya. Era el teléfono de Minwoo.

Dejó el aparato de nuevo en el reposabrazos. Acomodó la computadora en sus piernas, todavía quedaban diez minutos para que empezara la reunión. Volvió a mirar el celular, luego la laptop y finalmente lo agarró.

La adrenalina le aceleraba las pulsaciones. ¿Y si...? Antes de arrepentirse, ingresó a la aplicación de videos para analizar el tipo de algoritmo que tenía Minwoo. El primer corto era de alguien rescatando unos perritos abandonados. Le siguieron criaturas marinas, historia mundial, historia coreana, explicaciones científicas, descubrimientos astronómicos, fósiles, ratas haciendo travesuras, más perros y gatos y, por supuesto, más videos del propio Namoo.

Su algoritmo no era más que Minwoo siendo Minwoo.

Comenzó la sesión con ajusshi con bastante relajo contándole lo que había sucedido en los últimos días. La sesión iba bien hasta que ajusshi cambió la conversación.

—Necesito que mires tus manos y me digas lo que ves.

La ansiedad le escaló por la espalda como un monstruo helado. Con el corazón acelerado, hizo aquello. Su mano izquierda todavía mantenía sus dedos índice y medio algo torpes y tiesos por el uso de la férula. Las cicatrices se mantenían rojas y habían comenzado a tomar una coloración blanca que no las borraría del todo, pero sí se difuminarían y serían poco visibles.

—¿Ves alguna herida nueva? —quiso saber el hombre.

—No.

—Hace un mes rompiste un vidrio en un ataque de ansiedad que no pudiste controlar y ahora llevas semanas sin dañar tus manos. Estás haciendo un gran trabajo, Namoo.

Sintió que su labio inferior temblaba.

—Ajusshi —lo llamó para que dejara de tomar notas, lo que este hizo de inmediato y alzó la mirada a la pantalla que Namoo mantenía en negro—. No jubile nunca, por favor.

—Algún día tendré que hacerlo, Namoo —fueron sus sinceras palabras—. Pero no es algo de lo que debas preocuparte por ahora ni durante los próximos años.

La sesión estaba llegando a su fin. Cuando el psicólogo iba a despedirse, Namoo lo detuvo.

—Ajusshi.

—Dime, Namoo.

Dudó.

Y volvió a hacerlo.

Hasta que se decidió.

—Estoy listo.

El hombre lo entendió de inmediato. Lo vio asentir suavemente con la cabeza. Namoo se mojó los labios. Y antes de que se pudiera arrepentir, accionó la cámara y se pudo ver en la pantalla de la computadora. Su mirada era asustada y ansiosa, su cabello rubio mostraba una raíz negra por el crecimiento. Sus mejillas no estaban cinceladas como en el pasado al adquirir una pequeña curva.

La expresión de ajusshi era amable y tranquila y eso le hizo por fin respirar.

—Hola, Namoo —lo saludó al ver su rostro—. Me alegra mucho verte.

Inclinó la barbilla hacia él y le regresó la sonrisa.

—Hola, ajusshi.

Y se sintió invencible.

Por eso, al finalizar la sesión, regresó al cuarto de Minwoo y buscó la enorme caja plana que mantenía hace unos días bajo la cama. La sacó y puso sobre el colchón. Desenvolvió el paquete hasta que un teclado electrónico estuvo frente a él. Apretó una tecla, el sonido resonando en su cerebro. Y luego presionó otra y otra más.

La canción sonaba terrible por sus dedos entumecidos que todavía se recuperaban, pero no dejó de apretar las teclas en completa descoordinación.

Minwoo y Haru regresaron y lo encontraron todavía en el cuarto mientras terminaba de tocar la melodía de «Moonlight». Cuando murió la última nota, su sonrisa temblorosa lo dijo todo.

Lo había logrado.

50

El sentimiento de estabilidad y felicidad acompañó a Namoo hasta la siguiente sesión con ajusshi. Porque, transcurrido mes y medio de su accidente, el psicólogo consideró que ya era oportuno hacerle *la* pregunta que ambos habían postergado.

—Namoo, antes de finalizar la sesión de este día, me gustaría preguntarte algo que puede ser difícil de escuchar. Dime si tengo permiso o no para continuar, porque puedes negarte a oírme, como también a responderme.

Supo que había llegado el momento y descubrió que no sabía si estaba preparado para ello. Pero ese día se sentía grande, invencible, convencido de que había mejorado, de que la terapia era mucho más fácil de lo que las personas la hacían ver. Por eso asintió, por eso aceptó, porque no consideró que algo malo pudiera salir de ahí.

—Pregunte, ajusshi.

—Antes, quiero aclarar dos palabras. Abuso sexual y violación implican lo mismo, pero ¿por qué existen palabras distintas para referirse a lo mismo? Porque en sus inicios se consideró que era *pertinente* que existiera una diferenciación. Y es curioso, porque si eres asaltado y no opones resistencia, se llama robo; pero si te resistes, sigue llamándose robo, solo que se le agrega la especificación «con violencia». Sin embargo, con los términos «abuso sexual» y «violación» existen cuatro diferencias importantes, la principal es la condena penal seguida del establecimiento de si hubo o no resistencia por parte de la víctima.

»¿Y en qué deriva esto? En que por muchos años se consideró que, de no resistirse físicamente o de no expresar un claro «no» antes o durante el acto sexual, entonces se podía cuestionar a la víctima por no luchar ni dejar en «claro» que no estaba de acuerdo con dicho acto sexual. Esto llevó a que muchas personas fueran abusadas sin saber que estaban siendo abusadas, ya que, al no negarse física o verbalmente al acto realizado contra su voluntad, consideraban que no podían acusar al abusador porque en cierta forma lo habían «permitido».

»Entonces, quiero dejar en claro que un abuso sexual y una violación son lo mismo, es decir, es la realización del acto sexual de forma no consentida. Y por «acto sexual» nos referimos a tocar de manera íntima, realizar una masturbación de cualquier tipo y penetración de cualquier tipo. Y hablaremos de «consentimiento» cuando de manera consciente se da la autorización a que se realice dicho acto sexual, sin encontrarse física o psicológicamente presionado para aceptarlo.

»Por tanto, hablaremos de abuso sexual o violación incluso si no hubo resistencia física o no se expresó un claro «no». También hablaremos de abuso sexual o violación cuando la persona se encuentra incapacitada para dar su consentimiento por encontrarse en un estado inconsciente, sea cual sea la razón. Y, finalmente, también hablaremos de abuso sexual o violación al mantener actos sexuales con menores de catorce años, ya que por ley es la edad mínima para consentir relaciones de esta índole; como también lo es cuando hablamos de un mayor de edad junto a un menor de edad. Tampoco existe el consentimiento dudoso, porque el consentimiento se da o no se da. Y si no se ha dado, entonces también estamos hablando de un abuso.

Al finalizar la explicación, ajusshi hizo una pausa tan extensa que Namoo supo que la había realizado para ayudarlo a procesar sus palabras, como para que también entendiera lo que iba a preguntar a continuación. Le estaba dando la oportunidad para negarse o arrepentirse.

—Sabiendo eso, Namoo —continuó con suavidad—, ¿puedo realizar la pregunta?

Namoo cerró las piernas con fuerza, sus manos vuelta locas haciendo girar las piezas del cubo de Rubik para acomodarlas. Cuando posicionó el último segmento blanco en su lugar, respondió con un hilo de voz:

—Sí.

—Todavía puedes arrepentirte.

—Lo sé —jadeó.

—Entonces ¿me lo permites? —Namoo asintió con un gesto brusco. Pero ajusshi negó con la cabeza—. Necesito oírlo, Namoo.

Sus piernas se cerraron con más fuerza. El cubo Rubik crujió en su mano.

—Puede seguir —susurró.

—¿Fuiste abusado psicológicamente?

La mirada de ajusshi era amable y atenta, eso era lo único que podía pensar.

—Sí —respondió.

Pero el cuadro detrás de su cabeza era más importante en ese momento, al igual que el dolor que sentía en el estómago.

—¿Fuiste abusado sexualmente?

—No.

Ajusshi asintió y escribió en su cuaderno. Namoo esperó una tercera pregunta que nunca llegó. De igual forma repitió su respuesta.

—No.

Y una vez más mientras sacudía la cabeza.

—No.

El hombre escribió algo, pero sin apartar la mirada sobre él.

—Una última pregunta, Namoo —pidió ajusshi—. ¿Tus manos siguen estando sucias?

Tragó saliva, se las miró.

—Sí —susurró.

Y ese día, al finalizar la sesión, Namoo volvió a lavarse las manos una...

Y otra.

Y otra.

Y otra.

Y otra vez.

Minwoo notó de inmediato sus manos rojas y lastimadas. Su boca se convirtió en un gesto triste al entender lo que Namoo había hecho esa tarde.

—Lo siento —pidió cerrando los ojos con fuerza por la vergüenza y ese fantasma llamado *miedo.*

El toque de Minwoo fue gentil y cariñoso en su mejilla y sus palabras lo consolaron incluso más.

—Está bien, Namoo —dijo—. Cuando aprendimos a caminar de pequeños nos caímos muchas veces en el proceso. Lo importante es que siempre te pongas de pie tras cada caída, porque esta no será ni la primera ni la última vez que te ocurra.

Namoo se aferró a él con ansiedad.

—Lo estoy intentando —prometió con la desesperación colándose en su voz—. Te prometo que lo estoy intentando con todas mis fuerzas.

—Lo sé —respondió dándole un beso, su pulgar le hizo cosquillas en la comisura de la boca—. Lo sé, no tienes que decírmelo.

Y con sus manos todavía lastimadas, Namoo tocó una y otra vez «Moonlight» hasta que la urgencia de lavárselas desapareció de su cabeza. Y Minwoo escuchó cada una de las versiones de aquella composición, las torpes y chirriantes como también las rápidas y equivocadas, porque algún día Namoo lograría que el ritmo fuera perfecto.

Algún día.

Pero todavía no, aún no.

51
LA FLECHA DEL TIEMPO

«¿Qué es el tiempo? Es lo que evita que todo suceda a la vez.»

Minwoo no era una persona que se enfermara con regularidad, no obstante, cuando ocurría, todos los resfríos del año se juntaban en uno monstruoso que no le permitía levantarse de la cama por lo menos en dos días. Ese jueves finalizó la clase con un dolor de cabeza que se acrecentó en el viaje de regreso a casa. Las pocas cuadras que separaban la estación de metro del departamento se sintieron eternas. Los músculos de sus piernas temblaban y había comenzado a sudar frío, la camisa se le pegaba en la espalda a pesar de que muy pronto llegaría noviembre y los días estaban más frescos.

La cabeza le daba vueltas al ingresar a una farmacia, debido a ello se estrelló contra una estantería y tiró al suelo algunos productos. Susurrando una disculpa confusa que no iba dirigida a nadie específico, llegó donde el vendedor y se afirmó con fuerza al mesón.

—Remedios para el resfrío —solicitó con gran dificultad.

En el mostrador se apilaron vitaminas, jarabe, pastillas de miel y medicina para la fiebre, porque ya se sentía acalorado. Minwoo levantó su tarjeta para indicarle el medio de pago. El hombre estaba envolviendo los productos en una bolsa cuando su vista se puso oscura por los costados. Afirmándose con más fuerza al mesón, alcanzó a advertirle al dependiente:

—Voy a desmayarme.

Sus rodillas se doblaron, mientras con los brazos intentó seguir afirmándose. Cayó al suelo en cámara lenta hasta quedar sentado.

No supo que perdió la consciencia hasta que abrió los ojos y se encontró en el suelo de la farmacia. Le habían sacado los zapatos y tenía los pies levantados en una silla. El vendedor estaba a su lado abanicándole el rostro con una revista, quien le puso una mano en el pecho al buscar levantarse.

—Cuidado, te desmayaste.

Su boca estaba seca, su saliva pastosa. La cabeza le dolía tanto que sentía que iba a estallarle.

—Estoy bien —se escuchó balbucear.

—Debes llamar a alguien para que venga por ti —opinó el hombre, su mirada de preocupación tras sus lentes cuadrados—. Puedo llamar un taxi también.

Aceptó esto último porque era lo más rápido. Sus piernas apenas pudieron soportarlo al levantarse, sus rodillas temblaban tanto que, si no fuera por el vendedor, no habría logrado llegar al automóvil.

El taxi partió.

Palpó su celular en el bolsillo. Pestañeó con fuerza y abrió mucho los ojos para enfocar la vista en una pantalla demasiado brillante. Buscó el contacto de Namoo, no estaba seguro de si Haru había llegado del trabajo. Le mandó un mensaje de texto pidiéndole que lo esperara abajo porque no se sentía bien.

Al doblar la última curva antes de llegar, divisó a un chico a mitad de la calle mirando para ambos lados. Al notar que el taxi se estacionaba fuera del edificio, corrió hacia él y abrió la puerta de atrás. Era Namoo, quien parecía haber salido recientemente de la ducha porque tenía el cabello mojado. Su expresión era asustada al analizar el bulto congestionado que era él en ese instante.

—¿Qué pasó? —No fue necesaria su respuesta, porque estiró la mano para tocarle la frente—. Tienes fiebre.

Asintió apenas, la cabeza seguía yéndosele para un lado.

—La bolsa —logró musitar para que Namoo agarrara los medicamentos que estaban desparramados en el asiento.

Lo escuchó pagar el taxi y luego sus manos grandes estuvieron bajo sus axilas para ayudarlo a levantarse. A pesar de que eran casi de la misma altura, Minwoo era mucho más pesado. Las rodillas de Namoo se flexionaron al soportar su peso. Con el brazo enganchado en los hombros del idol, ambos hicieron un lento recorrido hacia el edificio. Al llegar al ascensor, Namoo jadeaba incluso más que él. Pero su cansancio no impidió que lograra conducirlo hasta la cama, a pesar de que le susurró incoherencias de que podía hacerlo solo.

Una vez sentado, Namoo le sacó la corbata, la camisa y los zapatos, que cayeron con un golpe seco. Le siguieron sus manos nerviosas en la pretina del pantalón y finalmente este también aterrizó en el piso. En ropa interior, Namoo lo recostó en la cama y le acomodó la almohada. Fue a la cocina, donde había dejado los medicamentos. Regresó con la bolsa y un vaso de agua. Tiró las medicinas a su lado y revisó las etiquetas de los frascos.

—¿Qué es todo esto? —se quejó confundido.

—La azul —murmuró Minwoo estirando el brazo para que le entregara ese jarabe.

Namoo se lo pasó y lo ayudó a sentarse para que lo bebiera. Después lo acomodó y tapó, luego lo destapó, finalmente lo volvió a cubrir. Se quedó a su lado con expresión preocupada. Minwoo apenas podía mirarlo porque sus párpados no hacían más que cerrarse.

—¿Minwoo? —susurró asustado.

—Estoy bien —dijo. Intentó tocarle la mejilla porque su expresión angustiada era preocupante. Su mano llegó a medio camino y se rindió—. Solo es... un resfrío.

Sus ojos se rindieron al cansancio. Cabeceó, deliraba por la fiebre. Lo escuchó moverse por el cuarto, la luz se apagó, las cortinas se cerraron, la puerta se juntó. Desde la sala de estar lo oyó hablar con alguien por teléfono. Parecía pedir instrucciones.

El mundo se silenció.

Se despertó sintiendo algo frío en el cuello y la frente. Su cuerpo temblaba buscando calor. Notó que solo estaba cubierto con una manta de hilo. Namoo estaba sentado a su lado, estrujaba un paño en un bol con agua.

—¿Minwoo? —dijo al verlo despierto. En un pestañeo su expresión pasó de la absoluta angustia a la ilusión. Tan rápido vinieron ambas emociones que se entremezclaron—. Minwoo, no sé qué hacer.

Quería consolarlo porque Namoo se sentía como el Minwoo de ocho años cuando su madre enfermó y únicamente pudo llorar al lado de su cama, sintiéndose un completo inútil dominado por la angustia y desesperación.

—No estés asustado —pidió.

A pesar de que asintió, su mirada todavía parecía tan asustada que imaginó que sus palabras no habían surtido efecto.

—Haru todavía no llega. —Apretó el paño mojado al punto que unas gotitas cayeron sobre las mantas—. Minwoo... por favor, mejórate.

La cabeza le pesaba, los ojos también.

—Por favor.

La siguiente vez que despertó fue gracias a Haru, quien había puesto una mano tras su nuca y lo ayudaba a ingerir un medicamento. Parecía haber llegado recién del trabajo porque estaba con camisa y corbata. Namoo estaba sentado a los pies de la cama, armaba una y otra vez el cubo de Rubik que sostenía entre sus manos.

—Sigue durmiendo, Minwoo —dijo Haru con esa tranquilidad que lo caracterizaba—. Tu mamá viene en camino.

Asintió agradecido.

Su mamá.

Minwoo quería a su mamá.

—Gracias —susurró, cerrando los ojos.

La tercera vez fue por la sed.

Con la boca reseca, intentó sentarse en la cama a pesar de que el departamento giraba. No pudo moverse porque las mantas estaban ajustadas a su alrededor. El culpable era un bulto que se pegaba a su costado derecho. Todavía atontado, levantó la cabeza. Namoo estaba hecho un ovillo, sus manos aferradas al estómago de Minwoo como si hubiera esperado que se despertara hasta que el sueño le ganó. Su celular indicaba que eran las dos de la mañana. Lo único que se oía era la respiración intranquila de Namoo. Ratata tampoco estaba en su jaula, Haru debió habérsela llevado para que no lo despertara.

Tras beber un trago de agua que se le quedó en la boca del estómago, apoyó la cabeza en la almohada. El movimiento alertó a Namoo, quien se sentó de un brinco.

—¿Minwoo? —dijo, estirándose para apoyar la palma en su frente. La sintió helada, lo que era un mal pronóstico—. Todavía tienes temperatura.

No solo eso, el estómago lo tenía revuelto, las ganas de vomitar se acumulaban en su garganta. Namoo se percató de lo que ocurría y corrió a la cocina por un recipiente. Llegó tarde, él ya había vomitado en el suelo. Se recostó en la cama volviéndose un ovillo. Al rato, con un paño húmedo le limpió las comisuras de la boca.

—Minwoo, creo que deberíamos ir a emergencias.

Negó con la cabeza y tiró de las mantas. Namoo se las arrebató.

—Tienes fiebre, Haru dijo que no debía abrigarte mucho porque es peor.

—Tengo frío —protestó sin fuerzas.

El olor de su vómito le picaba en la nariz. Los ruidos en el cuarto se fueron alejando, luego estuvo dentro del largo túnel de la inconsciencia.

La siguiente vez no necesitó comprobar su celular porque Namoo estaba despierto.

—Son las cinco —dijo—. Tu mamá llegará pronto.

Namoo se encontraba recostado a su lado. El cuarto olía a desinfectante. Donde estuvo su vómito ahora había un bol de cocina.

—Está bien.

Los dedos de Namoo se colaron por su flequillo y lo apartaron de su frente, la caricia siguió en su mejilla y se prolongó hacia el cuello.

—Todavía tienes fiebre, pero está bajando.

La mano ahora se encontraba sobre su pecho desnudo. Ambos estaban cubiertos por la manta más delgada. Al girar la barbilla hacia él, notó sus párpados hinchados: Namoo había estado llorando.

—Ya estoy mejor —susurró para tranquilizarlo.

Sus ojos mostraron sorpresa unos instantes, después se fueron inclinando en las esquinas hasta formar una expresión más relajada.

—Estaba muy preocupado —admitió Namoo.

—Lo sé —asintió mientras estiraba el brazo para tocarle la mejilla—. Lo siento por asustarte.

Quizá se debía a la fiebre que todavía lo tenía delirando, tal vez solo a esa parte de su personalidad que era tan peculiar. Fuera cual fuera la razón, Minwoo se encontró hablando sobre ese algo que venía pensando hacía semanas y que soñó en su delirio.

—¿Sabes lo que es el tiempo, Namoo?

Desconcertado, el chico sacudió la cabeza y llevó la mano a su mejilla para comprobarle la temperatura. Antes de alejarla, Minwoo lo sujetó por la muñeca y le besó la punta de los dedos.

—Es lo que miden los relojes —al final respondió.

—Los relojes no miden el tiempo, los relojes no son más que un mecanismo que está programado para avanzar de forma sincronizada. No está afecto al tiempo, pero sí a la gravedad, por eso se pueden desincronizar. El tiempo es lo que impide que todo ocurra a la vez. A ese fenómeno se le llama flecha del tiempo.

—Eres un nerd de la física incluso afiebrado —comentó Namoo con incredulidad.

Eso le sacó una sonrisa atontada a Minwoo.

—¿Sabes algo más interesante que eso?

—Supongo que seguiremos hablando de física —aceptó Namoo.

—Neil Tyson dijo una vez que «el tiempo no es más que aquello que nos hace prisioneros del presente». Pero no creo en eso, ¿sabes por qué?

Volvió a comprobar la temperatura.

—No.

—Porque somos incapaces de vivir en el presente.

Dirigió la mano de Namoo hacia su pecho y la posó sobre su corazón, estirándole la palma para que descansara por completo sobre su piel acalorada.

—Todo lo que vivimos se convierte al instante en un evento pasado. El presente no existe, porque no es más que una línea delgada que tiene como propósito separar el pasado del futuro.

Namoo arrugó los dedos, las uñas le rasparon el pecho. Tenía una sonrisa pequeña. Y no necesitó decir más para expresar el cariño que sentía por Minwoo, porque lo veía en su mirada. Y si bien sabía que él tampoco tenía que decirlo, quiso hacerlo porque el presente era tan efímero que todo aquello ya era parte de su pasado.

—Es increíble que sea tan difícil para la física definir el presente, cuando en la vida cotidiana se puede expresar con algo que resulta tan simple —continuó Minwoo.

Las cejas de Namoo se alzaron. Era claro que no entendía nada de aquella conversación, pero le seguía el juego porque le daba más tranquilidad escucharlo parlanchín debido a la fiebre.

—¿Con algo? —se interesó Namoo.

—Con los sentimientos.

—¿Con los sentimientos?

Minwoo se movió para quedar de costado. Y si bien la habitación giró a su alrededor, intentó concentrarse en el rostro expectante de Namoo.

—Sé que el presente es efímero y que realmente no existe, pero estoy enamorado de ti, Namoo. En el presente, estoy muy enamorado de ti. Y ¿sabes algo más?

A Namoo le costó responder, su voz salió ahogada, confundida y débil. Fue una simple pregunta que estuvo repleta de tropiezos y angustia.

—¿Qué, Minwoo?

—Este sentimiento para mí siempre está en presente.

—Dijiste que el presente no existe porque es demasiado efímero para ganarle al pasado —rebatió con voz suave.

—Para mí es eterno porque cada día renuevo este sentimiento para que siga estando en el presente. Soy incapaz de dejarlo en el pasado, por eso te quiero, Namoo. Te quiero en el presente porque no quiero dejar de quererte.

«¿Qué era el tiempo? Lo que ponía en duda los sentimientos.»

Mientras Namoo lo abrazaba con fuerza y sentimiento, Minwoo no necesitó una respuesta, porque pudo palpar su *te quiero.*

Namoo lo quería.

Lo quería en ese presente tan efímero, que debía ser constantemente renovado para que no se transformara en un sentimiento pasado.

Era querido.

En pasado, como también en presente.

52

UN BOSQUE LLAMADO *NAMU*

«A pesar de haberse retirado de la industria, el famoso idol Lee Namoo sigue siendo recordado y querido por sus seguidoras. La pasada tarde se activó en redes sociales una campaña masiva que busca que el alcalde de Gumi (ciudad natal del idol) acepte la donación de trescientos árboles nativos. "Namoo debe saber que continuamos a su lado", declaró una de las *fanbases* encargadas, "y que no perdemos la esperanza de que algún día regrese, siempre y cuando él lo desee".»

Como Namoo estaba acostumbrado a dormir en la inconsciencia de los narcóticos, de estar sin ellos se despertaba hasta con la más mínima variación. Era sensible a cada cambio: si se cerraba una ventana a lo lejos, si alguien conversaba cerca, incluso cuando Minwoo se movía a su lado en la cama.

Al captar el pestillo de la puerta principal, se sentó de golpe. Con el corazón acelerado por el susto, se puso de pie y corrió hacia la sala de estar. Frenó en seco al encontrarse a una mujer quitándose los zapatos. Se veía joven, no mucho más adulta que él; también muy guapa. Pero por lejos lo que más le impresionó era el parecido que tenía con Minwoo.

Sin duda era Kim Misuk, la mamá de Minwoo.

No alcanzó a reaccionar antes de que ella inclinara la cabeza en saludo.

—Lee Namoo. —Su voz era suave, hablaba parecido a Minwoo aunque con tonos distintos—. Un gusto conocerte, mi hijo me ha hablado mucho de ti.

Enrojeció de golpe, sobre todo al percatarse de que iba vestido con una camiseta blanca arrugada y unos pantalones cortos. Ni zapatos llevaba. Además, su cabello se encontraba revuelto y mal tinturado, la raíz oscura de varios centímetros. No lo ayudaba su rostro cansado por llevar horas vigilando a Minwoo.

Ansioso, se limpió las palmas sudorosas contra la ropa y se inclinó con algo de exageración para demostrar su respeto. Su cuerpo casi formó un ángulo de noventa grados.

—Ajumma —dijo.

Su risa era alegre y ligera. Y a pesar de lo costosa de su ropa, vestía de manera jovial y poco ostentosa.

—Me haces sentir mayor. Dime *noona*, por favor.

El nudo de ansiedad fue más opresivo.

—No puedo, ajumma. Sería una falta de respeto.

Había terminado de hablar cuando se abrió la puerta del cuarto de Haru. Todavía en pijama y con el rostro hinchado por estar recién despertando, corrió hacia la joven mujer y la abrazó como si se tratara de alguien de su edad. La risa de ambos lo rodeó mientras él se mantenía apartado de aquella felicidad.

—Ajumma. —Así que Haru la llamaba de la misma forma, ¿había intentado poner a prueba a Namoo?

Tras alejarse, Misuk le acarició el cabello a Haru en un gesto maternal. Se sintió incómodo, no recodaba la última vez que su madre tuvo un gesto así con él.

—¿Y mi hijo? —quiso saber Misuk ya liberada de los saludos.

—Está durmiendo, ¿cierto, Namoo? —preguntó Haru.

Sin apartar la vista de Misuk, asintió.

—Le bajó un poco la temperatura, pero sigue estando muy enfermo.

Misuk chasqueó la lengua.

—Minwoo nunca se enferma, pero, cuando lo hace, siempre es grave.

—¿Grave? —jadeó Namoo asustado.

La mujer le hizo un gesto de tranquilidad.

—No te preocupes, nunca ha tenido que ser hospitalizado.

Misuk dejó su bolso en el sofá. Era lo suficientemente grande como para adivinar que se quedaría unos días en Seúl, aunque lo suficientemente pequeño para concluir que se iría apenas Minwoo estuviera mejor. Al dirigirse al cuarto de su hijo, Namoo se puso frente a la puerta.

—Minwoo está durmiendo —repitió por si no le había entendido.

Por sobre el hombro de Misuk, vio la expresión alarmada de Haru, quien le hizo un gesto para que se moviera del lugar.

—Lo sé —dijo Misuk—, solo iré a verlo.

Pero Namoo no se apartó, incluso llevó las manos tras su espalda para sujetar el pomo de la puerta y asegurarse de que la mujer no pudiera abrirla.

—Minwoo necesita dormir —aseguró Namoo.

Las perfectas cejas de Misuk se alzaron en el aire. No dijo nada, por lo que Haru se acercó.

—¿Qué haces? —preguntó en un susurro exaltado—. Quiere ver a su hijo enfermo, Namoo.

—Lo sé, pero... pero Minwoo está durmiendo y... —No alcanzó a terminar porque él mismo se interrumpió. Sacudiendo la cabeza, por fin soltó el pomo y se movió hacia un costado. Se disculpó con torpeza—. Es el sueño, lo siento.

La mujer lo examinó una última vez antes de ingresar al cuarto y cerrar con suavidad la puerta, en una clara indirecta para que ambos se mantuvieran afuera. No obstante, el pestillo no cerró del todo bien y la puerta quedó entreabierta.

Misuk había tomado asiento en el borde de la cama y acariciaba el cabello sudado de Minwoo, quien comenzaba a despertarse. Una sonrisa atontada adornó el rostro del chico al ver a su madre.

—Mamá, viniste —dijo con gran felicidad—. Te extrañaba mucho.

Como si fuera un niño de ocho años y no un adulto, Minwoo apoyó su cabeza en el regazo de su mamá mientras se estiraba y reía todavía medio adormecido y atontado por la enfermedad. Y a pesar de que Minwoo estaba transpirado y congestionado, Misuk le dio un beso en la cabeza.

—¿Te sientes muy mal, hijo?

—Pésimo, mamá —se quejó Minwoo—. Pero Namoo me ha estado cuidando.

—Lo sé, casi no me deja venir a saludarte.

—¿Lo conociste?

—Lo conocí.

Con una sensación extraña en el fondo del estómago, Namoo cerró la puerta con suavidad. Enfiló hacia el sofá. Haru debía estar en su cuarto cambiándose ropa, porque se oían saltos y movimientos.

No supo cuánto tiempo se quedó ahí.

En algún momento Haru regresó con su ropa de oficina, listo para comenzar un nuevo día laboral. Buscaba una barrita de proteínas en la alacena cuando vio a Namoo en el sofá.

—¿Sucede algo malo? —preguntó, guardando la comida en su bolso que colgó en el hombro.

—Ellos... —dudó, su dedo apuntando hacia el cuarto de Minwoo—. ¿Ellos siempre son así?

—¿Así cómo? —intentó adivinar. Ocupaba el microondas como espejo.

—Así de... —Sacudió la cabeza—. Olvídalo.

—Namoo...

Alzó su celular para mostrarle la hora.

—Vas tarde, Haru.

Eso lo distrajo lo suficiente para correr a la habitación de su amigo.

—¡Me voy! —gritó—. No te atrevas a ir a trabajar, Minwoo... No, no digas nada. Ajumma, no lo deje levantarse, sabe cómo es su hijo.

Haru cerró la puerta y fue a colocarse los zapatos. Saltó pisando uno, porque fue incapaz de desatarlos como una persona normal. Entonces, lo apuntó.

—Namoo, no me gusta esta actitud. —Antes de que pudiera defenderse, continuó—. No sé qué habrá pasado en tu vida, porque eso únicamente te incumbe a ti, pero no te atrevas a dañar a Minwoo con tu toxicidad. Háblalo con tu psicólogo, no es normal que actúes así con Misuk.

—¿Así cómo?

—Celoso.

Pero no era eso.

No lo era.

No tenía nada que ver con eso y todo con el hecho de que la mamá de Minwoo intentaba cambiar al mundo para que ese mundo encajara con su hijo, mientras que la de Namoo ni siquiera podía mirarlo a los ojos.

Haru por fin se marchó y quedó solo en la sala de estar, los puños sobre sus muslos.

Le costó regresar a la realidad cuando vio abrirse la puerta del cuarto de Minwoo y apareció su sonrojado dueño. Se había puesto una camisa, la que se ajustaba en la cintura porque Misuk tiraba de la tela para detenerlo. A pesar de que medía más que una mujer promedio, Minwoo todavía le sacaba varios centímetros. Apenas se divisaba su rostro mientras se dirigía a él.

—Namoo, ¿puedes ayudarme con mi hijo? Está decidido a ir a trabajar.

Logró salir del estupor. Fue hacia el profesor, que se había paralizado al verlo. Le sonreía aturdido, las mejillas rojas aún por la fiebre.

—Estás enfermo —le recordó Namoo.

—Pero mis estudiantes...

—Ellos estarán bien sin ti por un día. ¿Quieres ir y enfermarlos?

Eso lo aplacó lo suficiente para dar un paso hacia atrás. Con un suspiro, regresó a la cama. Todavía en la entrada, Misuk se quedó mirándolo con mucha atención. Asustado, Namoo se tocó la nuca con ansiedad.

—¿Por qué no te quedas con Minwoo mientras voy a comprar algo? —le pidió ella—. Le cocinaré una sopa liviana.

Asintió con cuidado y se dirigió a la cama. Se acomodó en la cabecera al lado de Minwoo. Fue a tocarle la frente sudada para chequear la temperatura, cuando recordó que Misuk permanecía en el mismo lugar. Apartó la mano con lentitud y la dejó caer sobre las mantas.

Apegando sus piernas al pecho, buscó el cubo de Rubik. Inició con las piezas blancas. Miró a Minwoo. Las había acomodado todas. Comprobó la entrada. Misuk ya no estaba.

Con cuidado, buscó el paño mojado y lo estrujó. Se lo puso a Minwoo en la frente, limpiando con un dedo las gotitas que se deslizaron por sus párpados cerrados.

Al alzar la barbilla, se encontró con Misuk en la puerta.

Namoo apartó de inmediato la mano y agarró el cubo de Rubik, las piernas tan apegadas al pecho que pudo apoyar su mentón en las rodillas.

—Puedes tocarlo, Namoo.

Extrañado, desvió la vista hacia ella.

—Son novios, ¿no?

Sintió que sus labios se fruncían. Tragó saliva, apoyó su mejilla en sus piernas para evitar mirarla.

—No —contestó.

—Mi mamá me contó una historia cuando era pequeña.
—Extrañado, Namoo le prestó atención mientras ella se acercaba y tomaba asiento en el borde de la cama—. Se llamaba *Un bosque llamado Namu*.

Un juego de palabras, porque *namu* significaba árbol. Un bosque llamado árbol. Pero también era el apodo que sus seguidoras le habían puesto.

—Mis fans me llaman así —contó.

—Lo sé.

Sus miradas no se apartaban del otro.

—¿Sabes que no todos los árboles crecen de manera recta, Namoo? Hay algunos troncos que se tuercen tanto que no logran alcanzar grandes alturas. Pero los dueños del bosque no podían aceptar que uno de sus árboles no creciera como los demás y decidieron cortarlos.

—Yo...

Tras un rato, Misuk se puso de pie y se dirigió a la puerta.

—Disfruta el presente, Namoo, después será demasiado tarde.

Se imaginó a Minwoo alzando la mano para contradecir a su propia madre y explicar que el presente no existía. La idea lo hizo reírse, acaparando la curiosidad de la mujer.

—Creo que mi hijo ya te dio la charla de que el presente no existe.

Avergonzado, se rascó el tabique de la nariz.

—Sí, ya me la dio.

Misuk dio un suspiro.

—Ese hijo mío que amo tanto...

Antes de que pudiera decir algo más, la mujer se había marchado del departamento.

Otra vez solo, le quitó a Minwoo el paño húmedo, que mojó y estrujó. Se lo puso en la frente mientras las pestañas de Minwoo revoloteaban.

—¿Mamá?

—Fue a comprar.

—¿Namoo? —Por fin había abierto los ojos. Una sonrisa atontada apareció en su rostro—. Hola.

—Hola.

—¿Qué es esto? ¿El cielo?

—Si haces alguna referencia con parecer un ángel, voy a vomitar.

Eso le sacó una carcajada boba al chico.

—Está bien, nada de oraciones *cringe*. —Hizo una pausa—. Pero en serio pareces un ángel.

Namoo puso los ojos en blanco. De igual forma, se le coló una sonrisa.

—¿Te sientes mejor?

—No —aceptó Minwoo—. Pero estoy bien dentro de mi gravedad.

Le apartó el cabello sudado de la frente mojada.

—Mi pobre profesor rata.

Minwoo se estiró bajo las mantas, luego se detuvo de golpe.

—Namoo.

—¿Sí?

—¿Es mi idea o ayer te dije que estoy enamorado de ti?

Lo sintió como un balde de agua fría. Desvió la mirada, apegó de nuevo sus piernas contra el pecho.

—Lo hiciste. ¿Por qué? ¿Te arrepientes?

—No —fue su sencilla respuesta—, solo quería asegurarme de si lo había soñado o no.

—¿Y si lo hubieras soñado?

Minwoo se encogió de hombros.

—Me habría tenido que declarar otra vez.

—Entonces ¿es cierto?

—¿Qué cosa? —preguntó Minwoo sin entender.

—Que me quieres.

Lo vio abrir la boca para decir algo, después cerrarla. Su entrecejo se frunció tanto que el paño húmedo se resbaló por su rostro y cayó en la almohada. Namoo lo tomó y dejó en el balde a su lado.

—No tienes que responder —avisó Namoo tragando saliva—. De todas formas, no era una pregunta.

—Namoo.

Sacudió la cabeza, se concentró en estrujar el paño.

—Namoo —persistió Minwoo.

Por fin lo miró.

—Por supuesto que es cierto —dijo entonces—. Te quiero, ¿no he sido claro?

Namoo lo observó un momento en silencio, luego extendió un brazo hacia él.

—¿Minwoo?

—¿Sí?

—¿Tu madre y tú siempre son así?

—¿Así cómo?

—Tú mamá viajó cinco horas para verte.

—Sí, así es ella. Me quiere mucho... nos queremos mucho.

Se querían.

Las manos nerviosas de Namoo jugaron entre ellas.

—¿Por qué lo preguntas?

—Por nada —dijo, cuando la realidad era otra.

Él no tuvo eso, para él no era normal. Su familia nunca fue cariñosa ni tampoco atenta. El mánager Su, de hecho, era quien se encargaba de él si enfermaba. Y de pequeño, él se cuidaba solo, incluso iba a comprar sus propias medicinas.

Su mamá jamás habría viajado cinco horas por un resfrío.

—¿Te sientes muy enfermo? —quiso saber para distraer a Minwoo.

Los ojos del chico se fueron al cielo.

—Depende.

—¿De qué?

—Si vas a besarme, entonces no estoy para nada enfermo.

—¿No? —susurró Namoo inclinándose hacia él.

Sus bocas se rozaron, la de Minwoo acalorada por la fiebre. Le dio un beso que duró un suspiro. Al separarse, se mantuvo todavía cerca del chico.

—Gracias, Minwoo.

—¿Por qué?

—Por ser como eres.

Y porque acababa de demostrarle que ambos sentían lo mismo por el otro.

—Mejórate pronto —le pidió—, por favor.

—Lo haré —prometió Minwoo.

Pero no fue así.

53

De alguna forma, había logrado colgarse a Minwoo sobre la espalda mientras Misuk lo sujetaba por la cadera para que no se le cayera. Los brazos del chico rebotaban a los costados de su rostro.

Llegó al ascensor jadeando, las rodillas le temblaron durante todo el descenso hasta el primer piso. Avanzaron lo más rápido que pudieron por el estacionamiento, Misuk sacó las llaves de su coche y lo desbloqueó para escuchar la alarma y saber dónde se ubicaba. Ella se le adelantó para abrir la puerta. Namoo dejó caer a Minwoo en el asiento como pudo, sus piernas quedaron afuera.

—Yo lo arreglo —jadeó, acomodando al chico como mejor pudo.

Misuk encendió el motor.

Namoo abrió la otra puerta y se subió, posicionando la cabeza de Minwoo sobre sus muslos. El auto partió de un tirón. Minwoo tenía el rostro manchado de rojo, porque la nariz le había sangrado por la fiebre.

—Va a estar bien —dijo Misuk.

Llegaron a urgencias más rápido de lo que estimaron. Misuk se bajó del coche gritando por ayuda. Mientras Namoo intentaba bajar a Minwoo, llegaron dos hombres que imaginó eran enfermeros. Sacaron al chico del automóvil y lo acostaron en la camilla.

Al llegar a las puertas abatibles, que separaban la sala de espera de la urgencia, uno de los hombres sujetó a Namoo.

—Solo un familiar directo.

—Pero...

La camilla que llevaba a Minwoo desapareció al final del pasillo. Las puertas se cerraron y Namoo quedó del otro lado. Al querer abrirlas, un guardia de seguridad se le acercó.

—Joven, debo pedirle que se aleje.

Lo había sujetado por la espalda para apartarlo, por lo que Namoo se zafó con molestia.

—¡No me toques!

El hombre levantó las manos en el aire.

—Solo hago mi trabajo.

Con un dolor en el pecho que se acrecentaba con cada minuto, se alejó de las puertas. La sala de espera se encontraba repleta, la gente lo observaba susurrando.

Captó su nombre.

Se le empezó a cerrar la garganta.

Salió del lugar, avanzó por el pasillo.

Un baño.

Necesitaba un baño.

Encontró uno.

Fue al lavabo, dio el agua. Sus manos temblaron al meterlas bajo el chorro.

No las laves, se dijo.

No las laves.

Por favor, no las laves.

Seguía temblando.

El agua se cortó.

Namoo volvió a activar la llave.

Buscó jabón.

De su boca escapaba un jadeo ruidoso. El hombre a su lado lo miró extrañado.

No las laves, se repitió.

Por favor, no las...

Sus uñas lastimaron su piel cuando comenzó a frotarse las manos.

Y se las lavó una...

Y otra.

Y otra.

Y otra vez.

Sentía la piel ardiente, la cabeza confusa.

Todavía le costaba respirar.

Alguien le preguntó si se encontraba bien.

Creyó asentir.

Salió del baño.

Una chica dijo su nombre.

Avanzó con más apuro, unos pasos lo siguieron.

Se detuvo de golpe y giró.

—¡Vete!

No era más que una adolescente, no debía llegar a los quince años. Tenía el celular contra el pecho, los ojos asustados y abiertos.

—No me sigas.

Los murmullos en el pasillo lo persiguieron, la gente se daba vuelta para verlo.

Escuchó su nombre una y otra vez.

No, por favor.

No podía respirar.

Llegó hasta una intersección poco transitada, el cartel decía «Zona de electrocardiogramas». No sabía dónde se ubicaba la sala de emergencias, estaba perdido. Detuvo a una mujer que iba con el uniforme del hospital.

—Disculpa, ¿dónde está urgencias?

Sus ojos se abrieron por la sorpresa.

Lo había reconocido, estaba seguro.

—No importa —dijo.

Continuó avanzando.

Pero no podía respirar.

Se apoyó contra una pared, intentó tomar aire.

Pero no podía.

Sus rodillas se doblaron, tomó asiento. Sus dedos índices rompieron la piel del pulgar.

El nudo crecía y crecía.

Jadeó.

Escuchó su nombre.

Se llevó las manos a la cabeza, apegó las piernas contra él.

Debía llamar a ajusshi.

Pero ¿para qué? Sus palabras no iban a consolarlo porque no había nada que ajusshi pudiera decirle que hiciera mejorar a Minwoo.

—¿Lee Namoo?

Una voz femenina, de una niña.

No levantes la cabeza, se dijo.

No lo hagas.

—Disculpe, ¿es Lee Namoo?

No respondió.

Saboreó salado, debía estar llorando.

—Es de P5, ¿cierto? ¿Me podría sacar una foto con usted? Soy una gran fan.

Tomó aire.

La cabeza le daba vueltas.

Y no podía dejar de llorar.

—Márchate.

—Solo es una foto.

—No.

—Pero...

Alzó la cabeza de golpe.

—Basta, por favor, vete.

Una niña.

No tendría más de doce años. Su mamá estaba a unos metros esperando, como también otro grupo de adolescentes.

Todas lo miraban. Los ojos de la niña se habían inundado en lágrimas.

Namoo intentó ponerse de pie para escapar.

Se secó el rostro con las muñecas.

—¿Por qué no podemos sacarnos una foto contigo?

No les importaba que estuviera llorando en el hospital por alguna razón, no les importaba nada de eso porque no era humano para ellos, no era más que el afamado Lee Namoo, nada más que eso.

Y una vez más se sintió como un animal encerrado en un zoológico, uno que estaba muriendo frente a los ojos de unos visitantes que no hacían más que grabarlo y golpearle el vidrio para que se levantara.

Se sintió exactamente igual.

Hasta que logró encontrar la sala de emergencias y vio el rostro preocupado de Misuk.

—Aquí estás —dijo ella acercándosele.

Al notar el grupo que lo seguía y grababa, lo sujetó por la cintura y empujó hacia las puertas. Fingió no escucharlo llorar, tampoco mencionó sus manos rojas y rotas.

—Ve a ver a Minwoo —le pidió ella—. No estés asustado, ya le dieron algo para la fiebre.

Cuando Namoo logró cruzar las puertas abatibles, Misuk se quedó ahí para que nadie pudiera seguirlo. Y si bien continuó encerrado en aquella jaula del zoológico, al menos habían cerrado las cortinas para alejarlo de los visitantes.

Pero detrás de ellas, continuó muriendo.

Porque la única persona que lo hacía feliz en ese zoo no estaba con él. Y por mucho que Namoo lo llamó llorando, Minwoo no pudo ir a ayudarlo.

54

LEE NAMOO PODRÍA REGRESAR

«En el comunicado de prensa global realizado la pasada tarde, la agencia AVI indicó que todos sus artistas se encuentran preparando su comeback para ser lanzados antes de finalizar el año. ¿Eso significa que Lee Namoo también estaría alistando su regreso? Por ahora, no son más que especulaciones. Lo que sí se sabe es sobre la abrupta caída que han presentado las acciones de la agencia desde la desaparición del idol. Con un público que lo sigue defendiendo de sus errores, a pesar de los malos tratos que tuvo con una fan, y una empresa que lo necesita, no es extraño pensar que Lee Namoo podría estar renovando contrato por otros cinco años.»

Se obligó a llamarlo a pesar de que no quería hacerlo. Así que, encerrado en uno de los baños de la sala de emergencias, sacó su celular y marcó. Si bien ajusshi se encontraba al otro lado de una pantalla, su mirada era tan penetrante al contestar la videollamada que Namoo pudo sentirla sobre su rostro. No tuvo que contarle lo que ocurría con Minwoo, porque anteriormente ya le había enviado un mensaje de texto. Saltándose cada protocolo, comenzó con lo más importante.

—Duele.

—¿Qué es lo que duele?

Su mirada fue de ajusshi, quien estaba centrado en la pantalla para analizar hasta el más mínimo gesto suyo, a sus manos rojas e irritadas.

—Querer.

—¿A quién?

—Ya sabe.

—No, no lo sé. ¿A quién duele querer, Namoo?

Entonces, lo dijo.

—A Minwoo.

—¿Por qué?

—Porque estaba mejor sin él.

—¿Lo estabas?

—Al menos no sufría. Duele querer a alguien.

—Pero ¿qué es la vida sin el amor? —cuestionó ajusshi con calma—. Una simple rutina.

A veces Namoo deseaba regresar a esa rutina.

—Las cosas eran más sencillas antes —se justificó—. Ya no sé vivir sin él.

—Querer de manera no sana es igual de erróneo que evitar querer —aseguró ajusshi—, porque implica la misma carencia afectiva.

—Pero al menos no duele tanto.

—¿No? ¿Cómo te sentías antes?

Aquella pregunta lo confundió lo suficiente para alzar la vista y buscar la de ajusshi. No pudo decir nada. El hombre asintió con lentitud y suavidad como si hubiera recibido una respuesta que ni el mismo Namoo conocía.

—Necesito que mires tus manos, Namoo. ¿Me podrías describir cómo se ven?

Rotas.

Volvían a estar rojas y destrozadas, tan irritadas que la piel le escocía.

—Ya sabe cómo están.

—¿Se ven igual que antes?

—Evidentemente —soltó con petulancia.

—Pero si ahora se ven igual que antes, es porque hubo un tiempo en que no se vieron así, ¿o me equivoco?

Su mano libre acarició su muslo nervioso, la nuca le había empezado a picar por el ataque de pánico que le respiraba en el oído.

—Sí —aceptó. Porque hubo un momento en que la piel estuvo curada; no existían ni las costras ni las heridas abiertas, únicamente una piel áspera y llena de cicatrices por el maltrato de años, pero intacta.

—No está mal querer a Minwoo, Namoo, pero sí en la forma en que lo haces.

Cerró los ojos con fuerza, sus puños ahora contra su pecho, sobre su corazón, justo en ese punto que dolía tanto.

—No quiero que le pase nada —admitió.

Escuchó que ajusshi comenzaba a escribir en su libreta. Cuando finalizó, continuó.

—Voy a llamar a tu psiquiatra para que te dé una cita hoy.

Posiblemente le iban a subir la medicación para que dejara de sentir, para que ese dolor lacerante se fuera de su cabeza y pecho. Y quiso, lo quiso tanto y a la vez... pensó en Minwoo y en el cosquilleo que sentía cada vez que le sonreía. Tampoco deseaba dejar de sentir eso.

—No quiero que me aumenten la medicación —pidió—. Ajusshi... no quiero sentirme vacío.

—Lo sé, Namoo. Sé que no te quieres sentir así, pero en este momento no estás bien. No puedo dejar que lo sientas todo, porque no sabes manejar el dolor y eso es peligroso para ti. Cuando comiences a sanar, ya no necesitarás medicación para dejar de sentir, porque podrás y sabrás manejar tu dolor. Por ahora no. Así que necesito que asistas a la cita con tu psiquiatra y compres y te tomes la medicina que te recete.

Bajó la barbilla.

—Está bien.

Finalizó la llamada con ajusshi y guardó su celular.

Minwoo.

No pudo dejar de pensar en él.

Por eso contestó la llamada de su psiquiatra, era lo mínimo que podía hacer. Recibió una receta nueva. Había comenzado a llorar, lo notó cuando buscó una mascarilla que se había robado en urgencias y escondió su rostro tras ella.

La gente apenas lo notó al salir del baño y del hospital para ir a la farmacia de enfrente.

Compró su medicina nueva y la guardó en su bolsillo.

Volvió a pensar en Minwoo.

¿Realmente quería dejar de quererlo?

Regresó al hospital y a emergencias, esta vez el guardia lo dejó ingresar sin dificultad. Urgencias estaba compuesta por diez boxes individuales separados por puertas de vidrio. Misuk se encontraba en el pasillo observando el interior de una de las estancias. Namoo llegó a su lado, respiraba agitado a pesar de no haber realizado ninguna actividad física.

—Lo siento —susurró entre temblores.

La mujer se volteó hacia él. No había recriminación en su expresión por haberla abandonado sin avisar, solo tristeza y cansancio.

—Me gustaría no quererlo —admitió. Una sonrisa opaca se colaba en su boca—. Porque duele demasiado.

—Está bien —respondió ella.

Namoo sentía las rodillas débiles. Un cansancio se posó en sus hombros por las horas sin dormir.

—No sé querer —admitió.

Porque nunca había recibido amor verdadero, solo uno interesado. La gente no lo quería, quería algo de él. Y esa diferencia era a la vez una línea pequeña y un abismo gigante.

—Mi madre no habla conmigo. No está de acuerdo con mi vida.

—Pero seguro que te sigue pidiendo dinero.

Namoo bajó la vista.

—Le doy vergüenza. Y lo entiendo, yo también siento vergüenza de mí mismo.

—¿Eres un asesino, Namoo? ¿Un violador, un golpeador o algo peor?

Desconcertado, alzó la barbilla negando.

—No —respondió sin entender—. Por supuesto que no.

—Entonces, tu madre no tiene de qué avergonzarse. No se le debe perdonar todo a la familia, de lo contrario nunca entenderemos cuándo debemos alejarnos de alguien que nos hace daño, porque lo hemos normalizado.

Por supuesto que Minwoo era maravilloso, había sido criado con responsabilidad afectiva. Se giró hacia el cuarto para observarlo dormir. Su piel ya no estaba sonrojada por la fiebre.

—Minwoo siempre ha sido un niño particular —dijo Misuk—. Cuando cumplió nueve años, ¿sabes lo que me pidió?

—¿Un microscopio? —propuso.

Misuk sonrió. No lo miraba, porque su atención estaba puesta en su hijo.

—Ese fue su décimo regalo. Para el noveno me pidió un hormiguero.

—No habría esperado menos de Minwoo —comentó Namoo—. En algún momento debió pedirle un set de excavación para desenterrar fósiles.

—Lo conoces —observó Misuk con expresión amable.

—Aunque no siempre lo entiendo.

—No siempre se necesita entender a la gente que se ama. Y, ¿Namoo?

Apartó la mirada de Minwoo el tiempo suficiente para observar a la mujer.

—¿Sí?

—Lo peor ya pasó. Minwoo ya no tiene fiebre.

Namoo esperó durante horas que despertara, de la misma forma que lo esperó en la entrada de la tienda de conveniencia cuando lo vio acercarse por la calle hacía cinco meses.

Lo esperó.

Y lo continuó esperando como lo hizo en el puente Banpo. Porque la primera vez que vio a Minwoo no fue en la cafetería, fue ocho meses atrás. Llevaba pocos días en el departamento nuevo y el sector se le hacía desconocido, por lo que una vez más se perdió en el camino de regreso. Terminó llegando a una plaza poco concurrida. Había menos de media docena de niños y ninguno de ellos estaba jugando. Se encontraban alrededor de un chico que debía ser de su edad y que sostenía una pistola de burbujas. Las pompas de jabón se elevaban unos metros, pero no se reventaban cuando los niños las tocaban; y ese pequeño detalle le sacaba risas emocionadas a su público.

—*Esto es gracias a que le agregué almidón de maíz a la mezcla.*

Si bien la tarde estaba cayendo y Namoo debía marcharse, porque en cualquier momento su agencia lo pasaría a buscar para llevarlo al estudio de grabación, terminó sentado en una banca.

Se quedó ahí hasta que al chico se le acabó la mezcla y se despidió de los niños. Lo vio acercarse a un amigo, que también debía ser de su edad. Ambos charlaban de forma amena al pasar cerca suyo.

—*Algunas veces me pregunto si debí o no sacar la licenciatura* —decía el acompañante del chico—. *Porque me comparo contigo y a mí no se me dan así de bien los niños. Creo que prefiero a los adolescentes. Son más crueles pero, al menos, no se pondrán a llorar en mis clases.*

—*Te podrían hacer llorar a ti* —contestó el chico.

—*Al menos yo no grito mientras lloro.*

Ambos amigos se perdieron al doblar por la siguiente calle.

Ese mismo chico que estuvo jugando durante minutos completos sin agotarse, ahora se encontraba todavía durmiendo. Misuk había salido a comprarse un café. Sentado al lado de su cama, la mano de Minwoo seguía siendo cálida y

457

familiar al tocarla. Su piel pareja y blanca contrastaba con la suya, tan seca y con cicatrices pequeñas. Sintió cosquillas en el estómago mientras jugaba con sus dedos.

Pensó en decirle muchas cosas.

Y de sus labios brotó un pensamiento intrusivo que no lo dejaba dormir hacía días.

—No te atrevas a dejarme aquí solo, así que despierta porque te estoy esperando.

Por más que le puso atención a su rostro, no hubo reacción, a pesar de que debería despertar en cualquier instante porque su fiebre ya había bajado.

Física, pensó.

A Minwoo le gustaba la física, como también la astronomía. Sin embargo, Namoo no sabía nada del tema. ¿Cómo encontrar información de algo acerca de lo cual no tenía idea? Sacó el celular y buscó «astronomía» en el navegador con la esperanza de que apareciera algo que Minwoo ya le hubiera explicado. Obtuvo cincuenta millones de resultados. Al deslizar el dedo por la pantalla, uno de los títulos captó su atención.

«Transmisión en vivo de la colisión entre dos estrellas de neutrones.»

Le dio clic al enlace y lo dejó en la almohada a un lado de la cabeza de Minwoo. Apareció un video de baja resolución que tenía un contador, mientras dos esferas naranjas giraban con lentitud alrededor de la otra inmersas en un baile fatal.

—Si no te despiertas ahora, Minwoo, te vas a perder la colisión de —leyó el título— dos estrellas de —volvió a leerlo— neutrones. —¿Qué demonios era eso?—. Y hay un contador y dice que terminará en diez minutos. Debes despertarte ahora o vas a perderte un hecho histórico. No voy a grabar la pantalla. Así que te despiertas o te lo pierdes.

Esperó hasta que el contador de la transmisión llegó a cero. Sin embargo, ni Minwoo se despertó ni las estrellas colisionaron. Comenzó otra cuenta regresiva. Decepcionado, recostó su torso sobre la cama y fingió no percatarse del mensaje que el mánager Seo le envió en ese momento.

> **Mánager Seo:** llámame, es urgente.

Sus párpados se cerraron del cansancio y la angustia.

—Odio a todos, detesto a la gente —confesó—. Pero no a ti, Minwoo. Te quiero. Y lo siento, porque merecías todo y solo pude darte mi cariño.

De todas formas, era lo único valioso que tenía.

—Realmente siento no ser mejor.

Se debió dormir unos instantes, ya que se asustó al sentir una caricia en el cabello. Con el corazón acelerado, alzó la barbilla.

—¿Minwoo?

Misuk estaba a su lado.

Había sido ella.

—Lo siento, te asusté —se disculpó la mujer.

Quería llorar de la decepción.

—No importa.

Misuk se quedó observando la transmisión en su celular, que continuaba en la almohada de Minwoo.

—¿Y eso?

—Pensé que la física iba a ayudarlo —explicó con vergüenza.

La expresión de la mujer era amable y tierna al escuchar su confesión.

—Fue una buena idea —aceptó ella. Su atención estuvo en el contador del video—. ¿Ya van a colisionar?

—No, el cronómetro se actualiza al llegar a cero —se quejó Namoo.

—¿Y se sabe cuándo va a suceder?

—Ajumma, sinceramente ni siquiera sé qué son las estrellas de neutrones. Solo pensé que existían las estrellas y ya.

Eso hizo que ambos se rieran.

—Mi hijo sabría la respuesta.

—Sí —musitó Namoo con los hombros inclinados—. Él lo sabría.

Entonces, una interrupción.

—Es el... —hubo una tos seca— colapso gravitacional... de una... estrella supergigante masiva.

Áspera, tosca y entrecortada. Así se escuchó su voz. De la impresión, Namoo se puso de pie de un salto tirando al suelo la silla que ocupaba. Su mirada se encontró con unos ojos pequeños y cansados. Minwoo observaba la habitación con pestañeos lentos y confusos, como si no tuviera la menor idea de por qué estaba en la sala de urgencias.

—¿Te despiertas solo para hablar de física? —le recriminó en broma, afirmándole su mano con tanta fuerza que tuvo que soltarlo para tranquilizarse.

—¿Sabes que existe la teoría de que los sueños son en realidad nuestras vidas en otros universos? —murmuró con lentitud y dificultad, su tono parecido a lija sobre un fierro.

—Minwoo...

—Soñé contigo, Namoo. Pero te veías diferente.

—¿Cómo de diferente?

—Eras una chica muy bonita.

—¿Y tú?

—¿Yo? —Minwoo lo meditó—. También era una chica muy bonita.

Aliviado por el solo hecho de volver a escucharlo, buscó su mano y se la apretó entre las suyas. Minwoo intentó regresarle el gesto, pero no fue más que un apretón débil. Se había volteado hacia su mamá para recibir a gusto las caricias de ella mientras compartían palabras de cariño.

—Estuve muy preocupado —confesó Namoo, su boca todavía temblaba al hablar.

La expresión de Minwoo era gentil. Cansada pero amable.

—Te asusté mucho, ¿cierto?

—Sí —admitió Namoo con un nudo en la garganta.

Minwoo le lanzó un beso pequeño, los ojos se le cerraban.

—Lo siento, quería preocuparte pero no llegar al hospital.

—Se rio de su broma tonta—. Esa fiebre estuvo brutal, ¿no crees?

Misuk se había sentado al lado de su hijo para darle un beso en la mejilla. Las pestañas de este seguían revoloteando cansadas.

—¿Por qué no duermes otro poquito? —propuso Misuk.

Su hijo negó con debilidad.

—Siento que descansé tres años. Podría salir a trotar en este momento. Me siento invencible e insuperable. —Una pausa—. ¿Y mi Ratata?

—¿En serio querías que viniera con un ratón a un hospital, Minwoo? —le preguntó su madre con paciencia.

—¿Por qué no? De seguro hay muchos cerca de la sala de basuras.

Namoo soltó una risa de puro nerviosismo. Al captarla, Minwoo tiró de su mano para que se inclinara hacia él. Sintió un beso seco y áspero en su mejilla.

—No llores más —le pidió Minwoo con dificultad—. No me gusta verte triste.

Namoo asintió limpiándose el rostro con las muñecas.

Quiso confesarle que estaba enamorado de él con unas ansias que lo devoraban por dentro. Sin embargo, al abrir la boca para expresar sus sentimientos más temidos, de ella no escapó ninguna palabra.

No importa, se dijo. Ya se lo diría otro día.

Porque Minwoo se lo había explicado:

—*El futuro es la probabilidad de lograr hasta lo imposible.*

Y el suyo implicaba una vida juntos, porque esa era la opción que Namoo elegía esperar.

55

«@namunamoo: por favor, dejen de compartir la foto de Namoo con su amigo en la habitación de un hospital. Es filtrada y de un momento privado. Namoo ya no puede abrazar a alguien sin que le inventen un k-drama bl. Por eso Namoo nos detesta.»

Minwoo fue dado de alta ese mismo día durante la tarde, que resultó ser el viernes 28 de octubre. Desde la ventana del automóvil, Namoo podía apreciar a la gente moverse por la ciudad, ya en penumbras, con pintorescos disfraces. Si bien Halloween no era hasta dentro de tres días, las celebraciones se iban a extender todo ese fin de semana. Él nunca había celebrado Halloween, en sus inicios porque su familia no tenía suficiente dinero para comprarle un disfraz, luego porque trabajaba tanto que no tenía tiempo libre. Por lo mismo, se le hacía extraño ver a otros disfrutar de un momento que a él jamás le tocó vivir.

Estaba tan ensimismado observando a una pareja con trajes a juego, que se asustó al sentir una caricia en la mano. Minwoo lo estaba interrogando con la mirada.

—¿Sucede algo? —leyó en sus labios.

Sacudió la cabeza restándole importancia. Misuk, quien iba conduciendo, los comprobó por el espejo retrovisor. Por suerte, Haru hablaba casi sin respirar sobre lo terribles que podían ser los adolescentes. Recordó, entonces, la conversación que captó entre Minwoo y él hacía muchos meses.

—Pensé que los niños eran los más terribles —dijo.

Haru se quedó desconcertado.

—Eso pensaba antes de que mis alumnos adolescentes se negaran a responder mis preguntas —se quejó Haru—. Al menos los niños dicen algo.

Namoo volcó su atención hacia la ventana. Debió tener una expresión extraña porque Minwoo le tocó la mano.

—Halloween es mi fiesta favorita —le contó—. Este año ya no podremos celebrarla porque no creo que mejore para el lunes, pero ¿qué piensas del año que viene? Podríamos confeccionarnos trajes de pareja.

El año que viene.

Intentó no sonreír, aunque fue justo lo que hizo mientras le regresaba la caricia.

—Me encantaría —aceptó—, aunque no seamos pareja.

Escuchó a Haru hacer una inspiración entre dientes y hablarle a Misuk.

—La tensión, ajumma.

—¿No? —preguntó Minwoo todavía sin entender.

—No.

Sus manos permanecieron unidas entre ellos. Minwoo aún se veía cansado, estaba pálido y ojeroso. Pero todavía así, perfecto.

—Hablaremos de esto cuando lleguemos a casa —le pidió Minwoo.

Namoo se encogió de hombros.

—Como quieras.

Los dedos de Minwoo continuaron jugando con los suyos. Una vez en el departamento, Haru, que tenía mucha más fuerza que él, se encargó de ayudar a Minwoo a caminar. Namoo y Misuk los siguieron de cerca.

Bastó que Minwoo ingresara al departamento y preguntara por su mascota, para escuchar su chillido de respuesta. Ratata apareció en la sala de estar gritando tan fuerte que parecía estarse muriendo.

—¡Mi Ratata! —exclamó con gran alegría.

Se había soltado de Haru y arrodillado en la entrada para coger al ratón. Ratata se escapó de sus manos cuando Minwoo la acercó al rostro. Se le subió al hombro, se movió por detrás de su nuca y finalmente trepó a su cabeza. Su dueño se rio de las habilidades de su mascota.

—¿Es mi idea o Ratata está más gordita?

Quizá Namoo la había alimentado de más.

—Yo la veo igual de fea que siempre. —Se hizo el desentendido.

—Sospechoso. ¿Estuviste cuidando a Ratata durante mi enfermedad?

—No, fue Haru. —Y, avergonzado, fue a la cocina a tomar un vaso de agua.

—Fingiré que creo tu mentira —dijo Minwoo agarrando a Ratata para darle un beso.

Misuk presionó a Minwoo para que fuera a su cuarto. Tras quitarse los zapatos, Namoo lo siguió. Dudó en el umbral porque Misuk, como si su hijo hubiera regresado a los ocho años, le estaba quitando las pantuflas desechables del hospital. Luego, lo empujó suavemente por el pecho para que se recostara. Minwoo estaba en pijama, nadie le había permitido cambiarse de ropa considerando que debía llegar a acostarse de nuevo.

—Estoy harto de descansar —se quejó.

Su madre lo arropó hasta el cuello. Ratata se había cambiado de posición y hecho un ovillo en el pecho de su dueño. Mientras los escuchaba conversar, Namoo regresó a la sala de estar donde Haru veía televisión. Se sentó en el reposabrazos.

—Creo que debería marcharme —avisó por alguna razón—, se está haciendo tarde.

—¿Y quién vigilará a Minwoo en la noche?

—Su mamá —contestó como si fuera obvio.

—Ajumma se irá a dormir a un hotel.

El estómago se le apretó en añoranza. Sus dedos nerviosos jugaron con un hilo suelto de la tela del sofá. La raspó con la uña como si quisiera arrancarla.

—¿Piensas que debería quedarme? —preguntó, el nudo de ansiedad estrechándose.

—Minwoo lo preferiría así.

Mientras el chico se marchaba a su cuarto para cargar su celular, Namoo regresó a la habitación de Minwoo. Se detuvo en la entrada y habló antes de arrepentirse.

—¿Quieres que duerma aquí?

Contigo.

No lo dijo, no fue necesario.

Sentía las orejas calientes cuando Misuk lo observó. Minwoo, en tanto, había comenzado a ahogarse con el agua que bebía. Dejó el vaso a un lado junto a las medicinas.

—Eh, ¿sí? Digo, sí, sí, por supuesto. —Y también algo avergonzado, agregó—. Por favor, me gustaría mucho.

Namoo fue a ducharse para rehuir de la mirada analítica de Misuk. Cuando salió del baño, oliendo a jabón y champú, la mujer ya se había marchado. Minwoo se encontraba solo en el cuarto. Dejó el celular a un lado apenas lo vio en la entrada.

—Deberías secarte ese cabello si no quieres terminar como yo —le advirtió Minwoo—. Por favor.

La segunda vez que regresó a la habitación, Minwoo lo esperaba despierto. Minwoo estaba recostado de lado y jugaba con Ratata. De pronto tímido, como si no hubieran compartido la misma cama durante semanas, Namoo se movió por la habitación buscando nada en específico.

—¿Qué se te perdió? —se interesó Minwoo.

La cordura.

Finalmente, se movió hacia la cama y apoyó en ella las rodillas. Escuchar la tos pesada de Minwoo lo asustó lo suficiente para ayudarlo a incorporarse y que pudiera respirar.

—Estoy bien. —Tenía el rostro congestionado, aunque la mirada atenta al comprobarlo—. No te asustes, estoy bien.

Se sentó sobre sus pies. A Minwoo se le había caído un mechón sobre la frente, que apartó con cariño. El chico cerró los ojos y se recostó contra las almohadas. Ratata se acurrucó contra su pecho de inmediato.

—Namoo...

—¿Pasa algo?

Minwoo abrió un ojo para examinarlo. Él continuaba en la misma posición.

—Sí, que podría haberme muerto por la fiebre o, en su defecto, haber perdido la audición.

Puso mala cara.

—No es gracioso. De hecho, te prohíbo que vuelvas a hacer bromas sobre eso.

—Pero... —Dio un suspiro—. Está bien. Y yo que quería... no importa.

Se apoyó en las rodillas para acercársele.

—¿Qué ibas a decir?

—No sé si debería. —Minwoo se hizo el interesante.

Le dio un empujón ligero en el brazo.

—Dilo.

—Quería hacer algo.

Namoo frunció el ceño.

—¿Quieres hacer un experimento físico o algo así?

—Algo así —balbuceó Minwoo, de pronto rojo.

—Minwoo, son las nueve de la noche. —Soltó un gruñido exasperado—. Ya, solo dame la maldita lista antes de que cierren las tiendas.

—¿Para qué?

—Para ir a comprar lo que necesitas, ¿para qué más?

Minwoo se rio con suavidad y apoyó la mano en su muslo.

—Solo te necesito a ti.

—¿A... mí?

La caricia subió por el costado de su cadera hasta llegar al centro de su pecho. Los dedos se flexionaron enredándose con la tela de su pijama. Entonces, Minwoo lo atrajo hacia él. Namoo perdió el equilibrio y tuvo que poner su brazo entre ellos para sujetarse de la cintura de Minwoo. Tragó saliva con nerviosismo, su mirada raspando los labios mojados del chico.

—Quiero que me beses —susurró Minwoo, su aliento cálido haciéndole cosquillas en la piel.

Namoo se apoyó en el estómago del chico para acomodarse. Continuó sentado sobre sus pies, pero con el torso inclinado hacia adelante. Minwoo no había aflojado el agarre en su ropa.

—Podrías haberme dicho desde un principio que querías que te besara.

—Podría. —Asintió. Sus labios se rozaron—. Pero soy así. Y me quieres así.

Sí, pensó Namoo. Lo quería así.

Le tomó la barbilla para inclinar su cabeza. Capturó su jadeo con un beso que comenzó en su labio inferior, que tiró para después introducir su lengua en la boca ansiosa de Minwoo. Se sentía reconfortante y familiar, pero por sobre todo emocionante. Su corazón iba errático mientras se acomodaba sobre sus pies para inclinarse un poco más sobre Minwoo. Todo en Namoo latió por él.

Solo por Minwoo.

—Te quiero —susurró Namoo contra su boca al separarse.

Acarició con su dedo índice los labios de Minwoo para quitarle los restos de saliva.

Le terminó dando otro beso.

Y otro.

Y otro.

—Te quiero —repitió—. No tienes idea del susto que me diste.

Al intentar alejarse, Minwoo lo sujetó por la nuca y le dio otro beso que resonó en sus oídos. Estaba sonrojado y jadeante al separarse, los muslos temblorosos y la mirada brillante.

—Así que dijiste que no somos pareja —comentó Minwoo.

Jugó con el botón de la parte superior del pijama del chico. Lo raspó con la uña.

—No me has pedido ser tu novio.

—No sabía que tenía que hacerlo yo.

Dejó tranquilo el tonto botón y estiró la palma sobre su pecho hasta que captó los latidos del corazón de Minwoo.

—¿Por qué piensas que no? —quiso saber Namoo.

—Porque estaba esperando que tú lo hicieras.

Regresó a sentarse sobre sus talones.

—¿Por qué tendría que ser yo? —cuestionó Namoo, de pronto sintiéndose acorralado.

—Porque eres tú el que rechazaría la propuesta.

Tenía razón.

Como siempre, Minwoo tenía razón.

Namoo permaneció sobre sus talones a pesar de que las piernas empezaban a hormiguearle.

—¿Algún día dirás de manera pública que eres gay? —La pregunta de Minwoo lo asustó lo suficiente para sentir un dolor lacerante en el pecho. Su mirada recorrió la habitación. Minwoo supo lo que necesitaba sin siquiera decírselo. Agarró el cubo de Rubik que estaba entre las almohadas y se lo entregó. Las manos nerviosas de Namoo fueron alineando las piezas blancas.

—Ya he dicho lo suficiente —fue su respuesta.

—Algunas de tus fans aprueban nuestra «ficticia» relación. —Minwoo había acaparado un mechón de su cabello y lo colocó tras su oreja—. Sí, puede que haya buscado nuestros nombres en internet.

Esbozó una sonrisa que se tambaleaba en inseguridad.

—¿En serio?

Minwoo asintió con solemnidad.

—Muchos especulan que somos pareja en secreto.

—¿Y decían cosas malas?

—Había de todo. Pero me sorprendió encontrar tantas fotografías filtradas entre Leena y tú.

Leena tenía la misma edad que él y pertenecía, además, al grupo femenino de moda. Ambos eran guapos y habían coincidido en demasiados sitios como para que no saltaran las alertas. Hubo un tiempo que vivieron a una cuadra de distancia, por lo que no era extraño encontrarse con ella paseando o haciendo las compras. Nunca lograron ser amigos muy cercanos, aunque su relación fue lo suficientemente familiar como para hablar con naturalidad si se encontraban.

—También hay muchas fotos editadas entre ustedes —continuó Minwoo sin dejar de mirarlo—. Hay algunas de ustedes dos en el departamento de ella.

—¿Y cómo sabes que son editadas? —lo provocó Namoo, solo porque le volvía loco poner a Minwoo celoso.

—Porque tú tienes un lunar aquí —dijo Minwoo apuntando su antebrazo—. Y aquí. —Tocó sus costillas—. Y aquí —finalizó rozando la parte interior de su muslo derecho.

—Con la calidad con la que se suben las fotografías, no se podrían notar esos lunares.

Minwoo reflexionó aquello.

—¿Entonces has ido a su departamento?

—Sí.

Vio su garganta tragar con dificultad, su pecho agitarse en una inspiración entrecortada.

—¿Y te has acostado con ella?

—¿Por qué quieres saberlo? Mi historial amoroso antes de ti no debería importarte.

Los dedos de Minwoo presionaron contra el interior de su muslo. Fue fuerte e inesperado, sobre todo cuando esa misma mano quedó apoyada muy cerca de su entrepierna.

—No empieces con tus evasivas —pidió Minwoo.

—No me he acostado con ella —respondió por fin.

También tragó nervioso tras sentir que Minwoo metía la mano bajo la tela de su pantalón corto y le acariciaba el interior de su muslo. Sus piernas se cerraron de manera involuntaria, su pecho se aceleró.

—¿Y se han besado?

La punta de sus dedos rozó su pene.

—No —jadeó.

—¿Son fotografías editadas? —Como Namoo se tardó en responder, la caricia también se detuvo—. ¿Son editadas?

—Sí.

—¿Y te gustó alguna vez?

Namoo no quiso confesarle que él era la única persona que le había llamado la atención en muchos años.

—Es guapa —dijo.

Los labios de Minwoo se fruncieron.

—Pero no me gustó nunca —confesó.

—¿Y por qué tus fans creen que sales con ella en secreto?

—Porque fui amable con ella y soy hombre y ella mujer, les basta con eso. Y es... triste.

—¿Por qué?

Ahora las caricias de Minwoo estaban sobre su muslo. No se había percatado de que los músculos le empezaban a temblar por la ansiedad.

—No me escuchan.

—¿Por qué lo dices?

—Nunca he aclarado mi orientación sexual. Si me preguntan por una novia, respondo hablando de «pareja». Y si me preguntan por mi tipo ideal de mujer, respondo con «persona». Es evidente que si hago eso, es porque no me gustan las mujeres. Pero no hacen más que vincularme con ellas porque soy... hombre.

—Lo hacen porque nunca has dicho que eres gay.

—Por eso digo que no me escuchan realmente.

—Es diferente, Namoo —lo corrigió Minwoo con delicadeza—, porque la gente piensa que te podrías molestar si especulan sobre tu orientación sexual.

—Pero eso nunca aplica para la heterosexualidad, ¿no? Porque nunca tienen problemas para asumir que salgo con una mujer, pero sí lo tienen si alguien asume que podría estar viendo a un hombre.

—Es socialmente distinto —susurró Minwoo— y lo sabes.

Namoo gruñó, frustrado.

—Pero si realmente me molestara que la gente especulara sobre eso, ¿no crees que lo habría aclarado? Me basta con responder con la palabra «novia» cuando me preguntan por parejas, pero nunca lo he hecho. Entonces ¿por qué pensarían que me molestaría? Es ilógico, es únicamente su necesidad de que me gusten las mujeres porque quieren ser las elegidas.

Luego de ello, guardó silencio.

—Dilo —pidió Minwoo—. Si no quieres que la gente siga pensando que eres heterosexual, di que no lo eres.

Se alejó de Minwoo.

—Sabes que no puedo.

Fue a apagar la luz, cerró la puerta que había quedado entreabierta y se volvió a acostar. Evitó observar a Minwoo porque no quería ver su expresión de tristeza.

—¿Nunca lo dirás? —lo escuchó susurrar.

Le dio la espalda. Apegó las piernas contra su pecho.

—Arruinaría mi carrera.

Minwoo tomó una inspiración pesada.

—Vas a regresar a ese mundo, ¿cierto?

Namoo cerró los ojos con fuerza. No podía soportar el tono decepcionado en la voz del chico. Él no entendía, claro que no entendía, porque era fácil juzgar su vida cuando existían tantos agujeros en su historia. Por supuesto que no comprendía, porque Namoo tampoco le había permitido entender.

—Sí —fue su seca respuesta.

—Pero lo odias.

—Mi contrato finaliza el año que viene.

—Namoo...

—Solo será una canción para un comeback y un evento social de apretón de manos.

—Pero esos programas son para tus fans japoneses.

—Lo sé.

Hubo un largo silencio que Namoo usó para intentar tranquilizar su errática respiración.

—Odias que te toquen.

Como no pudo responderle, Minwoo insistió.

—Dijiste que no regresarías, que renunciabas a eso.

Namoo tomó asiento y se volteó a mirarlo. Las cortinas abiertas le permitieron observar el rostro repleto de sombras de Minwoo. Su expresión era triste y decepcionada.

Y eso le hizo perder la cabeza.

Y atacó.

Porque estaba acostumbrado a defenderse de esa manera.

—¿Recuerdas cuando me prometiste que no te rendirías conmigo, pero un día no pudiste cumplirla?

—Namoo...

—Yo tampoco puedo cumplir mi promesa.

—¡Lo odias! —exclamó Minwoo, desconcertado—. ¿Por qué te haces este daño tú mismo?

—Jamás lo entenderías.

—¡Pues explícamelo!

Tras su grito, Minwoo comenzó a toser. Su pecho resonó por el líquido que todavía permanecía en sus pulmones. Preocupado, Namoo intentó ayudarlo, pero Minwoo lo alejó con un gesto seco. Se quedó a su lado viéndolo toser y ahogarse, su rostro colorado por el esfuerzo. Cuando pudo respirar, se dejó caer en la almohada.

Se miraron en silencio, de pronto ambos comprendieron lo que iba a ocurrir esa noche.

—¿Ahora entiendes por qué no podemos ser novios? —susurró Namoo.

Minwoo apartó la mirada hacia la ventana, por lo que Namoo agarró sus cosas y se cambió de ropa.

—Lo siento —dijo abriendo la puerta.

Al entender que realmente se estaba yendo, Minwoo apartó las mantas e intentó levantarse. El gesto quedó a medio camino.

—No lo entiendo —confesó Minwoo sacudiendo la cabeza—. No puedo entenderlo.

Namoo sostenía el pomo de la puerta, que hizo girar para hacer algo.

—No puedo dejar la industria.

—¿No puedes o no quieres?

Ojalá fuera tan sencillo como un simple sentimiento.

—No puedo.

—¿Alguien te lo impide?

Se le hizo un nudo en la garganta tan ajustado que no podía respirar.

—Sí.

Hubo una pausa que se sintió eterna.

—¿Es la razón por la que lavas tanto tus manos?

Su labio tembló.

—Sí.

Esperó una respuesta de Minwoo que no llegó.

Y Namoo tuvo que regresar a ese departamento vacío que comenzaba a detestar.

56
ENTRELAZAMIENTO CUÁNTICO

«Refiere a un fenómeno cuántico, en el cual los estados cuánticos de dos o más objetos se describen mediante un estado único que involucra a todos los objetos del sistema, aun cuando estos estén separados espacialmente. Por lo cual, al estudiar una de las partículas se puede concluir sobre la otra. Entonces ¿Dios jugaba a los dados?»

El corazón de la teoría de la mecánica cuántica, según Born, latía de forma aleatoria e incierta, como si sufriera de arritmia. Porque, con la mecánica cuántica, cuando se hacía *esto*, se obtenía *aquello* y solo con cierta probabilidad. No obstante, el Dios de Einstein era firmemente determinista y por eso el científico consideraba que jamás jugaría a los dados con el universo.

Por eso, para él, la idea del entrelazamiento cuántico era extremadamente perturbadora al violar el principio de localidad, también conocido como el principio en el que dos objetos alejados no podían influirse mutuamente de manera instantánea, a menos que ambos estuvieran en un entorno inmediato o local.

Por tanto, esta particular característica de la mecánica cuántica que permitía tener un estado entrelazado tal que, al manipular una de las partículas, se podía modificar el estado total, le parecía de lo más ilógico. Así que con otros dos científicos propusieron un experimento mental para poner en manifiesto este problema, conocido posteriormente como «paradoja EPR».

El experimento consistía en dos partículas entrelazadas por haber interactuado en el pasado. Tras ello, dos observadores recibían una partícula y cada cual medía la posición de una de ellas. Gracias al entrelazamiento cuántico y al principio de incertidumbre, se podía conocer la posición de la otra partícula de forma instantánea, lo que contradecía el sentido común. Y con ello aseguraron que la mecánica cuántica era, por tanto, una teoría incompleta.

Este debate permaneció hasta los años sesenta, cuando Bell propuso una forma matemática para verificar la paradoja. Con ello, logró deducir unas *desigualdades* (metateorema conocido como teorema de Bell) asumiendo que el proceso de medición en la mecánica cuántica obedecía a leyes deterministas y también de localidad. Si Einstein tenía razón, las desigualdades de Bell eran ciertas y la teoría cuántica estaba incompleta. Si la teoría cuántica era completa, las desigualdades serían violadas.

Tras aquello, se llevaron a cabo numerosos experimentos y todos ellos arrojaron como resultado una violación de las desigualdades de Bell, lo que indicó que la teoría de la mecánica cuántica se encontraba completa.

—Y el resumen de toda esta explicación ¿es? —cuestionó Haru aferrado a su taza de café.

—Que Dios sí juega a los dados.

Eran las seis de la mañana de un sábado y, por alguna razón, ambos se encontraban despiertos. En el caso de Haru, porque iría con su novia, Hana, la profesora de historia, a hacer senderismo a la montaña Bukhansan. En tanto Minwoo creía no haber dormido en toda la noche.

—Me parece una información en extremo interesante...

—¡¿Cierto que sí?! —exclamó Minwoo.

—... si no fueran las seis de la mañana. Me estoy tomando un café tan cargado que parece petróleo, Minwoo. ¿En serio crees que tengo cerebro para entender lo que me explicaste? Me perdí cuando mencionaste a Born.

Minwoo se desinfló contra el asiento.

—Eso fue el inicio —informó con decepción.

—Para que veas.

Revolvió su café sin mucho ánimo. Su amigo le dio un largo sorbo a su taza mientras contemplaba la ciudad todavía en penumbras.

—Extrañas a Namoo.

Sintió que se sonrojaba. Intentó no tartamudear al responder.

—¿Qué te hace suponer eso?

—Sé que no has dormido.

—Todavía puedo hacerlo cuando te vayas.

—Y que no dar clases te está afectando.

—Por eso estoy preparando cosas increíbles para mi regreso.

—Y que eso —apuntó el centro de la sala de estar donde había una plataforma con cinco estructuras de diferentes alturas y masas, todas ellas sujetas a un tablón conectado a un motor que hacía vibrar la madera— no estaba ayer cuando me fui a dormir.

—Insisto, estoy preparando cosas increíbles para la semana que viene —se defendió—. Mis alumnos deben recordar lo genial que era.

—Sí, pero esto es obsesivo, incluso para ti.

—Yo creo que estoy siendo yo.

Haru empequeñeció la mirada en señal de sospecha.

—Namoo te escuchaba siempre que hablabas de física, ¿cierto?

Quiso que su expresión no cambiara, pero sintió los labios tirantes en las comisuras.

—Sí —admitió con tristeza.

No obstante, eso no era todo.

Entrelazamiento cuántico.

¿Se podía realmente saber sobre una partícula a través de otra por haber interactuado en el pasado, a pesar de encontrarse ahora a una gran distancia?

Porque Minwoo a veces se sentía así, como si pudiera replicar los sentimientos que debía estar experimentando Namoo.

Entrelazamiento cuántico.

Eran dos partículas que habían interactuado en el pasado y que ahora se habían distanciado, pero mantenían un entrelazamiento que parecía imposible de cortar.

¿Así que estaba culpando a Namoo por su insomnio? Por supuesto.

—Ya sabes mi opinión.

Notó que Haru se había terminado su café. No obstante, no se levantó a pesar de que Hana debía estar por llegar en cualquier minuto. Permanecía en pijama sentado frente a él observándolo como si Minwoo fuera el único problema que le interesaba resolver esa mañana.

—La sé —contestó Minwoo frunciendo los labios.

—Esta vez, eres tú el egoísta e ilógico.

—Eso también lo sé.

—Lo conociste así. —Haru sacudió la cabeza, desconcertado—. De hecho, lo conociste gracias a que es famoso, de lo contrario sus vidas quizá jamás hubieran coincidido. ¿Y ahora lo alejas por algo que *es* y que *no* puede cambiar?

Estiró las manos, sus dedos toparon la taza de Haru y la pasó a llevar. Se volteó y un par de gotitas cayeron sobre el mesón.

—Me conozco —susurró Minwoo asumido—. Sé que un día voy a querer más de lo que puede darme.

—Fuiste tú quien se enamoró primero, Minwoo. ¿Qué cambió?

—Que él prometió que se saldría de ahí, pero regresó. Esa es la diferencia.

Haru dio un suspiro exasperado.

—Francamente, estás pidiendo un imposible. Debes asumir que tú no tienes conflictos con tu orientación sexual porque ajumma lo supo incluso antes que tú y jamás permitió que te sintieras rechazado por eso. Creciste en un lugar seguro donde te aceptaban. La familia de Namoo ni siquiera le habla, ¿no has pensado que quizá sea porque descubrieron que es gay? No puedes exigirle que esté a tu nivel con respecto a esto, cuando tu trabajo y vida no dependen de la opinión pública. Ni mucho menos cuando Namoo ni siquiera tiene un círculo seguro en su vida privada. Lo siento, Minwoo, pero estás siendo cruel y egoísta.

Minwoo guardó silencio, mientras Haru se colocaba de pie y le ponía una mano sobre el hombro presionándolo con suavidad antes de continuar hacia su cuarto para terminar de vestirse.

Haru tenía razón.

Si su madre no le hubiera dicho de pequeño que a ella no le afectaría que Minwoo fuera homosexual, él probablemente hubiera tardado años en confesárselo. A lo mejor, seguiría ocultándoselo. Porque en una sociedad en la que todavía se censuraba la homosexualidad, Minwoo había necesitado tener la certeza de que su mamá lo comprendería y aceptaría antes de revelarle la verdad. Y si Namoo ni siquiera podía presentar una pareja mujer de manera pública, ¿cómo podía estar seguro de que lo seguirían apoyando, si incluso sus fans se censuraban entre ellas para que nadie especulara sobre su posible homosexualidad para no «perjudicarlo»? Por tanto, no era ilógico asumir que para Namoo la censura era equivalente a un rechazo.

Tras la partida de su amigo, Minwoo regresó a la cama. Entonces, le llegó una notificación de una fanbase de Namoo informando que ya se encontraban en el aeropuerto para despedir al idol antes de su viaje a Japón.

Se le aceleró el corazón.

Tres semanas.

Se iría por tres semanas.

Casi un mes.

Se puso de pie.

Se le cayó la barra donde colgaba su ropa en su afán por sacar una sudadera. No tuvo cerebro para pensar en tomar el transporte público, por lo que detuvo el primer taxi que pasó por la avenida. Cogió su celular y abrió la conversación con Namoo, sus dedos temblaban sobre el teclado sin saber qué decir tras días sin conversar. Un «te extraño» parecía pequeño y risible.

No obstante, no hubo necesidad, porque en ese momento Namoo le escribió.

> **Namoo:** Ya me estoy marchando a Japón. ¿Puedo llamarte antes de irme, por favor? Quiero despedirme de ti.

Y luego otro mensaje.

> **Namoo:** Te extraño.

Ellos debían sufrir una especie de entrelazamiento cuántico, porque no era posible que estuvieran tan sincronizados, a pesar de llevar días sin hablar ni verse ni saber el uno del otro.

Se puso una mascarilla y una gorra al bajarse en el aeropuerto. Supo de inmediato en qué puerta aparecería Namoo, porque ya se encontraba delimitada con cintas plásticas. Había unas fanbases que tenían incluso escaleras metálicas para alzarse sobre la multitud. Era, después de todo, la primera vez que Namoo aparecía en público tras revelar que se retiraría de la industria.

Minwoo pasó desapercibido moviéndose entre la gente, hasta que llegó a una zona cercana a las puertas de policía internacional. Se quedó ahí, a pesar de que no tenía idea de cómo lo haría para que Namoo lo viera. Meditó la idea de comprar un pasaje de avión para poder ingresar a la zona de embarque, pero se dio cuenta de que andaba sin su documentación.

Había abierto la conversación con Namoo cuando escuchó el alboroto de chillidos y el disparo de los flashes. A la distancia, pudo divisarlo posando y saludando del otro lado de la calle.

Y a pesar de no haber conversado por días, pudo entender cómo debía estarse sintiendo Namoo.

Ahogado.

Agobiado.

Pero sobre todo, cansado; y no un cansancio que radicaba en algo físico, sino más bien emocional, el que te obligaba a mantenerte del otro lado de la calle aceptando las fotografías hasta que alguien te autorizaba a irte.

La multitud se movió con Namoo. La gente corría como loca con escaleras y bancas, instalándolas lo más rápido posible para volver a capturar imágenes del idol saludando a sus fans. Una chica chocó con un hombre que cargaba una cámara con un foco tan grande, que Minwoo no pudo evitar pensar que podría captar con gran detalle el cráter Aristarco de la Luna.

Al percatarse de que Namoo se acercaba hacia donde estaba él, y que pronto quedaría oculto por la masa de gente que se desplazaba, se bajó la mascarilla. Sostuvo el gorro entre las manos y lo agitó para captar su atención.

Mírame.

Mírame, pidió.

Alguien lo notó antes que Namoo.

El mánager Su, que venía empujando a la gente para apartarla del idol, lo rozó al pasar por su lado. Minwoo lo sujetó por la muñeca. El hombre lo empujó para apartarlo. En el preciso instante que Minwoo tropezaba hacia atrás, el mánager Su lo reconoció.

—¿Le puedes decir a Namoo que estoy aquí? —preguntó con voz acelerada y baja—. Por favor, solo quiero despedirme de él.

El mánager Su analizó a la gente. El corredor por el que transitaba Namoo se volvía a ratos más estrecho. Había fans que sujetaban a otras para mantener un pasillo despejado, sin embargo, el descontrol de algunas estaba llevando al caos general.

—Lo intentaré —dijo el mánager Su antes de marcharse.

La multitud ya lo había alcanzado, por lo que Minwoo quedó oculto detrás de un centenar de cámaras. Los obturadores sonaban tanto que se asemejaban a una colmena activa.

Lo pisaron y empujaron, por lo que retrocedió más.

Y finalmente Namoo desapareció tras las puertas de vidrio que separaban el área común con la internación.

No lo había visto.

Pero ¿qué otra cosa había esperado?

Se volvió a poner la gorra y la mascarilla con decepción.

La gente se dispersó por el aeropuerto, todos concentrados en sus celulares para empezar a subir el contenido nuevo que acababan de obtener. Su celular vibró indicándole una notificación de una de las fanbases de Namoo.

Se tuvo que tragar una segunda decepción.

Alguien le tocó el brazo.

—Ven conmigo.

Era el mánager Su.

Minwoo trotó tras el hombre, que se movía con gran agilidad esquivando a las personas. Llegaron a las puertas de internación.

—No tengo mis documentos —jadeó sin aliento, la neumonía todavía tenía resentidos sus pulmones.

Lo escuchó chasquear la lengua con descontento.

—Espérame aquí —pidió otra vez.

El mánager Su se alejó a hablar con alguien del personal del aeropuerto, quien sacudía la cabeza negando ante lo que decía. Después de un rato, apuntó hacia unas puertas que señalaban una salida de emergencia. El mánager Su le hizo un gesto y Minwoo trotó hacia él. Llegaron a las puertas. Y si bien regresaron a la zona común del aeropuerto, esta vez fue a un área que quedaba oculta entre unas tiendas de cambio de divisas. Había unos baños al final del pasillo.

—Espera allá y no salgas.

Mientras se alejaba, lo escuchó soltar una gran oración compuesta por una alarmante cantidad de groserías. Minwoo se dirigió al baño de hombres. Había un chico arreglándose el cabello frente al espejo.

No supo muy bien cuánto tiempo estuvo ahí, pero no volvió a ingresar nadie más.

Al captar unos pasos acercándose, se puso recto y se quitó la gorra.

Sabía que era él incluso antes de verlo.

Namoo apareció en el baño con el cabello rubio revuelto, los ojos abiertos por la sorpresa y la emoción. Su boca se encontraba oculta tras una mascarilla que enganchó con un dedo y bajó.

—Minwoo...

Dio un paso.

Namoo se abalanzó sobre él, sus brazos rodeándole el cuello y apegándolo a su cuerpo cálido, que se sentía y olía tan familiar. Los músculos del idol temblaban contra él mientras lo abrazaba con más fuerza.

—Gracias —lo escuchó susurrar contra su oído. Estaba sin aliento y titubeante—. Minwoo... muchas gracias.

Rodeó su cintura delgada en respuesta.

Cerró los ojos.

Aspiró ese aroma que tanto le gustaba.

—Necesitaba venir a despedirme de ti —confesó.

Los brazos de Namoo se tensaron alrededor de su cuello. Minwoo le acarició la espalda para tranquilizarlo, también ajustó el abrazo.

Cuando la voz del mánager Su le dijo al idol que debían marcharse, Namoo por fin se alejó lo suficiente para observarlo.

Estaba más delgado.

—¿Estás durmiendo bien? —quiso saber.

—Lo intento —confesó Namoo, su labio temblaba—. Me estoy esforzando, te lo prometo.

Le acarició la mejilla.

—Sé que lo haces.

Los ojos de Namoo recorrieron su rostro, su expresión ansiosa aunque también alegre. Entonces, lo soltó y retrocedió un paso. Antes de llegar a la puerta y acomodarse la mascarilla, le sonrió.

Y Minwoo sintió tonos cálidos.

Como también el anhelo.

Se tocó el corazón, Namoo imitó el gesto.

Entrelazamiento cuántico.

¿Cuántas veces habían logrado encontrarse en ese infinito mar de posibilidades?

—Te extraño, profesor.

Posiblemente solo una.

Sin darle tiempo a responder, Namoo abandonó el baño. Se esfumó con tanta discreción, que nadie podría imaginarse alguna vez que el idol más famoso de todo Corea había regresado solo para abrazar a alguien en un baño público de aeropuerto.

Porque Einstein se había equivocado.

Dios sí lanzaba los dados. Y como una vez dijo Stephen Hawking, no solo jugaba con ellos, incluso los lanzaba donde no podían ser vistos. Porque nada de lo que estaba ocurriendo entre ellos era determinista, sino más bien una probabilidad tan remota que parecía escrita desde antes.

El destino no existía.

Pero con ellos parecía que sí.

57

ALICE CONOCE A BOB

«Alice y Bob son personajes ficticios usados en explicaciones y problemas de física. Los nombres son utilizados por conveniencia y elegidos de tal manera que concuerden con las primeras letras del alfabeto.»

Su mamá regresaba a Busan ese mismo día. Y si bien Minwoo siempre tuvo claro que ella tenía que marcharse, eso no evitó que se sintiera triste. Por eso, ambos decidieron aprovechar sus últimas horas juntos. Tras pasar la mañana conversando con su mamá a orillas del río Han, ella buscó algo en su bolso y sacó un sobre blanco que hizo rodar entre sus delgados dedos.

—Discúlpame por nunca hablarte de tu padre, aunque no me arrepiento de eso —confesó—. Él es una persona horrible, Minwoo, y no quería que crecieras teniéndolo como referente. Pero, como bien me dijiste hace un tiempo, tienes derecho a saberlo. Me guste o no, eres tú quien debe decidir si deseas conocerlo, no yo.

Mientras Minwoo todavía se encontraba paralizado procesando sus palabras, su madre le tendió el sobre blanco. Se lo dejó en el regazo cuando no se movió para cogerlo.

—Ahí está escrito su nombre. —Una pequeña y temblorosa sonrisa se dibujó en ese rostro que para Minwoo siempre fue sinónimo de felicidad.

Tragando saliva con dificultad, por fin Minwoo pudo recoger el sobre. No tenía escrito nada afuera, pero se divisaba una hoja doblada en su interior.

—¿Él sabe...?

No tuvo que terminar para que su mamá le entendiera.

—Él siempre ha sabido de ti.

Lo demás pudo leerlo fácilmente entrelíneas.

Sintiendo que el nudo se ajustaba en su garganta y se aferraba a su pecho inestable, su mamá tiró de él y pegó su frente a la suya. Minwoo cerró los ojos y se recostó contra ella. Ambos permanecieron así hasta que Minwoo sintió su caricia suave en el cabello y un beso en la mejilla.

—Te amo, hijo. Para mí eres todo y más.

Decidió regresar solo a casa. El sobre lo mantuvo aplastado contra su pecho. Deseó lanzarlo y que se lo llevara el viento, aunque fue incapaz de despegarse de él.

Su papá no era más que la persona que le dio la vida, pero que no estuvo en ella. No era nada, nunca lo fue. Entonces ¿por qué no podía quitárselo de la cabeza? Era una espina con la que había crecido y que nunca se pudo quitar, por lo que se acostumbró a su presencia fantasmagórica.

Casi.

Porque nunca lo logró del todo.

Su amigo ya había regresado de su caminata junto a su novia. Estaba viendo televisión con la boca un poco entreabierta. No se había cambiado la ropa deportiva, parecía no tener energía ni para pensar.

Minwoo se quitó los zapatos en la entrada y fue hacia él, derrumbándose a su lado. Sintió que Haru lo examinaba con disimulo, su atención estaba en el sobre blanco que todavía apegaba a su pecho.

—¿Por qué nos aferramos al pasado y nos torturamos con lo que no sucedió ni podemos cambiar, cuando el futuro es la posibilidad de lograr hasta lo imposible?

Haru dio un largo suspiro y golpeó su muslo.

—Esa pregunta definitivamente necesita ser acompañada con una cerveza.

Recogió dos latas del refrigerador y le entregó una a Minwoo. Haru le dio un largo trago a la suya y tomó asiento en el reposabrazos del sofá, sus piernas largas cayendo por los costados.

—Bien, ¿qué sucedió?

—Mamá regresó a Busan.

Su amigo asintió, después bebió otro largo trago.

—Supongo entonces que tu pregunta existencial es por Namoo.

No se creía capaz de contarle que aquel sobre, que tanto apegaba a su cuerpo, no tenía que ver con Namoo sino con el responsable de incontables conversaciones entre ellos.

A pesar de que se tomó de un trago su cerveza, siguió sin ser capaz de contarle la verdad a Haru, quien esperaba paciente a que le explicara lo que sucedía.

—Haru, tú conoces a toda la gente que yo conozco, ¿cierto?

—Excepto si Namoo te presentó alguien —contestó tras pensarlo un rato.

Minwoo dejó la lata de cerveza en el suelo y tomó aire. Luego le tendió el sobre blanco a su amigo.

La atención de Haru no abandonó su rostro.

—¿Puedo preguntar qué está sucediendo, Minwoo? Estás pálido.

Tragó saliva y negó, primero con cierta dificultad y luego con más seguridad.

—Necesito que leas la carta y que me digas si es alguien que conozco.

Si Haru comenzaba o no a entender lo que estaba ocurriendo, no dio indicios de ello. Acabó su cerveza de un trago largo y recibió el sobre que Minwoo le tendía. Mientras sacaba la hoja en blanco que había dentro, Minwoo caminó hacia el ventanal. Buscó el departamento de Namoo a pesar de que sabía que nadie estaría ahí.

Por fin, Haru habló.

—No lo conoces.

Sintió las piernas pesadas, como también débiles. Asintió con aire distraído y recibió el sobre de vuelta. Al llegar a su cuarto, se aferró del marco de madera. Intentó sonreír.

—Voy a dormir una siesta —anunció.

Cerró la puerta.

Se tiró a la cama.

No lo conocía.

—No lo conoces —se repitió.

Pero ¿por qué no podía quitarse el anhelo asfixiante de querer saber el nombre de alguien que no debía valer nada?

Porque Alice quería conocer a Bob, ese era el problema.

Lanzó el sobre en el cajón de la mesita de noche.

Pero ¿Bob querría conocer a Alice?

Buscó su celular con la idea de hablar con Namoo. Tenía una notificación que había ignorado de camino a casa.

Namoo ha enviado un video

Al parecer, ya había aterrizado en Japón porque estaba en lo que parecía un hotel. El video había sido tomado por Namoo a su propio reflejo. Iba en un ascensor repleto de espejos. Se escuchaban unas voces bajas de fondo, mientras Namoo le mostraba su mano libre en el reflejo.

—*Sin guantes* —le anunciaba con gran orgullo.

La grabación llegaba a su fin justo cuando el ascensor se detenía y Namoo perdía ligeramente el equilibrio. La imagen quedó paralizada tras enfocar por error al grupo de personas con las que iba, la mayoría mujeres.

La sonrisa de Minwoo se paralizó.

Volvió a reproducir el video y lo detuvo antes de que llegara a su fin. Cuatro mujeres, el mánager Su y el mánager Seo. Y justo al lado de este, un hombre más.

Era el CEO de la empresa NaTV.

¿Por qué Namoo estaba con ese hombre en Japón?

De pronto, la prioridad de Alice ya no era conocer a *ese* Bob.

58

LA MAGNIFICENCIA DEL 3 Y 6

«Al dibujar una circunferencia y posicionar los números del 1 al 9, se consiguen tres patrones matemáticos. Si se empieza la sumatoria en el 1, se tiene 2, 4, 8, 7, 5, 1 y así en una serie que deja afuera al 3, 6 y 9. Pero si se inicia con el 3, se tiene 6, 3, 6 y así, obteniéndose otro patrón matemático que obtiene como resultados el 3 y el 6. En tanto, con el 9 se tiene la última serie que da como único resultado el mismo.»

Minwoo se caracterizaba por ser alguien con grandes ideas. Pero estar tomando un vuelo a Japón un domingo por la mañana, a pesar de que debía retomar sus clases al siguiente día, posiblemente no fuera una de ellas. No obstante, la noche anterior, en su angustia por no conciliar el sueño, se había puesto a analizar el calendario para organizar su vida y cayó en la cuenta de que el lunes era 7 de noviembre.

Y ¿qué sucedía aquel día?

Pues nada, solo era el cumpleaños veinticuatro de Namoo.

Así que, en pánico, había comprado un pasaje de avión que no podía costear, con la fiera convicción de que alcanzaría a volar de regreso el lunes por la madrugada y llegar a su primera clase.

Como tampoco pudo hospedarse en el mismo hotel de Namoo, tanto por el precio como por la disponibilidad de habitaciones, había tenido que reservar en un lugar a varias cuadras de distancia. Así que, si bien Halloween había transcurrido hacía una semana, Minwoo se paseaba por el centro de Tokio con un traje de *Los Cazafantasmas*, mientras arrastraba una maleta de Hello Kitty, porque la suya había sido mutilada en su llegada al aeropuerto y lo único que encontró a buen precio fue una del gato fanático del color rosa.

Por fortuna, se encontraba en la ciudad de la gente amante de los disfraces, por lo que no llamaba la atención entre una chica que iba como Nezuko y un chico vestido de furro. Esa situación no varió hasta que llegó al vestíbulo del hotel y se encontró en medio de una convención de medicina.

Avergonzado, se movió hasta el rincón más apartado, sacó su teléfono y abrió la conversación que tenía con Namoo.

Minwoo: Te envié algo, ¿puedes ir a buscarlo al vestíbulo?
Namoo: ¿Y no lo pudieron subir?

Namoo siempre siendo un mar de amabilidad y cordialidad.

Minwoo: El repartidor ya se fue.
Namoo: ¿Está a mi nombre?
Minwoo: Por supuesto.

Ajustaba las tiras de su *proton pack* cuando apareció el mánager Su en el vestíbulo. Suspiró. Había sido un ingenuo al pensar que Namoo iba a bajar a buscar personalmente el regalo. Se le acercó alzando un brazo.

—Cuando Namoo me pidió que viniera a buscar *algo* —comenzó el hombre—, no pensé que se refería a ti.

—No sabe que estoy aquí —aclaró.

El mánager Su lo escaneó con la mirada.

—Lo supuse.

—Es una sorpresa de cumpleaños.

—También lo supuse —lo apuntó—. Pero Namoo está de cumpleaños mañana, no hoy.

—Lo sé.

Pero el lunes tenía clases y no podía ausentarse habiendo sido su jefe tan comprensivo con él. Además, tampoco era una fecha que pudiera olvidar. Nada más bajar del avión, había ingresado al perfil de Namoo para encontrarse con una imagen del idol posando al lado de una estratosférica cantidad de regalos que le habían dado sus fans japonesas como adelanto de cumpleaños. Él esperaba que su visita sorpresa compensara su imposibilidad de darle veinticuatro regalos.

Cuando el mánager Su le echó otro vistazo con las cejas alzadas en un claro gesto interrogante a su disfraz, Minwoo negó con la cabeza.

—No quieres saberlo.

El hombre chasqueó la lengua, después asintió.

—Sí, no quiero saberlo.

Al avanzar hacia el ascensor, la atención del mánager Su se trasladó a su maleta de Hello Kitty.

—Tampoco quieres saberlo.

Llegaron al último piso, donde se localizaba la *suite*. Un par de guardias custodiaba el pasillo para que nadie pudiera llegar a la puerta que se ubicaba al final.

—Está autorizado —avisó el mánager Su al acercarse—. Si alguien les pregunta, Namoo está durmiendo. No interrumpan.

Minwoo se sonrojó. Estaba claro que el mánager Su creía que su disfraz se debía a una clase de fetiche sexual, cuando él lo único que quería era sacarlo a bailar. Había encontrado una fiesta que organizaba un Halloween atrasado y pensó que sería una gran idea llevarlo aprovechando que nadie podría reconocerlo disfrazado.

Él buscaba que Namoo fuera libre, nada más.

Si pasaba algo más en la noche, prometía que solo lo había pensado y deseado, pero no organizado.

Los guardias se movieron dándole espacio para que pudiera pasar. Todavía avergonzado, se dirigió a la última puerta.

Luego, acomodó sus lentes sobre su cabeza. Ojalá su proton pack lanzara humo y electricidad, pero Haru se había negado a prestarle dinero cuando le explicó su idea de confeccionar dos bobinas como mochila.

—*Yo no seré el responsable de tu muerte* —le había dicho tras negarse.

Su mamá tampoco aceptó su idea.

Algunas veces Minwoo no entendía lo poco visionaria que era la gente. Sin embargo, era una suerte que ambos se hubieran negado, de lo contrario no habría podido subir al avión y de seguro ahora estaría detenido en una celda por atentar contra la seguridad pública.

—¿Pasa algo? —escuchó que el mánager Su le preguntaba.

—Soy Peter Venkman de *Los cazafantasmas*.

—¿Cómo?

Golpeó con rapidez la puerta antes de que el hombre se arrepintiera.

—¿Su? —preguntó Namoo desde el interior—. ¿Tienes las manos ocupadas que no puedes abrir la puerta?

Namoo seguía siendo un amor de persona.

Llamó en una segunda oportunidad.

A los pocos segundos, la puerta se abrió de un tirón brusco y apareció un adormilado Namoo. Se notaba que había estado acostado, porque iba con bata a pesar de que todavía no estaba desmaquillado. La sombra oscura en sus párpados se había desplazado hacia sus ojeras, lo que le daba una expresión más cansada. Su cabello se veía desordenado y pegajoso y tenía brillantina dorada.

Su expresión irritada cambió a una sorprendida. Sus ojos lo recorrieron de pies a cabeza, soltando un bufido de incredulidad al notar la maleta.

—¿No deberías estar en Corea? —susurró casi sin voz.

—Hola, vine por el día —anunció.

—Mañana tienes clases.

—Y mañana también es tu cumpleaños. No quería que estuvieras solo.

La garganta de Namoo se movió al tragar. Con actitud nerviosa, agarró su bata por el pecho y la estrechó alrededor del cuello. Notó la vacilación de su cuerpo, como si hubiera querido acercarse. Finalmente, se movió para dejarlo pasar. Al cerrar, se apoyó contra la puerta mientras aún sujetaba la bata para cubrir su piel.

—No era necesario —murmuró Namoo, en un tono tan bajo que era casi imperceptible.

Minwoo dejó la maleta a un lado.

—Tú eres necesario —corrigió con amabilidad—, porque eres importante para mí.

Los labios de Namoo se crisparon en la comisura al bajar la vista. Parecía contener tanto un llanto como una sonrisa.

—Es un traje un poco extraño —dijo Namoo para aligerar el ambiente.

Minwoo se miró.

—Soy un Cazafantasmas, ¿nadie aquí ha visto la película?

—Ah —musitó el idol, confundido.

—¿Qué creíste que era? ¡Pero si tengo incluso mi proton pack!

—Me imaginé otra cosa.

¿Existía otra película donde usaran un traje parecido?

—¿Qué cosa?

Namoo le sonrió. Había llegado hasta la cama y se sentó en el borde con los brazos por detrás de la espalda. Cruzó una pierna sobre la otra, su pantufla quedó colgando de su pie al mecerlo con interés.

—Pensé que ibas a hacerme un baile.

—Esta es una indumentaria que llevo confeccionando con Haru hace un año —contestó, tremendamente indignado.

—Ay, qué lindo —se burló el idol—. ¿Se disfrazan de pareja?

Minwoo se puso rojo.

—Es mi mejor amigo, por supuesto que vamos combinados.

—Qué tierno, ¿debería ponerme celoso?

Le dio una mala mirada.

Namoo alzó las manos en señal de inocencia, pero todavía se reía.

—Por cierto, ¿y tu feo ratón? ¡No me digas que lo trajiste contigo!

Chasqueó la lengua.

—Por supuesto que no, Ratata se quedó con Haru.

Ofuscado, Minwoo examinó la habitación. No había indicios de los regalos de sus fans. A los pies de la cama se encontraban dos maletas abiertas, unos zapatos y un suéter que parecía tejido a mano. Era sencillo, celeste con unas nubes blancas un poco deformes.

—¿Te lo regalaron hoy? —quiso saber.

Namoo acarició la lana. Sus cejas estaban relajadas al igual que su boca.

—Hace dos años le hice un dibujo a una fan —contó con voz suave—. Hoy me lo regaló ella misma. Lo tejió para mí.

Minwoo se acercó a la cama y se sentó a su lado, el suéter entre ambos. Acarició el tejido suave y esponjoso, Namoo analizaba el regalo con una sonrisa en los labios.

—¿Por qué las nubes?

Namoo lo observó de reojo, la barbilla inclinada hacia abajo.

—¿Sabes que en Japón hay otra forma para decir «te amo»? —preguntó.

—«La Luna está hermosa» —respondió Minwoo.

—La Luna está hermosa —repitió Namoo.

Los párpados del chico cayeron. Su sonrisa se mantuvo al dirigir su atención hacia la ventana, donde se divisaba una luna plateada apenas visible por las nubes.

—Las nubes están lindas —dijo Namoo.

—Las nubes están lindas —repitió Minwoo, estirando el brazo para tocarle el mentón—. Te amo.

Namoo esquivó su mirada. Escondiendo un mechón detrás de su oreja en un gesto que siempre aparecía si estaba nervioso, asintió con suavidad en un movimiento casi imperceptible.

—Tengo grandes planes para ti esta noche —continuó Minwoo para desbaratar el ambiente tenso, aunque no por ello incómodo.

—¿Como cuáles?

—Iremos a una fiesta.

—Supongo que es de disfraces —acotó Namoo deslizando la vista por su traje—. Y me imagino que yo iré vestido igual.

—Tu traje está en la maleta —aseguró asintiendo con gran alegría—. Luego, cena a las cuatro de la mañana.

—¿Dónde?

—En cualquier puesto de comida callejera que esté abierto a esa hora.

Eso le sacó una sonrisa a Namoo.

—¿Y después?

—Lamentablemente, tengo que ir al aeropuerto. Mi vuelo sale a las siete de la mañana.

—¿Viniste por menos de doce horas?

—Por supuesto que sí, es tu cumpleaños —repitió—. Quería estar contigo.

Su mirada no se apartó de él.

Como todavía parecía dudar, Minwoo se arregló el cuello del traje y explicó con voz ahogada y ansiosa.

—Cuando estuve enfermo dijiste que tu familia nunca habría viajado para cuidarte. —Se apuntó el pecho—. Pero yo sí.

Yo viajaría por ti, Namoo, a donde sea que estés, sin importar cuánto me demore.

El chico tragó saliva con dificultad. Su vista estaba de nuevo en la ventana que permitía apreciar el paisaje nocturno, luego se puso de pie y fue a la maleta de Hello Kitty. La abrió. Allí estaban el proton pack, que tristemente no lanzaba golpes eléctricos, y el traje con los botines.

—Quizá te quede un poco ajustado, porque Haru es más bajo que tú —le advirtió.

—Heredando disfraces de tu mejor amigo... qué vergüenza, Minwoo. —Chasqueó la lengua con aparente malhumor—. Pensaba algo mejor de ti.

—A mi favor —comenzó a excusarse—, yo quería que fuéramos Luffy y Roronoa Zoro... yo como Zoro, por supuesto, pero la costurera no alcanzó a tener listos los trajes.

Namoo le echó una mirada rápida.

—El año que viene —prometió.

—El año que viene.

Tras ello, el idol se encerró en el cuarto de baño junto con el traje. No apareció hasta muchos minutos después, tenía el cabello mojado por la ducha y las mejillas sonrojadas. Tal como lo supuso, el disfraz le iba justo, pero no tanto como para resultarle incómodo. También se había colocado la mochila, que intentaba observar por sobre el hombro para asegurarse de que estaba bien.

—Tengo una pregunta —dijo Namoo—. ¿Cómo lo haré para asistir a una fiesta si la mitad de Tokio me conoce?

Siempre consideró que le plantearía aquello, por lo que se preparó con anticipación. Fue a su maleta rosa y la abrió, buscando en uno de los compartimientos. Entonces, sacó dos medias máscaras que dejaban libre la parte inferior del rostro. Se puso la suya y estiró los brazos como si fuera un mago.

—¡Charán! —anunció—. En su original, yo era Peter Venkman y Haru era Ray. Pero podemos cambiar, no es importante.

—Minwoo, lo único que sé de esta película es que trata de cazar fantasmas —aseguró Namoo sin inmutarse por tremendo pecado confesado—. Así que no me importa quién soy mientras nadie me reconozca.

—Nadie lo hará —afirmó acercándose a él. Le puso la máscara de Ray. Después, lo sujetó de la barbilla para rozar sus labios—. Es la mejor idea que se me ocurrió en la vida.

Namoo se acercó para darle otro beso, su lengua curiosa buscó la suya para alargar un encuentro que se suponía debió ser casual. Al separarse, todavía rodeándolo con los brazos, el idol se lamió los labios enrojecidos.

—Ahora solo nos queda escapar.

—¿Y no podemos irnos por el ascensor? ¿O no es lo suficientemente emocionante? —preguntó Namoo.

—Podríamos —respondió—, pero si corremos por la escalera será como filmar una película.

Namoo aún se reía entre dientes al abandonar el cuarto, sin embargo, su expresión cambió al encontrarse con el personal de su agencia.

—No me sigan —les ordenó a los guardias—. Si alguien pregunta por mí le dirán que estoy durmiendo. No me importa lo que les haya ordenado Su, pero si me siguen o delatan me aseguraré de que no vuelvan a encontrar trabajo, ¿entendieron?

Con un suspiro, Minwoo lo sujetó por el brazo y movió con gentileza para que fueran hacia las escaleras. Los empleados se quedaron en la puerta sin saber cuál orden seguir. Bajando las escaleras, lo reprendió.

—No tenías que ser tan duro, están haciendo su trabajo. No pierdas tu humanidad.

A Namoo pareció no interesarle.

—Dales un poco de dinero y ya verás lo mucho que les importa mi humanidad —se defendió el chico sin inmutarse—. ¿Cómo crees que se filtra tanta información mía?

No supo qué contestarle, tampoco tuvo ánimo para hacerlo. Él, después de todo, no tenía idea de lo que se sentía ser Namoo. Así que se mantuvo en silencio mientras bajaban los más de veinte pisos que los separaban del suelo. Namoo se quejó en voz alta de la opción «emocionante» de Minwoo hasta que salieron al recibidor y se encontraron un mar de personas. Como la convención de médicos no comenzaba, los doctores aún conversaban en el vestíbulo del hotel.

Percatándose de que Namoo dudaba, sujetó su mano por la muñeca y tiró de ella. Sintió que el chico ponía resistencia hasta que se dio cuenta de que era invisible para aquellas personas. Las miradas que recibía eran de curiosidad por su atuendo, mas no por haberlo reconocido.

—Eso estuvo bien —dijo Namoo sin aliento.

Se preguntó cuánto tiempo llevaba sin saborear la sensación de ser uno más entre miles de millones de personas. Quizá desde el preciso instante en que, a sus quince años, se hizo famoso en aquel programa de supervivencia idol.

La fiesta a la que iban no quedaba demasiado lejos, a unas diez cuadras desde el hotel de Namoo. No obstante, al notar lo ilusionado que parecía este por el Tokio nocturno, con su boca algo entreabierta y sus pasos lentos, decidió que podían ir caminando.

—¿Vamos bien? —quiso saber.

Su pregunta no tenía que ver con su ubicación, sino con sentimientos y sensaciones. Namoo asintió con expresión solemne, su mano buscando la suya para entrelazarlas por un momento.

—¿Tokio siempre ha sido así de lindo?

Minwoo se encogió de hombros.

—Solo he venido dos veces —confesó. Una de ellas acompañando a su madre tras la publicación de su libro traducido al japonés.

Lo primero que identificó cuando llegaron a la fiesta fue la melodía que se reproducía en los enormes altavoces.

—¡Me encanta esa canción! —aseguró, en tanto le mostraba al guardia sus entradas.

—No es una mía, ¿cierto? —bromeó Namoo.

Le chasqueó la lengua.

—Desearías.

El local estaba iluminado con colores retro y brillantes. Tenía, además, una simple zona de baile rodeada por un área de mesas y la barra de tragos.

Tiró de Namoo hacia la pista de baile. Fueron rodeados por un mar de personas con disfraces mucho más elaborados y bonitos que los suyos. Como la música estaba alta, se acercó al oído del idol para que pudiera escucharlo.

—Te advierto que hoy te mostraré los pasos prohibidos.

Creyó escuchar su bufido incrédulo.

—Intenta no pisarme los pies —pidió Namoo contra su cuello.

—No puedo prometer un imposible.

Mientras «It's A Sin» de Pet Shop Boys llegaba al estribillo, Minwoo comenzó a bailar frente a un paralizado Namoo.

—Hay veces —aseguró el idol— que no entiendo por qué me gustas tanto.

Por supuesto, se lo tomó como un gran cumplido. Sonriendo, movió los brazos y sujetó los de Namoo para que lo siguiera en un baile que no coordinaba pies con brazos. Su tronco se movía de arriba hacia abajo, en tanto sus pies iban de izquierda a derecha. Por los labios fruncidos de Namoo, debió pisarle al menos seis veces la punta de los zapatos.

—Vamos, baila conmigo —suplicó Minwoo cuando a la canción le siguió otra que no reconoció y Namoo se quedó paralizado, su atención deslizándose por la sala.

—¿Estás seguro de que nadie podrá reconocerme? —preguntó.

Como tenía una media máscara con el rostro impreso de otra persona, lo único que podía divisar eran sus bonitos y brillantes labios. Se acercó a él moviendo los brazos como un pulpo hasta que sus pechos se tocaron.

—En este momento eres Raymoo, no Namoo.

Su broma tonta hizo que el chico sonriera tras soltar un bufido incrédulo. No obstante, su respuesta fue suficiente para que se relajara y se meciera al ritmo de la música.

Después de un tiempo bailando, le gritó:

—¡Iré por unos tragos, espérame aquí!

Ese «espérame aquí» no era muy adecuado considerando que estaban en medio de un mar de personas. Por supuesto, Namoo lo siguió, aunque se distanció de él al llegar a la barra para comprar dos tragos fuertes. Tamborileaba la barra con intranquilidad cuando escuchó que alguien le hablaba en japonés.

—Lindo traje.

En la escuela había aprendido el suficiente japonés como para lograr entablar conversaciones torpes y mal pronunciadas en dicho idioma. Se encontró a una chica mucho más bajita que él. Llevaba una peluca larga entre rubia y rosa con unos cuernos rojos y un traje con corbata. Supo de inmediato quién era.

—Eres Power —adivinó Minwoo, alzándose la máscara para verla mejor.

Se había encontrado con al menos veinte chicas vestidas igual.

—Sí —aseguró ella—, ¿y tú?

—Un clásico —contestó indicando el brazo donde aparecía el logo del fantasma rodeado por un círculo rojo de prohibición.

—No reconozco ese anime, ¿es nuevo?

Se sintió tan ofendido que buscó a Namoo con la mirada para buscar su complicidad. No pudo encontrarlo.

—*Los Cazafantasmas* —explicó. Y como la chica permaneció con el mismo gesto de confusión, le tarareó la canción. Ella siguió con la misma expresión—. Es una película de los años ochenta.

—No había nacido para esa época —dio como excusa.

—Yo tampoco —respondió Minwoo—. No me veo tan mayor, ¿cierto?

Ella se rio, su mirada deslizándose por su cuerpo. Se había puesto unos colmillos falsos y filosos, que toqueteó con la punta de su lengua mientras lo analizaba.

Se sintió como un pedazo de comida.

Minwoo alzó la mano para recordarle al barman sus bebidas y poder marcharse. Las mujeres siempre lo ponían nervioso, sobre todo si se mostraban interesadas en él. ¿Cómo le explicaba a una chica, que no conocía de nada, que no tenía posibilidades con él, pues solo podía pensar en Namoo?

Cuando una afilada uña rasmilló la cremallera de su traje, y se disponía a irse sin los tragos, sintió una mano sujetándole por la muñeca. Apenas alcanzó a comprobar quién era antes de que unos labios acalorados y hambrientos buscaran los suyos. Las manos ásperas de Namoo tocaron su barbilla para instarlo a abrir la boca, entonces su lengua curiosa se enredó con la suya.

Minwoo se escuchó protestar cuando el beso se interrumpió en seco. Todavía desorientado, pestañeó para ubicarse en el espacio tiempo. Cierto, cierto, estaba en medio de una fiesta disfrazado de un personaje que nadie parecía reconocer y acababa de ser besado por un idol famoso, el mismo que sujetó los vasos que el barman le tendió a Minwoo. Se los bebió en seco. Al tragar, se lamió los labios con la vista fija en la chica Power.

—Piérdete —le dijo en japonés—. Él es mío.

Minwoo no protestó.

Además, tenía que confesar que lo excitaba la idea de estar siendo marcado como propiedad de Lee Namoo. Si este quería besarlo en frente de esa multitud, ¿quién era él para negarse?

Le pidió otros dos tragos al barman y también se los tomó. Antes de regresar a la pista de baile, solicitó dos más.

Regresaron al centro, donde las luces de colores producían un efecto intermitente. Minwoo no sabía si era por la iluminación o por su borrachera, pero empezaba a ver a Namoo como fotogramas entrecortados. Tampoco pudo seguir pensando en ello porque Namoo volvía a besarlo.

Estaba hambriento, tiraba de su labio y gemía cuando sus lenguas se encontraban en ese mar de sensaciones. Su máscara se había torcido y solo le cubría uno de los ojos, pero a ninguno de los dos le importó porque sus bocas no hacían más que buscarse. El deseo los dominaba.

Era la excitación del anonimato.

De ser uno más entre tantos.

Era la valentía de ser alguien quien nadie conocía.

Namoo se separó, arregló su máscara y tiró de él hacia un largo corredor. Llegaron al baño. Sin soltarlo, lo hizo ingresar en un cubículo con él.

Namoo se quitó la máscara y la dobló en dos para meterla en su bolsillo. Sus manos ásperas atrajeron a Minwoo hacia él para un beso que dio vuelta su mundo. Su cuerpo lo arrinconó contra la pared, mientras deslizaba su pierna entre las suyas para que tuviera que abrirlas. Sintió que su muslo le rozaba la entrepierna y tuvo que contener un gemido.

Entonces, golpearon la puerta.

—Salgan de ahí —dijo un hombre—. Esto no es un motel.

Con los ojos en blanco, Namoo buscó su máscara en el bolsillo trasero y se la puso.

—Fue bueno mientras duró —aseguró Minwoo tocándose los labios enrojecidos.

—¿Quién dice que terminó?

Namoo abrió la puerta del cubículo y regresaron al pasillo oscuro.

¿Se irían al hotel?

No fue la respuesta correcta.

Al pasar por una puerta entreabierta, Namoo se detuvo de golpe y él se estrelló con torpeza contra su espalda.

—Namoo... —advirtió, pero este ya había empujado la puerta con la rodilla.

Era un cuarto de aseo con varias estanterías repletas de productos; al final, un pequeño escritorio con un asiento donde un administrador debía hacer cuentas o el inventario. Sintió que la mano áspera de Namoo sujetaba la suya y lo tiraba hacia la habitación.

Cerró la puerta. El pestillo sonó.

Y la boca del chico buscó la suya mientras lo presionaba contra la entrada.

—¿Sabes cuánto tiempo llevo deseando esto?

Minwoo examinó las esquinas del cuarto.

—¿Cuánto? —quiso saber.

—Desde que hiciste ese tonto cuestionario —aceptó Namoo quitándose la máscara y lanzándola al suelo—. En cada pregunta quise besarte y tú no lo hiciste.

Levantó una mano para que se detuviera.

—Mira hacia la puerta, no te muevas —le pidió Minwoo, mientras iba hacia la parte posterior del cuarto.

Una cámara en la esquina. Se quitó el zapato y el calcetín, que usó para cubrirla. Tanteó la parte posterior hasta que encontró la ranura donde se insertaba la memoria y se la quitó. Revisó las otras esquinas sin encontrar nada.

Regresó donde Namoo, que continuaba de cara a la pared. Lo abrazó por la espalda, su boca recorriéndole el cuello y luego tirando de su lóbulo. Sintió que se estremecía contra él. En respuesta, su cuerpo se apegó al suyo. Su erección frotándose contra el trasero de Namoo.

—¿Querías esto? —le preguntó, su mano desabrochando el primer botón del traje para soltarlo.

Namoo dejó caer la cabeza contra su hombro para expresarle que continuara con las caricias en su piel.

—Sí —jadeó.

—Qué bien —susurró besándole la vena enloquecida que le vibraba en el cuello—, porque yo también.

Le desabrochó el resto de los botones. Tiró del traje para bajárselo por los brazos quedando con la camiseta blanca sin mangas.

—Minwoo... —musitó Namoo perdido en sus propias sensaciones. Su mano buscó bajo el pantalón para tocar la erección palpitante por sobre la ropa interior.

—También quiero —repitió Minwoo, tiró de su lóbulo—. Pero quiero hacértelo yo.

Namoo asintió. Tenía los ojos cerrados y tragaba con dificultad.

—Sí —murmuró—, quiero, me preparé.

—¿Te preparaste? —susurró, su mano cerrándose alrededor de aquella cadera delgada—. ¿Tanto así me deseas?

—S-sí —balbuceó.

Con mucha facilidad, Minwoo lo hizo girar sobre los talones hasta que la espalda de Namoo quedó contra la puerta. Luego, le sujetó los muslos y lo levantó. El idol rodeó su cintura con rapidez, su boca deseosa agonizando por la suya en un beso que resonó en los oídos de ambos.

Ayudándose con la pared, Minwoo le subió la camiseta para buscar sus pezones y tirar de ellos. Escuchó su quejido seguido por un gemido. Sus pupilas dilatadas por el deseo lo dijeron todo.

Le gustaba.

Le gustaban más los juegos rudos que los románticos.

Lo cargó hasta que sus rodillas toparon contra el escritorio. Lo sentó en el borde. Y con una mano en el pecho, hizo presión hasta que Namoo lo soltó y se recostó contra la mesa.

—¿Quieres? —le preguntó Minwoo ubicándose entre sus piernas abiertas. Entonces, le quitó un botín y el traje de un pie. Namoo estiró los brazos por sobre su cabeza, sus pies se enredaron tras su cadera e hicieron presión para apegarlo a él. Sintió su pene palpitando contra el suyo.

—¿Lo dudas?

—Será rápido —jadeó Minwoo, en tanto buscaba el condón que nunca olvidaba meter en sus pantalones.

—No me importa.

—No tengo lubricante.

Porque si bien siempre tuvo la esperanza, tampoco tuvo *tanta* para imaginar que algo así ocurriría en un club. Su lubricante estaba muy bien guardado en su maleta en el hotel.

—Qué importa —dijo Namoo, levantándose para comenzar a desabrocharle los botones del traje—. No será la primera vez.

Namoo le sacó las mangas de los brazos y llevó las manos a su entrepierna, le bajó el cierre del pantalón y tiró de su traje. El disfraz quedó colgando a la altura de sus rodillas. Lo único que lo cubría era la camiseta blanca sin mangas al igual que el idol, quien le quitó el condón y abrió el sobre. Con un gemido, Minwoo sintió las manos ásperas del chico acariciándole el pene antes de ponerle el condón y asegurarse de que quedara ajustado y sin aire en la punta.

—Vamos —pidió Namoo recostándose contra la mesa.

Minwoo se estiró sobre él para besarlo, la punta de su erección rozando su entrada. Pudo sentir que Namoo alzaba las caderas para buscar la penetración. Con su mano en la base del pene, Minwoo permitió que la lubricación del condón manchara su agujero mientras continuaba el beso.

—Por favor —suplicó Namoo, poniendo las piernas por detrás de sus caderas y presionándolo para buscar la envestida—. Te quiero dentro de mí.

Minwoo se separó de él y lo observó recostado sobre aquel escritorio.

Antes de que Namoo pudiera protestar, lo levantó e hizo girar con mucha facilidad. El pecho del chico quedó contra la mesa, la punta de la madera rozaba su erección que empezaba a gotear por el placer. Minwoo le levantó la camiseta blanca y le besó la columna en ascenso mientras sujetaba su erección y buscaba el orificio de entrada de Namoo.

Pudo sentir la inicial resistencia debido a la poca dilatación y cómo el calor envolvía de a poco la punta de su congestionada erección. El cuerpo de Namoo se sentía tenso y deseoso bajo el suyo, queriendo y buscando ese encuentro tanto como él.

—Te quiero —susurró Minwoo contra su nuca.

Namoo volteó la cabeza y apoyó la mejilla derecha contra el escritorio. Sus ojos estaban cerrados y su boca curvada en deseo. Sus manos se habían afirmado contra el borde de la mesa para resistir la tentación de apurar la penetración empujando las caderas hacia atrás.

—Minwoo, por favor —suplicó bajito.

Tenía rastros de sudor en la sien y la espalda.

—Ya voy —prometió, introduciéndose con tanta lentitud que debió apretar los dientes para contenerse.

Pero una vez ingresó, ambos suspiraron. Namoo estiró los brazos y Minwoo le sujetó las manos con las suyas, sus dedos enredándose entre ellos a la vez que se adelantaba y terminaba de penetrarlo.

El cuerpo de Namoo se puso tenso y gimió del puro deseo, podía notar la pupila de sus ojos moviéndose tras sus párpados cerrados. Repitió el movimiento intentando tocar el mismo punto. Recibió un gemido estrangulado que Namoo intentó contener mordiéndose el labio.

—Ahí —susurraba perdido en su placer—. Ahí, Minwoo.

Mucho menos controlado, comenzó a moverse con mayor rapidez sabiendo que ambos estaban a solo unas embestidas de llegar al orgasmo. Llevaban esperando ese momento demasiado tiempo como para contenerse.

Para mejorar la posición, le puso una mano en los omóplatos de modo que Namoo continuara contra el escritorio. Pero cuando la caricia subió hasta llegar al cuello, los gemidos de Namoo se alzaron y sus músculos se estremecieron alrededor de él tan solo de imaginar lo que ese gesto involucraba.

Enrolló sus dedos alrededor del cuello de Namoo y presionó el pulgar contra su piel, mientras que aumentaba el ritmo de sus embestidas. Namoo gimió totalmente perdido en sus sensaciones y se apretó a su alrededor, sus piernas temblando por el orgasmo. Minwoo lo penetró una última vez y se dejó caer sobre su cuerpo sudoroso, sus labios buscando la nuca de Namoo para besarlo mientras ambos llegaban al éxtasis.

Les costó recuperar su perdida respiración. Cuando lo lograron, ambos comenzaron a reírse, él todavía recostado sobre Namoo.

—¿Cuántos años tenemos? —se burló Namoo—. ¿Dieciséis?

Con su erección casi perdida, Minwoo se salió. Ambos compartieron un suspiro.

Se quitó el condón, lo anudó y lanzó a la basura que se ubicaba bajo la mesa.

—Así parece —respondió.

Namoo por fin se levantó del escritorio con la boca fruncida.

—Mañana será imposible sentarme —aseguró, en tanto se inclinaba para buscar la otra pierna de su traje y ponérsela.

Al acercarse, Namoo lo sujetó por el centro de la camiseta blanca y lo empujó hacia él. Su boca lo buscó en un baile lento, delineaba sus labios con cuidado y cariño, con pereza.

—¿Y eso? —preguntó algo perdido.

Namoo le dio otro beso breve.

—Gracias.

—¿Lo disfrutaste?

—¿Lo pones en duda? —dijo, apuntándose con la barbilla.

—¿Qué puedo decir? Fue un gusto —se rio Minwoo. Y tuvo que provocarlo donde le dolía porque le gustaba ponerlo celoso—. Mi exnovio me enseñó bien, ¿eh?

Namoo puso los ojos en blanco y lo soltó. Minwoo se rio y le dio un beso en la mejilla a modo de disculpa.

—No empieces —se quejó el idol intentando mostrarse ofendido, a pesar de que se le colaba una risa nerviosa con cada beso que le daba en la cara—. Me vas a dejar lleno de baba.

—Hace un rato te llené con algo más que saliva.

Namoo le dio un empujón por el pecho.

—¿Dónde quedó el profesor destacado que tiene una corbata a juego con su rata?

—Puedo ser ambos porque soy... Spiderman.

Se rieron.

—Si sigues haciendo esa broma sobre tu exnovio, un día me voy a enojar en serio contigo—advirtió Namoo.

—Haru dice que es imposible molestarse conmigo.

El chico lo observó con mala cara, aunque terminó soltando un bufido seguido de una risa nerviosa. Minwoo aprovechó para abrazarlo y darle un último beso. Entonces, su celular vibró en el bolsillo. Era un recordatorio del evento que lo llevó a tomar un vuelo hasta Tokio.

Por fin era lunes 7 de noviembre.

Le mostró la pantalla para que viera la hora, antes de sujetarlo por la barbilla y abrazarlo.

—Feliz cumpleaños, Namoo.

Le cantó mientras aplaudía en un ritmo que no coordinaba con la canción. Al finalizar, movió las rodillas con expresión risueña.

—¿Sabes algo interesante de tu cumpleaños? —preguntó, ilusionado.

—¿Que nací? —se burló Namoo.

Por supuesto, ignoró su respuesta.

—7 de noviembre suma 9. Y si le añades el año, que es 1998, suma otro 9. Es una perfecta magnificencia del 9.

—¿Y es algo bueno? —Ladeó la cabeza.

—Eres el todo y la nada. La magnificencia del 9 siempre ha sido mi favorita.

—¿Y la tuya?

—¿La mía?

—Tu cumpleaños —precisó Namoo.

—Ah, soy del 1 de febrero. Suma 3, por si te lo preguntas.

Minwoo se terminaba de acomodar el disfraz cuando captó el ruido del pomo de la puerta siendo girado. Se paralizó. Sentado en el escritorio, Namoo dirigió la vista hacia la puerta, sus ojos abiertos por el horror.

—Tiene pestillo —lo tranquilizó—, pero en cualquier instante usarán la llave.

Buscó la máscara de Namoo por el suelo.

¿Dónde la había lanzado?

La cerradura continuaba sonando.

La encontró en un rincón y se la tiró a Namoo, que seguía paralizado por el miedo.

—Cuando yo te diga, corres —advirtió.

—Pero...

—¡Namoo! —lo reprendió.

El chico asintió y se bajó de la mesa de un brinco. Minwoo lo arrastró detrás de su espalda y avanzó hacia la entrada. El pomo se mantenía estático, lo que podía ser una buena cosa como también una muy mala.

—Prepárate —pidió Minwoo.

Al mismo tiempo que abría la puerta, alguien lo hizo del otro lado. Minwoo solo atinó a saltar sobre la persona para abrazarla y dejarla inmovilizada.

Y se ofreció en sacrificio.

—¡Corre! —le gritó a Namoo.

Este pasó por su lado y corrió por el pasillo, sus botines mal colocados resonando en la baldosa a pesar de la música. Desapareció entre la multitud.

Minwoo soltó a la persona que sujetaba. Era una señora mayor con expresión malhumorada, que le tiró de la oreja cuando intentó escapar.

—Tú te quedas conmigo.

Por supuesto que no iba a hacerle caso, pero un guardia de seguridad ya los había alcanzado. Minwoo alzó las manos mostrando inocencia.

—Me equivoqué y pensé que era el baño —fue su pésima excusa.

Si hubiera sido un mejor actor, quizá se habría salvado. Como su honor le impedía contar una historia muy elaborada, terminó siendo arrastrado por el guardia hacia una oficina privada y amarrado a una silla, a pesar de que juró (por lo menos un millón de veces) que no iba a escapar. Tampoco le creyeron cuando juró (otro millón de veces) que no había robado nada.

Ni mucho menos le hicieron caso al suplicarles que no llamaran a la policía (*por favor, mis alumnos me esperan*), alegando que era un profesor que no podía verse involucrado en esa clase de situaciones.

Quiso culpar a su mal japonés, pero lo cierto era que no se veía demasiado inocente considerando que había cubierto la cámara con su calcetín. De igual forma, prefería que lo acusaran como un posible ladrón a que la señora encontrara el condón usado en el tacho de la basura.

Finalizó la noche en una estación de policía. La expresión del mánager Su era de muerte en vida cuando fue a buscarlo para pagar su fianza, más aún cuando tuvo que llegar a un acuerdo con el local de fiestas para que retiraran los cargos en su contra.

Minwoo todavía se sentía avergonzado al salir de la comisaría y dirigirse a una SUV con vidrios polarizados. Dentro del automóvil, Namoo se mordía el labio inferior de puro nervio. Alcanzaron a darse una mirada antes de que ambos comenzaran a reírse.

—Parecen adolescentes —los recriminó Su moviendo la cabeza. Se sentó tras el volante y encendió el motor—. Me deben prometer que este será nuestro secreto o perderé el trabajo si AVI se entera de que los extravié durante casi cinco horas.

Namoo apenas le prestó atención a su mánager, porque todavía se le colaba una risa feliz entre respiraciones.

—Y ahora ¿qué? —quiso saber el idol.

—Ser un prófugo de la justicia me dio hambre.

El mánager Su quiso negarse a llevarlos a un restaurante abierto las veinticuatro horas, aunque sus protestas no pudieron convencer a Namoo de ir al hotel y comer algo en la seguridad de su cuarto. Incluso después de que cenaron, Namoo se negó a regresar y le pidió que los acercara al aeropuerto, considerando que el vuelo de Minwoo salía a las siete de la mañana. Como en su equipaje solo llevaba el traje de Namoo y una muda de ropa interior, no fue necesario ir al hotel por su maleta de Hello Kitty. No sería la primera persona que se presentaba en el aeropuerto de Tokio disfrazada.

Faltando aún unas horas para su vuelo, Namoo le solicitó a su mánager que estacionara a un costado del río Tama, junto a una ciclovía. Todavía estaba oscuro al sentarse en el césped humedecido por el rocío.

Y como pocas veces ocurría, no tuvo que buscar a Namoo para comenzar el contacto. Fue el idol quien enganchó su brazo y tiró de él para abrazarlo. Lo escuchó suspirar mientras estrechaba el agarre y apoyaba la mejilla en su hombro. Minwoo le acarició el muslo.

Cuando empezó a amanecer y los colores rosas y naranjas se apoderaban del paisaje, Namoo alzó la vista al cielo y luego la dirigió hacia él.

—Minwoo —dijo.

—¿Sí?

Sus miradas se encontraron.

—Las nubes están lindas —dijo.

A pesar de que estaba hablando del clima, sus ojos no se apartaron de Minwoo. Porque era la forma que tenía para expresarle cuán enamorado estaba de él.

Era su manera de decir «te amo» sin hacerlo.

—Te quiero —respondió Minwoo acariciándole la mejilla. Porque si bien ellos podían ser la magnificencia del 9 siendo por sí solos su *todo* y la *nada* en aquel universo, también eran la magnificencia del 3 y 6 porque vivían entrelazados en una perfecta armonía que siempre daría un patrón infinito entre ellos. Podían ser la singularidad y vacuidad del 9, pero, en ese momento, escogían el patrón de unión del 3 y 6.

—Yo te amo, Minwoo —susurró Namoo.

Porque esos números en conjunto, sus «yo» individuales como también sus «yo» en pareja, eran el código del universo mismo. De su universo.

Eran la magnificencia del 3 y 6.

Pero también eran la magnificencia del 3, 6 y 9.

Parte III

LA MAGNIFICENCIA DEL 3, 6 Y 9

59
LA PARADOJA DE TESEO

«Si a un objeto se le reemplazan todas sus partes, ¿sigue siendo el mismo objeto?»

A las tres semanas, y con los calendarios anunciando el inicio de diciembre, Minwoo estaba de regreso en Tokio, ya que la estadía de Namoo se extendía. El idol lo recibió en la entrada de la habitación, sus brazos rodeándole enseguida el cuello para atraerlo hacia él, con unas ansias que acumuló durante todo ese tiempo. Su cuerpo cálido temblaba contra el suyo, mientras lo hacía ingresar al cuarto y le sujetaba el rostro con sus manos ásperas y ya cicatrizadas.

—No sabes cuánto te extrañé —dijo contra su boca, su mandíbula y al final en su cuello, al acurrucarse contra él.

Horas más tarde, cuando Namoo dormía a su lado al parecer recién pudiendo descansar luego de días, entró a internet para distraerse de su insomnio provocado por el café que se bebió en el avión. Y sintió que el alma se le iba al suelo al descubrir que el nombre de Lee Namoo era tendencia.

No lo busques, se dijo.

No lo hagas, repitió.

Su convicción flaqueó unos segundos, aunque el tiempo suficiente.

«¿Lee Namoo está saliendo con Choi Leena?»

La noticia iba acompañada de una foto capturada desde la distancia, donde se podía divisar a la cantante junto a Namoo.

Ambos conversaban en un restaurante. Le seguían una serie de imágenes de la pareja paseando por un Tokio nocturno. La última era una foto en la puerta de un hotel donde Namoo, él sabía a la perfección, no se hospedaba.

A continuación del post venían los comentarios. No los habría leído de no ser porque sus ojos identificaron su nombre.

«@leenamoo123: realmente pensé que Namoo salía con Kim Minwoo, su amigo profesor.»

Había adjuntado la imagen que se viralizó de ellos unos meses antes, en la que estaban sentados en las escaleras de su antiguo dormitorio. Entre ellos, la primera ratamansión. Se observaban a poca distancia, sus expresiones tranquilas e ilusionadas.

«@leenamoo123: ¿en serio me están diciendo que entre ellos dos nunca pasó nada?»

Abajo, una respuesta seca.

«@namoonamunam: sal de tu imaginación, enferma. Das asco.»

Se quedó leyendo comentarios por horas. Y en algún instante de la búsqueda, apareció el comunicado que lanzó la agencia de Namoo para acallar los rumores.

«Hola.

Este es AVI.

No podemos confirmar nada sobre la vida personal de nuestros artistas.

No obstante, continuaremos monitoreando los contenidos e imágenes filtradas y tomaremos fuertes acciones legales contra las publicaciones que dañen el prestigio y honor de nuestro artista, en virtud de la Ley de Redes de Información y Comunicaciones, violación de la prohibición de distribución ilegal de información y obscenidad en el uso de medios de comunicación.

Las fotos que circulan en línea corresponden a la vida privada de nuestro artista y su divulgación es ilegal. Compartir esta información es un delito secundario y puede estar sujeto a sanciones legales.

Este fue,

AVI.»

Cuando Namoo se despertó en medio de la noche, él todavía observaba las imágenes en internet. Tenía la respiración agitada y las pupilas dilatadas por el temor. Preocupado, Minwoo se mantuvo de su lado de la cama para no tocarlo por error y asustarlo aún más.

—Namoo —lo llamó.

El chico por fin lo observó. Todavía expiraba el aire con fuerza en una respiración que se oía entrecortada. Una lágrima cayó de sus ojos asustados.

—Tuve un mal sueño. —Tragó saliva, comprobó el cuarto.

Le tendió la mano para que pudiera verla y decidir si podía o no tocarlo. Namoo de inmediato se la tomó y se recostó en la cama, aferrado a su brazo. Sus músculos todavía se estremecían por el miedo.

—Estoy aquí —le recordó Minwoo. Se acomodó para quedar a su lado, sus rostros uno frente al otro—. Estoy aquí.

Namoo asintió y cerró los ojos. Le sujetaba el brazo con tanta fuerza que le estaba haciendo daño.

—Fue solo una pesadilla.

Escuchar eso no pareció calmarlo. Con su mano libre, le apartó el flequillo de su frente sudada.

—Abre los ojos —le pidió. Así lo hizo—. Mírame y sigue mis respiraciones.

Lo sujetó por las muñecas con suavidad y le hizo llevar las palmas a su rostro.

—Me siento muy real, ¿cierto? —dijo Minwoo—. Eso es porque la pesadilla terminó. Estás aquí conmigo, los dos solos. No hay nadie más.

En respuesta, el idol asintió en un movimiento apenas perceptible. Continuaba mirándolo casi sin pestañar, a pesar de que su pecho había retomado un ritmo constante y calmo. Su bostezo le confirmó que ya estaba más tranquilo.

—Siento haberte despertado —musitó Namoo con voz ronca.

—Estaba despierto.

—¿Por qué? —Namoo bostezó una vez más. Tenía el cabello revuelto y un ojo todavía medio cerrado—. ¿Sucede algo?

No pudo sino sorprenderse de lo rápido que cambió de tema. Debía tener normalizado el padecer pesadillas.

—Nada.

—Eso significa que ocurre todo. —Su mano grande se apoyó en la cintura desnuda de Minwoo y se la acarició—. Dime, ¿qué pasa?

Lo mismo que le sucedía a él con sus pesadillas: todo, cuando realmente no estaba pasando nada.

Minwoo hizo girar el teléfono entre sus dedos y se lo tendió. Bastó que viera una imagen para entender el problema.

—Te conté sobre esto —aseguró—. Leena y yo estamos grabando una campaña publicitaria juntos.

—Lo sé —dijo, asintiendo. Recibió el teléfono que bloqueó y apoyó en su pecho—. Pero no sabía que se habían filtrado unas fotos y que ahora te vinculan con ella.

Namoo soltó un resoplido y se recostó de espalda.

—Las personas pueden imaginarse muchas cosas, pero eso no significa que sea real.

—Pero ¿no te molesta que la gente invente cosas sobre ti?

—Ya me acostumbré.

—Conocen a alguien que no es real —aseguró Minwoo.

Lo vio encogerse de hombros.

—No me importa.

Si la gente solo sabía mentiras de ti, ¿qué tan auténtico podía ser tu verdadero yo si solo lo conocías tú? ¿En qué momento la mentira se convertía en la verdad? ¿En qué instante lo auténtico dejaba de serlo porque no existía para el mundo?

—Debería importarte —replicó en un murmullo.

—¿Por qué?

—La observación modifica al objeto observado. Y si la gente observa a *Namu* y no a Namoo, Namoo dejará de existir.

—Seguiría siendo Namoo para ti.

Aun así, no pudo quitarse aquella inquietud que le oprimía el pecho y dominaba su cabeza y sentimientos.

La sensación se asemejaba mucho a la tristeza.

Porque mientras su existencia se desarrollaba en habitaciones cerradas y se escondían para no ser nunca descubiertos, bastaba con que Namoo saliera con una chica para que la gente imaginara que tenían una relación secreta.

Y esa mentira pasaba a convertirse en una verdad.

Sin embargo, el problema no era únicamente ese.

Mientras Minwoo tenía que asumir que jamás podría decirle a nadie que Lee Namoo era su novio, ni este podría acompañarlo a ningún evento, la agencia de Namoo no negaba los rumores con esa cantante porque parecía desear que Namoo se viera involucrado con mujeres y no con hombres.

No con alguien como él.

Porque nadie quería que Namoo fuera Namoo, sino más bien Namu.

El falso.

El inventado.

El que salía con chicas y no se veía en habitaciones de hotel con un hombre.

Era su novio y Minwoo tenía claro que él era el mundo de Namoo. Pero ¿se podía ser el mundo de alguien si ese mismo mundo desconocía su existencia? ¿Podía estar el gato de Schrödinger vivo si nadie podía probar que lo estaba?

Sin embargo, él había elegido esa vida, ¿no?

Permitió que el gato permaneciera oculto dentro de una caja en el instante mismo en que aceptó mantener una relación en secreto.

Déjalo estar, rogó.

La vida es así.

No quería una vida así, pero era la que le tocó aceptar. Porque prefería pasar lo que le quedaba de vida escondiendo que lo amaba y negando que se amaban, que simplemente existir en un mundo donde no podían amarse.

Así que por eso se volvió hacia Namoo y le dio un beso en la punta de la nariz.

Porque Namoo, aunque no pudiera decirlo de forma pública, continuaba eligiéndolo. A su manera, todavía podía gritar que lo quería, independientemente de si los demás lo entendían.

Y pasaría mucho tiempo antes de que Minwoo pudiera comprender todo lo que Namoo hizo por él. Y ese *todo* llevó a la *nada*. Porque la magnificencia del 9 era la singularidad y la vacuidad a la vez. Y cuando se le exigía un *todo* al 9, también se debía aceptar la *nada*.

Durante la noche Namoo subió una fotografía a su perfil. Era una imagen de la ventana del hotel, donde se visualizaba el atardecer dorado. Se podía divisar en una esquina la olvidada maleta de Hello Kitty que el idol aún mantenía en la habitación. La foto iba acompañada de una simple nota que hablaba del mundo que nadie más conocía.

| «Hoy las nubes vuelven a estar lindas.»

Regresaron juntos a Seúl, a pesar de las protestas y negativas de Su por adelantar la fecha de partida. Como el asiento de Minwoo, en primera clase, se encontraba separado del suyo por otro entremedio, Namoo hizo cambiar de puesto a su mánager para poder irse juntos. Tampoco era que pudieran conversar demasiado, pero al menos hizo feliz a Namoo, quien se acurrucó lo más cerca que pudo de él.

—¿Vemos una película a la vez? —propuso.

A mitad del vuelo, Namoo se levantó al baño y de inmediato una chica fue tras él. Se detuvo fuera del cubículo donde el idol se encontraba, a pesar de que el otro baño marcaba desocupado. Usaba una camisa grande sin nada abajo. Sus piernas desnudas apenas estaban cubiertas. Llevaba además una mascarilla y su cabello largo y peinado.

¿Por qué ese rostro le resultaba tan familiar...?

La recordó.

¡Era la misma persona que le había regalado las corbatas de Ratata!

Minwoo no alcanzó a moverse porque el mánager Su, pendiente de cada pequeño detalle, también lo notó. Fue hacia ella. Le dijo algo que no alcanzó a escuchar. La chica no se movió, se limitó a apartar la cara fingiendo que no lo oía.

Tenía el pecho en llamas cuando Namoo salió. El mánager Su detuvo al idol en la entrada y lo movió un poco para colarse él dentro del baño. La muchacha golpeó la puerta en protesta soltando un grito enojado.

Se les acercó la azafata. Namoo le señaló algo apuntando a la chica. Tenía el rostro congestionado por la rabia. No pareció recibir una respuesta favorable de ella, porque, instantes después, Su salió del baño y dejó su asiento libre, que pasó a ocupar Namoo. También se puso de pie un hombre que iba con el mánager. Por su corpulencia supuso que era alguien del staff de seguridad.

—Cambio de asientos —le anunció el mánager Su apuntando con la cabeza donde estaba Namoo.

La chica regresó a su puesto, que se localizaba en la fila detrás de ellos.

Minwoo fue hacia su nueva ubicación. Usó el asiento que daba al pasillo para que Namoo pudiera estar junto a la ventana, dándole un poco de privacidad en un vuelo en el que no existía esa palabra.

—Ella es quien me dio las corbatas de Ratata —recordó.

—Lo sé, te presento a mi peor fan. —Namoo sacudió la cabeza con una molestia que apenas contenía—. Le puse Jennifer. Ella y su amiga Emily...

—Que me imagino tampoco se llama así.

—... son mi peor pesadilla. —El idol sacó su celular y buscó algo en él. Luego, se lo tendió—. Memoriza esa cara.

No era muy diferente a Jennifer, aunque su rostro era tan común que no estaba seguro de si sería capaz de identificarla de topársela en la calle.

—Independientemente de eso —prosiguió el idol—, sospecha de cualquier persona que quiera ser tu amiga.

—Con lo mucho que me gusta hablar con desconocidos —musitó—. Los abuelos siempre tienen las mejores historias.

Namoo puso los ojos en blanco, un poco exasperado con la situación y con él.

—Puedes hablar con los ancianos, no he conocido a ninguno que me acose.

—Genial —dijo más animado—, porque algunas veces me invitan a comer.

—Minwoo —se desesperó Namoo—. ¿Cómo puedes aceptar comida de desconocidos?

—Hablas como mi mamá.

—Porque es ilógico.

—A mi favor, sus comidas son muy sabrosas. Una vez hasta me enseñaron a hacer mochis.

Con un chasquido de lengua, el idol sacudió la cabeza.

—No le puedo pedir mandarinas a un naranjo —se quejó.

—Esa es una frase del libro de mi mamá.

Eso hizo por fin reír a Namoo. Más relajado, pusieron de nuevo la película en donde habían quedado. A los pocos minutos, notó que Namoo se había dormido con el rostro hacia la ventana. Pausó al video y se levantó para comprobar lo que hacía la chica. Se encontró con su mirada fija y su celular alzado.

Los había estado grabando.

Al aterrizar en el aeropuerto de Incheon, a Namoo y su staff se les permitió bajar de los primeros para así evitar la congestión que se produciría a su alrededor. Minwoo permaneció en el avión por obvias razones.

Al llegar a la salida de vuelos internacionales, esta brillaba a causa de los flashes que persiguieron a Namoo hasta fuera del aeropuerto. Apenas su automóvil se marchó, la gente se dispersó para comenzar a subir a redes sociales las fotografías y videos de la llegada de Namoo a Corea.

Mientras Minwoo solicitaba un taxi que lo llevara a su departamento, la multitud se congregó una vez más en la salida internacional. ¿Era Namoo de nuevo?

Apareció Leena, la famosa idol.

Buscó su teléfono y le mandó un mensaje de texto a Namoo porque sabía que ese tipo de coincidencias no existían.

> **Minwoo:** Dime la verdad. ¿Tu agencia y la de Leena están coordinando sus horarios para que se vean juntos?

La respuesta no tardó en llegar.

> **Namoo:** Algo me comentó Su.
>
> **Namoo:** De todas formas, ¿importa? Si la gente cree que salgo con ella, van a dejar de molestarnos.

Sintió que tragaba cemento.

Si a un objeto se le cambiaban todas sus partes, ¿podía seguir siendo considerado como el mismo objeto? La respuesta original indicaba que, mientras el cuerpo u objeto, por más reconstruido que pudiera estar, mantenía el propósito por el que había sido diseñado, entonces debería seguir siendo el objeto inicial.

Sin embargo, si la gente conocía de ti lo que no eras, es decir, un alguien que encajara en las imposiciones sociales, ¿se podía considerar que esas dos partes tuyas correspondían a la misma persona?

El Namoo que él conocía no era el que otros creían conocer.

Entonces ¿aplicaba? Porque no tenía claro si Namoo conservaba el objetivo inicial con el que Namu fue creado. No era feliz, no tenía lo que deseaba, estaba lejos de querer vivir esa vida que los demás anhelaban.

Para Minwoo no eran la misma persona.

Y darse cuenta de ello lo ayudó a entender y soportar los rumores que vendrían.

Pero cuando llegó el punto final, supo que siempre estuvo equivocado: Namu y Namoo eran la misma persona, porque al sostener por tanto tiempo una mentira, en algún punto esta se terminaba convirtiendo en una verdad.

En su verdad.

En la verdad de Namoo.

Porque si Namu sufría, también lo hacía Namoo.

60
EL HIJO DE KIM MISUK

«El mejor amigo de Lee Namoo, Kim Minwoo, resultó ser el hijo de la afamada escritora de cuentos infantiles Kim Misuk, quien pronto estará publicando su novela número veinte. ¿Es posible que conozcamos un nuevo personaje inspirado en el idol?»

Namoo no tenía la costumbre de hacer transmisiones en vivo. Considerando que padecía de ataques de pánico que se intensificaban al revisar sus redes sociales, ajusshi le había solicitado eliminar dichas aplicaciones con la finalidad de estabilizarlo antes de que pudiera retomar esa parte de su vida. La última imagen que subió en su perfil fue la de esa habitación de hotel.

Y lo creyese o no, Namoo extrañaba conversar con la gente que esperaba ansiosa por él. No odiaba todos los aspectos de su existencia. Cuando alguien le decía lo mucho que significaba en su vida, pensaba que quizá no había fallado por completo en sus decisiones.

Por eso, ese 1 de febrero, cuando Minwoo se levantó para ir a trabajar, Namoo fingió que seguía durmiendo y no se percataba de su beso al despedirse.

Apenas el chico se marchó, llamó a Su para que fuera a buscarlo. Desconcertado porque Namoo había cancelado sus compromisos para ese día y había sido tajante en que no le molestaran con trabajo, el hombre no supo muy bien qué debía hacer.

—Solo ven —pidió Namoo ante sus dudas.

Media hora más tarde, el mánager Su estaba en el estacionamiento esperándolo.

—Y bien, ¿dónde vamos? —quiso saber tras subirse en la SUV.

Namoo buscó su bloc de notas y leyó lo que estuvo trazando durante esa semana.

—¿Sabes dónde venden estos pasteles blancos que son para decorar?

—Pero... —Sus palabras se enredaron antes de seguir—. Tu hermano no está de cumpleaños.

Cada año, lo supiera o no este, Namoo enviaba una torta personalizada para su hermano. Como era Su el encargado de comprarla y asegurarse de que llegara y fuera recibida, se extrañó de que le estuviera solicitando una en febrero cuando nadie de su familia cumplía años en esa fecha.

—Es para Minwoo.

—Si me envías el diseño todavía podría encargarla. ¿Para cuándo la necesitas?

Namoo estaba negando incluso antes de que el hombre finalizara su propuesta.

—Para hoy. Además —agregó antes de ser interrumpido—, yo voy a decorarla.

—¿Cómo? —Su se giró en el asiento, su entrecejo expresaba sorpresa—. No es necesario, puedo negociar con la dueña para que la tenga disponible hoy.

Hizo crujir los dedos. Fue a tomar su cubo de Rubik, que ahora siempre llevaba consigo en un pequeño bolso, pero terminó jugando con el cierre. Evitaba la mirada de su mánager.

—Quiero decorarla yo —explicó.

—Pero no sabes.

Esa era precisamente la razón por la que deseaba hacerlo. Claro que Minwoo estaría feliz si le llevaba un pastel carísimo de la mejor pastelería de Corea, pero sabía que sería mucho más feliz si se enteraba de que él mismo la había hecho. Por fea y arruinada que quedara, iba a agradecérselo. Y él deseaba decorarla para Minwoo.

—Vi tutoriales —aseguró, lo que era verdad. Las últimas tardes, en los tiempos muertos de maquillaje y vestuario, no se había separado de su celular. Vio uno y otro video para no hacer un desastre, porque él nunca fue bueno con las manualidades.

—Viste tutoriales —susurró Su, incrédulo. Sacudió la cabeza. Su expresión ahora era más amable, diferente—. Está bien, vamos por ese pastel.

Siendo Corea un país que pensaba hasta en los pequeños detalles, en la misma pastelería pudo conseguir mangas de crema lista para llevar. Estaban incluso tinturadas, por lo que tampoco tuvo que comprar tintura comestible como supuso inicialmente.

Su mánager también lo acompañó a una tienda de decoraciones, desde donde retiraron el pedido que Namoo había hecho con anticipación. En el automóvil revisó con rapidez la bolsa para comprobar que no faltaba nada. Notó unas cortinas azules, globos con forma de planetas y naves espaciales y una tela extensible que debía tener impreso el «Feliz cumpleaños, Minwoo».

El departamento de Minwoo era tan pequeño, y Namoo había comprado tantos globos, que ahora el techo completo estaba cubierto con aquellos colores azul, plateado, blanco y dorado. Intentó en algún momento que se viera como un sistema solar, con el sol por el centro, pero luego descubrió que tenía cinco estrellas brillantes y no supo cómo distribuirlas. Posiblemente Minwoo supiera, sin embargo, no iba a escribirle para que le enseñara a armar su propia fiesta sorpresa de cumpleaños.

Con la decoración lista, se centró en el pastel. Acomodó las mangas pasteleras en la encimera con la torta en un lado. Agarrando el gris, lo apretó para que saliera la crema y comenzar así con el estómago de Ratata. Sin darse cuenta, oprimió con demasiada fuerza y el gris estalló sobre el blanco.

Se quedó paralizado. Fue a dejar la manga, la agarró, la dejó, se movió hacia los cajones sin saber qué buscar ni qué hacer. En el medio de la cocina, se cubrió el rostro de pura frustración.

¿Ni una simple decoración podía hacer bien?

Intentó agrandar la mancha con la finalidad de hacer una rata gigante. Había planeado escribir el «Feliz cumpleaños, Minwoo» en el pastel, ahora no sería así. Iría un ratón gordo y feo en el medio y ya está.

Terminó dejándolo peor.

Antes de lanzar la torta por la ventana y llamar a Su para que le encargara una nueva en forma de rata, agarró su celular e hizo algo que no hacía en meses: descargar la aplicación y abrir su olvidada cuenta. Apretó a live antes de arrepentirse y dejó el celular apoyado en un vaso. En la pantalla apareció un chico rubio con los puños apoyados sobre la encimera. Observaba un pastel blanco con una montaña de crema color gris. Por detrás suyo se veían algunos globos flotando en el techo.

Los saludos llegaron a una velocidad que no le permitía leerlos. Sintió que la ansiedad le cosquilleaba en la nuca.

—Necesito ayuda —dijo para intentar olvidar sus pensamientos invasivos. Agarró la torta y la inclinó para que pudieran ver el desastre—. ¿Cómo puedo arreglar esto? Se supone debe ser una rata.

Como la luz del departamento no era muy buena y el filtro cambiaba en algo los colores, rápidamente llegaron los comentarios de risas diciéndole que su dibujo se asemejaba al Pokémon Ditto.

—No es así —aseguró indignado. Después, se vio en la obligación de admitir—. ¿Cómo paso de Ditto a lo que quiero?

Los mensajes ahora le preguntaban por qué estaba haciendo eso y para quién. Uno que otro usuario adivinó de forma precisa. Como siempre, había tomado la peor decisión. Pero él no pensaba con claridad cuando se frustraba.

—Es para una beneficencia —mintió. Evitó observar la cámara para no ponerse más nervioso—. Y ahí se cuidan ratas. Pero, en fin, ¿podrían ayudarme con esto? Tengo una hora para solucionar este desastre.

Entre los cientos de comentarios que le llegaron, alguien le explicó que podía repartir la crema con un cuchillo o una cuchara. ¿Cómo no se le ocurrió antes? Estuvo al menos quince minutos con la lengua afuera de pura concentración, mientras formaba un círculo deforme. Luego le diseñó la cara con mucho cuidado y las orejas grandes. La cola le salió tan gruesa que parecía un brazo. Minwoo tendría que ser capaz de entender su arte abstracto.

Estaba dibujándole los bigotes con un palillo, tal como un usuario le señaló, cuando escuchó el sonido de la puerta. En pánico, alzó la mirada para encontrarse con Minwoo en la entrada. Se quitaba los zapatos. Detrás venía Haru con expresión arrepentida.

—Te juro que lo distraje todo lo que pude —dijo.

Ratata venía acurrucada en su hombro. Su dueño, en tanto, se había quedado inmóvil observando el departamento repleto de globos y el cartel de «Feliz cumpleaños, Minwoo».

—Todavía no está terminado —aclaró Namoo, aún paralizado.

—Esto es... ¿para mí? —preguntó Minwoo.

—Por supuesto que sí.

Minwoo se acercó y le acarició la mejilla con cariño. Antes de que pudiera agregar algo más, Namoo soltó un chillido bajito y observó hacia la cámara encendida. Los comentarios llegaban tan rápido que ni siquiera podía captarlos. Por fortuna, solo se había visto la mano del chico.

—Lo siento, tengo que irme —anunció casi sin respirar—. Muchas gracias por todo, ¡nos vemos en otra oportunidad!

Apagó la transmisión y bloqueó el teléfono. Posicionó el palillo con el que había estado intentando dibujar en la mesa y dejó caer la cabeza hacia atrás. Nada estaba resultando como se lo imaginó.

—¿Estabas en un live?

En vez de responderle, acortó la distancia con Minwoo y lo abrazó por el cuello posando su mejilla en su hombro libre. Haru se les acercó para tomar a Ratata y dejarla en el suelo.

—Feliz cumpleaños —cantó Namoo contra su piel.

Sintió su risa en el oído cuando el chico vio el pastel.

—¿Esa es Ratata?

—Me salió tan fea como la real, ¿no lo crees?

Minwoo lo pellizcó en las costillas.

—La amas, pero no quieres admitirlo.

—Para admitirlo tendría que ser verdad —lo provocó.

Sintió que lo pellizcaba una vez más. Se alejó de Minwoo mientras reía. Libre de su abrazo, el profesor observó el cielo plagado de globos con expresión maravillada.

—Hay cinco soles —dijo, muy emocionado—. ¿Es el sistema estelar que está en la constelación de la Osa Mayor?

—Por supuesto que lo es —mintió Namoo—. Estudié mucho para confeccionar este cielo.

Minwoo pareció incluso más ilusionado.

Haru lo observó con los brazos cruzados y sacudió la cabeza en señal de reproche por haber engañado a su amigo. Namoo no iba a pedir disculpas por una mentira blanca.

Cuando Haru se dirigió a su cuarto para cambiarse de ropa y cerró la puerta, dándoles discretamente unos minutos de privacidad, Namoo se acercó a Minwoo, que ahora contaba los globos que simbolizaban los planetas con anillos.

Lo abrazó por la cintura y le dio un beso corto.

—¿Te gustó? —preguntó.

—¡Por supuesto que sí! —aseguró Minwoo—. Tengo un pastel de cómo sería Ratata en su vida en las alcantarillas y un sistema estelar de globos, no puedo pedir más.

No supo por qué aquello le aceleró tanto el corazón.

—Tu mamá llegará tarde —le contó.

—Me avisó —dijo Minwoo acariciándole el cuello para darle otro beso—. En serio, muchas gracias.

—¿Deseas algo más? —Alzó la mirada hacia él—. Puedes pedir lo que sea.

—¿Lo que sea?

—Lo que sea.

Minwoo ni siquiera lo tuvo que pensar.

—Presenciar la muerte de Betelgeuse. Es mi mayor fantasía.

—¿Betel-qué?

—Es una supernova de Orión. Llevamos dos mil años estudiando su muerte.

Ni siquiera podía indignarse con él.

—Cuando dije «lo que sea». —Se armó de paciencia—. Me refería a algo que pueda comprar, Minwoo.

Tuvo la osadía de hacer un puchero.

—Betelgeuse podría morir en cualquier instante —dijo, alzando la voz por la emoción—. ¡O a lo mejor ya lo hizo! Pero para saber eso, tendremos que esperar a que nos llegue el reflejo de su último haz de luz. ¿No sería hermoso presenciar un evento que llevamos milenios estudiando?

Namoo solo pudo suspirar.

Esa noche, mientras Minwoo tomaba una ducha y él ocupaba su cama, buscó en uno de los veladores una hoja y un lápiz para anotar un diálogo que Su necesitaba que memorizara. En el segundo cajón encontró un sobre blanco abierto. En su interior, una hoja doblada con un único nombre.

Una furia incontrolable lo dominó. Rompió el papel en dos, en cuatro, en ocho, en restos tan pequeños que se colaban entre sus dedos abiertos. Luego, fue a la cocina y los lanzó a la basura.

Cuando Minwoo regresó al cuarto, él estaba sentado en el borde de la cama.

—Por error rompí un sobre que tenías en el velador —anunció todavía enojado—, ¿era algo importante?

El chico se quedó observándolo sin entender, después pasó por su lado y se dirigió al mueble. Abrió el segundo cajón y lo encontró vacío. No se movió por un largo momento.

Entonces, sacudió la cabeza.

—No —susurró con voz débil—. No era importante.

—¿Seguro? —preguntó mientras regresaba a la cabecera y se metía bajo las mantas.

Minwoo se acostó a su lado para verlo.

—No sé qué contenía ese sobre —dijo—. No era mío, no era importante.

—Bien —asintió—, eso me alivia mucho.

A pesar de sus palabras, no pudo dejar de pensar en ese nombre que acababa de leer.

«Na Jaeyong»

¿Por qué Minwoo tenía una hoja con el nombre del CEO de NaTV?

61

Con la tarde anunciando una pronta primavera y su Ratata escondida en el bolsillo de su sudadera roja, Minwoo se dirigió a la casa de Namoo. Según su último mensaje, este no llegaría hasta dentro de una hora, lo que le daba el tiempo suficiente para ordenar un poco. Namoo seguía sin ser un fanático de la limpieza y a Minwoo le empezaba a dar un tic nervioso en el ojo cada vez que iba y descubría las esquinas con polvo acumulado.

El conserje lo saludó con un movimiento de cabeza, para nada extrañado de verlo ahí. Subió al ascensor y recorrió el pasillo que lo llevaba a una única puerta. Digitó la clave, se quitó los zapatos y dejó su bolso en el suelo. En ese momento, captó un ruido proveniente del sofá.

—Pensé que...

Su voz murió de golpe.

Porque apoyada contra el respaldo, se encontraba una muchacha joven. Parecía de menor edad que él. Vestía una camisola de seda blanca, unas ligas del mismo color y tenía una expresión confusa al verlo en la entrada.

—¿Qué haces aquí? —cuestionó ella cubriéndose con una bata.

Lo mismo pudo haber preguntado él.

En vez de eso, retrocedió un paso, agarró sus zapatos y abandonó el departamento. Se quedó en el pasillo observando el ascensor. El corazón le latía con tanta fuerza que podía captarlo en sus oídos.

Tragó saliva.

Se apoyó en la pared del corredor. Sus piernas perdieron fuerzas y sus rodillas se flectaron. Quedó sentado como una marioneta carente de hilos.

No supo cuánto tiempo se quedó ahí sin moverse. Sus músculos se sentían entumecidos cuando se colocó de pie y fue al ascensor al mismo tiempo que este se detenía en su piso. Las puertas se abrieron y apareció Namoo, todavía maquillado y peinado de las grabaciones del día. Su expresión se suavizó al encontrarlo.

—Te escribí —dijo, alzando su celular—. Pensé que dormías.

Su corazón latía más y más fuerte.

—Podrías habérmelo dicho —atacó.

—Te dije que llegaría tarde, estoy seguro.

Sacudiendo la cabeza, Minwoo lo apartó de su camino para evitar que las puertas del ascensor se cerraran. Namoo se quedó detenido a un lado con gesto de desconcierto.

—¿Hasta dónde pretendes llegar con esta mentira? —Sintió que los ojos le picaban y alzó la mirada hacia los focos brillantes. Pestañeó un par de veces, apretó el primer nivel y quitó la mano de las puertas—. No merezco ser tratado así.

Antes de que el ascensor se pusiera en movimiento, Namoo tocó el botón para llamarlo. Las puertas se abrieron una vez más. Minwoo fue sujetado por la muñeca y tirado hacia el pasillo.

—No pretendas marcharte sin explicarme qué pasa —gruñó Namoo, su confusión había cambiado a enojo—. Así que dímelo porque no estoy entendiendo nada.

—¿No? —bufó.

Se separó de él para dirigirse hacia la puerta. Digitó la clave y abrió. La frente de Namoo se frunció al ingresar, luego su expresión se congeló para pasar a una furia que Minwoo pocas veces le había visto. Su rostro se puso rojo, sus manos formaron dos puños, su cuerpo se tensó.

—Hija de puta —lo escuchó mascullar.

Cerró con un portazo. Desbloqueó su teléfono e hizo una llamada, mientras sostenía el pomo para que la puerta no pudiera ser abierta desde el interior.

—¡Su! —gritó—. Regresa ahora. Alguien de nuevo se metió a mi departamento. Ya sabes lo que tienes que hacer.

Cortó e hizo otra llamada, todavía sostenía la cerradura que la muchacha intentaba desbloquear para escapar.

—Sube ahora —mordió cada una de las palabras.

A los pocos segundos, el ascensor se detuvo en el piso y apareció el conserje.

—Nadie —comenzó Namoo hablando con tanta furia que su labio inferior se levantaba más de lo normal— puede subir a este nivel a excepción de las personas que yo autoricé. ¿Y en tu lista aparece una mujer?

El hombre observó el pomo, que por fin se había quedado quieto, y después a Namoo. Hizo una reverencia profunda y respondió todavía con la cabeza inclinada.

—No, señor.

—Entonces ¿por qué hay una chica en mi departamento? ¿Cómo alguien pudo averiguar la clave del ascensor y de la puerta? ¿Cómo pudo suceder algo así mientras tú, se supone, hacías tu trabajo?

Minwoo supo que ese sería el último día del conserje en el edificio. El hombre fue a responder, sin embargo, Namoo levantó la mano con que sostenía el teléfono y lo detuvo en seco.

—No me importan tus explicaciones. —Apuntó a la puerta—. Permites que se te escape y mi abogado va a hacer algo mucho peor que demandarte. Viene Su en camino. Ten la decencia de hacer bien tu trabajo en las horas que te quedan aquí.

A continuación, soltó el pomo y sujetó la muñeca de Minwoo. Llegaron al ascensor, Namoo le daba la espalda cuando las puertas se cerraron. Minwoo sentía la garganta como lija, áspera y adolorida. Tragó saliva intentando encontrar las palabras.

—Lo siento —dijo—, pensé que tu agencia la había enviado para... ya sabes.

Como Namoo no le respondió, caminó a su alrededor hasta que quedó apoyado contra el vidrio y pudo por fin mirarlo. El chico mantenía la barbilla baja y los puños apretados.

Estaba llorando.

—Namoo...

Una mueca se formó en su boca, en tanto se fregaba un ojo con la muñeca.

—Solo estoy cansado.

No especificó a qué tipo de cansancio se refería, aunque él estaba seguro de que no se debía a uno físico.

—Lo siento —repitió—. Fui un idiota al pensar eso.

Namoo se mantuvo en silencio al salir del ascensor y emprender camino hacia el departamento de Minwoo. Pudo captar que unas chicas los seguían, pero ambos fingieron no enterarse de ello.

—¿Qué tan seguido sucede esto, Namoo?

El idol se encogió de hombros.

—Demasiado. Se supone que en este departamento no debía ocurrir.

Avanzaron cinco cuadras, el mentón de Namoo estaba tan bajo que solo le podía prestar atención al estado de las calles.

Continuaban siguiéndolos. De pronto, Namoo frenó de golpe y se giró hacia ellas con los brazos extendido a los costados de su cuerpo.

—¿Qué es lo que quieren de mí? —preguntó—. Por favor, váyanse, también soy humano.

Pero ellas se quedaron a unos metros con sus celulares en la mano, seguramente grabando la situación.

—Por favor —insistió Namoo—. *Por favor.*

Las muchachas por fin se marcharon, a pesar de que ambos sabían que se esconderían y que continuarían vigilándolos a cierta distancia. Porque parecía más importante encontrarse con Lee Namoo que considerar que era una persona y también merecía y tenía derecho a la privacidad.

Qué importaba, si era alguien famoso.

Qué importaba, si estaba en un lugar público.

Qué importaba, si su fama se la debía a ellas.

Nada importaba.

Llegaron al edificio de Minwoo y subieron al ascensor.

Namoo lo observó, su expresión carente de sentimientos.

—¿Me prometes que en otra vida no escogí ser esto?

—Siempre habrá otra vida en la que fuiste lo que siempre deseaste ser.

Ambos intentaron sonreír, Minwoo lo logró mejor.

—En otra vida —susurró Namoo entrando al departamento.

—En otra vida.

Ninguno de ellos mencionó que en esa otra vida la probabilidad de encontrarse era tan remota que no existía mente ni computadora que pudiera concebirlo.

Pero en otra vida, en esa otra vida, aunque estuvieran separados o ni siquiera pudieran conocerse, Namoo al menos habría sido feliz.

Y eso era lo que importaba.

Porque cuando se le pedía al 9 un *todo*, también se tenía que aceptar la *nada*.

62
LA ESTRELLA FUGITIVA

«Corresponde a una estrella que se mueve por el espacio a una velocidad anormalmente alta en comparación con otras estrellas que la rodean. Es producto de la aproximación entre dos sistemas binarios o de la explosión de una supernova.»

Nunca se imaginó que podría encontrárselo en Seúl, considerando que ambos eran de Busan. Por eso, cuando esa tarde Minwoo se dirigió a la tienda de conveniencia para comprar un poco de alga seca para Ratata, quedó en extremo confundido al captar aquella voz que en su pasado había sido tan familiar.

—Tu sueño siempre fue tener un loro, ¿por qué entonces adoptaste a una rata?

Giró la barbilla para mirar a la persona ubicada a su lado. Sintió que el corazón se le aceleraba al divisar ese rostro que tardó años en dejar de recordar ante la menor mención. Se había dejado crecer el cabello, que peinaba hacia los costados y aseguraba con fijador. Estaba también más grande, por lo que Minwoo se sintió pequeño a pesar de acercarse al metro ochenta. Sus ojos alargados estaban fijos en Ratata, que asomaba la cabeza fuera del bolsillo para olisquear el aire.

—Eso fue antes —dijo.

En ese universo donde existía un único sol y él estaba condenado a orbitar a su alrededor.

—No te ves tan cambiado. —Choe Jiho, su exnovio, fingía concentrarse en la etiqueta de un ramen.

Minwoo agarró un paquete de algas, dispuesto a marcharse. Ellos no tenían nada que conversar.

—De hecho —continuó Jiho—, te ves igual.

—Tú no. —Acarició a Ratata para encontrar la paz mental que de pronto le faltaba—. Sobre todo porque no estás en Busan.

Jiho alzó las cejas, que se divisaban tras un mechón de cabello ubicado sobre su frente.

—Estoy aquí por trabajo —contestó—, me trasladaron. Ya sabes cómo funcionan las empresas, ¿cierto?

—Tu padre te mantenía la última vez que nos vimos, por eso no pude imaginarme que estuvieras aquí por trabajo.

Las mejillas de Jiho se sonrojaron por la vergüenza.

Hace unos años, Minwoo habría recibido una respuesta tan humillante que lo habría dejado pensando en ello por horas hasta terminar disculpándose con él. Ahora, se dirigió hacia la caja registradora y escaneó el producto. Mientras lo hacía, notó que Jiho se acercaba con las manos vacías. ¿Se iba sin comprar nada? Esa visita a la tienda de conveniencia se olía tan sospechosa como encontrárselo en el barrio donde vivía.

¿Podía asumir que ese encuentro no parecía una coincidencia del destino, sino más bien un presente planificado?

Una vez en la calle, avanzó de forma apresurada para llegar a su departamento lo más pronto posible. Se tensó al captar unos pasos siguiéndole hasta que igualaron los suyos. Volteó la barbilla hacia Jiho.

—¿Olvidé algo?

—No —respondió el chico.

—Entonces ¿por qué me persigues?

—Hace años que no nos vemos.

Ojalá hubieran sido más. Jiho lo hacía sentir incómodo, porque con él se reabrían esas antiguas heridas que tardó tanto en curar.

—Sí —Minwoo asintió—, y eso se debe a que terminaste conmigo por mensaje de texto. Era difícil que pudiéramos ser amigos después de eso.

Jiho tuvo la decencia de verse avergonzado.

Soltando un resoplido, Minwoo continuó su camino y dobló a la izquierda. A la distancia divisaba su edificio. De pronto, dudó en acercarse porque llegar hasta allí significaría mostrarle a Jiho dónde vivía.

Sus pasos se habían detenido cuando una furgoneta, con vidrios polarizados, se estacionó a unos metros. La puerta se abrió. A pesar del gorro, mascarilla y lentes de sol, Minwoo pudo reconocer su figura y la forma esbelta y arrogante de caminar de Lee Namoo. Algo debió captar por el rabillo del ojo, porque se giró hacia donde él se ubicaba. Supo que había reconocido con quién estaba en el instante mismo que Namoo regresó sobre sus pasos, se quitó los lentes y los enganchó sobre la visera del gorro. Mientras caminaba hacia ellos, se bajó la mascarilla. No sonreía al llegar a su lado e inclinarse en forma de respeto frente a Jiho, a quien no le quitaba la mirada incluso cuando tomó a Minwoo por el hombro y se colgó de él como si fuera un koala.

—Hola —dijo en tono seco—, ¿quién eres? Yo soy Lee Namoo, aunque eso debes saberlo.

Por puro instinto, Jiho había retrocedido un paso. También se inclinó en forma de saludo.

—Choe Jiho —se presentó—. Soy un viejo amigo de Minwoo.

La mirada de Namoo escaneó al chico de pies a cabeza.

—Ajá —dijo el idol, como si aquel nombre no estuviera registrado en su memoria. Giró el mentón hacia él y le habló con tono consentido—. Tengo hambre, Minwoo. Voy a desmayarme de tan débil que estoy.

Intentó parecer inmutable, a pesar de que Namoo continuaba respirándole muy cerca de la mejilla.

—Debo marcharme, Jiho —le informó como si la idea fuera una tremenda decepción.

Su exnovio asintió, sin embargo, no se movió. Namoo, mucho menos precavido que él y también con menos tolerancia a la frustración, lo tiró con suavidad por la parte posterior de la ropa.

—Vamos, Minwoo —pidió—. Sabes que no puedo estar sin ti.

Intentó no sonrojarse, aunque falló miserablemente en el empeño.

Con el idol todavía sujeto a su hombro, Minwoo se inclinó frente a su exnovio. En el camino de regreso, Namoo mantuvo el rostro volteado hacia Jiho hasta que soltó un bufido despectivo.

—¿De esa cosa estuviste enamorado? —refunfuñó, ofendido—. Mi versión recién despierta se ve mejor que la suya en su mejor momento.

Por alguna razón, eso le hizo reír.

—No seas malo.

—Soy sincero. Ese idiota tuvo suerte de salir contigo.

—¿La tuvo? —dudó mientras digitaba la clave de la puerta principal.

—La tuvo —aseguró Namoo.

Ingresaron al edificio, llamó al ascensor. En la espera, giró con lentitud el rostro hacia Namoo.

—Es extraño cómo funciona el amor.

—¿Por qué? —Namoo parecía intrigado.

—Un día dijo que me amaba por lo extraño que yo era, pero me terminó odiando por la misma razón.

Sintió el aliento del idol en su mejilla antes de recibir un beso que resonó en el pasillo.

—Pues yo no.

Quiso creerle, pero ¿no fue lo mismo que su exnovio le declaró?

—¿Haru está en casa? —preguntó el idol.

—Está en una cita con Hana.

—Bien.

No pudo preguntarle a qué se debía su consulta, porque, nada más ingresar al departamento, Namoo lo arrinconó contra la pared. Cerró la puerta con la rodilla, para luego introducirla entre sus piernas. Lo sujetó por el mentón hasta direccionarlo justo a su boca posesiva y demandante.

—Mío, Minwoo —susurró contra sus labios sonrojados—. Tú eres mío.

—Sí —prometió en cada beso.

La caricia de Namoo se dirigió hacia su mandíbula y a su oído, mientras lo presionaba contra la pared para que pudiera sentir su erección.

—Quiero hacértelo —suplicó—. ¿Me dejarías?

No tuvo que pensarlo, porque eso era también algo que venía deseando y pensando hacía tiempo.

—Sí —aceptó con docilidad.

—También lo dejaste a él, ¿cierto?

Minwoo tragó saliva y decidió quemarse, porque su piel estaba en llamas y no iba a sufrir solo en ese infierno.

—Sí.

—¿Y te gustaba?

—Te responderé cuando acabes.

Los labios de Namoo se curvaron en una sonrisa perversa.

—¿Es un reto?

—Dímelo tú.

El idol se quedó observándolo unos instantes y luego lo sujetó por la cintura para tirar de él.

—Ve a prepararte —le pidió.

Cuando regresó al cuarto, Namoo se encontraba en medio de la cama. Todavía estaba vestido, salvo por los zapatos. Lo interrogó con la mirada al verlo detenido en la puerta, vestido luego de la ducha, incluso con los calcetines blancos puestos.

—¿Sucede algo, Minwoo?

Negó con suavidad.

Namoo le hizo un gesto.

—Entonces, quítate la ropa.

Antes de acatar la orden, se volteó hacia la pared. Lo escuchó chasquear la lengua seguido por los dedos.

—No, no, no —lo reprendió con tono amable pero estricto, seco, que no ponía en duda su autoridad—. Gírate y mírame mientras lo haces.

Con las manos temblorosas, Minwoo obedeció. Se quitó la sudadera por la cabeza, la dobló con cuidado y dejó en una silla. Al observar a Namoo, se lo encontró con una rodilla alzada y un bulto en la entrepierna. Sus ojos estaban oscuros y empequeñecidos por el deseo.

—No te detengas —pidió.

Se quitó la camiseta, que también ordenó sobre la otra prenda. Al llevarse las manos al pantalón, sus dedos dudaron en el cierre. Con más decisión, se lo bajó quedando en ropa interior. Namoo no dijo nada mientras Minwoo doblaba el jean y lo apilaba con el resto de la ropa.

—¿Puedo dejarme los calcetines?

—¿Por qué?

Minwoo se rascó el codo con cierto nerviosismo ansioso.

—Me gustan.

Por alguna razón, lo hacían sentir menos inseguro en sus momentos más cohibidos. Su personalidad se transformaba en una más dócil cuando cambiaban los roles en la cama. No tenía una explicación lógica ni científica del porqué, pero así sucedía. A Jiho le había encantado y molestado en partes iguales, lo anterior dependía de su humor.

—Déjatelos, es tu decisión —lo tranquilizó Namoo. Le hizo un gesto con los dedos para llamarlo—. Ahora, ven.

Sus rodillas se apoyaron en la cama y se arrastró sobre ella. Cuando iba a ubicarse a un costado de Namoo, este estiró el pie desnudo y lo puso sobre su pecho. Apoyado contra las almohadas y con una pierna evitando su avance, se asemejaba a un dios.

—Móntame —dijo Namoo.

—Pero...

El idol bajó el pie hasta rozarle la entrepierna y su erección palpitante.

—Móntame —repitió.

Asintió. Las manos grandes y ásperas de Namoo tocaron su cintura y espalda.

—Desnúdame, Minwoo.

Mientras sus dedos nerviosos le quitaban la camiseta, la boca perversa del idol le robó un beso que le hizo volcar el alma. Con el torso desnudo, Minwoo le acarició los pezones y fue descendiendo. Namoo jadeó de placer cuando sus nudillos rozaron su pene.

Con lentitud, le bajó el pantalón hasta enganchárselo en los muslos. Antes de que Minwoo pudiera seguir, Namoo enredó su mano tras su nuca y jaló su cabello.

—¿Rudo o delicado? —quiso saber.

A Minwoo le dio un vuelco al estómago.

—Delicado—pidió. Entonces, se rascó el costado de la nariz en actitud nerviosa—. Sé que dije que no me importaba cuál rol me tocaba en la cama, pero lo cierto es que a Jiho no le gustaba mucho cambiar. No estoy tan acostumbrado a ser dominado.

—Casi virgen —se burló Namoo raspando sus labios con el pulgar. Algo debió notar en su mirada, porque se recostó contra las almohadas y lo soltó—. Si no quieres hacerlo, Minwoo, dímelo. No quiero que lo hagas por sentirte obligado a complacerme.

Lo sujetó por la barbilla y le dio un beso corto y efusivo.

—Quiero —dijo—. Solo sé gentil, no me gusta rudo.

Minwoo sacó los condones y el lubricante del velador y después se recostó a un lado. Antes de quitárselo del todo, tiró de la pretina del pantalón del idol para instarlo a subirse sobre él. Le envolvió la cadera con los muslos para estrechar el agarre.

Namoo abrió el lubricante y empapó dos de sus dedos y los masajeó para calentar el producto. Con su mano libre, le bajó la ropa interior y se la quitó. Su boca primero tocó su vientre y bajó por el costado de la entrepierna de Minwoo, hasta darle una lamida, seguido por una mordida y un beso, a la parte interior de sus muslos. Mientras se estremecía por el golpe repentino de placer, Namoo se subió sobre él y le instó a abrir las piernas todo lo que podía.

Sintió su caricia íntima, primero introduciendo un dedo, un segundo y finalmente el tercero. Sentándose de rodillas, Namoo abrió el condón que él le arrebató para colocárselo. Le acarició el miembro erecto ejerciendo un poco de presión. Con delicadeza, Namoo le quitó la mano para que dejara su pene libre.

—¿Estás seguro? —preguntó nuevamente, mientras se ubicaba entre sus piernas y Minwoo sentía la punta haciendo presión en la entrada de su agujero.

Minwoo le sujetó las manos para entrelazar sus dedos.

—Lo estoy —susurró.

Sintió que la presión aumentaba hasta que fue penetrado por completo. Fue estirado. Y, aunque dolía un poco y la sensación le resultaba nueva, no era mala, simplemente extraña por la poca costumbre.

—Estás tan apretado... —gruñó Namoo entre dientes. Una gota de sudor caía por su frente.

Minwoo lo acercó para otro beso, sus lenguas se buscaron. Con el dolor convertido en un nudo que tenía tirante su entrepierna, alzó la cadera. Namoo gimió a la vez que lo sujetaba por la cintura y empezaba a moverse, primero con lentitud y después más rápido.

La cama crujió contra la pared por las embestidas. Perdido en las sensaciones de sus pieles tocándose, sus jadeos confundiéndose, sus besos entrecortados, sus caricias yendo de aquí a allá, Minwoo enganchó sus piernas tras la cadera de Namoo y lo ayudó en cada encuentro. El deseo se volvió una llama exasperante y anhelante que llegó a su clímax mientras era masturbado.

Ambos se corrieron con fuerza, los brazos de Namoo fallaron y se desplomó sobre él. Sus respiraciones jadeantes y aceleradas eran el único sonido en el departamento.

—Minwoo.

—¿Sí? —dijo acariciándole el cabello sudoroso de la frente.

—No tienes idea de cuánto te quiero.

Y Namoo tampoco entendía ni dimensionaba el amor con que era correspondido.

En ese momento, Minwoo entendió que aquel colapso de dos sistemas binarios traería consigo una estrella fugitiva expulsada al espacio a una velocidad tan alta que nadie podría alcanzar.

Estaría condenada a vagar en soledad.

No quería convertirse en una estrella fugitiva, pero, por alguna razón, supo que eso era lo que iba a suceder.

63
EL GRAN SILENCIO

«También conocida como paradoja de Fermi. Si no somos más que un grano de arena en una playa, ¿por qué seguimos solos?»

Goeun, su psicóloga amante del color verde y de los delfines, había cambiado por completo la pared que se divisaba de fondo en las videollamadas. Ahora era de un bonito tono pastel y estaba exenta de cuadros y adornos. Por eso, era incapaz de concentrarse en la sesión cuando en lo único en que podía pensar era en la nada que se reflejaba en la muralla. Mordiéndose el labio para contener las palabras dentro de sí, desvió la mirada.

Sin embargo, no pudo evitar mencionarlo.

—¿Por qué ya no hay verde ni delfines?

Ella se sintió desconcertada unos instantes. Giró el rostro hacia la pared a su espalda.

—Lo siento, Minwoo, no estoy en mi casa.

Supo que le mentía porque podía ver parte del cielo falso de su consulta. Y él estaba seguro de que seguía siendo la misma, más aún porque en una esquina quedaba una pequeña y casi imperceptible mancha verde que evidenciaba el anterior color de la habitación.

Frunció los labios, movió los pies.

Lo dejó pasar porque su computadora indicaba que Namoo estaba por llegar y no quería seguir en sesión cuando apareciera. El idol todavía no estaba enterado de que había cambiado de terapeuta para que ajusshi pudiera atenderlo, él creía que ya no asistía a terapias porque estaba *bien*.

—Tengo que irme pronto —avisó para que Goeun no extendiera la reunión—. Namoo llegará dentro de nada.

Goeun cerró por fin su libreta y cruzó los brazos sobre su pecho.

—Hablemos de Namoo —anunció Goeun.

—Pensé que las sesiones eran sobre mí.

—Namoo es parte de tu vida. Y considerando que tiene una gran influencia en las decisiones que tomas, creo que es importante hablar sobre él. —Dicho lo anterior, prosiguió—. Ahora dime, ¿por qué buscas finalizar antes la sesión?

—Como ya mencioné, Namoo llegará pronto. Y no me siento cómodo hablando contigo si hay alguien en el departamento —mintió.

—Esta reunión la acordamos hace dos semanas. ¿Por qué no coordinaron que Namoo llegara más tarde?

Minwoo cerró las rodillas, sus manos nerviosas se movieron por su escritorio hasta encontrar un cuaderno y un papel.

—Porque Namoo se desocupaba a esta hora —confesó.

—¿Y no le mencionaste sobre tu sesión?

—No.

—¿Por qué no?

—Porque lo olvidé.

—¿Y por qué lo hiciste?

—La verdad no lo olvidé, simplemente no quise decirle.

—¿Por qué no?

Comenzaba a irritarse, por lo que empezó a pintar los cuadros del cuadernillo. Coloreaba uno, dejaba libre el otro. Y así, por unos segundos.

—Porque no hablamos mucho.

—¿No?

—Le aumentaron la medicación a Namoo y últimamente duerme mucho.

—¿Y qué tipo de ayuda le has brindado?

—Toda la que puedo —aseguró asintiendo de forma reiterativa—. No quiero que se sienta solo; Namoo debe entender que estoy para ayudarlo.

Al contrario de lo que se imaginó, los labios de su psicóloga se fruncieron. A continuación, abrió su libreta y tomó nota.

—Minwoo, tenemos algo importante que conversar y aclarar —señaló al dejar de escribir.

Se movió nervioso.

—¿Qué sucede?

—Eres la pareja de Namoo.

—Lo tengo muy claro. —Su risa sonó histriónica en sus oídos.

—No eres su centro de rehabilitación. Puedes apoyarlo, pero con limitaciones muy claras que deberemos definir. La única persona con la capacidad de salvarlo y ayudarlo es él mismo.

Antes de que Minwoo pudiera rebatirle, Goeun asintió e hizo un par de anotaciones mientras hablaba.

—Las próximas sesiones nos enfocaremos en eso, ¿está bien? Y, por favor. —Ladeó la barbilla un poco, su expresión parecía preocupada—. No te sientas mal ni triste ni culpable por esto. Debemos trazar límites, porque de lo contrario te perderás por ayudar a otros a encontrarse.

Le dolía el pecho, aun así respondió lo mejor que pudo.

—Está bien.

—Y, Minwoo. —Buscó su mirada en la pantalla—. Algunas veces debemos ser egoístas.

Luego de finalizar la reunión, Minwoo se quedó observando durante tanto tiempo el protector de pantalla de la computadora, que no escuchó la puerta abrirse ni los pasos que se acercaron a su cuarto.

—Hola —saludó Namoo.

Sonreía al llegar a su lado y subirse en su regazo como si necesitara y ansiara cariño. Lo rodeó con los brazos y se quedó recostado contra su hombro.

—Te extrañé —dijo.

Minwoo intentó regresarle la sonrisa.

—Dormimos juntos.

—De todas formas te extrañé.

Le correspondió el abrazo sin dejar de pensar en las palabras de su psicóloga. ¿Dónde debía ubicar el límite para ayudarlo cuando Minwoo sentía la necesidad de regalarle el mundo?

Aquella idea permaneció en su cabeza mientras se preparaban para ir juntos a presenciar el atardecer frente al río Han. Antes de salir, se aseguró de que el cabello de Namoo quedara escondido por su sombrero tipo bucket. Lo ayudó también con la mascarilla.

Fueron caminando uno cerca del otro y tomaron asiento en la parte menos transitada de la avenida. El sol de primavera apenas calentaba, por lo que Namoo levantó una parte del sombrero y se bajó la mascarilla con el rostro girado hacia el sol del atardecer. Minwoo se percató de que dos chicas, que se ubicaban cerca, identificaban al idol, pero se mantuvieron conversando bajito entre ellas. Era evidente que se esforzaban por no mirarlos y se retaban entre ellas si alguna lo hacía.

Minwoo arrancó un montón de césped y lo dejó caer entre sus dedos, las palabras de su psicóloga aún en su mente.

—Minwoo —lo llamó Namoo.

Alzó el mentón.

—Dime.

Sintió sus ojos recorriéndole el rostro. Con lentitud para que no perdiera el gesto, Namoo se llevó el pulgar a la boca y se lo besó. Luego, acercó la mano a su rostro y le pasó ese mismo dedo sobre los labios. No lo movió hasta que Minwoo lo hubiera besado, entonces lo llevó a su propia boca.

—¿Y eso?

—Quería besarte —explicó.

El puente encendió las luces de colores para empezar el espectáculo. Minwoo se recostó en el césped y apoyó la cabeza sobre los delgados muslos de Namoo. El idol acomodó el sombrero para ocultar gran parte de su rostro. Por el ángulo, Minwoo continuaba viéndolo sin impedimentos.

—Hazme cariño —pidió.

Namoo bufó con incredulidad.

—¿Ahora eres consentido?

Cambió de posición para quedar de lado.

—¿No puedo?

Lo escuchó chasquear la lengua, después sus manos acariciaron su cabello. Pudo sentir que los mechones se enredaban entre las costras de su piel herida. Unos días antes, Namoo había reaparecido con los nudillos enrojecidos y rotos y la piel seca por abusar de los productos de limpieza.

—*Lo siento* —le dijo al ingresar al departamento. No dejó de disculparse mientras Minwoo le curaba las manos—. *Lo siento, lo siento, lo siento mucho.*

Pero no entendió si se lo decía a él o a sí mismo.

Porque cuando le preguntó, Namoo comenzó a llorar y no dejó de hacerlo hasta que se durmió del agotamiento.

—Namoo, hace mucho tiempo me dijiste que existían detalles que jamás podrías decirme. Por eso, quiero que sepas que sigo y seguiré esperando a que puedas contármelos.

Las caricias se detuvieron y aquellas manos ásperas descendieron por su rostro hasta posarse sobre su pecho.

—Lo sé —respondió Namoo, su mirada oculta por el ángulo de su barbilla.

—¿Hay algo en que te pueda ayudar?

Sintió su palmada sobre el pecho.

—Ya haces mucho por mí, no te preocupes.

Pero claro que lo hacía.

Porque esa mañana Minwoo había revisado su teléfono por error y encontrado un mensaje que Namoo borraría con las horas.

> **Mánager Seo:** Por favor, Namoo, no lo hagas. Van a destruir tu vida.

Cuando regresaron al departamento, Namoo se encerró en el baño. Reapareció a los minutos con las manos enrojecidas y una disculpa en sus ojos tristes.

—Lo siento mucho, te prometo que me estoy esforzando.

Durante unos cien años, la Tierra había estado emitiendo al espacio una gran cantidad de ondas de radio estructuradas. Su ruido había estado llegando a docenas de sistemas estelares, como lo era Arturo, ubicado a treinta y siete años luz de nosotros. O Aldebarán, cuya distancia era de unos sesenta y cinco años luz. Estas señales también se podían escuchar en la superficie de una gran cantidad de exoplanetas potencialmente habitables, tal como lo sería Ross 128 B o Gliese 667 CC.

Entonces ¿por qué continuábamos solos? Una de las teorías apuntaba como problema a la comunicación, ya fuera porque ellos no podían entendernos o viceversa. Como sucedía con Namoo y él. Porque cuando se trataba de temas y secretos fundamentales, entre ellos solo existía lo que los astrónomos habían denominado «el gran silencio».

Y salir de ahí parecía una misión tan imposible como lo sería recibir una respuesta por parte de un exoplaneta que jamás podrían visitar.

64
ACOPLAMIENTO DE MAREA

«También conocido como rotación sincrónica. Es cuando la cara de un objeto astronómico queda fijada apuntando a otro, ya que dicho objeto tarda el mismo tiempo en realizar su rotación que su traslación alrededor del objeto acoplado.»

Namoo se estaba arreglando en su habitación. Vestía un traje de dos piezas color rosa, que contrastaba con su cabello recién tinturado. Y a pesar de que se veía hermoso, su expresión era miserable mientras se paseaba por el departamento buscando sus zapatos.

Minwoo era consciente de su ir y venir desde el sofá, donde intentaba corregir unos exámenes de física. No tenía la menor idea de adónde iría Namoo, no se lo había explicado y él tampoco quiso preguntarle, porque entendía que muchas cosas debían decirse por voluntad propia y no como resultado de un interrogatorio.

Sin embargo, Namoo parecía desear eso porque no hacía más que acercársele mientras terminaba de acomodar su camisa frente a él. Estaba en eso cuando sus movimientos se detuvieron de golpe y sus ojos grandes y alargados se posaron en él.

—Minwoo.

Dejó los exámenes en la mesa. Namoo se retorcía las manos tan obsesivamente que no podía sino doler. Iba a preguntarle qué sucedía cuando por fin habló.

—No me dejes ir —suplicó.

—No vayas —respondió Minwoo.

Namoo había comenzado a llorar.

—Por favor —pidió con los puños apretados a los costados de sus muslos—, no me dejes ir.

—Eres el único que puede decidir eso —le explicó con amabilidad.

Namoo tiró del cuello de la camisa, luego de los puños. Terminó arrancándose la chaqueta, que lanzó al suelo. Soltó con fuerza los dos primeros botones de su camisa, que se desprendieron de la tela.

—Namoo. —Minwoo se puso de pie.

El chico parecía más allá de su entendimiento. Tenía la mirada perdida y seguía tirando de su camisa como si quisiera arrancársela del cuerpo.

—Namoo —insistió, sujetándolo por los brazos.

Con la respiración agitada y los labios agrietados, este lo observó. Sus palabras sonaban pastosas al hablar y apenas se le entendía de lo mucho que tartamudeaba.

—No quiero ir, no quiero, no quiero.

Logró desprenderse de la sujeción de Minwoo y se golpeó la cabeza con la muñeca, en tanto repetía la frase una y otra vez. Minwoo envolvió su cuerpo por la espalda y le sujetó los brazos contra el torso para que dejara de lastimarse.

Aun así, sus palabras no se detuvieron.

—No quiero ir. Por favor, no quiero ir.

Sus rodillas fallaron y Minwoo tuvo que sostenerlo para que no se desplomara. Con mucha dificultad, lo giró entre sus brazos y sostuvo su rostro para que pudiera mirarlo. Debido a las lágrimas, su maquillaje se había corrido dándole un aspecto que expresaba bien su caos emocional.

—No vayas —insistió Minwoo—. Por favor, no vayas.

—Pero tengo que ir —respondió temblando.

—Namoo, mira cómo estás. No tienes que ir si no quieres.

Se sujetó el labio tembloroso antes de contestarle.

—Tengo que hacerlo, tú no entiendes. No entiendes.

Minwoo lo soltó. Sacudió la cabeza, dolido, pero también preocupado. Nadie le había explicado cómo se podía escapar de ese laberinto que parecía no tener final.

—Tienes razón. —Asintió como si aceptara sus propias palabras, aunque no era así—. No entiendo, porque nunca me lo has explicado.

Namoo permaneció en el centro de la sala cuando Minwoo regresó al sofá para seguir revisando los exámenes. Por más que quiso concentrarse, no pudo. Sus pensamientos y mirada no hacían más que desviarse hacia ese chico que lloraba, aterrado por algo que él desconocía.

Los segundos pasaron.

Tomó un examen, lo calificó.

Namoo se había ido al baño. Al regresar, ya no estaba maquillado ni tampoco lloraba. Lo vio dirigirse hacia la entrada, colocarse los zapatos. Y cuando se disponía a salir, su mano quedó atrapada en la cerradura. Giró el rostro hacia él, su expresión de pura desesperación.

—Minwoo.

Se puso de pie de inmediato.

—Si me lo pides —dijo respirando agitado—, puedo evitar que vayas.

—Van a destruir mi vida —lo escuchó susurrar.

—¿Qué vida, Namoo? —Tuvo la equivocación de decir—. Odias esta vida, la detestas.

La entrada dejaba visible un pasillo vacío que desembocaba en un único ascensor. Namoo cerró la puerta y corrió hacia él. Se sujetó a su cuello, tembló contra él mientras se aferraba con desesperación.

—No va a suceder nada malo —susurró Minwoo contra su mejilla, su boca, su cabello, su piel.

—¿Me lo prometes?

Con los dedos le secó las lágrimas que nuevamente bajaban sin control.

—No puedo prometerte eso —admitió—, pero estaré contigo.

Advirtió que Namoo se había esforzado en sonreírle.

Y llegaron al temible acoplamiento de marea, porque, al igual que sucedía con la luna, Minwoo había llegado a un punto en que solo era capaz de visualizar una de las caras de Namoo, mientras la otra quedaba eternamente oculta para él.

Lo que Namoo temía, no sucedió.

Y así transcurrió casi un año.

Pero Minwoo olvidó que, si bien el futuro era la probabilidad de lograr hasta lo imposible, muchas veces ese mundo podía ser la peor versión.

65

Ocurrió el 18 de octubre de 2023. Minwoo se encontraba en el departamento de Namoo cuando este llegó llorando. Todavía llevaba puesto el traje con que estuvo grabando su nuevo video musical. Era blanco, incluidos los zapatos, lo que contrastaba con su cabello ahora rojo. Su maquillaje en tonos dorados se veía corrido, y sus manos estaban enrojecidas y rotas a la altura de los nudillos.

Asustado, fue hacia él. Namoo se apoyaba contra la pared como si la estuviera sujetando. Las piernas le temblaban tanto que hasta sus dientes castañeaban.

Pero nada se igualaba a su mirada.

Expresaba una mezcla de sentimientos y sensaciones. Era saborear una emoción descabellada de pura felicidad, a la vez que experimentaba el peor de los miedos. Sus muñecas secaron sus propias lágrimas y pestañeó con desconcierto. Entre sus labios se coló una risa que sonaba demasiado aguda.

—Lo hice —dijo.

Minwoo no tenía claro qué.

Su respiración era tan agitada que se preguntó si lograba llenar sus pulmones con aire.

—¿Qué cosa? —preguntó.

Dio un paso hacia él y dudó cuando Namoo se llevó las manos a su cabeza y se la golpeó una, dos, tres veces.

—Namoo, me estás asustando.

El chico negó primero con suavidad y, a continuación, con más agresividad, como si fuera incapaz de dejar de hacerlo.

—No, no, no, no —susurró de forma atropellada. Su lengua se tropezaba con las palabras de lo rápido que iban sus pensamientos—. Es bueno, muy bueno, te lo prometo.

Dio otro paso hacia él.

—¿Qué ocurrió?

Le sonrió con tanta amplitud que sus ojos se convirtieron en dos medialunas.

—Soy libre.

Minwoo nunca más lo volvió a ver feliz.

66

A mediodía, mientras Minwoo finalizaba su clase, su teléfono comenzó a vibrar en el bolsillo de su pantalón. Una, y otra, y otra, y otra, y otra, y otra vez. Ansioso, acortó la jornada. Rumbo a la sala de profesores, contestó la llamada.

Era Haru.

Su voz desesperada apenas podía entenderse porque era incapaz de hilar oraciones.

—Dios, Minwoo... yo... esto es horrible... no sé... no sabía qué hacer... llamé a ajusshi pero...

—Haru, no te estoy entendiendo.

Una pausa.

Una respiración.

Un suspiro.

—Ve por Namoo, Minwoo.

Y le siguió una oración que lo destruyó todo.

—Filtraron un video sexual de él.

Cuando Minwoo hacía memoria de ese día, no lograba recordar cómo llegó hasta el edificio de Namoo. Por la forma en que jadeaba y transpiraba mientras se abría paso entre la multitud que ya se amontonaba en las puertas, debió correr gran parte del trayecto.

La mayoría de las cosas que sucedieron ese día las había olvidado, al punto de convertirse en un borrón de imágenes inconexas.

Lo que sí recordaba a la perfección era la figura de Namoo frente al ventanal con su mano apoyada en el vidrio, mientras observaba la ciudad bajo sus pies. También recordaba cuando lo llamó y este giró el rostro hacia él. Jamás podría olvidar su mirada vacía, tan carente de vida.

—Me llamó mi mamá, no hablaba con ella hacía años —dijo sin emoción—. Me dijo que doy asco.

De nada sirvió que fuera hacia él, que le preguntara si podía tocarlo, que lo abrazara contra su pecho y le repitiera mil veces la misma oración.

—No hiciste nada malo.

Y una variante de la anterior.

—No es tu culpa.

Y un hecho tácito.

—Esto no cambia nada.

Porque si un árbol caía en medio de un bosque vacío, no habría nadie para comprobar su desplome. Y por mucho que él escuchó el llanto desesperado de Namoo ese 18 de octubre, fue como si nadie lo estuviera oyendo.

Cuando Namoo dormía, Minwoo vio el video. En él, el idol aparecía con un abrigo grande de color gris, llevaba el cabello tinturado de rosa y su rostro se encontraba maquillado.

Estaba arrodillado frente a unos zapatos de vestir negros y su cabello era jalado por unos dedos masculinos que lo instaban a abrir más la boca. Esa mano le pertenecía a un hombre mayor, por sobre los cincuenta años.

A pesar de que gran parte de la imagen había sido pixelada, el sonido de succión retumbaba en sus oídos. El estómago se le revolvió cuando Namoo observó a la cámara y su rostro se frunció en horror, antes de que el video se detuviera tras un ruido seco cuando el teléfono se estrelló contra el suelo.

Y aunque no volvió a mirarlo, no pudo olvidarlo.

Nunca pudo.

Porque aquella ropa, aquel cabello, aquel maquillaje, Namoo los había usado ese 8 de abril de 2022.

Cuando lo conoció en esa olvidada cafetería.

Y al igual que Namoo ese día, Minwoo comenzó a llorar con una desesperación que solo otra persona rota podría entender.

67

Llamó primero a su mamá, le siguió ajusshi, luego Haru. Las palabras se enredaban en su cabeza, mientras intentaba hilar pensamientos que pronto también olvidaría. En algún momento, su amigo apareció en el departamento. Abrazó a Minwoo en medio de la sala de estar, le entregó a Ratata y le acarició el cabello.

—¿Qué voy a hacer, Haru?

Aquella pregunta lo hostigó por largos minutos, en tanto Haru revisaba las redes sociales con su expresión yendo desde la furia intensa hasta una tristeza que se mezclaba con la desesperación. Se acomodaba el cabello cada vez que leía un nuevo comentario. Y Minwoo, a su lado, no podía dejar de tocarse las rodillas en un ritmo poco preciso.

En otro momento del día, la puerta se abrió y apareció el mánager Su. Su boca estaba caída por la pena y retorcía una gorra negra entre las manos. Tenía los ojos rojos y la piel irritada, lo que indicaba que había estado llorando. Además, tenía marcada parte del manubrio en la frente, como si se hubiera sujetado a él durante horas sin saber cómo afrontar la situación.

—¿Namoo? —preguntó el hombre, su atención yendo a la puerta que se mantenía entreabierta para saber si este se despertaba.

Minwoo se puso de pie, sus dedos anudados sobre un estómago que no le dejaba de doler.

—Por favor —comenzó su súplica—, dime que el video es una edición maliciosa y que están preparando una demanda en contra de la persona que lo hizo.

La boca del mánager se frunció incluso más.

—Lo siento, Minwoo.

No dijo nada más, tampoco tuvo que hacerlo. Se captó asintiendo, la mano de Haru en su espalda, sus piernas moviéndose a pesar de que estaban entumecidas y las rodillas no hacían más que doblársele.

—¿Quieres ayudarnos? —se escuchó preguntar.

—En lo que sea —respondió Su.

—Finge que llevas a Namoo en la SUV.

El hombre iba a asentir, pero se detuvo.

—¿Qué vas a hacer?

—No te lo voy a decir.

Su se marchó del departamento poco después. Diez minutos antes de las cinco de la tarde, se dirigió a la habitación de Namoo, que se encontraba en el centro de la cama hecho un ovillo. No estaba durmiendo, su vista fija en un punto inexistente. Minwoo se sentó en el borde de la cama, le tocó la frente con mucho cuidado. Namoo no reaccionó.

—Te voy a sacar de aquí —dijo.

Metió lo que pudo dentro de un bolso pequeño sin olvidar los medicamentos. Ayudó a Namoo a ponerse de pie y le puso su sudadera roja. Con ayuda de una manta, le cubrió la cabeza.

Haru llevaba a Ratata y la bolsa, Minwoo atrás cargaba a Namoo en brazos. Bajaron al primer nivel, donde los esperaba el mánager Su. Por los vidrios polarizados del edificio podían divisar a la multitud aglomerada afuera. La expresión del conserje era de lástima al cruzar la antesala y dirigirse a los estacionamientos.

Su se subió a la SUV en la que había llegado, ellos al automóvil de Namoo. Con Haru intentando averiguar cómo encender el motor, Minwoo abrió el maletero. Dejó al descubierto su rostro el tiempo suficiente para mirarlo. Namoo seguía llorando sin hacerlo realmente.

—Lo siento mucho —se disculpó Minwoo de todo corazón—. No te merecías nada de esto. Lamento no haber podido protegerte.

No recibió respuesta, ni siquiera supo si lo escuchó.

Con cuidado, volvió a cargarlo y lo metió en el maletero, porque esa era la única forma que tenían para sacarlo de ahí sin ser descubiertos. Él también se metió dentro y se acurrucó a su lado para abrazarlo. Cerró los ojos. Haru fue hacia ellos. Sus ojos brillaban al cerrar la maleta.

A los pocos segundos, el automóvil se puso en movimiento con torpeza y frenazos, porque Haru apenas había aprendido a manejar.

Supo en el instante que estuvieron fuera del edificio por el intenso ruido de flashes, de una muchedumbre hablando a la vez, de manos golpeteando el metal de la SUV que iba delante.

—Lo siento —repitió Minwoo estrechando el abrazo—. Lo siento mucho.

Porque él, al fin y al cabo, no había logrado protegerlo ni hacer su vida mejor ni darle ese futuro lleno de probabilidades que con tanta arrogancia le prometió.

No pudo darle nada de eso.

Y el gato de Schrödinger comenzó a desvanecerse dentro de esa caja en la que lo habían condenado a existir.

Casi una hora después, el automóvil por fin se detuvo y Minwoo ayudó a Namoo a cambiarse al asiento trasero. Namoo no abrió la boca en las cinco horas de camino, ni tampoco pareció reconocer el lugar al que llegaron, a pesar de que había sido él mismo quien se lo había mostrado hacía ya mucho tiempo. Ese día habían recorrido las calles gracias a un visualizador y Namoo había señalado una casa café a orillas del mar.

—*Ahí viviré de mayor* —dijo.

Era la ciudad costera de Donghae.

Y aquella casa correspondía a una estructura antigua, que aseguró iba a restaurar en el futuro.

De alguna forma, ajusshi logró llegar a la vivienda antes que ellos. Su rostro había envejecido tanto que le costó reconocerlo. Sintió que el corazón le latía de forma agitada al bajarse del automóvil. Se acercó a él deteniéndose a unos pocos pasos.

—Ajusshi —susurró. Entonces, sintió que los ojos se le llenaban de lágrimas—. Gracias por venir a salvarlo.

No entendió que ajusshi evitó responderle hasta muchos años después. En vez de eso, estiró los brazos y permitió que Minwoo lo abrazara y llorara en su hombro la desesperación que lo ahogaba.

Mientras la puerta del cuarto de Namoo se mantenía cerrada y Haru preparaba algo para que cenaran, Minwoo llamó primero a su mamá para tranquilizarla y luego al director de su escuela. Kim Jihu parecía saber a la perfección el motivo.

—Lo siento mucho —dijo tras anunciar su renuncia.

—Si algún día regresas a Seúl, por favor, ven a verme. Te vamos a extrañar.

Cuando horas más tarde ajusshi abandonó el cuarto de Namoo y cerró la puerta tras él, se acercó a la cocina que Minwoo y Haru intentaban poner en orden.

Dio un suspiro que sabía a melancolía y abatimiento antes de emitir la segunda oración que empezó a desmoronar su mundo.

—Necesito que guarden, en un cajón con llave, todo lo que Namoo pudiera usar para lastimarse.

Y vino lo peor.

—Llama a tu psicóloga. —Minwoo asintió tragando saliva con dificultad. Ajusshi le tocó el hombro al llegar a su lado—. Sé que lo amas, pero también tienes derecho a pensar en ti. Esto no finalizará en unos meses, durará una vida entera, Minwoo. Así que recuerda que algunas veces merecemos ser egoístas.

Sin querer aceptarlo en ese momento, habían empezado a prepararlo para lo peor.

La mariposa ya había aleteado, ahora venía el tornado.

68

En un hotel poco transitado al final de la larga calle principal de Donghae, existía un columpio de madera con vista al mar. Namoo pasó incontables horas balanceándose ahí.

Y en una pequeña colina localizada a espaldas de la casa, se ubicaba un pequeño bosque donde Namoo también se perdió durante horas. Pero donde transcurrió más tiempo, fue en la habitación donde se encerraba. Dormía, observaba la nada, llamaba a ajusshi y lloraba.

Namoo lloraba mucho.

Y un día dejó de hacerlo.

Por eso, mientras lo observaba perderse entre los árboles, aprovechando que Namoo había dejado de usar su celular en casa, llamó a la mamá de este.

—Su hijo la necesita —rogó, desesperado—. Por favor, usted puede salvarlo.

A pesar de su súplica, la mamá de Namoo le cortó la llamada cada vez que Minwoo intentó comunicarse con ella. Y una tarde de diciembre el número dejó de existir.

Sin saber qué más hacer y ahogado por la culpa de ser un inútil que solo podía observar, le escribió a Misuk y ella fue a visitarlo. No se quedó más de una hora, aprovechando que Namoo dormía, pero estuvieron abrazados durante todo ese tiempo.

Y pasaron más semanas.

Una.

Dos.

Tres.

Cuatro.

Cinco.

Seis.

Siete.

Ocho.

Nueve.

Porque cuando se le exigía un *todo* a la magnificencia del 9, la *nada* siempre vendría como compañera.

69

En febrero, Namoo cambió el rumbo. Minwoo daba una clase online cuando lo captó por el rabillo del ojo. Desconcentrándose en lo que explicaba, le prestó atención. Al escuchar el refrigerador abrirse, finalizó la reunión con una rápida excusa.

Fue a la cocina corriendo y se detuvo en la entrada.

—¿Tienes hambre? Puedo cocinarte algo.

Los ojos de Namoo se dirigieron hacia él. Pensó que no iba a responderle. Pero se paralizó al escuchar su voz. Rasposa, grave, torpe y mal modulada porque llevaba semanas sin pronunciar una sola palabra.

—No hay leche —dijo.

Minwoo se limpió las manos sudorosas contra el jean.

—Puedo ir a comprar.

La mirada de Namoo seguía fija en él. Aún vacía, pero al menos alerta.

—No —susurró.

Desilusionado, Minwoo se pasó la lengua por los labios.

—Prometo que traeré la próxima vez que vaya al pueblo.

No le respondió. Pasó por su lado y se dirigió hacia su habitación. Minwoo se quedó unos instantes observando la puerta cerrada y luego salió al patio trasero. Era extenso y se ubicaba a orillas de una colina. Por ahí Namoo se perdía entre los árboles como no podía hacerlo en la vida real.

Se había sentado en el césped con Ratata cuando captó unas pisadas suaves acercándose. Solo podían pertenecer a una persona, por lo que intentó relajar su postura, en tanto fingía que no lo había escuchado. Sin embargo, los pasos se detuvieron detrás suyo y, de pronto, sintió una rodilla entre los omóplatos.

Era como si lo estuviera saludando, dándole un toque, diciendo sin decirlo «Ey, ¿estás ahí? Hola».

No alcanzó a responderle, pues Namoo lo rodeó y siguió con su caminata hasta llegar al inicio de la colina y del pequeño bosque. En ese momento se giró hacia él.

—¿Quieres venir conmigo?

Se colocó a Ratata en el hombro y se puso de pie de un salto. Sentía el corazón acelerado al acercársele.

De algún modo lograron salir a la calle principal y llegaron al hotel que tenía aquel columpio que miraba hacia el océano. Namoo tomó asiento ahí y cerró los ojos. Con la punta de los pies se balanceaba al perder el vuelo, pero no hacía más que eso.

Recorrió con la mirada su rostro delgado, su cabello con el tinte deslavado, sus cejas, la curva de su mandíbula hasta llegar al abrigo grande que una vez le perteneció a Minwoo.

Y sintió la necesidad de decirlo.

—Namoo —lo llamó.

Abrió uno de sus ojos, giró su barbilla hacia él. No le respondió, pero se mantuvo atento.

—Las nubes están lindas —dijo.

Namoo se quedó observándolo en silencio, la cabeza ladeada hacia un costado. De a poco su atención se dirigió hacia el cielo y de regreso a él.

—Lo están —susurró—. Hoy lo están.

Avanzó unos pasos con duda. Al detenerse frente a él, sujetó las cuerdas del columpio para evitar su balanceo y se inclinó. Le dio un beso en la frente, le acarició la nuca.

Los ojos de Namoo brillaban al separarse, su garganta subía y bajaba como si estuviera haciendo su máximo esfuerzo para no estallar en lágrimas. Cuando pudo encontrar su voz, su labio temblaba tanto que tuvo que sujetarlo por unos instantes para poder respirar.

—Te prometo que me estoy esforzando.

No supo por qué esa oración le dolió tanto.

Quizá porque empezaba a entender lo que era la culpa.

—Gracias por intentarlo. —Le apartó el cabello de la frente—. Sé que lo estás haciendo por mí.

A la siguiente mañana, le instaló un columpio en el patio trasero de la casa para que pudiera seguir buscando nubes en el cielo.

Pero una semana después, cuando Minwoo se iba a la cama, captó unos pasos intranquilos por el corredor. Como dormía con la puerta abierta para escuchar a Namoo en caso de que tuviera una pesadilla o no pudiera dormir, pudo divisarlo en la entrada de su habitación respirando agitado.

—¿Namoo? —Se sostuvo sobre sus codos para poder incorporarse.

Iba a levantarse, sin embargo, Namoo fue hacia él, se subió a la cama y apartó las mantas con el pie. Y lo abrazó con tanta desesperación que pudo sentir los latidos enloquecidos de su corazón. Temblaba tanto contra su cuerpo que los dientes le castañeaban. Tenía los ojos cerrados con tanta fuerza que sus pestañas casi no se veían.

Entonces, comenzó.

—Lo siento por no ser la persona que merecías tener.

Lo estrechó contra él para que pudiera palpar el cariño en las palabras que diría.

—Eres lo que siempre deseé. Para mí, eres todo y más.

Y con una simple oración, Namoo inició una historia que Minwoo sospechaba, pero que siempre esperó que no fuera real.

—Tenía quince años.

Sintió un vacío tan grande que fue incapaz de responderle.

—Hay gente muy poderosa que maneja nuestro mundo, como ese hombre del... video.

Otra pausa que se sintió como una herida eterna.

—Me obligaban a estar con ellos.

70

Namoo había sido entrenado desde pequeño para ser un gran artista. Pero no cualquiera, sino el mejor. Por eso, no supo cómo asumir la derrota cuando, pese a quedar seleccionado para participar en aquel programa, no estaba entre los favoritos.

Casi había transcurrido una década de ese día, pero todavía recordaba la sensación hormigueante en las mejillas por intentar sonreír mientras el caos estallaba en su interior.

Sus padres le dijeron que debía entrenar más, pues así la gente lo iba a amar también más.

Y eso fue lo que hizo.

Pero quedó entre los cinco peores.

Sus padres le aseguraron que la culpa era de su actitud tan seria.

Y sonrió tanto que sus mejillas se durmieron.

Sin embargo, permaneció entre los cinco peores.

Entonces, sus padres lo reprendieron y aseguraron que no se estaba esforzando lo suficiente porque quería regresar a su ciudad, así que Namoo pasó días sin dormir para ensayar la nueva coreografía.

Y a pesar de que sus manos mantenían postura perfecta, nunca olvidaba estirar sus piernas completamente y jamás se equivocó, siguió estando entre los peores.

Por mucho que se esforzara, la gente no lo quería.

Angustiado por ello, llamó a su padre llorando.

Y fue llamado egoísta.

Estuvo tanto tiempo encerrado en el baño intentando dejar de llorar que fueron a buscarlo. Divisó unos zapatos brillantes bajo la puerta, supo de inmediato quién era.

—¿Namoo? —Era el señor Seo.

—Ya voy —contestó, en tanto secaba sus lágrimas lo mejor posible.

A pesar de ello, su rostro enrojecido e irritado lo delató al abandonar el cubículo. El hombre lo esperaba en los lavamanos, tenía la cadera apoyada en la superficie y sus brazos cruzados sobre el pecho. Le alzó una ceja con ironía.

—¿Por qué lloras como un niño? —lo reprendió.

No quería contarle la verdad, pero por alguna razón lo hizo.

—La gente no me quiere.

—Hay personas que son amadas y otras no, así es el mundo del espectáculo —fueron sus simples palabras.

—Pero ¿por qué yo no puedo ser uno de ellos?

¿Qué tenía que hacer para que la gente lo notara y lo quisiera? ¿Qué? Él lo había intentado todo.

Todo.

Y nada funcionaba.

La mirada crítica del señor Seo le recorrió el rostro.

—¿Qué tanto lo deseas?

Namoo apoyó los puños en el lavabo y lo observó a través del espejo.

—Mucho.

El señor Seo le sonrió y acarició la cabeza desordenándole el cabello.

—Está bien —dijo—. Organizaré una cena para ayudarte, ahora deja de llorar.

Unos días más tarde, el mánager Su pasó a buscarlo a la residencia donde vivía con los otros aprendices. Nadie más los acompañó. El señor Seo lo esperaba en el restaurante del hotel y le indicó a Su que regresara en unas horas.

La mesa en la que lo sentaron tenía tres asientos. Uno de ellos lo ocupaba un hombre que rondaba los cuarenta años. Se presentó como Na Jaeyong.

—¿Es él? —le preguntó al señor Seo. Cuando este asintió, Na Jaeyong le sonrió a Namoo.

—Tengo un amigo muy importante —aseguró el hombre—. Si eres de su agrado, él te ayudará a debutar. Pero debes ser complaciente, ¿sabes serlo?

Prometió que sí, sus padres le habían enseñado bien.

Convencido con su respuesta, Na Jaeyong observó a su mánager y asintió.

Le permitieron pedir lo que quisiera.

Y cuando retiraron los platos, el señor Seo le puso una mano en el hombro y lo instó a caminar. No lo observó ni habló, a pesar de preguntarle dónde iban. El silencio era tenso en el ascensor cuando Na Jaeyong los alcanzó. Namoo podía sentir los latidos de su corazón en los oídos. Y se hizo peor al llegar al último piso y avanzar por el largo corredor que los llevó frente a una puerta doble custodiada por dos personas.

Ingresaron.

La estancia era grande, un salón que daba a otra puerta doble que debía esconder un cuarto.

El señor Seo le ofreció un vaso de agua que él rechazó. Su vista y atención estaban puestas en la puerta que se cerró tras ellos dejándolos solos en la sala. Le pidieron que tomara asiento. Así lo hizo. Con nerviosismo, movió las piernas mientras el mánager Seo se sentaba a su lado y Na Jaeyong se marchaba.

Cuando finalmente se abrió la puerta que daba al cuarto, apareció otro hombre mayor. El señor Seo lo presentó como el señor Park, el accionista principal de NaTV. Ese rostro, que en sus inicios pareció amable y familiar, nunca más pudo olvidarlo.

Namoo se puso de pie para saludarlo y mantuvo la cintura inclinada, en tanto captaba sus pasos acercándose. Sintió su mano en la nuca y después en la barbilla para levantársela.

—Sigo el programa por ti —le aseguró el hombre con una sonrisa. Hubo otro toque en su cabello que lo puso incluso más nervioso—. ¿No te han dicho que de rubio destacarías más?

Y como el estúpido niño que era, se emocionó por un halago que realmente no lo era.

Sin embargo, cuando el señor Park le hizo tomar asiento a su lado y sintió su mano en la rodilla, observó al señor Seo con confusión y pánico. Su mánager se encontraba de espalda a ellos, mirando hacia la ventana y fingiendo estar contemplando la ciudad, a pesar de que Namoo sabía que estaba atento a lo que ocurría en el salón.

Con lentitud y pereza, aunque también dominante, la caricia se deslizó por su muslo hasta llegar a su entrepierna. Namoo se puso de pie de golpe, el corazón latiéndole tan fuerte que le dolía cada palpitación.

—¿Señor Seo? —susurró, aterrado.

En algún momento, Na Jaeyong había regresado y se ubicaba cerca de las puertas. Le cerraba el paso.

Volvió a mirar a su mánager.

—Señor Seo —repitió, rogando en silencio que lo mirara.

Algo en su actitud había molestado al señor Park, porque se había puesto de pie con un movimiento indignado y le habló a Na Jaeyong con disgusto.

—No quiero escándalos, arréglalo —dijo en tono imperativo.

Mientras Namoo retrocedía hacia la entrada, el señor Park regresó al cuarto y cerró la puerta tras él. Na Jaeyong continuaba bloqueando la salida.

—El trato se rompe si te vas —advirtió.

—Ya cené —dijo, desesperado—, hice lo que me pidieron.

—No lo hiciste todo. —Na Jaeyong le señaló la otra habitación con la barbilla—. ¿Quieres debutar? Ve y abre esa puerta. Nadie te va a forzar a hacerlo.

Recordó a sus padres.

Recordó las horas de práctica.

Recordó que no era bueno en nada más, porque toda su vida lo habían entrenado para eso, para ser artista, para debutar, para cantar, para bailar y ser complaciente.

Toda su vida a la basura si no era capaz de ganar un programa.

Sintió que el estómago se le revolvía al juntar las manos e inclinarse en señal de ruego.

—Quiero irme, por favor.

Na Jaeyong lo observó por un largo rato, luego se movió dejándole la salida libre. Namoo corrió hacia la puerta.

—Vete, pero regresarás y abrirás esa puerta —aseguró Na Jaeyong al pasar por su lado—. Y ¿sabes por qué lo sé? Porque eres un artista mediocre que nadie quiere.

Namoo giró el pomo y salió de la habitación.

Corrió por el largo pasillo hasta los ascensores.

En el primer nivel, se encontró con el señor Su.

—Namoo —dijo de buen humor—, me dijeron que tardarían más. ¿Cómo estuvo la cena? Una vez comí aquí, fue excelente.

Se aguantó las lágrimas hasta llegar al dormitorio que compartía con sus compañeros. Cuando logró llegar al baño, abrió la llave del agua, se mordió la mano para aguantar el grito y comenzó a llorar.

Esa semana quedó último en las votaciones.

Y la siguiente también.

Y la que vino, quedando en claro que era efectivamente un artista mediocre al que nadie quería.

Por eso, un día buscó al señor Seo.

Y regresaron a ese cuarto de hotel, donde Na Jaeyong los recibió.

—Ábrela —se burló el hombre indicando la puerta.

Al girar el pomo con una mano temblorosa, buscó la mirada del señor Seo. Solo vio su espalda cerca del ventanal.

Entonces, Namoo cerró la puerta tras él.

Se prometió que sería una única vez.

Solo una.

Pero nunca más pudo salir de ahí.

71

En marzo, recibió una llamada de ajusshi, porque no era casualidad que Minwoo a veces olvidara comprar leche. Pocos días después, le llegó un mensaje con nuevas instrucciones. Ahora le pedía que saliera de casa. Confundido, se quedó observando la puerta cerrada del cuarto donde Namoo realizaba una videollamada con el hombre. Dudó un largo instante, porque sabía que el apego emocional de Namoo lo llevaría a esperarlo en la ventana, para luego suplicarle que (*por favor*) no volviera a dejarlo solo.

Sin embargo, se lo estaba pidiendo ajusshi, debía tener una buena razón.

Avanzó hacia la salida y dudó una vez más.

Antes de cambiar de opinión, agarró las llaves, recordó revisar que el cajón de la cocina estuviera cerrado, y salió.

Como no sabía qué hacer, se quedó sentado en el borde de la calle unas casas más allá. A los minutos, Namoo salió por la puerta principal. Sintió que se le aceleraba el corazón, porque Namoo solo abandonaba el lugar por la parte posterior, donde podía perderse directo en el bosque y llegar a aquel columpio que había hecho suyo.

Iba con el cabello cubierto por una gorra de lana. Usaba mascarilla, lentes de sol y un abrigo gigante que en el pasado le perteneció a Minwoo. Miraba el suelo avanzando con rapidez en sentido contrario: se dirigía al pueblo.

Namoo nunca había ido porque era él quien se encargaba de las compras.

Preocupado, como también curioso, lo siguió a cierta distancia. Tuvo que esconderse tras un árbol cuando Namoo se detuvo al inicio de la villa. Podía ver que rompía la piel de su dedo con la uña. Sus piernas se movían con duda, con indecisión. Se giró para marcharse y nuevamente se detuvo. Miró el pueblo por sobre el hombro. Continuaba raspando su piel con la uña. Sabía que estaba llorando porque intentaba limpiarse las mejillas con las muñecas, mientras levantaba los lentes unos centímetros.

Se le hizo un nudo apretado en el estómago y estuvo a punto de correr hacia él para ayudarlo, para conducirlo a casa, para darle refugio en ella, para protegerlo, resguardarlo y no permitir que nadie más le hiciera daño.

Porque si la gente descubría que estaba ahí, irían a buscarlo.

Lo acosarían.

Le harían recordar lo que intentaba olvidar.

Por alguna razón, no pudo moverse.

Después de todo, ¿qué vida era la que Namoo estaba viviendo? Una carente de sentido, una en la que se despertaba con ataques de pánico y se dormía, comía y convivía con ellos. ¿Se podía llamar vida a sobrevivir día tras día?

Así que se quedó ahí mientras Namoo lloraba a unos metros por la impotencia, el miedo a vivir, a ser reconocido, a estar rodeado de gente.

A existir.

Se obligó a ser un simple observador de un sistema que se destruía frente a sus ojos. Entonces, Namoo se acomodó los lentes y continuó su rumbo hasta la tienda de conveniencia.

Minwoo se acercó al escaparate y lo encontró paralizado en la entrada porque había dos mujeres dentro de la tienda. Estaba tenso, respiraba con dificultad, sus músculos temblaban, era incapaz de moverse para huir.

Hasta que sucedió.

Las rodillas de Namoo tocaron el suelo al derrumbarse y se cubrió el rostro con los brazos. Minwoo entró corriendo al local. No alcanzó a llegar a tiempo para evitar que Namoo se golpeara la cabeza en castigo. Sus lentes se habían caído, las mujeres se acercaban intentando ayudarlo. Minwoo le sujetó los brazos. Namoo luchó para soltarse, un gemido de miedo se colaba entre sus labios tras la mascarilla. Se derrumbó sobre él jadeando tan fuerte que se oía su respiración.

—Por favor. —Miró a una de las mujeres, desesperado—. Ayúdeme.

Ella no lo dudó. Minwoo le pidió que le bajara la mascarilla a Namoo. Así lo hizo. Si lo reconoció o no, no dio indicios de ello.

Con Namoo todavía llorando contra él, lo soltó el tiempo necesario para sujetarlo por los muslos y cargarlo.

—Afírmate de mí —le pidió contra su mejilla, su oído—. Te llevaré a casa.

Esa noche, mientras Namoo permanecía como un muñeco roto en la silla del comedor, Minwoo le tiñó el cabello de negro con el propósito de que el antiguo Namoo se marchara. Lloraba al hacerlo, porque empezaba a entender que no todas las vasijas podían repararse con polvo de oro. Algunas perdían piezas al quebrarse y nunca más podrían arreglarse.

Así que hizo lo único que podía hacer.

Suplicó.

Se arrodilló frente a Namoo y apoyó la cabeza en sus piernas delgadas. Se las abrazó y lloró desesperado.

—Por favor, lucha una última vez —rogó—. Eres valiente. Sé que lo eres.

Las manos de Namoo fueron a su cabeza. Su cabello se enredó entre las costras y los parches que cubrían sus manos. Minwoo lo abrazó con tantas fuerzas que sintió que el corazón iba a explotarle del dolor.

—Por favor, Namoo, te lo ruego.

Su voz suave sonaba perdida.

—Nunca más estaré bien, Minwoo.

Pero él no podía entender ni aceptar eso.

—*Por favor.*

Hubo una duda.

—Está bien —susurró Namoo, derrotado.

Y lo intentó, realmente lo hizo.

Pero le faltaban piezas para funcionar y Minwoo, por mucho que buscó, nunca pudo encontrarlas para reemplazarlas.

Se acercaban al mes de abril cuando tuvo que decírselo.

—Hoy eres más fuerte que ayer porque sigues aquí, pero no serás menos valiente si decides no continuar. —Su voz se ahogó y tuvo que respirar para hablar—. Si un día decides que no puedes más, por favor... dímelo. Necesito saberlo.

Para prepararse.

Para aceptarlo.

Para dejarlo ir.

Para aprender nuevamente a vivir sin él.

Namoo se quedó observándolo con los ojos llenos de lágrimas no derramadas, entonces asintió con cuidado.

—Está bien.

72

SOMOS POLVO DE ESTRELLAS

«Nuestro ser está compuesto por los desechos de aquellas
estrellas que murieron hace miles de años.»

Faltando cinco días para el inicio de la primavera, Minwoo fue
despertado a las 4.05 de la madrugada. Namoo estaba junto
a él y parecía llevar horas observando el despertador antes de
hablarle. Su expresión era tranquila, últimamente siempre lo
era. Incluso cantaba, una melodía suave que de vez en cuando
se colaba entre sus labios.

Como en ese instante, que acariciaba la mejilla de Minwoo
con mucho cuidado. Con el dedo le delineó la mandíbula, la
nariz, la curva de la mejilla. Luego, ayudándose con las rodillas,
Namoo se sentó sobre su regazo y se inclinó para buscar su boca.

—Namoo...

Lo besó con lentitud, queriendo extender ese instante. Y
cuando se separó, se recostó a su lado todavía respirando con
agitación. No había dejado de observarlo, incluso cuando lo
besaba.

Minwoo supo lo que iba a ocurrir.

—Te prometí que iba a decírtelo cuando llegara el día
—susurró Namoo, sus ojos atentos en él. Tan puros, tan tran-
quilos, tan calmos a pesar de la tormenta—. Es hoy.

Hubo un único instante de confusión para caer en la realidad de golpe.

—No —logró balbucear, mientras negaba con la cabeza y cerraba los ojos con fuerza porque, de pronto, fue incapaz de seguir observándolo.

—Minwoo —lo llamó. Sintió su caricia en el mentón, en la mejilla—. Minwoo, mírame, por favor.

—No —repitió, todavía meciendo la cabeza como si con aquel gesto pudiera evitar o postergar una decisión ya tomada.

Le dio un beso en la punta de su nariz. Al llegar a su frente, Namoo se quedó ahí, tranquilo. Minwoo temblaba tanto que la respiración le salía en jadeos entrecortados.

—Por favor, Namoo —rogó.

—Hiciste mi mundo mejor, Minwoo. Y te amo por eso —confesó Namoo mientras lo abrazaba y se apegaba a su cabeza. Le olía el cabello como si quisiera capturar su olor para siempre—. Pero nunca dejé de odiar mi vida ni de odiarme. Seo tenía razón, ellos me destruyeron.

—Namoo...

—No quiero esta vida en la que no puedo vivir. Y estoy cansado, Minwoo. Muy cansado. Lo intenté, te prometo que lo intenté... pero ya no puedo seguir.

Se aferró a su cintura, desesperado. La garganta se le había cerrado y no podía respirar. El pecho le pesaba.

La vida le pesaba.

Porque el amor de su vida le estaba diciendo que ya no sería parte de esa vida.

No se suponía que su historia terminara así.

No podía.

No podía.

Pero era real.

Lo quisiera o no, lo era.

Lo era.

La voz de Namoo iba a extinguirse en aquel bosque donde Minwoo ya no estaría para encontrarlo, porque se había perdido entre los árboles.

Tenía que dejarlo ir.

Tenía que.

Lo sabía.

No era su decisión.

No lo era.

Pero...

No podía.

Aunque tuvo que hacerlo.

—¿Realmente es hoy?

Al asentir, una lágrima cayó por las mejillas delgadas de Namoo. A pesar de ello, sus ojos se volvieron dos medialunas al sonreírle, cosa que no ocurría en meses.

Estaba sereno, como ese día de octubre cuando decidió ser libre y dejar la industria.

Como aquel día en Tokio.

Como ese otro día en que bailaron hasta reír.

Como ese otro cuando compitieron para llegar al río Han.

O como ese otro cuando Minwoo lo hizo firmar un contrato.

O como ese primer día cuando se encontraron en medio de una tienda de conveniencia.

—Me hiciste muy feliz —aseguró Namoo asintiendo con suavidad—. Nunca pensé que podría serlo. Si alguien hubiera podido salvarme, ese habrías sido tú.

Se aferró a su rostro, a la pequeña esperanza que notaba.

—Hazlo por mí —suplicó con una voz tan débil que apenas era audible.

Namoo ahora se veía triste.

—No me pidas eso, por favor. No puedo luchar más.

—Namoo...

—Sé que estoy destrozando tu vida, pero es hora de irme. Es mi decisión, así lo quiero. Lo llevo deseando por meses.

Pero no me fui por ti.

No lo dijo, aunque no hubo necesidad. Su mirada y su beso calmo se lo demostraron.

—Por favor, vuelve a enamorarte, Minwoo. Eres la persona más maravillosa que he conocido y te mereces encontrar a alguien igual. Elige a un loco por la física, amante de animales feos y que sea muy extraño. Pero, por sobre todo, enamórate de alguien que te ame como yo no pude hacerlo. Quiero que tengas la relación linda que tampoco pude darte. Te prometo que intenté amarte lo mejor que pude, lo siento si no fue suficiente. —Esbozó una sonrisa pequeña, melancólica, agradecida—. Gracias por verme y amarme como el juguete roto que soy.

—No eres un juguete roto —lloró Minwoo—, eres la persona que amo.

Namoo juntó sus frentes. Sintió su respiración cálida acariciándole la piel.

Cerró los ojos.

Y Minwoo se obligó a soltarlo. Primero dejó libre su cintura, luego su corazón. Asintió como pudo, a pesar de que estaba tan devastado que no podía dejar de temblar.

—Está bien, Namoo. —Le tocó el rostro—. Está bien. —Sus narices se rozaron—. Está bien.

Namoo comenzó a llorar, a pesar de que todavía mantenía su sonrisa temblorosa.

—Gracias, Minwoo, por fin estoy bien.

Tomó asiento en la cama.

Logró levantarse.

Ambos se vistieron en silencio.

Namoo le tomó la muñeca al pasar por su lado.

—¿Podrías llamar a mi hermano y decirle que lo amo? No me contestó para despedirme de él.

Mientras asentía, se quitó el collar con la piedra de amatista y se lo mostró a Namoo. Tras abrochárselo, no pudo alejar la mano de su hombro.

—Recuerda que el futuro es la probabilidad de lograr hasta lo imposible —susurró lo mejor que pudo.

Namoo tocó la piedra.

—El futuro no existe cuando no se puede superar el presente.

Entonces ¿ese sería su adiós? ¿Ahora estaba obligado a salir de ese cuarto sabiendo que no iba a verlo con vida nunca más? ¿Que ya no lo escucharía reír por sus bromas tontas ni lo despertaría por las noches para besarlo?

¿Ahí finalizaba todo?

¿Cómo lograría continuar con su vida después? No iba a ser nunca más el mismo Minwoo que dejaría esa casa.

Lo observó desesperado, dispuesto a todo, a ofrecerle todo, lo que quisiera con tal de que cambiara de decisión.

Quería darle *todo*.

Pero no podía.

Y tenía que aceptarlo.

—Minwoo —susurró Namoo tendiéndole la mano—, ¿bailas conmigo una vez más?

No supo cómo logró sujetarlo por la cintura, mientras Namoo buscaba una canción en su teléfono. La canción «Take on me» de A-ha llenó el silencio del cuarto con su ritmo vibrante y pegajoso. Era la misma canción que escucharon dos años atrás y bailaron hasta quedar exhaustos.

Era la misma melodía de su primer beso y parecía apropiado que también cerrase su historia.

Se mecieron fundidos en un abrazo. Namoo le respiraba en la mejilla, en el cuello, en el oído.

Deseó que la música nunca terminara, porque no estaba preparado para dejarlo ir. Nunca lo estaría. ¿Qué se le decía al amor de tu vida antes de verlo partir?

Su último instante de felicidad duró tres minutos con cuarenta y cinco segundos.

La canción finalizó y Namoo lo soltó con lentitud.

—Debes marcharte, Minwoo —dijo.

Ratata se había despertado en algún momento de la madrugada. Le acarició los pies desnudos. Minwoo la recogió y apegó a su pecho. Sentía que estaba al borde de un ataque de angustia, de llanto, de gritos, de dolor.

Intentó hacer lo mejor que pudo, por eso le tendió a Ratata.

—Ella te cuidará por mí.

Y, como rara vez sucedía, Namoo la cogió entre sus manos lastimadas y la apegó a su mejilla. Lo vio cerrar los ojos cuando la nariz húmeda tocó su piel para olerlo. Al abrirlos, se dieron una larga mirada. Minwoo le tendió la mano, Namoo se la cogió. La llevó a su boca y le besó los lunares que formaban la constelación de Perseo.

—Los lunares aparecen donde fuiste amado —aseguró Minwoo—. Y yo no pude amarte más.

—Prométeme que seguirás buscando nubes en el cielo —le pidió Namoo.

Minwoo cambió la posición de sus manos para que sus meñiques se anudaran.

—Lo intentaré con todo el corazón.

Namoo se soltó hasta que su brazo cayó a un costado de su pierna.

Y por fin supo lo que iba a decirle para despedirse de él. Era un hasta luego, no un adiós.

No lo sería.

—Nos vemos en la tienda de conveniencia —prometió Minwoo.

La mirada de Namoo era grande y brillante.

Tranquila.

Por fin estaba bien.

—En otra vida —juró Namoo. Su boca tembló al pronunciar las últimas palabras que oiría de él.

—En otra vida.

No recordaba mucho después de eso. Solo escenas fragmentadas, la salida de la casa con un abrigo sobre la ropa, la playa, la llamada a ajusshi desesperado, sus gritos a la línea muerta del teléfono de la mamá de Namoo para que tuviera la decencia de despedirse de su hijo.

También llamó a Haru y a su propia mamá.

Y mientras observaba las olas del mar alcanzar la orilla, le llegó un aviso de notificación desde el perfil de Namoo. Era una fotografía de su collar.

Era su último mensaje.

Y le dio lo que no pudo entregarle antes.

> «Una vez alguien me enseñó que el futuro era la probabilidad de lograr hasta lo imposible. Pero también me dijo que no se podía vivir en el presente, porque este no era más que una delgada línea que tenía como propósito separar el pasado del futuro.
>
> Sin embargo, cuando se llega al final del camino, este pasado, presente y futuro se difuminan para convertirse en uno solo.
>
> Hoy lo entiendo.
>
> Siempre me gustó pensar que de la nada venimos y que a la nada nos iremos porque somos simple polvo de estrellas.
>
> Ahí es donde retorno.
>
> Gracias por amarme a pesar de todo.
>
> Y lo siento por no lograr amarlos a pesar de todo.
>
> Con una sola excepción.
>
> A ti, que me enseñaste que las nubes podían ser lindas, desearía haberte conocido en otro tiempo. No olvides tu promesa, porque te estaré esperando en la tienda de conveniencia para mostrarte mi mejor versión y no el muñeco roto que intentaste reparar.
>
> Porque, tal como me explicaste, el tiempo es relativo.
>
> De lo que sí estoy seguro es de que te amo en este presente que será eterno.
>
> En otra vida, Minwoo.»

—En otra vida —susurró llevándose el teléfono al pecho. No supo cuánto tiempo permaneció en esa arena húmeda, solo supo que en algún momento sintió un abrazo apretado contra su espalda y, por un ilógico y ridículo segundo, pensó que era Namoo.

Esperó junto a Haru que llegara su mamá.

Y luego, esa misma mañana, logró caminar de regreso a la casa junto a ellos.

Una patrulla ya se encontraba ahí.

La puerta permanecía abierta.

Y en el patio trasero, con el rostro girado hacia esa mañana de nubes tan lindas, se encontraba Namoo a un costado del columpio. Ratata estaba despierta y acurrucada contra su cuello.

Parecía estar durmiendo.

Aunque no lo estaba.

Un 6 de abril de 2024 a las 9.36 de la mañana, Namoo se convirtió en polvo de estrellas.

Epílogo
LA MAGNIFICENCIA DEL 3, 6 Y 9

«La ley Lee Namoo reconoce la violencia digital como un tipo de delito que se sanciona con multas o penas de cárcel a quienes violen la privacidad e intimidad sexual de las personas a través de medios digitales.»

Los primeros días se sintieron como si, de pronto, se hubiera convertido en el espectador de una película de los años sesenta. Había descripciones y no voces, mientras las escenas transcurrían de forma entrecortada y en blanco y negro. Durante las mañanas, cuando la inconsciencia todavía no daba paso al lado racional, lo buscó bajo las sábanas para poder besarlo y solo se encontró con una cama vacía. Durante las tardes, mantenía las notificaciones activadas de su celular esperando, siempre esperando, que volviera a aparecer, como por arte de magia, un mensaje suyo. Y durante las noches lloraba.

Lloró mucho.

Tanto que pensó que iba a morir del dolor, hasta que, un día, este se convirtió en su más viejo amigo. Siempre estaba, no demasiado lejos, no demasiado cerca. A una distancia prudente que le hacía llorar hasta dormirse, a la vez que le permitía continuar con su vida.

Porque lo más difícil de perder a alguien siempre sería aceptar que ya no estaría. Que seguiría despertando cada mañana, trabajando cada tarde y descansando cada noche, pero que ese alguien ya nunca más lo acompañaría durante esas mañanas, tardes y noches. Que no importaba lo fuerte que gritara su nombre, porque no iba a recibir una respuesta suya.

El duelo era aceptar que seguiría amando a alguien que nunca más iba a recibir ese amor.

Porque después del *todo* quedaba la *nada*.

Pero la vida, se quisiera o no, continuaba.

Y eso era de lo más impactante. Mientras tu vida quedaba destruida porque había muerto la persona más importante en el mundo, ese mundo no estaría de luto contigo.

Y por mucho que escuchara sus audios y pudiera oír su voz como si todavía estuviera ahí, en la realidad no lo estaba. Tenía su voz grabada, fotografías y videos; tenía también recuerdos y sensaciones, pero nada en la realidad.

Minwoo le escribió muchos mensajes, múltiples, tantos que un día quiso buscar el último audio que le envió Namoo y tuvo que retroceder meses completos de registros para poder llegar a él.

Y lloró al apretar play una y otra vez, siendo incapaz de dejar de oír su voz.

Y, de pronto, un día, se quedó sin memoria en el teléfono y se vio pagando una extensión para no borrar las conversaciones, porque Minwoo empezaba a entender que vivía solo para releerlas. Que mientras estaba con Haru, con su madre, con alguno de los niños a los que les hacía clases particulares y virtuales, no dejaba de anhelar ese momento en el que por fin se quedaba solo para leerlas.

Esos mensajes lo destrozaban y regresaban a la vida, aun así no estaba preparado para dejarlos ir.

Pero una tarde, tras enviarle un texto con una broma tonta que se le había ocurrido, el mensaje se marcó como leído.

Sintió que se caía en un lago congelado. El cuerpo se le contrajo, dejó de respirar, dejó de moverse, su mente en un cero absoluto, en la *nada*. Y luego vino el *todo* como un golpe en forma de notificación: era un mensaje desde el número de teléfono de Namoo.

No pudo leerlo durante horas.

Al llegar la noche, y con Haru en la cocina preparando algo para cenar, se encerró en el cuarto de baño y por fin lo abrió.

> **Namoo:** Hola, Minwoo. Soy el mánager Su. Lamento decirte que dentro de una semana el número de Namoo dejará de funcionar. Lo siento mucho, te haré llegar su celular para que puedas guardarlo.

Largo tiempo después, la imagen vacía del chat de Namoo fue ocupada por la fotografía de una mascota. Y todos esos mensajes en los que Minwoo le contaba sobre su vida y le pedía disculpas en reiteradas oportunidades, tuvo que dejarlos atrás porque aquel chat ya no le pertenecía.

Entonces, llamó a ajusshi y aceptó esa ayuda que él le había ofrecido incontables veces. Regresó a las tres sesiones por semana, que después se redujeron a dos y finalmente una al mes.

Y en el largo proceso, Haru y su madre no dejaron de revolotear a su alrededor. Con ellos no hablaba de Namoo. Conversaban de muchas cosas, pero nunca de él. Con ajusshi era la única persona con la que podía pronunciar su nombre. Y se lo mencionó incontables veces, en cada sesión, en cada oración que soltó en esas sesiones.

Y mejoraba. Lento, aunque constante.

Sin embargo, una noche Haru lo despertó. Lo abrazó con fuerza por el cuello y le pidió disculpas. No entendió la razón hasta que fueron a su habitación. Haru había envuelto a Ratata en unas mantas dejándole la cabeza afuera para que Minwoo pudiera verla.

Parecía que dormía.

Pero, al igual que con Namoo, sabía que no despertaría.

Mientras la apegaba al pecho y cerraba los ojos por el cansancio, Haru le hizo prometer que se lo diría llegado el momento.

—¿Qué cosa? —le había preguntado sin entender.

Si quería marcharse, descansar. Ambos sabían que no se refería a dormir.

Tras anudarle una de sus corbatas a Ratata para que se fuera con ella, Minwoo por fin le respondió.

—Estoy bien, Haru —le aseguró ante su expresión angustiada—. Estoy triste, porque el amor de mi vida ya no está conmigo. Pero estoy bien porque sé que él está bien.

Al cumplirse un año de ese terrible 6 de abril, se pusieron en contacto con Minwoo.

—El departamento de Namoo va a ser desocupado —informó el mánager Su, su voz temblorosa al decirlo—. La clave sigue siendo la misma, puedes ir y... llevarte lo que sea.

Lo increíble de la existencia era que, cuando finalizaba una, la vida de los demás continuaba con su ritmo caótico.

Haru decidió acompañarlo. El departamento parecía no haber sido abierto desde el día que lo abandonaron, la cama todavía estaba deshecha cuando Minwoo quitó una manta para cubrir a Namoo. Los zapatos permanecían en la entrada, al igual que los cajones abiertos. Incluso los frascos vacíos de sus somníferos.

Se quedó sentado sobre la cama.

Inspiró profundo.

No había rastros de su olor, solamente el aroma de los perfumes olvidados en un mueble. A excepción de una prenda. Era la camiseta que usaba para dormir. Se la llevó al rostro y lloró porque todavía quedaba un resto de él. Haru lo abrazó por la espalda y se disculpó por no poder ayudarlo.

Se llevaron aquella camiseta y un montón de papeles que encontraron.

Pensó que nunca iba a poder referirse a él sin llorar.

Sin embargo, otro día de esa eterna reconstrucción, el dolor se transformó y se pasó semanas enteras leyendo los chats de Namoo con otras personas. Esa parte del duelo no fue por Namoo, porque él no estaba para decirle si lo que hacía estaba bien o no. Fue para curarse a sí mismo. Porque era Minwoo quien permanecía, obstinadamente, en un mundo destrozado.

Cuando encontró la suficiente información, la recopiló en una memoria y, acompañado de su madre y un abogado, puso tres denuncias en contra de la agencia de Namoo.

Necesitaba justicia para limpiar el nombre de Namoo y que la gente entendiera que era una víctima. También lo hizo por él, porque necesitaba sanar. No sabía si a Namoo le hubiera gustado que hiciera público su sufrimiento, pero no estaba para poder preguntárselo.

A Namoo habían logrado silenciarlo, sin embargo, no podrían hacerlo con Minwoo. Tal como se prometió a sí mismo, mientras tuviera vida, no iba a permitir que Namoo fuera olvidado. Le recordó al mundo que todavía existía, aunque también la razón del porqué se extinguió.

Las repercusiones se vieron pronto. Durante años Minwoo no pudo encontrar empleo como profesor en una escuela y tuvo que dedicarse a las clases particulares. Y los libros de Misuk dejaron de venderse en librerías, poco a poco, hasta que también quedaron en el olvido.

No obstante, por mucho que él le pidió disculpas, ella siempre le respondió lo mismo.

—No me importa. Esto es importante para ti, no voy a dejarte solo.

Y ahora habían llegado a ese momento.

Al inicio de una nueva historia.

—Aunque todavía se encuentra abierto el caso de Namoo y se continúa investigando a todos los involucrados, por fin se aprobó la ley que lleva su nombre, para que no se repita su historia. Pero seguiré luchando hasta que haya justicia, porque tengo tiempo y mi mamá dinero. Estaremos bien.

Ajusshi, con su rostro que denotaba el paso del tiempo, lo observaba desde el otro lado de la pantalla. Tenía una sonrisa que le llegaba a los ojos, la tuvo durante la hora completa en la que Minwoo habló sin parar de lo que habían sido sus últimos años.

Con su eterna expresión amable, ajusshi inclinó la cabeza hacia él en señal de respeto. Entonces, vino la oración que anhelaba escuchar desde su niñez.

—Minwoo, no sabes lo feliz que me hace poder decirte esto: hoy terminó tu proceso.

Un 6 de abril, dos mil ciento noventa días más tarde, Minwoo por fin concluía su terapia.

—Lo voy a extrañar, ajusshi.

—Yo también, Minwoo —susurró—. Pero deseo de todo corazón que no me recuerdes.

Olvidarlo significaría haber sanado lo suficiente para seguir caminando por sí solo.

—Yo también lo deseo así.

Ambos sonrieron.

—Me jubilo tranquilo, Minwoo, muchas gracias.

—En otra vida, ajusshi.

—Espero que no.

La videollamada finalizó con una risa compartida.

Se quedó observando la pantalla por unos instantes sintiéndose repleto de felicidad. Cuando pudo reaccionar, corrió hacia el otro cuarto y se subió a la cama de Haru, quien intentaba dormir una siesta.

—Adivina quién fue dado de alta —cantó, dando brincos pequeños que hacían rebotar el cuerpo de su amigo.

—Supongo que serás tú —refunfuñó Haru, ya despierto.

—Considerando que soy una persona saludable, apta para el consumo de bebidas alcohólicas, ¿por qué no vamos por una?

Se alistaron para ir de fiesta, aunque terminaron en una cafetería.

—La verdad, no tengo rodillas para bailar —se disculpó Minwoo con su amigo—. Y como persona responsable conmigo misma y de mi salud mental, tampoco me aconsejaría encerrarme en un cuarto con tanta gente a mi alrededor. No quiero tener un ataque de pánico en mi primer día de alta.

—No queremos eso —aseguró Haru asintiendo con rapidez, en tanto observaba el menú—. Pero podríamos beber un café irlandés, tiene el suficiente alcohol para considerar que estamos celebrando y el convenientemente poco para no emborracharnos.

Pidieron dos. Minwoo quiso acompañarlo con una torta que tenía un toque de ron, porque esa noche se estaba dando permiso de hacer algo más alocado.

Mientras se la comía, Haru frunció el ceño apuntando hacia su camiseta.

—Todavía no entiendo esa broma.

La observó, ni siquiera recordaba qué usaba. Era su remera que tenía un gato blanco que decía «Nuestro amor es como las ondas electromagnéticas: todos saben que existen, pero pocos conocen su frecuencia e intensidad».

Iba a responderle cuando escuchó una risa cerca. A su lado estaba sentado un chico que debía andar por su misma edad. Vestía un atuendo que no sabía si definir como *aesthetic* o de adulto mayor. A pocos les quedarían bien los pantalones de vestir, los zapatos formales y una camisa blanca. A pocos, aunque ese chico era uno de ellos.

—Es gracioso —aseguró el hombre señalando su camiseta.

—¿La entiendes? —se interesó.

—Soy astrónomo —dijo.

—Vaya —susurró Minwoo, inclinando su cabeza como saludo—. ¿Qué se siente vivir mi sueño?

—¿Por qué? —Se reía muy bonito. Sonaba cálido, familiar—. Por cierto, mi nombre es Son Subin.

—Yo soy Kim Minwoo y... —Iba a dirigirse a Haru antes de darse cuenta de que este había desaparecido de su asiento—. Mi amigo se llama Haru, aunque no sé a dónde se fue.

Son Subin se quedó observándolo por unos instantes. Ya no le resultaba extraño que la gente lo mirara. Desde que hiciera la denuncia contra AVI, se volvió habitual.

—Me gustaría preguntarte algo —dijo Son Subin rascándose la mejilla con cierta incomodidad.

Sintió un repentino agujero en el estómago.

Iba a preguntarle por la denuncia, estaba seguro.

Por fortuna, se equivocó.

—Trabajo en el Observatorio Astronómico de Sejong y estamos intentando ser escuchados. Resulta que quieren modificar el uso de suelo de un área que se encuentra cerca del observatorio, lo que conllevaría una pérdida en la observación astronómica debido a la contaminación lumínica. Estamos intentando que no se apruebe dicho cambio, por eso el sábado realizaremos una protesta frente a la Casa Azul. ¿Te gustaría unirte a nosotros? Lo más hermoso que tenemos en este planeta son nuestros cielos y, por eso, debemos protegerlos. ¿Nos ayudarías en esta campaña?

Haru había llegado en algún momento de la explicación de Son Subin. Miró primero al hombre y después a Minwoo.

Su expresión era tan obvia que sintió que se sonrojaba por la vergüenza, sobre todo cuando recibió un golpe en la canilla por debajo de la mesa para que respondiera. Su amigo llevaba demasiado tiempo insistiéndole que ya era tiempo de volver a salir con alguien y dejar ir a Namoo.

Pero, algunas veces, Minwoo todavía se aferraba a él.

Como se mantenía estático, Haru extendió su mano hacia Son Subin y le entregó su propia tarjeta de presentación.

—Por favor, escríbenos a ese número. Envíanos el lugar y la hora de la... reunión o protesta o algo... e iremos.

Son Subin parecía enormemente agradecido al recibir la tarjeta.

—Muchas gracias, son los primeros que me escuchan. Estaremos muy felices si los vemos allá.

—¿Cuántas personas llevan? —se interesó Haru.

—Con ustedes, somos nueve.

Haru intentó contener la risa.

—Toda una multitud —aseguró con expresión solemne.

Sin agregar mucho más, Son Subin se puso de pie, se inclinó hacia ellos y se marchó de la cafetería. Los amigos se quedaron en silencio un largo instante.

—Es muy guapo y simpático —comentó Haru analizándolo con interés—. También es un loco por la física. ¿A quién me recordará esa descripción?

Minwoo se apoderó de una servilleta y la estiró con manos nerviosas.

—Es muy probable que sea hetero.

—Quizás —aceptó Haru—, aunque nunca lo sabrás si no asistes.

—No creo que lo haga —confesó.

Su amigo apoyó la espalda contra el respaldo del asiento.

—¿Por qué no? —quiso saber alzando las manos.

—Ya sabes —susurró.

Escuchó su suspiro corto, triste. Sonaba un poco a lástima.

—Han pasado seis años, Minwoo.

—Lo sé. Yo mejor que nadie lo sé.

—¿Entonces?

No supo cómo responder, así que se encogió de hombros con suavidad.

Algo debió notar en su mirada, porque Haru se estiró por sobre la mesa y le acarició la cabeza.

—No importa —dijo—. Ya lo lograrás.

No fue hasta que salieron del local que Minwoo pudo reconocer dónde habían estado. Era la cafetería donde había conocido a Namoo.

Lo curioso fue que Minwoo no pudo dejar de pensar en Son Subin en lo que restó de semana.

Se obligó a no pensar en él y su protesta para proteger los cielos, cuando el sábado le llegó un mensaje de Haru pidiéndole ayuda para arreglar unas cajas. Era muy temprano, así que iba todavía medio dormido en el asiento de copiloto. No le prestó atención al camino, hasta que se detuvieron en uno de los edificios de la Universidad Nacional de Seúl.

«Departamento de Física», indicaba el letrero.

—¿Por qué estamos aquí?

—Busco unos certificados y necesito hablar con un profesor.

En el primer nivel se ubicaban las oficinas del personal. Avanzaron por el largo corredor hasta el final, donde había una puerta abierta. Cortando unos panfletos con una guillotina, se encontraba Son Subin.

Estaba rojo por el esfuerzo y un poco sudado. Les sonrió al verlos.

—Muchas gracias por su ayuda. Nunca pensé que sería tan difícil organizar una protesta.

Minwoo observó a Haru con los brazos cruzados, aunque su amigo decidió fingir demencia recogiendo papeles y organizándolos en cajas.

—Fue idea de Minwoo —mintió Haru—. Mi amigo es una gran persona.

Y tras lanzar tremenda dinamita, se escapó del lugar con el pretexto de ir al baño. Minwoo se quedó a solas con Subin, quien golpeaba una pila de papeles para alinearlos. Se notaba que la paciencia no era lo suyo, o quizás estaba cansado, porque no le importó guillotinar las orillas sobresalientes incluso si cortaba una parte de la información.

En ese momento captó de reojo que había unas fotos de astronomía en una pared. Algunas estrellas se encontraban editadas para realzar su brillo. Tocó el vidrio de una de las imágenes con un nudo apretado en el estómago porque acababa de reconocer esa formación de estrellas.

Subin levantó la cabeza ante su silencio. Le señaló la foto.

—Es la constelación de...

—Perseo —lo interrumpió Minwoo.

—¿La conoces? —se impresionó Subin—. ¿Eres astrónomo?

—Profesor de física y matemáticas con afición por la astronomía —corrigió con su vista todavía en la imagen.

—Es una constelación muy poco conocida, es impresionante que la hayas reconocido —lo halagó Subin.

Minwoo bajó con lentitud la mano hasta que dejó de tocar el cristal. No podía dejar de mirarla.

—Es de mis favoritas —susurró—. Un amigo la tenía grabada en su mano.

—¿Un amigo? —curioseó Subin.

Y por fin logró reconocer algo que por años no pudo.

—Un exnovio —se corrigió.

Subin también quiso dejar en claro un punto:

—Mi exnovio tenía la Osa Mayor en su espalda. Nunca me creyó, era un idiota. ¿Y el tuyo?

Recordó su sonrisa, su mirada brillante al observarlo, la expresión tranquila de ese último día. También recordó sus manos heridas, su expresión triste y su vida rota.

—Namoo... —dijo tomando aire—. Namoo fue maravilloso. Él murió hace seis años.

Subin perdió la sonrisa.

—Lo siento mucho —susurró.

—Yo también lo siento, pero él ahora está bien.

—Sé lo que se siente. —Subin asintió con cuidado—. Mi hermana se suicidó cuando tenía dieciocho años.

Ambos se dieron una larga mirada.

—Es difícil, ¿cierto? —preguntó Minwoo.

—Sí, pero como bien dices, ahora ella está bien. Uno tarda en entender que ellos no querían morir, lo que deseaban era descansar. Pero ya están en paz, ese pensamiento es nuestra cobija.

—Sí —murmuró.

Son Subin se había vuelto hacia la ventana. Apuntó al cielo mientras le sonreía.

—Las nubes están lindas, ¿no lo crees?

Minwoo también las observó.

Pensó en Namoo.

—Lo están —aceptó—. Hoy lo están.

Aprovechando que Subin retomaba su trabajo con la mutilación de papeles, Minwoo se giró hacia la fotografía y la acarició una última vez.

—Gracias —susurró—. En otra vida, Namoo.

En otra.

Y en otra.

Porque en esa, a él todavía le quedaba mucho tiempo para ser feliz. Y tras seis largos años, Minwoo por fin pudo dejar ir a su magnificencia del 3, 6 y 9. Habían vivido el amor del 3 y 6 que los llevó al todo y la nada del 9. Ahora les quedaba volver a reencontrarse en esa otra vida.

FIN

Un día a la vez.
Nunca olvides lo lindas que pueden ser las nubes.

Si sientes que necesitas ayuda, puedes acudir a los siguientes contactos y redes de apoyo. Recuerda que no estás solo o sola.

- Línea de atención a la conducta suicida del Ministerio de Sanidad: 024

- Teléfono de la Esperanza: 717 001 717

- Fundación Española para la Prevención del Suicidio: www.fsme.es

- Asociación para la Prevención del Suicidio y Atención al Superviviente: www.apsas.org